王水照 編

歷代文話

第四册

復旦大學出版社

金石要例附論文管見

〔清〕黄宗羲　撰

《金石要例附論文管見》二卷

清 黄宗羲 撰

黄宗羲(一六一〇—一六九五),字太冲,號梨洲,餘姚(今屬浙江)人。重氣節,輕生死,爲東林子弟之領袖,反對魏宗賢閹黨。清兵南下,起兵抗擊,依魯王於海上,終至失敗。奉母返里,潛心著述,拒不出仕。師從劉宗周,博綜百家,見解卓異,爲浙東學派巨擘,被稱爲南雷先生。有《明夷待訪録》、《明儒學案》、《南雷文案》、《南雷文定》、《南雷詩曆》等。傳見《清史稿》卷四八〇。

黄氏自序,此書乃「所以補蒼崖之缺也」,即爲增補元潘昂霄《金石例》而作。爲例共三十六則,自「書合葬例」至「銘法例」,均有發明。《四庫全書總目提要》卷一九六稱其「考據較潘書爲密」,甚爲公允。然亦有小失,如比干《銅盤銘》,出於王俅《嘯堂集古録》,乃宋人僞作,黄氏不察,據爲較早「有韻之銘」之書證。此書後附《論文管見》九則,語簡意深,多精粹之見。論宗經,力斥以經文填塞爲文,而應「融聖人之意而出之」;論貴情,「文以理爲主,然而情不至,則亦理之郛廓耳」,以「情」爲「理」之核心;論去陳言,「每一題必有庸人思路共集之處,纏繞筆端,剥去一層,方有至理可言」,而非僅求之於字句之間,識見高出常人一頭;還主張古今之體應師法而絶不應擬

古，亦步亦趨，均針對明末以來文弊而發。

有《金石三例》本、《四庫全書》本、《借月山房彙鈔》本、《式訓堂叢書》本、《昭代叢書》本、《叢書集成》本。今據《四庫》本録入。

（王宜瑗）

金石要例

清　黄宗羲　撰

碑版之體，至宋末元初而壞；逮至今日，作者既張王李趙之流，子孫得之以答賻奠，與紙錢寓馬相爲出入，使人知其子姓婚姻而已，其壞又甚于元時。似世系而非世系，似履歷而非履歷，市聲俗軌相沿，不覺其非。元潘蒼崖有《金石例》，大段以昌黎爲例，顧未嘗著爲例之義與壞例之始，亦有不必例而例之者，如上代兄弟宗族姻黨，有書有不書，不過以著名不著名，初無定例，乃一一以例言之。余故摘其要領，稍爲辯正，所以補蒼崖之缺也。

書合葬例

婦人從夫，故誌合葬者，其題只書《某官某公墓誌銘》，或《墓表》，未有書《暨配某氏》也。張説爲蕭灌神道碑云：「南城侯之夫人同刻碑銘。」其題《贈吏部尚書蕭公神道碑》，其妻韋氏書事實於内，題則不列。楊炯爲《王義童神道碑》，其子師本陪葬，亦不别爲標題。自唐至元皆無夫婦同列者，此當起于近世。王慎中集中，如《處士陳東莊公暨配黎氏墓表》，蓋不一而足也。

婦女誌例

婦女之志，以夫爵冠之，如「某官夫人某氏」，或「某官某人妻某氏」，庾信、陳子昂、張説、獨孤及皆然。若子著名，則以子爵冠之，如柳子厚爲王叔文母誌，書「户部侍郎王公先太夫人河間劉氏」。婦人後夫而死者，其葬，書「祔葬」。權德輿集中「宏農楊氏」、「河東縣君柳氏」、「博陵縣君崔氏」，皆如此例。

書名例

碑志之作，當直書其名字，而東漢諸銘載其先代，多只書官。唐宋名人文集所志，往往只稱「君諱某，字某」，使其後至於無考爲可惜。

稱呼例

名位著者稱公；名位雖著、同輩以下，稱君；耆舊則稱府君，《昌黎集》中有「董府君」、「獨孤府君」、「張府君」、「衛府君」、「盧府君」、「韓府君」。有文名者，稱先生，如昌黎之稱「施先生」、「貞曜先生」，皇甫湜之稱「昌黎韓先生」。友人則稱字，如昌黎之于李元賓、樊紹述、張孝權。元姚牧

菴稱趙提刑夫人爲「楊君」，則變例也。

墓誌無銘例

墓誌而無銘者，蓋叙事即銘也。昌黎《張圓之誌》云：「叙次其族世、名字、事始終，而銘曰云云」，蓋所謂誌銘者，通一篇而言之，非以叙事屬志，韻語屬銘。猶如作賦者，末有「重曰」、「亂曰」，總之是賦，不可謂重是重、亂是亂也。故無銘者，猶賦之無重無亂者也。正考甫之《鼎銘》云：「一命而僂，再命而傴，三命而俯，循墻而走，亦莫敢余侮。饘于是，粥于是，以餬余口。」比干《銅盤》曰：「右林左泉，後岡前道，萬世之寧，兹焉是保。」漢滕公《石銘》曰：「佳城鬱鬱，三千年見白日，吁嗟滕公居此室。」此有韻之銘也。季札之喪，孔子銘其墓曰：「嗚呼！有吴延陵季子之墓。」衛孔悝《鼎銘》曰：「六月丁亥，公假于太廟。公曰：叔舅！乃祖莊叔，左右成公，成公乃命莊叔隨難于漢陽，即宫于宗周，奔走無射。啓右獻公，獻公乃命成叔纂乃祖服。乃考文叔，興舊耆欲，作率慶士，躬恤衛國，其勤公家，夙夜不懈。民咸曰休哉！公曰：叔舅！予女銘，若纂乃考服。悝拜稽首曰：對揚以（辭）〔辟〕之，勤大命，施于烝彝鼎。」此無韻之銘也。古來原有此兩樣，墓表、神道碑，俱有銘有不銘。

單銘例

叙事即在韻語中，昌黎《房使君鄭夫人殯表》、《大理評事胡君墓銘》、《盧渾墓誌銘》。

墓表例

墓表，表其人之大略可以傳世者，不必細詳行事，如唐文通先生《宋明道之表》是也。歐文胡瑗、石曼卿墓表皆不書子姓。今制，三品以上神道碑，四品以下墓表。銘藏于幽室，人不可見；碑、表施于墓上，以之示人。雖碑、表之名不同，其實一也。故墓表之書子姓，墓表之有銘，不可謂非也。自有墓表，更無墓碣，則墓表之製方趺圓首，可知矣。故與碑分品級；柳州稱神道表，神道與墓無品級之可分也。

神道碑例

柳州《葬令》曰：「凡五品以上爲碑，龜趺螭首；降五品爲碣，方趺圓首。」此碑碣之分。是凡言碑者，即神道碑也。後世則碣亦謂之碑矣，豈以「神道」二字重于墓乎？地理家以東南爲神道，蘇環碑建于塋北一十五里，亦曰神道碑。宋孫何《碑解》云：「班固有《泗亭長碑文》、蔡邕有

《郭有道》《陳太丘碑文》，其文皆有序冠篇，末則亂之以銘，未嘗以碑爲文章之名也。迨李翺爲《高愍女碑》，羅隱爲《三叔碑》、《梅先生碑》，則所謂序與銘，皆混而不分；集列其目，亦不復曰文。戾孰甚焉！今當如班蔡之作，存序與銘，通謂之文可也。」

楊炯爲《成知禮神道碑》，其碑銘之後，有「系曰」，若《楚詞》，別自一體。

婦人、妃、主，亦稱神道碑。如張説《和麗妃》、《息國長公主》，李華《東光縣主》，楊綰《郭汾陽夫人》是也。

行狀例

行狀爲議謚而作，與求志而作者，其體稍異。爲謚者，須將謚法配之，可不書婚娶子姓。昌黎狀董晉，亦書子姓。柳州狀段太尉、狀柳渾是也。爲求文者，昌黎之狀馬韓、柳州之狀陳京、白香山之狀祖父是也。

婦女行狀例

王魯齋曰：「衛公叔文子卒，其子請謚于君，曰：『日月有時，將葬矣，請所以易其名者。』請謚之詞，意者今世行狀之始也。自唐以來，有官不應謚，亦爲行狀者，將求名世之士爲之誌銘，而

行狀之本意始(反)〔失〕矣。觀昌黎、廬陵、東坡三集，銘人之墓最多，而行狀共不過五篇，而婦人不爲也。又知婦人之不爲行狀之意，亦明矣。」按：江淹爲《宋建太妃周氏行狀》，任昉、裴野皆有婦人行狀。非婦人不爲行狀也。

行述例

歐陽玄銘曾秀才云：「行述，似翁所作。」孛术魯翀作《姚天樞神道碑》云：「其子侃以公行實徵録。」歐陽發作《事迹》。此皆與行狀名異而實同也。今既有行實，又有行狀，無乃重出乎？

誄例

誄亦納于壙中，故柳州《虞鳴鶴誄》云：「追列遺懿，求諸后土。」誌銘亦可謂之誄。元鄭師山爲《洪頤墓誌銘》云：「其門人俞溥，狀其言行，俾爲之誄，以識其葬。」

子孫爲祖父行狀例

今人爲其父行狀，稱父之父爲王父，王父之父稱爲曾王父，曾王父之父稱爲高王父，非也。稱謂當以父爲主。故穆員狀父云：「高祖宏遠，曾祖固禮，祖思恭，考元休。」未嘗以員之自稱易

之。孫逖《父銘》、陳子昂《父志》皆如之。

碑誌煩簡例

誌銘藏于壙中，宜簡；神道碑立于墓上，宜詳。然范仲淹爲《种世衡志》，數千餘言。韓維志程明道，亦數千言。東坡《范蜀公志》，五千餘言。唯昌黎煩簡得當。

先廟碑例

先廟碑見於昌黎集中者，皆叙立廟之由，本其得姓之始，祖功宗德而已。至元，則侈大其子孫，於祖宗反略焉。先塋、先德、昭先等碑，名雖不同，其義一也。宋景濂爲《單氏先塋碑銘》云：「公之勳業不附先德之後，何以白前人積累之深。雖昧於造文之體，不暇卹也。」當知碑先德而後子孫者，非文之正體矣。

書祖父例

蔡邕《祖攜碑》云：「攜字叔業，曾祖父勳。攜生稜，稜生邕。邕至勳，連身六世。」故《後漢・邕傳》稱勳爲「六世祖」。而唐穆員爲其父誌，高祖上一世，則稱「五代祖」。陳子昂志父墓：「五

世祖太樂生高祖方慶，方慶生曾祖湯，湯生祖通，通生皇考辯。」柳州《父神道表》：「六代祖慶」，「五代祖旦」，「高祖楷」。蘇子美《父誌》亦然。此當從後。

范育《吕和叔墓表》稱曾祖爲「皇考」，祖爲「王考」。庾承宣爲《田布碑》稱曾祖爲「王大父」。柳州《柳府君墳前石表辭》稱「高祖王父」、「曾祖王父」、「祖王父」。

不書子婦例

女子重所歸，故壻多書，子婦例不書。楊烱爲《曹通神道碑》載子婦一人，以其陪窆于塋内也。裴抗爲《田承嗣神道碑》載子婦二人，以其爲公主也。而宋之黄裳誌夫人黄氏：「男三：長曰淳，娶孫氏。次曰昱，娶楊氏。少曰延，娶張氏。」楊慈湖誌舒元質云：「生子五人：曰鉼，叔晦壻。曰鉦，娶袁氏。曰銑，簡女女焉。曰鍇，娶趙氏。曰鐻，叔和之壻也。」方大琮誌其父云：「大輿娶温陵趙奉直不劬之女，大琫娶福唐林簡肅栗之孫女，大鏞娶薛左史元昇之孫女。」誌林景詵云：「男榮公，聘王氏。」誌徐母趙氏云：「子庭蘭，娶俞料院某之孫女。」此外諸家文集亦不多見。至元而古法蕩然。閻復《廣平王碑》、元明善《淇陽王碑》，無不書子婦矣。

子女不分書所出例

子女皆統于父，雖異母，而不分書所出。在唐，如權德輿誌李巽「三夫人四子」，不言某屬某氏。楊綰作《郭汾陽夫人神道碑》，「六子八女」俱書夫人下。在宋，歐公誌蘇子美，「先娶鄭氏，後娶杜氏，三子」。誌梅(舜)「聖」俞，「初娶謝氏，再娶刁氏，子男五人，女二人」。温公誌吕獻可，「始娶張氏，後娶時氏，四子六女」。荆公志葛源，「元配孫氏，繼配盧氏，三子一女」。誌蘇安世，「娶葉氏，又娶某氏，子四人，女子五人」。誌李宗辯，「男十五人，女十九人」，俱書夫人季氏下。是皆以父爲主，不必分屬之母，此定例也。然婦無別志，即附見夫志之内者，前後夫人不妨分屬子女。如昌黎碑楊燕奇，「夫人李氏有男四人，女二人。後夫人雍氏，有男一人，女二人」。志昭武李公，「三娶：元配韋氏，生子紘，女貢。次配崔氏，生綽、紹、綰。今夫人無子」。白樂天之志元微之、穆員之志鄭叔則，皆用此例。迨元姚牧菴碑姚樞書，「子女某出，某出」。虞伯生志年應龍，亦書「某出」。張起岩狀張宏，「夫人趙氏、姜氏。二子：元節，趙出。元里，姜出」。此非古法之所有也。

婦人誌書子女例

婦人之志，非其所生者不書。臨川誌曾易占：「子男六人：曅、鞏、牟、宰、布、肇。女九人。」

其志夫人吴氏："子男三：鞏、牟、宰。女一。"

妾不書例

婢妾所生之子，書其子，不書其母。如昌黎志李邾云："夫人博陵崔氏，七男三女。邠爲澄城主簿；其嫡激，鄜城令；放，芮城尉；漢，監察御史；滻、洸、潘，皆進士。"是崔氏所生，只激一人。其六人，皆不書其母。誌李惟簡云："夫人崔氏，有四子：長曰元孫，次曰元質，元立，元本。元立、元本，皆崔氏出。"其二子皆不書其母。誌鄭君云："初娶韋肇女，生二女一男。後娶李則女，生一女二男。其餘男二人，女四人。"其餘者，蓋婢妾所生，故不書其母。李定母，仇氏。王文公爲李(閒)[問]誌，書定于正室浩氏之下，不書仇氏。古例皆然，至元而壞之。劉敏中《忠獻碑》書妾；李謙爲《張文謙神道碑》，書側室；姚牧菴《阿力海涯碑》，書如夫人。《潘澤碑》："子希永，他室李出。"蘇天爵《高文貞碑銘》："子男三人：履、恒，麻夫人出；益，側室王氏出。"《耶律有尚碑》："子男五人：長楷，次樸，次權，皆伯德夫人出也。次栝，次檢，庶也。"宋景濂《方愚菴墓版文》稱妾爲"少房"。

不書子姓及妻例

周隋碑志多不書子姓，并不書配。其時夫婦各自爲志，故不書。至于合葬者，夫人必書。如庾子山之《段永》、《司馬裔》、《柳霞》、《侯莫陳道生》、《宇文顯和》諸碑是也。後來歐陽爲《石守道志》，不書妻某氏，子某名。尹師魯亦不書子名。有書子不書妻，周隋間多有之。至唐，如孫逖誌李暠，獨孤及志姚子彦，皆然。

單書嗣子例

周隋之碑，單書嗣子，未嘗人人而書也。觀庾子山諸碑，《司馬裔》但書世子侃，《長孫儉》但書墩等兄弟，《紇干弘》但書世子恭等，《崔説》但書世子洪度，《辛威》但書世子永達，《段永》但書世子岌。唐權文公爲《伊慎神道碑》，但書冢嗣，餘書息男十六人。

書孫曾例

昌黎碑誌只書子女，更無書孫者。孫逖爲《杜義寬碑》，書孫，以表其墓。權文公爲《王端碑》，書孫，以其葬王父。白樂天碑崔孚，書孫，以其求文。張曲江爲《吕處真》，書其孫女；爲《李

仁瞻》，書其孫李迴秀；爲《裴希惇》，書其孫：皆以立碑故。其他皆不書也。至宋，則皆書孫矣。不特孫也，且及于曾孫矣。盧陵《蘇明允誌》，書孫。曾子固誌錢純老，書孫。東坡狀温公，書孫。子固誌沈率府，「子三人，某某；孫八人，某某；曾孫三人，某某」。東坡《范蜀公誌》，書曾孫女。虞伯生碑張宏範，書「孫六人，某官某；曾孫十一人，某官某」。

書孫壻例

葉水心《臧氏誌》，書孫壻。虞伯生狀董文用，「孫女十人，長適某，次適某某」。馬石田銘劉百户，「孫女四人。一適某，一適某」。唐時，孫壻不敢入碑志，或列之碑陰，與先友一例。權文公之碑王光謙是也。

書外甥例

王文公《仁壽縣太君徐氏誌》書「外孫四十七人」。

孫不宜分屬例

今世書孫，又各於孫下，系以某子所出。《爾雅》曰：「男子謂姊妹之子爲出。」《公羊傳》曰：

「蓋舅出。」以鄫世子巫與魯襄公俱是莒外孫，同所自出。故凡言出者，因母姓而云也。今以「出」屬之于父，不通甚矣。且父在，則孫俱屬之父，子不私爲一己之有也。

不書壻祖父例

女之所適，但書壻之姓氏，不當及壻之祖父也。元明善誌袁夫人史氏，書「女，長適宋相史莊肅公嵩之之孫似伯，次適工部尚書余天任之孫昌期，次適宋資政殿大學士史岩之之孫益伯」。以顯宦著名故，變例書之。蘇天爵志袁文清「女四人」，其二人書：「適故觀文殿大學士趙某孫由錫，適故相史忠定王玄孫公佾。」其二人書：「適同知袁州路總管府事趙孟貫，適處州儒學録余應椝。」二書祖父，二不書者，以著名不著名也。然已爲濫惡。今世不論馬醫夏畦，一槩書某某之子若孫某，不知何謂也。

書生卒年月日例

凡書生卒，止書某年某月某日，不書某時。

書國號例

凡書出仕於前代，稱其國號；當代，稱皇。柳州《柳渾》、《陳京狀》是也。

書妻變例

張景妻唐氏再適，宋祁載之。

書女變例

韓文公三女，其長女初適李漢，改適樊宗懿。《誌》書：「壻左拾遺李漢，聓集賢校理樊宗懿。次女許嫁陳氏。三女未笄。」聓即壻之别名。此皇甫持正變例也。

塔銘例

柳州云：「凡葬大浮圖，無竁穴，其於用碑不宜。」然柳州之爲浮圖碑多矣。今釋氏之葬，不曰碑銘，而曰塔銘者，猶存不宜用碑之義也。

書僧臘例

今之爲塔銘者，于其終也，書：「僧臘若干，世壽若干。」《（因）〔同〕話録》云：「釋氏結夏，隨其身之輕重，以蠟爲其人。解夏之後，以本身驗于蠟人，輕則爲妄想耗其氣血矣。今作伏臘之臘，失其義矣。」柳州書：「爲僧凡若干年，其壽若干。」或「凡年若干，爲僧若干期。」

僧稱公例

凡僧稱某公，皆以其名，宋景濂《塔銘》可案也。今乃以其字稱公，此村野驅烏所爲，奈何文章家因之！

寺碑例

宋景文《筆記》云：「碑者，施于墓，則下棺；施于廟，則繫牲。古人因刻文其上。今佛氏揭大石鏤文，士大夫皆題曰碑銘，何耶？」案《儀禮》，碑在堂下，三分庭之一，當碑揖。宗廟、路寢、庠序皆有碑，所以識日景，是不特繫牲而用也。碑于釋氏無礙名義，如王簡栖《頭陀寺碑文》，其來已久矣。

銘法例

《祭統》：「銘之義，稱美而不稱惡，此孝子孝孫之心也。」故昌黎云「應銘法」。若不應銘法，則不銘之矣。以此寓褒貶于其間。然昌黎之于子厚，言：「少年勇於爲人，不自貴重。」誌李干，單書服秘藥一事，「以爲世戒」。誌李虛中，亦書其「以水銀爲黄金服之，冀不死」。誌王適，書其謾侯高事。誌李道古，言其薦「妄人柳泌」。皆不掩所短，非截然諛墓者也。

論文管見附

昌黎「陳言之務去」，所謂「陳言」者，每一題必有庸人思路共集之處，纏繞筆端，剥去一層，方有至理可言。猶如玉在璞中，鑿開頑璞，方始見玉，不可認璞爲玉也。不知者，求之字句之間，則必如《曹成王碑》，乃謂之去陳言，豈文從字順者，爲昌黎之所不能去乎？

言之不文，不能行遠。今人所習大概世俗之調，無異吏胥之案牘，旗亭之日曆。即有議論叙事，敝車羸馬，終非鹵簿中物。學文者，須熟讀三史八家，將平日一副家儅盡行籍没，重新積聚，竹頭木屑，常談委事，無不有來歷，而後方可下筆。顧傖父以世俗常見者爲清真，反視此爲脂粉，亦可笑也。

作文雖不貴模倣，然要使古今體式無不備于胸中，始不爲大題目所壓倒。有如女紅之花樣，成都之錦自與三村之越，異其機軸。今人見歐曾一二轉折，自詫能文。余嘗見小兒摶泥爲炕擊之石上，鏗然有聲。泥多者聲宏；若以一丸爲之，總使能響，其聲幾何？此古人所以讀萬卷也。

叙事須有風韻，不可擔板。今人見此，遂以爲小説家伎倆，不觀《晉書》、《南北史》列傳，每寫一二無關係之事，使其人之精神生動，此頰上三毫也。史遷《伯夷》、《孟子》、《屈、賈》等傳，俱以風韻勝；其填《尚書》、《國策》者，稍覺擔板矣。

文必本之六經，始有根本。唯劉向、曾鞏多引經語；至於韓、歐，融聖人之意而出之，不必用經，自然經術之文也。近見巨子，動將經文填塞，以希經術，去之遠矣。

文以理爲主；然而情不至，則亦理之郛廓耳。廬陵之誌交友，無不嗚咽；子厚之言身世，莫不悽愴。郝陵川之處真州，戴剡源之入故都，其言皆能惻惻動人。古今自有一種文章，不可磨滅，真是「天若有情天亦老」者。而世不乏堂堂之陣、正正之旗，皆以大文目之，顧其中無可以移人之情者，所謂剞然無物者也。

作文不可倒却架子，爲二氏之文，須如堂上之人分别堂下臧否。韓、歐、曾、王莫不皆然；東坡稍稍放寬；至於宋景濂，其爲《大浮屠塔銘》和身倒入，便非儒者氣象。王元美爲《章篔誌》，以刻工例之；徵明、伯虎、太函傳查八十，許以節俠，抑又下矣。

盧陵誌楊次公云：「其子不以銘屬他人而以屬修者，以修言爲可信也。」然則銘之其可不信！表薛宗道云：「後世立言者，自疑於不信，又惟恐不爲世之信也。」今之爲碑版者，其有能信者乎？而不信先自其子孫始；子孫之不信，先自其官爵、贈謚始。聊舉一事以例其餘。如某主江西試，以試策犯時忌削籍。有無賴子高守謙，結黨十餘人，恐喝索賂，某不應，遂掠其資以去。某尋死。崇禎初昭雪死事者，竄名其中，得贈侍讀學士。今其子孫乃言：「逆奄竊柄，某抗疏糾參，幾至不測，閣臣爲之救解。已而理刑指揮高守謙等緹騎逮訊，某辯論侃侃，被拷掠而斃。崇禎初，贈侍讀學士，謚文忠。」脱空無一事實，不知「文忠」之謚，誰則爲之？且并無賴之高守謙授以僞官，真可笑也。潘汝禎建逆奄祠於西湖，某已卧病，不能起。奄敗，遂有言：「某入祠不拜，爲守祠奄人所挺，因而致死。」以之入奏者，今無不信之矣。近見修志，有無名子之子孫以其父祖入於《文苑》，勃然不悦，必欲入之《儒林》而止。嗚呼！人心如是，文章一道所宜亟廢矣。

所謂文者，未有不寫其心之所明者也。心苟未明，劬勞憔悴於章句之間，不過枝葉耳，無所附之而生。故古今來，不必文人始有至文，凡九流百家，以其所明者，沛然隨地湧出，便是至文。故使子美而談劍器，必不能如公孫之波瀾；柳州而叙宮室，必不能如梓人之曲盡。此豈可强者哉！

文章薪火

〔清〕方以智 撰

《文章薪火》一卷

清　方以智　撰

方以智（一六一一—一六七一），字密之，號鹿起，安徽桐城人。崇禎十三年（一六四〇）進士，官翰林院檢討。入清爲僧，名弘智，字無可。一生博覽群書，精音韻，通天文、地理、歷史、生物、醫藥、文學等。著書數十萬言，《通雅》、《物理小識》二書盛行於世。傳見《清史稿》卷五〇〇。

本書有跋，知書爲方氏與門人之對答録，由後人整理而成。「薪火」取薪盡火傳意。作爲隨問隨答之記録，内容比較龐雜，諸子百家多有論及，其宗派、淵源、主張、古代典籍之優劣長短，年代考定，名篇、名句之鑒賞，讀書方法與境界，以及文學理論範疇之文氣、辭達、知言、性道等皆在論列。重要文學家如屈原、莊子到唐宋八家皆有精到品評，而尤重司馬遷。方氏論文以中和之美爲至境，「聖人文章皆致中和」、「調悲喜憤快而各歸於適」，持論平恕，見解獨到。行文多用比喻、對比，説理深入淺出。

有《昭代叢書》（道光）戊集續編本，一九一九年有正書局《文學津梁》本，《叢書集成》續編本等。今據《昭代叢書》本録入。

（趙冬梅）

文章薪火

清 方以智 撰

《灊草》曰：性道猶春也，文章猶花也，砍其枝斷其榦而根死矣，併掘其根，以求核中之仁，而仁安在哉？言掃除者權奪也，欲人之讀真書耳，非必懲咽廢食也。固陋托以夸毗，而絃誦反自廢耶？夫核仁入土，而上芽生枝，下芽生根，其仁不可得矣。一樹之根株花葉，皆全仁也。聖人知之，故老任斯文，删述大集，與萬世共熏。性與天道，豈憂其斷乎？既知全樹全仁矣，不必避樹而求仁也明甚；既知全樹全仁矣，培根也，護榦也，除蠹也，收實也，條理灌輸日用不離也明甚；以冬煉夏，乃貫四時，則無寒無暑之在寒暑中也明甚。《無妄》《大畜》，一多相貫，兩間森羅，無非點畫，俯仰遠近，皆備于我矣。文明以止，用光得薪，雷雨出雲，有開必先，羲、文、周、孔不能違時，酬酢佑神，此最上之神于文章者乎？道統且置，姑就文章論文章。

文傳四教，士首三民，生乎圖書經史明備之後，簡畢猶耒耜也。本于大一，協于分藝，不興其藝，不能樂業。乘物遊心，一室自娛，鼓舞可羣。萬世相告，筆舌之緣，均無所避，有正用通用之中道焉，有中理旁通之發揮焉，有統類焉，有體裁焉，不可不知。

三知終于知言。此格人我、格内外、格古今之大用也。不能知言，又安能自達其所言乎？有專言德行者，專言經濟者，專言文章者，專言技藝者，專言權勢者，專言兵符者，專言法紀者，專訓詁者，專記事者，專寓喻者。統而言之，無非道也，無非性命也。而有專言性命之道者，離事離法以明心，而舉其冒統者也。因有專言生死鬼神者，因有廢世事以專言仙定者，因有專言養生者，因分忘世之言、出世之言，因有别傳善巧若奇兵者。要不出于質論、通論，攷測天地之家，象數、律曆、聲音、醫藥之説，皆質之通者也，皆物理也。專言治教則宰理也，專言通幾，則所以爲物之至理也。皆以通而通其質者也。百家紛如，何以折中？聖人罕雅藏用，彌綸道器，優優乎，洋洋哉。

讀書必開眼，開眼乃能讀書。三才之槖籥，萬理之會通，有所以然者存，不明所以然中之各各當然，而用當然之所以然，則百家堅白同異之舛午，何一不可疑我？我則惑矣。支離動賾之象數，何一不可難我？我則惡之。非白首紛糾，則芒芒蟲豸，非飾陋巧通，則强銲馮河，安能不狥不遺，物物而不物于物乎？由此言之，苟非專精深幾，眼何能開？又况閉而開之，開而閉之。習此坎窞，喪身失命，故知不少。雖然如此，亦視其人。

文章之先，當知所以爲文章者。文章成列，當知爲何等之文章。或大或小，或正或奇，或中或偏，是其人皆可，不是其人皆浮逐也。不知爲不知，而就事言事皆可，未得爲得而專作夸己掃

人之詞，又不如藏拙矣。

《易》奇而法，謂因物之天然而衍之者也。方圓密顯同時變化，人能讀此書者尠矣。龍、馬、狐、豕，杞瓜、葛藟，圭紱、黄矢，躋陵涉川，有謂無謂乎？無謂有謂乎？滄澥寶珠，隨人變色，揚眉舉步，何非雷雨日風。

程子曰：「《繫辭》之文，化工生物。」虚舟曰：「靈光衡旋，倏忽異常。」更生曰：「聖人贊《易》如趙叟跋禊帖，一條又一條，隨曲生瀾，不知重沓。」

《典》、《謨》爾雅，訓體約厚，隆古尚簡故耳。《春秋》乃以事還事之筆，不可增損。《禮記》、《論語》則通方時義之雅言也。《詩》道性情，窮于《禮》而通于《詩》，觀其深乎。

《左傳》巧鍊，未免雋傷。《國語》伸之，與《戴記》近。鄭漁仲辨《左傳》者十。郝京山曰三晉之文士筆。劉歆以爲丘明，便讓博士耳。鄒、夾不傳。《公》、《穀》皆未親見尼山者也，刻核推斷，文則峭矣，臆故不免。《戰國》短長言，則捭闔飛箝之技也。

周末文勝，生才若是，後未有盛于此者。鄒邑正正之旗，密轉握奇之籥，神于懼創不避者乎？屈子開漁父之眼，而甘以誒詒竭忠，故其詞沉篤，氣塞穹蒼，神于怨創不避者乎？莊子休具黑白之眼，而甘以巧激旁寓，善用奇兵，神于怒創不避者乎？三子同時而不相遇，屈專盡人而冥于惟危之心，莊專得天而冥于惟微之心，孟合天人而以不得已爲用，本可會一宗，其文亦可合

而互之，此當俟之間出之士。

老子、楊、墨皆近孔子前後。自老子正言若反，而惠施交易之，其歷物也，大其小，小其大，長其短，短其長，虚其實，實其虚而已。公孫龍遂爲隱射距鈎之機。皆楊、墨之流也。莊蕩于無何有之鄉，而樂在冥應。善用之因物還物，天載兩忘，是有見乎無首者。不善用之比之無首矣。其詞近于爲我，其機則破相宗也。楊子執其隨，墨子豐其蔀，告子艮其限，別墨之謑髁。縱脱倍譎不仵，則浚恒振恒者也。其見偏至，其文亦偏至。

《管子》在《老子》之前，其《内業篇》與《老子》合。其治近功，故名法之家祖之，因而附益之。申、商、韓皆是也。商、韓文最决絶，如其法然。荀子主禮法，文故明當。

《關尹子》後起者也，其論道器頗平。《鶡冠》、《亢倉》搜剔銛鋒，甚則爲《陰符》。奇其事爲《山海經》、《穆天子傳》。守其業而浸廣之，《靈樞》、《素問》也，皆周末筆。《陰符》、《關尹》、《鶡冠》、《亢倉》則晉唐筆也。

《吕覽》、《淮南》則養客撮衆人之英者也。不韋預知焚書，而寓之一束，始發此智，更巧于招隱矣。嗟乎！周公不驕吝而收天下之材藝，此無繼矣。吕、劉之智亦無繼之者耶？將以虞預、何法盛、宋齊丘爲智耶？不堪噴飯。

子長以鬱折而成《史記》，收合百家，洽古宜時。散近乎朴，變藏于平，善序事理，真不虚也。

自莊生剽剥鉤懸，嘗借人物叙事，藏其議論。《史記》直爲叙事，據欵結案，何用犯手裝面，而强浚之、强括之乎？以此讀者更快其情，以爲天然。

孟堅整嚴之中亦能錯落，范史因東京平對而順載之，伯喈則喜比偶矣。趣至六朝，尚麗掞藻，勢也。徐庾始嫺，唐宋遂爲别體。吾取其流爽者。

韓昌黎振起八代之衰，爲其單行，古文法也。子長爲質，上泝周秦，氣骨自古，曲折作態，盡乎技矣。其言正直，潤色典雅，故超于技。徒謂《平淮西碑》爲媲《典》、《謨》，《毛穎傳》酷似子長，淺之乎！退之有時生割，刻意形容，琢古磨石，未免乎痕。痕亦何累乎退之？斯文後死，存乎其人，不在鉤章棘句以爲工，不在鄙倍蕪累，乃爲篤論，爲學道之亞也。

去其痕而一以平行之，則歐曾也，蘇則鋒于立論而衍于馳騁。八家大同小異，要歸雅馴。學者鼓篋，門從此入，至于盡變，更須開眼。

文章之開闔、主賓、曲直、盡變，手眼之予奪、抑揚、敲唱雙行，何非一在二中之幾乎？以過而化其不及，以不及而化其過，以中而化其過不及，以過不及而化其中。《易》之參兩錯綜，全以反對顛推而藏其不測。有悟此爲文章者，張旭之聞鼓吹、觀劍器，紀昌之目承挺、貫蝨心，不是過矣。

「君安驪姬，是我傷公之心也」，以約過而吞吐始悲。「使眇者御眇者，跛者御跛者」，以詳數

而形容生色。

且緩急亦人之所時有也。銳發一論，遂轉别論。「『聽訟，吾猶人也，必也使無訟乎！』『下士聞道大笑之』，非虚語也。」歷引不繹；「錦綗」「輶毛」之章，歷引而繹之，各盡其致。「亦古今得失之林也，何必異聞。」反掉作波，不抑不揚。《平凖書》叙至卜式曰「烹弘羊，天乃雨」，借刀殺人，不置一斷，突然而住。

《荆軻傳》「倚柱而笑」，此點睛也。前有魯句踐，後有高漸離，奇峰湍流，互相穿激。昌黎叙睢陽，述南八，詳其聞此者張籍云，正法此傳，惟恐其冷落無餘聲耳。此善請客之玅也。玅高峰七日不見，而見之别峰，道寓于器，正意寓于旁意，何往不然。

琢句割字，刻畫之小品也。長河千里一曲，不在乎此。然點綴之間，神亦與之俱動。周公曰：「坐乎，將毋？」子産止兀者曰：「子毋乃稱。」灌夫曰：「畢之。」姬得赫蹏書，問上何如，曰：「愷也。」《攷工》、《檀弓》、《儀禮》叙事狀物，俱以簡盡。《論語》「鮮矣仁」，《孟子》「豕交之也」，何常不奇？韓退之賞樊《絳碑》，和盧《月蝕》，稱長吉之「鯨呿鰲擲」，正以爲人不可行怪，而忍俊不禁，何妨筆墨間洩其奇氣耶？由今論之，鬼母泣天，蝦蟆蝕月，多祗生厭，何奇之有？若如「黄原玦天」、「銑溪虬户」，則鉛粉惡装，並不得以棘刺母猴、畫策龍蛇相例。

古人用意更善奇變。劉須溪曰：「宰我問短喪，所以激聖人之定案也」。宗一曰：「劍逼乎

子貢之問：去食與信也，二者何先？此待問乎？此謂答在問處。」「使民戰栗」激發哀公，尼山三聲，雪上加霜耳。今人竟作呵宰我說，何啻千里？宰我、子貢擅言語之科，并有仁焉，豈必改字？

桃應一問，不必以事實論也。師弟互相逼唱，不過欲蹴出一「敝屣」耳。《莊子・逍遥遊》：「堯見四子汾水之陽，窅然喪其天下。」歌舞排場，費盡撩天之舌，曾有出乎敝屣之外者否？世必以膠柱爲篤論，豈可與神遊康衢見藐姑耶？元氣不足，一浴一風，猶恐外感。

子長作《史記》，常尊其父諱「談」爲「同」，《自序》甚明。年表用「臣遷謹按」，則「太史公」爲褚輩所加，未可知也。班彪曰子長一人之思，刊落不盡，故明授其子。孟堅《漢書》竟不稱歸于父，何哉？蔚宗目睫，徒飾笑耳。

黄溍言文章非應用，應用非文章。著論本本而布嚴雍容者，澄湖不波，一碧萬頃，魚龍潛伏不動，而澒洞不可犯云。

吴萊立夫言作文如用兵，有正有奇。正者文之法，奇者不爲法縛，千變萬化，坐作擊刺，一時俱起者也。及止部還伍，則肅然未常亂。

馬存《贈蓋邦式序》曰：「子長之文章不在書，以書求之，則終身不知其奇。予有《史記》一部，載天下名山大川壯麗奇怪之處。將與子周遊而歷覽之，庶幾可以知文矣。子長生平喜遊，將

以盡天下之大觀以助吾氣，然後吐而爲書。」

程子云：「子長著作，微情玅旨寄之文字蹊徑之外。孟堅之文，情旨盡露于文字蹊徑之中。讀子長文，必越浮言者，始得其意；超文字者，乃解其宗。班氏文章亦稱博雅，但一覽之餘，情詞俱盡。」張輔以文字多寡爲優劣，此何足以論班馬哉？

馮開之曰：「讀書太樂則漫，太苦則澀。董遇之百徧，玫亭之半日，淵明之不求甚解，東坡之每事一過，庾嵩之開卷一尺，王筠之重覽輿深，其各得于輪扁之甘苦者乎？」吴季子書憲曰：「短册恨其易竭，累牘苦于難竟。讀貶激則髮欲上衝，讀軒快則唾壺盡碎，讀滂沛而襟撥，讀幽憤而心悲，讀虚無之渺論而譎誕生，讀拘儒之腐陳而谷神死，讀遯照者欲盡相以窮神，讀岨峿者期妥貼以愜志，讀闕文而思補，讀朦朧而思參，讀寂漠者非燥吻不開，讀奇藻者非清華則靡。故每讀一册，必配以他部，用以節其枯偏之情，調悲喜憤快而各歸于適，不致輟卷而歎，掩袂而泣，則配之説也。弄風研露，輕舟飛閣，山雨來，溪雲升，或豪集，或孤訪，鳥出啼，花冷笑，則配之適也。」時

辛巳秋書

動則曰「唐宋大家」，抑知唐宋大家皆有深造之火候乎？今欲一蹴而偃襲之，唐宋大家未許也。韓退之答李（翶）〔翊〕曰：「古立言者，無望其速成，無誘于勢利，養其根而竢其實，加其膏而希其光。學二十餘年矣，非聖人之志不敢存，處若忘，行若遺，儼乎若思，茫乎若迷。注于手也，

惟陳言之務去，戛戛乎難哉！如是有年，識古書之正僞，徐有得也。汩汩來矣。人笑之則喜，譽之則憂，猶有人之説者存也。如是有年，浩乎沛然矣。平心察之，其皆醇也，然後肆焉。然不可不養也。水大而物之浮者大小畢浮，氣盛則言之短長與聲之高下皆宜。雖如是，敢自謂成乎？處心有道，行己有方，用則施諸人，舍則傳諸其徒，垂空文而爲後世法。亦足樂乎？志乎古，必遺乎今，吾誠樂而悲之。」柳子厚曰：「吾少以辭爲主。及長，乃知文以明道，不苟爲炳炳烺烺、采色、夸聲也。未敢輕心掉之，懼其剽也；未敢怠心易之，懼其弛也；未敢昏氣出之，懼其褋也；未敢矜氣作之，懼其驕也。本諸《書》以求質，《詩》以求恒，《禮》以求宜，《春秋》求斷，《易》以求動。此取道之原也。參之《穀梁》厲氣，《孟子》暢支，《老》、《莊》肆端，《國語》博趣，《離騷》致幽，《太史公》著潔。此旁推交通而以爲文也。」李習之曰：「六經創意造言，皆不相師。故讀《春秋》也，如未嘗有《詩》；讀《詩》也，如未嘗有《易》；讀《易》也，如未嘗有《書》；讀屈原、莊周也，如未嘗有六經。義深、意遠、理辯、氣厚，則辭盛而文昌。今尚異者曰『奇險而已』，好理者曰『叙意而已』，溺時者曰『文當對』，病時者曰『文不當對』，愛難者曰『宜深不宜易』，便易者曰『宜通不宜難』。此皆情有（便）〔偏〕滯。古人深于義，當于理，文之以其辭而已，不知其對與否、易與難也。學古文者説古人之行，愛古人之道也，持己莫如恭，自責莫如厚，接衆莫如宏，用心莫如直，進德莫如勇，受益莫如擇友，好學莫如改過。」蘇明允曰：「孟子之文，語約而意盡，不爲巉刻斬絶之

言，而其鋒不可犯。韓子之文，如長江大河，渾浩流轉，魚鼉蛟龍，萬怪惶惑，而抑遏蔽掩，不使自露，而人望見其淵然之色，亦自畏避，不敢迫視。歐陽子之文，紆餘委備，往復百折，而條達疎暢，無所間斷，氣盡語極，急言竭論，容與簡易，無艱難勞苦之態。此三者，斷然自爲一家之文也。惟李翺之文，俯仰揖讓，其味黯然而長，其光油然而幽，其別有以服之乎？」又曰：「二十七始知讀書，後困甚，覺古人之出言用意與（已）〔己〕大異。時復内顧，其才則又似夫不止於是而已者。盡燒曩時所爲文，取《論語》、《孟子》、韓子，介然端坐，讀之者七八年。久之，豁然以明，若人之言固當然者。試書之，渾渾乎來之易矣。若或啓之，若或相之，詩人之優柔，騷人之清深，孟、韓之温淳，遷、固之雄剛，孫、吴之簡切，投之所嚮，無不如意。然未敢以爲是也。」潛谷曰：「子瞻名理類莊，治體類賈、陸。其嘻笑怒罵，猝然憤然，皆成文可書。其大者馳騁縱逸，如行雲流水，渾淪光怪，雄視百代，所自得爲多矣。子由深思澄蓄，汪洋澹泊，不應人知，如其人，然秀傑之氣不可掩。」謝疊山曰：「東坡自《莊子》覺悟來。」袁中郎曰：「坡評道子畫如燈取影，横見側出，逆來順往，各相乘除。余謂公文亦然。舞女走竿，市兒弄丸，横心所出，腕無不受，其至者如晴空鳥迹，水面風痕，有天地來一人而已。」阮霧靈曰：「坡長於馳阪，而短於頓鬱，故惡揚之艱深。今學蘇者，平衍易襲，而精奥不傳矣。必學六經、《史》、《漢》，僅乃韓、蘇。」愚者曰：極深研幾，因象數而會通之，斯文錯綜之本乎？宋人好平易一往，其時尚然也。故韓魏公不與永叔言《易》。子厚非

《月令》、《國語》，執道之變動相詰難，彼烏知有統類秩叙之端幾哉？放翁曰：「東坡嶺外喜子厚文，及北歸，《與錢濟明書》乃痛詆子厚《時令》、《斷刑》、《四維》、《貞符》〔詩〕〔諸〕篇。」可見學問轉變，好尚頓異，未可以殺活語也。好學不已，歷年必變，平而奇，奇而平。不好學而依趣彷彿，即執一而不變矣。極深變盡之後無深無淺，然後知聖人之文章皆致中和。如未至此，或平或奇，聽人之才，亦可互救以爲鼓舞。要期於自成節奏，遠鄙倍而已。

李文饒謂：「氣不可以不息，不息則流蕩而忘返。」李翰言：「文如千兵萬馬，寂然無聲。」曹子桓謂：「氣之清濁有體，不可力强而致。然小大異量，各自完吾分耳。」陳龍川曰：「君子行權於正，用智以理。過於智而不以仁義禮信行之，則賊矣。」昔人謂胸中先有六經、《語》、《孟》，然後讀前史。史既治，則讀諸子，是古人治心積學之方，往往有叙有要。奈何涉獵凌躐於尺幅間？況非史非子，徒以凌躐之氣壞吾人乎？合從連衡熾而六國入秦，顧厨俊及標而漢祚爲墟。即至濂洛諸君子倡明理學，厥力不細，而韓侂胄猶誣爲「僞學」而殘噬之。繇斯以觀，豎一説者伏一敵，至乎各樹其説，竝對一敵，而天下事不可爲矣。今時流輩大率淵源無素，愛奇者聞詭而驚聽，浮慧者觀綺而躍心，迂疎者以淺俚爲古朴，填砌者以六朝爲治麗。此由胸智不多，未更老成故也。又好詆訶前輩，旁人甚憐其愚，而造之者揚□以爲得意。蓋文士之矛足釀兵争之禍，歷觀古來應若指掌，陳興霸之言應矣。癡山曰：「前輩論文，有專取厚重以爲風教所關，福澤所出者，固也。

其間政自有辨。阿犖山身重三百五十斤，顧當時見稱，乃在運其三百五十斤之軀盤舞如飛。不然，司馬保八百，孟業千斤，劉荆州大牛何異哉？鐘有徑廣者容可萬石，顧其肉郭必不能厚。厚則石而音咽矣。惟其靈也，惟其動也。小巧以爲靈，凌轢以爲動，又弗取也。臨以生平之魄力，收古人之精英，久而出之，古人與我鬱勃而不可已；心醒而口咀，迫而吐之，其聲乃流，至於泣風雨、驚鬼神；歌舞憤涕，不形于外而洋溢于毫端。如是者謂之能盡其才。能盡其才而養之，方爲貴耳。」

宋九青曰：「先輩豈生今而薄今耶？時未至也。其智之變亦不暇至此也。不學則前人之智非我有矣，學而狥迹引墨，不失尺寸，非《鹽鐵論》所謂『呻吟枯簡，誦死人之句』乎？柳子謂《淮西碑》有帽子習，楊大年謂杜陵爲『村夫子』，子美謂太白少縝密，太白謂子美困琱鎸，秦少游謂《醉翁亭》用賦體，尹師魯以《岳陽樓》用傳〔奇〕體。大約才人各伸其所獨至。少陵欲倣漢魏不難，子瞻欲摹周秦亦易，惟不肯蹈襲耳。然末世之空腹高心不能茹吐古今者，率其鄙倍，亦曰『我不蹈襲也』，未可藉口。」智謂世以智相積，而才日新，學以收其所積之智也。日新其故，其故愈新，是在自得，非可襲掩。

石塘師曰：「自以拖沓爲篤實，而古文風致盡矣。何謂遠鄙倍乎？好古者以《史》、《漢》之追章琢句拔之，久而襲爲剽賊矣。貴神識者以唐宋大家救之。」侯廣成曰：「雜怪難識以爲博，空

疎不學以爲靈，此謂妄居其創者，至狂子僇民，羣起糞掃六經，師心杜撰，於是乎冥趨倒行，愈變愈下。嫌鐘鼓玉帛爲芻狗，而遂甘爲鬼魅也，可乎？」末世才固日生，而好學者少。文以禮樂，尼山所望。即以文章致其中和，亦安藝息游，琢玉繼聲之道也。辛巳孟夏將之登州書與曼公。

《譚苑醍醐》曰：「『辭達而已矣』，恐人溺于辭而忘躬行也。淺陋者借之。《易傳》、《春秋》，孔子之特筆，其言玩之若近，尋之益遠；陳之若肆，研之益深，天下之至文也，豈止達而已哉？」夫意有淺言之而不達，深言之而乃達者；詳言之而不達，略言之而乃達者；正言之而不達，旁言之而乃達者；俚言之而不達，雅言之而乃達者。故東周、西漢之文最古，而其能道人意中事最徹。今以淺陋爲達，是烏知達哉！夫脱于口謂之言，爻于文謂之辭。《書》曰：「政貴有恒，辭尚體要。」以言乎政令之辭也。《儀禮·聘記》曰：「辭多則史，少則不達。辭苟足以達，義之至也。」以言乎禮聘之辭也。《左傳》曰：「辭之不可以已也如是，非文辭不爲功，慎辭哉。」以言乎使命之辭也。《記》曰：「有其容，則文以(若)〔君〕子之辭；遂其辭，則實以君子之德。」又曰：「情欲信，辭欲巧。」以言乎相接相示之文辭也。凡謂之辭，未有不貴達者，亦未有達而猶貴枝葉者也。夫子惡巧言，而曰「辭欲巧」，則知「辭」非「言」例也。《易》有聖人之道四焉，「以言者尚其辭」，「聖人之情見乎辭」，「脩辭立其誠，所以居業也」。韋編三絶，鐵擿三折，漆書三滅，曰：「假我數年，若是，我於《易》則彬彬矣。」彬彬者，辭達之謂也。繫終六辭，盡天下之情哉。《藝苑巵言》云：「吾

嘗論孔、荀以前作者，理苞塞不喻，假而達之辭。後之爲文者，辭不勝，跳而匿諸理。六經，理而辭者也；兩漢，事而辭者也，錯以理而已。」自儒林、道學歧分而經義帖括爲剥啄之瓦，賢者捨經而樓上駕樓，以講道高自標目。而不肖者滉漾自恣，莫可窮詰矣。鄧潛谷曰：「宋賢等文學于功利，於根本固篤，而苛求多拂物理，徒生其鷹擊颺去之心。」虛舟子曰：「尼父轍環，至老終以志事託之斯文，安萬世之火於竈，使之可羣，樂業而薰陶自化。聽上者之通神明、類萬物，次亦各食其力，各消其智。或依循、或達材，皆鼓舞不能自已。掃除者無乃暗做別傳乎？曾知爲宋元王造閉解閉之滑疑哉？」虞叟曰：「正嘉以剿襲傳訛相師，而士以通經爲迂。萬季以繆妄無稽相夸，而士以讀書爲諱。至今俗學晦蒙，繆種膠結，胥天下爲鬼語而不知其所從來。噫！」《瀠草》曰：「好學者理明事正，辭自然達。惟詖遁之辭不達，方且以不達詒人。」浮山之孤曰：「學必悟而後能變化，悟必藏於學而後能善用，同人達辭之道亦然。通其故則不爲所惑，不爲所惑，則善用之皆蘖矣。學足識盡而用其才，行乎不得不行，止乎不得不止，秩叙變化，同時中節，知達之神者乎。不以辭害意，言近而指遠，『吾無隱乎爾』，『造適不及笑』，知達之本者乎。」愚者偶書

道無在無不在，而英才之士笱必干霄，豈能禁之經濟，係乎遭遇？而以文會友，鼓篋詠歌，則窮達無間也。凡人枯則不堪，不學古則誕，不因其知而熏之，烏能久相安耶？故因文章而誘入經史，熏于經史而暴戾消、鄙倍遠矣。今世之事制義也，博富貴也。當其發揮稱

題，不覺神暢而爽然四解，未嘗念及富貴也。又况上下其觀，茹吐古今者乎？我師天才橫逸而好學不厭，立論平恕而因才自達，淵源三世，旁通百家，出其緒餘，範圍皆備。寬而栗，大而精，雅言而觀其深，即此閒舉統類歷然。讀者遇之，幸無漫過。白笴門人曹晟謹跋。

子厚略爲比興、著述二流。老父則曰：析理、舉事、極物，文之正用也；達志、陶情，文之樂羣也。士業生于典籍之後，何樂而不因其井竈，續其無欺之火也乎？閉防已甚，大決傷多。故以經學藏道，雅音作人，所悽悽于末世者，高標不可與争。而時風若以薰之，此即薪泯火之中和飲也。謹取辛巳至今前後條説彙而録之。皖桐方氏不肖子中悳拜記于浮山。

知道者，有言無言皆可也。物不得其平則鳴，鳴謙則吉。聖人知道不容言，而興藝樂業，宣之即以節之，養之即以辨之。故雅言《詩》、《書》，化以禮樂，必待學《易》知天命，而後能以忠恕作《春秋》。姚義曰：「志定而後及也。」宋景文曰：「曾子少以孝行顯，晚年該洽，乃能著書。」故初學宜薰陶，中年宜考辨，晚年乃可論定。不驕不吝則多才多藝，即中和也。一真無避，則孤孽之哀怨亦中和也。淵明、元晏、雲貞皆以枕籍自化其高而養中和者乎？我師道備四時，一多相貫，潛亢肥遯，歸于中田。其所雅言無非罕言，特未嘗剥爛復反歷盡者無由知之耳。此一卷語皆二十年中之隨問隨舉，而田伯彙録之者，謹奉同心以公醇飲。祝犁大淵獻秋相提月，學人揭暄敬跋。

日知録論文

〔清〕顧炎武 撰

《日知録論文》一卷

清　顧炎武　撰

顧炎武（一六一三—一六八二），初名絳，字寧人，號亭林，自署蔣山傭，昆山（今屬江蘇）人。早年參加復社。清兵南下，起兵抗擊。後長期游學北方，布衣終身，客死山西曲沃。一生志高行潔，提出「保天下者，匹夫之賤與有責焉」之名言。崇尚實學，博極羣書，精於考證，開啓清代樸學之風。著述宏富，後人輯有《亭林遺書》。傳見《清史稿》卷四八一。

《日知録》博大精深，爲顧氏三十年心力所注。其卷十九專論文，今録入。此卷首謂「文須有益於天下」，把文章之用世功能置於最重要地位，并以此作爲衡文評藝之標準，貶責怪誕、無稽、勦襲、諛佞之文，肯定「直斥其人」之「直言」，力戒「志狀不可妄作」等。但又力主「修辭」之必要性與重要性，對當時「從語録入門」、「多不善於修辭」之風，深致不滿；又指責「近代文章之病，全在模仿」，均爲中肯之言。論文之繁簡，尤具通識。認爲文之繁簡本身，無所謂優劣，應視「辭達」與否爲定，并舉《孟子》、《左傳》等以繁取勝者多例説明之，辯而有力。顧氏論文，頗能抉幽闡微，而又牢確不刊，信而可據。

《日知録》顧氏生前所刊僅八卷本，未曾廣傳；康熙中，門人潘耒始據手稿本刻成三十二卷行世，有康熙三十四年潘氏遂初堂刊本。道光初，黄汝成纂爲《日知録集釋》三十二卷，採輯九十餘家之説，有道光十四年嘉定黄氏西谿草廬刊本，數年後又予修訂重刊。上海古籍出版社一九八五年出版《日知録集釋（外七種）》曾予影印。《四庫全書》之《日知録》，其卷十九最末之「古文未正之隱」則，原共五條，前四條均與異族入主中原有關，被四庫館臣視爲違礙而無理删去。今據道光本《日知録集釋》録入，不收注文。

（王宜瑗）

日知録論文

清　顧炎武　撰

文須有益於天下

文之不可絶於天地間者，曰明道也，紀政事也，察民隱也，樂道人之善也。若此者，有益於天下，有益於將來，多一篇，多一篇之益矣。若夫怪力亂神之事，無稽之言，勦襲之説，諛佞之文，若此者，有損於己，無益於人，多一篇，多一篇之損矣。

文不貴多

二漢文人所著絶少，史於其傳末每云所著凡若干篇。惟董仲舒至百三十篇，而其餘不過五六十篇，或十數篇，或三四篇。史之録其數，蓋稱之，非少之也。乃今人著作，則以多爲富。夫多則必不能工，即工亦必不皆有用於世，其不傳宜矣。

西京尚辭賦，故《漢書·藝文志》所載止詩、賦二家。其諸有名文人，陸賈賦止三篇，賈誼賦

止七篇，枚乘賦止九篇，司馬相如賦止二十九篇，兒寬賦止二篇，司馬遷賦止八篇，王褒賦止十六篇，揚雄賦止十二篇，而最多者則淮南王賦八十二篇，枚皐賦百二十篇。而於《枚皐傳》云：「皐爲文疾，受詔輒成，故所賦者多。司馬相如善爲文而遲，故所作少，而善於皐。皐賦辭中自言爲賦不如相如，其文骫骳，曲隨其事，皆得其意，頗詼笑，不甚閑靡，凡可讀者不二十篇，其尤嫚戲不可讀者尚數十篇。」是辭賦多而不必善也。東漢多碑誄、書序、論難之文，又其時崇重經術，復多訓詁。凡傳中録其篇數者四十九人，其中多者如曹褒、應劭、劉陶、蔡邕、荀爽、王逸各百餘篇，少者盧植六篇，黄香五篇，劉騊駼、崔烈、曹衆、曹朔各四篇，桓彬三篇，而于《鄭玄傳》云：「玄依《論語》作《鄭志》八篇，所注諸經百餘萬言，通人頗譏其繁。」是解經多而不必善也。

秦延君説《堯典》篇目兩字之説十餘萬言，但説「曰若稽古」三萬言。（原注：桓譚《新論》。）此顔之推《家訓》所謂鄴下諺云「博士買驢，書券三紙，未有驢字」者也。（原注：陸游詩：「文辭博士書驢券，職事參軍判馬曹。」）

文以少而盛，以多而衰。以二漢言之，東都之文多於西京而文衰矣。以三代言之，春秋以降之文多於六經而文衰矣。（原注：如惠施五車其書，竟無一篇傳者。）《記》曰：「天下無道，則言有枝葉。」

《隋志》載古人文集，西京惟劉向六卷，揚雄、劉歆各五卷，爲至多矣，他不過一卷二卷。而江左梁簡文帝至八十五卷，元帝至五十二卷，沈約至一百一卷，所謂「雖多亦奚以爲」！

著書之難

子書自孟、荀之外，如老、莊、管、商、申、韓，皆自成一家言。至《吕氏春秋》、《淮南子》，則不能自成，故取諸子之言彙而爲書，此子書之一變也。今人書集，一一盡出其手，必不能多，大抵如《吕覽》、《淮南》之類耳。其必古人之所未及就，後世之所不可無，而後爲之，庶乎其傳也與？

宋人書如司馬温公《資治通鑑》、馬貴與《文獻通考》，皆以一生精力成之，遂爲後世不可無之書。而其中小有舛漏，尚亦不免。若後人之書，愈多而愈舛漏，愈速而愈不傳。所以然者，其視成書太易，而急於求名故也。

伊川先生晚年作《易傳》成，門人請授。先生曰：「更俟學有所進。」子不云乎：『忘身之老也，不知年數之不足也，俛焉日有孳孳，斃而後已。』」

直言

張子有云：「民，吾同胞。」今日之民，吾與達而在上位者之所共也。救民以事，此達而在上位者之責也。救民以言，此亦窮而在下位者之責也。

「天下有道，則庶人不議。」然則政教風俗，苟非盡善，即許庶人之議矣。故《盤庚》之誥曰：

「無或敢伏，小人之攸箴。」而國有大疑，卜諸庶民之從逆。子産不毁鄉校，漢文止輦受言，皆以此也。唐之中世，此意猶存。魯山令元德秀，遣樂工數人連袂歌《于蔿》，玄宗爲之感動；白居易爲盩厔尉，作樂府及詩百餘篇，規諷時事，流聞禁中，憲宗召入翰林。亦近於陳列國之風，聽輿人之誦者矣。

《詩》之爲教，雖主於温柔敦厚，然亦有直斥其人而不諱者。如曰：「赫赫師尹，不平謂何。」如曰：「赫赫宗周，褒姒滅之。」如曰：「皇父卿士，番維司徒。家伯維宰，仲允膳夫。聚子内史，蹶維趣馬。楀維師氏，艶妻煽方處。」如曰：「伊誰云從，維暴之云。」則皆直斥其官族名字，古人不以爲嫌也。《楚辭·離騷》：「余以蘭爲可恃兮，羌無實而容長。」王逸《章句》謂懷王少弟司馬子蘭。「椒專佞以慢慆兮。」《章句》謂楚大夫子椒。洪興祖《補注》：「《古今人表》有令尹子椒。」如杜甫《麗人行》：「賜名大國虢與秦，慎莫近前丞相嗔。」近於《十月之交》詩人之義矣。

孔稚珪《北山移文》，明斥周顒。劉孝標《廣絶交論》，陰譏到溉。袁楚客規魏元忠有十失之書，韓退之諷陽城作争臣之論，此皆古人風俗之厚。

立言不爲一時

天下之事，有言在一時，而其效見於數十百年之後者。《魏志》：司馬朗有復井田之議，謂

「往者以民各有累世之業，難中奪之，今承大亂之後，民人分散，土業無主，皆爲公田，宜及此時復之」。當世未之行也。及拓跋氏之有中原，令户絶者圩宅桑榆盡爲公田，以給授而口分。世業之制，自此而起，迄於隋、唐守之。《魏書》：武定之初，私鑄濫惡。齊文襄王議稱錢一文重五銖者聽入市用。「天下州鎮郡縣之市，各置二稱，懸於市門，若重不五銖，或雖重五銖而雜鉛鑞，並不聽用。」當世未之行也。及隋文帝之有天下，更鑄新錢，文曰五銖，重如其文，置樣於關，不如樣者没官銷毁之。而開通元寶之式自此而準，至宋時猶倣之。

《唐書》：李叔明爲劍南節度使，上疏言道佛之弊：「請本道定寺爲三等，觀爲二等。上寺留僧二十一，上觀道士十四，每等降殺以七，皆擇有行者，餘還爲民。」德宗善之，以爲可行之天下。詔下尚書省議，已而罷之。至武宗會昌五年，併省天下寺觀，敕上都、東都兩街各留二寺，每寺留僧三十人。天下節度、觀察使治所及同、華、商、汝州各留一寺，分爲三等。上等留僧二十人，中等留十人，下等五人。凡毁寺四千六百餘區，歸俗僧尼二十六萬五百人，大秦穆護祆僧二千餘人。而本朝洪武中，亦稍行其法。《元史》：京師恃東南運糧，竭民力以航不測。泰定中，虞集建言：京東數千里，「北極遼海，南濱青齊，萑葦之場，海潮日至，淤爲沃壤。用浙人之法，築堤捍水爲田，聽富民欲得官者，合其衆而授以地。能以萬夫耕者，授以萬夫之田，爲萬夫長；千夫、百夫亦如之。三年視其成，以地之高下定爲徵額，五年有積畜，命以官，就所儲給以禄。十年佩之符

印，得以傳子孫，如軍官之法」。如此可以寬東南之運，以紓民力，而游手之徒，皆有所歸。事不果行。及順帝至正中，海運不至，從丞相脱脱言，乃立分司農司，於江南召募能種水田及修築圍堰之人各一千名，爲農師，歲乃大稔。至今水田遺利，猶有存者。而戚將軍繼光復修之薊鎮。是皆立議之人所不及見，而窮則變，變則通，通則久，天下之理固不出乎此也。孔子言「行夏之時」，固不以望之魯之定、哀，周之景、敬也，而獨以告顏淵。及漢武帝太初之元，幾三百年矣，而遂行之。孔子之告顏淵，告漢武也。孟子之欲用齊也，曰：「以齊王，猶反手也。」若滕，則不可用也，而告文公之言，亦未嘗貶於齊、梁，曰：「有王者起，必來取法，是爲王者師也。」嗚呼！天下之事，有其識者不必遭其時，而當其時者或無其識。然則開物之功，立言之用，其可少哉！

朱子作《詩傳》，至於秦《黄鳥》之篇，謂其初特出於西戎之俗，而無明王賢伯以討其罪，於是習以爲常，則雖以穆公之賢而不免。論其事者，亦徒閔三良之不幸，而嘆秦之衰，至於王政不綱，諸侯擅命，殺人不忌，至於如此，則莫知其爲非也。歷代相沿，至我朝英廟，始革千古之弊。伏讀正統四年六月乙酉書與祥符王有爋曰：「周王薨逝，深切痛悼。其存日嘗奏：『葬擇近地，從儉約，以省民力；自妃夫人以下，不必從死，年少有父母者，各遺歸其家。』」（原注：周憲王諱有燉，所著有《誠齋集》。憲王雖有此命，及薨，妃鞏氏竟自經以殉。謚貞烈，以一品禮葬之。）蓋上御極之初，即有感於憲王之奏，而亦朱子《詩傳》有以發其天聰也。嗚呼仁哉！

文人之多

唐、宋以下，何文人之多也！固有不識經術，不通古今，而自命爲文人者矣。韓文公《符讀書城南》詩曰：「文章豈不貴，經訓乃菑畬。潢潦無根源，朝滿夕已除。人不通古今，馬牛而襟裾。行身陷不義，況望多名譽。」而宋劉摯之訓子孫，每曰：「士當以器識爲先，一號爲文人，無足觀矣。」然則以文人名於世，焉足重哉！此揚子雲所謂「摭我華而不食我實」者也。黄魯直言：「數十年來，先生君子但用文章提獎後生，故華而不實。」本朝嘉靖以來，亦有此風。而陸文裕（原注：深。）所記劉文靖（原注：健。）告吉士之言，空同（原注：李夢陽。）大以爲不平矣。（原注：見《停驂録》。）《宋史》言：歐陽永叔與學者言，「未嘗及文章，惟談吏事。謂文章止於潤身，政事可以及物」。

巧言

《詩》云：「巧言如簧，顔之厚矣。」而孔子亦曰：「巧言令色，鮮矣仁。」又曰：「巧言亂德。」夫巧言不但言語，凡今人所作詩賦碑狀，足以悦人之文，皆巧言之類也。不能不足以爲通人，夫惟能之而不爲，乃天下之大勇也。故夫子以剛毅木訥爲近仁。學者所用力之途，在此不在彼矣。

天下不仁之人有二，一爲好犯上、好作亂之人，一爲巧言令色之人。自幼而不孫弟，以至於弑父與君，皆好犯上好作亂之推也。自脅肩諂笑，未同而言，以至於苟患失之，無所不至，皆巧言令色之推也。然而二者之人，常相因以立於世。有王莽之篡弑，則必有揚雄之《美新》；有曹操之禪代，則必有潘勖之《九錫》。（原注：《世説》言：潘元茂作魏公册命，人謂與訓誥同風。）是故亂之所由生也，犯上者爲之魁，巧言者爲之輔。故大禹謂之巧言令色孔壬，而與驩兜、有苗同爲一類。甚哉其可畏也！（原注：穆王作《冏命》曰：「無以巧言令色，便辟側媚。」）然則學者宜如之何？必先之以孝弟，以消其悖逆陵暴之心，繼之以忠信，以去其便辟側媚之習，使一言一動，皆出於其本心，而不使不仁者加乎其身，夫然後可以修身而治國矣。（原注：記者於《論語》之首而列有子、曾子之言，所以補夫子平日所未及，其間次序，亦不爲無意。）

世言魏忠賢初不知書，而口含天憲，則有一二文人代爲之。《後漢書》言：梁冀裁能書計，其誣奏太尉李固時，扶風馬融爲冀章草。《唐書》言：李林甫自無學術，僅能秉筆，而郭慎微、苑咸，文士之闒茸者，代爲題尺。又言：高駢上書，「肆爲醜悖，脅邀天子，而吴人顧雲以文辭緣澤其奸」。《宋史》言：「章惇用事，嘗曰：『元祐初，司馬光作相，用蘇軾掌制，所以能鼓動四方。』乃使林希典書命，逞毒於元祐諸臣。」嗚呼！何代無文人，有國者不可不深惟華實之辨也！

文辭欺人

古來以文辭欺人者，莫若謝靈運，次則王維。靈運身爲元勳之後，襲封國公，宋氏革命，不能與徐廣、陶潛爲林泉之侶，既爲宋臣，又與廬陵王義真款密。至元嘉之際，累遷侍中，自以名流應參時政，文帝惟以文義接之，以致觖望。又上書勸伐河北，至屢嬰罪劾，興兵拒捕，乃作詩曰：「韓亡子房奮，秦帝魯連耻。本自江海人，忠義動君子。」及其臨刑，又作詩曰：「龔勝無餘生，李業有終盡。」若謂欲效忠於晉者，何先後之矛盾乎？史臣書之以逆，不爲苛矣。王維爲給事中，安禄山陷兩都，拘于普施寺，迫以僞署。禄山宴其徒於凝碧池，維作詩曰：「萬户傷心生野烟，百官何日再朝天。秋槐葉落空宫裏，凝碧池頭奏管絃。」賊平下獄，或以詩聞於行在，其弟刑部侍郎縉，請削官以贖兄罪，肅宗乃特宥之，責授太子中允。襄王僭號，逼李拯爲翰林學士。拯既汙僞署，心不自安。時朱玫秉政，百揆無叙，拯嘗朝退，駐馬國門，爲詩曰：「紫宸朝罷綴鵷鸞，丹鳳樓前立馬看。惟有終南山色在，晴明依舊滿長安。」吟已涕下。及王行瑜殺朱玫，襄王出奔，拯爲亂兵所殺。二人之詩同也，一死一不死，而文墨交游之士多護王維。如杜甫謂之「高人王右丞」，天下有高人而仕賊者乎？今有顛沛之餘，投身異姓，至擯斥不容，而後發爲忠憤之論，與夫名汙僞籍，而自託乃心，比於康樂、右丞之輩，吾見其愈下矣！

末世人情彌巧文而不慚，固有朝賦《採薇》之篇，而夕有捧檄之喜者〔抄本一作「而夕赴僞廷之舉者」〕。苟以其言取之，則車載魯連，斗量王蠋矣。曰是不然，世有知言者出焉，則其人之真僞，即以其言辯之，而卒莫能逃也。《黍離》之大夫，始而摇摇，中而如噎，既而如醉，無可奈何而付之蒼天者，真也。汨羅之宗臣，言之重，辭之複，心煩意亂，而其詞不能以次者，真也。栗里之徵士，淡然若忘於世，而感憤之懷，有時不能自止，而微見其情者，真也。其汲汲於自表，暴而爲言者，僞也。《易》曰：「將叛者，其辭慚。中心疑者，其辭枝。失其守者，其辭屈。」《詩》曰：「盗言孔甘，亂是用餤。」夫鏡情僞，屏盗言，君子之道，興王之事，莫先乎此。

修辭

《典》、《謨》、爻象，此二帝、三王之言也。《論語》、《孝經》，此夫子之言也。文章在是，性與天道亦不外乎是。故曰：有德者必有言。善乎游定夫之言曰：不能文章而欲聞性與天道，譬猶築數仞之墻，而浮埃聚沫以爲基，無是理矣。後之君子，於下學之初，即談性道，乃以文章爲小技，而不必用力。然則夫子不曰「其旨遠，其辭文」乎？不曰「言之無文，行而不遠」乎？曾子曰：「出辭氣，斯遠鄙倍矣。」嘗見今講學先生，從語録入門者，多不善於修辭。或乃反子貢之言以譏之曰：「夫子之言性與天道，可得而聞；夫子之文章，不可得而聞也。」

楊用修曰：「文，道也；詩，言也。語録出而文與道判矣，詩話出而詩與言離矣。」

自嘉靖以後，人知語録之不文，於是王元美之《札記》，范介儒之《膚語》，上規子雲，下法文中，雖所得有淺深之不同，然可謂知言者矣。

文人摹倣之病

近代文章之病，全在摹倣。即使逼肖古人，已非極詣，況遺其神理而得其皮毛者乎？且古人作文，時有利鈍。梁簡文《與湘東王書》云：「今人有效謝康樂、裴鴻臚文者，學謝則不届其精華，但得其冗長；師裴則蔑棄其所長，惟得其所短。」宋蘇子瞻云：「今人學杜甫詩，得其粗俗而已。」（原注：葉水心言：「慶曆、嘉祐以來，天下以杜甫爲師，始紬唐人之學，謂之江西宗派。」）金元裕之詩云：「少陵自有連城璧，争奈微之識碔砆。」夫文章一道，猶儒者之末事，乃欲如陸士衡所謂「謝朝華於已披，啓夕秀於未振」者，今且未見其人。進此而窺著述之林，益難之矣。

效《楚辭》者，必不如《楚辭》。效《七發》者，必不如《七發》。蓋其意中先有一人在前，既恐失之，而其筆力復不能自遂，此壽陵餘子學步邯鄲之説也。

洪氏《容齋隨筆》曰：「枚乘作《七發》，創意造端，麗辭腴旨，上薄騷些，故爲可喜。其後繼之者，如傅毅《七激》、張衡《七辯》、崔駰《七依》、馬融《七廣》、曹植《七啓》、王粲《七釋》、張協《七命》

之類，規倣太切，了無新意。傅玄又集之以爲《七林》，使人讀未終篇，往往棄之几格。柳子厚《晉問》乃用其體，而超然別立機杼，激越清壯，漢、晉諸文士之弊，於是一洗矣。東方朔《答客難》，自是文中傑出，揚雄擬之爲《解嘲》，尚有馳騁自得之妙。至於崔駰《達旨》、班固《賓戲》、張衡《應間》，皆章摹句寫，其病與《七林》同。及韓退之《進學解》出，於是一洗矣。」其言甚當，然此以辭之工拙論爾。若其意，則總不能出於古人範圍之外也。

如揚雄擬《易》而作《太玄》，王莽依《周書》而作《大誥》，皆心勞而日拙者矣。（原注：《世説》：「王隱論揚雄《太玄》雖妙，非益也。古人謂之屋下架屋。」）

《曲禮》之訓：「毋勦説，毋雷同。」此古人立言之本。

文章繁簡

韓文公作《樊宗師墓銘》曰：「維古於辭必己出，降而不能乃剽賊。後皆指前公相襲，從漢迄今用一律。」此極中今人之病。若宗師之文，則懲時人之失而又失之者也。（原注：如《絳守居園池記》，以東西二字平常，而改爲甲辛，殆類吳人之呼庚癸者矣。）作書須注，此自秦、漢以前可耳，若今日作書而非注不可解，則是求簡而得繁，兩失之矣。子曰：「辭達而已矣。」（原注：胡纘宗修《安慶府志》，書正德中劉七事，大書曰：「七年閏五月，賊七來寇江境。」而分注於賊七之下曰：「姓劉氏。」舉以示人，無不笑之。不知近日之學爲秦、漢文者，皆

「賊七」之類也。）

辭主乎達，不論其繁與簡也。繁簡之論興而文亡矣。《史記》之繁處，必勝於《漢書》之簡處。《新唐書》之簡也，不簡於事而簡於文，其所以病也。

（原注：《容齋隨筆》論《衛青傳》封三校尉語，《史記》勝《漢書》處，正不獨此。）

「時子因陳子而以告孟子，陳子以時子之言告孟子」，此不須重見而意已明。「齊人有一妻一妾而處室者，其良人出，則必饜酒肉而後返。其妻問所與飲食者，則盡富貴也。其妻告其妾曰：『良人出，則必饜酒肉而後返，問其與飲食者，盡富貴也。而未嘗有顯者來，吾將瞯良人之所之也。』」「有饋生魚於鄭子産，子産使校人畜之池。校人烹之，反命曰：『始舍之，圉圉焉，少則洋洋焉，悠然而逝。』子産曰：『得其所哉！得其所哉！』校人出曰：『孰謂子産智？予既烹而食之，曰：得其所哉，得其所哉。』」此必須重叠而情事乃盡，此《孟子》文章之妙。使入《新唐書》，於齊人則必曰：「其妻疑而瞯之。」於子産則必曰：「校人出而笑之。」兩言而已矣。是故辭主乎達，不主乎簡。

劉器之曰：「《新唐書》叙事好簡略其辭，故其事多鬱而不明，此作史之病也。且文章豈有繁簡邪？昔人之論，謂如風行水上，自然成文。若不出於自然，而有意於繁簡，則失之矣。當日《進新唐書表》云：『其事則增於前，其文則省於舊。』《新唐書》所以不及古人者，其病正在此兩

句也。」

《黄氏日鈔》言：「蘇子由《古史》改《史記》多有不當。如《樗里子傳》，《史記》曰：『母，韓女也，樗里子滑稽多智。』《古史》曰：『母，韓女也；滑稽多智。』似以母爲滑稽矣，然則『樗里子』三字其可省乎？《甘茂傳》，《史記》曰：『甘茂者，下蔡人也，事下蔡史舉，學百家之説。』《古史》曰：『下蔡史舉學百家之説。』似史舉自學百家矣，然則『事』之一字其可省乎？」以是知文不可以省字爲工，字而可省，太史公省之久矣。

文人求古之病

《後周書·柳虯傳》：「時人論文體有今古之異，虯以爲時有今古，非文有今古。」此至當之論。夫今之不能爲二《漢》，猶二《漢》之不能爲《尚書》、《左氏》。乃勦取《史》、《漢》中文法，以爲古，甚者獵其一二字句用之於文，殊爲不稱。（原注：元阿魯圖《進宋史表》曰：「且辭之繁簡以事，而文之今古以時。」蓋用柳虯之語。）

以今日之地爲不古，而借古地名；以今日之官爲不古，而借古官名；舍今日恒用之字，而借古字之通用者，皆文人所以自蓋其俚淺也。

《唐書》：鄭餘慶「奏議類用古語，如『仰給縣官』『馬萬蹄』，有司不曉何等語，人訾其不適時」。

宋陸務觀《跋前漢通用古字韻》曰：「古人讀書多，故作文時偶用一二古字，初不以爲工，亦自不知孰爲古孰爲今也。近時乃或鈔掇《史》《漢》中字入文辭中，自謂工妙，不知有笑之者。偶見此書，爲之太息，書以爲後生戒。」

元陶宗儀《輟耕録》曰：「凡書官銜，俱當從實。如廉訪使、總管之類，若改之曰監司、太守，是亂其官制，久遠莫可考矣。」

何孟春《餘冬序録》曰：「今人稱人姓，必易以世望；稱官，必用前代職名；稱府州縣，必用前代郡邑名，欲以爲異。不知文字間著此，何益於工拙。此不惟於理無取，且於事復有礙矣。李姓者稱隴西公，杜曰京兆，王曰琅邪，鄭曰滎陽，以一姓之望而概衆人，可乎？此其失自唐末、五季間孫光憲輩始。《北夢瑣言》稱馮涓爲長樂公，《冷齋夜話》稱陶轂爲五柳公，類以昔人之號而概同姓，尤是可鄙。官職、郡邑之建置，代有沿革。今必用前代名號而稱之，後將何所考焉？此所謂於理無取而事復有礙者也。」

于慎行《筆麈》曰：「《史》《漢》文字之佳，本自有在，非謂其官名地名之古也。今人慕其文之雅，往往取其官名地名以施於今，此應爲古人笑也。《史》《漢》之文如欲復古，何不以三代官名施於當日，而但記其實邪？文之雅俗，固不在此，徒混淆失實，無以示遠，大家不爲也。予素不工文辭，無所模擬，至於名義之微，則不敢苟。尋常小作，或有遷就。金石之文，斷不敢於官名地名

以古易今。前輩名家亦多如此。」

古人集中無冗複

古人之文，不特一篇之中無冗複也，一集之中亦無冗複。且如稱人之善，見于祭文，則不復見于誌，見于誌，則不復見于他文。後之人讀其全集，可以互見也。又有互見于他人之文者，如歐陽公作《尹師魯誌》，不言近日古文自師魯始，以爲范公祭文已言之，可以互見，不必重出。蓋歐陽公自信己與范公之文並可傳於後世也，亦可以見古人之重愛其言也。

劉夢得作《柳子厚文集序》曰：「凡子厚名氏與仕與年暨行己之大方，有退之之誌若祭文在。」又可見古人不必其文之出於己也。

書不當兩序

《會試録》、《鄉試録》，主考試官序其首，副主考序其後，職也，凡書亦猶是矣。且如國初時府、州、縣志書成，必推其鄉先生之齒尊而有文者序之，不則官于其府州縣者也。請者必當其人，其人亦必自審其無可讓而後爲之。官于是者，其文優，其於是書也有功，則不讓于鄉矣。鄉之先生，其文優，其于是書也有功，則官不敢作矣。義取于獨斷，則有自爲之，而不讓于鄉與官矣。凡

此者，所謂職也。故其序止一篇。或別有發明，則爲後序。亦有但紀歲月而無序者。今則有兩序矣，有累三四序而不止者矣。兩序，非體也；不當其人，非職也。世之君子，不學而好多言也。

凡書有所發明，序可也；無所發明，但紀成書之歲月可也。人之患在好爲人序。

唐杜牧《答莊充書》曰：「自古序其文者，皆後世宗師其人而爲之。今吾與足下竝生今世，欲序足下未已之文，固不可也。」讀此言，今之好爲人序者可以止矣。

婁堅《重刻元氏長慶集序》曰：「序者，叙所以作之旨也，蓋始於子夏之序《詩》。其後劉向以校書爲職，每一編成，即有序，最爲雅馴矣。左思賦三都成，自以名不甚著，求序於皇甫謐。自是綴文之士，多有託於人以傳者，皆汲汲於名，而惟恐人之不吾知也。至於其傳既久，刻本之存者或漫漶不可讀，有繕寫而重刻之，則人復序之，是宜叙所以刻之意可也。而今之述者，非追論昔賢，妄爲優劣之辨，即過稱好事，多設游揚之辭，皆我所不取也。」讀此言，今之好爲古人文集序者可以止矣。

古人不爲人立傳

列傳之名，始於太史公，蓋史體也。不當作史之職，無爲人立傳者，故有碑，有誌，有狀，而無

傳。梁任昉《文章緣起》言傳始於東方朔作《非有先生傳》，是以寓言而謂之傳。韓文公集中傳三篇：《太學生何蕃》、《圬者王承福》、《毛穎》。（原注：又有《下邳侯革華傳》，是僞作。）柳子厚集中傳六篇：《宋清》、《郭橐駝》、《童區寄》、《梓人》、《李赤》、《蝜蝂》。《何蕃》僅採其一事而謂之傳，王承福之輩皆微者而謂之傳，《毛穎》、《李赤》、《蝜蝂》則戲耳而謂之傳，蓋比於稗官之屬耳。若段太尉，則不曰傳，曰逸事狀。子厚之不敢傳段太尉，以不當史任也。自宋以後，乃有爲人立傳者，侵史官之職矣。

《太平御覽》書目列古人別傳數十種，謂之別傳，所以別於史家。

誌狀不可妄作

誌狀在文章家爲史之流，上之史官，傳之後人，爲史之本。史以記事，亦以載言，故不讀其人一生所著之文，不可以作。其人生而在公卿大臣之位者，不悉一朝之大事，不可以作。其人生而在曹署之位者，不悉一司之掌故，不可以作。其人生而在監司守令之位者，不悉一方之地形土俗、因革利病，不可以作。今之人未通乎此，而妄爲人作誌。史家又不考而承用之，是以牴牾不合。子曰：「蓋有不知而作之者。」其謂是與？

名臣碩德之子孫，不必皆讀父書。讀父書者，不必能通有司掌故。若夫爲人作誌者，必一

時文苑名士，乃不能詳究，而曰：「子孫之狀云爾，吾則因之。」夫大臣家可有不識字之子孫，而文章家不可有不通今之宗匠。乃欲使籍談、伯魯之流爲文人任其過，嗟乎，若是則盡天下而文人矣！

作文潤筆

蔡伯喈集中，爲時貴碑誄之作甚多，如胡廣、陳寔各三碑，橋玄、楊賜、胡碩各二碑。至於袁滿來年十五，胡根年七歲，皆爲之作碑。自非利其潤筆，不至爲此。史傳以其名重，隱而不言耳。文人受賕，豈獨韓退之諛墓金哉！（原注：李商隱《記齊魯二生》曰：「劉叉持韓退之金數斤去，曰：『此諛墓中人所得爾，不若與劉君爲壽。』愈不能止。」今此事載《唐書》。）

王楙《野客叢書》曰：「作文受謝，非起於晉、宋。觀陳皇后失寵於漢武帝，别在長門宮，聞司馬相如天下工爲文，奉黄金百斤，爲文君取酒。相如因爲文，以悟主上，皇后復得幸。此風西漢已然。」（原注：按陳皇后無復幸之事，此文蓋後人擬作，然亦漢人之筆也。）

杜甫作《八哀詩》，李邕一篇曰：「干謁滿其門，碑版照四裔。豐屋珊瑚鉤，麒麟織成罽。紫騮隨劍几，義取無虚歲。」（原注：邕本傳：長於碑頌，「人奉金帛請其文，前後所受鉅萬計」。）劉禹錫《祭韓愈文》曰：「公鼎侯碑，志隧表阡，一字之價，輦金如山。」可謂發露真贓者矣。（原注：《侯鯖録》：「唐王仲舒爲

郎中，與馬逢友善，每責逢云：『貧不可堪，何不尋碑誌相救？』逢笑曰：『適見人家走馬呼醫，立可待也。』」此雖戲言，當時風俗可見矣。）昔揚子雲猶不肯受賈人之錢，載之《法言》，而杜乃謂之義取，則又不若唐寅之直以爲利也。《戒菴漫筆》言：「唐子畏有一巨册，自録所作文，簿面題曰『利市』。」（原注：今市肆帳簿多題此二字。）

《新唐書·韋貫之傳》言：「裴均子持萬縑請譔先銘，答曰：『吾寧餓死，豈能爲是！』」今人賣文爲活者，可以媿矣。

《司空圖傳》言：隱居中條山，「王重榮父子雅重之，數餽遺，弗受。嘗爲作碑，贈絹數千，圖置虞鄉市，人得取之，一日盡。」既不有其贈，而受之，何居？不得已也，是又其次也。

文非其人

《元史》：「姚燧以文就正於許衡，衡戒之曰：『弓矢爲物，以待盜也。使盜得之，亦將待人。文章固發聞士子之利器，然先有能一世之名，將何以應人之見役者哉？非其人而與之，與非其人而拒之，均罪也，非周身斯世之道也。』」吾觀前代馬融懲於鄧氏，不敢復違忤勢家，遂爲梁冀草奏李固，又作《大將軍西第頌》，以此頗爲正直所羞。徐廣爲祠部郎，時會稽王世子元顯録尚書，欲使百僚致敬臺内，使廣立議，由是内外並執下官禮，廣常爲愧恨。陸游晚年再出，爲韓侂胄譔

《南園》、《閲古泉記》，見譏清議。朱文公嘗言其「能太高，迹太近，恐爲有力者所牽挽，不得全其晚節」。是皆非其人而與之者也。夫禍患之來，輕於耻辱，必不得已，與其與也，寧拒。至乃儉德含章，其用有先乎此者，則又貴知微之君子矣。

少年未達，投知求見之文，亦不可輕作。《韓昌黎集》有《上京兆尹李實書》曰：「愈來京師，於今十五年，所見公卿大臣不可勝數，皆能守官奉職、無過失而已，未見有赤心事上，憂國如家如閣下者。今年以來，不雨者百有餘日，種不入土，野無青草。而盗賊不敢起，穀價不敢貴，百坊、百二十司、六軍、二十四縣之人，皆若閣下親臨其家。老奸宿贓，銷縮摧沮，魂亡魄喪，影滅跡絶。非閣下條理鎮服，布宣天子威德，其何能及此！」至其爲《順宗實録》，書貶京兆尹李實爲通州長史，則曰：「實諂事李齊運，驟遷至京兆尹，恃寵强愎，不顧文法。是時春夏旱，京畿乏食，實一不以介意，方務聚斂徵求，以給進奉。每奏對，輒曰：今年雖旱而穀甚好。由是租税皆不免，人窮至壞屋賣瓦木、貸麥苗以應官。陵轢公卿已下，隨喜怒，誣奏遷黜，朝廷畏忌之。嘗有詔免畿内逋租，實不行用詔書，徵之如初。勇於殺害，人吏不聊生。至譴，市里歡呼，皆袖瓦礫遮道伺之，實由間道獲免。」與前所上之書迥若天淵矣。（原注：《鶴林玉露》摘此爲疑。）豈非少年未達，投知求見之文，而不自覺其失言者邪！後之君子，可以爲戒。

假設之辭

古人爲賦，多假設之辭，序述往事，以爲點綴，不必一一符同也。子虚、亡是公、烏有先生之文，已肇始於相如矣。後之作者，實祖此意。謝莊《月賦》：「陳王初喪應、劉，端憂多暇。」又曰：「抽毫進牘，以命仲宣。」按王粲以建安二十一年從征吴，二十二年春道病卒，「徐、陳、應、劉，一時俱逝」，亦是歲也。至明帝太和六年，植封陳王。豈可掎摭史傳，以議此賦之不合哉？庾信《枯樹賦》既言殷仲文出爲東陽太守，乃復有桓大司馬，亦同此例。（原注：仲文爲桓玄侍中。桓大司馬，則玄之父温也。此乃因殷仲文有「此樹婆娑」之言，桓元子有「木猶如此」之嘆，遂以二事湊合成文。）而《長門賦》所云「陳皇后復得幸」者，亦本無其事。俳諧之文，不當與之莊論矣。（原注：《長門賦》乃後人託名之作，相如以元狩五年卒，安得言孝武皇帝哉？）

陳后復幸之云，正如馬融《長笛賦》所謂屈平適樂國，介推還受禄也。

古文未正之隱

陸機《辨亡論》，其稱晉軍，上篇謂之王師，下篇謂之彊寇。

文信國《指南録序》中北字皆（鹵）〔虜〕字也，後人不知其意，不能改之。謝皋羽《西臺慟哭

記》本當云文信公，而謬云顔魯公，本當云季宋，而云季漢，凡此皆有待於後人之改正者也。胡身之注《通鑑》至二百八十卷石敬瑭以山後十六州賂契丹之事，而云：「自是之後，遼滅晉，金破宋。」其下缺文一行，謂蒙古滅金取宋，一統天下，而諱之不書。此有待於後人之補完者也。漢人言：《春秋》所貶損大人當世君臣，有威權勢力者，其事皆見於書。（原注：《漢書·藝文志》。）故定、哀之間，多微辭矣。況於易姓改物、制有華夏者乎？《孟子》曰：「不知其人，可乎？是以論其世也。」習其讀而不知，無爲貴君子矣。

鄭所南《心史·書文丞相事》言公自序本末，未有稱彼曰「大國」，曰「丞相」，又自稱「天祥」，皆非公本語。舊本皆直斥彼酋名。然則今之集本，或皆傳書者所改。

《金史·紇石烈牙吾塔傳》「北中亦遣唐慶等往來議和」，《完顔合達傳》「北中大臣以輿地圖指示之」，《完顔賽不傳》「按春自北中逃回」，「北中」二字不成文，蓋〔鹵〕〔虜〕中也。修史者仍金人之辭未改。

《晉書》劉元海、石季龍，作史者自避唐諱。後之引書者多不知而襲之，惟《通鑑》並改從本名。

救文格論

〔清〕顧炎武 撰

《救文格論》一卷

清　顧炎武　撰

此書共十則，專論史書之義例。如「論史家之誤」則，指出《漢書》表、志之誤，有一卷之中兩見複出者，《元史》列傳又有一人作兩傳者；「論古人不以甲子名歲」則，指出自漢以前，皆以「焉逢」、「困敦」等名歲，此古法至東漢以降而漸變。他如「追紀日月之法」、「月日不必順序」、「必以日月繫年」乃至一日分十二時始見於杜氏《左傳註》等，或發覆揭隱，或糾謬正誤，條條精核，語無虛發，爲治史治文者所宜參證。《四庫全書總目提要》卷一二六云：「考毛先舒《潠書》，有與炎武札，稱『承示《救文格論》、《考古》、《日知》二録』云云，則炎武原有此書別行於世，後乃編入《日知録》中。」此十則今大都見於《日知録》卷二十，然原當別爲一書行世。

此書最早收入吴震方《説鈴》前集，有康熙四十四年（一七〇五）刊本。又有《古今説部叢書》本。今據康熙《説鈴》本録入。

（王宜瑗）

救文格論

清　顧炎武　撰

論史家之誤

紀傳之謬，後人猶能正之；表志，則讀者罕矣，故有千年而未正者。《漢書·王子侯表》中長沙頃王子高成節侯梁，一卷中兩見，一始元元年六月乙未封，一元康元年正月癸卯封。然則王子中多一侯矣。《後漢書·地理志》候城改屬元菟，而遼東復出一候城；無慮改屬遼東屬國，而遼東復出一無慮：必有一焉宜删者，然則天下郡國中少二城矣。夫以二劉之精核，章懷太子之詳明，馬貴與之淹博，而皆仍其失，又何與？是雖讀史者之所忽，而不可不察也。

《元史》列傳八卷速不台，九卷雪不台，一人作兩傳。十八卷完者都，二十卷完者拔都，亦一人作兩傳。蓋其成書不出於一人之手。宋濂序云：「洪武元年十二月詔修《元史》，臣濂臣禕總裁，二年二月丙寅開局，八月癸酉書成，紀三十七卷，志五十三卷，表六卷，傳六十三卷。順帝時無實録可徵，因未得爲完書。上復詔儀曹遣使行天下，其涉於史事者，令郡縣上之。三年二月乙

丑開局，七月丁亥書成，紀十卷，志五卷，表二卷，傳三十六卷。凡前書有所未備，頗補完之。總裁仍濂禕二臣，而纂録之士，獨趙壎終始其事。」然則《元史》之成，雖不出於一時一人，而宋王二公與趙君，亦難免於疏忽之咎矣。明太祖嘗命解縉修正《元史》舛誤，其書留中。今其紕漏，遂傳於世云。

論古人不以甲子名歲

甲乙以下十名，子丑以下十二名，古人用以紀日，不以紀歲。歲則自有焉逢以下十名爲干，困敦以下十二名爲支。後人遂謂甲子歲、癸亥歲，非古也。自漢以前，無用者。《史記・曆書》「焉逢攝提格太初元年」云云，《資治通鑑・周紀一》「起著雍攝提格，〔盡〕元黓困敦」云云，皆古法也。自經學日衰，人趨簡便，子曰「觚不觚」，此之謂也。盡以甲子名歲，雖自東漢以下，然其時制詔章奏符檄之文，皆未嘗正用之。其稱歲，必曰元年、二年；其稱日，乃用甲子、乙丑，如己亥格、庚戌制皆日也。至宋，而始有以歲名者。

如稱登極之年，當曰洪武元年，不當曰洪武戊申。稱靖難兵入金川門之年，在少帝時，當曰建文四年；在成祖時，則當曰洪武三十五年；不當曰建文壬午。《太祖實録》自吴元年以前，並書干支，不合法。太祖當時實奉小明王之號，故有言當紀龍鳳

者。考之《史記》，高帝之初，不稱楚懷王元年，而稱「秦二年」、「三年」。又太祖御製《滁州龍潭碑文》云：「元末帝至正十有四年。」竊意其時天下尚是元之天下，書至正，合《史記》書秦之例。又有兼書者，《漢書・功臣侯表序》：「漢興自秦二世元年之秋，楚陳之歲是也。」春秋之世，各國皆自紀其元，一時發之於言。或參互而不易曉，則有舉其年之大事而爲言者，若曰「會於沙隨之歲」、「叔仲惠伯會郤成子於承匡之歲」、「鑄刑書之歲」是也。又有紀歲星而言，若曰「歲五及鶉火」，「歲及大梁」，「歲在娵訾之日」者，從後人言之，則何不曰甲子也，癸丑也。是知古人不用以紀歲也。

論史重書日例

《春秋・桓公十二年經》：「丙戌，公會鄭伯盟於武父。丙戌，衛侯晉卒。」重書日者，二事皆當繫日，先書公者，先內而後外也。後人作史，凡一日再書，則云「是日」。

論史家追紀日月之法

或曰：「鑄刑書之歲」，是則然矣。其下云：「齊燕平之月」，又曰：「其明月」，則何以不直言「正月」「二月」乎？曰：此正史家文字縝密處。史之文有正紀，有追紀，其上曰「春，王正月，暨

齊平。二月戊午，盟於濡上」，正紀也。此曰「齊燕平之月壬寅，公孫段卒。其明月，子産立公孫洩及良止以撫之」，追紀也。追紀而再云「正月」「二月」，則嫌於一歲之中而有兩正月二月也，故變其文而云，古人史法之密也。

《左傳》追紀之文，不止此，又考《襄公六年傳》：「鄭子國之來聘也。四月，晏弱城東陽，而遂圍萊。甲寅，堙之環城，傅於堞。及杞桓公卒之月，乙未，王湫帥師及正輿子、棠人軍齊師，齊師大敗之。丁未，入萊，萊共公浮柔奔棠，正輿子、王湫奔莒，莒人殺之。四月，陳無宇獻萊宗器於襄宫。晏弱圍棠。十一月丙辰，而滅之。」《二十五年傳》：「會於夷儀之歲，齊人城郟。其五月秦晉爲成。」《二十六年傳》：「齊人城郟之歲，其夏，齊烏餘以廩丘奔晉。」《三十一年傳》：「公薨之月，子産相鄭伯以如晉。」《昭公七年傳》：「齊師還自燕之月，罕朔殺罕魋。」及「晉韓宣子爲政、聘於諸侯之歲，婤始生子，名之曰元。」皆是追紀。

論史家月日不必順序

古人作史，取其事之相屬，不論日月，故有追書，有竟書。《左傳・成公十六年》「鄢陵之戰」，先書「甲午晦」，後書「癸巳」，甲午爲正書，而癸巳則因後事而追書也。《昭公十三年》「平邱之盟」，先書「甲戌」，後書「癸酉」，甲戌爲正書，而癸酉則因後事而追書也。《昭公十三年》「楚靈王

之弑」，先書「五月癸亥」，後書「乙卯」「丙辰」，乙卯、丙辰爲正書，而五月癸亥，則因前事而竟書也。蓋史家之文，常患爲日月所拘之事不得以相連屬，故古人立此變例。

論以干支爲年號

晉人未即帝位，有謙讓止稱元年者，有以干支紀者，李暠改元庚子，竇建德改元丁丑，蓋云庚子年、丁丑年耳。近儒不曉，遂謂以此二字立號，然則將有庚子二年、丁丑二年，其謬甚矣。

論年號地名必全書

唐朝一帝，改年號者十餘，其見於文必全書，無割取一字用之者。至宋，始有「熙豐」「政宣」「乾淳」之語，以是不敬。然猶用上一字；惟元豐以元字與元祐無別，故用下字。本朝文人有稱「永宣」「成弘」「慶曆」者，此承宋人之失也。

地名亦必全用，如「宛大」「上江」之類，亦爲不通。地名摘用二字，如「登萊」，如「温台」，則可；如「真順」「廣大」，則不通矣。左思《蜀都賦》「跨躡犍牂」，是犍爲、牂牁二郡。《魏都賦》「恒碣碪碍干青雲」，是恒山、碣石二山。摘字之法，蓋始此時。

論古人必以日月繫年

古人紀載之文，必以日繫月，以月繫時，以時繫年，自《尚書》《春秋》而後之爲史者，莫能改也。亦有不盡然者。《史記・伍子胥傳》：「己卯，楚昭王出奔。庚辰，吴王入郢。」此不月而日也。《專諸傳》：「四月丙子，光伏甲士於窟室中。」此不年而月也。所以然者，已見於《吴、楚二世家》故也。《楚辭》：「攝提貞於孟陬兮，惟庚寅吾以降。」攝提，歲也。孟陬，月也。庚寅，日也。屈子以寅年寅月庚寅日生。註曰：「攝提，星名。」《天官書》所謂「直斗杓所指，以建時節」者，非也。豈有自述其世系生辰，乃不言年而止言月日者哉。

論史家書郡縣同名之例

漢時縣有同名者，大抵加東西南北上下等字以爲別。若郡縣同名而不同地，則於縣必加一小字。沛治相，故書沛縣爲小沛。廣陽國不治廣陽，治薊，故書廣陽縣爲小廣陽。丹陽郡不治丹陽，治宛陵，故書丹陽縣爲小丹陽。後人知此者罕矣。今以地理言之，如大名、甯國之類，當直書其縣；清河、永豐之類，法當并載其府。而《宋史》闕焉，故有一人而兩地並祀者。

論史書一年兩號

古時人主改元，並從下詔之日爲始，未嘗追改以前之月日也。《晉書·武帝紀》上書「魏咸熙三年十一月」，下書「泰始元年十二月景寅」。《唐書·高宗紀》上書「顯慶六年二月乙未」，下書「龍朔元年三月丙申朔」。《中宗紀》上書「神龍三年九月庚子」，下書「景龍元年九月甲辰」。《睿宗紀》上書「景龍四年七月己巳」，下書「景雲元年七月己巳」。《玄宗紀》上書「先天二年十二月庚寅朔」，下書「開元元年十二月己亥」。韓文公《順宗實録》上書「貞元二十一年八月庚子」，下書「永貞元年八月辛丑」。若此之類，並是據實而書。至司馬温公作《通鑑》，患其棼錯，乃刱新例，必取末後一號，冠之於「春正月」之前，當時已有譏之者。至本朝《太宗實録》，上書「四年六月己巳」，下書「洪武三十五年六月庚午」，正是史臣實書，與前代合，後人不察，而謂革除建文之號，非也。且如萬曆四十八年八月以後爲泰昌元年，若依温公例，取泰昌之號，冠於四十八年春正月之前，則詔令文移，一一皆當追改，且上誣先皇矣。故紀年之法，從古爲正，不以一年兩號三號爲嫌。

史家變亂年號，始自《隋書》。大業十二年十一月景辰，唐公入京師。辛酉，遥尊帝爲太上皇，立代王侑爲帝，改元義甯。而下即書云：「二年三月，右屯衛將軍宇文化及等作亂，上崩於温室。」案此大業十三年，煬帝在江都，而蒙以代王長安之號，甚爲無理。作史者唐臣，不得不爾，然

於《煬帝紀》書十三年，於《恭帝紀》書二年，兩從其實，似亦未害。

日分十二時之始

杜氏《左傳註》云夜半者，即今之所謂子也。雞鳴者，丑也。平旦者，寅也。日出者，卯也。食時者，辰也。隅中者，巳也。日中者，午也。日昳者，未也。晡時者，申也。日入者，酉也。黄昏者，戌也。人定者，亥也。一日分爲十二時，始見於此。

夕堂永日緒論外編

〔清〕王夫之 撰

《夕堂永日緒論外編》一卷

清　王夫之　撰

王夫之（一六一九—一六九二），字而農，號薑齋，又號夕堂，湖南衡陽人。明崇禎時舉人。南明桂王朝任行人司行人。後退居家鄉石船山著書授徒，學者稱船山先生。志節皎然，學殖深博，於經史百家研究均有創獲，著述多達一百餘種。後人輯有《船山遺書》等。傳見《清史稿》卷四八〇。

《夕堂永日緒論外編》以論時文爲主，然又不爲時文所限，涉及文章寫作和作家作品評論等多方面，内容頗豐。王氏强調爲學爲文均應經世致用，文則必以意爲主：「内極才情，外周物理，言必有意，意必繇衷」，始能成「大家」。推重「法」、「脈」，「一篇載一意，一意則自一氣，首尾順成，謂之成章」，視作品應爲一完整而充滿生氣之有機體。反對「填砌」，主張「修辭立誠，下一字即關生死」；而掊擊「死法」，則不遺餘力，對流俗盛推之「虚起實承」、「反起正倒」、「前鈎後鎖」等時文訣竅，嚴予指責；從推究時文作法走到對「經義害道」、「講章之毒盈天下」的尖鋭批判。并排詆王（鏊）、唐（順之）、歸（有光）等時文名家，而獨賞顧憲成爲「有制藝以來無可匹敵」。於唐宋八大

家中，則推崇歐陽修，對蘇洵、曾鞏、王安石等皆有貶詞。是書容有偏激之處，然詞鋒犀利，目光如炬，於散文藝術之底藴，頗有自得之見。

有清同治四年（一八六五）曾國荃刊《船山遺書》本。嶽麓書社之《船山全書》本廣收王氏著作，最稱完備。今據同治本録入。

（王宜瑗）

夕堂永日緒論外編

清　王夫之　撰

一

程子與學者説《詩經》，止添數字，就本文吟咏再三，而精義自見。作經義者能爾，洵爲最上一乘文字。自非與聖經賢傳融液脗合，如自胸中流出者不能。先輩間有此意，知之者鮮。自「四大家」之名立，各有蹊徑，强經文以就己規格，而此風蕩然矣。

二

藝苑品題有「大家」之目，自論詩者推崇李杜始。李杜允此令名者，抑良有故。齊梁以來，自命爲作者，皆有蹊徑，有階級。意不逮辭，氣不充體，於事理情志，全無干涉。依樣相仍，就中而組織之。如廛居櫛比，三間五架，門廡厨厠，僅取容身，茅茨金碧，華儉小異，而大體實同，拙匠窶人倣造，即不相遠，此謂小家。李杜則内極才情，外周物理，言必有意，意必繇衷。或雕或率，或

麗或清，或放或斂，兼該馳騁，唯意所適，而神氣隨御以行，如未央、建章，千門萬户，玲瓏軒豁，無所窒礙，此謂大家。而論經義者，以推王守溪爲大家之宗。守溪止能排當停勻，爲三間五架一衙官廨宇耳，但令依倣，即得不甚相遠，大義微言，皆所不逞研究，此正束縛天下文人學者一徽纆而已。陋儒喜其有墻可循以走，翕然以「大家」歸之，三百餘年，始出一口；能不令後人笑一代無有眼人乎？

三

錢鶴灘與守溪齊名，謂之曰「錢王兩大家」。所傳《惡不仁者》，謂「不使加身，如避蛇蝎（按，此字音「褐」，其螫人之「螫」字從「歇」。字尚不識，何況文理？）」。不使不仁加身者，是何寧静嚴密工夫，而堪此躁戾惡語也？惡如蛇螫，乃陳仲子出哇鶂肉，忿戾之氣，正是不仁。以此稱「大家」者，緣國初人文字止用平淡點綴，初學小生無能彷彿。錢、王出，以鈍斧劈堅木手筆，用俗情腐詞，着死力講題面，陋人始有津濟，翕然推奉，譽爲「大家」，而一代制作，至成、弘而埽地矣。鶴灘自時文外，無他表見，唯傳《吴騷》淫俗詞曲數齣，與梁伯龍、陳大聲一流狹邪小人競長。如此人者，可使引伸經傳之微言乎？

四

下劣文字，好作反語，亦其天良不容揜處。人能言其所知，不能言其所不知。凡反語，皆不善、不勤、不慎之慝。今人晝之所行，夜之所思，耳之所聞，目之所見，特此數者，終日習熟，故自寫供招，痛快無蹇澀處。若令於聖賢大義微言，從正面上體會，教從何處下口？無怪乎反之不已，一正便托開也。

五

無法無脈，不復成文字。特世所謂成、弘法脈者，法非法，脈非脈耳。夫謂之法者，如一王所制刑政之章，使人奉之，奉法者必有所受，吏受法於時王，經義固受法於題。故必以法從題，不可以題從法。以法從題者，如因情因理，得其平允；以題從法者，豫擬一法，截割題理而入其中，如舞文之吏，俾民手足無措。且法者，合一事之始終，而俾成條貫也。一篇之中爲數小幅，一揚則又一抑，一伏則又一起，各自爲法，而析之成局，合之異致，是爲亂法而已矣。謂之脈者，如人身之有十二脈，發於趾端，達於顛頂，藏於肌肉之中，督任衝帶，互相爲宅，縈繞周回，微動而流轉不窮，合爲一人之生理。若一呼一諾，一挑一繳，前後相鉤，拽之使合，是傀儡之絲，無生氣而但憑

牽縱，詎可謂之脈邪？四家中，唯瞿文懿能無束溼之法而有法，無分析鉤鎖之脈而有脈，其餘非所知也。

六

鉤略點綴以達微言，上也。其次，則疏通條達，使立言之旨曉然易見，俾學者有所從入。又其次，則搜索幽隱，啓人思致，或旁輯古今，用徵定理。三者之外，無經義矣。大要在實其虛以發微，虛其實而不窒。若以填砌還實，而虛處止憑衰弱之氣姑爲搖曳，則題之奴隸也。四家中亦唯昆湖免此。

七

填砌最陋，填砌濃詞固惡，填砌虛字愈闌珊可憎。作文無他法，唯勿賤使字耳。王、楊、盧、駱，唯濫故賤。學八大家者，「之」「而」「其」「以」，層累相疊，如刈草茅，無所擇而縛爲一束，又如半死蚓，沓拖不耐，皆賤也。古人修辭立誠，下一字即關生死。曾子固、張文潛，何足效哉？

八

非有吞雲夢者八九之氣，不能用兩三疊實字；非有輕燕受風、翩翩自得之妙，不能疊用三數虛字。然一虛一實，相配成句，則又俗不可耐。故造語之難，非嵇川南、趙夢白、湯義仍、黄石齋，匙不墮者。

九

對偶語出於詩賦，然西漢、盛唐皆以意爲主，靈活不滯，唯沈約、許渾一流人，以取青妃白，自矜整鍊，大手筆所不屑也。宋人則又集古句爲對偶，要亦就彼法中改頭换面，其陋一爾。況經義以引伸聖賢意立言，初非幕客四六之比。邱仲深自詫博雅，而以「被髮左衽」、「弱肉强食」兩偶句推奬守溪，此七歲童子村塾散學課耳。況以韓文對經語，其心目中止知有一韓退之，謂可與尼山竝駕。陋措大不知好惡，乃至於此！

一〇

鉤鎖之法，守溪開其端，尚未盡露痕迹，至荆川而以爲秘密藏。茅鹿門所批點八大家，全恃

此以爲法，正與皎然《詩式》同一陋耳。本非異體，何用環紐？搖頭掉尾，生氣既已索然，竝將聖賢大義微言，拘牽割裂，止求傀儡之線牽曳得動，不知用此何爲！

一一

一篇載一意，一意則自一氣，首尾順成，謂之成章。詩賦、雜文、經義有合轍者，此也。以此鑒古今人文字，醇疵自見。有皎然《詩式》而後無詩，有《八大家文鈔》而後無文，立此法者，自謂善誘童蒙，不知引童蒙入荆棘，正在於此。

一二

賈生《治安策》偶用繳回語，亦緣「痛哭」「流涕」「長太息」說得駭人，故須申明以見其實然耳。蘇、曾效之，便成厭物。經義有云「其一則云云」，有云「其云云者此其一」，耳不聵，目不盲，止兩三段文字，何用唱籌歷數。凡此類皆《文鈔》引之入荆棘也。

一三

司馬、班氏，史筆也；韓、歐序記，雜文也：皆與經義不相涉。經義豎兩義以引伸經文，發其

立言之旨，豈容以史與序記法攙入？一段必與一篇相稱，一句必與一段相稱。截割彼體，生入此中，豈復成體？要之，文章必有體。體者，自體也。婦人而髯，童子而有巨人之指掌，以此謂之某體某體，不亦傎乎？

一四

試取曹子桓《典論·論文》、范蔚宗《後漢書引語》、張思光《自序》讀之，古人作文字，研慮以悦心，精嚴如此。而欲據一「虚起實承」、「反起正倒」、「前鉤後鎖」之死法，填腔換字，自詫宗工，何其易也。

一五

四大家未立門庭以前，作者不無滯拙，而詞旨温厚，不徇詞以失意。守溪起，既標格局，抑專以遒勁爲雄，怒張之氣繇此而濫觴焉。及《文鈔》盛行，周萊峰、王荆石始一以蘇、曾爲衣被，成片抄襲，有文字而無意義，至陳（㮮）、傅（夏器）而極矣。隆、萬之際，一變而愈之於弱靡，以語録代古文，以填詞爲實講，以杜撰爲清新，以俚語爲調度，以挑撮爲工巧。若黄貞父、許子遜之流，吟舌嬌澀，如鴝鵒學語，古今來無此文字，遂以湮塞文人之心者數十年。語録者，先儒隨口應問，通俗

易曉之語，其門人不欲潤色失真，非自以爲可傳之章句也。以此爲文，而更以浮屠半吞不吐之語參之，求文之不蕪穢也得乎？文凡三變，而其依傍以立户牖，己心不屬，則一而已矣。萬曆之季，李愚公始以堅蒼驅軟媚，方孟旋始以流宕散俗冗，稍復雅正之音，於先正沖穆之度未遑領取，而其變也，亦足以起久病之尫矣。

一六

當萬曆中年，俚調横行之下，有張君一（以誠），雖入理未深，而獨存雅度。君一與許子遜同時，昧心之作，至子遜而極。其《樂則生矣》一段文字，開講處有數「樂」字，鳥語班闌，不知音「岳」音「雒」，猶可謂肉團心有一鍼孔乎？

一七

承嘉靖末蘇、曾氾濫之餘，當萬曆初俚調呻嚘之始，顧涇陽先生獨以博大弘通之才，竪大義，析微言，屹然嶽立，有制藝以來無可匹敵。奪王、唐「大家」之名，以推轂先生，雖閲百世，不能易吾言也。但以無可躋攀，爲流俗所不歆羨耳。黄蘊生欲問津焉，而見地不徹，能放而不能收，自非實有得於道要而淹貫古今，舍糟粕而吸精液，惡能不望崖而返。

一八

錢受之謂黄藴生嗣歸熙甫，非也。熙甫但能擺落纖弱，以亢爽居勝地耳。其實外腴中枯，静扣之，無一語出自赤心。藴生言皆有意，非熙甫所可匹敵。但爲史所困，又染指韓、蘇，未能卓立耳。然藴生當天步將傾之日，外則遼左禍逼，内則流寇蠭起，黄扉則有温、周、楊、薛之姦，中涓則有張彝憲、曹化淳之蠹，憂憤填胸，一寓之經義，抒其忠悃，傳之異代，論世者所必不能廢也。

一九

陳大士史而横，金正希禪而曲，若其離此二者，別尋理際，獨至處自成一家，固賢於歸熙甫之徒矜規格也。若經義正宗，在先輩則嵇川南，在後代則黄石齋、淩茗柯、羅文止，剔發精微，爲經傳傳神，抑惡用鹿門、震川鋪排局陣爲也？先輩中若諸理齋、孫月峰、湯若士、趙儕鶴，後起如沈去疑、倪伯屏、金道隱、杜南谷、章大力、韋孝忍（克濟，黄岡人）、姜如須（垓，山東人），亦各亭亭獨立，分作者一席。釋氏有言：「從門入者，不是家珍。」特以無門可入，絶陋人攀援之徑，故人不知玄賞耳。

二〇

孫月峰以紆筆引伸，摇動言中之意，安詳有度，自雅作也。乃其晚年論文，批點《考工》、《檀弓》、《公》、《穀》諸書，剔出殊異語以爲奇峭，使學者目眩而心熒，則所損者大矣。萬曆中年杜撰嬌澀之惡習，未必不緣此而起。《考工記》乃制度式樣册子，上令士大夫習之，勾考工程，而下可令工匠解了，故删去文詞，務求精覈。其中奇字，乃三代時方言俗語，愚賤通知者，非此不足以定物料規制之準，非故爲簡僻也。《檀弓》則摘取口中片語，如後世《世説新語》之類，初非成章文字。《公》、《穀》二傳，先儒固以爲師弟子問答之言，非如《左氏》勒爲成書，原自不成尺幅。以此思之，三書者亦何奇峭之有，而欲效法之邪？文字至琢字而陋甚，以古人文其固陋，具眼人自和哄不得。

二一

文字至撮弄字面而穢極矣，黄葵陽已啓其端，至萬曆壬辰而益濫。陳懿典《憲章文武》出題云：「國憲王章，本朝爲重；闡文繹武，昭代爲尊。」此是何等語？而一時傳誦爲警句。嗣後效之以不通者三十餘年。崇禎間，諸名人力爲洗滌，然猶有云：「天無子，人之聖者爲其子；海無内，人之聖者居其内。」（「德爲聖人」四句會墨。）如此迷惑喪心之語，猶拔作南宫首卷，文字安得不陋？

士習安得不偷邪？

二二

良知之説充塞天下，人以讀書窮理爲戒，故隆慶戊辰會試，《知之爲知之不知爲不知》文，以不用《集註》，繇此而求之一轉，取士教不先而率不謹，人士皆束書不觀。無可見長，則以撮弄字句爲巧，嬌吟蹇吃，恥笑俱忘。如「戰戰兢兢，如履薄冰」，而撮云「冰兢」；「念終始典于學」，而撮云「念典」。乃至市井之談，俗醫星相之語，如「精神」、「命脉」、「遭際」、「探討」、「總之」、「大抵」、「不過」，是何污目聒耳之穢詞，皆入聖賢口中，而不知其可恥！此嘉靖乙丑以前，雖不雅馴者，亦不至是。湯賓尹以婬媢小人，益鼓其焰，而燎原之火，卒不可撲，實則田一儁、黄洪憲倡之於早也。

二三

有代字法，詩賦用之，如月曰「望舒」、星曰「玉繩」之類，或以點染生色，其佳者正爾含情，然漢人及李、杜、高、岑猶不屑也。施之景物，已落第二義，況字本活而以死句代之乎？如敬則是敬，更無字可代，而所敬與所以敬，正自隨所指而異。用代字者，以「欽翼」、「兢惕」代之，或以「怠荒」、「戲渝」反之，直是不識「敬」字，支吾抵塞耳。信曰「惇篤」，仁曰「慈祥」，學曰「敏求」，思曰「覃精」，善曰「純

粹」，治曰「經理」，皆代字也。先輩中亦有此病，自吴季子小註來。有胸有心者，不應染指。

二四

疊字不可析用，如詩賦「悠悠」而云「悠」，「迢迢」而云「迢」，「渺渺」而云「渺」，皆不成語。「兢兢業業」，舊有此文，亦不甚雅。「業業」云者，如筍虡上崇牙，兩兩相次，齟齬不相安之象。時文絶去一字，而云「兢業」，不知單一「業」字，則止是功業，連「兢」字如何得成文理？此病先輩亦有，若嵇川南、趙儕鶴諸公，則必不作此生活。

二五

欲除俗陋，必多讀古人文字，以沐浴而膏潤之。然讀古人文字，以心入古文中，則得其精髓。若以古文填入心中，而亟求吐出，則所謂道聽而塗説者耳。

二六

經義固必以《章句集註》爲準，但不可背戾以浸淫於異端，若註所未備，補爲發明，正先儒所樂得者。如尤公瑛《寡人之於國也章》文，以制産、重農、救荒分三事，而以末段歸重汰獸食、發倉

廩，爲目前應迫救荒之先務，救荒而後待來年以重農，然後徐及制産，乃令孟子之敷施調理，井然有序。又如金正希《侍於君子有三愆》文，謂人有愆而不自知，唯侍君子乃知有之，而慙惶思改，見人之不可不就正於君子。陳大士《欲仁而得仁》文，謂欲取於民者，薄斂而緩征之，仁者之政也，則所得者，民皆樂奉而懷恩，固仁者之得也，如此乃與不貪相應。諸若此類，註所未及，詎可以非註所有而謂爲異説乎？困死俗陋講章中者，自不足以語此。

二七

以酸寒囂競之心説孔孟行藏，言之無怍，且矜快筆，世教焉得而不陵夷哉？聖賢雖以撥亂反正安天下爲志，然乘六龍以御天，潛亢飛躍，無不可樂之天，無不可安之土；而作經義者，非取魯、衛、齊、梁之君臣痛罵以洩其忿，則悲歌流涕，若無以自容，其醜甚矣。「榜前潛下淚，衆裏却藏身」，孟郊之所以爲郊也。「愁中天屢陰」，譚元春之所以爲元春也。而使君子如此其齷齪乎？愚嘗判韓退之爲不知道，與揚雄等，以《進學解》、《送窮文》悻悻然怒，潸潸然泣。此處不分明，則其云「堯、舜、禹、湯相傳」者，何嘗夢見所傳何事？經義害道，莫此爲甚，反不如詩賦之脩然於春花秋月間也。

二八

擡一官樣字作題目，拈一扼要字作眼目，自謂「名家」，實則先儒所謂「只好隔壁聽」者耳！官樣字者，如「老者安之」三句，張受先以「王道」二字籠罩，不知夫子言志時，但就面前説去，初未嘗言以此治平天下。若論其至處，則雖王者亦待必世後仁之餘，方漸與此相應。若行王道者，何敢易言及此？張之使大，正局之使小耳。又如「哀公問政」章，以法祖爲旨者，亦官樣話也。經文明言人存而後政可舉，亡其人，則政雖布在方策而必息。故必極學問思辨之力，以果能好學力行知恥，而修仁義禮之人道，然後可以治天下國家。非但依樣胡盧，遽言法祖，如王莽之效周公也。凡此類，皆大言無當，徒使淺學陋人有所倚之巴鼻而已。扼要字者，如程子教學者以主敬，乃立本以起用，非知有此事便休、更不須加功修治之謂。如「止至善」章，學僩恂慄，威儀内外交盡，德乃盛，善乃至。仁敬、孝慈、親賢、樂利、天德、王道之全，豈一「敬」字遽足以該括之？又如「道千乘之國」章，言「敬事」者，但於事言敬，初非主一無適之謂，與「居敬」言居者抑別，固該括下四者不得。聖賢之學，原無扼要，乘龍御天，無所不用其極。扼要之法，乃浮屠所謂「佛法無多子」者，孟子謂之「執一賊道」。宋末諸儒，雖朱門人士，皆暗用象山心法，拈一字爲主，武斷聖賢之言，苟趨捷徑，而作經義者，依據以塞責。萬曆以後，惡習熺然，流及百年，餘燄不熄，誠無如之何也。

二九

古者字極簡，秦程邈作隸書，尚止三千字；許慎《説文》，亦不逮今字十之二三。字簡則取義自廣，統此一字，隨所用而別。熟繹上下文，涵泳以求其立言之指，則差別畢見矣。如均一「心」字，有以虚靈知覺而言者，「心之官則思」之類是也；有以所存之志而言者，「先正其心」是也；有以所發之意而言者，「從心所欲」是也；有以函仁義爲體，爲人所獨有，異於禽獸而言者，「求放心」及「操則存，舍則亡」者是也；有統性情而言者，「四端之心」是也；有性爲實體，心爲虚用，與性分言者，「盡心知性」與張子所云「性不知簡其心」是也。凡言「天」言「道」皆然，隨所指而立義。彼此相襲，則言之成章，而必淫於異端；言之無據而不成章，則浮辭充幅，而不知其所謂。《大全》小註諸家雜亂於前，講章之毒盈天下，而否塞晦蒙，更無分曉。不能解書，何從下筆？宜乎爲君子儒者之賤之也。

三〇

陋人以鉤鎖呼應法論文，因而以鉤鎖呼應法解書，豈古先聖賢亦從茅鹿門受八大家衣鉢邪？如「哀公問政」章，於「知仁勇」之「仁」，鉤上「仁義禮」之「仁」；「不動心」章，以「勿求於心」

之「心」，鉤上「不動」之「心」，但困死呼應法中，更不使孔孟文理得通，何況精義？魔法流行，其弊遂至於此。

三一

王子敬作一筆草書，世稱「墨妙」。然一帖之中，語雖連貫，而字形嚮背各殊，必於一筆，未免有拗折牽連之病。若經義，一題自一理，一篇自一意，豈容有二筆邪？既必一筆，何用鉤鎖？止緣陋人氣不能長，如老病喘促，必須歇息，方更接續。故鉤鎖之法一立，而天下翕然從之，爲獨參湯以延殘喘。

三二

非此字不足以盡此意，則不避其險；用此字已足盡此義，則不厭其熟。言必曲暢而伸，則長言而非有餘；意可約略而傳，則芟繁從簡而非不足。嵇川南、湯義仍諸老所爲獨絶也。避險用熟，而意不宣，如扣朽木；厭熟用險，而語成棘，如學鳥吟。意止此而以虚浮學蘇、曾，是折腰之蛇；義未盡而以迫促仿時調，如短項之蛙。纔立門庭，即趨魔道，四者之病，其能免乎？

三三

有意之詞，雖重亦輕，詞皆意也。無意而着詞，纔有點染，即如蹇驢負重，四蹄周章，無復有能行之勢。故作者必須慎重揀擇，勿以俗尚而輕泚筆。至若涇陽先生，以龍躍虎踞之才，左宜右有，隨手合轍，意至而詞隨，更不勞其揀擇。非讀書見道者，未許涉其津涘。

三四

不博極古今四部書，則雖有思致，爲俗軟活套所淹殺，止可求售於俗吏，而牽帶泥水，不堪挹取。乃一行涉獵，便隨筆涌出，心靈不發，但矜遒勁，或務曲折，或誇饒美，不但入理不真，且接縫處，古調今腔兩相黏合，自爾不相浹洽，縱令搏成，必多敗筆。趙儕鶴、湯義仍、羅文止何嘗一筆倣古，而時俗軟套，脱盡無餘，其讀書用意處别也。

三五

以「外腴中枯」評歸熙甫，自信爲允。其擺脱軟美，踸厲而行，亦自費盡心力。乃徒務間架，而於題理全無體認，則固不能爲有無也。且其接縫處矯虔無自然之度，固當在許石城、張小越之下。熙

甫子子慕，變矯厲爲輕安，不失爲儒者之言，度越其父遠甚。人言殊不然，所謂相者舉肥也。

三六

自李贄以佞舌惑天下，袁中郎、焦弱侯不揣而推戴之，於是以信筆掃抹爲文字，而誚含吐精微、鍛鍊高卓者爲「齩薑呷醋」。故萬曆壬辰以後，文之俗陋，亘古未有。如必不經思維者而後爲自然之文，則夫子所云草創、討論、修飾、潤色，費爾許斟酌，亦「齩薑呷醋」邪？比閱陶石簣文集，其序、記、書、銘，用虚字如蛛絲罥蝶，用實字如屐齒黏泥，合古今雅俗，堆砌成篇，無一字從心坎中過，真莊子所謂「(出)〔嗌〕言如哇」者，不數行，即令人頭重。蓋當時所尚如此，啓、禎間始洗滌之。而艾千子猶以「莽莽蒼蒼」論文（「蒼」字上聲，誤讀爲「倉」。），不知「莽莽蒼蒼」者，即俗所謂「莽撞」，孟子所云「茅塞」也。

三七

昔人謂書法至顔魯公而壞，以其著力太急，失晉人風度也。文章本静業，故曰：「仁者之言藹如也。」學術風俗皆於此判别。着力急者心氣粗，則一發不禁，其落筆必重，皆囂陵競亂之徵也。俗稱歐、蘇等爲「大家」，試取歐陽公文與蘇明允竝觀，其静躁、雅俗、貞淫昭然可見。心粗筆重，則必以縱横、名法兩家之言爲宗主，而心術壞，世教陵夷矣，明允其明驗也。啓、禎諸公欲挽

萬曆俗靡之習，而競躁之心勝，其落筆皆如椎擊，刻畫愈極，得理愈淺，雖有才人，無可勝澄清之任。就中唯沈去疑、杜南谷爲有超然之致，猶未醇也，其他勿論已。代聖賢以引伸至理，而植面張拳，奚足哉？胡元詩人如貫雲石、薩天錫、馮子振，欲矯宋詩之衰，而獷氣乘之。啓、禎文多類此，意者亦天實爲之邪。

三八

學蘇明允，猖狂譎躁，如健訟人强辭奪理。學曾子固，如聽村老判事，止此没要緊話，扳今掉古，牽曳不休，令人不耐。學王介甫，如拙子弟效官腔，轉折煩難，而精神不屬。八家中，唯歐陽永叔無此三病，而無能學之者。要之，更有向上一路在。

三九

譚友夏論詩云：「一篇之朴，以養一句之靈；一句之靈，能回一篇之朴。」囈語爾。以朴養靈，將置子弟於牧童樵豎中，而望其升孝、秀之選乎？靈能回朴，村塢間茅苫土壁，塑一關壯繆，衮冕執圭，席地而坐，望其靈之如響，爲嗤笑而已。慶曆中經義以一句争勝，皆此説成之。曹大章《大哉堯之爲君也章》，承頭一句云：「甚矣！帝堯之德天德也！」袁黄贊其壓倒萬人。許獬

如實思之，有何意味？《畏聖人之言》，起比一句云：「聖言亦庸言耳。」場中以此定爲南宫第一。如口給人説酒令，適資一笑而已。

四〇

聞之論弈者曰：「得理爲上，取勢次之，最下者着。」文之有警句，猶碁譜中所註「妙着」也。妙着者，求活不得，欲殺無從，投隙以解困厄，拙碁之争勝負者在此。若兩俱善弈，全局皆居勝地，無可用此妙着矣。非謂句不宜工，要當如一片白地光明錦，不容有一疵纇，自始至終，合以成章，意不盡於句中，孰爲警句，孰爲不警之句哉？求工於句者，有廓落語（如「聖人一天也」及「非甚盛德，誰能當此，而王者又上觀千世、下觀千世」之類），有陡頓語（如「甚矣！帝堯之德天德也！」之類），有鉤牽語（如《畏聖人之言》而云「知所畏者也」之類），有排對語（如「被髮左衽」、「弱肉强食」之類）。其下則有蔓延語（如剿襲《檀弓》「不出而圖吾君，苟出而圖吾君」之類）、浮枵語（如「又進而加詳焉，然後浩乎其有得」之類）、含糊語（如「悠然其可思」之類）、答話語（如「大抵不離乎」、「云云者近是」之類）、肥膩語（撮《必讀古文》中俗艷爲句）、懵懂語（如「道德」、「仁義」、「禮樂」、「詩書」等字，湊手便用）、俗講語（「殊不知」、「總之」、「大抵」之類）、賣弄語（如「入夢之姬公易逝，病諸之堯舜難酬」之類）、市井語、煙花語、招承語（小題文多此三者）、門面語（如「天不變道亦不變」、「雖天子必有父，諸侯必有兄」之類）、滑利語（如《君子之仕也》文云：「踐其土而食其毛，誰非臣子者。」出口快甚，然豈販夫牧豎亦須求仕乎？）、嬌媚語（如「我浮沈之

人也與哉」及「性也而情在其中矣」之類。黄貞父好爲短句、短比，快轉以求媚。近則包長明亦中此病。）凡此類，始則偶一作者意與湊合，不妨用之；陋人驚爲好句，相襲而不知其穢，皆於句求工之拙法啓之也。

四一

有所謂「開門見山」者，言見遠山耳，固以縹緲遥映爲勝，若一山壁立，當門而峙，與面墻奚異？曹子建有「面山背壑」之語，彼生長譙、許，(己)〔已〕居鄴城，未嘗有山，恨不逼近危崖。若使果有此室，豈不是倒架屋？劣文字起處即着一斗頓語説煞，謂之開門見山，不知向後更從何處下筆。此弊從「仕宦而至將相，富貴而歸故鄉」來，彼作法於涼，重復申説，一篇已成兩橛，何足法也！若「環滁皆山也」，語雖卓立，正似遠山遥映耳。陋人自爲文既爾，又且以解聖賢文字。如「哀公問政」章，扼定「文武之政」四字，通章縈繞，更不恤下文云何。「誠意」章，以「毋自欺也」「也」字應上「者」字，一語説煞，後復支離。皆當門一山，遮斷遥天遠景，豈知古人立言，迤邐説去，要歸正在結煞處哉。

四二

抑有反此者，以虚冒籠起，至一二百字始見題面，此從蘇、曾得來，韓、柳、歐陽尚不盡然。然蘇、曾但以施之章、疏、序、記，抒己意者。經義自有立言端委，如人家族譜，但叙本姓源流，何用

自從混沌初開盤古出説起也？昔人謂之爲「壽星頭」，洵然。

四三

薛方山每於起冒下急出本文，此科場論式也。論取題而推廣言之，故可揭過經史本文，重抒己意。經義體聖賢之言而紬繹之，語盡則止。一句急出，則如喉間骨鯁，吞吐皆難。一篇之中，分爲兩截，勢必更端説起，項下安頭。此法利於塾師教劣子弟，使易收歸本科，段段着想。遂翕然稱之爲「大家」，不虞之譽引人入坑塹如此。

四四

羅長源論字學云：「胸中無數千卷書，日用無忠信之行，則雖蠆尾銀鈎，八法備舉，求其落玉垂金、流奕清舉者，乃至一點亦不可得。」嘗服膺此言，以爲論文之善，莫過於是。而茅鹿門云：「吾作文時，屋瓦皆爲動摇。」説得恁鬇鬡可畏，想訟魁代人作訴牒時，當如此下筆。

四五

看《章句集註》，須理會先儒云何而作此語，非可一抹竄入訓詁中，瞑煙繚繞，正使雲山莫辨。

如「子在川上」註川流「與道爲體」，恐學者將川流與道判作二事，以水爲借譬，劃斷天人，失太極渾淪之本體，故下此語，初非爲逝者「不舍晝夜」作註。讀者但識得此意，則言水即以言道，自合程子之意，不可於夫子意中增此四字，反使本旨不得暢白。又如「鳶飛戾天」一段，《章句》有「活潑潑」語，乃以贊子思立言教人之妙，使人隨處見道，無所執礙，以反失當幾之省察，故又云「其要在慎獨」。若子思言此，初非以鳶飛魚躍爲活潑潑物事，駘宕圓融，如浮屠「水流花開」之狂解。若不解此，謂魚鳥化機，流動無恒，則正程子所謂「弄精魂」者。故作經義者，當置「活潑潑」三字，不須插入，但實從道之全體大用、充周溥徧上着講。此處不分明，引金屑入目，宜其文之茫茫白霧也。

四六

陳大士自云：三月而徧讀廿一史。目力之勝可知。乃其「天之高也」一節文字，於曆法粗率且未曉了，出語便成差異。想其讀史時，於曆志無能曉處，便擲向一壁去。先輩於所未知，約略説過，卻無背戾，惟不欲誇博敏。大士以博敏自雄，故亂道。以此推之，大士於史，凡地理、職官、兵刑、賦役等志，俱不蒙其眄睞。若但取列傳草草看過，於可喜可恨事，或爲擊節，或爲按劍，則一部《鳳洲綱鑑》足矣，何必九十日工夫，繙此充棟册子邪？黄藴生《易經義》説曆法較無舛訛，其讀史視大士爲能詳審，自不以三月誇速了。乃所言曆法，又晉、宋以降何承天、虞劆、一行、郭

守敬所定歲差定朔等精密之法。孔子作《易繫傳》，止據夏、周之曆，何嘗有此？蘊生知解而不知用，亦欲誇博敏之失也。近人争讀《近思録》，資時文之用。且問渠「太極」是何物事，「清虚一大」是何形狀，「主一無適」何以用功，若止記取册子上語句，搭得上輒與鈔寫，則《近思録》豈《詩學大成》、《四六類函》，供汝道聽塗説者乎？此之謂不知恥。

四七

通身倒入古人懷中，王莽學周公，且供笑駡，況誦桀之言者乎？周萊峰、王荆石學蘇氏，止取法其語言氣勢，至説理處，自循正大之矩。至陳卧子、陳大士，將身化作蘇明允，開口便説權説勢。「權」「勢」二字，乃明允譎詐殘忍，以商鞅、韓非、尉繚爲師，賊道殃民之大惡，讀孔孟書者何忍效之？大士以文人自命者，不足深責；卧子嚴氣正性，大節凛然，而斯言之玷不可磨，能弗爲之惋惜。

四八

妖孽作而妖言興，周延儒是已。萬曆後作小題文字，有諧謔失度、浮豔不雅者，然未至如延儒，以一代典制文字引伸聖言者，而作「豈不爾思」、「踰東家墻」等淫穢之詞，其無所忌憚如此。

伏法之後，闖門狼籍不足道，乃令神州陸沈而不可挽，悲夫！

四九

經義之設，本以揚搉大義，剔發微言；或且推廣事理，以宣昭實用。小題無當於此數者，斯不足以傳世。其有截頭縮脚，以善巧脱卸吸引爲工，要亦就文句上求語氣，於理固無多也。守溪作此，以翦裁尺幅爲式，義味亦復索然，特不似後人作諢語耳。若荆川則已開諢語一路，如「曾子養曾晳」一段文，謂以餘食與人，爲春風沂水高致，其所與者，特家中卑幼耳。三家村老翁嫗以巵酒片肉飼幼子童孫，亦嘐嘐之狂士乎。諢則必鄙倍可笑，類如此。此風一染筆性，浪子插科打諢，與優人無别。有司乃以此求士，可謂之舉國如狂矣。唯有一種説事説物單句語，於義無與，亦無所礙，可以靈雋之思致，寫令生活，此當以唐人小文字爲影本。劉蜕、孫樵、白居易、段成式集中短篇，潔浄中含静光遠致，聊擬其筆意以騐宕心靈，亦文人之樂事也。湯義仍、趙儕鶴、王謔菴所得在此，劉同人亦往往近之，餘皆不足比數。

五〇

逆惡頑夫語，覆載不容，而爲之引伸，心先喪矣。俗劣有司以命題試士，無行止措大因習爲

之，備極凶悖。如「孰謂鄹人之子知禮乎」、「謨蓋都君咸我績」之類，何忍把筆長言？「漢兒學得胡兒語，又替胡兒罵漢人」，罵漢人且不忍聞，何況射天笞地？

五一

橫截數語乃至數十語，不顧問答條理，甚則割裂上章，連下章極不相蒙之文，但取字迹相似者以命題，謂之「巧搭」，萬曆以前無此文字。自新學橫行，以挑剔字影、弄機鋒、下轉語爲妙悟，以破句斷章、隨拈即是爲宗風，於科場命題亦不成章句，如「邦畿千里」二節，絶去「可以人而不如鳥乎」；「孟懿子問孝」章，絶去「子曰生事之以禮」三句；「行己有恥，使於四方」，絶去「不辱君命」：皆所謂搭題也。命題如此，而求有典有則之文，其可得乎？唐人選士，命作《幽蘭賦》，舉子傲岸不肯作，主司爲改《渥洼馬賦》，乃曰較可。古人獎進人才如此。而以功令束人，使相效以趨於卑陋，侮聖言而莫敢違之，經義之不足傳，非此等使然與？

五二

人各占一經，已不足以待通儒；乃於所占之經，視爲續貂之狗尾。塾課先習浮爛之詞，文場取塞終篇之責。五經大指，已屬面墻；先聖精微，永隨茅塞。《詩》則採輯詩賦四六中最下俗豔

語，用爲無鹽之粉黛，咏歎淫泆之意，百無一存。《春秋》則以俗吏爰書、訟魁牒狀醜詆之詞，取已往之君臣恣其詬厲。數百年來，能免此者，千無一二。近世名人略爲洗滌，《詩》則黄石齋、凌茗柯，《春秋》則劉同人及路君朝陽，逸羣遒上，庶幾不負「明經」之目。至若《周易》，廣大精微，以六虚盡天人之理數；而作經義者限之以君臣出處，苟爲位置。若有一姓六名二之相，建元九五之君，或得或失，被以褒嘉，施以誚責，加之勸勉，曲爲詰問，象占時位，罔所聞知，黑風吹墮，莫能拔出者久矣。《書》唯典、謨有論道之言，誓、誥乃諭臣民之作。典、謨辭顯而意深，自爲一體；誓、誥則雜以方言，使人易曉。辭不通今，若有僻奥，而大指所歸，示生人之利害。作經義者一以「危微精一」强相附會，將與介胄之夫、田野之甿、反側之子談心性乎？迷而不反者二百餘年。啓、禎以來，後起諸公雖或不雅馴，而窮經得歸趣者間出焉，方之慶、曆以前，自覺積薪居上。

五三

科場文字之蹇劣，無足深責者。名利熱中，神不清，氣不昌，莫能引心氣以入理而快出之，固也。况法制嚴酷，幾如罪人之待鞫乎。漢晉以上，惟不以文字爲仕進之羔雉，故各隨所至，而卓然爲一家言。隋唐以詩賦取士，文場之賦無一傳者，詩唯「曲終人不見，江上數峰青」一律而已。燕、許、高、岑、李、杜、儲、王所傳詩，皆仕宦後所作，閲物多，得景大，取精宏，寄意遠，自非局促名

場者所及。經義本儒者分内事，而一行作吏，則置之如隔年曆，間有作者，衹爲子弟作嫁衣裳。陳啓新誚爲「敲門磚子」，非誣也。唯楊貞復《宧稿》借經義講學，其意良善；乃又爲姚江之學所賺，非徒見地詖淫，文氣亦迫促衰弱，深可惜也。

五四

爲一代文人而不遇者多矣，則膠庠之下，自應有偉人傑作，睥睨今古。乃嘉、隆以前無一傳者，後乃有徐文長（渭）、漏仲容（坦之）、張子延（大復）數首行世，亦無甚超絶處。天啓後，社稿充斥，終不脱揣摩蹊徑，若錢吉士、顧麐士輩，欲矯時趨，而本領既薄，指趣自卑。因憶昔與黄岡熊渭公（霦）、李雲田（以默）作一種文字，不犯一時下圓熟語，復不生入古人字句，取精煉液，以静光達微言。所業未竟，而天傾文喪，生死契闊，念及衹爲哽塞。

論文雜語

〔清〕徐枋　撰

《論文雜語》二種

清　徐枋　撰

徐枋（一六二二—一六九四）字昭法，號俟齋、秦餘山人，蘇州人，明崇禎壬午（一六四二）舉人，明亡後隱居城外，終生不入城市，賣字畫以自給，爲時所貴。

《論文雜語》二種出徐枋《居易堂集》卷二十，皆論叙事之法，第二種與作者友人楊焜（字明遠）論行狀之修改，蓋作者嘗爲楊父作行狀，又爲楊之父、祖作家傳，事見《居易堂集》卷一《與楊明遠書》、卷十二《楊伯兩傳》、《楊無補傳》及《居易堂集外詩文》中《與楊明遠書》。

《居易堂集》爲枋手編，其自序署甲子年，當是康熙二十三年（一六八四），有《四部叢刊三編》影印本，並附《居易堂集外詩文》。今即依此本收録，並附枋自定《居易堂集凡例十一則》，亦可作論文之語觀。

（朱　剛）

論文雜語

清　徐枋　撰

偶閲一叙事之文，謂其語句之病有六：曰支，曰複，曰蕪，曰贅，曰謾，曰習。然此六字不過因一時病而發，非古人曾拈此以評史傳者也。今更細論之。

支，支離也。然支離亦有二種：有本可直捷而故爲曲折，有見理不明、説事不暢而依阿牽綴，不可究詰。

複，重沓也。然非如《檀弓》之「沐浴佩玉」，非如《史記·伯夷傳》之「非耶」、「非耶」，貫高事之「泄公」、「泄公」，《項羽紀》之「軍鴻門霸上」，《賈生傳》之「長沙卑濕，壽不得長」，非如《漢書·王吉傳》之「吉上疏諫曰」、「吉即上奏疏誡王曰」、「吉上疏言得失曰」，《龔勝傳》之「勝稱病不應徵」、「勝稱病篤」、「勝曰：『加以年老被病也。』」此正史家妙境，未易可幾。今之所謂複者，彼不自知其複而複者也，彼自以爲絶不複而實複者也。

蕪，雜也，冗也，荒也，穢也。若一望荆榛、沙礫、污邪、灌莽，不可耙梳芸治也。

贅，贅疣也。或不知史家之斷落，而謬添接脉之語；或不知其言説之既盡，而更引已竭之

音；或忽著一故事，或忽見一成語，自侈其博，而愈呈其陋，存之則甚礙，去之若本無：此之謂贅也。

謾，欺謾也，誕謾也。顢頇大言，橫加突出，既非英雄之欺人，猶遜名士之妄語，實不足增伊人之價，而徒爲有識者所羞。

習，習套也，熟爛也。若言子孫則必稱箕裘堂構，若言兄弟則必曰棣蕚塤篪。自有一班到處填塞人，謂如此則篇篇可用；而我謂如此則一生止可成一篇文也。微乎！微乎！

扁鵲謂人病有六不治，吾謂人作文而犯此，亦六不治也，故不嫌絮言，以示學者。

論文雜語

此文昔年不揣，大効他山之攻，點竄成篇者。及今復加詳閲，覺通篇是病，竟至不堪指摘。正如癘人，遍體瘡痍瘨痏，又如廢地，觸處瓦礫荆榛。因復痛加攻治芟夷，今始確然成一鉅文矣。惟吾明遠，即如今所改者，勿移一字，重録付梓，速將昔年灾木付之一炬，始得耳。不然，則虚我一片苦心，亦辜我十日之工也。於此亦自喜學業長進，見地筆力較之二十年前不啻徑庭，直同霄壤矣。獨望吾明遠之日進月新，亦復相同，更爲樂事。因以此文之病，一一拈出如左。

此文有三謬。一曰體裁之謬。人家行狀，雖云件繫，然實是叙傳中文，須語其大者、重者，今逐歲挨排，直是年譜，隨地標題，直是遊記，失其要矣。故今將甋縷甲子、遊歷處必痛删之，所以無失其爲行狀也。

一曰段落之謬。凡叙傳之文，煩簡重輕有劃然不可淆者，故每於繁瑣處必須一總題過，然後再著其精神命脉處，故有直説完一生，而重新追叙其中一二事者，如是始覺精神明了。今乃從戊亥起，瑣細紀遊，及至都，忽然中間著一段如許大文，至辛未出都，又復瑣細紀遊，那有此序法？

全無斷制，全無裁剪，此段落之所以不明，而精神面目之所以不出也。

一曰行文之謬。段落既失，未有行文俊快者，然或煩簡輕重有失其宜，或頭訖呼應未能得當耳，未有如此半篇之中而連著四段「府君曰」，幾許説話者。自古史傳中，無此行文之法。如此則散緩癡重，筋不束骨，絶無生氣矣。其餘沓拖重複，不可究詰，故痛删之。夫文猶人也，人不能行，則尸居視肉，文不能行，豈成其爲文哉！

此三謬者實本四病：一曰稚也，一曰雜也，一曰蕪也，一曰陋也。稚則必雜，雜則必蕪，蕪斯陋矣。何謂稚？不老成也。老杜句云：「毫髮無遺恨，波瀾獨老成。」惟能老成，故無遺恨也。此文有一好字可入者必欲入之，有一好句可入者必欲入之，有一好事可入者必欲入之，斯稚氣也，而雜矣、蕪矣、陋矣。譬如織者，錦綺、布帛並重於天下，若匹素之内，而爲錦者入焉，爲紈者入焉，爲綈者入焉，甚至爲絺、爲綌、爲褐、爲罽者亦入焉，見者無不唾而棄之，斯爲天下之廢物矣。亦猶之乎醫，但知其藥味之美，而必欲用之，而不知此方之内必不可入此味，又不知既用彼味則必不可重用此味，則必至於殺人矣。以是言之，究竟四病，總繇於一稚也。

居易堂集凡例十一則

文章重體類。《書》曰：「辭尚體要。」《易》曰：「方以類聚。」既有體，斯有類矣，自古編輯之

家綦重之。苟體之不分，則類於何有？然此猶就其疑似豪釐之間言之，猶五穀皆穀也，而菽、麥不可不辨，五金皆金也，而鉛、錫不可淆於黄金耳。若直非其類而訛舛淆雜，則吾不能知之矣。如昌黎一集，文章家之龜鑑也，又爲其受業門人李漢所編，不知何以於文之體類既有所訛，即於其自爲書之例又有所戾？如《谿堂古詩》何以入「雜著」？《石鼎聯句》何以入「序」中？《送陸歙州》、《送鄭十較理》、《送張道士》祇應以序入詩中，不應以詩附序見。況《送張道士》序僅數言，而其詩則鉅篇也，而竟入「序」中，此皆於文之體類有未叶者也。《爲宰相賀白龜狀》在三十八卷「表狀」中，何以《賀張徐州白兔狀》又入十五卷「書啓」中？此皆於其自爲書之例有相戾者也。今吾集，凡爲詩、爲辭、爲贊之序，不問其長短詳畧，俱見之詩與辭、贊中，不别見；至似是而非，相近而遠，如説、論、議之體裁迥别，書後與題跋之各有家數，劃然不紊也。

文籍重編次。編次者，前後是也。集之居前者，大約須觀其全集之次，惟其所重，以其文之多而有關係者爲首列，斯爲得體。今人文集，動以賦與詩居首，此遵《文選》例也，不知《文選》固辭家之書，其所重在辭賦耳，未可概論。李漢編昌黎集亦然，甚非謂也。今拙集以書居首，蓋此集中惟書爲最多，以吾四十年土室，四方知交問訊辨論，一寓於書，且吾自二十四歲而遘世變，與今之當事者謝絶往還諸書，及答一二鉅公論出處之宜諸書，似一生之微尚係焉。伏讀往册，如叔向《貽子産書》，於古文中亦惟書爲早出，故吾集以書冠之。而尺牘次之者，從書而類推之也。尺

牘原本於書，而自爲一體，非以辭之長短而云，故有極短者而仍入書中。取歐、蘇集別載「小簡」例，別爲一卷。

書法重義例。既操筆爲文，必有其義，義之所在，例之所起也。如吾四十年往還諸書，俱不得已而應，非泛泛寒暄應酬之比，無論吾諸書或非無係於世者，即吾之稱謂標題，各有一定書法。如吾先公執友最嚴重者，則既書其官，復書先生。等而殺之，或稱官，或稱先生，不竝書，而係之其字。若朋儕往還，或止書官，或竟書其字也。集中諸傳，例書其人之字。傳本創自《史記》，《史記》或書名，或書字，或書爵里，以無定爲例，蓋太史公即寓書法於其中也。自《漢書》後槩書名，末學不察，嘗以古文必書名爲古，嘗有於極無謂文字中硬入人之姓名，以爲得古人之法，良可笑也。況文章自有家數，非可意造，古來惟昭明《文選》，載古人詩文，多書其人之字，深得太史公遺意，亦可見古人不欲輕用人名也。近有所謂名士者，一於中外子姓以猥瑣之事，而於尊行鉅公直斥其名；一於長物瑣語而必書友人之名；一於友人寓言小傳中諱本人之名，而旁及他友則直書其名。吾心竊鄙之、憎之。吾嘗言，文章果佳，即不書名，不失其爲古文，苟非文章，則雖鈔襲《謨》、《誥》之語，猶爲無當，況僅僅一書人之名耶？吾今所作傳，有鑒於此。且既非國史，不敢猥書人名，竊取管仲、屈原、周文、張叔諸《傳》，以爲例，概以字稱，覽者當自得之。惟朱先生、沈徵君二《傳》，則特筆也，其《敬亭山人傳畧》，則以其題其文皆屬爲筆削者，不

在此例。

諸文各以類次及之。其文少而不能自爲一類、自爲一卷者，則隨類編入。如議、辨附記、説之後，頌、銘附於贊後是也。

余自二十四歲而遭世變，即與世決絶，長往不返，其真隱之志，頗爲海内所諒，則凡作爲文章，亦非吾意也，其辭之不得而應辭者嘗過半，應者止什四。而至於碑版傳誌之文，則辭者嘗什九，應者止什一。然所應者又皆吾所欲爲，即不請，或感激鼓舞以屬之筆墨者，然後爲之。若違心從事，僅僅諛墓，則百無一焉。然所謂應者什四，猶就人之見請者而言耳，若合計全集，凡爲文八百餘篇，多吾之發於心而不能已於言者，應人之請亦僅可什一矣。

生平無似，然讀書作文，一字一句，必心有真見、有獨得，然後發之。既不敢附和蹈襲，亦不敢標奇好異。若體裁、義例，則必依據古人。其或吾之所見，有灼然自信者，亦竟發古人所未發，以信之千古。此又在覽者之自得之，當不訝其爲師心也。

書後、題跋分爲二類，亦猶書與尺牘也。書後必於其事有所論列，或發古人所未發，或因其事而别論他事，非僅僅片辭隻語，取意於字句間者，如昌黎《書張中丞傳後》是也。題跋則有間矣。識者閲吾諸篇，則劃然二體，自不可合爲一者。

偶以書畫尚論古人，故題跋頗夥，要於其中自有獨見，然後出之。四十年土室，閉門却掃，不

惟古人名蹟不能多得寓目，即當世賢豪品題書畫，收藏精鑒者，亦不得與把臂細論，則未知吾所見果有當於藝林否也。然惟欲存吾之所謂獨見，以是正於知者，故亦附録之。

有韻之文，間一爲之，吾不敢以自許也。正如子瞻所云，「如候蟲時鳥，自鳴自止」而已。既已爲之，亦存於集，亦以時會寄託有不可没者耳。今亦以類編之，自賦而詩，而辭，而贊，而頌，而銘，皆有韻之文也，凡爲八卷。昔《柳州集》以詩居末，子厚詩居然升作者之堂，子瞻晚年喜讀之，稱爲「海外三友」，則其詩可知，而以殿其集者，子厚固以詩爲一集之後勁，而余則以詩爲一集之附庸也。每見古人於孤臣寡婦，朝吟夜怨，一言一句，哀而録之，吾之不删吾詩，即此意也。惟覽者之傷其心，而不鄙其辭可耳。

《昌黎集》自賦與詩之外，首列「雜著」，則以文之不多而有關係者入之，如《原道》、《獲麟》以及《諍臣論》諸篇，而以遊戲寓言諸文名爲「雜文」，吾不敢謂然，今仍分爲二類，而以文之無所附麗，不能成卷者，爲「雜文」，以遊戲寓言者爲「雜著」，一以殿諸文，一以殿有韻者。雜文、雜著名則取諸古人，而義則出之自我，偶然有見也。

古人之不以文章名，而其文章自不腐於世者，多矣。如陳壽編《諸葛武侯集》二十四篇，凡十萬四千一百一十二言，謂公誠之心形於文墨。子瞻序《范文正公文》，謂其于仁義、禮樂、忠信、孝悌，如饑渴之於飲食，欲須臾忘而不可得，如火之熱，如水之濕，蓋其天性有不得不然者。嗟乎！

文章而出於心性，此其所以不腐於世也。吾之文固非古人之文，而吾之心則古人之心也。實竊有自信者，故文雖不足存，而謹録之，不特欲以遺之子孫，實欲以質之千古焉。

時甲子秋七月初六日秦餘山人俟齋氏又識

萬青閣文訓

〔清〕趙吉士　撰

《萬青閣文訓》一卷

清　趙吉士

趙吉士（一六二七—一七〇六），字天羽、恒夫，休寧（今安徽黄山）人，後入籍錢塘（今浙江杭州）。順治舉人。康熙間任交城知縣，以功擢國子監丞，卒於官。有《萬青閣全集》。傳見《清史稿》卷四七六。

該書分總論、作文法、讀文法三部分。總論歸納行文之病在於作者「苟且不肯用心」，「平日在讀，臨時在做」。作文法分四綱領、六條目、一歸宿。四綱領指文章之理、氣、骨、法，以人作比，相當于人之性、元氣、骨相、行爲。理有真僞，氣分雅俗，骨有清濁貴賤，法有死活。理與氣、骨不易言，只有法可言，故分之爲六條目：局、意、機、調、句、字。文章理足、氣充、骨格清貴而又備此諸法，文即達於一歸宿，即神。讀文法太上取神，其次取識見、氣格，再次取議論、意致、機局，最下取字句。

有康熙二十九年（一六九〇）刊《萬青閣全集》本。今即據以録入。

（趙冬梅）

萬青閣文訓

清　趙吉士　撰　孫繼抃　録

總論

行文之病甚多，總其大端則有四，約之則有二，更約之則惟一耳。四者惟何？一曰正意發不出，一曰閒文删不清，一曰古文請不來，一曰時調推不去。然正意不足，則閒文必多。古文不來，則時調必集。一定之理，所謂約之爲二也。要之只一，苟且不肯用心而已。不用心之病，平日在讀，臨時在做。假如題目到手，須先將大意解明，隨於大意之中分出每股意思。既立股頭，便要想此一股中如何起，如何承，如何開，如何閤，有不妥處，有未盡處，必不輕放，務須求妥、求盡而後止。譬如對敵者，必破堅擒賊，然後旋師，如此何患意思不足？至於用筆，即如對敵時，器械務要便捷爽快，動中窾會，方能刀刀見血，克敵制勝。今作文者，大抵每股合掌，未必有意，即有意思，只是股頭數語，到得要緊處，却又力量不濟，竟自歇了，反於没要緊處刺刺不休。尤可恨者，要緊所在，正要一語道破，却又字句拖沓，意思雖好，説來畢竟一場没趣，最敗人意。譬如

臨敵時，一戰可破，偏費盡周折，弄得半尷不尬。及力量不濟，即便虛掩一刀，抽身而走，倒在無敵處支手舞脚，拖刀弄劍，其有不大敗者乎？經史古文，俱是聖賢先儒闡明事物之理。其理與四子相通，旨趣最深，文字最妙，真是採木於鄧林，探珠於合浦，取之不窮，用之不竭。臨文時須將題意解明，隨於古文中想取結構、議論、機調、字句，則自然無一不佳。至於時文，不過備格式、習法度而已，即其佳者，亦必自古文得來，豈可將古文概置疫閣。而所取時文，又皆庸惡陋劣者，止求其便，不求其美，其亦不思之甚矣。然得力處全在讀時用心，譬如用兵者，須於平日訓練，或正兵，或奇兵，或水攻，或火攻，或多，或寡，或分，或合，天時、地利、金鼓、號令、步伐、止齊之法，一一熟習，使千萬之耳、目、手、足俱聽命於一人之心，如臂使指，投之所向，無不如意。以此衆戰，誰能禦之？若使平日全不訓練，不過執簿呼名，臨時豈能調發？倉卒無計，只得將打馬草、馱帳房、供樵爨一班火頭軍支應搪塞，然而不敗者，未之有也。所以然者，只是苟且門面，不肯用心之故。夫「門面」二字，掤得來固難，打得破尤難。若一被他掤定，則終身墮坑落塹，永無出頭之日矣。今特開示小子輩打破門面之法，其法有二：一做法，一讀法，列於左。

作文法

作法有四綱領，六條目，一歸宿，其要訣則有二。何謂四綱領？一曰「理」，二曰「氣」，三曰

「骨」，四曰「法」。即以人身譬之，所謂理者，如生初之性，天命之以成人者。人而無性，不成爲人，文而無理，豈成爲文乎？然理有真有僞，其似是而非者，毫釐千里，辨之不可不精。《大全》諸説甚雜，分别最難，今之奉爲蓍蔡者，高頭説約耳，此書最爲可笑。總之要以朱註爲主，今人何嘗不云遵註，只是看註不細。吕晚村所謂知其當然，而不知其所以然，往往爲似是而非者所誤，此高頭説約之所以可惡也。看書須將白文涵泳數過，粗領其概，然後將朱註細細磨勘，以求白文之解，必使白文之中字字還他着落，節節還他貫通，（柝）〔析〕之細入秋毫，合之融成一片，然後放手。如有所疑，不妨參看他書，却不要依樣葫蘆，隨他脚跟便轉。苟有一説，只與朱註對勘，合者取之，不合者棄之，必要實實有得於心而後止，決不可含胡放過。再時時將白文涵泳，朱註磨勘，則道理越精越熟，一部《四書》竟可鎔成汁，瀉成錠，觸處靈通，頭頭是道，豈不快哉？此非旦夕可到，然識見必須一年長一年方妙。所謂氣者，如人身之元氣，目視耳聽，手持足行，皆有元氣運乎其中。人而無氣則尸居木偶，痿痺不仁，文而無氣，則婞婟萎薾，板腐拘晦。雖有道理，亦何取焉？孟子曰：「其爲氣也，配義與道。無是，餒也。」可見雖有道義而無浩然之氣以充之，則道義亦有時而餒。人之於文何獨不然。浩然之氣集義所生，吾嘗云「理足則氣充」，此語亦止道得一半行文之法，理必取於先儒，氣必取於大家。無大家之氣以談先儒之理，總使明白透快，亦不過絶妙講章而已。然又有一種俗氣似乎堂皇，浮氣似乎灝瀚，最是害事，不可不戒。其取氣訣詳

《讀法》中。所謂骨者，文家之氣體、品格所以分清濁、貴賤者也。如人身之骨相，有神仙，有帝王，有公卿大夫，有山林隱逸，以至農、工、商、賈、僧、道九流，其最下者乃有篾片、乞丐、娼優、隸卒之類，莫不有骨，而清濁貴賤判然不同。骨有本乎天者，有移乎人者。天不可憑，要以人爲主。孟子曰：「居移氣，養移體。」此言移乎人者也。以公卿大夫之子而日與厮養伍，不期而居然厮養矣。以農工商賈之子，日與貴家遊，不期而居然貴家矣。蓋其耳目之所接，心思之所向，氣味之所親，涵濡浸潤，久之而易其形，又久之而易其神，又久之而淪肌浹體，入於骨而不可解。於是清者益清，濁者益濁，貴者益貴，賤者益賤。清者忽濁，濁者忽清，貴者忽賤，賤者忽貴，潛移默奪，而倏不知其所以然，是以君子慎言習也。文品喜清貴，惡濁賤，然可惡者尤在賤相。所謂「賤相」者，卑靡也，柔媚也，佻達也，假闊綽也，要吉言也，諸如此類。竟如一大户家，娼優、狎客獻笑一堂，而門外乃有一乞丐，摇長進板唱「蓮花落」、「善富進門」諸詞，非不句句好話，却是十足賤相，令人欲嘔，此文家之最忌者也。文家之骨須端凝超邁，其次則莫如秀。然秀忌甜，甜即媚，不可不審也。奪胎换骨，在古文内沉浸濃郁而得之，詳《讀法》中。語云：「近朱者赤，近墨者黑。」可不慎哉？所謂法者，規矩準繩之謂，而巧即寓乎其中。局有局法，股有股法，句有句法，字有字法，以至正有正法，奇有奇法，濃有濃法，淡有淡法，整有整法，散有散法，長有長法，短有短法，密有密法，疏有疏法，總之要活法，不要死法。法不一法，而實有一定之法，夫是之謂真法。譬人之

身，五官百骸其一定者也，至於長短肥瘦，行住坐卧，正側屈伸之法，不可一律，然又莫不有一定之法，須相其宜而用之，非言可盡。其法亦莫備於古文，詳《讀法》中。此四者，作文之綱領也。

何謂六條目？一曰局，二曰意，三曰機，四曰調，五曰句，六曰字。此六者，只完得一「法」字。蓋行文者理爲主，氣、骨爲輔，而行之以法。理與氣、骨不易言，所可言者法而已，故統之爲法，分之則有此六者。立局之法，不論奇、正、整、散，只「天然」二字足以盡之。每怪拘腐之徒，執其成見，謂必如題，此乃假先輩，非真先輩也。先輩立局，只是相題要害而布置之，非有一定，而實如一定。正固正，奇亦正，所謂天然是也。而近來好異之徒，不顧題義，專在局上求新，勉强割裂，顛倒支離，如人之一身，目居眉上，足出胸前，奇形異狀，直如怪物。自以爲奇，而不知此乃文字之妖，尤當亟爲勦滅者也。總之，一題到手，必先看題之全旨、節旨以及本句中眼目，來踪去跡，遠胍近胍，或正或反，或虚或實，或賓或主，或全或半，一一分明。至於縮脚截搭，更屬無定。譬之形家移步換形，移步換勢，尤當息心静氣，相其分寸而設爲布置之，方忽縱忽擒，左摩右盪。及至要害所在，則以全力注之，令其精神溢涌，脱跳而出。直如鷹之攫物，龍之點睛，方其盤旋秋空，布設雲氣，此時騰那惝恍，千態百狀，令人目眩神迷，逮一攫而得，一點而飛，不覺鼓掌快絶。究之平心而觀，實有如此則快，不如此則不快者。此天然之極致，所謂無一定而實如一定，正固正，奇亦正，論局之法，盡乎此矣。須知能極天然之妙，則奇固奇，正亦奇，「奇」、「正」二字可不設也。故凡立奇正之

名，有意爲之者，非板腐則怪誕矣。至於意者，乃題義中所有之條理，謂之「題蘊」。有大意，起講是也；有題前意，起比是也；有正意，中比是也；有餘意及題後意，後比與結處是也：此其大畧也，猶有旁意、翻意、借上文意、照下文意。至於枯寂題，無中生有意；截搭題，有自出主張意；議論題，有立説翻案意；典制題，有援証辨駁意：諸如此類，往往有出於題意之外者。要在聞見廣，識解高。讀書時用心講究，臨文方有手眼。大約没意思題忌其窘而縮，有意思題忌其多而雜。窘而縮，則兩比而止一意，名爲「合掌」。多而雜，則一比而有兩意，名爲「雙頭」。此皆文家之大病也。所以窘者須有生發，多者須有剪裁，總要一比必有一意，一意必須到底，而通篇前後融合貫串。所謂篇如股，股如句，此命意之法也。昔人論文云「意不足則氣不充」，又曰「意多則傷氣」，正爲此二病而言也。機者，文之勢也。如急來緩受，緩來急受，或欲抑而先揚，或欲揚而先抑。或前整矣，懼其板重，作數散行以疏之；或前散矣，懼其慢衍，作數整語以束之。或用正峰，而入有堂皇瓌璘之觀；或用側峰，而入有突兀寵嵸之概。或一氣奔放，忽然一語束住；或一路平衍，忽然一語突興。或忽然掉轉，或忽然放開，或曠然而來，或悠然而去，忽起忽伏，忽縱忽擒，皆故作勢以達其情。矢激則遠，水揮則躍，此之謂也。然發機者遲不得，密不得，少一語不得，多一語不得，静如處女，動如脱兔，屋上建瓴，帆隨湘轉，妙哉！機也，其文章之大觀乎？文之風韻在乎調。人而無韻，西子不爲佳，子都不足姣也。用調處亦只在起句、轉句、收句間一露風韻

耳。總之，要辨雅俗，捉鼻微吟，顰眉深坐，正是絶世風神。若使高麗起舞，嫫母捧心，又不知是何腔調。句與調相似而實不同，調偶一見，句則通篇皆是也。有意而句不佳，則意不顯；有機而句不佳，則機不靈；有調而句不佳，則調不發。蓋句者，鋪(墊)〔墊〕於意與機調之間以增其美。一句未安，則衆美削色。可不講與？文不可有閑句。然古人每於閑處傳神，看來似閑，其實不閑，非無要緊没着落之謂也。句法不可太長，然史公一句，每至二三十字，甚至五六十字。蓋其長句，乃是一氣卷舒，渾灝流轉，而非蕪冗累墜之謂也。大約要妥當而不平庸，蒼老而不枯拙，生新而不杜撰，濃而不癡，雋而不纖，長而不冗，短而不禿，曲折而不晦澁，圓轉而不浮油，嵚崎歷落而不險怪。因其自然，加以修飾。苟句句琱琢，則又傷氣矣。若夫字法，似乎所關更微，然往往一字佳而全神振聳，一字不佳而通篇減色，一字切而全旨朗然，一字不切而大義俱晦。字之所關，固非細也。寧都魏叔子論文云：「行文以識見、氣骨、格法爲主。然字句之間，亦不可忽。蓋論文而至字句，尤工夫細密處，非講之至精、至熟，不能無纖毫之累。」此論甚確，字法須妥貼、精湛、老辣、渾成，又須有分寸，實處宜切，虚處宜含。總之不可杜撰、粗俗。此六者，作文之條目也。要之，止完得一「法」字。理足、氣充、骨格清貴而又備此諸法，其文有不盡善者乎？

歸宿者何？神是也。夫神者，貫乎理、氣、骨、法之中，而又超乎理、氣、骨、法之外。其理也，則爲神解；其氣也，則爲神行；其骨也，則爲神來；其法也，則爲神化。其始也，凝神而求

之，其既也，若有神助。久之，神而明之，不可思議。未始無理、氣、骨、法，而又不能名其爲理、氣、骨、法。所謂鍊精歸氣，鍊氣歸精，出有入無，從心所欲，聖而不可知之，謂神也。神乎，神乎，吾未見此文，然不可謂無是境、無是理也。何以求之？曰：有二訣。二訣者何？一曰鍊，一曰靈。二者相須，不可分拆。今人以整齊爲鍊，變化爲靈，分而言之。於是鍊者死於繩墨之中，靈者蕩之規矩之外，文之病出矣。故「鍊」、「靈」二字不可分拆。鍊也者，如將之鍊卒，教之營陳、隊伍、進退、擊刺之方，久之，而風雲變化，臂指如意，則靈矣。如冶之鍊金，千鎚百鍊，去其頑鈍，久之而鋒鍔爛肰，繞指截鐵，則靈矣。惟文亦然：鍊氣也，鍊骨也，鍊局也，鍊意也，鍊機也，鍊調也，鍊句、鍊字也。種種鍊，時時鍊。始鍊之有得矣，未（巳）〔已〕也，更鍊之，又有進矣，又鍊之，而至於心手相應，左右逢源，則靈矣。且吾之所謂「鍊」與世不同。世之所謂鍊者，不過整齊格局，修飾字句，使之妥當而已。吾則不然，格局板而不化者，鍊之使化，字句舊而不新者，鍊之使新，始之無定者，鍊之使有定，繼之有定者，鍊之使無定。其所謂無定者，非破壞規矩、鹵莽滅裂之謂也，蓋即規矩之中求其神明、變通之意。士衡所云「爲體屢遷」，昌黎所云「陳言務去」，是皆心追手摹，懸一靈境而鍊之。靈、鍊相兼，而文之能事日進矣。鍊是工夫，靈是進見，是故靈不一靈，鍊亦不一鍊。譬如鍊步者，未鍊步，先鍊爬，能爬則靈矣。再鍊步，能步則靈矣。進而爲趨，爲跑，無不皆然。是知未得手則用鍊，既得手則爲靈。鍊無定功，靈亦無盡境，學者不可自足，亦不可躐等。但取前一境而鍊之，俟

其有得而又進焉。所謂盈科而進，成章而達，日鍊日靈，即以幾於神不難矣。

讀文法

文章之體變矣。然體雖變，而法則同，古文者，散八股也，八股者，整古文也。學八股而不學於古，惟觀乎今，是猶取水於潢汙，而資明於爝火也。蓋讀古文者，太上取神，其次取識見、氣格，其次取議論、意致、機局，最下者字句而已。讀之之法，必先息心、靜氣。心不散亂，意不粗浮，凝其神，調其聲，審端而讀之。先將通首涉獵數過，觀其命意之所存，所謂眼光落處是也，得其概矣。然後逐段細分，觀其章法，如起承開闔、分總收放、虚實刼解、緊緩詳略、凌駕脱卸、跌頓過渡、順走倒追、來龍結穴之類。得其概矣。然後逐句細分，觀其用筆，如提轉、點逗、聯斷、攔捲、罩留、伏應、補揠、曲直、明暗、增減、吞吐、錯歷、鋪襯、聲東擊西、以此形彼、欲取姑予、借端引喻、淺深遞進、賓主互换、一筆雙關、二意罩注，以至琢句措字之類。又得其概矣。然後又統而讀之，觀其奇正、濃淡、整散、長短、疏密之法，又得其概矣。然後從而熟讀之。當其讀之也，吾之神與作者遊，而吾之口又與神相赴。作者之辭激烈，則讀者亦激烈，作者之辭春容，則讀者亦春容，推是而堂皇也，駘宕也，雋永也，悲咽也，突兀淋漓也，紆徐委備也，忽起忽落也，若斷若聯也。凡古人之文，情有萬端，而讀者之精神、節奏與之俱應，若身處其地，而手著其辭者，則其神氣有以相取。至乎其極，乃不知歌泣之何從矣。然後又平其心，斂其氣，或急讀，

或緩讀，或沉吟讀，或流連反復讀，或掩卷不讀，逮其後也，或無字讀，或無聲讀，蓋不見一字，不出一聲，而瀾翻渤潏，常若有無數古文滿於胸中，而溢於舌底，此所謂神來之候。以是臨文，則自泉湧河決，沛乎其莫禦，而浩乎其不窮。氣骨則古文之氣骨也，法亦古文之法也，局意、機調、字句，一以貫之，而後鍊而後靈，即以幾於神不難矣。凡此皆從讀時得法中來。子曰「興於詩」，朱子云「抑揚吟詠，感人易入」，此讀法也。諺云：「讀書有三到：眼到，口到，心到。」此亦讀法也。不然，徒舉其辭，弗領其趣，猶嚼木耳，浪費光陰耳，雖多亦奚以爲？讀時文亦準此法。

吕晚邨先生論文彙鈔

〔清〕吕留良 撰

《吕晚邨先生論文彙鈔》

清　吕留良　撰

吕留良（一六二九—一六八三），字用晦，號晚邨，崇德（今浙江桐鄉）人。明清之際思想家，學宗程朱，强調華夷之辨重于君臣之倫。明亡爲僧。因所著《維止録》一書，卒後爲曾静文字獄所連，毁墓戮屍。有《吕晚邨文集》、《續集》。與吴之振等合輯《宋詩鈔》。

《吕晚邨先生論文彙鈔》一書，前有曹鍴小引，后有吕程先跋，輯文共三百零二條，后附《八家序文摘鈔》等，吕氏論文之要旨，已稱搜集完備。其論文主「理」爲標的，但問理合與否。從古今文人、文風、文氣之對比，具體到文章寫作方法（如引文、轉語、長句等）、各種文體寫作（如經制題、比喻題、長題、搭題、俚題等），無不辨雅俗，别真僞，不遺餘力地推崇真雅、真古，反對僞雅、惡俗。既主張明白樸實之文風，又主張文有奇情、古色，反對陳詞濫調、依樣畫葫蘆之笨伯死法。

有清康熙五十三年（一七一四）刻本，今即據以録入。

（趙冬梅）

呂晚邨先生論文彙鈔凡三百二條

清　呂留良　撰

吾鄉呂晚邨太翁先生倡明理學，其微言大義，往往散見于文評。門人清溪陳大始先生纂成《四書講義》，有志之士皆知尊信折衷，可謂盛矣。而論文之法，惜無有彙而録之者，識者不無遺憾焉。鍴自束髮讀先生書，蓋嘗留心記憶。今年春三月，先生之曾姪孫程先景初過鍴蝸廬，相與商輯論文，以惠後學。夫學者得《講義》以明理，復得論文以知法，理法兼備，行文無不宜之矣。因彙集天蓋樓諸刻，蒐羅掇拾，共得三百餘條，以爲《講義》外書，語多雜見，不便分類，稍以所論古今、先後、綱領、節目第其次序，令語意相承，首尾貫串。雖未敢謂無遺漏之虞，而於先生論文之要旨，大略備矣。蓋昔者《講義》之集，專以發明書理而設，今者是書之編，祇及於行文之法而止。使學者誠能反覆涵泳于其中，而更沉潛體會乎《講義》之精理，則議論識見，知其必有異於尋常者矣。是書與《講義》，謂其實相表裏焉可也。刻既成，爰記其所以採輯之意於簡端。

康熙五十三年歲次甲午夏六月三日同里姻家後學生曹鍴謹書

吕晚邨先生論文彙鈔

程子曰：「今之學有三，而異端不與焉：一訓詁，一文章，一儒者。」余按：今不特儒者絶於天下，即文章、訓詁，皆不可名學，獨存異端耳。昔所謂文章，蘇王之類也，訓詁，則鄭孔之類也。今有其人乎？故曰「不可名學也」。而又有自附於訓詁者，則講章是也。儒者正學，自朱子没，勉齋、漢卿僅足自守，不能發皇恢張。再傳盡失其旨，如何、王、金、許之徒，皆潛畔師説，不止吴澄一人也。自是講章之派日繁月盛，而儒者之學遂亡。惟異端與講章牏互勝負而已，異端之徒，遂指講章爲程朱。而所爲儒者，亦自以爲吾儒之學，不過如此。語雖夸大，意實疑餒。故講章諸名宿，其晚年皆歸於禪學。然則講章者，實異端之涉廣，爲彼驅除難耳，故曰：「獨存異端也。」永樂間纂修《四書大全》，一時學者爲靖難殺戮殆盡，僅存胡廣、楊榮等苟且庸鄙之夫主其事。故所摭掇，多與傳註相謬戾，甚有非朱子語而誣入之者，蓋襲《通義》之誤，而莫知正也。自餘《蒙引》、《存疑》、《淺説》諸書紛然雜出，拘牽附會，破碎支離，其得者無以逾乎訓詁之精，其失者益以滋後世之惑，上無以承程朱之餘緒，下適足爲異端之所笑非。此余謂講章之説不息，孔孟之道不著也。腐爛陳陳，人心厭惡，良知家挾異端之術，窺群情之所欲流，起而抉其籬樊。聰明向上之士，喜其立論之高，而自悔其舊説之陋，無不翕然歸之。隆、萬以後，遂以攻皆朱註爲事，而禍害有不

忍言者，識者歸咎於禪學，而不知致禪學者之爲講章也。近來坊間盛行本子，淺陋更甚，又有增改，各刻愈出愈謬。然且家呫户嗶，取其簡便。穢惡既極，勢不得不變，變則必將復出於異端，此有心吾道者之所深憂而疾首也。朱子教人但涵泳白文，有未得而後看本註，看註未得而後看或問，今當依之爲法。以本註爲主，無論新舊講章，一切弗泥。即《大全》中，亦但看程朱之言，其餘諸儒，合於註者取之，否則闕之。如此則進可以求儒者之學，退亦不失爲古之訓詁，或庶乎其可也。

《朱子集註》，字字秤停而下，無毫髮之憾。故雖虛字語助，念去似不着緊要者，思之其妙無窮。憑人改换一二字，便弊病百出，乃知其已至聖處也。惟歸震川先生行文見得此意，其至平極淡處，都從道理千錘百鍊而出，不但人不能爲，亦不能知矣。

朱子云：「東晉之末，其文一切含糊，是非都没理會。秀才文字如此最可憂，其病止是鶻突不通，而其流至於悖理非聖。」

洪永之文，質樸簡重，氣象闊遠，有不欲求工之意，此大圭清瑟也。成、弘、正三朝，猶漢之建元、元封，唐之天寶、元和，宋之元祐、元豐，蔑以加矣。嘉靖當盛極之時，瑰奇浩演，氣越出而不窮，然識者憂其難繼。隆慶辛未，復見弘正風規，至今稱之，文體之壞，其在萬曆乎？丁丑以前，猶屬雅製，庚辰令始限字，而氣格萎薾。癸未開軟媚之端，變徵已見，己丑得陶董中流一砥，而江

河已下，不能留也。至於壬辰，格用斷制，調用挑翻，凌駕攻刼，意見龐逞，矩矱先去矣。再變而乙未，則杜撰惡俗之調，影響之理，剔弄之法，曰「圓熟」、曰「機鋒」，皆自古文章之所無。村豎學究喜其淺陋，不必讀書稽古，遂傳爲時文正宗。自此至天啓壬戌，咸以此得元魁，輾轉爛惡，勢無復之。於是甲乙之間，繼以「僞子」、「僞經」，鬼怪百出，令人作惡。崇禎朝加意振刷，辛未、甲戌、丁丑崇雅黜俗，始以秦漢唐宋文發明經術。理雖未醇，文實近古。庚辰、癸未忽流爲浮艷，而變亂不可爲矣。此三百年升降之大略也。

先民精於理學，每自有發明，不由訓詁，却正得傳註之妙。自嘉、隆以後，邪説浸灌，叛道反攻，若有發明，必悖程朱，又不如墨守之爲愈近。時名爲「遵註」，實不明註義，但聲喚幾箇註中字樣，便自謂得法作家，蕪穢滿紙，此不特爲邪説所鄙笑，并訓詁老學究，亦嘅訕其不通矣。將來窮則必變，此一群枵腹捷舌之徒，豈能出二氏之手，其必折而入於邪説可知。有心斯道者，其憂畏當何如也？

註中字字實落，非極精細人，不能依註體貼。蓋其中義理辨〔柝〕〔析〕甚賾，粗心者不肯講究，乃喜爲空玄儱侗之説，似乎高妙，若可解不可解，不必有研窮詳審之功，而坐踞顛頂，誰復反而爲其難者？此書理之終不可明，而文日趨於妄也。

先輩文見理的當，只是體會註意仔細，不從講章出身耳。從講章出身者，老死無通理。

先輩作文定靠註，註所有者必不略，所無者必不增，此是古人敬謹、樸實、有法度、有學識處。古人文字造極，只是細心靠實，無一句游移活蜕。此後人以爲不必然者，古人以爲非此不成文字，而後人試擬之，則又力疲神喪，而不能至者也。

先民不可及，只在精細老實處，似乎板近，而其實高遠。若後人弄虚頭、作稀奇事，乃先民之不屑污齒頰者也。

循章演句，討取虚神語氣，近日村裡教書、坊間選手、三等秀才皆云云，何足以論學者之文乎？學者之文，所見高卓，泚筆直達其所見，意盡而止。有所發明於經傳，裨益於後學，斯善矣，又何必虚神語氣之有乎？或曰：「時文自有當然之則，公亦重言法矣，豈學者不當以法求乎？」曰：「非謂可以無法也。法從理生，即虚神語氣，亦從理生，理不足而單論法，此時下之似法而非法也。理既足而法有未盡，此古人之所輕，而非其所不知、不能也。昔歸太僕自謂作文已忽悟，已能脱去數百排比之習，向來亦不自覺，何況欲他人知之，爲之覼然。然則古人用力之處，非今人之所知也明矣。」

秀才説道理，做得極高妙，然試令返之胸中決自以爲未必然者也，此便不是道理，故不落油花，即歸支離悶塞。若説得出底，即是胸中信得及底，此外更有何奇？先輩所争者，只是此箇境界耳。

子曰：「辭達而已矣。言之不文，行之不遠。」聖人非欲省文，正爲文章家指出自古真訣耳。凡文必先有義理，有意思議論，而後以章法、句法、字法達之。今人不復知本，作古文但講規模，作詩但講聲調，作時文但講圓熟、活套，其言不文，先不可謂之辭，即有成辭者，亦不可謂之達，即有能達者，亦止可謂之達辭，不可謂之辭達。辭達有所以達者在也，今所達者何耶？

文章之病，只是不能達與求多於達之外二者。然看來求多於達外，即不知達之妙，即不能爲達，其實一病而已。如近日時文，只恨不能達，何嘗求多於達外？然偏有許多隔壁閒文，排場鬼話，豈非不能達者，必求多於達外乎？

文章須得大頭腦，則下面意理細曲處皆包貫到。從瑣碎支節尋湊合之法，雖綳布成局，不能達也。

有德者必有言，八股與詩、古文只體格異耳，道理、文法非有異也。言爲心聲，書爲心畫，古人於嚬笑舉止，足以窺人底裡，况經營成章之言乎？故凡棄實而取虛，棄勁而取柔，棄古雅而取熟爛，棄樸直明白而取含糊輕巧，皆病中人心，而事關氣運，非細故也。

今人作文，皆不犯手做，依樣畫葫蘆，便謂得法了事，見有不討便宜，字字實做者反笑，以爲走向拙路。嗚呼！做人而不肯犯手做者，知其必無好人，做文而不肯犯手做者，知其必無好文。嘗語子弟曰：「汝怕題目痛耶？題目螫汝手耶？如何遮東掩西，只討得一場没理會？」

凡文不肯正面實講，只是道理不明，講不出耳，乃生旁敲借擊討便宜法，此不學者無聊之術也。後且反謂不宜正面寔講，豈不斷絶讀書種子耶？

凡爲文欲求深一步者，只爲不見本位耳，見本位則不敢求深矣。凡文多閒文做作者，亦爲不見正意，胡亂綳布，若知正意之所在，則做作便不是。

文字樸實頭，説得出即見思學交至之功。若求仿套於爛册子，與撰新異於白肚皮，未有能工者也。

時手爲文，只巴攬大話爲妙，不知聖人之大，不靠此大話擡舉也。要尋大話，便是不曾見聖人大處。《論語》中瑣瑣屑屑記載細事，都是聖人全身，所謂動容周旋中禮者，盛德之至也。先輩只平平叙去，而聖人之表裏已徹上徹下，是之謂所見者大。

增一分大樣閒話，則少一分真實了義。故今人支蔓之詞，先民非不能寔，是用不着，亦無許多閒工夫也。

大凡説道理，愛張大決不如愛平實，平實之張大，其大乃真也。

凡爲大言者，其中無可大，而假於言以大之，吾正薄其不能大也。按之有骨，咀之有味，又何歉乎大言？

凡欲自文闊大强説，入朝廷宫禁，道理便有不足。豈不帖帝王家，文便不闊大耶？正坐眼

孔小耳。

作《論語》題最難，蓋聖人語中至味，淺淡不得，做作不得，軒一分便亢，輕一分便卑。體貼融會，不失尺寸，端讓作家耳。

蘇東坡作《昌黎廟碑》久不下筆，忽得二句云：「匹夫而爲百世師，一言而爲天下法」，以下便順勢疾書而就。其作《温公碑》云「公之德至於感人心、動天地，巍巍如此，而蔽之以二言，曰『誠』、曰『一』」，後叙其畧，一時遂以其文爲至。古人於此用力，不是練詞句、尋議論，正如畫像者，必將其人形貌、精神熟視於心目間，所見既的，忽然下筆，乃能神肖。今只於口、鼻、眉、目較分寸，於衣摺、着色求工巧，雖模樣依稀，畢竟非其人也。

論格者詳於排場關目，矜才者盡於機勢横流，若於題之要害，無樸實頭本事，則兩者總成死法。然所謂樸實頭本事，非呆填敷演幾句詞語之謂也，必於理實有所見，信筆直達，無須假揑始得。

作文可想見其人之胸懷體段。韓子謂仁義之人，其言藹如，有一分仁義，見一分英華。二者有偏勝，則其言有剛柔，不能借，不可掩也。庸人止流露浮僞、圓融，俗腸畸行者又多傲岸、過高之思，惟端人正士，其光明俊偉洋溢紙墨間。雖圭角有未化，精微有未盡，所言不無粗處，則視所見之淺深，所養之厚薄，要非庸流所能望矣。

陳百史評歸震川《舜明於庶物》文云：「忝用《易》語，爲後人借徑，作此題宜從《虞書》斟酌論議。」先生曰：「用《易》語何害？後人安能借徑？《易》語於諸經尤難用，正苦人不肯借耳。學者爲文，自當根本六經，融會貫通而雜用之，但問理合與否。熟於心而注於手，汩汩然來，足以發吾意，而不自知其爲何經乃佳。若作此題必據此書，便是笨伯死法，必無佳文矣。此種議論最淺鄙，皆不會讀書人秘訣，世間《四書備考》、《五經類語》等俚鄙不通之書所由來也。」

六經語惟《易》最難用，亦無人敢用，只震川、荆川能縱横驅駕，點金丹鑄寶器，自具神仙鼎竈。俗眼訶其卦名，甚謂《易》不可用，六經不可入文，乃反以村談市諢爲妙耶。又云「開後來習套」，吾未見後來更有何人能如是用經者。若以妄填《易·卦》之不通而追論作者，是以暴秦燔書而罪及燧人，白圭壑鄰而議連神禹也，總是不知其理而單論字眼。則似兩先生與不通者同，其實自己不通耳。

天下極奇極幻文字，正在目前經傳中自具，不患手拙，只患腹枵。

用經用古全在自己，開點得妙，則頑鐵皆黄金，僅摭詞句以爲點染者，反使黄金成頑鉄也。

嘗謂昔日秀才難做，近日忒易。當時極陋劣秀才，巾箱中亦須抄經子古文摘段各一本，史學則王鳳洲，再少則蘇紫溪《諸理齋鑑》各一部，學者猶鄙笑之，今都不消得矣，可嘆也。

精乎理，熟乎經，馳縱乎古今文字之變化，而後能順心脱手，快然出之而不疑。天下之樂，孰

過於是？震川先生文，每用六經成語，如天造地設，而或且譏之。嘗自謂己未墨中用「齟齬不合，勞苦不堪」八字，橫被「醜(酟)〔酟〕」，丁未《中庸位育》題文用「山川鬼神莫不乂安，鳥獸魚鼈莫不咸若」，房考大劄批一「粗」字。因嘆舉子剽竊坊間熟爛語，《五經》、《廿一史》不知爲何物，豈非屈子所謂「邑犬群吠吠所怪」歟？

大家文引用成語，雖有異流誕詞，然自我引用，又別自意義。朱子講語亦時借二氏之言，却未嘗於理有弊病。只看道理如何，此不足爲大家病也。

艾千子每以後世事實、語言不宜入四子口中，是也。然議論警快處借用意理，亦別見發明，正得史論之力。聖賢實學，原期貫串古今，但須無謬於題義耳，若必字字要周朝口角，恐當時先無此排偶語氣矣。

不窮世故之變，不足以盡事理之變，情形不真，意致便改。文章高下，傳與不傳，亦在此耳。熟於史傳，見古來之情形；熟於世故，見今人之變態。聖人作《易》、作《詩》之妙，亦只是此心，此理透明耳，模寫到至處，便是不朽文字。

聖賢之道，不外人情物理，於此道得明快固也。第情理透矣，而不本之聖學，則情理愈透，愈流入百氏之術，亦未爲得也。蓋三代與後世，不獨規制景象不同，其立心與議論迥乎天淵之絶，不可雜和也。

只是人情事理透明爛熟，下筆作文自然曲盡。世間讀書人自謂能識道理，及至一事至前，不覺首尾衡決、手足無措，是讀書時於處事接物不去體驗，書自書，人自人，不相關涉。作文亦只依樣葫蘆而已，究竟含糊，鶻突無益也。

人品高者，爛熟世故之言，盡是看透義理之言。時手開口便露俗腸，直是瞞人不得。秀才做時文，亦即可打叠經濟，能見其大，自不同經生家言。程子所謂「期月三年，皆當思其作爲如何乃有益」。

今人讀書作文，何嘗有所樂存焉？只爲富貴利達，由此不得不然耳。則是初上學時，便已棄絶天爵矣，故先儒教人尋孔顔樂處。

文之至者，未有不動人者也，其不動，文未至也。文至矣，情卒不動者，其今之文人乎？何故？曰：「其性與人殊。但知文之能決科，而不復有忠孝也。」

讀文字至警切處，須有箇悚動意，便是時文秀才，也定有些身分。若毫無志氣人，裏外麻木，便日日講習聖賢至論，也針劄不入，況時文乎？

前輩論文，謂神理亘古常新，字句脱口成故。今以枯管枵腹襲取套詞，若村學童描硃，老弋陽度曲，淺陋雷同，令人嘔吐。若能發揮名理，而以古文氣骨行之，神奇滅没，莫知端倪，令靡靡者欲襲而不可襲，豈非絶代一快哉？

艾千子評章大力文云：「文至東漢，愈排愈疏，愈整愈俚。大力於時文，恨未窺西京以上耳。天下不知有古文，此腐儒之罪也。天下知有古文，而不知辨西京之古、東漢之古，則亦近日名人不讀書之罪也。」先生曰：「文之古在神理，不在辭句，并不在排整散行間也。自秦漢、晉魏六朝、唐宋來，皆有其美，有其病，豈得舉一廢百哉？千子之言，似高實過，善學古者，多讀書自會耳。」

昔人稱梅聖俞詩能寫難狀之景如在目前。梅集只是清真刻削，不着脂粉耳。不着脂粉而精采穠麗、神氣生動，自《左傳》、《莊子》、《史記》而外，其妙不傳矣。

即語言之下得見其人，此是文章第一等妙處。司馬遷爲史家之冠也，只得此妙。吾謂唐荆川從《史》、《漢》得力，正爲此也。若他人學《史》、《漢》，止在段落、筆意、詞句間摹擬形似，從何處夢見古人哉？

《史記》之妙，只是摹寫情事逼真，口角形神都到。而奇古在其中，法度在其中，非別尋奇古、法度以爲摹寫也。

太史公妙絶古今，只精於排場耳，排場出色，則件件皆佳。

看《左傳》、《國語》、《公羊》、《穀梁》及《史記》、《漢書》同叙一事，各見妙筆，此詳彼畧，東漲西坍，情事不殊，境界各異，此所謂化工手也。

古文中能縮大爲小，第一算《公》、《穀》。以短節促拍爲排場縹渺之勢，令人讀之不覺其短

促，此《公》、《穀》之妙也。今人以刻仄、尖纖爲《公》、《穀》，失之遠矣。

學《公》、《穀》，須得其用意深細、刻鋭與筆法峭冷、變逸處，不徒摹肖其口角已也。文字中自有此種妙境。艾千子以爲「蝸徑蚓穴，終傷大雅」，則不足以極古今之能事矣。

似稗氣而却有别趣，見思致，此種從《公》、《穀》得來。

刻入深際，躍出象表，能傳言外之言，開境外之境，此種妙處，源於莊叟，而禪家竊之爲機鋒作用者也。

筆情滉漾蹀躞而不能自止，惟漆園老子有此狡獪耳。

一種慨慷感嘆之情淋漓欲絶，此《風》、《騷》遺妙也。東漢六朝間頗知踪跡，又爲詞句所移，降入柔靡，後來一變，而此妙失傳矣。

《戰國策》之刻峭、尖雋，無秦人之雄厲則不大，無漢人之寬閒、渾浩、流轉，則氣脉不高深。文之峭崛者，必少雄浩之概，其疏闊者，又必無堅鍊之音，此唐以後名家所不能兼也。

「古削」出佛經語録及後世子書講説，非先秦以上之「古削」，則不貴耳。看周秦文字，乃知「古削」之真妙也。

冷語閒情做作入妙，是《韓詩》、《説苑》得趣文字。

子長之文峻，孟堅之文緩，峻故變幻不測，緩故藴蓄有神。退之從峻出者也，永叔學退之，却

以緩得峻，子固學永叔，却純用其緩。

有轉必束，隨束即轉，界限斬然，而首尾廻旋炤顧，是曾子固間架法度。

昌黎作文，奇奇怪怪，人莫測其際。獨其議論文字特醇古，有三代以上《雅》、《頌》氣象。

腠理極密，而體勢極寬，渾侖看有渾侖之妙，碎拆看有碎拆之妙。古人服倒杜詩、韓文，正爭此耳。

一倡三嘆，歐、曾古文勝地。

圓渾流逸，曾南豐頓掣處，其氣度每如此。

淺淺發揮，而意理開拓，機勢沛然，是坡翁樂境。

熟於史學，便多無中生有一法。東坡「殺之三，宥之三」，開想當然一例，是其家傳史論習氣。然蘇氏文章奇横，亦出於此。

昔人學古文，皆變化不令人易見，今人抄套古文，惟恐人不知，此真僞之辨也。如韓、歐記、序、碑志文字，皆極意摹仿《史記》，然不能指其摹仿者何篇，此所謂變化也。韓之變化，節節生奇，固不易蹤跡；歐精於法度，似猶可蹤跡，然奇藏於拙，巧出於平，令人不知其法度之精，其變化又别。

六朝琢句，效之每落纖靡；三唐長調，學者亦嫌俳悶，文家遂戒不可爲，而并薄古人，不知其

自少本事耳。金丹入手，雖鉄石皆能開點，如陸宣公偏以俳調見奇，永叔、子瞻時爲工句，而氣體自高，何嘗貶損其光芒哉！

艾千子謂文須爾雅，誠然。然古文中自有似樸拙近俗，而寔高古者，不可以一格熟眼觀也。世間惟假爾雅而實惡俗一種，爲最不堪耳。

古文中能用長句者，亦不多數人，朱子用之《集註》，尤見精神。袁黄不通文章之道，而改爲佻削。甚矣，小人之無忌憚也！時文中惟歸震川先生有此神力，能使數十百字成一句，他人便覺冗漫矣。

筆之不妙，亦坐不讀古。古不獨經史子集之大者，如《檀弓》、《公》、《穀》、《説苑》、《大戴禮》、《韓詩外傳》之類，若不曾讀，亦不能盡用筆之變。

有線索可尋，無蹤影可搦，方圓奇偶，隨手散結，皆成異觀。文至此方許講古文法度，辨古文家數。時人漫無擱柄，畧曉得有立柱、作骨、呼應、穿插之樣，便侈然以爲無難。正如弋陽腔説九宫十三宫牌名板眼，老海鹽已掩口嘲之，况真崑腔乎？

摹古大家文，不在排奡，不在怒張，只於開閤關鎖處，步驟得法，頓挫得神，自然扼要争奇，此大家腦髓處也。

摹古之縱蕩易，摹古之堅峭難，班駁易，樸茂難，豪壯易，静穆難。

起手换頭處，轉拓得開，則超遠不測。轉關押尾處，停蓄得住，則悠閒有餘味。不熟古文間架出落，無從得此筋節。

疏疏浩浩，淡淡悠悠，若無意爲古者，乃所爲真古也。

有用古文極熟套頭語，而能化腐臭爲神奇者，所争在氣脉，不在皮毛也。不然，李于鱗文字千補百衲，逐句是秦漢，徒見其萎薾齷齪耳。

欲學古人，弗求形似，須先得其氣，欲得其氣，須先開膽力。膽力何由開？只是看得道理明白，坦然無疑，横衝直撞，無所不可，隨他觸發議論。不論金、銀、銅、錫，皆可開點寶丹，則膽力足而氣沛然矣。但區區補衲幾句古文，麻布夾紵絲，死口取活氣，何處討此景象來？

自有制義以來，論文者甚多，然吾以爲知文者，艾東鄉先生一人而已。於古今體格之變，無所不知，故其見處極高，非餘子所及，所少者，理境不精耳，其自作也亦然。文品老而益尊，得古人皮毛落盡之妙。自謂一意掃除，覺古人深處，頗有所窺，漸有潦水盡而寒潭清之意，且有詩云：「昔友陳與羅，巨刃摩天揚。蛟龍盤大幽，鬼語争割强。凌獵經與史，嘈雜奏笙簧。近者思簡淡，净洗十年藏。先民有典型，震澤方垂裳。古貨今難售，刲羊亦無衁。」誠確論也。但理境不精，則簡澹高老，無有至味出其中，未勉外疆中乾。時流因謂「江淹才盡」，先生甚不平斯語，蓋所争祇在外面一着，斯先生之高於俗眼者。雖有古今雅鄭之不同，亦尚落皮毛上事耳。

經制題無經學，則議論無本，雖鋪設夸詞，不過奄寺之頌美，吏胥之謀猷而已。本之經矣，而不熟於史，則於成敗得失之故，人情物理機勢之變，不能發攄明快。惟黄陶菴兼攬其勝，故能言經生所不能言。

遇經制題，不爲新奇驚坐之談，但按事入情，昌明剴切，令讀者如家人婦子商量甘苦，而生民原始與聖人法制，本來無不通達。惟陶菴能之，得力應從陸敬輿奏劄中來也。

凡熟於史學者，必重論事而輕説理，好牽引而畧本位，務新奇而翻舊案，崇禎間極尊此派，雲間尤盛。陶菴閎博淵靖，而綜核史家，故亦不免此習，然其文較有體骨，不同浮華捷給者。但學者須辨此弊，正不必舍先生之長，而效其矉也。

崇禎初一變爲古文之學，多以馳騁浩衍、雄深蒼勁爲勝。惟金正希於簡嚴、淡静中自出奇詭，令人一望不易入，久而心爲之移，又迷離而不能出，此先生之超越一時者也。

明季之文，莫盛於雲間，雲間之文，莫著於陳大樽。雖師承《文選》，規摹六朝，然其本質超然，不爲體調所汩没，且運用更見遒逸，此杜少陵自許「齊梁後塵」，所謂「轉益多師是汝師」也。今人貌爲漢魏、盛唐，乃真卑靡矣。

陳大士先生文，人但驚其奇縱，不知其法脉細净處。是爲老作家，凡一字入其手，必有兩義，文即有八比，或多排小比，亦必每比各有義，不犯合掌、架屋之病。義雖多，局雖碎，而章法首尾

有體，股法次第相生，定一氣呵成，轉轉見妙，此皆古文正法，非抄套時文之所有也。又有一種，署去畦町，標舉指歸，而已得要妙者；有淡點冷逗，疏疏若不經意，而迥不可及者；有直破中堅，樹立奇偉，而餘地輕置不顧者：此皆古文之變別，又法之最高者矣。特其理求超，而每失之邪異，論求新，而每失之駁雜，入情過快，多俚俗之談，發抒急盡，傷神藴之妙，千子譏其「心粗手滑」，此則先生之所不得而辭者耳。

文字首辨雅俗。俗有出於文氣者，有出於理體者。墨裁之俗，如乞兒登門喝采，作吉祥富貴語，油腔之俗，如弋陽村劇，場上場下同聲，此俗之出於文氣者也。至未嘗講究義理，而妄論書旨是非，未嘗稍習古人行文之法，而侈談先輩法度，止靠講章一本，自以爲學問盡於此，此俗之出於理體者也。然文字之俗，不過希世速售，彼亦心知其鄙，故稍有知識，即能改變。若理體之俗，占地高而執説近乎正，更牢不可破，此一種俗，人尤難識辨。故自以講章爲文，不特理體壞，文氣亦壞，此不可不首辨也。

出講義語録之俗，此最難辨，其俗非世間甜熟之俗，乃老辣過也，文人須留意。

俗在識見議論，不在字句也。古人粗枝大葉，每不揀擇句字，然識見定正大，議論定精醇。法脉出落，不可不講，然無蒼秀氣骨，而着意於此，以爲老鍊，其老鍊處，正是惡俗處也。

古人説道理樸實頭處，儘粗服亂頭，葉大枝疏，不似後人含糊活蜕。然其理既真，愈盡愈渾

厚，糟粕煨燼，隨手拈來，無非至寶。後人講究浄詞，其所吐露，不堪噦嘔。故文之精粗，以理爲斷，不關詞也。

理足則語無精粗。《西銘》，理之至精也，潁封人申生、伯奇如何拉雜闌入？先輩謂文字大段卓越，句字不足介意，如神王者，疥癬豈能爲害？若尫削之人，雖五官肌膚無恙，然長桑君望而却走矣。

文章有魔調，似演義非演義，似科白非科白，此自古文人之所無，故曰「魔」。然亦有高下二種：下者出於講章小説，湯睡菴之類是也；高者出於佛經語録，楊復所之類是也。至啓、禎之間，又有以《莊》、《列》、《史》、《漢》大家而運用佛經語録，如金正希、陳大士皆不免於此，其品愈高，其魔愈深，真學古者，於此當更高着眼孔。

自有時文以來，惡爛之調，庸鄙之法，皆作俑於湯霍林。而今人方尊秘，以爲宣城之派，亦嗜痂逐臭之見矣。

宣城派行，無識者目之爲「渾融」，近以此論元家衣鉢矣，而不知其實含糊混帳，亦足以驗人心之污下，而日趨於模稜鄉愿之路也。文字佳惡，固不盡在此，然凡事必有法度，必有定體，其必欲去之而快者，非異端則俗學。即此細事可見，亦學者之所宜辨也。

有客論近來滑調空行之弊，寔始於唐君德亮。曰：「不然。唐之空滑，猶本之古文，後來之

空滑，本於講章，此不可同年而語。出自古文者，猶有思致奇趣，但少實理耳，正如吏部論出身，一爲科甲，一爲雜流，其高卑貴賤固迥殊也。但講章之爛惡，粗事古學者即知其非，其以古文爲空滑者，到説道理處無可支吾，必借佛經語録之套以自名高老，以爲古文之旁通横溢，無所不可，而不知其爛惡與講章同也。此又如科甲與雜流，到溺職削籍，則一而已矣。」

文字足以觀人性，學亦足以卜其平生，故以貴重爲難。然所貴重者，初不在奇正濃淡間論也，奇正濃淡，止是服飾，不關骨相。骨相貴重者，緼褐衮舄，其儀一也，惟骨相輕賤，而後講服飾。試看世間講服飾者，必市井倡優與不學之紈（縴）〔褲〕，其輕賤可知矣。乙丙之間，以詞華爲貴重，而流於穢怪；乙未以後，以講章爲貴重，而流於村鄙；辛丑以後，又以吉祥大話爲貴重，而流於乞媚：總皆以服飾講貴重，而不知其真輕賤也。學者但當求骨相，骨相既好，隨時服飾，其貴重自在。

老手作文無他奇，隨他裝束入時，只是骨性不改耳。

文之貴賤，分於骨氣，不可以形模求也。近人輙以夸大之詞、重滯之調、粗俗之論充之，此乞兒贊富貴，非當身富貴也。骨氣之賤，至此爲極，然則何以救之也？無他法，只是多讀古，不急求必得之道，如此則心正，心正則骨氣亦轉矣。

文必以筋骨爲主，筋骨之渾脱處，即是氣度，其流利處，即是風神。無筋骨而講風神、氣度，

皆芻狗之文繡也。筋骨須從古文求之，向熟爛本頭中尋取，那可得。

意足則神思安閒，此氣度可學，而不可以套取貌爲也。

昔人謂文以意爲主，以氣爲輔，以辭采、章句爲兵衛，如鳥隨鳳、魚隨龍、師衆隨湯武。不則，如荆川所云：「貧人借富家之衣，莊農作大賈之飾，竭力裝做，醜態盡露矣。」

文以氣爲主，有氣方能曲。曲而晦澁軟滑，是無氣也，非曲之過也。一往粗直，亦是無氣。

文無遒蕩迤演之氣，因瑣媕婴，皆行尸坐魄耳，未嘗以崛鶩駕奇，自然排闥驚群得此氣也。

孫若士云：「勢者，馭文之善物。」可謂知言矣。然取勢必先鍊氣，鍊氣必先明理。理明則題之髖髀腠理皆以神遇，奏刀騞然，謋然已解，如土委地，所謂目無全牛也。但向文法中求勢，那可得。

大江大河，終古奔騰東注，而其象只如新出，人以爲氣浩大也。不知單是氣，便有盡時，氣之所以不盡者，須有箇本原在。東坡自言如萬斛泉瀉地，曲折無不如意，他亦止解得氣上事耳。

文之一氣呵成者，必用逆不用順。蓋用逆勢，則一句蹙一句，一層剥一層，瀾翻雲湧，勢不可遏，讀至終篇，恰如一句方佳。若用順勢，則數行之後，語氣溘然止矣。

凡文之長於騁驟取勢者，每不肯寔講正面，此正其不濟事處。

作文一落筆即思作轉，李營丘、郭恕先畫，一尺樹必無一寸直枝，此即文家三昧。然有學轉

而反成輕薄者，此非吾之所謂轉也。吾所謂轉，轉以意，彼所謂轉，轉以詞。轉意極難，轉詞極易，學轉者當於轉中求難，不可於轉中求易。

禪家蔫機，只在轉語，轉不出便墮鬼國，文字妙處，也都在轉語，轉不出便入死地。然禪家之轉，要轉却理字令盡，文字之轉，要轉得理字令不盡，此不盡之轉也。

凡文轉句之捷，其來必紆，一句將轉，數句前必先有布置，其勢欲下，其理已足，故一句即轉耳。若已至此句，然後索轉，只有撞壁住，豈能轉？又豈能捷乎？今人不求所以捷轉之法，而徒欲其轉之捷，其不入于空滑者，鮮矣。

文必有開合。開者，先縮退一步，所以先補其滲漏之處也。

但用本文白戰，愈轉愈奇幻，舊人往往爲之，入近人手，便覺油纏可厭。蓋舊人以理爲層疊，以意思爲變滅，不僅於聲調求多，故可貴也。

凡能精於跌法，則題之虚神無所不出，屈曲無所不盡矣。但其爲過也，則未免有剜肉成瘡之病，是在善學者耳。

行文得大意所在，屈曲間自然靈變。

今人亦好講婉曲。然心思不靈巧，手筆不奇矯，高脱衹成婆子舌頭，一味軟俗而已。

縱横者欠委婉，委婉者欠縱横。

文章曲折，本乎題理之所有，則千變萬化，總能妙合自然，但於語氣求肖，於文調求轉，便走入斷港死路。

凡文之曲轉者，其腕力必柔婉，其徑路必幽細。若於曲轉中，但見其腕力之遒雄，徑路之昌達，先輩中惟熙甫，近時惟正希可以語此耳。

鬆之妙在筆快，筆快之妙在意多而語雋，則無閒文衍調。一句閒衍，便謂之「泛」、謂之「懈」、謂之「膚」，率不可以語鬆也。

文之典麗者，必須流動之致，矜莊過甚，而無風神行乎其間，如讀初唐箋啓，使人悶塞。

文之奇横者，以其變化于法度之中，不可捉搦而自合，乃爲真奇横耳，非蔑棄繩尺之謂。文之有體，猶人之頭目手足也，頭未訖而手已生，目下降而足上出，豈復成形貌哉？

古人謂行乎不得不行，止乎不得不止。予謂必行處要止便止，止處要行便行，方是文章之至；不如此，不足以爲奇，不足以爲横。

文之不能爲奇，大概犯粘皮帶骨之病。

凡文章争新出奇，只一箇切題入情，真是變化不窮之法。

文到極奇快處，止是真耳，昌黎所謂醇而後肆。不醇之肆，詫異也，非肆也，不能肆而曰「醇」，膚陋熟爛也，非醇也。

文貴有真氣。真則行文必簡樸，用意必刻深，遣詞必淡雅，此先輩之所以可貴也。

文人心思，正當在人所不用處，用出奇勝來爲妙耳。如何今人論文，都要驅入腐爛無用之死地去。

昔人論作文，只是一箇翻案法耳，此説甚淺，然議論文字須用此法，乃有奇境開闢。盡將從前呫嗶瑣説翻駁一新，拔趙幟而立漢幟，固非辣手不辦。

立論文字，不在一味蠻斷，須先放他出路，如追窮寇，必寬圍使逸，其出路乃是垛截死路也。

蘇氏父子作論，刻毒正在鬆處。

凡文要過火求新，每於理上别生病痛。看先輩文，便無此等蹺踦。

心不尖不能入，手不快不能出。天下名區奥迹，爲鈍根封錮者多矣。

文最忌熟，熟則必俗。故士(龍)(衡)「怵他人之我先」，退之「惟陳言之務去」，習之以爲「造言之大端」，即書畫家亦惡熟，「俗以熟裡生」爲訣，正謂此也。今人爲文，惟恐一字一句不熟到十分，萬手雷同，如一父之子，尚得謂之文乎？

老手行文，如書畫大家晚年製作，俱從極奇横、秀潤、工緻中來。故淺淺疏疏數筆，令人玩之有不盡之味，即文家所謂「絢爛之極，乃造平淡」也。

凡刻劃奇巧，常患尺斷寸續，無渾成之致，猶山之巉峭者，每不能高大也。

文字到奇妙處，只是言人之所不能言，却是言人之所必欲言耳，不是別尋蹺蹊家當。

凌虚之文，須有奇情，有快腕，有古文間架起伏，乃見勝場。不則，如游絲罥塵煤，愈（梟）〔裊〕娜飛揚，愈見其蕪穢耳。

有力量氣魄，則卷舒之際，自生奇偉。凡假外間好議論、藻采以爲勝者，皆非自得者也。

凡行文無奇情古色，如村師講故事，街頭説演義，皆有授受援引，言之鑿然，只是白肚鄙妄耳。

徑貴生，生則變换不窮；筆貴硬，硬則回幹入古；氣貴横，横則運旋有力；法貴細，細則工巧入神：知此者鮮矣。

古今文章難盡，止是靈氣往來日新不息耳。道理只是這道理，不曾有甚詫異也。

文字中靈境極難得，以其必從寔地開出也。名山勝境，終古登臨，而奇變如一日，以其寔也。

桃源醉鄉，只好帋上恍惚耳，何靈之有？

空靈之文，患理不足耳，理足，則空靈愈佳矣。

程、朱之理，若無莊、列之思致也，發越不靈。

於語言字句之外，別有一種風神纏綿兜裹之，在畫家謂之「氣韻」，診脉謂之「胃氣」，地理謂之「生氣」，皆是物也。文家得之爲文情，此不可以迹象求者。

談言微中，而意思探索不盡，所謂神理也。取神理則品最高矣，然非老手從艱苦中烹鍊來，亦不可得。

山無峯巒起伏，即爲頑山，水無波瀾蕩洄，即成死水，文章佳境，亦只在起伏蕩洄處得意耳。

文字有學者氣，有大人名士氣，有和尚氣，有村教書氣，有市井氣。時下最是市井氣多，其典型則村教書氣而已，惟學者氣絶少。

文至簡當地，真不多些子，後來只是閒套頭，儘力添揑具眼者，以爲未嘗道得一句半句也。先輩文於謹嚴潔浄中，別具一種風格，非後人之所能爲，亦并不使後人知愛。蓋其源流甚高、甚遠，隆、萬後從講章求之，便相隔萬山矣。

文有其貌似拙、其勢似寛、其語似粗，却正先輩極精邃大法力處，艾東鄉以後，知之者鮮矣。艾千子善講拙樸之妙。拙樸者，奇巧之極，近人所不曾夢見也。然有平直之拙樸，有渾浩之拙樸，有幽峭之拙樸。

手寫此處，眼注彼處，近人争尚斯巧，然許多動下閒文活套，亦濫觴于此。故機巧作用，終不若古人樸拙真實之難及而無弊，不獨時文爲然也。

有似整非整、似散非散、似着意非着意、似筋節非筋節、似脱落非脱落者，真得古人疎、拙、瘦、硬之妙。近人見之，如爰居駭鐘鼓矣。

千子評歸震川「中庸和也者」二句文云：「此篇吾頗病其傷於俊，不類他作樸拙莽直，何也？」先生曰：「『俊』字極評得好，人所不易解，惜其論止在語句上耳。後有翻其案，以爲正病其『莽』，此《笑府》所謂『周文王似蒸餅』之類是也。」

文之佳者，祇是尋常結搆，公家道理耳，獨覺其幽微深奥者，能不用頭一皮思路論頭也。凡卒乍見得頭一皮便落筆，其文定庸熟膚淺。

凡文求雋巧動人，正是本領不濟事處。

淵明「採菊東籬下，悠然見南山」，此亦只是尋常眼前實景。看他説出甚容易，爲甚千古詩人刻劃不到，摹仿不來？可知語句之妙，不可向語句中踪跡也，見地高，胸次洒落，下筆自有箇迥絶處。

文章到極妙，只是得其神情於語句之外，用意都在淡蕩間，令人往復不已，而其味愈出。此非近人之所能領也。

文貴有疏、逸、硬、辣之氣，然此數字，昔賢之所貴，而時人之相戒，以爲不可近者如何如何。

杜子美詩最多拙樸俚碎之句，然其牢籠物態，雕鎪人情，正於拙樸俚碎中得古來不傳之妙，故昔人稱云子美「詩之聖堯」。夫又别傳荆川先生自言其詩率意信口，不調不格，以寒山、《擊壤》爲宗，而其譏當時名家消磨剥裂於月露蟲魚，以景差、唐〔勤〕〔勒〕、曹植、蕭統爲聖人而冀爲其

後。又自謂聞人詩文，如羅刹國人驟聞華音，不省爲何説。其唾駡如此，正有得於少陵宗旨耳。其行文刻畫，皆在俗情細事，而天真爛熳，無中生有，空際散花，遂成奇絶。乃知後人之以修飾浮麗爲雅者，正古人之所謂俗也。

先輩論文以本色爲第一。唐荆川謂具千古隻眼人，信手寫出，如寫家書，便是宇宙間絶好文字。無他，只是入情入理，自然曲折如法。情不真，理不當，即專説好話，講繩墨，不可謂之有法也。

今人未嘗不遵傳註、論先輩。然理則講章之理，法則學究之法，調則枵乞之調，豈可以此爲傳註、先輩哉？言之不文，行之不遠，古文、時文皆文也。今之腔板謂之俗可耳，亦名曰「文」，豈不可恥？故當先辨雅俗，而後問其疏密、美惡。

王、李、鍾、譚之論詩，争取舍於濃淡，其不知詩同耳。嘗見錢虞山謂臺閣詩，近世惟李西涯得體。吾見西涯詩，只是真雅，真雅便自然、莊嚴、華貴，論文亦當得此意。

先輩論文必高華。高華如庾、鮑、老杜，稱其清新、俊逸，故知所争在氣骨，不在詞句也。但詞句高華尚不是，況今日之詞句，那得有高華哉？直謂之卑污而已！

如置太白於殿庭，作宫中行樂艷調，而本色高致自在，此之謂「真雅」。若是俗骨，雖理解不謬，格局如法，而俗不可醫，即不可以言文。

近文亦講典制，亦講機局，亦講風調之頓蕩、詞采之韶令，只難逃一「俗」字耳。不食《左》、《國》之腴，安能望其雅秀？

画家最貴者，氣韻之秀潤，而最惡者，曰「甜」。「甜」者，亦自以爲秀潤，而不知其寔俗也。兩者相似而極相遠。何以辨之？畫之秀在神骨，而不在布設、烘染。文之秀在思理、氣脉，而不在聲調、句字。凡布設、烘染、聲調、句字中求秀，即未有不落甜俗者也。

作文初落想時，如向萬里外，轉出只在眉睫之間耳，此法之善也。然方其初發端時，便已開口見喉，及讀之終篇，却又悠然不盡，此又法外之善也。

今人好言「醇雅」，不知二字極難承當。「醇」之反爲偏僻所知也，而不知膚鄙之非醇；「雅」之反爲粗悍所知也，而不知淺滑之非雅。

文章中「名貴」二字最難爲，其不可以貌爲也。於體格、法度不細密，則雖高亦爲疏脱；若過於細密，則又入卑俗；無光華則爲枯澀，着意於光華，則又失之膚：此皆名貴之所反也。必湛深古學，又精於時文之法，陶洗錘鍊，皮毛落盡乃見真相耳。

名手行文，多於外邊遠處得來思議，於對面閒情得來風神，然其刻琢，正在箇中。

文以静氣爲至貴，而時論每以俗文之卑弱無氣者當之，不知静出於雅，正與俗反，静文必矜卓，正與卑反，静則骨勝於肉，正與弱反也。

文章着色，不在堆垛隊仗，但骨氣高貴，雖淡淡烘染，自覺陸離。凡以豐肌縟肉爲色者，真穢相也。

詞多而理少，則浮語重，而氣俗則穢，皆肉勝之害也。若理真，則但覺詞之高貴，氣雅則但覺語之端凝，又何骨肉之可分乎？

先輩論文必平實。平非庸也，而況可以俗當之乎？實非肥也，而況可以醜當之乎？按脉中理，不少不多，不浮不沉，斯平實之正則耳。

有雄剛之氣，而能出以淡遠方奇，一着浮囂、粗莽，便不成氣質。

精切中見古雅乃佳，單講精切，多俚鄙，單講古雅，多泛軼，此合作之難也。

胸無識趣，則所揚詡皆卑庸，有識趣，而無淹洽之資與烹鍊之法，亦淺鄙而無可觀。

字不多設，而義蘊弘深，局不開張，而氣象閒遠，如此乃足當「簡鍊」二字。

文家惟「鍊」之一字最難説，此是積學深思、鎔煅而成，須火候到此自得，不可以貌爲而捷取也。今人不講於此，徒就聲口、詞句求之，其軟者流爲熟爛，硬者流爲俗賴。皆自以爲鍊，而不知其入於魔道也。

今人最不解「鍊」字，但團弄時下詞句至軟混熟爛處，自以爲鍊，不知正與作家之鍊相反。作家之鍊，正要淘汰凡近，獨存古人之精英，所謂鍊者，鍊其出鋒，非欲其模稜倒角也。

意鍊而得深，氣鍊而得高，局鍊而得脱洒，語鍊而得精微。鍊之一字，文章之妙訣也，然以語枵腹捷口之人，教他鍊箇甚麽。

予論文最不喜「圓」字，圓者，軟熟之美稱，文至軟熟，其品極下，更無長進之日，亦無救拔之方。成、弘大家，文未嘗不圓，然其圓處，純是顔筋柳骨，何嘗有一點軟熟氣？可知世間所謂圓者，非真圓也。

評文者動曰「渾融」、曰「圓密」、曰「閒静」、曰「韶秀」，此數者，固古人文字中至高至美之品。然觀評者之所指，則實未知此數者是如何，而漫以含糊、軟熟、不着邊際者當之，不知其非數者。而彼固自有主名也，其名維何？曰：「只一『混』字盡之。」何以爲「混」？曰：「只講調頭，不論義理。」

文貴清辣。「清」字人所愛，「辣」則群然噪之矣。然清而不辣，不成作家，其所謂清，乃白肚皮，撈漉不出活計耳。即修飾盡善，亦止是空疏、軟媚，非吾所謂清也。

文境明快直達，郭青螺所謂「清空一氣如話」者，此本色品骨，最高之文，非摹擬修飾之所及也。

有蒼老之骨，而後能爲輕快之文。無本領而依口學舌，徒見其淺劣白撰而已。白傅詩老嫗能解處，却是作家不到處。他是如何用工來。

清異之文，必精於鍛鍊，方有神味。但用空纏，便不堪尋玩。須令人上口爽脆，久咀益鮮，而無糟魄之可厭，乃爲佳耳。

清空一氣如話之文，每失之淺薄，失之直盡，失之俚，失之枯硬，失之放。能以歐曾之頓宕醇愉，行蘇氏之明快曲暢方奇。

清真之文欠弘達，弘達之文欠切實。

樸實簡老之文，每嫌澀縮。澀縮者，理不足而氣不達也。

文無他奇，只要見得分明，則一切蒙混纏繞皆用不着，其文必潔净。潔净則轉摺出落，皆自由自在，故便利。便利則發必中的，而所擇愈簡而愈精，斯爲老到，老到則高矣。

文有使人一望而知其爲老手者，其間架方圓，猶夫人也，語句虚實，亦猶夫人也。但言不妄發，必中要害，莊子所謂犁然有當於人心者，此却大難，須火候到此乃得。

作家到純熟脱化時，用意越濃，出手越淡，用力越重，出手越輕，用筋節越老辣，出手越秀嫩。此種境界，强迫取之不得也。

文到漸老漸熟，只是要言不煩，愈讀愈有味而已。

荆川詩有云：「文入妙來無過熟，書從疑處更須參。」不參必不能熟也。

有精細處，亦有粗疏處，有奇縱處，亦有緊嚴處，有老辣處，亦有游戲處，數者不備，不成

老手。

凡自命古學者，多失之粗疏，而專精理法者，則又成講説俚鄙之習。兩家分據門户，畸互勝負以爲救，而文章之道盡矣。不知其所謂古學與理法，皆從假襲，故各不相通耳。不相通，便非真理、真古也，但真讀書人，則兩者自一。

吾論文之訣，止有一「切」字。切則奇平、樸秀、清華、老嫩皆佳。否則，寬帽頭胡叫喚醉漢，喭喃婆子絮聒，醜梨園排場科諢，枉費精神，總於題目無當。朱子所云「不曾抓着癢處，何望掐着痛處」，此時下作者之所以不堪也。

古人謂作文須捉得正身字面着，所謂正身者，只是確切字面，更無他字可替代也。然此語正難，要看得道理熟極，做得文字熟極，方能得之。今人之文，捉得此字眷屬者，已爲親切，其次或是隣里知識，其甚者，陌路猩獞亦筭數矣。只一字捉得正身着，能使一句精湛，一段精湛，一篇精湛。古人之文所以不可及者，只字字正身耳，更有甚奇特事。

朱子謂李盱江文字皆從大處起議論，蘇眉山家皆從小處起議論，此指發端言耳。惟大小具備，斯縱横莫當，若有小無大，則叙次雖極錯落，終屬小家，有大無小，則平點必忽略無味矣。

震川先生云：「爲文須有出落。從有出落至無出落方妙。」惟先生真不愧斯言。由其胸中自有爐鞴，取題之精神，烹鍊融結，自成法界。外間紛紛止向糟粕煨燼，揣摹形象，何足以論此乎？

唐荆川先生謂首尾節奏，天然之度，自不可差，而得意於蹊徑之外，則維神解者可語。予謂神解只在天然之度，若俗人所見之度，即非天然，殆莊子所云不疾不徐，有數存焉于其間者乎？

文字最怕一口囫圇虧煞，以下説過又説，不過如此，亦勢所必然，而題中之曲折精義，反無處發洩矣。

舊人行文，大約前以輕淺引入，其力量俱留在中後，令人愈入愈驚其難盡。今人所有，在起手數行，已和盤傾倒，以後不是游演了却，便是説了又説，另生枝節，皆不識養局法也。

先輩必不以上下互插爲高。在上爲侵凌，在下爲添繞，故不爲也。慶曆之末，此法始盛，然猶以隱然自然争巧，今則竟有不論道理，毫無意思，但取字様互見以爲得法，則愈趨愈下矣。

立柱分做，固是古格，然出之須變化生動。古人立柱之法，亦只要每股各有意義，不合掌、不倒亂、不複叠耳。今之論者，但取字様，吆呼道破，即以爲得法，而其中毫無意義，乃仍不免於合掌、倒亂、複叠。則立柱適增醜惡，爲不讀書人開支架捷法矣，故論文總以意理爲主，莫墜死套子下。

郝伯常云：「古之爲文，法在文成之後。今則法在文成之前，以理從辭，以辭從文，以文從法。資於人而無我，愈有法而愈無法。」此言良然。

或偶，或單；或整齊，或零散；或大散行中藏小偶，或對偶中有參差長短；或流水直下，而

其實對仗精工，令人不覺；或排比到底，而起伏開合，只似一股：但看人作法如何，豈有一定之法。況文之佳惡，初不在此，若以此論大家古訣，多見其陋也。

艾千子評歸震川先生「老吾老」一節題文云：「古筆單行，得韓歐之神。」陳百史評云：「中段單行，非數句數節不可。若單句題忽於中段散落，則漫漶不緊嚴矣。」先生曰：「文之古不古，高不高，豈以單行偶對分耶？二評皆低，而陳論尤陋。數句數節，先輩多以短比對副到底，而開合、轉折、變化出奇無窮。單句題亦有波瀾議論，忽於中段用散落，別開生境者，豈可作此死板説法耶？」

先輩作文無他奇，只如題立局，不減不增，不倒不亂，規矩自然，變化萬狀，便是絶奇處。一題衆拈變格，勢所必至。但變而仍當於理法，正是文人弄奇，妙境無窮處，如不當於理法，雖正格無益也。

題有分開處，有合并處，有側重一邊處，惟水（屑）〔泄〕不漏者爲佳。

行文之有整有散，因其理勢所至，作者亦有不知其然之趣，郝伯常所云「文成而法立」也。

先輩文降而爲陵駕立局，他也有箇陵駕之體。如吴因之《知及》之篇全重仁守，他便開口喝破，自始至終，只此一意。若隨手亂竄，絶無關目手法，并不可謂陵駕立局也。

凡難立局題，細看註中意義，必有天然生路。若不體註而妄鑿，便是黑風吹墮羅刹國。

立局文字，不嫌股法多，不嫌柱子反覆，但欲氣貫而義暢耳。

隆慶辛未，「生財有大道」一節題文，鄧、黄兩墨皆脱胎于震川先生，然黄得其骨，鄧得其皮毛耳。亦見先輩之取法前人，各有脱化融液之妙用。不似今人直抄，無耻且失其本意也。

汪洋渲迤之文，須節節有意思、有實際、有頓挫，方成巨觀。不則，一望黄茅白葦而已。

長文易虚浮，短文易枯寂，皆理不足也。理足只是道得着道不着時，千言萬句看來只如無有。道得着時，數語隻字，自是意味無窮。然須不是偶輳。將數十册理學書，一一在尺田寸宅中打疊過來方得。

短文貴長勢，在轉换有不窮之氣，短文貴長韻，在蕩折有言外之神。彼枯索以爲短者，非能短者也。

短文貴鍛鍊。如丹家銀母，一圭刀可開點千萬乃是耳。又如作畫，尺山寸樹，須通身縮小，若於中忽作徑寸人物，便不成畫矣。

短文無變换，則窘於邊幅，無意思，則枯索，無老峭之致，則稺子初試筆，僅免曳白耳。

小講最難。先輩最初不甚有小講，有亦只二三語，虚冒發端，後來演成長段，反正皆礙，所以爲難也。今更可笑，則一小講已説盡全理，下又有總挈，總挈盡矣，又有提比，重三疊四，不成文字，豈止於屋上屋、頭上頭乎？此則昔之村教書、初開筆童子皆知之，而今之作家名宿不知，蓋

求昔日村師蒙童而不可得矣。

或疑小講不是點上文處，曰：「此論亦坐看煞了時論格式。」小講點上文直起，此法最古。後來用虚籠數語爲小講，而後入題，此爲近古法。若小講説完全題，而入題又從新説起，乃時下俗法也。反執俗法以譏古法，不亦謬乎？若小講單冒本題，不承上文，還可點清，若小講承矣，落題又承，不但逐節畫斷，無此文氣，并無此格式，則又以亂竄無法之法，譏最古有法之法，不更謬乎？

近人最不解作小講之法，大都開口説盡，已是一篇小文字，後邊反成贅複。其餘或入手太隔遠，或别生枝節，亦總無是處。此皆近時村教書、俗選手不識法度，蒙童開筆便錯，壞却多少好姿質，可歎也！

説理文字所貴曰「真」、曰「實」、曰「醇」。不真，則雖有如無，真而不實，則淺薄而無味，真實而未醇，則養之未深，有苦心極力之象，而無優柔厭飫之神。

説理的確難矣。的確而出之超越、洒脱、流動則更難，到此方是自得。故凡自以爲的確，而驅而納之村學鄙説之中，而不知出者，其所爲「的確」乃大不的確者也。

人只爲看得題目艱隱，舉手輒成結澁，以其膽怯也。胸中多少石塊疑團，眼前多少迷陽郤曲，必無放曠之作。但心際了了，手底了了，原不曾見有甚棘礙處，故理明則膽自大，膽大則文自

逍遥縱恣耳。

堅悶之理，能以雋快發之，此是名士風流。然最易攙入晉人陰界去，非精於講究者，不易爲也。

理明則如説話，淺淺淡淡，脱口輕便，而意味深長，是爲最上。

説理如數家具，如看螺紋，如瀉鉼水，不弄口頭禪，亦無頭巾氣，是本色佳文矣。

道理見得高闊圓足，則落手處不嫌輕，落墨處不嫌淡，自有含咀雋永之妙。但不許白撰家傍口舌作生活耳。

理題有經學氣，無講章氣，大是難事。

至艱深者能以至淺易達之，言理家最貴此種。

言當乎理則似乎平淺，而深切至味，乃所謂高也。俗學之平淺，則真平淺矣。此須講究，有得者於此信得及耳。

凡細實文苦悶嗇，高爽文苦疏畧，透過此境，方是迥絶。

有講極粗事物，而其理極精者，亦有爲玄微之言，而仍極粗者，其精粗皆以理之切不切爲分。

放筆直書，最是理題快事。俗子含含糊糊，怕觸着人，敢百口保其不曾夢見也。

能將人情粗淺意寫入理致精細中，另有異樣神采，此非大家老手不辦。詩家不解少陵、長慶

善用俚俗，妄生議論，亦只坐無此見識力量耳。

說道理，疆界不分明便不成道理。若不曾融貫通會，則疆界皆生隔礙，此訓詁之家，終不可與入道也。

理真，則文愈輕而力愈厚，愈淡而味愈永，此可爲知者道耳。

文到高妙處，只是理明。理明者，不着粧點色相，亦不用空活機鋒，自然神義俱得。

贍麗之文，每不耐久者，中無有也。以實義爲體，以古調爲用，斯光景常新矣。

經制題，摭實者無當大義，虚弄者不知典章，兩者各失其病，同歸於不學。蓋其摭實者，亦不過從時文中抄掠膚詞而已，於源流本末，初未嘗習，固與弄虚者之不知典章一也。到此須少不得古學。

典制之文，疏則議畧，核則疑滋，皆不求曉暢於大義也。詳於古而不窒於古，晁、董之所以爲大家，其風軌如是。

典制文貴高華，非藻贍之謂也，必以議論爲主，而氣魄輔之。使讀者但快其所欲言，而忘其纂組之麗，乃爲高華。若填綴字句，張皇聲調，正如優人盛設帝王將相服飾耳，其寒賤骨度不可易也。

華贍典核，方許作典制文字。白肚兒郎，且將身葬書册中，尋箇出頭日子，莫學架空捷法，弄

得下梢没理會。

揣摩融潤文字，最忌題外尋閒話，題内湊浮詞，便俗爛不堪入眼。

作長題有二法，畧去枝蔓，直取腦髓，發得透徹，而餘文亦得，此一法也。逐節錘鍊，虚實環生，全於關鎖結裹處着精神，剪裁合度，此亦一法也。若隨手敷衍，忙碌碌地只辨空點，此是遊方扯空拳架子，不足以當一戰，名爲如題挨講，其實謂之無法而已。

長題以裁剪高簡而映帶不漏稱妙手矣，然免不得一箇「忙」字。如飛騎趲驛，未嘗不經歷州縣，然無一州縣入其眼中。作家所以能閒暇者，得題中理要，而以奇偉思議行之，不沾沾以牽聯點綴爲長，而自然牽聯點綴入妙，此用意與調文之不同也。

長題能作短篇，須知是賣弄本領，不是討便宜法。若不得他鍛鍊切當、渾身筋節處，而徒賞其遮架輕快以爲奇，便不識短篇之妙。

零亂題不可在鋪衍處尋出色，須在提處、收處用力錘鍊之。於此得手，到中幅隨意布置，總不費力。

累墜題，後人多用凌駕破碎，或短比輕點，不能如先民實做，正是力量薄。然時眼看慣，反喜變亂，而憎此爲板重。不道文字合如此，非板重也。板重之病，在詞調，不在意理。

累墜題挨講，非先輩第一等剪裁法力，不易動筆。試開手數行，便索然無氣矣，一用空架，又

率滑不堪入目。

題之搭合，本無義理，做作便成牽鑿，所謂「生姜樹上生」，只得繇你説耳。然義理精熟人，説來定合自然，其餘各就所見發洩。

搭截題須有自然之巧，不傷正位而得之乃佳耳。

慶曆以後，講提、挽、串、插愈巧，而古法亡矣。舊人作極無理搭截題也，只隨路布置，而奇巧自存，不賴提、挽、串、插也。然以語時人，反以爲無法矣。

後來講提、挽、鈎、渡，費無數小巧伎倆，非穉即鑿，不則節外生枝。看古大家作搭截題，只消順文直行，而未嘗無照應攔截之法，此文字以自然大雅爲第一流也。

長題不能駕馭，只坐無識。搭題多苦絆縶，只坐欠理。法生於識，巧生於理，其不可方物處，正不可移易處。若離理識而别尋巧法，即走入拙工死路。

長搭題要訣，只是隨起隨滅，即渡即走。若在各正位，掛搭一絲，即成敗闕。

長搭題貴省得出，却遺不得，貴插得入，却添不得。善省者在趂勢，勢逆則逆，勢順則順，輕重曲折，映帶而出。或一筆而得數節，或一語而得數句，隨手有無，忽隱忽現，此省得出也。善插者在起波，波平則收束見奇，波起則轉換入妙，遠近斷續，接渡無痕，或頻呼而非真，或暗渡而不覺，前斷後截，各還天然，此插得入也。

筆勢頓跌處不可直，轉折處不可停，渡接處不可順。凡文皆然，而搭題尤甚。

凡文之妙，在無閒話，搭題之妙，尤不可有閒話。凡文之所謂閒話者，空放一句，便是閒話。搭題之所謂閒話者，實講一句，便是閒話。做上句便有下句在，做下句便有上句在，做中段便有上下在，令讀之者應接不暇、目不及瞬，方謂之無閒話也。

凡搭題，因挽挈而生議論者，大拙也，即議論而爲挽挈者，大巧也。

搭題有字面之映帶，有意理之廻顧。字面之映帶，貴無意，惟無意，故位置不紊。意理之廻顧，須實發，惟實發，故意態橫生。

搭題之串插映，作家與俗工同此蹊徑耳。只是出手不同，一則費盡氣力，不得討好處，一則若不經意，而共驚其巧。此豈可以死法求之？

割裂題全看他渾成。渾成者，奇巧之至，若出自然也。無奇巧而講渾成，則膚泛而已矣。忙窘題全看他生發。生發者，博辨之至，確切不移也。無博辨而講生發，則但鄙而已矣。

引證題夾和正語，是討好法，亦是惹厭法。不着相便討好，着相便惹厭，只在用筆雅俗間辨之。

叙事用散體，借幾句史贊套話作假古文，第一可憎，以其無意思議論也。意論多，則轉折自夭矯，起伏自縹緲矣。

比喻題一説破正義，不但失行文之體，即十分奇暢，亦索索無味矣。讀韓文中《應科目與人書》、《雜説》、《獲麟解》、《毛穎傳》，古人正於此得文章之妙。

欲作小品佳文，亦須從讀書大本領處用工夫。不博不雅而徒講靈巧，則但有俗想，徒講規則，但成俗法，曠刼無出頭日矣。

今之作小題者，大概坐不肯刻劃之病。然使今人爲刻劃之文，必成奇醜。何則？緣不讀書，則無根柢，無古脉，無心得，不過鄙俚杜撰而已，不讀書人，總無一而可。今人皆講變風氣，吾謂正難，有志之士急多讀根本之書，然後議變始得。

小題固以花簇生動爲佳，然使無層出意思，則雖欲花簇生動，而有所不能也。時手技窮，輒舍意而求之調，三疊四疊，徒增醜態耳。

凡一句題，俱宜悟折劃層次之法。

題有層次，先須段畫分明。

小題渾做則死，逐字（折）〔拆〕開便活，逐字挨講則死，伸縮分配便活。故凡文字之拙，俱從渾沌中來。

逐字拆散做，文之生發已無數，於拆散中顛倒回互，生發又無數，於拆散、倒互又分虚實、賓主、正反，則生發更無數。後生得此訣，題目無窘步矣。

凡文至無生發處入作家手，即無生發是生發，得此訣也，變化宇宙，生心在手，總無窮途死地矣。

凡作叠字題，都要從實際做出乃佳。今輒以空腔調弄，或借偏旁、反面、叠字挑剔，此皆無本領人無聊活計也。

兩句相似題，以移掇不去爲妙。若庸搆，則换却詞語，彼此可通，套矣。一則無法，一則腹白耳。

人謂俚題不難於堆積，難於空靈，吾謂不難於輕秀，難於質實。惟不以詞勝而以意勝，乃真所謂空靈、輕秀也。

治窘以贍，治俗以雅，庸人之所謂難也。作家則又難在刻劃精切，運用無痕處耳。

慶曆以前，先輩作虚縮題，只認得本位界限分明，步步倒縮，節節順生，到恰好處便住，而下句自然接合，此爲動下神品。慶曆以後，始開挑逗襯托法門，似巧而實拙，似靈而實死，已犯續尾添足之病，非古法也。今文并不會慶曆之挑逗襯托，而别撰一副醜調，即在聖賢口中自作吆呼，自作商量辨難曰「我動下矣」。究竟下何曾動？嬴得摇頭擺尾，做出許多惡狀耳。

取下文，先輩善用順逼。慶曆後始作反激，極易討好，然不及先輩處亦在此。

做小題者，未講動下，先要講割下，只在看得本題界限清耳。

虛題須看其虛在何處，虛在上較急，虛在下較寬。急則不容停筆，故當以虛養之於前，寬則尚有餘情，故當以虛宕之於後。

人亦知虛題苦難支架，於是用文外之文，語外之語，如演義所云「按下不題，且聽下回分解」者，可怪可笑，而相習成風，至今奉爲虛題秘密藏法。選家濃圈密贊，若非此不可者，毒誤後學不小。

虛題能實發，又不攘奪，只是理足而心細耳。

近日坊選好竄改删割人文字，然或施於時下之人猶可，今且污及先輩，不可也。時下之文，學問淺薄，雖有稱爲古者，其底裏不過講章時文而已，正如方言土俗，爾汝共諳，然猶有高出選家者，不足以服其心也。至於先輩之文，源遠流長，雖極粗率之調，觸戾之辭，必有來歷，一篇之間自成片段，與今之聲音笑貌渺不相合。古人謂「身坐堂上，乃足判堂下之是非」，今豈特堂下哉？直坐之門外者耳，乃欲更反門内堂上之言，不亦異乎？蓋先輩之紕繆，但當批「乙」，不當删改。批「乙」則古之得失與吾之是非皆可共見，雖摘駁前賢，而其不敢自是之意固在也，删改則誣妄矣。

近日一種議論，謂文字忌入衰亂、憂危、震動之言，而務爲諂阿、吉祥，自稱冠冕得體，是秦始皇之碑銘勝於三代之謨誥也。看詩書所載，古聖賢告君皆憂危震動之言居多。李文靖爲相，日

取四方水旱、盜賊、不孝、惡逆之事奏之，真宗慘然變色，同列皆以爲不美。劉元城論名相，舉此事以爲惟李沆得大臣體。夫告君尚以危言爲得體，豈行文反以阿諛爲得體耶？成、弘以前，未嘗有此，即題目亦未嘗避忌。自嘉靖中，重符瑞禱祀，始以忌諱爲戒。流至末年，習成諂媚之俗，闈中專取吉祥，偶有句字之觸，雖手拔必黜。士子從未仕時，即學爲諛佞，安得復有品行事功哉？有志於世道人心者，當力破之。

附録《八家序文摘鈔》一條

先生嘗語學人曰：「今爲舉業者，必有數十百篇精熟文字於胸中以爲底本。但率皆取資時文中，則曷若求之於古文乎？夫讀書無他，奇妙只在一熟。所云『熟』者，非僅口耳成誦之謂，必且沈潛體味、反覆涵演，使古人之文若自己出，雖至於夢囈顛倒中，朗朗在念，不復可忘，方謂之熟。如此之文，誠不在多，只數十百篇可以應用不窮。」又曰：「讀書固必熟而後用，亦有用而後熟，此又不可不知也。若必待熟而後用，則遂有雖熟而不用者矣。此其法當先勉强用之，用之既久，亦能成熟。譬之人家有百十僮僕，爲主人者，終日不曾呼唤使令，此等亦遂成偃蹇。今但遇有事，輒呼而用之，久久習常，其初猶必俟主人之命而後至，其後主人雖未命之，亦自能窺承意指，趨蹌而前矣。」

附録《程墨凡例》二則

先生語學者有思辨之文，有記誦之文，二者功夫皆不可少。今人但解記誦，而不知思辨，此文之所以日下也。不知思辨處得力最多，思辨長見識，記誦長機神。機神所附麗止於腔調句字，若識見長則道理精、法度細、手筆高、議論暢，文品不可限量矣。故思辨之文，不必句句合度可讀，但就一篇之中，得其高出在何處，其弊病在何處，研窮剖析，擇善而從，擇不善而改。故雖不佳之文，皆可以長識見，此即格物之學所必當，引繩批根不可使有毫髮之差者也。至於腔調句字，乃所以襯簟其道理、法度、手筆、議論者，固不可不熟，不熟則識見雖高，不能自達。然腔調、句字，因時爲變，在一時中，又有高下異同，各從其所主，但取其有當於己之機神者，讀之極熟，到行文時，自有奔奏運用之妙。即解有未當，局有未真，皆在所畧。故每有平淺無奇之文，而名家反得其用，又不可不知。然此則不可以選限，并不必佳選而後有者，是集止爲學人指示思辨之法，爲增益識見之助。誠虚衷細心以講究之，則甲乙皆我師資也。若記誦之文，雖不外此中，而具然聽人自取，無一定之論矣。

論程墨者，皆執得失以爲招。故卑污者，既有低腔墨裁之醜，而其才情自命者，又皆以麤疎破碎傲之。先生謂此二家，厥辠惟均，蓋總不講義理，而但講妝束，其無當於題則一也。故先生

雅不喜講「變風氣」三字。謂自周、秦、漢以至今日，文字風氣無一日不變，何待于人之變之？惟文字所載之道，則天地虧沉，此理不滅，雖風氣極變時，必賴學者爲之救正，孟子所爲反經是已。故先生論文，一以理爲斷，不講風氣，不講妝束，亦未嘗專取高奇而厭薄平正也。第膚淺板腐之死法，浮夸軟俗之惡聲，自謂平正，其實似是而非。則闢之甚力，惟恐人墮入魔道鬼趣，斯獨有苦心耳。

附録《墨評舊序》一篇

今日文字之壞，不在文字也，其壞在人心風俗。父以是傳，師以是授，子復爲父，弟復爲師，以傳授子弟者，無不以躁進躐取爲事。躁進躐取，則不得不求捷徑，求捷徑，則斷無出於庸惡陋劣之外者。聖人之言曰：「性相近，習相遠。」子弟之初爲文，未有無性者也。教之者曰：「此轉苦不合，此語苦不熟，此一筆太遠，此一解太高，此一字一句未經諸貴人用。」凡室中有光頭線裝書，一切戒勿觀，朝而（鋤）〔除〕，夕而燒薙之，不至於庸惡陋劣焉不止。未幾而揣摩成，以取甲乙如拾遺也。吾聞之先輩，大家研究聖賢之書，浸淫於古文字，不知墨幾丸，退筆幾篦，敗紙殘藁幾百束，而不敢幾一得。今之圈鹿欄牛，胎毛尚濕，調弄之無，抄仿套數，朝塗而夕就矣。群謂「某某已如法，將必售」，則果如若言。其所謂「轉不合」、「語不熟」、「筆太遠」、「解太高」、「句字未經

用」及好閱光頭線裝書者，大約未必售，售亦離離如曉星。輒曰：「其人數偶耳。」嗚呼！何其言若符券也？人之愛其子弟，則期之以聖賢，或爲名臣豪傑，最下亦不失爲文章之雄，何至突梯滑稽，驅之使與雞鶩梟等？吾讀其文，知其父兄先生之所願望，不過爲拜塵黄門、由竇尚書、吠籬侍郎而已。故其言曰：「制舉業之於科目，猶叩門之有甎楔也。門啓斯擲之耳。且君之欲入斯門也，何爲也哉？爲其美官也，爲其多得錢也。」然則其視舉業也，猶穿窬之有鍬鍤，盜俠之有斧匕耳。排其闥，發其秘藏，負匱揭篋，擔囊而趨，又何甎楔之有？程子曰：「子弟患其輕俊，當教以經學，念書勿令其作文字。古人以聖賢之學爲學，故其視文字也，猶糠粃糟魄，然慮其玩物而溺志也。」今天下之視文字，殆不啻糠粃糟魄矣，豈皆學聖賢之學者與？人未有不戀其妻若子者矣。而遊方之外者，吸光景，練精炁，以離坎爲媾精，以嬰胎爲孕育，其視棄妻子直敝屣耳。情生者無不以爲難，然而文信侯亦能之。故一妻子也，或敝屣之以度世，或敝屣之以釣奇，其心之善不善，豈直雲淵也哉？今天下之輕視夫文字也，亦若是而已矣。惟其視文字也輕，故明知其庸惡陋劣，而不以爲耻，曰：「吾以釣聲利，弋身家之腴而已。」程子曰：「灑掃應對，可以至聖人，則知舉業，亦可以爲伊、傅、周、召。」然而聞此説也，則群啞啞而笑矣。魏收引據《漢書》以斷宗廟事，諸博士笑曰：「未聞《漢書》得證經術。」今天下豈特以制舉業爲糠粃糟魄也哉？其視《四書五經》，亦猶博士之於《漢書》焉爾。謂其中有吾所當致知而力行者焉，則又群啞啞而笑耳。以故

學究之支離，儇薄之荒僻，佛老異端之説浸潤陷溺焉，而不知其非。比年以來，亦復知有傳註矣，然非真知傳註之有切於己所當致知而力行者也，特以時尚焉耳，科條焉耳。則其視傳註，果無異於異端佛老之説也。無異於異端佛老之説，則今日可以爲傳註者，明之日復可以爲異端佛老。何則？其心壞也。以既壞之心，而求明書理，不明書理，而求文字之復古，是鍛根株而求華實，塞江河之源而求波濤之奇險也。有是哉，天下明知爲庸惡陋劣而不顧者，謂挾其術無不應也。蒲伏新貴人之門，求其平生得力之處，以爲枕秘，僥倖苟竊之徒，鼓其空腹，妄爲大言，至污極鄙，鄭重而受之，如長史右軍筆法，戒其子弟，雖千金弗傳矣。然三家之邨，五都之市，比户聽之，其枕秘如一也。雖有才人困躓場屋間不能自振，亦復稍稍爲之。故一省餬名之士幾及萬人，其不能揣摩如法者約二千餘人，其不願如法者數十人而已。餘擾擾數千，皆所謂如法者也，而題名者不及百人耳。所謂不願如法者，榜必有數人焉，離立於其間。此數人者，殆天所以扶斯文於不墜乎？然世卒謂如法者獲多，故雖屢受鎩刖而不悔、不知。夫如法者，以數千人中而得數十人焉，不願如法者，以數十人中而得數人焉，其於多寡之計，當必有辨矣。且庸惡陋劣一也。而數十人得舉，數千人得黜者，何也？曰：「數十人幸，而數千人不幸也。」夫所貴乎庸惡陋劣者，謂「挾其術無不應耳」，而亦有幸不幸焉，吾又何樂乎爲庸惡陋劣者乎？故曰：文字有嘗賢，科目無嘗遇。其人當遇，雖轉不合，語不熟，筆太遠，解太高，句字未經用，及好閲光頭線裝書，而不能禁其

爲遇。苟不當遇，雖庸惡陋劣，極揣摩如法，而不能强其爲遇。人知文字不與禄命争得失，則其作文字與讀文字之心，皆不出於釣聲利弋身家之腴，然後視文字也重。重則禮義之悦根於心，而廉耻之道迫於外。雖日撻而求其庸惡陋劣也，不可得矣。雖然，以予腐儒之力，與億萬庸父兄先生争其勢，必不勝，又况其躁進躐取之法，更有出於文字外也。

曾叔祖《四書講義》，清溪陳大始先生所編，海内誦習久矣，當時專取發明《集註》，而論文之旨趨槩未及也。今年暮春三月，程與曹子錨研幾肄業于樸韻書屋。繙閲各選，相與商畧纂輯，共得三百餘條，彙爲一帙，附以《八家序文摘鈔》一條，《程墨凡例》二則，歷科《墨評原序》一首，付之剞劂，與《講義》並行於世，未必非操觚家一助也。時康熙五十三年甲午六月之望，曾姪孫程先謹識。

論學三説・文説

〔清〕黄與堅　撰

《論學三説·文説》一卷

清　黄與堅　撰

黄與堅，字庭表，號忍菴，江蘇太倉人。順治十六年（一六五九）進士。曾官翰林院編修，與修《明史》。擅詩文，爲「婁東十子」之一。有《忍菴集》。傳見《清史稿》卷四八四。

《論學三説》分《理説》、《文説》、《詩説》三説，今録入《文説》部分，共十一條。黄氏論文，以秦漢爲依歸而貶抑唐宋八家「亦疵纇不少」；然又指責明七子「欲以秦漢凌而上之」而終至無功。論爲文之法，則崇尚理詞皆「潔」，行文曲折有波瀾，論「擒題」闡發作文必應扣緊主題，論行世之文與傳世之文之區别，均有可取。涉語不多，然往往自述爲文論文經歷，頗親切有味。

有《學海類編》本、《婁東雜著竹集》本、《國朝名人著述叢編》本、《叢書集成》本。今據《學海類編》本録入。

（王宜瑗）

論學三説

清　黄與堅撰

余髫齔學爲詩，中歲學古文，晚耽理學，詩少殺，古文乃益進。大約余所學，先詩後文，已又極詩文之要，而歸於理，次第有然。今迫頹齡，懼其奄促，因舉三説，條分縷次，以告於世。觀之者其或以余言爲信而加察焉，不無少驗於修途，亦以知余一生好學之精專，蓋幼而壯，壯而老，如是其無間也。

文説

文章氣運，與世推移。六經之後，秦文峻峭，漢文瓌瑋，皆因沿戰國，不能復反周初。晉魏以降，專尚修詞，至於六季，日益雕鐫，文章之道，澌然盡矣。韓歐諸子，承唐宋之敝，起而救之，其勢漸趨於平衍，較之六經，業已醇者漓，豐者瘠，然皆奉六經以爲的，而世之反而射者罕矣。明崆峒諸子，欲以秦漢凌而上之，究亦何益！

唐宋諸家文，自茅鹿門選八家，人徇以爲然。究之唐宋，不止八家；八家亦疵纇不少。凡學

者當有所別擇，然後以材力各造其所至。若學殖未成，即以是栘然者規趨大家，是又以大家一途自便其不學，初學者之大戒也。

余沈酣于秦漢三十餘年，始要歸於唐宋。凡所爲文，始訒菴以爲廬陵，已熊愚齋諸先生以爲南豐，余皆甚媿之。末學無常師，安敢自矜爲定論。

秦漢不足以掩大家，而八家必取資於《史》、《漢》，以《史》、《漢》，文之淵藪也。然余尤以《史記》爲特絶，若《貨殖》等篇，其聯娟隱秀，史家未有。子長以潔許《離騷》，柳子厚又以太史致其潔，潔之一字，爲千古文字金鍼。前者周太史廣菴俯詢爲文之道，曾以告之。吴太史匪菴質以諸家所宜法者，余獨舉《史記》以對，謂此也。

文之病不潔也，不獨以字句，若義理叢煩而沓複，不潔之尤也。故行文以矜貴爲至要，明初宋潛溪文以淵博稱，而鋪叙繁蕪，較以方正學，即次其風骨。錢牧齋作文，欲以大家包舉六朝，爲古今第一流，而品格適已落第二。嘻！多才多學，而不審所以行之者，其爲患也，亦豈細故哉！

孔子曰：「辭達而已矣。」達以氣爲主，顧所以爲達者，全在曲折以取勝，如長江大河，瀿漭天地間，必千百折乃可以至海，此文家所謂波瀾也。余於文始求其達，行之以氣，而徑意直情，率多滯礙。久之而始能開闔反覆，窮其指趣，逾曲折得以逾條暢，而行止有不得不然之勢。匠心之妙，非親歷至此，其何以知之。

凡行文，有一題必有一喫緊處，注目須在此。往者吴梅村先生謂余曰：「古人作文多離題者何？」余曰：「此擒題，非離題也。凡遇一題，頭腦必多，不能處處周币。得其要處，縱横發揮，總不離此，甚有將題面撇開，題之奥妙，恰已説盡。如用兵者，必據一要害以争奇，所謂擒賊擒王，乃見機用，若營壘行列，豈暇一顧哉！」已至京師，説巖先生謂余曰：「君行文有訣乎？」余曰：「否。」固以詢，乃以梅村之説進，説巖深頷之。

文之爲道，甚深且大，加功一二十年，卒未竟其底裏，較之詩道，難易懸殊。説巖曾與余論文，余曰：「文有行世、傳世二種。盡天下三教九流，大小源委，爛熟於中，隨所求而能率然以應，辭義豐美，各有頭訖，此行世之文也。余雖不敏，不敢辭。若孤行直上，不假梯接，甚至衆采俱空，萬籟并寂，能於無聲無色中，靈光炯出，雖一字句可以千百年，此傳世之文也。余雖欲力造之，而豈易及哉！」説巖咄咄以爲難。先者余序沈太史昭子文，并及此，昭子寓書云：「海内可與言此者，獨愚山及我等兩三人耳。」今愚山、昭子皆已矣，追念疇昔，能無慨然。

余論文先理學，以理學是非之正也。盡天下大小事物，皆有一是非，若是非定，而詖辭謟説胥遁矣。顧所以行文不在此，文之爲道，千變萬化，莫可終窮，用之必以法；而法又離奇，不可以法用，故有法必至於無法，乃可以盡神。余於集中數言之，皆真實語，非好詭譎也。

余年十五，業於《兩京》、《三都》等篇，縷貫條析已，梅村先生招致同學成《乾清宫賦》，流傳兩

浙，麗京諸子竝爲作序。及貢入太學，又以《乾清殿賦》首於千人。龔芝麓諸公聯吟贈别，皆以賦稱。余少壯之汩没詞章如此。其後以十年蕩滌，始得遂其學古之志，而學力以秦漢而益强。馬大林謂余得力於秦漢，乃是真大家。余雖不敢當，然亦是學問緊要語。

余少於經濟諸書，鉤纂多年，得其條貫，已於《東南之水利田賦》，稍有論次，恐亦時久乖違，猝難施用，以備稽考而已。史論數十篇，竝没湞江。今齒力衰殘，無能補綴。陽侯一怒，殆非無因。但《字釋》三卷，以參訂義理；《漁莊漫録》十二卷，以辨證古今事物：皆素所裒輯，出入自隨，意欲少需授鋟，便於來學。亦盡付東流，絶無副本。立齋先生聞之，恨不先令抄録，余亦甚自惋惜也。

讀書作文譜

〔清〕唐彪 撰

《讀書作文譜》十二卷

清 唐彪 撰

唐彪，字翼修，金華（今屬浙江）人。多年在兩浙地區課徒講學，影響甚大。與毛奇齡、仇兆鰲交游。餘不詳。所著有《父師善誘法》、《身易》等。

本書爲唐彪所編著最有價值之書。其論時藝，廣涉諸題；其辨古文，博通衆體。能廣採先賢及同輩博賅之言爲準的，暢發己見，多爲臨文經驗之談。其論雖以制舉爲目的，却以古文爲根底。以古文爲八股之源，津津於章法布置，而坐實於實詞虚字。但時有繩墨過嚴，不能活參之處。

此書今存最早爲康熙三十八年（一六九九）刻本。其前有毛奇齡序，稱原書名《家塾教學法》，則前此應有刊刻。康熙四十七年（一七〇八），又有文盛堂與敦化堂刻本。嘉慶十九年（一八一四），又曾重刻。今據嘉慶本録入。

（羅立剛）

讀書作文譜

序

古者教子弟之法，師以三行，保以六藝，未嘗專主呫嗶課誦，及授簡櫜筆之事。惟天子、諸侯及卿大夫元士之適子，則有六書、九數、典文、簡策諸務行於虎門，令其嫻習之，以爲他日用世之藉也。今世則不然，學校之造士，文衡之選士，全以是物之優劣爲進退，則又無分貴賤少長，皆爲最急之務矣。瀫溪唐先生獻策天家，出爲師氏者若干年，歷東西兩淛人文會萃之所，皆坐擁皋比。令館下諸生執經北面，其爲三物六德，興起後學者既已，習之有素，且藝文燦然，見諸法則，所至省課諸生皆視傚之。此真見諸行事，未嘗僅託之空言者爾。乃睥睨之間，拂衣歸里。復取平時所爲《讀書作文譜》、《父師善誘法》二書，梓以行世。其間講求之切，擇取之精，一字一註，皆有繩檢。所謂哲匠稽器，非法不行者。非與夫弓冶之後，必有箕裘。世家子弟，皆有承授先生席。累世勳賢之裔，守其青箱，傳之不壞。今即以其所世嬗者，公諸海内，蓋不自私其美而教化

乃廣大焉。或疑先生以師、保之尊，又歷庠序，興德興行，歸田而復取呫嗶課誦之法，諄諄留意，似非要務。嘗讀伏生《大傳》及班掾《食貨志》，知卿大夫歸田，每出而爲閭黨師，謂之上老，終日居里門右塾，以掌誥誡。先生之著二書，抑亦卿大夫居塾之遺情也乎？故其書舊名《家塾教學法》。吾願受其書而求其法者，由此漸進於誠、正、修、齊，以爲治、平之本。安見二書不爲《大學》之先資也乎？

時康熙己卯季春月年家眷弟毛奇齡頓首拜譔

序

古之養士者，習之以《禮》、《樂》、《詩》、《書》，而復嫻之於射、御、書、數。蓋道德才藝，本末相須，而不可以偏廢也。今世競尚文藝，而於《少儀》、《内則》、《弟子職》諸條慢不加意，此人心所以日放，而人材所以日降歟？近經部議頒行朱子《小學》，俾童子有所取則，日孳孳於明倫正身，嘉言懿行，誠朝廷育才盛事也。自此家讀其書而敦本尚實，可謂得所先務矣。倘於游藝一途，猶然荒疏，涉獵不能竟委窮源，又安所得華國文章，振風會於日上哉？此唐子翼修《教法》、《書文譜》二書之所由作也。翼修金華名宿，胸羅萬卷，而原本於道。向者秉鐸武林，課徒講學，人士蒸蒸蔚起。其所著《學》、《規》二書，詳而有法。自延師受業以還，先令窮究經史，次及秦漢唐宋之文，

莫不有條緒可依而循途易致。且於執筆臨池，吟詩作賦，兼能旁通，曲暢其指，而於制舉之文，尤注意焉。蓋養其根而竢其實，加其膏而希其光，不汲汲於爲文而文愈工，此唐子輯書之大意也。今日學堂中，誠得二書以資教學，則文有根柢，不爲一切影響恍惚之談，其有功於文藝不已多乎？余謂是書當與《小學》並行，一則砥行飭躬以養其德性，一則博學多能，以擴其才華。異日立乎廟堂之上，言吐經綸而文垂金石，則唐子之所以造就學者，又豈淺鮮乎哉？

時康熙戊寅歲孟夏月甬江年家眷弟仇兆鰲頓首拜撰

讀書作文譜目録

卷　一

卷　二

看書須分界限段落節次　看書分層次法
看書須虛心體認不可參入偏見
論古人讀書同異之故　成人講書之法及問難之理

三　卷

讀書作文總期於熟　課程量力始能永久
爲學有優游漸積一法　學有專功深造之法
深思　下問
請問大儒有法　良師友切磋之法

四　卷

書法總論　運腕運指　生熟　筆鋒　筋骨　方圓　肥瘦　遲速　結構　點　長畫　短畫　直　鉤　長撇　短撇　捺
真行草書　摹書臨書　名人書法不一體　利器　適志

五　卷

六　卷

臨場涵養

七卷

文章諸法　總論　淺深虛實　開闔　離合相生　攏寫　對面描寫　襯貼　對面襯貼　跌宕　詳畧　先後　時藝先實字後虛字　賓主　翻論　進退　轉折　推原　推廣　反正　照應　關鎖　代　咏嘆　遥接　帶叙附叙　抑揚　頓挫　虛衍順逆　挨講穿插　預伏　補法　省筆　分總　一意推出三四層　牽上搭下　顛叙

用字法總論　起語辭　接語辭　轉語辭　襯語辭　束語辭　歎語辭　歇語辭

文章諸要　筆　勢　氣　機

八卷

諸題作法　單題　虛題　假實題　虛冒題　單割上題　虛字冠首割上題　單截下題　虛字冠首截下題　單割截題　虛字冠首割截題　口氣題　半體題　要借上文陪講題　字眼稀少題　過脉題　原叙題　俚俗題　覆述題　暗比題　明喻題　反正兩種題　疊句題　搭題弔法　搭題挽法　長短搭題弔法之分　長搭題過渡綰合法　長搭題中間詳畧法　長搭題點次題面法　無情搭題　割截搭題　上全下偏搭題　上偏下全搭題　上割中全下截搭題　中間重句搭題　代語題　單問答題　長問答題　先答後問題　詰問題　結上三種題　兩扇題　遞落兩扇題　三扇四扇題　五扇至八九扇題　長題　上綱下目題　上枝下幹題　中實題　論列四種題　串題　首尾相應題　兩截題　記事題　引證四種題　記言題　遞下兩種題　難結構題

九卷

十卷

凡例

古人之言，有一篇合發數理者，難以混入一類。愚爲之分析，隸於各類之中，非敢輕爲割裂。蓋欲分類發明，不得不如此也。

天下之理，有歸一者，亦有兩端者。歸一者易見，兩端者難明。大舜、孔子每加意焉。是書於古人之議論，有不同者必兩存之，更爲之分析其理，而斟酌取中，知偏見不可以爲法也。

凡一人立言，不無遺漏。惟集衆美，補其欠缺，彙集成編，庶幾詳備，故二書不欲盡出於己，而多引他人之言也。

凡書分類成卷，則事理會於一處，可以比擬而識其理之深淺，言之純疵，存精去粗，所集之書，始能簡約。二書初集古人成語，與自己所著，共二十五萬餘言。類聚一處，比其高下而删汰之，僅存九萬餘言。故欲書詳備而仍簡約，必不可不分類也。

凡書雖極明極淺，然初學必不能解，須父師爲之講明，乃能領畧。不然，雖列在案頭，亦如無有。二書雖不敢云佳，然頗有可採。父師能破除俗見，虚心細閱，擇緊要者另作標記，另加圈點，

與子弟講究，則讀過經書，一經解説，便能觸類推廣，悟所未言，可省却數數講求也。至於文章，則不但易解，而且易做矣。信如此，則講解似屬不可已也。

凡古人片言隻字，必有所爲而發，殫思竭慮，始筆于書。引用其言，安可没其姓氏？近見輯書者，一書之中，無非他人議論，而卷首但列己名。使未見原書者，竟以爲是其所著。噫！竊人之長，以爲己有，盗名誠丐矣。亦思作者精靈不泯之神，豈肯甘心？而冥冥之報，密且嚴乎？

管登之曰：「名根未盡，慎毋著書。人間之墨跡未乾，天上之罪案已定。」蓋謂其以穿窬之心，行穿窬之事，盗人之學問才名，爲上帝所深惡，玄律所不宥也。愚于二書，凡引古人之言，或辭晦，或語俚者，每爲之潤色。間有潤色過半者，必仍列其姓名，不敢掩爲己有也。

世風不古。坊間但見一書既行，即倩人將書改頭换面，那東入西。或全偷，或半竊，或勦襲三四，稱纂稱輯，或稱輯補稱纂著，没人之名，冒爲己有。刻成庸陋之書，以欺世覓利。不數年間，效尤叠出，原書面目，杳然無存。興言及此，深可痛心。二書不禁人之翻刻，但禁人之盗竊。倘有蹈此者，無論目前後日，與年代深遠，必以盗竊鳴究，更將其盗名醜態，著之於書，遍告四方也。

徐伯魯《文體明辨》，毛西河、朱竹垞二先生俱謂不宜纂入書内，以其言多有未當也。余悉改去之，纂其是者，取其有裨於淺學也。

讀書作文譜卷之一

清　唐　彪　撰
唐正志
唐正心　校
正紀

凡書之首卷，不得不將根本工夫言之。正慮初學見之，以爲迂闊無當也。然不可因此將全書棄去不閱，後儘有切近易入目者，請隨意從後卷閱起可也。

學　基

唐彪曰：涉世處事，「敬」字工夫居多；讀書窮理，「静」字工夫最要。然涉世處事，亦不可不「静」；讀書窮理，亦不可不「敬」。二者原未嘗可離，故周子言「聖人主静」。程子喜人静坐，已包「敬」字在内。朱子恐人流于禪寂，於是單表「敬」字，曰：「動時循理，則静時始能静。」此言最爲了徹。大抵執事有恪，動時敬也；戒謹恐懼，静時敬也。時行而行，物來順應，動時静也；時止

而止，私意不生，静時静也。二者本不宜分屬，但整齊嚴肅，於作事上見得力。故曰：「涉世處事，『敬』字工夫居多」也。澄神静坐，於道理上易融會。故曰：「讀書窮理，『静』字工夫最要」也。今彪先欲人讀書窮理，故專闡發「静」字，因多集古人之言以證之。

周子曰：「聖人定之以中正仁義而主静，立人極焉。」

程伯子曰：「静坐後，見萬物皆有春意。學者只要静箇心，此上頭儘有進步。」

程伯子在扶溝時，謝、游諸公侍側問學。程子曰：「諸公在此，只是學某説話，何不去力行？」諸公云：「某等無可行者。」程子曰：「無可行時且去静坐。」

尹和靖、孟敦夫、張思叔侍坐。程叔子指面前水盆語曰：「清静中不可著一物，纔著物便摇動。」見學者有未解悟處，曰：「且向静坐中求之。」

朱子曰：「昔陳烈先生苦無記性。一日，讀《孟子》『學問之道無他，求其放心而已矣。』忽悟曰：『我心不曾收得，如何記得書？』遂閉門静坐，不讀書百餘日，以收放心。後去讀書，遂一覽無遺。」

楊至之曰：「讀書全要精力與聰明。」朱子曰：「雖是如此，然亦須是静，方運得精神。昔李延平説羅仲素解《春秋》，見識亦淺，後來隨人入廣，在羅浮山住三兩年，養得心極静，看書自爾透徹，故註解與前大不同。某初疑解《春秋》于心静有何關涉，後來始知學人惟能習静，則心體虚

靈，道理方看得徹。」

朱子曰：「心于未遇事時能静，至臨事方用，便有氣力。如當静時不静，心慮散亂，及至臨事，已先倦了。伊川解『静』、『專』二字云：『不專一，則不能直遂。』閒時須是收斂凝静，做事便有精神。」

唐荆川《答袁坤儀書》云：「立身之道，全在收拾真種子。「真種子」宜細參，不可輕忽看過。此種子人人本具，個個圓成，不從聞見而入，不因書史而得，須要將一切知見，一切情識，通行抹煞。心心念念，晝夜不舍，如龍之養珠，如鷄之抱卵，綿綿密密，下幾箇月至虚至静工夫，庶可收拾此物，而頂立于宇宙之間。」

吴因之曰：「凡欲静坐，須先息心。日常隨事鍊習，遊情雜念，盡行抛捨潔潔浄浄。常要還此寂然不動之體，纔覺昏憒，即奮迅振發；纔覺嫩散，即專一凝神，大慧從此生矣。」

延平李氏《答朱子書》曰：「予曩時從羅先生學問，終日相對静坐。予時未有知識，退入室中，亦只静坐。先生令予静中看喜怒哀樂未發時作何氣象，此意最善。」

朱子曰：「明道教人静坐，李先生亦教人静坐。蓋精神不定，則道理無凑泊處。」又云：「須是静坐，方能收斂。」

唐彪曰：心非静不能明，性非静不能養。静之爲功大矣哉！燈動則不能照物，水動則不能

鑑物，静則萬物畢見矣。惟心亦然，動則萬理皆昏，静則萬理皆徹。古人云：「静生明。」《大學》曰：「静而後能安，安而後能慮。」顔子未三十而聞道者，静之至也。伊川見其徒有閉户澄心静坐者，則極口稱贊。或問于朱子曰：「程子每喜人静坐，何如？」朱子曰：「静是學者總要路頭也。」

唐彪曰：每日間，取半日静坐，半日讀書，行之數年，不患不長進。然世人有終日讀書不輟者，竟無片時静坐者，是止知讀書之有益，而不知静之爲功大也。何不取古人之言細思之？《易》云：「君子以洗心退藏于密。」又曰：「收斂歸藏，乃見性情之實。」《詩》云：「夙夜基命宥密。」諸葛武侯曰：「寧静以致遠。」司馬遷曰：「内視之謂明，反聽之謂聰。」誠以静坐不視，則目光内照；不聽，則耳靈内徹；不言，則舌華内藴。故曰三光返照于内，則萬化生焉，全才出焉。雖然，非可以徒然從事也，必宜覓致功之法。昔周濂溪欲人尋孔、顔真樂在何處。羅仲素欲人看喜怒哀樂未發時氣象如何。紫陽皆兩贊其妙。彪亦有一訣：欲人尋認此身本來真面目，三法之中，任用一法，時常尋看。或十年或二十年，尋看得來，固屬上智。尋看不來，心亦有所專主，自然能静。即此是操存實際功夫也。

唐彪曰：心無累能静，勤省察以驅閒念能静，不疾行大聲能静，不見可欲能静。

唐彪曰：人性多喜流動而惡寂静。坐不數刻，心未起而足先行矣，此學人通病也。昔金仁山

以帶繫足于椅，足行而帶絆之，乃轉復坐。許白雲亦于門閾上加横木，每行至門，爲木所格，復轉静坐。昔之先哲，皆于禁足一事，極其留意也。

唐彪曰：天下至精之理與至佳之文，皆吾性中所固有。孟子曰：「萬物皆備于我矣。」陸象山曰：「人苟知本，六經皆我註脚。」朱子曰：「六經所以明理，理既得，可無事于經。」六經且然，何况文字？進而上之，孔子亦曰：「余非多識也，予一以貫之。」大聖大賢，其言同出一轍。然則學者亦必從源本上尋討實功，以爲基地，反求于内，使心定性靈，慧光焕發。此須名師指授，非能自至，故古人云：「無師傳授枉勞心。」外則取精微書卷，簡練揣摩，通其世務，精其文章，斯體立而用始隨之。若内無根本工夫，雖博極五車，恐于性命之學，終未能有實得也。

文　源

武叔卿曰：「『石韞玉而山輝，水懷珠而川媚。』文字俗淺，皆因藴藉不深；藴藉不深，皆因涵養未到。涵養之文，氣味自然深厚，丰采自然朗潤。理有餘趣，神有餘閒，詞盡而意不窮，音絶而韻未已，所謂『淵然之光，蒼然之色』者是也。程明道謂子長著作『微情妙旨，寄之筆墨蹊徑之外。』此無他，惟其涵養到，藴藉深，故其情致疏遠若此。」

周恭叔曰：「昔之君子，無意於爲文，蓋嘗養其文之所自出者，不使好惡、憂患、忿懥、恐懼動

于中以害之，故其心正而氣全，氣全文自至也。」

瞿昆湖曰：「舉業文字，不患意見不高，理路不徹，只患心麤氣揚，不能潛心會悟，以體貼當日聖賢真實意旨，故文不能工也。吾自静養百日以後，始覺夜氣清明，良心漸復，然愈不敢不加意收斂。日間雖不能不應酬，而每以無事處之，不敢疾行一步，亦不敢高聲説話。即待童僕，亦未嘗輕加怒詈。故執筆爲文，能言乎人所不能言，發人之所未及發，我之勝於人者以此。人之不及我者，亦以此耳。」

袁坤儀曰：「文章，小技也。然精神不聚，則不工，識見不高，則不工；理路不熟，則不工；涵養不到，則不工；有一毫俗事入其肺腑，則不工。故習之者必遠塵冗，屏嗜慾，綿綿焉束心一路，精神全注于文，而不復知其他。既而束心漸熟，妄念漸消，并文字之得失，亦不復置之胸中，天君湛然。以此習文章，即以此養性命，二者合而爲一，故人得其皮，我得其髓；人功勞而效鮮，我功逸而效多。大抵脩業之道，寂寂者常聚，營營者常分；聚則精專，分則蕩散，精專則深入，蕩散則淺收，此必然之理也。」

武叔卿曰：「文者，心之精也，而神所爲也。神有清濁，則文有純雜；神有静躁，則文有麤細；神有昏明，則文有顯晦。有諸内必形諸外，若表影相符，未有或爽者也。故脩文之士，先務凝神，神完則精固，精固則氣充，氣充則志强，天下事無不可爲者，況區區文字乎？若凝神從事

而文有不工，吾未之信。雖然，凝神亦難言矣，必掃除外好，歸併一路，收攝此心，綿綿密密，無絲毫間斷，而神始得凝焉。豈營營者能妄希哉？」

杜牧之曰：「文以氣爲主，氣和文自雍容大雅，氣壯文自充實雄健，氣清文自澄潔鮮明。凡欲作文，須先養氣。毋輕喜，懼氣之揚也；毋暴怒，懼氣之拂也；毋多言，懼氣之躁也；毋妄動，懼氣之失也。動静語默，端詳閒泰，常使太和元氣周流于四體間，發爲文章，自然迥出尋常矣。」又袁坤儀曰：「養氣非易易也。須先正心，將萬緣放下，使心君泰然，一物不擾，一念不生，則氣自然寧定，自然清明，工夫漸漸涵養，内外夾持，勿助勿忘，斯有得也。」

袁坤儀曰：「作文有三昧：先須掃除胸中鄙穢，不染一塵，静坐三四月，或半年。縱不能，亦須隨事遣情，於念中息念。將妄心妄見減得一分，便有一分受用。習之久久，自然塵氛漸退，淡泊虚融。然後再取經、史、大家之文，次第讀之。口誦心維，優游涵泳，令其漸積汪洋。由是握筆爲文，隨機應(副)〔付〕，自然成一家言矣。」

瞿昆湖曰：「余幼習舉業時，只任意胡做。如是十餘年，學既不成，試每不利。一日，偶讀《莊子》，云：『風之積也不厚，則其負大翼也無力；水之積也不厚，則其負大舟也無力。』恍然悟爲文之法。遂屏去筆硯，調息凝神，一意涵養性靈。以培其基，閉門静坐三月有餘。自此試筆爲文，便覺輕新流逸，迥然出羣矣。既而屢試冠軍，聯捷鄉會，而閲吾文者，無不稱善。甚矣！静

之爲功大也。」

王守溪曰：「汝輩做舉業，須去打掃心地潔潔净净，不使纖毫掛帶，然後執筆爲文。不論工拙，定有一段瀟灑出塵之趣。若不理會，自己專於時文上竊取唾餘，雖能倖取科第，終非上乘舉業，而况科第又未必得哉。」

讀書總要

唐彪曰：有當讀之書，有當熟讀之書，有當看之書，有當再三細看之書，有必當備以資查考之書。書既有正有間，而正經之中，有精麄高下，有急需不急需之異，故有五等分别也。學者苟不分别當讀者何書，當熟讀者何書，當看者何書，當熟看者何書，則工夫緩急先後俱誤矣。至於當備考究之書，苟不備之，則無以查考，學問知識，何從而長哉？」

唐彪曰：學人博約工夫，有可合成一串者，有可分爲兩事者。孟子博學詳説，似先博而後約也。《中庸》博學審問，是博之事。慎思明辨，是約之事。顏子（傅）〔博〕文約禮，皆似同時兼行，不分先後。外更有先約後博者，志道據德依仁之後，又有游藝工夫也，此三者，雖有或先或後或同時之異，然皆可合爲一串也。惟科舉之學，則宜分而爲二，何也？科舉之學，除經書外，以時文爲先務，次則古文。竊謂所讀之時文，貴于極約，不約則不能熟，不熟則作文時神氣機調皆不

爲我用也。閱者必宜博經、史與古文、時文，不多閱則學識淺狹，胸中不富，作文無所取材，文必不能過人。由此推之，科舉之學，讀者當約，閱者宜博。博、約又可分兩件也。

唐彪曰：朱子云：「今人讀書，只要去看明日未讀的，不曾去紬繹前日已讀底。」又曰：「今人讀書，未看到這裏，心已想後面，未曾有所得，便欲捨去了。」朱子爲讀經史者規戒，非爲讀時文者而言。然已確中少年讀文弊病。但此弊病，其來有由。只因内無家學，外無師傳，雖讀過《四書》，本經尚未講解明析。此外所讀者，非腐爛不堪之時藝，即龐褻怪誕之假高文。其諸經、《通鑑》、古文全未之見，縱讀古文數篇，亦不過是坊間所刻，或寄于坊間所賣十數種古文而已。其中所載佳篇甚少，而又皆删頭截脚者也。所讀者止于如此，余已指其陋處于《選古文》條中，更觀後《諸古文評》，而其陋益可見矣。故腹中空疏，全無所有。於是未讀了此篇，又想他篇。若曾讀得好書佳文，而又得父兄師友指點，則玩索有味，自然不肯捨置。又安肯孜孜馳騖于未讀，而反忽畧夫現在當務之功哉。

諸虎男曰：「人盡知文章多讀不如多做，然每畏而不爲者，何哉？學無根柢，識不高遠，不能置身題上。一題到手，無處非難，安得不畏？其弊在幼時無人指點，未曾多讀正經書史，及佳美古文耳。若曾多讀，而又得父師良友指點，則書中義理與作文法度，了然于心，握筆構思時，自有確然見解，天然議論，出于心手，何至苦難畏憚而不願爲哉。」

唐彪曰：按程子言：「科舉之學興，士人致功，宜取兩月讀經、史，一月讀文章。」此言經、史與文章宜分月致功也。朱子又將經、史分功。謂讀經難，讀史易，宜四十日讀經，二十日讀史。詳觀其法，皆取分日致功，豈非以精專則易爲力歟？近時讀書者，皆以午後及夜間閱鑑，以作兼課，此難以責備下資也。每日有餘力兼行固善，苟無餘力兼治，則當如程、朱二公之法，分日讀之爲善。彪又謂讀古文、時藝亦當分先後多寡。如童子幼時急需在于時藝，故當先讀時藝。至時藝讀二百篇後，則當半月讀古文，半月讀時藝，此日期多寡，又不可不分也。

唐彪曰：《十三經》除《儀禮》、《公羊》、《穀梁》、《爾雅》外，其餘九經，其四十七萬八千九百九十五字。歐陽永叔言：「以中資計之，每日讀三百字，則四年半可以讀畢。即或下資，加一半工，亦九年可以讀畢。」此言誠是也。余備載其言于《善誘法》中，然終難概望之于人也。故余又立《刪讀諸經法》于後。

唐彪曰：士人于本經之外，餘經皆畏繁難而竟置，此非也。擇取大綱與適用者，就簡而讀。綱領既熟，餘自易閱，不功省而獲益多乎？近見五經刪本，凡五六種。有已刻者，有未刻者，然亦各出己裁，不能合一。彪于此亦有陋見，與諸刪本不同。欲分當讀、當閱爲二項。爲科舉之士籌，爲下資設法也。《禮記》取《內則》、《曲禮》、《曾子問》、《祭法》、《祭義》、《祭統》三篇讀之，餘則閱之。《易》則取《乾》、《坤》兩卦并《繫辭》、《傳説》、《卦傳》讀之，而大綱已舉，餘閱之自易也。

《春秋》精義條例，盡見于杜預《春秋左傳序》中，熟讀其序，更取《左傳》佳文多讀之。再閲《春秋》本文，證之以《左傳》，則《經》與《傳》皆明晰矣。至于《書》之宜讀者，二《典》二《謨》與《(稷益)〔益稷〕》也，《禹貢》與《仲虺之誥》、《伊訓》、《説命》與《洪範》、《周官》也，餘閲之可也。《詩》之宜全讀者，二《南》也。十五《國風》與二《雅》，則擇緊要者讀之。方中《淇(澳)〔奥〕》、《鷄鳴》、《昧旦》、《駟鐵》、《小戎》、《鳴鳩》、《七月》宜讀也，《棠棣》、《伐木》、《小弁》、《蓼莪》、《北山》、《楚茨》、《甫田》、《大田》、《賓筵》宜讀也，《文王在上》、《大明》、《瓜瓞》、《思齊》、《皇矣》、《有瞽》、《生民》、《公劉》、《抑(抑)》、《烝民》、《奕奕江漢》宜讀也。三《頌》可全讀，或删三分之一也。蓋不讀其緊要者，則我與書毫不相習，究然閲之，恐扞格不能相入。讀而後閲，有針以引線，必易解易記也。(巳)〔已〕上諸經，除《四書》已讀，《左傳》繁多不論外，餘《易》、《書》、《詩》、《禮》四經，總計所讀之字，不過四萬五千餘言。以下資計之，每日讀百五十字，則三百日可以讀畢。中資日讀二百字，則不必三百日矣。如此，簡而易也，人何可不奮勵行之哉？宜將經書七八百字，分作五日讀之，每日讀四十遍。五日之後，必能熟背。此妙法也，今指出與人共之。

唐彪曰：《孝經》係孔聖之書，不但列于《十三經》之内，且列于《九經》之中，讀之即可當一經之數，當讀一也。其言整齊而有序，由天子以至庶人，以包括行孝之人，其義由近而遠，由小而大，且推至於精微詳悉，以包括行孝之事。後世言孝之書雖多，總不能出其範圍，當讀二也。孝爲百

行之原，爲生人之首務，不讀其書，不知何以爲孝，何以爲非孝。雖欲盡孝，不可得矣，當讀三也。文辭至簡，字止千有八百，不必週旬滿月，可以讀畢，當讀四也。乃竟不得竝於《四書》以取士，而人亦多不讀也，謂之何哉？

唐彪曰：先儒有言：「禮者天理之節文，人事之儀則。人不知禮，與禽獸奚異？」《詩》曰：「相鼠有體，人而無禮。人而無禮，胡不遄死？」甚言禮之不可須臾離。則《禮記》比諸經之當急讀也。朱子云：「須將《禮記》選出其切于日用者，與人讀之。」毛稺黄曰：「《禮記·曲禮》、《内則》二篇，宜另簡出，竝于《四書》命題考試，不必屬之學禮專家也。」至哉言乎。

唐彪曰：《周禮》一書，相傳制自周公。有五人信之，即有十人疑之。余亦疑非周公所作也。但其書傳世既久，縱非周公所作，亦必是七國與秦時賢士之所爲耳。其去古未遠，故言有根據，有合于古先聖王之精意，美善之書也。善讀書者，于其言之合于《四書五經》者從之，其不合者，則從《四書五經》而不必從其說。若《經》、《書》所不言而彼言及者，苟可行之今日，即非周公之書，亦宜遵也。苟不可施之今日，即真周公之書，亦當置也。凡讀書者，先當論世，次當論地。世之純澆不同，地之風俗各異，古聖人良法美意，不能行于後世，不可行于殊方遠域者甚多。後之人何能拂乎時勢風俗，以求合古也？得此意以讀書，則無書不獲益矣。

唐彪曰：凡書之託名者甚多。苟其書真美善，不必問是其人所著否也。人之有大學識者，其

淑世之心，每不能自已，筆之于書，又恐不行于世，故託前世聖賢以名之，無害其善也。後之人辨而贊美之可也，耑指其僞，不言其美，令無知者信吾言而鄙棄其書，則辨之者之過矣。惟真庸陋之書，則闢之自不容已也。

唐彪曰：錢懋脩問：「學者看《史》、《鑑》，當在何時？」余曰：「此當因人資力。資勝力優者，年十三四時，便可致功。其次則十四五，又其次或十五六，必當披閱。但其初必父師講解一週，然後令彼自閱，始能因文解義，識其成敗是非。或父師不能多解，得解一二百張，略知大意，亦庶幾焉。不然，《史》、《鑑》文義高，叙事古，初學何能自閱也？」

唐彪曰：《資治通鑑》固非下資所能閱，然不可不備之以資考核。顧瑞屏《正史約》雖止二十餘本，似乎太簡，然條例頗整齊，似勝于諸刻，亦中下資之稻粱也。類書極多，不下萬本，非中資之家所能盡備。惟《文獻通考》、《唐類函》、《正字通》、《五車韻瑞》尤係適用之書。稍有餘之家，必當置之以備考核也。

唐彪曰：諸經既讀，必期于能解。苟不解其義，讀無益也。然貧者欲延師而授，恐力有不能。余再四思維，設爲三法：其一，隨地就師而聽講，先求得其綱領。如《易》之「乾」、「坤」，《詩》之二《南》，《記》之《曲禮》，皆綱領也。綱領既明，則研求之方已得其半。其未聆解之書，可以推類自考索矣。其一，宜嫻習古經之句調，蓋《典》、《謨》、《盤誥》語皆古雋，次則《左傳》之辭，峭健而華，

熟習二書之句調，則他經之文從字順者，皆可思索而得其解矣。其一，宜聯絡隣里之士，或姻族之士，資勝兼好學者，或十人或八人，爲講經會。每人本經之外，各再究一經，彼此互爲講解以己之長，易人之勝。人親地邇，諒無難于行者。是三法也，能行一二，自足明經。子弟患無志實學耳，苟真有志求益，何患乎有不及解之經書乎？

唐彪曰：《先天圖》者，伏羲之所作，久秘于世之方士，康節邵子得于李挺之者也。其圖圓之則如圈，長之則如畫，方之又如棋盤，縱横反覆，左旋右轉，無非宇宙至精至妙之理，無毫釐之勉强者也，包羅天地，囊括萬有。邵子作《皇極經世》發明其所以然者，廣博而詳盡也。朱子又體邵子之意，作《易學啓蒙》，取皇極之理，而簡約顯明言之，誠晚年學識已定之書也。吾于此圖而知天地之所以爲始終，爲動静，爲升降，爲進退，爲消長也，知日月星辰之所以爲陰陽太少，水土金火之所以爲剛柔太少也。知四時之所以推遷，識萬物之所以爲生長，爲化，爲收藏也。萬事之有生有尅，有制化也。更于圖見天地之心，即我之心，天地之性，即我之性，物物具有一太極也。知人之目能收萬物之色，耳能收萬物之聲，鼻能收萬物之氣，口能收萬物之味也。知人之能以心代天意，口代天言，手代天工，身代天事也。能上識天時，下盡地理，中通人事，洞悉物情。故能彌綸天地，出入造化，進退今古，表裡人物也，而皆可于其圖悟之也。是以人不可不學《易》也。執中一貫，中和位育之理，不讀二書，烏知其理之所以然哉？

唐彪曰：人有言：讀古文，則文章必過高，知者稀少，反不利于功名。此非當論也，夫士之讀古文者，十人之中，偶有一人如其所言，此一人者，功名之不成，是古文害之也。其九人者，不讀古文，亦不獲科第者，豈亦古文害之乎？夫功名之得失，命實主之，不係文章也。且吾未見有不讀古文而制藝佳者，亦未有制藝佳而反不獲科第者，則古文不當任過也。况人之需乎？古文者，非一事也。古文氣骨高，筆力健，與經史詞句相類。讀之，則閱經史必能解。不然，不能解也。况欲立言垂後，欲著解前人之書，非讀古文不能也。居官者，有啓奏，有文移，有告諭，不讀古文，不能作也。居家者，有往來簡牘，有記事文辭，有壽章祭語，不習古文，不能爲也。是人之需乎古文者甚多也，可不讀也乎哉？

唐彪曰：三代秦漢之書，全在註解。無註解，及註解不確切者，閱讀無益也。纂集成書者，貴乎分類得宜。若不分類，及分類不精詳者，閱讀無益也。今人所著之書，取材不博，談理不精，文筆不佳者，閱讀無益也。校刻雖不必求精，然訛字、落句多者，實能令庸人淺學强解錯解，爲害滋多，烏可閱讀？凡書文之陋劣者，能蒙閉我之聰明，卑隘我之學問。吾願世之購書讀者，必請教于高明而後覓也。

孫月峯曰：「大都習舉子業，讀經書、《通鑑》之外，宜選經書文共二百餘首，分作二册。論十餘首，表三十首作一册。策五十餘首作一册。又選周、秦、兩漢百餘首，韓、柳、歐、蘇參之，分作

二册。總襲以書囊，留置案頭，旦暮取而讀之，循序至精，週而復始，熟讀熟思，則生意勃然。題目到手，縱横開闔，皆得自由矣。」

唐彪曰：從古未有止讀《四書》、《五經》之賢士，亦未有止讀《四書》、《五經》之名臣。故欲知天下之事理，識古今之典故，欲作經世名文，欲爲國家建大功業，則諸子中有不可不閱之書，諸語録中有不可不閲之書，典、制、誌、記中，有不可不閲之書，九流雜技中，有不可不閲之書。即如制藝，小技耳，唐荆川、歸震川、金正希輩，皆讀許多書，而後能作。此可傳之制藝也，雖然，此數項中，書甚繁多，其當閲者，豈淺學所自能知哉？非請教于高明不能辨也。

讀書作文譜卷之二

看書總論

唐彪曰：人之看書，先當分可已不可已。其可已之書，雖易解，不必披閱。其不可已之書，雖極難解，必宜反覆求通。如初看時竟茫然一無所知，不可生畏難心也。逾時再看，或十中曉其一二，不可生怠倦心也。逾時再看，或十中解其五六，更不可萌可已心也。逾時復看，工夫既到，不期解而自明矣。《大學》所謂「用力久而一旦豁然貫通者」，豈虛語歟？人安可一閱未能領會，即置之也？

吴因之曰：「書義有思之而即得者。有思之竟日而後得者。有明日又思之，而後得者。有力量未到，累日思之而不可通，俟停擱三月五月之後，識見精進，或重思之，或他書觸發而恍然得者。凡理，不疑必不生悟，惟疑而後悟也。小疑則小悟，大疑則大悟。故學者非悟之難，而疑之難。其所疑與悟者，何物也？是心竅中之生機也。夫心中原有機竅，但非疑而思索，則機不觸

而理不開，焉能了悟？故學者看書，宜追尋聖人語氣。要想聖人爲何説此一句，爲何下此字眼。聖人下字，如化工肖物，决有鑿鑿不移道理。看一章，須討關鍵在何處。看一句，須討上文如何，下文如何，通章血脉如何。但將白文從頭至尾反覆玩味，定自有見。聖賢説話雖極精深，又極平易，極現成。若稍入艱深，畧涉牽合，即邪徑也。此非驅除妄想，精專静一而又不厭精思不能得也。其傳註與白文相合者，十有七八，偶有一二可疑，必質之有道，考訂是非，方稱善學也。」

能記由于能解

唐彪曰：讀書能記，不盡在記性，在乎能解。何以見之？少時記性勝於壯年，不必言矣。然儘有少時讀書不過十餘行，而壯年反能讀三四十行，或少時閲書一二張，猶昏然不記。壯年閲書數十張，竟皆能記其大略者。無他，少時不能解，故不能記。壯年能解，所以能記也。横渠子曰：「凡人能透徹大原之後，書即易記。」此言先得我心也，惟經歷者始知之。

講書看書當求實際不可徒藉講章

武叔卿曰：「看書果能設身處地，章章句句，切已理會，自然透徹了悟，與徒看註解者不同。」

朱子曰：「學問就自家身上切要處理會，那讀書底已是第二義。自家身上道理都具，不假外面添來。聖人將自己經歷過者，著之于書，欲人于未經歷而先知之。體之于身也。」

朱子曰：「讀六經時，只如未有六經，只就自家身上討道理，其理便易曉。」

葛屺瞻曰：「大凡聖賢發揮道理，是隨機演法，因人設教。故抑揚開闔微有不同，而其大旨，初非有異也。今人只爲心麤氣浮，不善體會，但見字句稍異，便謂義理不同。段析支分，重重割裂，使聖賢直捷意旨，轉成千蹊百徑，而茫乎不得其端。惟將講説死記，即自謂看書已了。不知舍了本子，還能自道得一句否。此其病在求解聖人之言，而不求解吾身自具之理。孰知聖人之言，正所以解吾身固有之理也。而理反以註解晦，可不悲乎？今欲求解其理，須要將此等支離盡情放下，單單看其本文，看本文又不要只在言句上討，須將此反之吾心，一一尋個下落，真參實究，思之又思，必得豁然解悟而無有隔礙，覺書之理，即是吾身之理，而我之心，即是聖賢之心。夫而後句句能解，章章可通。諷詠一過，瞭然指掌，何等直捷簡易？而世人不肯發憤參究一番，甘爲庸夫俗子，良可惜也。」

朱子曰：「凡看文字，熟讀精思久久，于正文邊自有細字註解露出來，此方是自家得力處。只于外面註解上尋影子話，終不濟事。」

朱子曰：「經之有解，所以通經。經既通，自無事于解。今意思只滯在註解，將何時得脱然

會通也？某嘗説讀書，自己看得意思融通後，不見有註解，止見有正文幾個字方好。況聖人，借經以明乎理耳。理既得，且無事于經，何況註解。

朱子曰：「讀書須是將本文熟讀，字字咀嚼，令有味。理會不得處，且宜深思。思之不得，然後將註脚看，始有益。如人饑而後食，渴而後飲方有味。不饑不渴，而强飲食之，甚無味也。」

唐彪曰：古人傳、註、疏、解，竭力發揮經書實義，實義尚有未明徹者。不意今人講章，將前賢發揮實理處，盡皆删削，僅將作文留虚步，及摹擬閒字、虚字與聯絡、襯貼，多方蔓衍。閒説既多，實義安得不畧？初學之人見講章解説如此，竟以爲書之實理已止是也。而書之實理，何嘗止是！臨文舉筆時，但識摹擬虚字、閒字，與夫書之聯絡、襯貼而已。欲正發書中實義，則胸中全無主宰。于是滿紙虚衍，以應故事，而文章膚庸極矣。故近日不説寔理之講章，害最深也。

唐彪曰：解書、看書者，當細推書之實理。如知得上下節實理，則過文聯絡自在其中。知得上下句實理，則順文襯貼亦自在其中。能明乎此，自可減省葛藤工夫，而臨作之時，聯絡襯貼，未嘗不到筆下也。

王守溪曰：「六經者，聖人以其心之精微示人者也。漢儒始爲訓詁，止釋其字而不闡其義。宋儒變爲傳註，專主闡發義理，而孔孟之意，有十不得五者矣。王安石以經義取士，我朝因之，至

變傳註爲講説，而相違轉遠。今日應試之文，則又變講説爲詞章，其于聖賢立言之旨，有茫然不知其故者矣。譬如賣乳者，初時真乳也。宋儒之傳註，則和之以水矣。若講説，則水多乳少。至于時藝，則純水而已矣。故吾輩爲時文，不可翻閲講章，亦不可專主傳註。須澄心静慮，先將經書正文從容諷繹，務要將古聖賢立言之意，看得明白，然後以胸中之真見，發而爲文，則不期精而自精矣。」

看史實際并要訣

程子曰：「某每讀史到一半，便掩卷思量。料其成敗，然後再看。有不合處，又當精思。其間多有幸而成，不幸而敗者。今人只見成者便以爲是，敗者便以爲非。不知成者卻有不是底，敗者卻有是底。」

唐彪曰：凡觀書史，須虚心體認。譬如國家之事，單就此一件看，于理亦是。合前後利弊看，内中却有不是存焉。又國家之事，單就此一件看，似乎不是。合前後利弊看，又有大是處存焉。故凡事之是非，必通體觀其前後得失，方足據也。

朱子曰：「病中信手抽得《通鑑》一兩卷看，正值數件難處置事，不覺骨寒毛聳。向來只作文字看過，全不細思，真是枉讀了古人書。乃知讀書務要設身處地打算一番，纔成一個致知學問。」

又曰：「凡看史至某代，須將其一代數大事立爲大綱，以節目疏之于下。是非得失易知，亦且易記。」彪謂：「諸大事者，如大綱常，大機會，大喪祭，大征戰，大凶荒，大刑獄，大奸權，大因革，大興土木之顃是也。」

看書須熟思又須卓識

唐彪曰：道理難知。初看書時，格格不相入，且不認其粗淺，焉能得其精微？看至三四次，畧有入頭，然人無不心高氣揚，以爲寔義已得，而不知實義竟未嘗得也。惟左思右思，再鑽入一層兩層，庶幾心領意會，知其實義耳。

朱子曰：「講論一篇書，須是理會得透，把這一篇書與自家滚作一片。雖去了本子，其綱領節目次第，都歷歷在我心中方好。」

朱子曰：「讀書之法，先要熟讀。熟讀之後，又當正看、背看，左看、右看，看得是了，未可便説是，更須反覆玩味。」

唐彪曰：凡書有難解處，必是著書者持論原有錯誤，或下字有未妥貼，或承接有不貫串。不可謂古人之言盡無弊也，故讀書貴識。

讀書作文當闕所疑

陸象山曰：「大抵讀書，訓詁既通之後，但平心讀之，不必勉强揣量，作意推求。或有未通曉處，姑闕之無害。且以其明白昭晰者，日加涵泳，則自然日克日明。後日本源深厚，則向來未曉者，將亦涣然冰釋矣。」

先儒曰：「凡讀書處事，當煩亂疑惑之際，正當虚心博採以求至當。或未有得，且當以闕疑殆之意處之，若遽以己所麤通之一説，盡廢己所未究之衆論，則非惟事理有得失，而此心之量亦不宏矣。」

先儒曰：「經書有不可解處，姑且置之，不足爲病。若一向從而强解，便有自欺背謬處。」

唐彪曰：孔子云：「多聞闕疑。」又曰：「君子于其所不知，蓋闕如也。」又曰：「不知爲不知，是知也。」然則學者必不能無疑，惟在于有疑而能闕。苟不闕而輕發之于言，或妄筆之于書，既貽有學者之非笑，而又悞天下後世無學之人。貽有學者之非笑，猶可言也。悞天下後世無學之人，過何如矣？故孔子于闕疑殆者，許其寡尤；悔不知爲不知者，許其爲知，意甚深也。

柴虎臣曰：「邢邵云：『思疑書乃是一樂。』謂其能訂正也。然疑處但當徐思，慎勿遽改。韓昶妄改『金根』爲『銀』，貽笑千載。豈可孟浪耶？見文中有『道舉者』三字不能解，疑爲誤字。及查

《通考》，乃知唐玄宗時立科：凡習《老》、《莊》、《列》、《文》者，謂之『道舉』。使爾時擅增一字，即爲錯也。昔人謂：『觀天下書未遍，不得妄下雌黄。』信然哉。」

唐彪曰：凡書中有不可解處，非必盡旨意遥深，亦或有訛字、落字，爲之梗塞。惟在讀書者，會其全旨及上下文而改正焉。至于會通其旨與文，而究不能得其意義，此必多有訛字落句者。不當附會穿鑿，隨文强解。惟當以闕疑之意存之，是之謂善讀書，否則，誤解之害豈淺鮮哉？

看書進一層法

朱子曰：「讀書有疑者，須看到無疑，無疑者須看得有疑。有疑者看到無疑，其益猶淺；無疑者看得有疑，其學方進。横渠云：『濯去舊見以來新意。』此之謂也。」

朱子曰：「文字雖是舊曾看過，後日再看，亦須子細。每日可看三兩段，不是於那疑處看，正須於那無疑處看。若徒以爲曉得，便竟住了，大無益。須是曉得後，更思量尚有未盡義理方好。」

書文標記圈點評註法

◎◎◎◎◎　書文綱領與歸重處用此。

●●●●●　書文根因處用此。

｜　書文大界限、大段落用此。

｜　書文中大小節次下用此。

。、。、。、。、。　文章極佳處用此。

。。。。。　文章次佳處用此。

。、。、。　文章平佳處用此。

■　地名用此。

‖　官名用此。

｜　帝王、名人俱通用此。

□　國名用此。

○○○○○　照應處用此。

▭　年號用此。

唐彪曰：凡書文有圈點，則讀者易于領會，而句讀[音逗]無訛。不然，遇古奥之句，不免上字下讀，而下字上讀矣。又文有奇思妙論，非用密圈，則美境不能顯。有界限段落，非畫斷則章法與命意之妙不易知。有年號、國號、地名、官名，非加標記，則披閱者芒于檢點，不能一目了然矣。

唐彪曰：凡書有綱領、有條目。文有根因、有歸重。如《春秋》爲綱，三《傳》爲目。《大學》「聖經」首節是綱，「明明德」兩節是目。文章策對有綱領、有條目。其餘書文，可分綱目者少，宜分根因與歸重者多。蓋根因者，書與文之所由作，歸重者，書與文之主意所在是也。今書文綱領條目之分，人皆知之，而根因與歸重之故，人多昧之。昧之則不知書文之所以然矣。余特揭「根因」、「歸重」四字，分别其標記，庶幾閲書閲文有定見，而書亦易明悉矣。

看書會通法

唐彪曰：《標幽賦》云：「取五穴用一穴而必端，取三經用一經而可正。」言鍼灸者，合上與下之

五六，而於中取一穴，則上下自無差；　合左與右之三經，而于中取一經，則左右必無失。余嘗以其理推之于看書。凡書中有疑義，能將上下文理會，更取同類之書參究，當無有不明者，此即「取五六」、「取三經」之理也。能推此意以看書，書之不可解者少矣。

朱子曰：「凡讀書，先看上下文意是如何，不可泥着一字。如楊子言：『于仁也柔，於義也剛。』到《易》中，又將『剛』來配『仁』，『柔』來配『義』。如《論語》『學不厭智也，教不倦仁也。』到《中庸》又謂：『成己，仁也；成物，智也。』此等處，須是各隨本文之意看，方不相礙。」

朱子曰：「看《孟子》與《論語》不同。《論語》逐章逐句，各是一義，故宜子細靜觀。《孟子》是大段文章，通篇熟讀，文義自見，不必逐句逐字理會也。」

程子曰：「凡看書各有法度。《詩》、《易》、《春秋》不可逐句看，《尚書》、《論語》可以逐句看。」

看書須分界限段落節次

唐彪曰：經書將界限分清，則此段某意，彼段某意，雖極長難解之書，其綱領條目，精微曲折，可以玩索而得。譬如列宿在天，紛紛錯錯，安能識其名字。惟將界限分清，則斗極之東第一層爲某幾星，第二層爲某幾星，次舍井然，無難辨識。南北與西，亦如此也。若無分界審視之法，彼紛紛錯錯者，豈易識乎？　觀此則知經書之當分界限矣。

唐彪曰：文章之篇幅，較經書倍長，宜將其界限段落分别清白，而後文之精微變化，始能顯露。苟模糊混過，如何知其全篇大旨，逐段細意及結構剪裁之妙？余觀孫月峯批評《史》、《漢》，毛穉黄自課古文讀本，毛西河所著書，每段之下，界畫分明，非無謂也。如其可已，諸公何必勞心于此哉？凡書中界限段落處，畫最宜長，兩旁宜過于字之外。若止用小曲畫，畫于字下之一隅，初學忽而不察，以爲可有可無，則徒廢分界限段落之苦心矣。制萟既名「八比」，即宜每比還他界限，用畫分開，提掇過渡，亦宜畫斷。庶幾童子閱之，易于領會。不然，章法錯綜之文，童子識淺，多有閱之再四而不知其結搆者，况欲即得其精微意義乎？

唐彪曰：文章界限與段落、節次，三者有分，不可混也。如意與詞皆止於此，下文乃另發道理，更生議論，與上無關，是爲界限。文章意雖盡於此，而辭與氣不能遽止，駸駸乎已渡于下，若似過文，宜謂之段落，以其段末即落下也。界限、段落，或統數節，不可以節次言。節次乃其中之小者耳，故曰三者有分，不可混也。

看書分層次法

朱子曰：「某自二十時，看道理便要看到那裏面精微處。嘗看《上蔡語録》，其初將紅筆抹出，後又用藍筆抹出，復又用黄筆抹出。三番之後，更用黑筆抹出。其精微處自然瞞我不過，漸漸顯露出來。」

東坡《與王郎書》云：「少年爲學者，每一書，宜作數次讀之。當如入海，百貨皆有，人之精力不能兼收盡取，但得其所欲求者止爾。故願學者每次作一意求之，如欲求古今興亡治亂、聖賢作用，且只作此意求之，勿生餘念。再則求其事迹。至于文物之類，又作一次求之。他皆倣此。若學成時，見識高遠，則不必若是拘矣。」

看書當查考審問更當虚心體認不可參入偏見

唐彪曰：或問：「書中衆説紛亂，不能歸一，何以處之？」余曰：「此當先查考諸書，如有未得，則當問習專經者。曰：專經者，專習此經者也。『某項事理，衆説紛錯，不能歸一。君專習某經，此一項見于經中者，君必深明其理，願詳晰示我。』諒彼亦不至吝惜不言也。如少有可疑，仍當就最博學者問之。曰：『某項事理，衆説紛錯，願先生詳細教我。』彼必樂于訓誨，不至隱秘也。如是而有不明晰者鮮矣。昔歐陽永叔謂讀書作文，最貴與有識者多商量。蓋虚心下問，即是多商量之實際也。」

先儒曰：「大抵觀書，先須熟讀，使其言若出于吾之口。繼以精思，使其意又若出于吾之心，然後可以有得。至于文義有疑，衆説紛錯，亦且虚心静慮。勿遽取舍于其間，先使一説自爲一説，隨其辭意以觀其通塞，則其尤無義理者，不待觀于他説而先自屈矣。復以衆説互相比竝，而

求其理之所安，以考其是非，則似是而非者，亦以相形而見矣。」

唐彪曰：看書、講書，須照聖賢口吻，虚心體認。纔着意見，便失本指。聖人之言，如日月中天。四面八方皆能畢照，無所遺漏。非如鏡懸一壁，止能見一邊，不見三面也。後儒資高明者，解聖賢之書，或過于深。資樸魯者，解聖賢之書，又失之淺。雖由天分使然，然其不得書之精意則一也。所以然者，亦緣看書不將聖賢口吻虚心體認，先生意見，故有斯病矣。學者不可不知也。

朱子曰：「看文字先有意見，多因是私意。如麤糲者，觀書必以勇果强毅爲主。柔善者，觀書必以慈祥寬厚爲主。其偏也，自己亦不知覺也。」

論古人讀書同異之故

唐彪曰：朱子云：「讀書之法，先要熟讀。熟讀之後，又當正看、背看，左看、右看。看得是了，未可便説是。更須反覆玩味。」乃吴主教吕蒙讀書，與諸葛孔明讀書，皆止觀大意，則又何也？彪嘗以意推之：大凡書有必宜熟讀者，有止宜看而會其大意者。至于讀書之人，亦有不同。或年長而且禄仕，記性既衰，事機繁雜。讀書止取記其理，不取記其詞，所以有觀大意之説也。少壯未仕者，記性既優，事復稀少，讀書既欲精其理，又欲習其詞，所以有熟讀熟看之説也。二者各

有所指，學者既知其異，又不可不求其同。蓋大意所在，即書之綱領，一篇之中，不過數句，加功記之，乃讀書至簡捷之法。吴主、孔明致功如此，即朱子於但當看之書，亦何嘗不如此也？故曰：求其異，又不可不知其同。

成人講書之法及問難之理

諸虎男曰：「講書宜先説一章大旨，次分開其界限節次，次講明其何處輕，何處重，何處虚，何處實，次講明其照應聯絡，如《大學》、《中庸》兩書，皆有聯絡照應。次逐句分講，次逐字分晰。如此，則不惟書義明白，而作文之理已在其中矣。」

唐彪曰：經書皆順序而講，至于誠、仁、性、道等難解之書，則宜彙集諸書，一齊合講，庶幾明晰。如欲解「仁」字之書，宜將諸書言仁章句開集一單，置于講案，以防遺漏。蓋精微之理，有全體全用，有半體半用，有一節一枝立言者，有正指，有反形，有因病救偏，有尚論節取，有描寫高深，有贊揚絶詣。理非一軌，語散各書，甚難融貫矣。即註解講章，皆屬皮毛敷衍，安能註此即通彼根源，註彼即兼此精妙？原屬零星破碎，若再分講，則講至《論》、《孟》而《學》、《庸》茫然，講至《學》、《庸》而《論》、《孟》又茫然矣。凡講書之法，遇難講之書，貴于數日間取諸書四面合攏參詳，始能窺其實義，此妙訣也。雖然，得訣矣，若講者欲速貪多，使聽者神疲鼾睡，則大無益。故一書

可合數日講之，一日當分二次講之。蓋所講簡少，斯聽者易記，易于玩索審問也。必令學生作數日體認，仍令其覆解，庶幾理從心上過，或能會通，能記憶，未可知矣。此成人講書之法也。

唐彪曰：學生覆講書時，全要先生駁問。層層辯駁，如剥物相似，去盡皮，方見肉；去盡肉，方見骨；去盡骨，方見髓，書理始能透徹。不可畧見大意，即謂已是也。雖然，凡書不特弟子覆講時師宜駁難，即先生講解時，弟子亦宜駁問。先生所講未徹處，弟子不妨以己見證之。或弟子所問，先生不能答，先生即宜細思，思之不得，當取書考究。學、問之相長，正在此也。切勿掩飾己短，支離其説，并惡學生辯難。蓋天下事理無窮，聖賢尚有不知，何况後學？不能解者，不妨明白語學生：「我于此猶未曾見到。」如此，則見地高曠，弟子必愈加敬之。不如此，反不爲弟子所重矣。

唐彪曰：凡讀古今人書，有所批評，必宜起草。增減既定，用格謄之。若隨意品隲，潦草書寫，是謂塗抹簡編，非批評也。昔孫月峯讀書，凡有所評，必草藁已定，而後用格端整書之，不肯以草率從事，故其所評《國策》、《史記》頗有獨見。由此推之，即品隲時藝，亦何可輕率也？

讀書作文譜卷之三

讀書作文總期于熟

唐彪曰：凡經史之書，惟熟則能透徹其底藴。時文、古文，熟則聽我取材，不熟安能得力也？然熟亦難言矣，但能背，未必即熟也。故書文于能背之後，量吾資加讀幾多遍，可以極熟不忘，則必如其數加之，而遍數尤宜記也。最忌者，書讀至半熟而置，久而始温。既已遺忘，雖兩倍其遍數，亦不熟矣。

唐彪曰：天下事未經歷者，必不如曾經歷者之能稍知其理也。經歷一周者，必不如經歷四五周者之能詳悉其理也。經歷四五周者，又不如終身練習其事者之熟知其理，而能圓通不滯也。故凡人一切所爲，生不如熟，熟不如極熟。極熟則能變化推廣，縱横高下，無乎不宜。讀書作文之更貴于熟，何待言哉。

朱子曰：「讀書須讀到不忍舍處，方是見得真味。若讀之數遍，畧曉其意即厭之，欲別求書

讀，則是于此一卷書，猶未得趣也。」

唐彪曰：文入妙來無過熟。樸學士嘗問歐公爲文之法，公曰：「於吾姪，豈有吝惜？只是要熟耳。變化姿態，皆從熟處出也。」又毛穉黄曰：「讀書作文，總妙在一熟。熟則無不得力，或謂文亦有生而佳者，答曰：此必熟後之生也。熟後而生，生必佳。若未熟之生，則生疎而已矣，焉得佳乎？」是「熟」一字，爲作文第一法也。

毛穉黄曰：「讀書有四要：一曰收，將心收在身子裡，將身收在書房裡是也。二曰簡，惟簡斯熟，若所治者多，則用力分而奏功少，精神疲，歲月耗矣。三曰專，置心一處，無事不辦。二三其心，必無成就。四曰恒，雖專心致志于一矣，而苟無恒，時作時輟，有初鮮終，亦無成也，故存恒尤要焉。

課程量力始能永久

朱子曰：「讀書少作課程，多施功力。如會讀得二百字，且只讀一百字。却于百字中猛施工夫，讀誦極熟，理會仔細。如此，記性拙者，亦自記得；悟性鈍者，亦理會得。若徒貪多，大爲無益。」

唐彪曰：學者用心太緊，工夫無節，則疾病生焉。惟立課程，則工夫有節。余親見讀書過勞而夭者

五六人。故父師於子弟懶于讀書者，當督責之，勿令嬉遊。其過于讀書者，當阻抑之，勿令窮日繼夜。此因材立教之法也。

朱子曰：「讀書不可貪多，常使自家力量有餘。如射箭者，有五斗力，且用四斗弓，便可拽之令滿，己力勝得他過。今學者不度自己力量去讀書，恐自家對敵他不過。」

朱子曰：「精神長者，宜廣搜博取。精神短者，决不可務多，但以最緊要書涵養性靈可也。」又曰：「爲學須分老少，年少精力有餘，書須用多讀。若年齒向晚，却宜擇要用功，不在務多。讀一書，當思後來難得工夫再去理會。須沉潛玩索，究到極處。道理既浹洽于心，自然記得不忘矣。」

朱子曰：「讀書不可不先立程限，程限如田之有畔也。今之始學者，不知此理。初時甚鋭，漸漸懶去，終且因循怠惰，拋棄前功。只緣當初不立程限之故。」

唐彪曰：有恒是學人徹始徹終工夫。惟有恒，學業始能成就。然人誰不欲有恒？而每不能實踐者，以課程不立，學無定規，初時欠缺，久即廢弛。惟立簡約課程，易于遵守，不使一日有缺，以致怠惰因循，方能有恒。大概十五以内，每日間宜取四五時讀書，餘可聽其散步。少年之人，血氣流動，樂于嬉戲，亦須少適其性。大勢苦拘束之，則厭棄之心生矣。三十以内，或有事或無事，讀書之外，静坐最要，散步次之。三十以外，事有繁簡，應事讀書之外，或静坐或散步，各隨其意。作文之日，專意

爲文，不在斯例。此昔賢課程常式也。至於讀書一項，以資有敏鈍，不能爲一定之式。故又另設日記課程，以爲準則。吕東萊曰：「讀書最當準立課程，某時讀某書、温某書，某時寫某字，如家常茶飯，不先不後，應時而供。自然日計不足，月計有餘矣。」

唐彪曰：書分月日温讀講解，則先後有定序，多寡有定規，自然精專深入，用力少而得效多。其法見《父師善誘法》上卷第六(張)〔章〕，仿而行之，甚有益也。

記課程式以年爲綱領，另記一行。次行記某月初一日至初五日讀某書，某章起至某章止。温某書，某章起至某章止。讀某文，某文已解未解，已覆未覆。讀某判、某表，已背未背。此五日一記法也。

此月共讀書多少章，温書多少卷，共讀文、温文多少篇，解某書，某章起至某章止。共讀幾表，(其)〔共〕讀幾判，此一月總記法也。或脱落一旬半月，不補亦可，仍當斷續記去，不可竟置。積絲成寸，積寸成尺，自有進益。

爲學有優游漸積一法

唐彪曰：讀書有計日程功之法，又有優游漸積之法。蓋計日程功之法，固爲學之準繩。若夫質弱羸病之人，欲計日程功，每日讀幾行、背幾行，此必不得之數。不如將全書每日讀一二遍，或

二三遍，優游漸積，不求速背，反能記矣。彪十七歲以後，羸病凡十五年，瀕死者數四，不可多用心。然心欲讀《大宗師》、《齊物》二篇，于是將二文分日讀之。讀《大宗師》一日，讀《齊物》每日止讀一遍。讀至二月餘，二書皆探喉能背矣。於此知優游漸積之法之妙。多尤字

唐彪曰：一人劇病十餘年，不能讀書。病愈，題到竟不能成文。一名宿教之曰：「當由漸以引之。三日作一篇，當無不成者。」人如其言，日致功不間。至半月後，能二日成一藝。又逾半月，能一日成一藝。又逾半月，能一日成二藝，而文且日進。是法也，不特荒疏者相宜，即鈍資推此致功，才思亦漸能開發矣。

學有專功深造之法

唐彪曰：作文有深造之法。如文章一次做不佳，遲數月將此題再爲之，必有勝境出矣。再作復不佳，遲數月又將此題爲之，必有勝境出矣。蓋作文如攻玉然，今日攻去石一層，而玉微見；明日又攻去石一層，而玉更見；再攻不已，石盡而玉全出矣。作文亦然，改竄舊文，重作舊題，始能深造。每月六課文，止宜四次换題，其二次必令其改竄舊作之有弊者，重作其舊題之全未得竅者，文必日進也，此與淺嘗粗入之功大異也。

深思

伊川曰：「某向來將日間所聞于先生說話，夜間如温書一般，一一仔細思量過。纔有疑，明日又問。」朱子云：「讀書須將先生講過的重復自去體認方可。」

張横渠曰：「學者精思多在夜中，或静坐得之。然記不熟，則思不起，故書須成誦精熟，乃易于思索也。」

朱子曰：「凡書有不曉處，用册子記出，時時思索，自然能解也。」

唐彪曰：微言精義，古人難以明言，而待人自悟者，可將其書熟讀成誦，取而思之，今日不徹，明日更思，今歲不徹，明歲復思。數年之後，或得于他書，或觸于他物，或通于他事，忽然心竅頓開，從前疑義，透底了徹，有不期解而自解者。故孔子曰：「未之思也，夫何遠之有？」《管子》云：「思之，思之，又重思之，思之不得，鬼神將告之。」余謂鬼神非他，即吾心之靈也。

唐彪曰：或静坐之時，或夜氣清明之際，偶爾思維，忽然心竅開通，精思妙理層叠而生。過一二日，心竅復閉，前所得者，又不復記憶矣。故須就其心竅開時，即便登記，不可遲也。昔横渠張夫子亦有是言。

薛文清曰：「凡讀書思索之久，覺有倦意，當閉目静坐，養其神氣。少時再從事于思索，則心

清而義理自見。」

唐彪曰：凡欲了徹難解之書，須將其書讀之至熟。一舉想問，全書首尾歷歷如見，然後取其疑者，反復研究，自然有得。若讀得不熟，記得此段，忘却彼段，脉絡不能貫串，縱令强思，烏能得解？惟讀之至熟，時時取來思索，始易得力也。

唐彪曰：一人學《曹娥碑》，數年而毫髮不能相肖，因欲改學他書。余曰：「他書亦未必易學也。凡學藝者，舍手用目，舍目用心，方稱善學。今子所用，不但非心，且非目也，徒任手耳，安能得字之神乎？子何不通體將諸字之上下左右，而深思其結搆之何若也？通體將其點鈎直畫，而深思其筆法之何若也？」其人大悟曰：「善，吾昔未聞此言也，徒勞苦吾之手矣。」于是反覆思維，半月後而字已肖其七八。噫！學藝且非深思不能得也，而况于讀書與處事之大焉者乎？

下　問

唐彪曰：學問原相平重，而問尤緊要。夫子嘗稱：「舜好問〔而好〕察邇言矣。」《孟子》稱舜舍己從人，無非取于人矣。人之善，舍問何從而取也？無非取，則知其無所不問矣。禹聞善言則拜，問而得聞善言乃拜，非空聞善言而拜也，則知禹之能下問也。拜則益非人所能及也。周公以聖人之才，又爲聖人之子，聖人之孫，聖人之弟。一堂聚首皆係聖人，有何不明之理，不知之事，

乃一飯三吐哺，一沐三握髮？惟恐人有善言，不及與聞。己有所疑，不及問人。其謙虚好問如此也。孔子，聖人之尤也，亦嘗問禮于老聃，問官于郯子矣，入太廟每事問矣。是孔子亦好問也。曾子稱顔子曰：「以能問于不能，以多問于寡。」顔子，復聖也，其好問又如此。余就數聖人所爲推之而得其理，譬如燃燈于一廳之上。燈一二盞，則止能照一二席地，必不能照三四席地。若燃數十餘燈于一廳之上，則一廳無不照矣。凡一人之聰明才智，止如一二盞之燈，安能照及天下之事理？好問而併十人之聰明才智于我，譬如燃十盞之燈。更好問而併數十人之聰明才智于我，猶如燃數十盞之燈，自然于天下之事理無不明矣。凡聖人，生來不過十倍人之聰明才智，必無百倍于人者。及至後而百倍于人者，因其好問，能併多人之聰明才智，而聰明才智始大也。此理顯然也。無如愚魯之甚者，腹中一無所有，而自謂才與學已能過人，詡詡然自負而不屑下問。噫！誠可嘆可惜也。

唐彪曰：高賢良友之前，我能請問，彼自然將我所問之理闡明開示。若非我之求教，彼安知我所欠缺者，是何學問？所疑惑者是何道理？即欲教我，將從何處指授也？故天下無不問而知之理，更無不問而人自教我之理。無如淺學之人，雖有未知未能，恐有學者笑己，甘心不知，不肯下問。不知天下事理無窮，舜、禹、周公、孔子、顔子尚有不知，尚有疑惑，尚且孜孜下問，何況于我？若以問爲屈己尊人，則禹之拜，何其屈辱矣？若謂恐人笑我所問之淺近，則孔子嘗問官、

問太廟之祭器品物矣，非淺近者乎？若恐人笑我所問之人之庸俗，則舜嘗問陶、漁、耕、稼之人矣，非庸俗者乎？凡一切屈己下問之事，皆聖人所不諱。聖人且不諱己之短，我何必畏人之笑而諱己短乎？況高人賢士必不笑人，其笑人者，必無才無學無識之庸人也。

唐彪曰：凡書中有疑，不當因有師可問，便不登記。偶遇師數日不到館中，欲問之事多至遺忘，當記者一也。又，精微之理，我所疑者，或亦先生所未晰，苟非請教有學大儒，烏能得解？當記者二也。又，古今典故繁多，常人不及考究者，何可計數？若不請問博雅之友，必不知其根據，當記者三也。有此三者當記，苟不專置一册子記之，久而遺忘，不及請問高賢，生平學問因此欠缺者不少矣。

唐彪曰：學人未必皆耻于下問，惟因每日有疑，疏忽不記，過時既久，縱遇有學當前，心雖欲問，而所疑者已多，提記不起，因而不及問者多矣。

余資鈍，且多病，不可過用心，每日限三時讀書，諸經史疑義多不能考訂明晰。于是思一捷法：取平日所疑記于册者，按季録出一單，以郵寄於有道，求其指示。如毛西河、黄黎洲、毛稺黄、吴志伊諸先生，皆余所數數請問而不吝指示者也。故得稍有所知者以此。因附記之。

請問大儒有法

唐彪曰：學人當問之事理無窮。獲遇有大學識者當前，細瑣之事，不必問及也。最要之大端，

莫如問其當讀者何書何文，當閲者何書何文，當置備以資考核者，何書何文也。尤切要者，在問當讀閲備考之書文，何刻爲善本。凡諸經、諸子、《通鑑》，每書刻本不下數十種，而善本不得一二。若古文佳刻，尤未見也。吾所讀閲之書，得善本，自然見識高、才情長。若所讀閲之書非善本，自然見識卑、才情劣矣。譬之霜糖作餅，則味自佳。黄糖作之則味自減。更以砂糖作之，則味益劣而不堪食矣。又譬之以紅花染色，其色必妍。蘇木染之，其色必醜，無有異也。故請教于英賢，惟此數端爲最要。其次宜請問最大之經濟。蓋國之大事，不出二十餘條。家之大事，不出十條。平日將一二十條開列名目，堅記于心，相見之時，取數條質問之。彼必能訴原竟委，歷歷指出所以然。吾生平所未聞知者皆聞知，誤解誤傳授者，皆可改正矣。此皆益之大者也。若僅以己所作之時、古文與詩詞求其筆削，猶屬第三四事也。

良師友切磋之法

唐彪曰：余幼時讀制藝四百餘篇，所作之文平庸膚淺，毫無過人者。應嗣寅先生教余閲西山《大學衍義》。王言遠先生教余讀《皇極經世》、《易學啓蒙》、子静、陽明《語録》，文必佳，余皆如其言。當其致功時，似與時藝全無與者，及致功未久而文較前少進矣。又嘗讀永叔、子瞻之文，心甚愛之。乃讀至三百餘篇，學爲古文，自以爲道在是矣。但執筆爲文，艱難殊甚。後以文質之毛

穉黄，則曰：「秀逸清真，但少精緊老健氣。須參讀周、秦、《史》、《漢》。」余乃選《左傳》、《史記》、《國策》、《孟子》之文讀之，似難攀躋而無所得。既而以所作之文再質之穉黄，彼以爲大勝於前，而己亦覺出筆少易，不似向日艱難矣。乃知書有理淺易入，讀之味驟，似有益而益少者。有理深難入，讀之味徐，似無益而益多者。此中至理，殊難理會。非明師良友指點，無從曉也。

毛穉黄曰：「禾中一先輩言：昔時聯十人爲讀書會，專在背文。每合數十篇連背，期於極熟。句字少有差訛，例皆有罰，如是致功。後十人登進士者八，明經者二。」

唐彪曰：聯會背文，最爲佳法，從事于此而成名者極多。如先達凌子文聯十人會，而發者大半。張心友亦聯十人會，而七人中式。其法讀文篇數貴少，遍數貴多。背時生澀訛誤字句必標記之，使知改正，兼以誌罰。昔者江南幾社諸公，背時藝之外，更背諸經、古文，故不惟科甲多，而名士亦多也。按：背書會每月一舉，各背書文十首，逐月遞加。一字誤亦有罰資，貯公所以行善事。遇鄉薦之年，背表一篇，策一篇，各出酒餚，背畢聚飲，過奢亦罰。

唐彪曰：余聞三吴之士聯會講書。或十人或二十人，每月一會，人與書皆以籤定，得籤者講。亦有駁難，誠盛舉也。而恐無大益也，更有一法，欲其參入行之：凡平常易解之書，即零星分講，亦能貫徹其理。至於義理極深之書，宜彙集四子同類之書，一齊講解，其法詳見前卷講書條內，參看始明。庶得通體貫徹。法宜於兩月之前，預擬其書，推學問優者一二人，以書屬之。令其從容玩味，

旁參曲證。兩月之後，專講此書，篇日不盡者，明日繼之，雖極深微之理，何患不晰？聯會講書之法，必參此法行之，始稱善也。每會輪一人值會，治理諸務。正講案，挈講籤，與記所講之書，歛資備供給，皆值會之事。務宜崇儉，以圖永久。

唐彪曰：凡少年之人未離學館者，既有館課，或不必另聯會會文。若已離學館，又不聯會切磋，羣相鼓舞，則必因循過日，懶於作文，欲所學不荒難矣。且文章是非，非友指點，安得知之？其疏遠之友，多不樂盡言。惟同會者評論之下，不得不以直告，得其指出是非之故，則改竄自易矣。

唐彪曰：學者少壯之年，宜與品學兼善之友講書、背書、課文。不然，則記誦不熟，書史不明，文藝不進。然止可與同志者隱隱切磋，必不可羣相標榜，誇耀所長。尤忌者，雌黄人物，羣聚嬉遊，使酒嫚罵，立社名，刻社稿。苟犯一二，初時啓相識者之妬忌，漸且來不相識者之攻擊矣。觀吴郡「同聲」、「慎交」二社及浙之「魏里」、「海昌」諸社，水火戰鬬，至死未休，兄弟翁壻不同社，則相視如寇讎，相見不拱揖，同席不交言，其害如此。然則聯會切磋，必不可已，而諸招尤之事，烏可不切戒乎？

讀書作文譜卷之四

書　法

衛夫人云：「學書先學執筆，真書去筆頭二寸，行書去筆頭二寸。」虞世南曰：「執筆之法，大抵真一寸，行二寸，草三寸，其大概也。」

張懷瓘曰：「筆在指端，則掌虛，運動適意，有騰躍頓躍之勢，生意出焉。筆居指半，則掌實，如樞不轉，筆不自由，乃成稜角，字則死矣。」

唐彪曰：握筆有法，筆管在中指無名指之間，則兩指在上，兩指在下，是謂「雙包雙抵」，筆始有力。若以單指包之，單指抵之，筆無力矣。又執筆宜淺，大指宜在上節指面，食指宜在中節之旁，中指宜在指頭，無名指宜在首節之側。庶掌虛指活，轉動自由。盧雋云：「執筆必使掌中空虛，可以握卵。」此要法也。

唐彪曰：大指下節用力，則字健勁。大指下節寬鬆，則字圓秀。食指次節但倚筆不曲抱筆，則

筆圓轉如游龍，若彎曲緊抱，則筆不圓轉而滯硬，作字不速，亦且難佳。故五指全重大、食二指，而二指尤重在食指也。

羲之云：「凡欲書，先凝神靜思，預想字形之大小俯仰，平直振動。令筋脉相連，常令意在筆前，斯善矣。」

虞世南曰：「收視返聽，絶慮凝神，心正氣和，則契于妙。心神不正，書則欹斜；志氣不和，字則顛仆。必資神遇，不可力求也；必須心悟，不可方取也。」

《書指》云：「善學書者，其初不必多費楮墨。但取古人之書熟觀之，閉目而索之於心。若有成字在前，然後舉筆而追之，始得其一二。既得其四五，然後多書以極其量，自將去古人不遠矣。」

孫過庭云：「右軍之書，末年多妙。緣思慮通達，志氣和平，不激不厲，風規自遠。子敬而下，莫不竭盡精力，加功深造，卒之工拙不侔，亦緣性情異也。」

山谷云：「古人學書，不盡臨摹。張古人〔書〕于壁間，觀之入神，會悟其意，則下筆時自有佳處。此不但學字，且能養心。凡作字，熟觀晉魏人書，會之于心，筆法自不由人也。」

唐彪曰：執筆乃書法綱領，在童蒙尤爲切要。故另見童蒙書法中《運腕運指法》。

歐陽公云：「當使指運而腕不知。」

祝枝山云：「八法者，擫、捺、鉤、揭、抵、拒、導、送是也。擫者，大指之下節骨端用力，如提千鈞。捺者，食指中節倚筆，此二指主力。鉤者，中指以指尖鉤筆外。揭者，名指以外爪肉際頂筆下。抵者，名指揭筆，中指抵住。拒者，中指鉤筆，名指拒定。此二指主運轉。導者，小指引名指過右。送者，小指送名指過左。此二指主往來。枕腕者，以左手枕右手腕。提腕者，臂著案而虚提手腕。懸腕者，懸著空中，最爲有力。」唐彪曰：觀此便知運指多于運腕矣。

唐太宗曰：「腕竪則鋒正，正則四面鋒全。次實指，實則節力均平。次虚掌，虚則運動便易。」

張敬兀曰：「運腕不可太緊，緊則腕不能轉而字體麤細上下不均。不可懸臂，氣力有限。若行草須懸腕，大草書須懸臂，懸臂則筆勢無限也。」韓方明曰：「五指撮管，未可大草書。」

唐彪曰：小字多運指，大字多運腕。後人不分字之大小，而或單言運指，或專重運腕者，皆偏見也。然運指甚難，必于平日提筆在手，時時操練，令手之五指柔和，婉轉屈伸、低昂左右，無不如意，而字始能過人也。

生熟　《書指》曰：「書必先生而後熟，亦必熟後而更生。始之生者，學力未到，心手相違也。熟而生者，不落蹊徑，不隨世俗，新意時出，筆底具化工也。」

孫過庭曰：「作字要手熟，熟則神氣完實而有餘韻。」

筆鋒　姜堯章曰：「筆正則鋒藏，筆偃則鋒露。一正一偃，一藏一露，則神奇出焉。」

孫過庭曰：「或恬淡雍容，内含筋骨，或折挫飄逸，外躍鋒鋩。」

唐彪曰：書法偏重藏鋒，亦非正法。必當藏而藏，當露而露，自然入妙也。董内直曰：「側鋒取妍，晉人不傳之妙。」

唐彪曰：《書法》有云「如印泥畫沙」者，言用筆貴乎藏鋒也。「如折釵股」者，言屈角貴圓而有力也。「如屋漏痕」者，言用筆欲其無起止之迹也。「如壁折」者，或云言用筆貴有波瀾，或云言用筆貴無起止。由此言之，語雖隱秘，意則平常也。

筋骨　徐浩云：「筋骨不立，脂肉何附？兼而致之，斯妙矣。」

張懷瓘云：「馬以筋多肉少爲上，肉多筋少爲下。書亦如之，必骨肉相稱，斯神貌兼全。若筋骨不在其脂肉，在馬爲駑駘，在書爲墨猪，惟題署及八分肥密可也。」

鍾繇云：「多力多筋者勝無力無筋者病。」

衛夫人曰：「點畫撇捺，屈曲轉折，須盡一身之力運之。」

方圓　唐彪曰：方中欲有圓，圓中欲有方。方而不圓則乏豐神，圓而不方則無筋骨，融而化之，斯稱善矣。

姜堯章曰：「方圓者，真草之體用。真欲方，草欲圓。方者參之以圓，圓者參之以方。方圓

曲直，不可顯露，直須渾化，一出自然，斯稱佳構。」

肥瘦　梁武帝云：「肥不露肉，瘦不露骨。純骨無媚，純肉無力。少墨淡澀，多墨濁鈍。」黄魯直亦云。

虞世南云：「用筆不欲太肥，肥則形濁，不欲太瘦，瘦則形枯。太露鋒鋩則體不持重，太藏圭角則態少豐神。」

遲速　《筆勢論》曰：「意在筆前，未下筆時胸有成式，字始得佳。」又曰：「勿以字小易書而忙行筆勢，勿以字大難書而緩展毫端。」

結構　《書法離鉤》云：長短闊狹，字之態度。點畫斜曲，字之應對。卑者奉尊者接，審其疏密，取其停匀，空則襯補，孤則扶持。以下承上，以右應左，以大包小，以少附多，皆法度也。」

蔡邕云：「落筆結字，上皆覆下，下皆承上，使其形勢遞相映帶，無使相悖。」

翟伯壽問書法之要訣于米芾。芾曰：「有往皆收，無垂不縮。」

東坡云：「大字難于結密而無間，小字難于寬綽而有餘。真書難于飄揚，草書難于嚴重。」

祝京兆云：「大字貴結密，不結密則懶散無精神。小字貴開闊，忌局促，須令間架明整有體段，長史所謂『大促令小，小轉令大』是也。匾額須字字相照應，挂起自然停匀，又須帶逸氣方不俗。總以二王及虞《東方畫贊》、《樂毅論》、《洛神賦》、《破邪論序》爲則，無不佳也。」

姜堯章曰：「諸點隨字異形，有向有背，要得顧盼精神。横直畫欲長短合宜，起止有法，結束匀净。撇捺隨宜變化，貴伸縮合度，如魚翅鳥翼，有翩翩自得之狀。挑剔貴乎長短適宜。晉人挑剔或帶斜拂，或横引向外，至顔、柳始正鋒爲之，字雖勁，但少飄逸之氣。又轉折之理不離方圓，真多用折，折，微方也。草多用轉，轉，圓轉也。折欲少駐，駐則有力。轉欲不滯，滯則不遒。然真以轉而得妍，草以折而得勁，不可不知也。」

歐陽詢云：「不可頭輕尾重，毋令左短右長。斜正如人，上下須稱。」

《離鉤》曰：「字之肉，筆毫是也。疏處捺滿，密處輕裝，平處捺滿，險處輕裝。捺滿則肥，輕裝則瘦。」

祝京兆曰：「凡邊旁不相稱者，貴有伸縮虛實之法。空曠者伸點畫以實之，窒礙者縮點畫以虛之，太繁者減除之，太疎者補續之。然必古人有様，乃可用耳。」此耑指減補而言。

《書法三昧》曰：「如『龍』字則分左右爲二停，『衝』字則分左右中爲三停。『雲』字則分上下爲二停。『素』字則分上中下爲三停。凡四方八面點畫皆拱中心，左短者齊上，右短者齊下。重畫上仰下覆，重捺上歛下放。上下重字，宜上小下大。左右重字，宜左促右展。」

隋僧智果云：「『無』字四直，上開下闔，四點上闔下開，當明開闔之法。『立』字二畫，『亖』字三畫，當知仰覆之法。『懸』字王逸少作『縣』，『毚』字虞世南作『毚』，皆省一點。『盛』字張芝作

『盛』，繁宜減除也。『神』字加點，『辛』字加畫，疏宜增補也。《書法離鉤》云：「古人于真行每多用減補之法，然『六書』之譌從兹始也。」一點一畫獨立者，則大書之，所謂孤單必大也。『吕』、『昌』、『爻』等字宜上小。『林』、『棘』、『羽』等字宜左促，所謂重並異勢也。」

《書法離鉤》曰：「『忝』、『泰』、『裘』、『率』字，上下之撇點有陰陽之分，不分則不相配。『術』、『衝』字三直畫，中直畫須卓然中立，其左右宜有拱揖之情。『畺』字上中下三横畫，中畫須截然平正，其上下有仰覆之别。『反』、『及』二撇，上長而斜硬，下差短而婉轉。『盧』、『多』二撇，先婉轉而後斜硬。『口』、『曰』二字，下畫宜承直，末不可長。『臣』與『巨』先左直而右旁短畫應之。『旬』與『匊』，裏面字與鉤齊方稱。『長』、『馬』横短畫，不可與直相粘。『衣』、『良』之捺比左鉤，須畧平起。一云鉤宜另搭。『莫』、『矢』下畫宜長，左撇宜直短，與右點高下相齊。『貝』、『頁』中短畫不可與右長直相粘，左撇貴短，右點要承直末。『還』、『遠』裏字上大下小方稱。『用』、『周』左撇首尾稍向外，右鉤首尾亦微向外。『行』、『作』左短右長。『於』、『佳』左長右短。『自』、『因』左直要短，右鉤微長。『亦』字、『馬』字之點，必分屈伸變換，否則如棋布。『川』字、『冊』字之直，必分屈伸向背，否則如布算。『邊』、『邇』字太繁者宜減之。『倉』、『食』撇捺不可作波。『上』、『下』字直宜短，點宜近上。『是』、『足』字下撇須横而欲微波。『心』左點向裡，中點取高，第三點須與中點相近，不可太下。『風』、『兩』邊宜曲，名曰『金剪刀』。『柔』下『木』字二點，左右須齊。『者』下『日』字不

宜正對上字。『十』字横畫宜長，直畫宜短。畫宜右不足，直宜下有餘。『七』字畫宜長，更宜左卑而右亢。『和』字右邊單薄，左邊之點畫宜舒。『氈』字右邊冗礙，左邊之撇畫宜縮。『棗』字重併，上半點撇宜收斂。『畫』字九横宜踈密停勻照應。」

一字有一字之形勢，要在結搆得宜。此係其大概，其間錯綜變化，惟會心者自得之，未可執一論也。

點 古名「側」。《書法離鉤》曰：「側下其鋒，有尖、秃、斜、正、俯、仰、横波、鴈陣諸法，要在隨勢用之。」

《離鉤》曰：「點雖微細，然有偃仰、向背等勢。或竪如蓮瓣，或眠如瓜子，或圓如栗子，或尖如鼠矢。如斯之類，各適其宜。」

《離鉤》曰：「如『清』、『江』等字旁三點，上點側，中點偃，下點仰鋒。『冷』、『凉』等字旁二點，上側覆，下仰剔，須相承揖。」

姜堯章曰：「一點欲與畫相應。兩點欲自相應。三點者，必一點起，一點帶，一點應。四點者，前一點起，中二點帶，後一點應。若四點平直，狀如筭子，便不是書。」

姜堯章曰：「『燕』、『無』等字下四點，左右要成八字，中二點可就上不可就下。若四點勻則俗矣。訣曰：『聯飛如雁陣當秋。』」

右軍曰：「字有緩急，如『烏』、『馬』、『焉』等字，横直畫須遲，下四點宜急。」

姜堯章曰：「書『宀』音綿頭者，上點須長，又不宜與畫相著。『曾』字頭上開下合，形稍縱。『其』字脚上合下開，形稍横。」

長畫　古名「勒」。柳子厚曰：「勒不得卧其筆，須筆鋒先行。」

唐太宗曰：「畫貴澀而遲。」

董内直曰：「左貴去吻。」

《書法離鉤》曰：「落筆鋒當向左，急回轉向右，至末宜駐鋒折回。鍾、王、虞、永多用篆體，歐陽、褚、薛多用隸體。」又云：「横畫須直入筆鋒，竪畫須横入筆鋒。」

唐太宗曰：「横畫有偃、仰、平三法。如『士』字二畫，宜上仰下偃。『三』字三畫，上宜仰，中宜平，下宜覆。『春』、『生』等字，式亦如之。」

短畫　古名「策」。或云：「横長畫，兩頭下而中高。横短畫，兩頭高而中下，如『夫』、『天』之類，皆短畫也。」

直　古名「努」。《書法離鉤》曰：「仰筆露鋒，輕挨而進。」

《書法離鉤》曰：「鋒須先發，管逐勢行，緊收澀進，如錐畫沙。」又云：「努不宜直其筆，筆直則無力，稍左偃而下，方得勢。」

《離鉤》曰：「初橫入筆，向上行而少駐，復引鋒下行，至末復駐鋒向上，此垂露法也。末鋒盡而不收，狀若垂針，此懸針法也。」又曰：「欲垂復縮，如垂露然，此垂露法。上下端若引繩，末如針鋭，故謂之懸針。」

《離鉤》曰：「右軍始用懸針法，張顛始用偏拂法。」

《離鉤》曰：「畫多則分俯仰，以别其勢。竪多則分向背，以别其形。此書法也。」

《離鉤》曰：「凡二直並落者，宜分向背。向筆貴和，背筆貴峻。」

《離鉤》曰：「『常』、『當』、『尚』字，頭上之直，上下俱宜去鋒。」

鉤

古名趯張敬貫曰：「中鉤宜直，下筆便挑，不宜停筆。」

柳子厚曰：「峻快如飛。」

一曰：「『丁』、『打』、『寺』字，挑宜疾不宜遲。」

唐彪曰：直鉤鋒貴短。

郭思大曰：「鉤幹貴疾，鉤尖貴澀。」

《離鉤》云：「直鉤分二體，左如『氏』、『長』字，長其剔以應右。右如『門』、『丹』字，短其剔以應左。中如『東』、『乘』字，須朝士也。」

轉角鉤 右軍曰：「回角不宜峻及有稜是也。」張敬立曰：「如『固』、『國』等字，轉角之勢，

一切貴圓潤，不宜稜角努張，否則體俗。」董内直曰：「左欲去吻，右欲去肩。」

倒戈鈎　《離鈎》云：「以中指遣至盡處，以名指拒而輕剔之，則鋒藏。」右軍曰：「上欲俯，下欲曲。」俯者，稍竪起之意。

彎脚鈎　「乙」、「也」、「九」等字是也。庾肩吾曰：「欲挑還置，駐筆而後剔之，則鋒短。」又云：「如壯士屈臂。」

展趐鈎　「風」、「凡」、「鳳」等字是也。《離鈎》曰：「其勢如飛，宜直而曲。」

長撇　古名「掠」。柳子厚曰：「掠左出而鋒欲輕。」《離鈎》曰：「書法多尚澀，惟鈎法皆尚疾。」《離鈎》云：「長撇須迅其鋒，筆勢送至轉處。左撇貴利，又貴微曲。或曰：送筆宜至出鋒處，則力勁而匀。半途撇出，則無力而瘦弱。如『天』、『大』字，須直筆而彎出之。大概左撇須斜硬，右捺須婉轉也。」

短撇　古名「磔」。柳子厚曰：「如利劍斬犀角象牙。」《離鈎》云：「磔不宜遲，須疾爲勝。」姜堯章曰：「旁撇須令狹長，則右有餘地。立人如鳥在柱上。」

唐太宗曰：「『多』字四撇，一縮，二少縮，三亦縮，四出鋒。」

捺 古名「磔」。《離鉤》云：「微斜曰捺，『人』、『大』、『欠』等字是也。横過曰波。『之』、『道』、『遠』等字是也。抑而後曳，勢不宜緩。」

《離鉤》云：「筆或藏鋒或出鋒，皆不必拘，但須飛動不滯。」又曰：「捺宜不疾不遲，勢盡不可便出，須駐筆而後放。」

《禁經》云：「宜如生蛇渡水。」

真行草書　東坡云：「真生行，行生草。真如立，行如行，草如走。未有未能立而能行能走者也。」

姜堯章曰：「楷書以平正爲善，此世俗之論也。古今楷書之妙，無過于鍾、王。今觀二家之書，皆瀟灑縱横，何拘平正。且字之長短大小，斜正疏密，天然不齊，安得强使之一，而歸于平正也？」

唐彪曰：學楷字，成箇學，又須拆開學。成個以學其結搆，拆開以學其筆法，庶乎能入妙也。

孫過庭曰：「初學分佈，但求平正。既得平正，務令放縱。既得放縱，復歸平正。」

《書指》云：「楷書貴修短合度，意態完足。字形本有長短、闊狹、大小、繁簡之不齊，但能各就本體，盡其形勢，則佳。强使齊之，反不自然矣。」

祝京兆曰：「行書間架須要明浄，不要亂筆纏擾，貴穩雅秀老爲主。下筆疾則失勢，緩則骨痴。以右軍爲祖，次參晉人諸帖，與懷仁《聖教序》。」

或曰：「自唐以前，草書不過偶爾相連，後世屬十數字而不斷，號曰『遊絲』。不知古人作草，如今人作真，何嘗苟且？其相連處，皆是引帶，其筆甚輕，非有意也。」

唐太宗曰：「草書有承接上文者，有牽引下文者，乍疾還徐，忽往復收。緩以倣古，急以出奇，有鋒以耀精神，無鋒以含氣味。横斜曲直，鉤環盤紆，皆以勢爲主。横畫不欲太長，長則轉换遲滯。直畫不欲太多，多則神凝意盡。直用懸針，若欲生筆意，則用垂露。最忌横直分明，畫多則如積薪束葦，無瀟散之氣。時一出爲妙。」

或曰：「草書之體，如人坐卧行立，揖遜忿争，乘舟躍馬，歌舞擗踊。「擗」音弼，「踊」音「勇」。拊心爲擗，頓足爲踊，孝子哀痛之狀也。一切變態，非苟焉者。又一字之體，率有多變，有起有應，如此起者當如此應，各有義理。」

祝枝山曰：「草書墻壁間架，須要分明，一點一畫俱有規矩，方合晉人法度。下筆易于急疾，須放令少緩，徐行穩步爲佳。然又不可太遲，遲則緩慢無神氣。」

摹書臨書　唐太宗曰：「初學者不得不摹，亦以節度其手，易于成就。須是古人名筆置之几案，懸之座右，朝夕諦觀，思其運筆之理。然後可以摹之。」

唐太宗曰：「吾少時觀陣即知强弱。今臨古人書，不學其形勢，惟求其骨力。及得其骨力，而形勢自生耳。吾之所爲，皆先作意，是以果能成家。」

虞安吉曰：「未得意者，一點一畫皆求象本，轉自取拙耳。」

《書法離鈎》云：「臨書易失古人位置，而多得古人筆意。摹書易得古人位置，而多失古人筆意。臨書易進，摹書易忘，經意與不經意也。」

唐彪曰：臨摹法帖，相似之後，再加工臨摹百餘遍，則反不肖，且不能自辨其工拙。過時寫出，竟相似矣。若臨摹相肖之後，不加工多寫，後日再書，便不甚相似。

名人書法不一體　孫過庭曰：「右軍書，《樂毅論》似情多拂鬱。《東方贊》似意涉瓌奇。《黄庭經》似怡懌虚無。《太史箴》則縱横曲折。《蘭亭集》則思逸神超，《私門戒書》則情拘意慘。一書法間已見陽舒陰慘，肖乎造化之機也。」

唐彪曰：古人用筆，皆有意義，雖寫真楷，而常出入于篆隷八分，且時兼用飛白章草，故其書法能變化不測也。

利器　右軍云：「紙剛用軟筆，紙柔用硬筆。純剛如錐畫石，純柔如泥洗埿，既不圓暢，神格亡矣。書石同紙剛例，蓋相得也。」

姜堯章曰：「良弓引之則來，舍之則往。好刀按之則屈，揮之則直。筆鋒亦欲其如此，若一

引之後，曲而不直，安能如人意而作好字也。」

右軍曰：「書小字，用筆著墨，止宜三分，不得深浸，深浸則毫弱無力。」

歐陽詢曰：「墨淡則傷神采，太濃又滯鋒毫。」

姜堯章曰：「作楷墨欲乾，不可太燥。行草則潤燥相得，潤以取妍，燥以取險，墨濃則筆滯，墨燥則筆枯。」

《書譜》云：「水太潤則肉散，太燥則肉枯。乾研墨，濕點筆；濕研墨，乾點筆。」

堯章曰：「研池寬面細，每夕一洗，則水墨調勻，骨肉得所。端石取細潤停水，歙硯惟取發墨，兼之斯美矣。」

《離鉤》曰：「凡作書，不得自磨墨，令手戰，筋骨木强，是大忌也。磨墨不得用硯中水，令墨滯筆沍，新汲水乃佳。」

適志　《翰林禁經》云：「書法有九生：一生筆，純毫爲心，軟而復健。二生紙，新出篋笥，滑潤易書，即受其墨。若久露風日，枯燥難用。三生研，用則貯水，畢則乾之。司馬云：『研石不可浸潤。』四生水，義在新汲，不可久停，停不堪用。五生墨，臨用斯研，凝和墨光爲上，多則泥鏡。六生手，偶爾過勞，腕弱無準。七生神，凝神静思，不可煩躁。八生目，寢息適寤，光朗分明。九生景，天氣晴明，人心舒悦。備此九者，乃可言書。」

讀書作文譜卷之五

文章宜分類讀

唐彪曰：余欲學者分類讀文，非令學者從事細瑣，爲所不當爲也。欲學者不多讀閒雜之文，則工夫簡約，方有餘力讀諸經史古文，有裨實學。他日居官，見識高遠，可以建功立業。又分類可將一類之文聚於一處，其理其法，亦聚於一處，則易於探討，易於明晰。且分類則知每類至要緊者是某題，至難做者是某題，揀擇而熟誦之。所讀諸題，便可該括他題，此皆分類之益也。若以爲無益不足爲，亦未嘗細思其理矣。

唐彪曰：士人讀文，宜分其義類，揀必需之題各讀數篇。不然，將閒雜之題多讀，不能割愛，其必需之題反多遺缺，此其弊最大。何也？譬如吴綾蜀綺，非不甚佳，然有以備服飾之需即足矣。設愛博而多購之，十倍其數，則財力有限，必需之物反致缺少，害可言乎？故余將題分類，欲學者於必需之題，各讀數藝，則學充識廣，有所取資。重疊之文，自可以不多讀也。

唐彪曰：凡人讀文，宜分題分部，聚成卷册。如單題、單問答題、長問答題、先答後問題、詰問題、結上二種題、兩扇題、遞落兩扇題、三扇四扇題、五扇至八九扇題、長題、上綱下目題、上枝下幹題、中實題、論列四種題、串題、首尾相應題、正截題、記事題、記言題、引證四種題、遞下兩種題、虚題、假實題、虚冒題、單割上題、虚字冠首割上題、單截下題、虚字冠首截下題、單割截題、虚字冠首割截題、口氣題、半體題、要借上文陪講題、字眼稀少題、過脉題、原叙題、俚俗題、覆述題、暗比題、明喻題、反正兩種題、叠句題、搭題、長搭題、無情搭題、割截搭題、上全下偏搭題、上偏下全搭題、上割中全下截搭題、中間重句搭題、代語題，此若干題者，各有作法，宜分部集之，以求其作法之所在也。更有當從義理分類者，如學問也，政事也，君道也，君德也，倫紀也，言行也，道德也，才藝也，德業品詣也，典制也，物類器用也，歷境處事也，觀人也，教術也，感慨也，記贊孔子及孔子自叙也，記贊古聖道德學問勳業也，皆宜分類者也。其有零餘細散難以立名者，則附於其相似之類。一題兼數義者，則從其最重者分類。凡以求義理之所在，而與分題相爲表裏者也。或曰依前分題，則不能如後分類；依後分類，則不能如前分題。何以能相表裏乎？曰：或以作法分類爲主，其分義理之法，但書其文之首曰：「此爲某義理之題也。」或以義理分類爲主，其分題之法，但書其文之首曰：「此某作法之題也。」分題不過欲知其作法，既分題，則必知其作法之所以然。分類欲知其義理，既分類，則必知其義理之所以然。其間義理廣博而題繁者，讀文從多。義

理簡約而題寡者，讀文從少。此又自然之理，不待言者也。苟能如法分類，集成卷册，深心推究其理與法，則凡題到手，胸中皆有把握。揮灑而出，自無不中規中矩矣。

唐彪曰：學者苟能分類讀文，不使此類重疊過多，以至彼類有所欠缺，則三百篇無乎不備矣。然盡美盡善之文不可多得，非多購傳文廣親有學，集衆選而加採擇，取數百年精粹之文皆入我腹，則約非真約也。識既不高，法又不悉。吾恐視後來新文無不當讀，而窮年没歲讀之，猶患其少矣。

讀文貴極佳

唐彪曰：蜂以採花，故能釀蜜；蠶以食桑，故能成絲。倘蜂蠶之所採食者，非桑與花，則其成就必與凡物無異，烏得絲與蜜乎？乃知士人所讀之文精，庶幾所作之文美，與此固無異也。

唐彪曰：專讀應世之文，其弊也，恐思路流於庸淺，筆氣流於平弱，操管爲文，必不能超越流俗。專讀傳世之文，其弊也，恐刻意求深，而流爲暗晦，敷詞質朴而失於枯燥，又爲功名所深忌。故讀文之關係至重也，是必有法焉，於應世文中，選其筆秀神妍者，去其筆庸神濁者。於傳世文中，選其機神順利、辭句鮮潤者，棄其機神强拗、辭句粗豪者，即雅俗共賞之文也。雖然，如此佳文，雖名稿中不過數篇，甚難得也。宜多向古今文中選擇之，博中取約，庶得乎沙中之金矣。

唐彪曰：應世之文與傳世之文雖當兼讀，然又不可不分多寡。蓋應世之文易成，可以勉强多藝。傳世之文難就，不能假借多篇也。棘闈中以多篇取士，而可以少應之乎？故惟應世之文相直也，略多讀焉可也。

唐彪曰：凡以所作之文請教於人，未嘗無益。然其爲益無多也，一則閲者未必直言，一則我之所學果淺，彼雖直言，吾亦不能因一二文之指點而即變拙爲巧，故無甚益也。惟以吾已讀之文與欲讀之文請問之，求其去取，更問其當讀者何文，或得其指點，則獲益無盡。何也？所作之文之工拙，必本於所讀之文之工拙，用不離乎體也。譬如顔色之美惡由於靛，未有靛殘而色能鮮者。茶之高下係乎地，未有地劣而茶能優者。故以所作之文請教於人，必不如以欲讀、已讀與當讀之文，請教於人之爲愈也。

讀文貴極熟

唐彪曰：或問云：「先達每言讀文篇數欲少而遍數欲多，亦有説乎？」余曰：文章讀之極熟，則與我爲化，不知是人之文，我之文也。作文時吾意所欲言，無不隨吾所欲，應筆而出，如泉之湧，滔滔不竭。文成之後，自以爲辭意皆己出也。他人視之，則以爲句句皆從他文脱胎也。非熟之至，能如此乎？是境也，惟親至者乃知之，能言之也。

唐彪曰：凡古文、時藝，讀之至熟，閱之至細，則彼之氣機皆我之氣機，彼之句調皆我之句調，筆一舉而皆趨赴矣。苟讀之不熟，閱之不細，氣機不與我浹洽，句調不與我鎔化，臨文時不來筆下爲我驅使，雖多讀何益乎。

讀文不可有弊病

唐彪曰：吾師姜景白先生，文章超邁。其制藝讀本，即門下亦不得見之。余再請其故，曰：「吾所讀者，皆係名文，每有改竄。汝曹年少，不能謹言，傳至於人，謂吾多改名文，人必非笑，故不令汝曹見也。然吾所以爲此者，蓋亦有故。以學人熟讀之文，作文時其氣機每來筆下而不自覺，佳處來而疵處亦至。如歸、金之文，其美處非人可及，故雖有疵而人不以爲病。如吾之文，佳處既不及彼，苟又多得其疵，不甚無益乎？故吾於其疵處，可改者改之，所以防其來筆下而不自覺也。」

唐彪曰：文章不貫串之弊有二：如一篇之中，有數句先後倒置，或數句辭意少碍，理即不貫矣。承接處字句或虛實失宜，或反正不合，氣即不貫矣。二者之弊，雖名文亦多有之，讀文者不當以名人之文，恕於審察。必細心研究，辨析其毫釐之差，可改則改，不可改，寧棄去之。然後己之作文可免於不貫之弊。

讀文不可一例

唐彪曰：學者讀文，不可專趨一體，必清濃、虛實、長短、奇平並取，則雖風氣尚此，讀文有與之合者；風氣尚彼，讀文亦有與之合者。取其合者，則揣摩之；其不合者，且姑停之。更取讀新文數篇，以新筆機，則風氣已得矣，此至妙之法也。若專讀一家，焉能符合乎？且人亦知韓、柳、歐、蘇之稱古文大家者，何謂也？王、唐、歸、金之稱制藝名家者，何謂也？以其集中清濃、虛實、長短、奇平無所不有，故稱大家、名家也。若止有一體，連閱數十篇，了無所異，則陋之至矣，安得稱大家、名家乎？彼世之以文出於一律一體爲到家者，眞庸妄之言也。

風氣轉移文章新舊

唐彪曰：文章風氣，倏忽改移，未有十年不變者，何必竭力趨迎，多讀新文也？或問曰：「然則文章竟不必合時乎？」曰：「略隨時尚則可，竭力趨時必不可。何也？凡効尤之事，人人相崇相尚，欲求勝人，未有不一往過甚者。一至過中，失其正的，止見可疵，不見可羨。物極則反，未有不反而倒轉者。故清空之至，勢必反乎厚實；幽刻之至，勢必反乎平淺，必然之理也。即或不反，未有不另變一途者。文之體段多端，任其所趨，烏能禁止？故學人趨時，風氣善，亦止趨其

三分，風氣偏，止當趨其分許。本色之内，略加時尚，則内體不失乎舊，外用不違乎新。文章既佳，功名亦利。設必(逢)〔逢〕迎時尚，多讀新文，棄去舊文，倏忽之間，風氣又改，則既忘其得力之舊文，而力又不能再讀其未讀之新文，此兩敗之術也，豈勝算歟？

唐彪曰：文章尚新，多在小試，棘闈未必盡然也。何以見之？從來名公，其文章傑邁庸衆，卓然可傳者，明則如王、唐，清則如熊、韓，不但其窓下之文與風氣異，即其場中墨卷，亦大與風氣相反，而其取巍科也如拾芥，則棘闈不拘風氣之明驗矣。且人亦知場中有主之者乎？非文也，命也。命當其年貴，則平日之文佳，而此日之文更美。文美，雖不合風氣，亦必售也。命不當其年貴，則平日之文雖美，而此日之文或不佳。文不佳，雖合風氣，亦無益也，此固有造物司其權也。以造物司權，生來已定之事，而欲以趨迎風氣之文勉强得之，豈不謬妄之甚乎？

文不宜輕讀輕棄

毛稺黄曰：「時文不可輕易讀，必期雅俗共賞，有裨功名而又可垂永久者，方讀之。讀則宜極熟，不宜輕棄。當如殖産造器，不啻終身受用，且當貽之子孫。輕讀輕棄者，如今日殖一産，明日廢之；今日造一器，明日毁之，家業必不成矣。今之視時藝爲可以隨時廢棄者，皆自遠於功名者也。」又曰：「論文之言，有不足聽者。如吾所讀之文，既經有識者再三斟酌，無可議者矣。設

有長輩爲私而欲吾棄去之，改讀其所選之文者，其害最大，慎弗可從也。」

讀文貴深造不可貪多

唐彪曰：凡讀文貪多者，必不能深造；能深造者，必不貪多，此理當深悟也。蓋讀一篇，能求名人指點，剖悉精微，從而細加審玩，則讀十可以當百。若不求名人指點，更不精研細閲，雖平淺之文，尚不能窺其所以，何况精深者？雖讀百不如十也。無如淺人不知深造之益，只務貪多，此篇尚讀未竟，又欲更讀他篇，究之讀過之文，竅妙精微，了無所得。噫！吾決其所作之文之必不能勝人也。

文章閲讀評註之法

唐彪曰：今人讀聖經賢傳，亦有細心理會者。至時藝則易視之，止於讀時玩味而已，不知口既出聲，氣即飛揚，心即不能入細矣。文章須静坐細審，豈能以一讀了其微妙？朱子云：「文章要有三熟：讀時熟，看時熟，玩味時熟。」又曰：「大凡讀書，且止宜讀，不可只管思。口中讀，心中安閒，則義理自出。若閲時，當細玩，又不宜讀也。」觀此，分明讀自讀，看自看，工夫不能一時並營矣。常人但於讀時咀嚼其粗淺，不能默坐沉思以求其精深，豈能得文中竅妙乎？雖然，又有

專看而不讀者，文必不能熟，其弊又與讀而不看者等也。

唐彪曰：讀文宜屏息静坐，先取題中神理詳加體認，體認未明，必當取書考究，然後閲文，方有得也。且讀文而無評註，即偶能窺其微妙，日後終至茫然，故評註不可已也。如「闡發題」前，「映帶題」後，發揮某節，發揮某句，發揮某字，及賓主、淺深、開闔、順逆之數，凡合法處，皆宜註明。再閲時可以不煩思索而得其中詳悉。讀文之時實有所得，則作文之時，自然有憑藉矣。

文章惟多做始能精熟

陳後山曰：「永叔有言：『爲文有三多：多讀，多做，多商量也。』又嘗與孫莘老言曰：『文無他術，惟勤讀書而多爲之自工。世人既懶讀書，又苦作文少。每一篇出，即求過人，如此少有至者。又疵病不待人指摘，多作自能見之。』」多商量，宜與有識者商量。若商之于無識者，則無益而有損矣。

唐彪曰：諺云：「讀十篇不如做一篇。」蓋常做則機關熟，題雖甚難，爲之亦易。不常做，則理路生，題雖甚易，爲之則難。沈虹野云：「文章硬澁，由于不熟，不熟由于不多做。」信哉言乎。

唐彪曰：學人只喜多讀文章，不喜多做文章，不知多讀乃藉人之工夫，多做乃切實求己工夫，其益相去遠也。人之不樂多做者，大抵因艱難費力之故，不知艱難費力者，由于手筆不熟也。若荒疏之後，作文艱難。每日即一篇半篇，亦無不可，漸演至熟，自然易矣。又不可因不佳而懈其

心，懶于做也。文章不能一做便佳，須頻改之方入妙耳，此意學人必不可不知也。

朱子曰：「傅安道嘗言：『文章有筆力，有筆路。筆力到二十歲許便定了，後來雖進，亦相去不遠。筆路常做便開拓，不做便荒廢。詩亦然。』」

文章全藉改竄

武叔卿曰：「文章有一筆寫成，不加點綴而自工者。此神到之文，尚矣。其次須精思細改，如文章草創已定，便從頭至尾一一檢點。氣有不順處，須疏之使順。機有不圓處，須鍊之使圓。血脉有不貫處，須融之使貫。音節有不叶處，須調之使叶。如此仔細推敲，自然疵病稀少。倘一時潦草，便爾苟安，微疵不去，終爲美玉之玷矣。」

唐彪曰：文章最難落筆便佳。如歐陽永叔爲文，既成，書而粘之于壁，朝夕觀覽。有改而僅存其半者，有改而復改，與原本無一字存者。《曲洧舊聞》云：「讀歐陽公文，疑其隨意寫出，不假斲削工夫。及見其草，修（餙）〔飾〕之後與始落筆，有十不存五六者，乃知文章全藉改竄也。」歐公尚然，人可以悟矣。文章謄清之後，或有改竄，倘改而又改，則清本必至模糊難閱，當更録過矣。惟另改于一册，或改于舊草之上，俟斟酌既定，然後謄于清本，則可省更録之勞。

唐彪曰：歐陽永叔自言爲文有改至不存原本一字者。因思古名人未必不多如此，但不能如歐

公之真篤不矜，肯自言以教人耳。

唐彪曰：古人雖云文章多做，則疵病不待人指摘，而自能知之。然當其甫做就時，疵病亦不能自見。惟過數月始能知之，若使當時即知，則亦不下筆矣。故當時能確見當改則改之。不然，且置之，俟遲數月取出一觀，妍醜了然于心，改之自易，亦惟斯時改之始確耳。

《曲洧舊聞》云：「黄魯直于相國寺得宋子京《唐史稿》一册，歸而熟觀之，自是文章日進。」此無他，見其竄易句字，與初造意時不同，而識其用意之淺深也。又文章清本每有遺失，惟賴草稿以存之。

作文有精研一法

唐彪曰：佳文最難，畢生豈易多得。即如古稱大家、名家者，軼群之作，不過數十篇，至多不越百篇，外此則多尋常者也。彼其軼群之作，或係一時而就，或係數日搥鍊而就，或係他年改竄而就，非拘定一日所作也。人于一日之間，文或不佳，必不可生退怠心，更不可將所作毁棄。遲數月，仍以其題再作，有一篇未是之文，反觸其機，即有一佳文出焉。此中妙境，惟親閲歷者乃能知也。

作文上乘工夫

唐彪曰：人生作文，須有數月發憤功夫，而後文章始得大進。蓋平常作文，非不用力，然未用緊迫工夫，從心打透，故其獲效自淺。必專一致功，連作文一二月，然後心竅開通，靈明焕發，文機增長，自有不可以常理論者。然須倩明人評閱，方知是非，不然又無益也。昔唐荆川、瞿昆湖、熊次侯三先生致功如是，而袁坤儀、毛穉黄又屢以此法告人，諒非虚語。余更以釋氏結制之理思之，似有水乳之合。蓋宗門釋子于結制之日，斷絶妄想，專提一話頭，不即不離，日夜在心，一二七之後，多有豁然大悟，觸處靈通，一了百當者。作文連綿不斷，至一二月心不走漏，則靈明焕發，奇功異效，有必然者。然必前此有數月静坐工夫，養此心虚靈湛然，無一毫塵俗繫于其心，而後致功方有益也。故當以前卷《文源》之理參之，始知其詳矣。或曰：此工夫宜擇時行之，秋冬爲上，須預養精神，服藥餌，然後得以致功無間。不然，恐又有精神疲憊致病之虚矣，體弱者幸勿輕試焉。

三先生實事：昔唐荆川于戊子年正月讀書，一切紛華雜事，總不攖情，終日坐想題目。飯至，呼之常不應。閲四月而舉業大成矣。瞿昆湖坐五柳堂終日作文，未及百日，見水流、風動、草長、花開，恍然見文機發見，是年遂登科。明年及第。熊次侯在西山静坐一年，後連作文百日。文章傑邁，遂大魁天下。

補遺

唐彪曰：文章初脱稿時，弊病多不自覺，過數月後始能改竄。其故何也？凡人作文，心思一時多不能偏到。過數月後，遺漏之義始能見及，故易改也。又當其時，執着此意，即不能轉改他意。異時心意虛平，無所執着，前日所作有未是處，俱能辨之，所以易改。故欲文之佳者，脱稿時固宜推敲，後此尤不可不修飾潤色也。

讀書作文譜卷之六

臨文體認工夫

唐彪曰：凡一題到手，必不可輕易落筆。將通章之書緩緩背過，細想神理，看其總意何在，分意何在，界限節次何在，大爲界限，小爲節次。某節虚，某節寔；某句虚，某句寔；某字虚，某字寔。虚者題語雖多，而文宜略，寔者題語雖少，而文宜詳，此最要訣也。又題中所有意義，宜詳該不宜遺漏。正意當實闡，餘意可帶發。章旨當顧者顧之，下意可吸者吸之，可反形者借以反形，可陪講者用以陪講，應補缺者必須補缺，應推廣者必須推廣。思索已遍，然後定一穩當格局，將所有幾層意思，宜前者布之於前，宜中者布之於中，宜後與末者布之于後與末。然後舉筆疾書，自然有結構，有剪裁，與他人逐段逐句經營者不同矣。

梁素治曰：「審題與看書不同，看書秖就白文順序參詳，而題目則有長短分截，剪頭去尾，種種懸殊。予嘗謂文理在書中，而文情則在書外。作文者當知就題説書，而不當執書解題也。學

者每拈一題，先相其精神結聚處，用意寫之。有結聚于實字者，有結聚于虚字者，有數句而結聚於一句者，有數字而結聚于一字者，有不結聚于本題而結聚於上下文者。審覷既明，然後閉目静思，此題當如何安頓，如何出落，如何方不粘上，如何方不犯下，題中之肯綮，題外之神情，了然心目，然後下筆。如此，則章法、結構、位置、剪裁無不允協矣。」

素治曰：「凡代一人説話，即欲肖一人口吻。如聖人、賢人、狂士、隱士、權臣、佞臣，其口吻各有不同。作此題文，即欲設身處地，如我身實爲此人。由此發爲文字，無不入神入化矣。」

吴因之曰：「作文先以看題透徹爲主。題有皮膚，有筋骨。吾捨其皮膚而操其筋骨，自有一段精深議論。且如蘇秦遊説六國，撮其大旨，不過曰『割地事秦，如抱薪救火』，此自盡之術也。然此亦人人能知之，人人能言之。偏是蘇秦爲約從長，何也？彼平日能悉各國之形勢，揣各國之人心，搜各國之往事，探各國之所重所輕，描各國之所畏所苦，天下機局如在目前。故到一國，自有一國議論。立談之間，能令傷心者哽咽，使不平者按劍，何暇計群羊之不敵猛虎，與連鷄之不能俱棲？雖欲不舉國以聽其道，無由。作文亦然，能得蘇秦説六國之旨，人焉有不稱善者乎？」

葛屺瞻曰：「作文之時，毋迎合於人情之好尚，毋牽係於舊日之見聞。細玩聖賢立言之意何在，界限重輕何在。思前審後，必使胸中具有全局，而後可下筆行文，方得神情畢肖。如此用功，

初時極難，甚或終日不成一字。切莫畏阻，久久做去，機竅一通，則題到筆隨，直迎刃而下。蓋此取給于心，而心之生機，原自無量，特當其塞時若難，而當其通時甚易也。雖然，此特作文時事耳，苟平日不細心看書，及多讀經史、古文，而徒于作文時着力，雖殫精疲神，亦有何用？故又當於源頭上用功，始有得也。

杜静臺曰：「文無他訣，惟貴體認。體認者，謂設以身處其地，處其時，而體認其理也。理之體認既真，則經書非先聖、先賢之言，乃吾身真實固有之理。由是發爲文章，句句皆真詮實諦，格自然佳，詞自然暢，氣自然順矣。」

唐彪曰：短題貴分，分則意思多，議論亦多，文未有不優者。長題貴合，合則頭緒不紛，説理減省，布置整齊，詞彩冠冕，文亦易於見長也。

布格

唐彪曰：文章全在布置，格即布置之體段也。雖正變、高下不同，然作文之時，必須先定一格，以爲布置之準則，而文乃成片段。雖然，難言之矣，不知題理、題竅，臨文時必無決斷，一心欲爲此，一心又欲爲彼也。不知種種運用法，即爲此而機神不隨，爲彼而詞華不應，於是任筆所之，聽其湊成一格，雖勉强成篇，終至詳略失宜，虚實淺深倒置，題理、題竅皆不合也。若能知夫題理、

題竅，與種種運用法，則一題雖有多格，必能辨其孰變孰正，孰下孰高，意欲爲此，機亦來隨，詞亦來應也。夫題之理與竅與法，昔人未肯詳言。余今盡發於第四至七卷中。細心體認堅記，當有所得，不患格之不能預定矣。

武叔卿曰：「文字初時布置雖有定格，至於中間，離方就圓，生無化有，全要活法，如奕棋然，每一局各有一格，然其中離合進退與攻擊應援，又多有變，不能拘初間一定之局。文格之中，變亦猶是也。」

唐彪曰：初間定格，至中而變，固亦常事。但既變之後，亦須將反正、淺深、照應、關鎖，再斟酌定，然後爲之。若不如此，任筆所之，未有佳者。

鄭先生云：「文有位置，不可略紊。如想起講與起股時，有意雖佳而止可入中股、後股，不可于起處用之者，則留此意于中、後股，而起股宜別用他意爲之。如此，則無位置顛倒，與前後重複之病矣。」

時文有取用自撰兩端

唐彪曰：作文原不必勦襲，自己做得熟時，詞調自然輻輳，筆底滔滔不知從何處得來。是何以故？蓋文章者，性之華也。性之精華取不窮而用不竭。第無以引之，則亦無由發現，惟多做而

熟者，能通其路而引出之。如草木之性，無不含花，氣未至則蓄而不發，時至氣感，不期然而花開爛熳矣。

顧涇陽曰：「文章家數不同，有奇古，有雄傑，有渾厚，有豐潤，有雅逸，有清爽，先儒所謂習焉而各得其性之所近者是也。然莫不有極至之地，士子造詣必須隨其質之優爲者而各造其極，不必舍自己之長，而强學他人之所長也。」

瞿昆湖曰：「作文須要從心苗中流出，初時覺難，久之自易，蓋熟極自能生巧也。今之後生，專去翻閱腐爛時文，以爲得法。抑知吾有至寶，不去尋求，而取給他人口吻，以爲活命之資，真可嘆矣。更有一題到手，輒取舊文以爲式樣，初時以爲省力，不知耳目增垢，心志轉昏，自家本來靈性，反被封閉，不得透出。即能成文，亦平庸敷淺，不足觀矣。」

毛穉黄曰：「作時文必期善用，愈用則愈利。不妨用集腋成裘手段。且讀而不用，讀之何益？倘不用慣，作時必自費苦思，燈牕或得佳篇，風簷必致窘手。制藝以取科第爲主，徒自苦而不收其効，是何爲也？」

毛穉黄曰：「戈先生云：『昔做工夫，惟以揣摩擬題爲主。將好題擬出，録爲一册。每期拈題，極意揣摩。文成後，取刻文或師友好文觀之，我文已工，不必言。如不然，則取彼文之佳處，改入我文。如集腋成裘，期于完善而後已。既已改就，即熟讀頻温。數年之間，作文頗衆。入棘

闈中，其題多有遇者，似覺從容有餘力也。遂獲聯售，吾之致功蓋如此。』」

唐彪曰：人言制藝宜自經營者十之六。言不妨取用于人者，亦十之四。彪細思之，二説皆宜存而不必偏廢。一爲文章起見，一爲功名起見也。凡人應試，風簷寸晷，刻期七藝。自做者勞苦，而或有出入，反不如善用者暢滿停匀，無參差枯竭之病，足以悦主司之目而得功名也。功名既得，則有功業傳于後，豈不更勝于文章傳後者乎？則能作者誠不如能用者，故曰爲功名起見也。人生讀文，多者不過三百餘篇，少者不過二百餘篇，保無有或遇一二題。所讀之文竟無可用，仍須自己經營，更或久久倚傍他人，一旦無所依倚，雖竭力搆思，終不能出人頭地。則能用者又不如慣作者之有把握也，故曰爲文章起見也。如是則二説皆有當，不可偏廢。彪有折衷之論焉：文章自出機杼，則文品高而傳後亦久。既作一題，必宜竭力經營，不當先思勦襲。以用爲輔，遇可用者不妨借用，如兵家之因糧于敵。如此，則並行而不相左矣。

修　詞

武叔卿曰：「詞要音響，聽之如敲金戛玉。詞要色麗，觀之如散錦明珠。然有流弊焉，不可不知也。必侈其詞以爲富，其究也失之冗。必組其詞以爲麗，其究也失之靡。譬之剪綵爲花，非不燦爛可觀而生意索然，殊無真趣。又如美女塗脂，反隱本相矣。故説理之詞不可不修，若修之

修詞而理反以隱，則寧質無華可也。達意之詞不可不修，若修之而意反以蔽，則寧拙毋巧可也。修詞者其審之。」

武叔卿曰：「詞不雕刻則不工，然過于雕刻則傷氣。詞不敷演則不腴，然過于敷演則傷骨。其辨在毫釐而遠在千里，故昔人不廢修詞而亦不耑重修詞也。」

顧涇陽曰：「意與詞，相爲聯屬者也。意鑄矣，而詞不琢，將并其意而失之。如奇古之意而發爲腐爛冗雜之詞，則觀者但覺其腐爛冗雜，而不覺其爲奇古矣。况意不甚出入，而又無佳句以達之，其爲俚鄙，可勝言乎？是作文不可有意無詞也。然琢詞不可無法，短則欲該，如歐陽公『環滁皆山也』一句，省却許多字面，而意未嘗不盡也。長則欲逸，如昌黎公『若駟馬駕輕車就熟路，而王良造父爲之先後也。』字雖多而逸致動人，餘推此類可見。」

唐彪曰：詞有宜有忌。其宜者，曰輕新，曰秀逸，曰明顯，曰老健，曰典雅，曰潤澤，曰流利，曰長短相間，曰奇偶停匀，曰抑揚合節，曰平仄和調。其忌者，曰板重，曰麤俚，曰暗晦，曰庸熟，曰鑿空，曰澁拗，曰重叠。宜者合一二亦佳，忌者必宜全去，搥鍊而後精。不搥鍊未必能精也。淘洗而後潔，不淘洗未必能潔也。落筆之時與脱稿之後，俱宜潤色之。

吴因之曰：「或問詞調之於文何如。余應之曰：『辭者，不得已而用之者也。著一分詞，便掩一分意。意思到時，只須直寫胸臆。家常説話，都是精光閃爍，何以辭爲？』又袁了凡曰：『文

有詞、有理，而理爲之主。故理明則詞顯，理審則詞精，理當則辭確。理，譬則主人也。詞，譬則奴僕也。未有主人精明而奴僕不從令者。人惟不知窮理，而徒求工於詞氣之間。故用盡苦心，終不能出人頭地。』」

東坡云：「孔子曰：『辭達而已矣。』夫言止于達意，宜若不文，是大不然。言理能使是理了然於心者，蓋千萬人而不一遇也，而况能使了然於口與手者乎？是之謂辭達。辭至於能達，則文不可勝用矣。」

唐彪曰：文章修詞一事，不過以凡有文詞，貴乎出之以輕鬆秀逸，古雅典確，奇偶相參，虚實、長短相間。轉掉處以高老雄健佐之，段止勢盡處以抑揚頓挫參之，使意盡而餘韻悠然。更得平仄諧和，句調協適，文采燦然可觀矣。古人謂不必修詞者，非欲廢如此之詞也，但不欲浮靡雕繪也。古人謂必宜修詞者，亦止欲詞如此也，豈尚浮靡雕繪哉？言雖異而意未嘗不一矣。程楷曰：「修詞無他巧，惟要知换字之法。瑣碎字宜以冠冕字换之，庸俗字宜以文雅字换之。務令自然，毋使杜撰，此即修詞之謂也。若以浮靡之言，反掩文之真意，則可鄙之詞也。何以修爲？」知此，可無疑于人言之不一矣。

唐彪曰：文章有修詞琢句，反覆求工，不能盡善，其故何也？以與平仄不相協也。蓋平仄乃天然之音節，苟一違之，雖至美之詞，亦不佳矣。作文者苟知其理，凡句調有不順適者，將上下相

連數句，或顛倒其文，或增損其字，以調其平仄。平仄一調而句調無不工矣。

梁素治曰：「文中二句對者，或上平，宜下仄，或上仄，宜下平，必須參差用之。四句一聯者，句末押字必用仄首句平次句平三句仄四句，或平首句仄次句仄三句平四句，乃爲合法。蓋非特句有餘音，亦能使文有餘情也。起頭煞尾兩處，必用一仄一平，或一平一仄，聲韻方諧。他處單句，亦須平仄間用，方覺音韻鏗鏘。」

論文疏密長短奇正

陳眉公曰：「文章只要單刀直入，最忌綿密周緻。密則神氣拘迫，疏則天真爛熳。《史記》之佳處在疏。《漢書》之不如《史記》在密。畫亦然，元畫疏，宋畫密。氣運生死，皆判于此。」

毛穉黄《與柴虎臣論文書》云：「尊文醇雅飽滿，可爲典音。微少者，超然之趣耳。所以然者，病在詳盡與聯絡也。詳盡則無意到筆不到之妙，聯絡則無入不言出不辭之意。落筆能于此等處留心，則文自入超然之境。」

東坡云：「作文之法，意盡而言止者，天下之至言也。然而言止而意不盡，尤爲極至，如《禮記》、《左氏》可見。」

唐彪曰：文章長短，不可拘一律。如司馬遷《項羽本紀》，長八千八百一十九字。《趙世家》長

一萬一千一百十三字。《顔淵列傳》僅有一百四十字。《仲弓列傳》止六十三字。此司馬遷文章長短不拘一律也。又如《左傳·邲之戰》一篇，長二千八百七十字。《韓之戰》一篇，長二千六百六十三字。《鄭人侵衛》一篇，僅有八十字。《考仲子之宫》一篇，僅有六十二字。此左傳之文長短不拘一律也。故知文章原有不得不長，不得不短之妙。如題無可闡發者，不可强使之長，長則敷衍支蔓矣。題應重闡發者，不可疏率令短，短則意不周詳，詞不暢遂矣。世人乃曰：「文貴長短一律。」嗚呼！二十八宿，井、木長三十一度，而嘴、火止一度，非列宿乎？列宿，天之文章也。天之文章尚不拘如此，人之文章不可推類乎。

沈虹野曰：「題有生發者，不害其爲長。無可生發者，不害其爲短。今欲矯其所短而使之長，非有冗股，則有冗句矣。矯其所長而使之短，非意未盡，則詞不滿矣。東坡云：『行乎其所當行，止乎其所不得不止。』此文所以貴自然也。」

《仕學規範》云：「凡作簡短文字，必須要轉處多。凡一轉必有一意思，乃妙。」

朱子曰：「凡人做文字，不可太長，多照管不到，寧可説不盡。韓歐文皆不欲説盡。東坡雖是一往滚將去，他裏面自有法度。今人不理會他裏面法度，但只管學他一滚做將去，故無結構。」

傅夏器曰：「文章不拘奇正，只要英發出色，豐滿光亮，始能于萬人中奪主司心目。不則庸庸腐腐，未有不遭擯棄者也。」

柴虎臣曰：「文詞有正宗。取法乎古，在得其神理，非徒雕鏤字句，以貌爲奇。李德裕曰：『如日月在天，而光景常新。』斯言得之。即以《尚書》論，《商・盤》《周・誥》稱佶曲聱牙，而二《典》、三《謨》頗極平順。《周官》中古字，識者謂是劉歆輩竄入，其佳處不在此。昌黎之文至矣，而每于碑記好撰爲奇字澁句，以標新異，正美玉之微瑕也。」

作文引用經史典故

唐彪曰：時藝引用經史，宜典雅顯明者始無弊。若用隱僻生澁之言，非但不足以增華，反足爲吾文之玷。考試之文，尤當細心揀擇。不然，語非習見，又不易解。學淺者不知爲經史，多致塗抹。安保不黜落乎？何可不加慎也？

《麗澤説文》云：「作古文不必多用事，只用意爲妙。」又曰：「不得已用古人言語事實，只宜略點過。」

《麗澤説文》云：「凡用典故，須要大雅，俚俗則無味；須要鎔化，全出則無味。」

少年之文要英發暢滿

歐陽公《答徐較秘書》云：「所寄近著甚佳，議論正宜如此。然著撰苟多，他日更自精擇，少

去其繁，則峻潔矣。然不必勉强，勉强簡節之，則不流暢，須待自然而至也。」又東坡《答李豸書》云：「惠示古賦、近詩，詞氣卓越，意趣不凡，甚可喜也。但微傷冗，後當稍收斂之，今則未可也。」

東坡《與侄簡》云：「凡文字，少小時須令氣象峥嶸，采色絢爛。漸熟乃造平淡，其實不是平淡，乃絢爛之極也。汝只見爹伯今日文章平淡，便爾專意學爲此樣，何不取舊日應舉時文字觀之？看其高下抑揚，如龍蛇捉不住，且當學此，斯得之矣。」

論應試文

王綵山曰：「舉業之文，大抵明潤象春，而柔嫩亦象春。暢茂象夏，而穢雜亦象夏。高潔象秋，而蕭索亦象秋。老成象冬，而閉塞亦象冬。春主發榮，夏次之，秋又次之。冬則剥矣。得春夏氣多者，即初學或速售。得秋冬氣多者，即積學或久滯，此常理也。」

唐彪曰：學人改讀自作經文，最爲長策。蓋士人不患無七篇之才思，患無七篇之精力。場中席舍迫狹，終夕不能成寐，精神必疲。苟欲七篇盡出場内經營，則力量必減，而所作不能過人矣。故場中止宜專心書藝。其經文必當平日做就讀之，入場書寫，方得文章充滿整齊，前後如一。不然，未有不捉襟露肘者，欲求試官入目，難矣。時有一俗師曰：「己之文焉可誦讀？」余曰：「君之見左矣。窓下盡一日之長，但作兩藝，又可以今時所作，他時改竄，尚且自謂不佳，不可記誦，

則風簷寸晷之下，一日七藝，不及推敲潤色者，反謂足以慊于心，動主司目？吾不信矣。」其人媿而無言。

臨場涵養

王陽明曰：「窮達一聽于天。舉子入場，若期在必得，以自窘辱，則大惑矣。入場之日，切勿以得失横在胸中，令人氣餒志分，大無益也。場中作文，先須大開心目，見得題意大概了了，即放膽下筆，始能縱横出没，詞氣條暢。今人入場，有志氣局促不舒展者，是得失之念爲之害也。夫心無二用，一念在得，一念在失，一念在文字，是三用矣。所事寧有成耶？將進場十日前便須鍊習調養。蓋尋常不曾起早得慣，忽然當之，其日必精神恍惚，作文豈有佳思？須于每日鷄初鳴即起盥櫛，整衣端坐，抖擻精神，勿使昏惰。日日習之，臨期不自覺辛苦矣。今之養生者，多是厚食濃味，劇酣浪謔，或竟日偃卧，如此乃撓氣昏神，長傲而召疾也，豈攝養精神之謂哉？須節飲食，薄滋味，則氣自清。寡思慮，屏嗜慾，則精自明。定心氣，少眠睡，則神自澄。君子未有不如此而能致力于學問者，兹特以科場一事言之耳。每日或倦甚思休，少偃即起，勿使昏睡。既晚即睡，勿使久坐。進場前兩日即不得翻閲書史，雜亂心目。每日止可看文一篇以自娱。若心勞氣耗，莫如勿看。務在怡神適趣，含蓄醖釀，令充然滚滚若有所得。益加含蓄醖釀，勿使氣輕意滿。

每日閒坐時，衆方囂然，我獨淵默，中心融融，自有真樂。蓋出乎塵垢之外，而與造物者遊。吾子喜聞之，故言及此也。」

唐彪曰：余聞諸縉紳先生，其用工進取有二法：一于大比年之正月始，每日作文一篇，至臨場而止。一于大比前一年之八月始，每三六九作文二藝，限定其時刻，以香盡文成爲節，不令少遲。二者一取其純熟，一取其速成。然速而至于久，未有不熟者。熟而至于久，未有不速者。是二者用工雖殊，其致一也。如此神精翕聚，文必精工。既具過人之技，焉有不成名者乎？

讀書作文譜卷之七

文章諸法

卷内所載文章諸法，其古文、時藝合者，或專就古文言，以該時藝；或專就時藝言，以該古文。至於法不相合者，則提出古文、時藝名目，分闡其理。閱者須知書内所以分合之故也。

總論　先輩云：文章大法有四：一曰章法，二曰股法，三曰句法，四曰字法，四法明而文始有規矩矣。四法之中，章法最重，股法次之，句法、字法又次之。重者固宜極意經營，次者亦宜盡心斟酌也。

沈虹野曰：「文章之詞句，貴長短間行，體裁宜散整互用。」

淺深虛實　唐彪曰：文章非實不足以闡發義理，非虛不足以摇曳神情，故虛實常宜相濟也。淺以指陳其大槩，而深以刻劃其精微，故深淺不可相離也。又曰：淺深虛實，雖古今文之大綱，然約畧其槩，不出四端：有由虛入實，由淺入深，挨序漸進者。有一實一虛，一淺一深，相間

成文者。此二者，人皆知之。至於變體，則有前幅實義已盡，後幅不得不駕虚行空，或襯貼旁意，或推廣餘情者。有前半刻意深入，後半無可復深，不得不輕描淡寫，或援引古昔，或附帶他事者。此二者，人少知之。然四者結構雖不同，而當理合宜則一也。能悟斯理，即可以盡淺深虚實之致矣。

開闔 唐彪曰：人皆以開闔爲文之要法，而不知最難知者開闔也。諸家所言，多未明悉。今反覆細思，乃得其理。蓋開闔者，乃於對待諸法中，而兼抑揚之致，或兼反正之致者是也。如賓主、擒縱、虚實、淺深諸法，皆對待者也。有對待而無抑揚反正之致，則賓主自賓主也，擒縱自擒縱也，虚實自虚實也，不可云開闔。惟對待中兼有抑揚、反正之致，譬如水之逆風，風之逆水，一往一來，激而成文，而波瀾出焉，乃真開闔也，而惜乎其理之久晦也。就時藝論，有本股自爲開闔者，有二股共爲開闔者，有四股共爲開闔者，有通篇大開大闔者。得其法者文多錯綜變化，有縱横離合之致焉，故開闔爲時藝要法也。

附離合相生 周安士曰：「世間文字，斷無句句着題，句句不着題之理，其法在於離合相生。離合相生者，謂將與題近，忽然颺開。將與題遠，又復掉轉廻顧是也。此文章離合法也。」

描寫 唐彪曰：文之有描寫，猶畫者之描寫人容也。容貌毫髮不肖，不得謂之工。即容貌肖矣，而神氣毫髮不肖，亦不得謂之工。故文章最重描寫，而最難者亦無如描寫也，是以描寫宜

細，不細即粗陋矣；描寫宜詳，不詳即缺畧矣；描寫宜文，不文即俚俗矣；描寫宜正，不正，即邪野矣。本位不可描寫，宜描寫其對面；中間不可描寫，宜描寫其兩旁。能如此，而文焉有不工者乎？

附對面描寫　唐彪曰：凡題有正面，有反面，有旁面，有對面，惟對面人少知之。作文取對面與本位相形，或耑描寫對面，而神情愈出，此理人益少知之。如「有朋自遠方來」一節題，言朋得我，則疑有與析，惑有與觧，切磋勉勵，德業日進。朋且甚樂，而况於我乎？此兩面相形法也。又如「諂笑」兩字題文，將貴人因此愛之，貴人因此惡之作二股，此描寫對面一邊也。「而其所薄者厚」題文，内有：所薄者將自慰曰：「吾本不當望其厚也，彼於所厚者而且然耳，而又何敢妄云其薄？」此又用代法描寫對面也。作文能知此理，何患題之枯寂乎？

襯貼　唐彪曰：凡文之有襯，如金玉之用雕鏤，綾綺之裝花錦。雖無益於日用，而光彩陸離，令人貴重，端在於此。文章固有不必用襯者。若當襯者不襯，則匡廓狹小，意味單薄，無華贍之致矣。但襯之理不一，或以目之所見襯，或以耳之所聞襯，或以經史襯，或以古人往事襯，或以對面襯，或以旁觀襯，或牽引上文襯，或逆取下意襯，皆襯貼也。作文能知襯貼，則文章充滿，光彩何待言哉？但他襯貼易知，惟對面襯貼，人知者少，今附見於後。

對面襯貼　汪武曹評許子遜《文王視民如傷》文云：「有『如傷』，對面即有『真傷』一層。

有『文王之視民』，對面即有『民之自視』，與『人視文王之民』兩層。」又評李叔元《今吾子以鄰國爲壑》文云：「有『鄰國之怨我』，對面即有『吾民之德我』一層。有『吾可以鄰國爲壑』，對面即有『鄰國亦可以吾爲壑』一層。」此二文者，對面襯貼之榜樣也。

跌宕 唐彪曰：文章既得情理，必兼有跌宕，然後神情摇曳，姿態横生，不期然而閲者心喜矣。如作樂然，樂之能動人者，非以聲也，以音也。又非僅以音，以餘韻也。樂有聲而無音，有音而無餘韻，能令人快耳爽心否乎？文章亦然，無餘情餘韻使丰神摇曳，則一蠢然死板之文耳。安能令人心喜哉？故跌宕爲文章最佳境也。

詳畧 柴虎臣曰：「詳畧者，要審題之輕重爲之。題理輕者宜畧，重者宜詳。詳者宜鋪叙，否則傷於淺促。畧者宜剪裁，否則傷於浮冗。如吕逢源『周有八士』節文，開講後暢發首句是其詳。『伯達』四句只用六語虚點是其畧。蓋題旨重『周有八士』句，而人名可不必鋪叙也。」「陶石簣『孟獻子』節文，發『畜馬乘』二句最畧，『聚斂之臣』三句亦畧，『不以利爲利』二句闡發極詳。蓋題旨重在結末，而前段引語自當剪裁也。大都全章長題，最宜審其輕重。輕重一審，而行文自中乎肯綮矣。」

毛穉黄曰：「詳畧者，題入手，裁之以識，洞見鉅細。鉅詳細畧，尤細者去之，無煩涉筆。又或畧其鉅，詳其細，瑣瑣而不厭。恒情熟徑，我其舍之，斯神化之境矣。」按：後六句乃古文之别境，不可

不知，然制藝則不常用。

先後

唐彪曰：文章當先當後，苟得合宜，雖命意措詞不甚過人，而大槩已佳。若位置失宜，當先反後，當後反先，雖詞采絢爛，思路新奇，亦紊亂不成章矣。且位置失宜，則步步皆成窒境，欲成篇且難，而遑問其美惡乎？故先後位置，臨文不可不細心斟酌也。

附時藝先實字後虛字

周安士曰：「凡題之神情口吻，有在實字者，有在虛字者。題理既在虛字，若先從虛字說入，不惟不能透出實義，而題中口氣亦且一說便完，以後必至重複。若先將題中實字逐層挑剔，然後轉到虛字以完題意，則結構自然有條理矣。」

賓主

唐彪曰：文不以賓形主，多不能醒，且不能暢。如孟子「今王鼓樂於此」，必借「田獵」相形，言「放良心，伐夜氣」而必以「牛山之木」設喻，非此法歟？以制藝言之，凡借一理、一事、一說，形出本題正意者，無非賓主也。然有單賓單主，又有主中主，賓中賓，更有賓中主，主中賓之分。其理不可不辯。所謂賓中主，主中賓者，如「百里奚」章，百里奚是主，宮之奇是賓。「古之君子仕乎」章，仕是主，諸侯耕助等是賓。以「宮之奇諫」句命題，及「諸侯耕助」四句命題，則發揮本題，是賓中之主。而廻顧章旨，是主中之賓。其所以然之故，出於題也。若題中無賓主，文中亦止有賓主而已，安得有所謂賓中主，主中賓乎？或者莫辯其理，謂凡時藝皆不可無此。取蕭漢沖「如有王者必世而後仁」題文，妄加評論，謂此是主中賓也，此是賓中主也。噫！南轅北

轍矣。又謂時藝不可犯賓中賓。不知許子遜《文王視民如傷》文，其出股以「文王之自視」，此賓也。對股而以「人視文王之民」，豈非賓中賓也乎？李叔元《今吾子以隣國爲壑》文，「假令隣國人人師子之智」一股，是賓也。「假令神禹師子之智」一股，又賓中之賓也。安得謂時藝不可犯賓中賓乎？至於古文中之賓中賓，尤不可勝指。觀《左傳·欒盈出奔楚》，《史記》孟嘗、平原諸文即知之，柰何論者之多錯誤也。

翻論 唐彪曰：文章有不假翻論者，有宜於翻論者。借淺以翻深，借非以翻是。不翻則是者不見，深者不出，故宜於翻也。又有翻古人之成案者，如古人否者，我賢之；古人是者，我非之。當於理，則聖賢之功臣也，後學之耳目也。不然，以偏蔽之辭佐其臆見曲説，則人非鬼，責必不免焉。有才者不可不深戒乎此也。

進退 周安士曰：「一篇中有一篇之進不得處，一段中有一段之進不得處。遇有此等，須用退法以進之。讀者但見其用寬筆，不知愈寬乃愈緊也。但見其用反筆，不知反筆正是佐助順筆，使辭意不至平實與雷同也。」

毛穉黄曰：「突然而起，下故不接；中間方叙，忽爾拓開；意猶未盡，故爲勒住，皆進退也。」

唐彪曰：虚縮題已做到題面，便是進不得處。其用逆接、反接者，即退法之一端也。

轉折 唐彪曰：文章説到此理已盡，似難再説。拙筆至此，技窮矣。巧人一轉灣，便又另

是一番境界，可以生出許多議論，理境無窮。若欲更進，未嘗不可再轉也。凡更進一層，另起一論者，皆轉之理也。至於折，則微不同。折則有迴環反復之致焉，從東而折西，或又從西折東也。其間有數十句中四五折者，有三四句一句一折者，大都四五折後，即不可復折。其往復、合離、抑揚、高下之致，較之平叙無波者，自然意味不同也，此折之理也。

推原 唐彪曰：推原者，或從後面而推原其來歷，或因行事而推原其用心，或因疑似而推原其所以然。三者皆理有所不容已也，故文中往往用之，且有通篇用此法者。亦有通篇用此法，全借代法以行文者。如王季仲《驅虎豹犀象而遠之》一句文，錢欓《出》一字文，通篇皆用代法。人第知其代法也，而豈知其實推原法乎？

推廣 唐彪曰：文至後幅，正義已盡，難以發揮，可於題外推廣一層。苟説得有關係，有根據，則前半文情得此愈振動也。

反正 董思白曰：「反正乃文之大機關，不可不知也。且如《論語》中夫子之論管仲，若正言之，則曰：『管氏不知禮』，何等明盡？却又曰：『管氏而知禮，孰不知禮？』子賤尊賢取友，若正言之，只宜曰：『魯多君子，故有所取以成其德。』却曰：『魯無君子，斯焉取斯？』此皆反語。惟反而文斯暢矣。」

柴虎臣曰：「文家用意遣辭，必反正相因。無正不切寔，無反不醒豁。其間或正在前反在

後，或正在後反在前。則在隨題布置，初非可執定者也。大要反正互用，賓主錯綜，然後文機靈變出矣。」

照應 唐彪曰：照應之理，以時藝言之，起講與一、二股，俱可用意照後，五、六、七、八與繳股，俱可用意應前。即中幅亦可應前照後，無定式可拘也。時藝近體，有一二股下先立数柱，後乃逐段應轉者，此亦時藝式也。以古文言之，唐宋古文亦多前半與後半相爲照應。宋策亦有前半立柱，而後逐段應轉者。然此等處，學之者多則不免落於谿徑。若周、秦、漢古文，其照應有異，多在閒處點染，不即不離之間，超脱變化。雖然，若時藝又不可以周秦古文之法律之。

關鎖 柴虎臣曰：「鎖者，文勢至此極流，須用關鎖。如山翔水走，不得一鎖，使大氣結聚，必不成州縣市鎮也。文章若無關鎖，則隨筆所之，難免散漫之患。又有鎖上而復起下者，此又鎖而兼聯絡者也。」

代 唐彪曰：如聖賢論人之賢否，或論事之是非。我作其題，已是代聖賢口吻發論矣。然單代聖賢口氣，猶不能描寫曲盡，乃更將聖賢口氣，代其人自説一番，則神氣無不畢露，此代法之所由起也。古文、制藝皆需之。如記事題，評論在下，一着議論，即犯下文。虚縮題，用我意闡發，多至犯下。二者俱難措手，惟用代法，代其人自言，則俱在題前着筆，允無犯下之病。又凡文中用推原法者，先輩多假代法出之，則事理愈加明晰，此皆代法之妙也。其閒有代一二股者，有

代三四股者，有一股中代數語者。至於通篇皆用代法者，則熊次侯《辭》一字題文，金式王《善爲我辭焉》題文是也。

汪武曹曰：「代法者，時藝之金針。信矣哉！」

周安士曰：「周公代鳥言以明心事。莊子代鷽鳩以笑大鵬。鳥之口氣尚有可代，豈有人之心事不可代爲之説者乎？」

咏嘆　唐彪曰：文章有前半實義已盡，後半再不宜實發理也。然體裁神韻之間，猶似未可驟止，故用咏嘆法以盡其餘情，則體裁舒展，而神韻悠揚。文之動人反不在前半實處，而在此虚處矣。其體裁或長或短，或整或散，則不拘也。

遥接　唐彪曰：有遥接法。如一段文章，意雖發揮未盡，而有不得不暫住之勢，若復加闡發，氣必懈弛，神必散漫矣。惟將他意插發一段，則神氣始振動華贍也。發揮之後，復接前意立論，謂之遥接。又叙事之文挨年次月者，發揮本人之事或未竟，其時適又有他人相關之事，理宜帶叙，則本人未竟之事，不得不接叙於後，此古文遥接法也。

帶叙附叙　唐彪曰：附法者，譬有文於此，將可附之人與可附之事附叙於此文之中，而不更立篇章是也。如《史記·季布傳》附叙季心，《張釋之傳》附叙王生，此附法也。帶者，或中間，或末後，只將數語帶及之是也。比附法又簡畧矣。然亦必有關係，或爲他年他事張本者，則帶

之，或理與事可以相通，見於此則可省於彼者，則帶之，非無謂也。時藝少用，凡著書及作經世大文，用此法最多云。

抑揚　唐彪曰：凡文欲發揚，先以數語束抑，令其氣收斂，筆情屈曲，故謂之抑。抑後隨以数語振發，乃謂之揚，使文章有氣有勢，光焰逼人。此法文中用之極多，最爲緊要。太史公諸《贊》乃抑揚之一端，非全體也。世人不知，竟以爲其法止可用之評論人物，何其小視此法也？其先揚後抑，反此而觀。

頓挫　唐彪曰：文章無一氣直行之理。一氣直行則不但無飛動之致，而且難生發。故必用一二語頓之，以作起勢，此「頓」字須作「振頓」之「頓」字看。或用一二語挫之，以作止勢，而後可施開拓轉折之意，此文章所以貴乎頓挫也。若以「頓」作「住」字解，則誤矣。按：抑揚者，先抑後揚也。頓挫者，猶先揚後抑之理，以其不可名「揚抑」而名「頓挫」，其實無二義也。

虚衍　唐彪曰：文章最忌敷衍，而文章佳處，又有在虚衍者。其理何居？曰：應實發處不能實發，謂之敷衍。地位不可實發處，虚虚布置，謂之虚衍。二者原不同也。所以然者，以當虚處不留餘地，則實處不免消索與重複。又虚縮題，股尾實發，即有犯下之病。故往往用虚衍法以留餘，文乃佳也。

順逆　唐彪曰：制藝代聖賢口吻，發明聖賢道理，宜順題生發，使先後次序井然，斯佳也。

昔嘉靖中年，以「可也簡」題試士，昆湖云：「此題當先講『可也』，後講『簡』字。不然，文勢似『簡也可』矣。又如『君子胡不慥慥爾』題，却都做成『慥慥胡不君子爾』，失題神矣。」余謂此二題，題面不可倒，故昆湖言之。世人見其言，便以爲凡題必當順發，不復有當逆者矣。豈知題有宜逆發者在也，何也？凡書後句後段之意，原有藏於首句、首節之前者。題前既有，則不妨逆發。逆發則有振衣千仞之勢。如金正希「唐虞之際」二句文，講下逆提「盛」字。陶子師《如有王者必世而後仁》文，逆發「仁」字。蓋題前原有「盛」字、「仁」字意也。至於一句題，可以先發下面字，後發上面字者頗多，原不嫌於倒置。凡文之宜順宜逆，皆因乎題，題當順發則順爲佳，題當逆發則逆爲佳，不可以隨吾意見偏主也。

挨講穿插

唐彪曰：凡作文有挨講，亦有穿插。挨講多穿插少，自有分寸，總貴合宜而用也。但穿插貴於自然，不可勉强。《史記·酷吏傳》郅都、寧成、義縱、趙禹、張湯事，皆穿插成文。《藺廉列傳》相如、廉頗、趙奢事，亦多插叙。因其人其事，原有關涉，可以交互，故交互成章耳。惟交互故錯綜變化，所以其文如蛺蝶穿花，遊魚戲水，令人讀之起舞也。《水滸》、《西遊》、《三國》皆祖其法以爲藍本。若夫時藝之宜用插法者：上下兩截題、串題、長題、搭題而已。雖然，即此數題，亦不可勉强濫施也。

預伏

唐彪曰：有預伏法。如一篇文中所載不止一事與一意，或此一事一意，不能於篇首

即見而見於中幅，或見於後幅，作者恐後突然而出，嫌於無根，則於篇首預伏一二句，以爲張本，則中後文章皆有脉絡。故《鄢陵之戰》篇預伏「姚句耳與往」句。《公出奔次於陽州》篇，預伏「叔孫昭子如闞」句是也。汪武曹論時藝上下兩截題：「作上句，必須預伏下句意，則發下句易爲力也。」其他題應用伏法者可以類推。

補法 唐彪曰：以時藝言之，有補題缺法，有補題前、題後法，有補文情不足法。何謂補題？如「如有所譬者」兩句題，「無毁」之意，當補出也。「文王我師也」兩句題，必將周公之言補在講下，後幅闡發下句，始有原委，此補題缺法也。何謂補題前後法？其補在題前者，如楊枝起「慎終追遠」題，將「有位者生前之尊養，不足以盡孝」意補在一二股中。章楓山《從我於陳蔡》題文，將思念平日講學意補在起講與一二比中是也。其補在題後者，如吴霦《弟子入則孝出則弟》文，言「由是擴充其天良，可以馴致於聖賢之域」意，補在後幅是也。何謂補文情不足法？文章於前半題義已説完，而神未充，氣未暢者，後幅皆可用諸法以襯補之。或以引經補，或以推原補，或以往事補，或以咏嘆補，或以翻進一層補。一法補之不足者，可用諸法以補之。不特此也，即一股内其上截已將題義説完，下更無可闡發，宜用諸法補足之。魏允中「作者七人矣」五六比文，股中、末皆用襯補法。觀此文而他文可類推矣。若夫古文之補法，又自有體，不可不知。如《三傳》、《史記》諸傳中，凡叙一人必詳悉備至，苟與其人有相關之事，雖事在國家，或事屬他人，必補

出之以著其是非。又前數年之事與後數年之事，苟與其事有相關，必補出之以著其本末。又用文中有兩意兩事，不能於一處並寫者，則留一意一事於閑處補之，皆補法也。

省筆　唐彪曰：文恐太繁，宜用省筆以行之。有省文、省句之不同。如其他彷此，餘可類推之類，乃省文法也。「舜亦以命禹：『河東凶亦然』」之類，省句法也。作文知省文、省句兩法，則文不至繁冗矣。

分總　唐彪曰：文章有總有分，則神氣清而力量勝。故前總發者，後必分叙。前分叙者，後必總發。又有迭總、迭分，錯綜變化者，此又古文中之化境也。

一意推出三四層　唐彪曰：時藝有從一意中推出第二層，又從二層中推出第三層者，此名一層進一層。如王守溪「有朋自遠方來」文，李繼貞「又聞君子之遠其子」文是也。古文中有一層推出三四層者。蘇子瞻之《勢論》、《王者不治(㚇翟)〔夷狄〕論》是也。此其法不在能進而在能留，能一層留一層，斯能一層進一層也。此訣人所不易知，亦能文者所不肯與人言者也。

牽上搭下法顛叙法　王虎文曰：「唐荆川立此二法者，所以備長題駕御之用也。蓋長題之節次繁多，作文者必一段説完，始再説一段。重起爐灶，氣勢便緩散不收，不能簡勁雄峻矣。故欲文章得勢自不得不用「牽上搭下法」，以我機神，化題阡陌。所以減去接落之痕，而使歸一片也。如《莊子・逍遥遊》篇「蜩與鷽鳩」一段，與「朝前不知」一段，語意不同，乃於上段結一句曰：

「之二蟲，其何知？」」遂接「小知不及大知」句以牽上，接「小年不及大年」句以搭下，則上下兩節不必聯絡而文情鎔成一片矣。此牽上搭下法也。又作長題，挨講則無勢，惟駕御始有起伏波瀾。但駕御之文，體裁既逆，不免遺漏題面。故用顛叙法以佐之，將零星字眼併叙一處，或總叙於前，或連叙於中，或補叙於後，則雖駕御而無掛漏矣。譬如「牽牛章」題，將「泰山」、「折枝」、「(緑)〔緣〕木求魚」等與「百鈞」、「一羽」、「秋毫」、「輿薪」顛叙一處可也。將「輕煖」、「肥甘」、「采色」、「便嬖」等與「土地」、「秦楚」、「中國」、「四夷」顛叙一處可也。所謂顛叙也。二者皆長題秘密藏，非文章宗匠烏能言此與？

文中用字法

唐彪曰：文章句調不佳，總由於平仄未協，與虚字用之未當也。余嘗作文，極意修詞而詞終不能順適。初時亦不知所以，及細推其故，乃知爲平仄未協，一轉移之，即音韻鏗鏘矣。又或由虚字用之未當，一更改之，即神情透露矣。乃知古人所謂文筆佳者，不過平仄調與虚字用之合法也。故文章雖命意極工，談理極正，而於二者不求盡善，終不能令人擊節，其關係文章之重如此。

唐彪曰：後諸虚字用法，載在梁素冶《學文第一傳》中者，或出於素冶所自撰，或出於古人所撰，未及詳考，但其中解釋字義，不確切者十居其四。彪反覆改正，稍得無誤。甚矣！著書精確

之難也。閱者慎勿將著述者苦心輕視焉。

一曰起語辭　起語辭者，或前此無文，竟以虛字起，或前文已畢，亦以虛字起者，皆起語也。夫起手助語辭，乃虛字也。若第二字實者，始爲有所指。如「夫道」、「夫仁」、「夫天」、「夫貉」之類。若次字虛者，乃確係虛字，不可云有所指。蓋亦係起手助語辭，虛字也。其用之推原者，乃是接語辭中之義，已見接語辭類中。且漸次説來之意。今論近事多用此字起。嘗考考究也，有所究論之辭。餘「今夫」、「且夫」等字，詳起講一條，凡起語皆可通用。

一曰接語辭　凡接上文順勢講下，不復作轉者，皆用也。分三類：

一類　此指上之辭。茲此也。較「此」字畧婉。是指上而順斷之辭。斯猶此也。「此」字顯而直，「斯」字文而輕。故所以也，推原之辭。則順上文而分析之辭。凡上文已明，緊接上文闡發者皆用之。以字義甚緊，不容寬衍故也。蓋推原之辭。與起語「蓋」字有異，起語乃空指，此則實領上文也。乃是實上文之辭。何必反折之辭。奚必義同。安得有所望而未遂之辭。又折抑之辭亦用之。焉得義同。

以上十六字，凡「乎」、「哉」、「也」、「矣」等字，隨便押之。

又一類　由是由，從也。跟上文引申之辭。由此義同。由斯義同。又「自是」、「自茲」、「從此」、「從茲」等字亦與此同。是故指上文而推原之辭，猶云「因此」、「所以」云云也。是其跟上文而指點之辭。此其義同。至于跟上文而更進之辭。及其猶「及至」也。迨夫迨，及也。義同。迨至由此及彼之辭。及至義同。甚至極言所至之辭。何則頓住上

文作問，將欲答之之辭。何也順上文作問之辭。「則」字健，「也」字輕。何者順上文而有所問之辭。是以指上推原之辭。所以順上推原之辭。蓋以原上而順推之辭。將以將然之辭。誠以確然推斷之辭。是知承上而有所解悟之辭。一似難直言而爲摩擬之辭。一若義同。亦以承上而指出實理之辭。所謂所言也。又原其故而進論之辭。所爲與「所謂」無甚異，原其故而進推之辭。蓋謂推原其説之辭，亦可用於起處。以謂義同。以爲將言其故之辭。是爲指其爲此之辭。如此直指上文將有後説之辭。凡「如是」、「若此」、「若是」、「若然」等字倣此。於此猶云「即此」、「在此」也，但較「即」、「在」字畧虛。凡「於是」、「於斯」等倣此。似乎想像之辭。恍若彷彿形容之辭。宛若義同。

以上諸字是跟上文順用者，宜押「也」、「矣」、「焉」、「耳」等字，餘「乎」、「哉」、「耶」、「歟」等字，須斟酌文勢押之，不可輕用。

又一類　豈反詰之辭，反跌之辭，又斷斷不然之辭。詎與「豈」同，但較「豈」字畧婉。寧義在「安」字、「豈」字之間，但其文甚婉。又別作「寧可」之「寧」，願辭也。非不是也。何亦反辭，又有怪問之意。奚與「何」同。豈不折辨之辭，猶言「寧不如此」，「詎不」、「寧不」同。豈非反決其是。「詎非」、「寧非」同。豈可禁止之辭。豈得亦折抑之辭。「寧得」同。豈有反言不有也。「寧有」同。豈能反言不能也。豈必猶言「豈果如此」，「詎必」同。寧必較「豈必」畧婉，有商量之意。烏得亦反折辭。疇不疇，誰也。「誰不」云云，言有同然之辭。凡「疇能」、「疇得」等倣此。孰意意，意料也。「孰」與「誰」同。猶云「誰能意料到此」。凡「豈意」、「誰意」、「何意」等倣此。孰謂猶云「誰説」也。凡「誰謂」、「豈謂」、「寧謂」等倣此。孰能猶「誰能」也。「孰有」、「孰得」、「孰非」等倣此。焉能反言不能也。「何能」、「安能」、「烏能」、「奚能」等倣此。烏足反言不足如此

也。「焉足」、「安足」、「奚足」、「何足」等倣此。**此豈**指上文而反折之辭。「茲豈」、「是豈」倣此。**此非**申明其所以如此之辭。「是非」、「茲非」等倣此。**豈其**反折之辭。**何其**反詰而令其自思之辭。**抑何**轉一層反詰之辭。**又何**進一步反詰之辭。**毋乃**疑而審度之辭。**不幾**猶言「不將至於此」也。

以上諸字，是跟上文而逆用者，宜與「乎」、「哉」、「耶」、「歟」等字相爲呼應。至「也」、「矣」、「焉」、「耳」等字，是順落文法，不是反落文法，慎勿誤填，致有謬亂之弊。

一曰轉語辭　文字從無直行者，必用轉轉相生。或反轉，或正轉，或深一步轉，皆須以一二字領之。

然反前文而另發之辭，或前反後正，或前正後反。凡文之大轉處皆用之。又有將「然」字押于句末者，則作「是」字解，如「雍之言然」是也。又有作形容想像之辭者，如「儼然」、「油然」之類是也。**苟**誠也，果也，亦有作「苟且」用者。**或**或者，設問之辭。疑義未決，則爲無定之語以商之。**倘**與「或」、「設」字相類。凡反語皆用之。**設**假設之辭。未然而爲或然之想者則用之。**使**與「倘」、「設」義相類，較「倘」、「設」字署實。**但**前有一說，又別有一說者用此轉之。**弟**「但」也。**雖**不足上文之辭。言「雖是如此更有」云云也。**且**深一步語。蓋上有一說，此更有一說也。**乃若**前已說明，將發後意則用之。**況**況者，更進之辭。正意已足而意外尚有可言則用之。**矧**與「況」同。**如**假故之辭。**若**與「如」同。**抑**凡深一層、開一步、反講一說者皆用之。**獨**另舉一說以開曉之辭。**惟**亦「獨」也。**顧**跟上文而進論之辭。**彼**指出他人、他事之辭。**奈**無可如何之辭。**然而**反上意而圓轉之辭。**然則**承上意而直轉之辭。凡決斷上文及反難上文皆用之。**否則**否，不然也。猶言「不如此則」云云也。**雖然**頓

住前文，另轉下文之辭。猶言「雖是如此，更有」云云也。不然反掉前文，將爲論斷之辭。猶言「若使不如此」也。苟或解見前。倘使解見前。假使義同。藉使義同。借令義同。設以義同。彼夫別有所指之辭。若夫微轉而有別說之辭。有必也反上決斷之辭也。獨是解見前。惟是義同。但以解見前。第以義同。況乎解見前。無如猶言無奈也。有如猶言「設有若此」，亦擬度之辭。更有進一步語。仍有仍還也。尤有即「更有」之意。意者擬度之辭。意必擬而自決之辭。或者亦擬度之辭。較「意者」畧虚。或且或更有他端他說之辭。不知前說未當，轉作曉諭之辭。猶云「只知其一，不知其二」也。非然者前說已是，特作一反以申前說之辭。猶言「若不如此」也。乃何以怪而問難之辭。不寧惟是猶言「不止如此」也。蓋跟上文而引申之辭。不但此也義同。

以上諸字，凡文字轉折處隨便用之。明其意義，雖千轉不窮矣。

一曰襯語辭　每一句中必用虚字以爲襯貼，或用於句首，或用於句中，皆曰襯語。先輩所謂助語是也。

之襯托虚字也。本句義理，非此襯托不能透出，故所用極多。外有作實字用者，如「大學之道」、「天命之性」，作「的」字解。「之其所親愛」等句，作「於」字解。「之三子」、「告滕文公將之楚」，作「往」字解。其義不一，惟善用者辨之。以襯貼虚字也，用之最多。外有作「用」字解者，如「爲政以德」是也。有作「爲」字解者，如「視其所以」是也。又能左右之曰「以」，如《詩經》「不我以」、「侯彊侯以」是也。與此不同。於辭句中襯托字也。大概用之於有所指。所有所指，用此字襯托之，而其理與事乃畢見也。攸亦「所」也，此字文不常用。其有所指之辭。凡指事、指人、指物、指理皆用之。乎本歟語辭，然用於句中與「於」字同

義，而畧帶虚活。如「不明乎善」及「陷乎罪」等句是也。諸與「於」字、「之」字義稍同，如《孟子》「則反諸其人與」、「取諸宫中而用之」是也。不言「絶不」也。未有且然未然意，與「不」字不同。猶與「(好)」〔如〕字、「似」字義同。又有作「還」字、「尚」字用者。如「爲之猶賢乎已」、「猶可以爲善國」是也。尤更也，甚也。若言「寡尤君」、「無尤焉」，則作「罪」字看。由從也，自也，作「因」字看，又「率循」之謂。亦作「繇」。亦與「也」字同。既已然已往之辭。必决然之辭。莫與「勿」字「無」字畧相似，但「莫」字虚婉。如「何莫由斯道也」、「人莫知其子之惡人」、「莫不飲食也」之類。勿亦禁止之辭。殆近也。約畧評論之辭，如「殆非也」、「殆有甚焉」是也。姑聊且如此之辭。凡指大概而言。皆同也，盡也。俱皆也，偕也。相彼此交合之辭。如「相契相對」是也。即就也。就與「即」同。方將然之辭。又纔也。將未然而將然則用之。又虚擬辭。遽驟也。忽突然也。倏與「忽」同。又不定之意。當謂宜如此。宜亦「當」也。又相稱之意。與同也。又作「取與」之「與」。祇惟也。亦有作「但」字用者。僅畧也，少也，纔也，蓋他無所取之意。庶冀幸之辭。又庶幾近辭。盍何不也。曷何也。

以上諸字，凡辭句中當用襯貼成文者，隨便用之。

一曰束語辭　凡文字收束處，及股頭多用之。

總之總上文而言。要之亦總上文之辭。大約約畧大概之辭。大抵義同。

一曰歎語辭

吁歎也。噫亦歎也。嗚呼痛切嗟歎之意。嗟夫感歎之辭。嗟乎長歎意。嗟嗟歎而又歎也。噫嘻歎恨之辭。悲夫感傷之辭。此等歎辭，今人不知忌諱，時文率多用之。予以爲皆不祥之語，斷宜盡數掃除，絶

勿復用。即萬不得已，或間用「吁」字、「噫」字亦可。至於大塲，尤宜忌之。

一曰歇語辭　文字之歇足處也，其虚歇、實歇、順歇、逆歇，各有不同，須順其文勢押之。

一類　也平落之辭。凡文勢平平落下，高不太揚，低不太卑者，則用之。亦有用之中間作襯者，如《論語》「其爲人也，孝弟可也」、「簡赤也惑」之類。矣截然緊煞之辭。凡文義欲説煞則用之，有一定不移之意。又抑而復起之辭，凡將申下文故作一按者亦用之。焉亦平落之辭，但較「也」字韵畧輕清，意畧虚活。耳此順勢輕落之辭，有至易而無難意。又有不然之意。其意遠而韵長，轉文中往往用之。已止也，足也。凡文義已盡者用此押之。諸與「之」字意同，然「之」字實，「諸」字虚。夫乃起手虚字，而亦可押之句尾者。云猶説也。句(末)〔末〕押之，大意謂「如此説話」也。者句尾襯墊之辭。多指人、指物、指理而言，亦偶有虚而無所指者。者也順落而煞住之辭。者矣順落而緊煞之辭。者耳順上直落之辭。者焉順落而輕住之辭。也者二字連用，必有後句接應而解釋之。如「中也者」、「和也者」、「孝弟也者」是也。也已順落上文而明其止此之意。也矣順勢緊煞之辭。也夫順落而帶咏嘆之辭。矣夫緊煞而帶咏歎之辭。已矣意足而緊煞之辭，言止此無他也。已耳文畢而順落之辭。焉耳平提而順落之辭。焉而已宛轉煞住之辭。三字連用文極摇曳，上只用一二實字爲妙。焉耳矣「耳矣」是順煞之辭，有止此無餘意。如《孟子》「盡心焉耳矣」可例。焉者矣婉轉順落而兼緊煞之辭。而已矣收轉到此，文與義已盡之辭。

以上諸字，凡文之實寫順寫者，其歇語多用之。

又一類　乎疑而未定之辭。有商量意，有咏歎意，有辨駁意，俱隨上文用之。歟與「乎」字同義，然「乎」字輕「歟」字穩，「乎」字疑而未定，「歟」字則有疑而不疑者在。如「君子人歟」、「其爲人之本與」、「其舜也與」可以例觀。耶亦疑辭，與「乎」、

「哉」字相類，但微帶婉轉詰問之意，較「乎」、「哉」字趣味悠長。**哉**畧與「乎」字近似，然「乎」字多疑，「哉」字却有驚督意，嗟歎意，賛揚意，自得意。凡文欲反之，欲駁之則用此。**者乎**虛歇之帶疑問者。**者歟**婉轉虛歇之辭。**者耶**蘊藉虛歇之辭。**者哉**虛歇之帶抑揚者。**也乎**順勢虛落之辭。**也歟**與「也哉」畧同，但音義更覺蘊藉。**也耶**音長而意婉。文之拖漾處用之，情之淒感處亦用之。**也哉**摇曳咏嘆之辭，其音甚長。**已乎、已耶、已哉**皆不止於此之意。其辭氣「乎」字婉轉，「耶」字蘊藉，「哉」字揚厲。**矣乎**語煞而意不盡者用之。**矣哉**語煞而帶咏嘆之辭。**否耶**上文言「是」，接此二字，猶言「是不是」也。「否乎」、「否歟」倣此。**焉否耶**「焉」字連上文一截，復押「否耶」二字，亦有是與不是兩問之辭。**焉者乎**婉轉虛住之辭。**焉爾乎**輕提虛問之辭。其文其婉，如《論語》「汝得人焉爾乎」是也。**而已乎**言不當止於此也，乃婉轉語氣。**乃爾乎**「爾」猶言「這樣」也。「乃爾乎」亦有指而問之意。**也歟哉**三字連用，極咏嘆摇曳之辭。**也乎哉**義同。

以上諸字，凡文之虛寫逆寫者，其歇語多用之。須知「也」、「矣」等字是與上「由此」、「是故」等字相爲接應者，「乎」、「哉」等是與上「豈非」、「寧必」等字相爲接應者，不可誤也。

凡此虛字，學人宜細辨其理。常取讀過制義及古文中字與此篇相爲叅考，則用字皆有準繩，如絲麻之入扣矣。

文章諸要

筆姿　唐彪曰：文章勝人，全藉筆姿。筆姿勝者，同此看書命意，與人無異，及其落筆，抑

揚頓挫之間，翩躚飛舞，文雅秀逸，迥異於人，閲之者自不覺心爽神怡矣。筆姿鈍者，看書未嘗不透，命意未嘗不深，及其落筆，或板滯，或平庸，則理雖透而若不透，意雖深而若不深，即不能令人擊節。胡正蒙曰：「文章有格同、意同，而高下得失異者，其辨只在毫釐之間。」蓋指此也。又嘗論之：「學人所讀之文，不專在於理勝，理雖至精而筆不雋異，必不宜讀也。學人筆鈍者，尤當取筆勝之文，沉潛體會，涵濡既久，或能少變化之，此則人定勝天之理矣。」

勢　唐彪曰：文章得勢有二：有得勢在馭題者。如遇一題，他人皆闡發題位，我獨着意題前。又題義有輕有重，我於其重者詳之，輕者畧之，則勢得矣。有得勢在謀篇者。如一篇機局，扼要全在起比或單提，乃文之發源處也。此處若能得勢，則後諸比皆有力，至於一股之意，皆從起句領出，一線相承，無容兩岐。首句睽則一股皆睽，首句晦則一股皆晦。故臨文時，雖一股之意已定於心，而起句必須再三選擇也，所以求得勢也。又以古文言之，雖與制藝微異，而大槩相同。通篇之綱領在首一段，首段得勢則通篇皆佳。每段之筋節在首一句，首句得勢則一段皆佳。文之重在得勢，而勢之理莫要於是矣。

氣　葛屺瞻曰：「氣者，貫於人之一身，四肢百骸皆藉運動。手足一處氣不到，則其手足痿痺；膚肉一點氣不到，則其膚肉潰爛。至於咽喉處，一線不接則百骸俱僵而死矣。文有一字不貫則爲死字，一句不貫則爲死句，一段不貫則爲死局。至於關鍵緊要處，有一絲不貫，則通篇

文字皆死。縱使摛詞華藻，不過如對木偶人耳，豈能動人心目乎？然氣亦非是一直徑到底，無有斷續，無有曲折者也。其間自有開闔，譬如人之鼻息，必有一呼一吸，迭相循環。若只吸而不呼，或止呼而不吸，不下半晌，氣必悶絶矣。文氣亦然，必使其一開一闔，呼吸常通。如人一身之氣，上自泥丸，下至湧泉，周流旋轉，融洽於百骸四肢，而無有痿痺潰爛，是乃氣之説也。能知壅與斷者，斯可以論文矣。」

機　邵芝南曰：「夫文有品有機。品，譬則聖也。機，譬則巧也。機存於手腕之中，行於意想之表。有耆宿不能得而初學得之者，有終日搆思不成而倉卒立就者。機一得則諸妙悉來於筆下，虚靈變化，無所不備矣。昔人云：『文入妙來無過熟』。熟則氣機自然流利，生則未有不澁滯者也。機字正義，不過如此。其有以開闔、抑揚、呼吸爲機者，皆穿鑿無稽之論也。」

讀書作文譜卷之八

諸題作法

單題　唐彪曰：單題無法不脩，雖千百言有所難盡，故難著作法，止可空存其名也。

虛題假寔題虛冒題　唐彪曰：虛題易知，假寔題難辨。如「人之過也」題，「或告寡人」等題，人皆知其虛也。若「毋自欺也」、「我知言」、「我善養吾浩然之氣」之類，似乎極寔，宜于寔做，而不知正義俱在下文，畧不照顧，便見侵犯。至于虛冒題，又與前項不同。全章全節之意已于本句冒起，蓋必有下文之意在先，而後有此句也。作此等題，貴于虛能映下，寔不犯下，方稱高手。凌文起曰：「題半面而文過露全神，是失題面也。題半面而文不具全神，是失題意也。以全者運意，以半者運筆，如人之五官百骸，運一體而全神注之，斯極虛題之妙矣。」

單割上題　唐彪曰：凡割上題，每患撇上不清。欲如法，須于開講下即全點題面，或半點題面。一二股亦須截發題中寔字，諸股首皆宜先發本題，股中間畧帶上意，復轉出本位收住，此

作法也。凡割上題，前幅即寔發本位，方能截去上文。

虚字冠首割上題　唐彪曰：題如「而非邦也者」、「則吾豈敢」之類，題既有虚字冠首，雖貴截清上文，而虚字神情又必於承領上意方能夾出。然領上意語不可多，止可數句。多則即是連上文皆來者也。其題首虚字，前半幅中能於反面、側面、對面借勢點出，即點出之，或於助語詞中露之。若不能，則竟於後幅中點出，未嘗不可。

單截下題　汪武曹曰：「截下題須於題前取勢，逆籠下意，一入題之正位，急宜扣住。若順添一語，即犯下文。不特此也，即題前虚籠下意，亦須用側面、對面、反筆、襯筆始無弊，若用一順筆，即犯下矣。」又曰：「顧有常論截下題：『既説明題之正面，此下若用順接、正接，則易侵下。須用逆接、反接法乃無弊。』此言最爲妙解。」

唐彪曰：反接者，如既做到題位，不可用正接，故將題之反面生發，即反接法。逆接者，如既做到題位，不可順接，故逆轉向題之前路推原，或轉借上文之意生發，即逆接法也。又順接、逆接之外，或用古人往事及經史作襯，亦可免侵下之病。

顧有常云：「截下題，順説易溢，惟多從反面入，方無弊也。」

虚字冠首截下題　唐彪曰：其題如「雖有善者安見方六七十未有府庫財」之類，此種題義，全在下文。篇内逆起下意，即是題首虚字神情。既得題神，則不必於虚字上求肖題貌也。其虚

字，但以文中之虛字針鋒激射之。若前半能於反面、側面、對面見其虛字，或助語詞中見其虛字，皆謂之借點，更屬靈巧。若不能，但於後幅中點出可也。其逆接、反接諸法，已見於「單截下題」中，故不詳及。凡題有宜將虛字發於前者，有必不可將虛字發於前者。如「安見方六七十」一句題，若先發「安見」字於前幅，落筆便窘，縱能成篇，亦是黃茅白葦，毫無可取。惟多發「方六七十」字，而「安見」字但於每股中以虛字激射之，則不須闡發而神氣反十分透露。故「虛字冠首截下題」題中之虛字，不必正發。文中之虛字，最宜講究也。近有人著虛字題作法，謂凡題虛字，皆宜早發于前幅者，非也。今附魯敬侯《「安見方六七十」》文中虛字於後（此是零落摘引之句，不是一段）。如云：則求之自許者，宜他及也。今胡爲而仍在於此？亦將奔走於躬桓蒲穀之班，而未嘗以蕞爾之區，不得與於輯瑞之典。而且世世子孫，夾輔王室，則是不及於六七十里者，猶得稱王家之屏蔽，而何況方六七十。推子之問，得毋以蕞爾之區，將不得與於輯瑞之典乎？凡諸虛字，皆宜細思。

單割截題　唐彪曰：題如「未之能行，如之何者」之類，題情逼窄之甚，全在憑虛布置。故宜題前作勢，反取下意。又宜急見題中字眼，撇清上文。諸股之首宜以題面起，股尾宜以題面住，承上逆下，或詳或略，俱宜在股之中間，而兩頭必以題面爲起止，庶不至侵上侵下也。文憑虛布置之法，與下「虛字冠首題」同，詳見下文。凡文中幅多實發，惟「截上截下題」中幅不可實發，

故王端士「如之何者」一句題文，中股之首，止用一二語説題，下一用旁觀襯貼，一用代法還題。因不可順題實發，故借諸法虛衍，亦當然之理也。

虛字冠首割截題

唐彪曰：題如「而其所薄者厚豈謂一鈎金」之類，此等題，題義極其逼窄，全在憑虛結構。憑虛結構，雖題情逼窄而運用寬舒，文亦必佳。故當以題前反振，逆取下意爲君，以描寫對面爲輔，相以旁襯代説爲卿寺，以逆接、反接爲簿尉。君爲重，臣雖少缺，無害也。至於題之正面，止可於中幅畧發。題首之虛字，但以文中之虛字針鋒激射之，能於中幅點出更佳，若不能，則留在後幅點出可也。餘法已見「單割截題」中。

口氣題

何屺瞻曰：「口氣題，但貴肖題神，不貴肖題貌，拘貌肖題，不免淺露。」

王虎文曰：「口氣題，有挑撥題中虛字使口氣活動者，是明取口氣法。有不剔題中虛字，而口氣渾然在中者，是暗取口氣法。明取如錐處囊中，脱穎而出。暗取如寶劍在匣，光氣外溢。然明取易而暗取難，明取似不如暗取之高也。」又曰：「股末不點虛字，如書家之藏鋒法。金正希每好用之。」

半體題

唐彪曰：半體題者，題止分得上文一半也。題止分得上文一半，故宜止頂一半。如「善必先知之」題，宜單頂「福」字，不可兼頂「禍」字，兼頂即脉絡不清。凡半體題作法，皆宜如此。

要借上文陪講題　唐彪曰：作文最忌牽扯上文。然書有句相連而語相似者，下句之文多可移入上句，惟借上句陪講方顯出本題面目。故王肯堂「人十己千」句文，趙南星「從流上」句文，股股皆借上文陪講，評者皆極贊其得法也。

字眼稀少題　周安士曰：「凡遇極逼窄題，文思苦其難入。須將題中應有字面襯補於內，則題氣便舒，題情便廣。如『舍館定』三字題，當作『弟子必待舍館既定』八字看，則口氣稍覺寬展，即有隙縫處可措筆矣。」

過脉題　陳法子曰：「凡過脉題，其字面皆上文説過，故當在題前翻弄以作勢，不得復實發正面。正面止可畧加描寫，其描寫處亦當在現成上説，方與上文有別。」

唐彪曰：題徑逼窄，與「割截題」不甚異。亦須題前作勢，反振入手。又須用對描、對描即對面描寫也。旁襯諸法佐助之，始得境界寬舒也。近有人以「固國不以山谿之險」等題爲過脉題者，誤。

原叙題　唐彪曰：原叙題者，因彼事而追及此事也，則彼事是主，此事是賓。作原叙題須口説此事，而意則須注射彼事，方爲得法。不然，是認賓爲主矣。如「武王末受命」、「桓公殺公子糾」等題是也。

俚俗題　周安士曰：「題之俚俗處，往往在實字，不在虛字。從實字描摹則俗矣，從虛處搖曳則雅矣。如『食不厭精』二句文，若從『不厭』二字搆思，則筆筆靈動。文能靈動，則俗者皆化

雅矣。」

覆述題 陳法子曰：「前已説過，至此又覆述一番。其意非有所疑，必有所未盡。意有疑而覆述者，宜在題前作勢。意未盡而覆述者，宜在題後推衍，總不得呆寫正面一筆也。至於上正文而下覆述者，正文輕，覆述重，止宜少發正文，詳發覆語。若正文説透，必犯覆語地。故必虚虚叙過，留箇不盡，方不失輕重體裁也。」

暗比題 唐彪曰：凡題止就事物上講，而正意隱然寓於其中者，暗比題也。「驥不稱其力」、「苗而不秀者」之類是也。作此等題，全篇不説出正意可也，或開講、結尾處説出正意亦可。若將正意夾雜而講，則失題神矣。

明喻題 唐彪曰：明喻題，如「不見宗廟之美」之類，與比題不同。比者，暗以他物他事比此事此物也，正意竟不必説出，喻者明以此事此物喻彼事彼物也。原要兩者參觀，故暗比宜不説出正意，明喻要將正意夾發也。陳法子云：「明喻題作法，先説正意，後説喻意者，常也。先提喻意，倒合正意者，變也。若能正喻夾發，合同而化，則更思深力厚矣。」

反正兩種題 陳法子曰：「反題先正，正題先反，此定法也。有一種反題，只當順題反疏。一種正題，只當順題正疏。蓋本題反説，而正面或在上，或在下。本題正説，而反面或在上，或在下，畧一轉側，必至侵碍，且正題以正面爲正面，反題即以反面爲正面。故反題貪發正面者，無正

面矣，必得確肖題面方妙。」

疊句題 唐彪曰：疊句題，如「沽之哉」二句，有當然之意，又有確然不易之意。刻文將兩意闡發，文將題句分兩層，見於一股之中，以還疊句神情。若「時哉水哉」等題，總是贊美流連之意，無甚分別。刻文但於兩股之首分呼題面，以見疊句神情，不復分淺深層次，亦以題情原止於此也。

搭題弔法 唐彪曰：搭題佳處，全在提弔。提弔得法，文自精佳。其法難以執一，貴乎圓通。不可弔其意者，可弔其字。不可弔其字者，可弔其意。意與字不可順弔者，可以反弔。不可正弔者，可以借弔也。

王虎文曰：「搭題有宜承領上文者，於領上文後即生情弔起下文，最爲便易。如『不亦樂乎』搭至『不亦君子乎』，便從上文『朋』字帶起『君子』。又或以『不亦樂乎』搭至『其爲人也』，便從『朋』字帶起『爲人』，此皆從脉絡處生情也。至於雖有上文而必不宜承者，則須起一論生發，莫如從下句之賓位取之。賓位者，下句之同類，或反面、對面亦是也。」

搭題挽法 唐彪曰：搭題有難易，故後幅挽帶亦有不同。其易者可以正挽、順挽。若夫「割截搭題」與「無情搭題」，正挽、順挽多有窒碍，惟用借挽、反挽法點綴生色，愈覺文彩燦然。如「類也，聖人之於民」二句題，挽上「類也」，即犯下文「類也」，惟用借挽法，借上文「麟」、「鳳」、

「山」、「海」點染，非惟不犯下，而且光彩陸離也。文如張素存有「盛饌」搭至「迅雷」題，將舜之「飯臭茹草」，周公之「一飯三吐」，點綴「盛饌」，又「將雷雨弗迷」、「風雷啓藏」點綴「迅雷」，借作綰合，便覺光彩色澤異於尋常。故難做搭題，不可不知借挽一法也。其反挽法，文中甚多，不必贅及。

長短搭題弔法之分　唐彪曰：短搭題，弔法有先後之殊。有先弔下截，後發上截者。有先發上截，後弔下截者，此亦因題以生發也。長搭題弔法更不一，有先弔末段，隨帶中間之字句者。有多弔中間之字句於前，然後入首段題面者。有止弔（未）〔末〕段，竟不及中間字句者。余細思其理，其弔（未）〔末〕段隨帶中間字句者，此常體也。其多弔中間字句於前，然後入首段題面者，必中間之字句與題之首段符合，易於貫串。插入在前，既有以助首段之詞彩，中間又可將略筆點過，此亦占便宜法也。其止弔（未）〔末〕段而毫不帶中間字句者，必是中間之字句與題之首段不相符合，故不勉强插入，無傷於搭題體裁也。如黄士塤「歲寒」搭至「棠棣之華」題文，中間「知者不惑」節及「可與共學」節，絶不提弔於前，但於中幅鎔化點過，極合體裁，此長短搭題提弔之法也。

長搭題過渡綰合法　唐彪曰：長搭題，中間之綰合與短搭題之過渡不同。短搭題止有一處過渡，故宜作勢以見精神，不然，便欠精力。若長搭題，節次甚多，處處作意，文必冗長無節，非體裁矣。惟隨便帶上隨便串下，作首段便帶入次段要緊句，作次段復串入首段要緊句，推之三

段、四段、末段，串帶無不皆然。此如兵家伏兵，接應得力，皆在於此。知此，則中間布置皆易矣。又曰：隨便帶上，隨便串下，爲求簡捷也。惟相宜者可以如此，若不相宜者，信手亂拈，則反增繁冗。蓋長搭題與長題作法無甚異，總在相題運用之法而已。

長搭題中間詳畧法 汪武曹曰：「作長搭題，固須將首尾兩句紐合，至其中間題句，萬萬不可隨題鋪叙。或一句一字而反覆提掇，或兩節三節而一兩筆掃過，不可不知。」

長搭題點次題面法 唐彪曰：長搭題有多至數十句者，無論閒句不能盡點，即要緊句，亦不能正點、順點。如文做到其地，勢不能正點者，便須借意點出其句字，謂之借點。又如文做到其地，勢不能正點者，便須用反勢點出其句字，謂之反點。又或不能見於本位者，則補點於末後，謂之補點，亦不嫌於倒置也。汪武曹曰：「長搭題最忌正點題句。」有味乎其言之也。

無情搭題 唐彪曰：無情搭題，畢竟要尋出一種意思，粘合上下，成一道理。不至鑿空，乃爲佳構。

割截搭題 唐彪曰：「割截搭題」與「單割截題」作法有異。「單割上題」要在承上意發揮，既承上意，又要撇得上意。「單截下題」不可置却下意，又不可犯着下意。若「割截搭題」則又不同，其發上截也，但重在關合下句意，而照顧上文皆在所輕。其發下截也，但重在綰合上句意，而照顧下文亦在所輕，此所以與「單割截題」有異也。

上全下偏搭題 唐彪曰：「上全下偏搭題」，其弔法與尋常搭題無異，渡法微不同。渡宜雙承而側落，不雙承則遺却上截題神，不側落則不肖下截題貌。至於挽法，則更不同，下截止半面，上截係全神，多挽全理，即犯下文。故挽上不可過多，并不可實發，只可虛衍數句而已，此理不可不知也。

上偏下全搭題 周安士曰：「如『友多聞益矣』題，拈『多聞』亦要不放過『直諒』說，方能爲下句作勢，發『益矣』句。『直諒』雖宜並發，然又要側重『多聞』一邊，此定法也。」

上割中全下截搭題 王虎文曰：「『上割中全下截搭題』，今舉二題爲式：如『富而無驕』搭至『未若貧而樂』題，上止一脚，下止一頭，中間『可也』、『未若是』兩項，做『富而無驕』後，則當倒挽『貧而無諂』，落下『何如可也』方合榫。點『未若』又當總發『無諂』、『無驕』數句，然後側落『貧而樂』。又，論書理，『富而無驕』本對『富而好禮』言，在此題又當照『貧而樂』句，不照『貧而樂』則爲脚不應頭。『貧而樂』本對『貧而無諂』言，在此題又當照『富而無驕』，不照『富而無驕』則爲頭不應脚。又如『樂多賢友』單搭至『樂驕樂』句題，亦是上止一脚，下止一頭，中間『益矣』、『內是』三項。做『樂多賢友』必須倒挽『節禮樂』、『道人善』，落『益矣』句，方合榫。然三句中，『樂多賢友』是主，『樂節禮樂，樂道人善』是賓。因『樂驕樂』句宜從『節禮樂』句落下，故『節禮樂』句亦爲賓中之主。又，論書理，則『樂道人善』本對『樂佚遊』句，然在此題則暗對『佚遊』，而明照『驕

樂』，不然，則爲脚不應頭。論書理，『樂驕樂』本對『樂節禮樂』句，然在此題，則既當照『禮樂』，而仍宜綰合『賢友』，不然，則亦爲頭不應脚。合觀二題，後題更難於前題，以『益矣』句中又多參『樂道人善』一句在内也。大都此種題式，不能枚數，約舉二類，其餘皆可隅反矣。」

中間重句搭題　唐彪曰：長搭題須重兩頭，將首尾作紐合，此不易之法也。然又恐意寡詞單，不能緊密絢爛，故每取中間有情字句以聯絡兩頭，則結搆更美。如李應昇「何以伐爲至今不取」文，以中間「欲」字綰合兩頭「伐」字「取」字。汪武曹謂其如常山之蛇，擊中則首尾俱應，然終重兩頭也。至中間果有綱領重句，則宜將中間意箝合兩頭。如王廷獻「峻命不易」搭至「惟命不於常」文，以中間關節「德」字聯絡兩頭「命」字，以兩頭「命」字夾寫中間關節「德」字，通幅織成一片，此又搭題中另一類也。

代語題　陳法子曰：「代語題有二：一則其人有此意，而我代爲之語也。一則其人不能爲此言，而我代爲之語也。既爲之代語，則一語中有兩人口氣，而兩人中自當以代者作主。若只順其人口吻做去，則仍是一人説話，不爲之代矣。」

單問答題　唐彪曰：或云：問答題總宜以答爲主，舉答而所問者在其中矣，故先輩謂不得順口氣，宜以斷做，施其駕御之法，此大槩之理也。而有不盡然者。問答題，大槩以斷做爲體，中間或間用代法，代其問答之意，使文情旺相，不至枯寂，亦未嘗不妙也。至聖賢問而時人答者，正

意在聖賢，則又不當拘定答意爲主，輕過問意。觀汪武曹論郝敬輿「女弗能救」三句題文可見。

長問答題　王虎文曰：「兩問兩答，二意平列者，兩扇格也。若內有淺深層次者，當分虛實以還其層次，不宜平對。又有第一問答其義已透，不必問而再問，因而再答者，宜詳發第一問答，畧發再答。如第一問答其義未透，必得第二問答而始明者，宜畧發第一問答，詳發再答。其再問處須相巧帶過，不至着迹方佳。至於三四問答，以及頻問頻答者，不可隨題平衍，當用作長題法，選一二關鍵語駕御全題，始爲能品。大槩離不得提挈、照應、類叙、牽搭等法也。蓋不提挈則關節不清，不照應則機搆不密，不用類叙，則不能使文情整齊，不用牽搭，則不能使文情簡捷。故此四法者，長題之要領，亦長問答題之要領也。」

先答後問題　《筌蹄》云：「凡先問後答者，大都問輕答重，人所易知。至有答了復問者，此其重在問處，須要扯上面答意在內，作賓主相形法始佳。」

詰問題　陳法子曰：「問，則不知其如此而問也。詰，則明知其如此而詰也。問則其辭委婉，詰則其辭尖利，文當各肖其辭氣爲之。」

結上三種題　唐彪曰：結上題有三種，一是結通章之意，如「夫微之顯」節、「造端乎夫婦」節之類。此種題，若止透發本題，無收拾上文意，固不得題神理，雖能收拾上文，不能鎔化其理，歸於本題面目，亦非體也。一是結上文數句之意，如「此之謂挈矩之道」、「此謂國不以利爲利」之

類，此等題，疏實理與前項題無異，宜不脱上文，又不粘上文，貴在不即不離之間化出本題一番議論。至於題首虚字，則有順疏、逆疏、兼順逆疏三法。如借勢將題首虚字點於講下，又將題首虚字見於股首順題而發者，此順疏法也。如前幅止發題之實字，將題首之虚字煞於股之尾者，此逆疏法也。又如通篇皆逆疏，惟講下借勢先見其虚字，題首虚字既順見於前，即是兼順逆疏法也。一是反結上文之意，如「君子未有不如此」，此項題，其即離之法，順疏、逆疏法與前二項題無異。其不同者，要還他反面語氣，方不失題之神理也。

兩扇題　《筌蹄》曰：「扇題作法，亦非一體，有直作兩大對者，有各扇中自具小偶者，有分二扇而中用一句過脉者，亦得補綴之妙。」

遞落兩扇題　吴侣白曰：「題有似兩扇而非真者，極宜細辨。如『惟求則非邦也與』兩節題，蓋因前節未曾説明，故曾點再問，乃問答層次題。原有隱顯虚實，不宜平對，平對多不能肖題神氣。又如『始吾於人也』四句題，『始吾於人也』二句，因『今吾於人也』二句而發，觀下文可見。故兩對立局者，每不能曲暢神情。截發、串發，則抑揚高下之間，口氣宛然出矣。」

三扇四扇題　唐彪曰：三扇、四扇題，有通篇直作三股、四股者，有講下總提，中間如題分股，後又總發應前者，有總提之後，竟如題分股到底，不用總發應前者，皆正格也。或將題拆開，以意分配，錯綜闡發。或將題團攏，煅煉文情，鎔成一片。或自立綱領，偏重一句。苟結構得宜，

合之於聖賢口氣，不至相違，雖云變格，亦佳文也。倘結搆失宜，拆發而過於狂野，合疏而不能明透，偏重而至於勉强，與聖賢口氣竟不相符，此則文之不佳者矣。

《筌蹄》曰：「三扇題，直作三股者，各股中不可更作小偶，畧有偶句，則不妨。」

五扇至八九扇題

唐彪曰：扇題不一，自兩扇以至九扇，凡八類。兩、三、四扇易於剪裁，五至九扇殊難結搆。作文者須知題語，雖排題義必非一類。如「視思明」九句題，上四句是一類，中二句是一類，後三句是一類，或將上六句爲一類亦可。又如「脩身也」九句題，「脩身」綱領句是一類，「尊賢」與「體羣臣」四句可合一類，可分兩類，「子庶民」與「懷諸侯」四句可分兩類，可合一類。此截題分講法，乃常體也。又有如題挨講，劈頭分股，一股一變，以飛舞歷落之筆運之，至後幅總發全題者，最上乘也。或前總提，中間如題分股，或一股一變，或兩股一變，短股密節，至後幅總發者，亦佳文也。此外又有遥對格，將首句與末句遥作對偶，謂之遥對。中間每以二句作對，而每對變换體裁，亦變體也。此外又有通篇總發，織成一片者，亦變體也。長扇題作法，不過如此而已。

長題

唐彪曰：凡書必有綱領，綱領不必定在前，且不必定在中，更有在後者。善爲文者，相題綱領之所在而直擊之，始能握全題之勝勢，所謂直奪險要也。譬如帝王取天下，必取其要會之處，始能握天下之大勢，無二理矣。然既有綱，則必有目，又譬之聖主將興，必多良臣爲之輔

理，上下相資，方成盛治。作文亦然，未有空舉一綱，不安頓諸條目而可云佳文者。則綱目相成之法，又當講也。其法維何？曰：有隨便插帶法，有從類併叙法，有剪裁繁簡法。隨便插帶者，如長章書，起伏轉折多，故節次多，倘處處聯絡，不幾繁冗之甚乎？善爲文者化其斷痕，視此句可以隨便插上者，則竟插上，此句可以隨便帶下者，則竟帶下。得此法，能省無窮針線，而自然聯絡，又且簡捷健勁，無軟弱之態矣。從類併叙者，將題中閒細之義，類集而併叙於一處，則體格整齊而機神震動，與零星分叙而散漫細瑣者異矣。剪裁繁簡者，或三四節而一二語駕過，或一二語而頻呼叠喚，不厭再三是也。或曰：「直奪險要，不幾令題位有倒置乎？」曰：善爲文者，必能預伏機關，埋藏脉絡，使文有高屋建瓴之勢，而究無題位倒置之嫌，此巧匠之所以不同於拙工也。或曰：「題面不幾有掛漏乎？」曰：既奪險之後，其餘當發揮者，或先做後點，或先點後做，則一章書義，已完大半。至於閒散句，或隨文順點，或補點，或借點，或反點，或暗點，有此數法以控制之，題面安得有掛漏乎？或曰：「聞此言，今而後長題不能難我矣。」

上綱下目題

徐箕溪曰：「上綱下目題有二，作法亦異。如『九思三畏』等書，首句是虚綱，實理皆在下條目中。故『九思三畏』句不可空發，只須點過，而做下九句。却不可抛却『九思三畏』意。須段段有『九思三畏』意在焉，方是佳文。至如『邦君之妻』一節，則『邦君之妻』句是實綱，此四字又不可竟畧過。講下須發一段，或發二小股，始爲不失題神題面也。至於下五句，須

以錯綜筆，小小分股，其重耦自謙尊君意，宜總發於後幅中，最爲上乘。若以長股闡發，則每股中必須分帶此三意方佳。」

上枝下幹題

徐篔溪曰：「上文分欵説來，末後歸結一句，則上是枝，下是幹。故曰『上枝下幹題』。根本在下，故重末句。發上枝條，須要埋伏下文根子，則發下句有脉絡。發下句緊跟上條目講，始不浮泛，其題如『父在觀其志』章，『聖人之行不同』節是也。」

中實題

唐彪曰：題之中間有關節重句者，既不宜將首段詳叙在前，又不可將中段意凌駕直發於前，惟於開講或講下先用畧筆，將前段點清，以還題面。然後將關節句重發，而串帶首段意於其中，此前半之結搆也。中幅既係關節句之位次，自當重發。然止宜發其大半而止，將小半插發後段意，以爲聯絡之針線，方得體裁緊密。至發後段，宜看後段理之虚實。書理實，半發其理於前半，補緊要句作收。書理虚，少發後段意，多補緊要句作收。庶幾重者得詳，輕者得畧。既無挨講平衍之弊，又無題位倒置之嫌，方是此項題作法也。

論列四種題

唐彪曰：題有四種，其先指事而後論斷者，「臧文仲居蔡章」之類。發上指事處，即宜透下斷意在内。發下論斷處，宜抱定上文事實講，庶章法貫通而義理切實。先論斷而後指事者，「孟之反不伐臧文仲竊位章」之類。此種題，詳畧輕重宜視斷語義理之虚實，斷語全因下事而發，則不宜空發上句，詳發下事而斷意亦在其中。若斷語雖爲下事而發，而包含義理廣大，

可以推廣言之者，則又不妨在前在後與實事夾雜而講，愈覺有關係也。至於單指事小題，如「山節藻梲」一句。有斷語在下，切不可妄加議論，以至侵下。若斷語在上，如「知柳下惠之賢」一句，須撇得上文清，語語是本題，而又有上文竊位意在其中，乃佳也。單衡品小題，實事在上者，如「是難能也」一句，即割上題須要承得上文來，又要撇得上文去也。其作法已備於「割上題」中，可參其法用之也。其實事在下文者，如「君子哉遽伯玉」句，即「虚冒題」也。須虚虚激射下意，方。法已見於「虚冒題」中，可取其式考之也。不浮泛。

串題　唐彪曰：串題作法不一，有本股中合做之串法，有前後幅中照應之串法。如本股中發上截即插下截意，發下截，緊跟上截意，此本股中合講之串法也。或前幅中發上截，即於股內虛埋下截意一二句，後幅中發下截，即緊抱上句意發揮，此前後幅中照應之串法也。

汪武曹云：「串題雖宜先透起下意，然又不可合題位有倒置之病。如李騰芳『舉直錯諸枉』題文，其起股、中股雖皆透下『民服』意，然只在『舉錯』上講，絕不直講『民服』，所以無攙越倒置之病也。」

袁了凡論「學如不及」兩句串題文云：「諸公之文，皆前有提，後有繳，中間六股。首二股用流水對，一股講『如不及』，一股講『恐失之』，中二股用遞講法，上截講『如不及』，下截講『恐失之』。然文章股法必須變換，若後二股亦照題遞下順講，則與前二股體裁重複。是以諸公股首皆

兩意雙起，使股法變换，不至相同。誠妙也。」

吴侣白云：「《筌蹄》言串題貴在知倒跌法者，謂股中間將下句意插入上句中，股末仍從上句遞出下句，以還題面，故謂之倒跌法。如此，則文情雖逆，而題面却不倒置。所謂文章止有逆勢，斷無逆脉也。」

首尾相應題　唐彪曰：發首句宜從畧，且須包涵下意，不可泛講。末句之義已盡於中間實指，發得中間實指透，則末句義已在其中。如「賢哉回也」題，名手於後幅止重發「不改其樂」意。其末句只一二語點過，竟不實講。由此推之，「禹吾無間」、「君子之所以教」亦當如此。

兩截題　姚立方曰：「兩截題首對專發上截，第二對作上截即帶下截，第三對專作下截，第四對先發下截帶發上截，此常體也。然又不可一律論，或上重下輕，下截只承上意者，當詳上而畧下。上輕下重，上句因下句而發者，當詳下而畧上，又當相輕重以行文也。」

記事題　張中伯曰：「記事題以其事爲記者所筆，則謂之記事。」記事題有三種。陳法子云：「連下文論斷來者，記事處宜輕點過，於論斷處必宜詳發。若記事處説得詳，則論斷處不得不畧，便失輕重體裁矣。截去下文論斷者，只可還他案而不斷體裁，若照下文意發明，多至侵下，竟於題外别立議論，文屬支離。先輩於有論斷在下之題，往往以代法代其人自言，與下文相照而不相侵。此真得巧避法門也。」

引証四種題　唐彪曰：引証題有數種，有單引証題，有連上下文引証題，有三四節連引証題。總之，引証語多斷章取義，其言或不爲此理此事而發，我引之則爲此理此事之証佐，故不當以彼之原意爲主，當以我引之之意爲主，此必不可不知者也。言其作法，單引證小題，解釋論斷俱在下，則不容妄加議論。巧人每用代法，順口氣作之，蓋爲避侵下文而然也。題先正意而後引語者，自當以正意爲重，其引語不過是証佐耳。作文須前路預埋至後説出，始不突如也。題先引語而後正説者，引語只宜畧叙，以下文解釋之義爲主也。至於二四引証者，宜以前提後繳，畧賓詳主，相勢點題諸法，控制於其間，庶幾文有波瀾，而無平衍之弊矣。陳法子云：「長題内有數引証者，點題最難。若知先點後疏，先疏後點，疏過總點之法，自有變化，不至雷同支蔓矣。」

記言題　唐彪曰：此乃一句小題，如「顏淵喟然嘆」句，「周公謂魯公曰」句是也。此項題宜探入下文生發，以見其發言之所以然。如嘉穀初生，先結虚房，虚房中便包涵全體生意在内。作者須得此意，文情始不至枯寂。若全節之題，連其所言來者，則又不是記言題，當别有作法矣。

遞下兩種題　唐彪曰：有平列遞下題，有提綱遞下題。平列遞下題，如「形則著至變則化」，「意誠而(后)〔後〕心正至天下平」等題是也。作文或前提後繳，中間如題分疏。或竟如題劈頭分股，總須兩股一换體裁。若三四股一轍，便平板矣。此類題，題句既多而平，除總發外，分疏處既欲其變换體裁，不似排鎗列戟。又欲其短股密節，飛舞歷落，鎔化題面於詞句之中也，乃佳

文也。或欲將題截發，則截開鍊局亦可也。至於提綱遞下題，如「知至而（后）〔後〕有定」節，「物格而後知至」節二題，首句特重「物格」節，中間體用分界處，亦可截講「能得」節，末句亦可另講，同中有小異也。至於股法之勝，實不外平列題中所言，能會通而用之，文未有不佳者矣。

難結構題

凡題分類，必不能徧及。即徧及亦嫌于瑣，故立難結構題三類以統之。難者既有法，則易者亦可以意裁度矣。

唐彪曰：書中難結構之題有三：如題之先後次序不甚順者，不易結構；長題真實之理與閒散之文錯雜説來，難以安頓者，不易結構；長章書，義理多，引証多，而引証之詞不一體者，不易結構。此數種題，雖難結構，然未嘗無法以馭之也。次序不順，應在前而後者，可以伏、插兩法逆之使前應。在後而前者，可以挽、補兩法置之于後。賓主錯雜閒散之文多者，詳以擊其主腦，而閒散者則以類叙法馭之，此題竅也。長題義理多端而引証之詞不一體者，則詳主畧客之法當知，化參差爲整齊之法可用也。大抵作文總訣，不外知短題宜分，分則意多而有發揮。長題貴合，合則不爲承接、斷續所苦，而伏、插、挽、補、類叙五法，又爲緊要之條目。得此意以通之，雖遇難結構之題，自有經緯出焉。而分類或有缺略，無碍也。

故此三式者，所以濟分類之或有未備也。

讀書作文譜卷之九

制藝體裁

唐彪曰：凡詩文體格，皆隨代變易，况云時藝，安得不日新月異乎？苟欲其出于一轍，豈不大誤？雖然，其結構之優劣亦有分也。惟言其體之優者，令後之宏才寔學，知文有真體，能力追而及之，固善。即不能，亦使衡文與選文者，遇體裁美善之文，不至反以爲未當而絀置之。此文體之所以急宜闡明也。若夫勢之所趨，不能挽回者，亦付之無可如何已矣。

制藝有六位

唐彪曰：前輩制藝之法，盡於六位。六位者，曰頂，曰面，曰心，曰背，曰足，曰影也。頂位者，題前也。題前有一層者，有二層者，有在上文者，有在本題者。知題有頂位，則文有來歷，前半不患無生發矣。面位者，題之正面也。知題有正面，故宜還其正面。心位者，題之所以然也。知題

有所以然，則當求其所在而搜剔之，斯理境深入，不落膚浮。背位者，題之反面也。從反面挑剔，逆取其勢，則正面愈醒。足位者，題之後一層也。知題有後一層，必宜於後幅補之，以完題意。影位者，題之對面與旁面也。影在對面，描寫其對面。影在旁面，描寫其旁面。知題有形位，則題不患無生發，且有離奇境界矣。凡題不必六位皆全，而四五位則所必有。能于四五位闡發盡神，即有佳境足觀矣。

制藝發題面與所以然之分

唐彪曰：論時藝，從無分所以然與題面者。分之自陸稼書先生始，此寔作時藝之寶筏，初學必不可不知者也。

陸稼書云：「成弘以前之文，叙題面處多，發所以然處少，而題意已顯然于題面之中。成弘以後之文，發所以然處多，叙題面處少，而題面亦躍然于題意之内。」彪更謂長題宜多發題面，不多發題面，則眉目不清。單句題儘力洗發題面，不過十餘句，其義已完。惟多發所以然，便有無窮義理，無窮境界也。

唐彪曰：有題前之所以然，有題中、題後之所以然。安頓通篇位置，則前者宜發於前，中者宜發於中，後者宜發於後，此先後之不可混亂者也。至於題面與所以然，則不必拘乎先後。先叙題

面，可也。先發所以然，亦可也。即錯綜相間發揮，亦可也。就一股論，上截發所以然，下截發題面，可也。發揮所以然處，有從正面說入者，有從反面說入者，有從對面、側面說入者。此至妙之理，人所不易知，先輩亦不欲與人言者也。

對偶不同之故

唐彪曰：或問云：「馮巨區『行己有恥』三節題，其第二節出股云：『蓋稽之宗族鄉黨，無間然矣。』第三節對股云：『蓋義之是非可否，不暇計矣』是反以虚對寔也。瞿昆湖『使禹治之』一節文，出股云：『觀之江淮，而江淮此地中行也。觀之河漢，而河漢此地中行也。』對股云：『以類聚而不爭於民之所食也，以羣分而不爭於民之所居也。』此對既虚而復參差矣，揆諸對偶之法，似乎不合。」余曰：凡兩句兩節題，與一句題不同。題義既異，則對股之詞句隨題而施，不能盡合前比者勢也。故以虚對寔，可也。前短後長，前多後寡，亦可也。近時名公單題之對偶，多不齊整，何況數節文乎？若以對比字句，不能如前，反將前比好意改去，致令文不與題相稱，是因小節而失其大端也，可乎哉？

（折）〔拆〕題分疏法

唐彪曰：凡作文，將題拆開分疏，則文有生發，而前後又不至重複，誠妙法也。然有三義，有拆

開逐字分疏者，傅感丁「我善養吾浩然之氣」文，一股「氣」，一股「浩然」，一股「養」，一股「善養」。秦靖然「不憤不啓」二句題文，先「憤悱」，次「啓發」，次「不憤不啓，不悱不發」是也。有拆開平列分對者，趙南星「從流上而忘反謂之連」，將「流上」與「忘反」分股到底是也。有拆題錯綜分疏者，李斯義「朽木不可雕」題文，先點「雕木」，次反發「朽木」，次正發「朽木」，次發「朽木不可雕」，次更挑剔「不可」虛字以完餘意是也。學者欲文有生發而免於重複，則三法不可不知矣。

周安士曰：「短題若能拆碎做，不惟有倫有序，易於措筆，且能使題之寔理虛神倍加醒透。如『吾日三省吾身』題。將『身』字、『省』字、『三』字、『日』字、『吾』字，逐段發揮，則意議便多，層次亦出矣。」又曰：「凡題先做寔字，後做虛字。」亦此法也。

避下文止宜避意不必避字

唐彪曰：文之所以要避下文者，以下文未經聖賢説出，我若先説，便是顛倒聖賢口吻，故謂之犯下。至於下文字眼有在本題所應用者，見之適所以完題，不用反爲欠缺，何謂之犯？近時文人，於下文之意，本題並未曾有者，不憚竭力鈎致，勉强嵌入文中，反不謂之犯下，且謂之能發揮。於題意中原有之字所當用者，苟在下文，則避之如矢石焉。而閱文者一見文中有下文字，不辨其宜用不宜用，必咎以爲犯下。考試竟有置之下等者。噫，習俗之相沿，背理一至此哉！

破題

梁素冶曰：「凡作破題，最要扼題之旨，肖題之神，期於渾括清醒，精確不移。其法不可侵上，不可犯下，不可漏題，不可罵題。語涉上文謂之侵上，語犯下文謂之犯下。將本題意思，未經破全，或有遺漏，是謂漏題。將本題字眼全然寫出，不能渾融，是謂罵題。其兩句之中，有明破、暗破、明破者，就本題字明明破出。如「孝弟」字即破「孝弟」，「道德」字即破「道德」是也。暗破者，將題目字暗暗點換，如「孝弟」類以「倫」字代之，「道德」類以「理」字代之是也。順破、逆破、順破者，照題面字自上而下，如「學而時習之」，先破「學」字，次破「時習」是也。逆破者，將題面字自下而上，如「其爲人也孝弟」，先破「孝弟」，次破「爲人」是也。正破、反破。正破者，題之正面以正語破之，或反面或側面題，不便措語，亦以正意破之，俱名正破。反破者，反題意而破之。蓋以我解題之法也。又有上句領章旨，下句講本題者。有上句講本題，下句承章旨者。有上句講本題，下句或推開，或吸下，或直斷，或虛足者。有兩句分破題面者。有兩句如門扇對峙者。如「不亦君子乎」搭至「其爲人也孝弟」，破云「君子爲學之終，孝弟爲人之始」是也。有上句即用『也』字『焉』字者，如「問人於他邦」題，破云：「交之不可疏也，有因問以通其意者焉。」皆常格也。至於用三句者，則變格也。長題之破，貴簡括。搭題之破，貴融貫。大題之破，貴冠冕。小題之破，貴靈巧。」

承題

梁素冶曰：「承題如遇長題不能逐句承出，則宜擇關切重大者籠括之。承題最忌者，平頭並脚。平頭者，領頭數字與破題領頭數字相同，如破題領頭用『聖人』，承題領頭亦用『聖人』是也。並脚者，煞尾數字與破題煞尾數字相同。如破題煞尾用『而已』字，承題煞尾亦用『而

已』字是也。承題起頭用『夫』字者，承上意而指點之辭也。『蓋』字者，承上意而推原之辭也。『甚矣』字者，承破意而懇切言之也。破題于聖、賢、帝、王諸人，須用破講，承題則直言之。如『堯舜』則直稱『堯舜』，『孔子』則直稱『孔子』。其餘諸人，皆因題直稱，無復避忌也。」

唐彪曰：承題之理，其小節處，梁素冶言之已詳，不必贅矣。茲取其大者言之，則莫如原題一欵。明初、中葉之文，多於承題之末承領上文，此體最爲美善。何也？未順口氣之前，承領上文，則上文在上，本題在下，體裁順矣。既順口氣而始領上文，則本題在上，上文在下，義理顛倒矣。苟布置得宜，猶或不背于義。布置一失其宜，則體裁乖舛甚矣。故成、弘以前之文多于承末原題者，爲此故也。今將其式附後。王鏊「見賢焉然後用之」承題：「甚矣，知人之難也。不親見其賢而遂用之，豈能慎之至哉。昔孟子告齊王進賢如不得已之意及此。」承章旨式唐順之「匹夫而有天下者」二節承題：「蓋聖人之有天下，不獨以其德，亦以天子之薦，與繼世之不賢耳。不然，其如德何哉？此孟子歷舉羣聖之事以證禹之非德衰也。」承章音式又茅坤「何哉君所爲輕身至君無見焉」承題：「夫君之欲就見賢者，固其好善而忘勢。而魯臣卒沮之，豈非吾道之將廢也與？此臧倉所爲譏孟子於魯平公，而爲之言也。若曰……」承遠脉式又王守仁「喜怒哀樂至謂之和」承題：「蓋情之未發，性也。故謂之中發而不失其性情之正也，故謂之和。《中庸》明道不可離之意如此，其旨深矣。」承章旨式熊伯龍「管氏亦有反坫」承題：「夫反坫何禮，而管氏亦有之也哉？則

其比于偕也，又不獨一塞門矣。」承上句又李東陽「有德此有人」四句承題：「蓋德者，平天下之本也。平天下者，而有其德焉。則凡天下之利，有不期而自至者矣。《大學》傳治國平天下，而論及君子之先慎乎德。」承近脉式又蕭鳳鳴「唐虞之際」二句承題：「夫得人之盛，自古爲難也。非唐虞迭興之時，豈復有盛於周哉？昔夫子論周室人才之盛，而有感於人才之難。」承上句式又許道中「畜馬乘至聚斂之臣」承題：「夫家雖不同，而食君之禄則同。畜雞豚牛羊與畜聚斂之臣不一，而以利爲利則一。欲盡治平之道者，可不以是爲戒哉？昔曾子引孟獻子之言如此。」承上句式又徐常吉「一戎衣而有天下」承題：「夫天下，非小物也。一戎衣而有之，是何其取之之易哉？于此見武王之能纘緒也。」承上句式(已)〔以〕上皆承末原題式也。或曰：「似此承末原題，與今時大不相類，安可施之今日？」余曰：前輩起講過於簡短，則不宜學。承題長而條暢，何必不學？况於三四句之下即原題，亦不嫌其過長也。

起講　梁素治曰：「起講者，扼一篇之綱領，而發其大旨者也。最宜渾融，不宜刻露。起講妙處，全在包籠大勢，虚而不泛，既能發全題之神，復能養全篇之局，斯爲作手。善作起講者，出手常如春雲乍吐，曉日初升，含蓄藴藉，始爲得體也。」

唐彪曰：起講有題前寬説法，王思任「他日其母殺是鵝」題文是也。有題前補襯法，章楓「出從我於陳蔡者」題文是也。有就題虚起法，汪苕文「或謂寡人勿取」題文是也。有虚取題神法，金正希題文多有此。有開闔法，有

借賓陪主法，有借主陪賓法，有援古証今法，有引經斷事法，有推原來歷法，有故作疑案法，錢槽「出」一字題文是也。有反題説法，翟季楫「父母其順矣乎」題文是也。有急擒題字法，有講首先虛籠下意，後轉入本題法，有反挑法，王沛恂「見其二子焉」題文是也。有雙起側落法，有兩路順襯題情法，有兩路反襯題情法，許譽卿「如有復我者」題文是也。有兩路相商，折出題情法，程夢簡「如得其情」題文是也。有巧襯法，有暗比題正講法，有口氣題斷做法，此皆無上文作法也。其有上文者，有從上文裭入本題法，有即上文別出本題法，俞以除「懷諸侯則天下畏之」題文是也。有將上文粘合本題法，韓元少「狂者進取」題文是也。有將上文陪講，作一家賓主法，張爲焕「予無樂乎爲君」題文是也。有暗頂上文，不露字眼法，熊次侯「四方之政行焉」題文是也。有講首頂遠脉，講中講末頂近脉法，許虬「二」一字題文是也。有專頂遠脉，或專頂近脉，即借勢點出題面或帶出題字法，有單頂上文，竟全不及本題法。周鍾湯「執中」三節題文是也。作起講者，能知諸體，一則安頓上文有法，不至令書義顛倒，二則能留餘地，不至將題義説完，後幅可免重疊之病也。起講雖列諸法，然必不可過長。以七八句爲正則，最長不過九與十句，再長即是一篇小文，非起講也。既乖體裁，又必與後半重複。

入題

唐彪曰：凡書有宜領上文者，有必不宜領上文者。如「不亦説乎」，「本立而道生則以學文」此等題，題理從上文出，自應承領來脉。若夫「恭近於禮」、「主忠信」、「富而無驕」等題，題理不從上文出，何必强爲聯絡？前輩於此等題俱不領上文，而今人必領之，寔爲非理。且先

輩於當承上者，其領上亦甚有法，而今人又全失其法。嘗取現之文觀之，有領於承題之末者，有領於開講之首者，有襯以詞華，鎔化於講之上截者，有全講上文意說到底者，有先做本題順勢將上文作收者，此皆先輩妙法也。今人多聯絡於提股之中，已多遺失先輩法矣。然猶可也，至於起講已完，毫無襯貼，硬嵌上文一二句者，以書義言之，是先有本題而後有上句也。以文體言之，儼如一贅瘤也。是體也，吾不知何以羣奉爲金科玉律也。既已聯絡於上文提股之中，即是承領上文矣，何故又於股首重嵌上文一句？一二股可直接竟直接，不可直接宜用虛語遞下方是。此等失體裁處，操選政者，曾無一語談及，誠缺事也。今將領上文文式附載於後。講首領上文文目唐寅「三以天下讓」二句，林耀初「一家讓」二句，王鏊「何事非君」二句，俞琬綸「何以報德」句，郝敬楚「書曰」三句，王錫爵「事君能致其身」句，王永吉「遠之事君」句，李斯義「朽木不可（離）〔雕〕也」句文皆是。講中領上文文目黄洪憲「惟大人爲能格君心之非」句，董其昌「有國者不可以不慎」句，葉紹衣「伯夷叔齊」二句，章光岳「而未嘗有顯者來」句，宋實潁「童子見」句，湛若水「爲湯武敺民者」二句，顧起元「王無親臣矣」句，許竹隱「二」一字句，錢檟「出」一字句，季本「雖覆一簣」句文皆是。〔講末領上文文目〕王鏊「下者爲巢」二句，王鏊「相秦而顯其君」三句，顧錫疇「不知者以爲爲肉」四句，張魯唯「願爲聖人氓」句，韓霖「吾豈若使是君」二句，薛應旂「夫有所受之也」句，王肯堂「人十能之」二句，金正希「左右皆曰賢未可也」文皆是。〔全講領上文文目〕蔡應龍「夫人不言」二句，薛應旂「君子之至於道也」二句，陳際泰「邦無道則愚」句，熊伯龍「帝臣不蔽」二句，許國榮「鄉人長於伯兄一歲則誰敬」、張爲焕「予無樂乎爲君」、周鍾「湯執中」六句文皆是。

〔一二股〕　唐彪曰：一二股者，通篇機勢之所聚也。或反振，或順發，可以隨宜用之，總以

得機得勢爲佳。無上文者，多搜索題前之意爲之，有上文者，題前之意已在上文，不必牽入者，必置之。其或上文與本題交界縫中有意可承者，則帶入一二句，必不可多，庶幾可免敷衍之陋也。大抵妙處在截取題中一二字，或截取題理之半，以闡發之，開其機，導其勢，使實不嫌盡，虛不嫌泛，是佳境也。

出題

唐彪曰：前輩點題不拘，地位合宜即點，或在起講，或在講下，或在一二股中，或前點一半，後點一半，或零星分點，或竟點於篇末，無所不可也。在講中、講下、一二股中點者，謂之先點後做體。在三、四、五、六股及篇末點者，謂之先做後點體。然先輩不拘先點後點，必拆開題字，層次而出，鎔化題面，即有成句出者，亦必上下襯以文詞，庶無題自題而文自文之弊，此其所以勝後人也。近時之人，不知點題原無定位，因題而施，又不能（折）〔拆〕開題字，層次而出，又不知反點、借點、暗點諸法，坐定於一二比之下，勉强直出，如人項下懸綴一瘤，豈不污人目哉。

汪武曹曰：「凡長題，每難正點題句，故有反點法，借點法，暗點諸法也。」

唐彪曰：所謂反點法者，謂反書詞而點之也。如「何以伐爲至今不取」題。李應昇「以危可持顛可扶」反點「危而不持，顛而不扶」是也。借點者，借意襯出題字。題字已見，便可不必再點。如陳大士「當在宋也」二節文，中幅云：「當孟子所處無戒心，齊詭爲宋之辭曰：『聞戒。』孟子將受之乎？當孟子所處無遠行，齊詭爲薛之辭曰：『聞將有遠行。』孟子將受之乎？計孟子必不

受也。」此所謂借點也。

三四五六股 唐彪曰：今人於中股每謂有起承轉收之法，則起之後當承，承之後當轉，轉之後始收。然文往往止有起、承，無轉者，亦有起一二句即轉者，更有起承之下，不用轉而用開法者。如翁寶林「致知在格物」文，中股「且夫盡天下之物而窮之，聖人固有所不能也」。此開法也。惟開乃能更出一層議論，若拘於用轉，安能更發一層哉？今人股法日長，若不於此處講求，文未有能工者也。

吴侣白曰：「前輩之文，一篇中多有十數股者。其股體短，或四五句或五六句，本股無起承轉收，以通篇爲起承轉收，所以其體圓，其神雋，有古文意。若今之長比排偶，自爲起承轉收，則四比成四截，神氣不貫，全無古文意矣。然則今之專於一股内求四法者，可以不必也。」

梁素冶曰：「分股立柱，每於股首或創一意，或拈一字，或提一事，用爲一股之繩領。股中意義，即依此發之。有從題意立柱者，如理學題，用『致知力行』分股。仕進題，用『致君澤民』分股。有從題面立柱者，如忠信題，以『忠信』分股。致中和題，以『中和』分股。有就註語立柱者，如『夫何爲哉』題，以『紹堯得人』分股。至『道不凝焉』題，以『聚』字『成』字分股是也。有承上立柱者，如『奚取於三家之堂』，以『天子辟公』分股是也。先輩爲文，嘗用此法。總之，實疏題理，虛引題情，此分股立柱之意也。」

唐彪曰：汪武曹常言：「題情每比可分兩意者少，只一意者多。不知以一化兩之法，對股必有合掌之病，故有一意分出兩層者。黄陶菴『敬事而信』題文，『推此心以敬國家之大事，推此心以敬國家之小事』，吴國華『在下位不援上』題文，『上援我而我援之，上不援我而我援之』之類是也。有一意翻出兩層者，如魏光國『孰能一之』題文，以『無論諸侯王，實競且争。無問諸敵國，實應且憎』，宋學顯『丹之治水也愈於禹』文，以『禹治難而丹治易，禹治遠而丹治隘』分股作翻之類是也。有一層襯出兩層者，蕭士瑋『鄒人與楚人戰』文，後幅『臣見今人之所欲類此，臣見今人之所求似此』，分股襯貼之類是也。」學者能知此三法，題到手自不患文情窘縮矣。

七八股

唐彪曰：七八股，或發題中深一層意，或發題中下截意，或發題中未及發之字。又或前用順闡，後用逆發。前用分疏，後用合講。前用合講，後用分疏可也。又或股首用推原、推廣、翻論、引古作襯，而下以題面足之可也。又或股之上半截已將題義説完，下無可闡發，乃用推原、推廣、咏嘆、襯貼與翻進層等法，以補其不足可也。又「枯竭題」、「虚縮題」、「一字題」，題義於前半已説完，無可再發，竟用前五法作二股，以完其體裁，亦可也。又兩句題及三、四句題，前四股專發上截者，則後四股宜發下截，中間則用過文。若三四股已發下截，五六股亦發下截者，則七八股必宜合講，此正式也。

唐彪曰：辛卯江南「君子學道則愛人」，笪重光墨，後股中襯入子游口氣。選文者抹其文曰：

「下有小人學道句。聖人口氣未完，不當即入子游口氣。」庚子「志於道」三句墨卷，選文者謂「前幅可合發，後幅不當合發，須三股徑住，乃能留下句餘地。否則『游於藝』句續不上矣」。噫，誤矣！予觀《左傳》及《史記》，不惟篇末多斷語，如《諸侯會於申》篇，中幅忽於疏解經旨口氣中插入「君子謂宋左師善守先代，子產善相小國」二句。《會於宋》篇，忽於疏解經旨中插入「仲尼使舉是禮也，以爲多文辭」，此皆斷語也。《史記・屈原列傳》「人君無智愚賢不肖」一段，《孟荀列傳》「昔武王以仁義伐紂而王」一段，皆突地插入斷語。又嘗觀《經筵進講書》之法，每講一書畢，必証以三代以後事，或証以當時時事以爲實據，令人主知書與事合一之理，庶幾不至書自書，事自事也。又宋時王安石《經藝體裁》後幅必入實事作証。如此爲文，方顯得士人實學。夫制藝爲排偶詞章稱爲帖括也久矣。後幅畧入學人口氣以爲証據，猶能使學人留心實學，考究經史。且前半破承以斷語起，後竟不以斷語相應，有頭無尾，成何體裁？而論文者，且欲文皆順口氣到底，令無學者得以文其空疎淺陋。論文如此，不惟不知古今文之體裁，且將使學人竟不必多讀書矣。噫！國家用人，何貴此無實學之士也哉？

過文 唐彪曰：過文乃文章筋節所在，已發之意賴此收成，未發之意，賴此開啓。此處聯絡，最宜得法，或作波瀾，用數語轉折而下。或止用一二語，直捷而渡，反正長短，皆所不拘。總要迅疾矯健，有兔起鶻落之勢方佳也。不然，雖前後文極精工，亦減色矣。

梁素冶曰：「平弱無波，過文最忌。須如驚濤駭浪中，滿拽風帆截江而渡。」

束股　梁素冶曰：「束股一名繳股，蓋總一篇之局而收束之者也。文義雖短，筆法最要緊嚴，意思最要周匝。少不經意，未免强弩之末。其體有一反一正者，有一賓一主者。有一股束本題，一股繳章旨者。有一股束本題，一股逗下文者。有應轉前幅者。長題則擇其緊要而束之，餘可畧去。巧搭題則一股束上截，一股束下截。又有上下截連環交束者，惟隨機運筆可也。正束之外，又有題緒甚長，散行一段收束全題者，有倒捲上文收束者，皆變格也。總之束股係歸宗結穴之處，格雖不同，務以精嚴緊鍊爲主。束股在刻藝間有畧去者，乃文家偷懶法，非正體也。必有之乃成全璧。」

讀書作文譜卷之十

評古文

左傳　唐彪曰：左氏文章佳處，一曰老健。筆能截鐵，句可擲金。二曰風華。雲錦天章，燦然炫目。三曰變化。其叙事，或預點于前，或齊列于中，或懸綴于末，不爲一律，無非神妙。四曰波瀾。或引詩詞，或説夢兆，或詳卜筮。其最得意者，在追述舊事中故作奇峰插天。即平叙者，亦必一唱三嘆，淋漓盡致。五曰接渡。山盡逢山，水窮逢水，但見改觀，不見承接。六曰雙收。或用兩人，或用兩事，或用兩詩。七曰空中預埋。有意無意，虛插在前，到後闡明，脉絡聯貫。八曰閒情照應。用閒情點染，迴環照應，别有佳趣。九曰陡然而住，令人神驚却有餘音未絶，又令人神遠。十曰詳畧有方。或于正面處用畧筆點過，而于旁見側出。閒情閒事，則儘力發揮，露其姿態。十一曰若斷若續，可合可分。或其事在數年之後，而端緒預見于數年之前。或論斷在本人傳中，而伏案已見他人篇内。線索縝密，脉絡綿長，開闢以來，不得不推爲文章鼻祖也。

唐彪曰：《左傳》多用從類併敘法。從類併敘者，或將往日零散之事，或將現在零散之事，或集同類之理，或集同類之言，叙于一處也。如《晉殺其大夫三郤》、《楚公子比自楚歸宋》、《魏獻子爲政》，此併叙于篇之首者也。《吴使子札來聘》、《韓宣子如楚》、《晉楚戰于邲》，此併叙于中幅者也。《吕相絶秦》、《中行獻子伐齊》，《絶秦》篇末段最佳。諸小古文皆删去，可恨！此併叙于篇之末者也。

唐彪曰：杜預《春秋左傳序》所以闡明《春秋》之義例者，精而能該。所以發明《左傳》之意旨者，核而能周。《春秋》、《左傳》之理，無餘藴矣。學人未能全讀二書者，固當讀之，即全讀二書者，讀之尤能悉二書之微義也。

公穀　朱子曰：「左氏是史學，公穀是經學。史學者記得事詳，經學者於義理親切，然記事多誤。」

檀弓　東坡曰：「凡爲文記事，嘗患意晦而詞不達，語雖蔓衍而終不能發明。惟《檀弓》多則數句書一事，少則或一二句書一事，竟有兩字書一事者。語極簡而味長，事不相涉而意脉貫串，經緯錯綜，成自然之文，故精妙可法也。」

孟子　唐彪曰：古今文工言權術而極暢者，無過于《國策》。告言義理而極暢者，無過于《孟子》。彪嘗以二文兼讀，一則仁義之風可親，一則機械之行可畏。專讀《孟子》，猶未見孟子之賢。及與《國策》並讀，而孟子之賢益著。專讀《國策》，猶未見儀、衍之惡，及與《孟子》並觀，而

儀、衍之惡益彰。故以人品論，殆有天壤之不同。若但以文章論，則有可並稱者。雖然，文者載道之器。《孟子》之文，克明乎道，則其勝于《國策》又何待言。但舉世之人，誰不讀其書者？誰能讀之得其神化而能自成一家言者乎？無他，但求其義理，不于其文辭細加揣摩之〔功〕〔故〕也。若將其至佳者，揀數十篇録爲一册，殫心揣摩，則必有以造其微者。昔昌黎、老泉專學《孟子》，故其文最佳。朱子謂孟子之文，不但非歐、蘇所及，而且非昌黎所及。人奈何棄其幼所習熟而反求乎他文之生者哉？

國策　唐彪曰：《國策》之文，起不用冒，收不作結。單刀直入，脱盡裝點，且其氣雄力勁，筆秀神清，詞腴而不膚，色妍而骨俊。文章至此，可稱絶技。又其於人情事勢，揣摩推測，透徹無餘，故敷陳利害，以傾惑人心，能使勇者怯，智者愚，喜者變怒，憂者忽樂。學者見之，未有不好之深，讀之不忍釋者。雖然，是書也，當師其文之佳，不當學其意之險。否則因習其文而喪我天良，所得者小，而所失者大。則寧不讀之爲愈焉耳。劉更生曰：「《戰國策》或曰《國事》，或曰《長短》，或曰《事語》，或曰《國策》，或曰《長書》，或曰《修書》。乃戰國時遊士各輔所用之國，爲之策謀，宜謂之《戰國策》。其事，繼春秋以後迄楚漢之初二百四十五年間之事也。

莊子　林西仲曰：「《莊子》篇中，有一語而包數義者，有反覆千餘言而止發一意者，有正意少而旁意多者，有一言而連類他及者，此俱可置勿論，惟先求其本旨，次觀其段落，又次尋其眼

目照應之所在，亦不難曉。《莊子》有易解處，有艱澁難解處，有可作此解彼解處，俱無足疑，止玩上下文來路去路，再味其立言之意，便迎刃自解矣。《莊子》當隨字隨句讀之，不隨字隨句讀之則無以見全書之變化。又當將全書一氣讀之，不將全書一氣讀之，則不知隨字隨句之融洽。《莊子》當以看地理之法讀之，欲得正龍、正穴，當于草蛇灰線、蛛絲馬跡處尋求。徒較量其山勢之大小，無有是處。《莊子》當以看貝之法讀之，正視之似白，側視之似紫，睨視之似緑，究竟俱非本色。纔有所見，便以爲得其真，無有是處。」

陸西星曰：「《南華》文字中，有平易可解者，有艱澁不可致詰者。讀者但當解其所可解，而不致詰其所不可詰，乃爲得之。若一（三）〔一〕爲之曲説，非惟支離破碎，不得其旨，而我會文艱澁之機熟，抽毫臨紙忽焉入於其中而不自覺，此害事之不淺者。正如禪宗中謂『鹽可食，却不許汝滿口食』也。」

史記

王世貞曰：「太史公之文，有數端焉。帝王《紀》，以己釋《尚書》者也。又多引《圖》、《緯》、諸子家言，其文衍而虚。春秋諸《世家》，以己損益諸史者也，其文暢而雜。儀、秦、鞅、（睢）〔雎〕諸《傳》，以己損益《戰國》者也，其文雄而肆。劉、項《紀》，信、越《傳》，志所聞也，其文宏而壯。河渠、平準諸《書》，志所見也，其文核而詳，婉而多風。刺客、游俠、貨殖諸《傳》，發所寄也，其文精嚴而工篤，磊落而多感慨。」

唐彪曰：司馬子長之文，爲古今第一者，以其天資高邁，博記羣書，又得師傳心性之功。常收視反聽，使天君湛然，故光明焕發。文章佳境出自性天，其言曰「内視之謂明，反聽之謂聰」，非虚語也。又遍歷宇内，凡天地間奇山異水，草木禽獸，人情風俗，可驚、可怪、可喜、可思者，悉取以助吾之生意。又父子相繼爲史官，有往昔當時之秘書史册，可以資探討。又與燕趙賢豪交遊，有以助耳目聞見所不及。又有籍、信、荆、聶、平、嘗、無忌諸公足以供描寫，有封禪、開河、征蕃、黷貨、嚴刑諸事足以暢發揮，又上古地名、官名、服（餙）〔飾〕、器用、宫殿之名多馴雅，點入文中多可愛。故其發爲文章，立例廣，寄情深，或分或合，或畧或詳，隨意所發，無不曲當。其大篇包羅衆有，則如千巖競秀，萬壑争流。其微辭旁見側出，寓意于叙事之外，則如天馬行空，不可踪跡。可謂化工之巧，非人力所能彷彿矣。雖其紀載往事，附會訛誤，亦時有之，然以文論，則無美不臻，大成之名，不得不歸之也。

茅鹿門曰：「按太史公所爲《史記》一百三十篇，除世所傳褚先生別補十一篇外，其他帝王世系，或多舛訛。法度沿革，或多遺佚。忠賢本末，或多放失。其所論大道，而折衷于六藝之至，固不能盡如聖人之旨，而要之指次古今，出入風騷，譬之韓、白提兵而戰河山之間，當其壁壘部曲，旌旗鉦鼓，左提右挈，中權後勁，起伏翱翔，倏忽變化，若一夫舞劍于曲旃之上，而無不如意者，蓋千年絶調也。即如班掾《漢書》，嚴密過之，而其疏蕩遒逸，令人讀之杳然神遊于雲幢羽衣之間，

可望而不可挹者，竊疑班掾猶不能登其堂而洞其竅也，而況其下焉者乎？」

唐彪曰：史遷之文，如《本紀》、《世家》、八《書》、大篇《列傳》，皆累萬餘言，可謂極長難讀矣。然無一非挨年次月，由先而後，條理井然，有界限可尋者。惟其筆端變化，或起或伏，或即或離，縱橫出没，不可捉摸。故淺學者讀之，如數萬散錢傾之于地，東竄西分，不能收拾。有識者讀之，知一索可貫千錢，得貫之具，雖數萬散錢，無難瞬息約束之矣。故讀《史記》者，總以「挨年次月」四字提爲綱領，縱令篇幅廣長，端緒紛錯，而章法脉理，無不顯然可見，又何患其難讀也。又曰：《史記》之文，皆有界限段落。一篇可以分爲十數篇，而十數篇仍渾成是一篇。故讀一篇即是讀十數篇，而讀他文數十篇，終不如讀《史記》一二篇。知此意者，庶幾知《史記》之佳，得讀文之法。或曰：《史記》不能全讀者，亦有删讀法，但欲删之得其當耳。

林駉曰：「子長以事之繫于天下者，則謂之《本紀》。故歷代帝王皆以《本紀》名篇。項羽雖未有天下，然政由己出，且封漢王，則項羽可《紀》也。孝惠高后之時，政出房闥，則吕后亦可《紀》也。三代世表所以觀百世之本支，先列譜系，以祖宗爲經，子孫爲緯，則五帝三皇皆出于黄帝，此帝王授受之正統可見也。十二諸侯年表以國爲經，以年爲緯，所以觀當時之得失。六國年表，所以示天下之名分。如齊康公十九年已爲田和遷居海上，乃稱之曰『太公』，至二十六年既卒猶書『齊康公』，所以明尊卑順逆之理也。秦楚月表，上尊義帝而漢居其中，明大義也。漢興以來將相

年表，上繫大事之紀，明職分也。《封禪書》借祭祀以著當時求仙之詐，《平準書》述重貨以譏當時征利之非，《禮書》則載孫卿《禮論》，而不載叔孫通《綿蕞》者，以見古禮之是也。《曆書》則載古曆九百四十分之法，而不載太初八十一分之法者，以見古曆之密也。事有大於《列傳》者，則系之《世家》。夫子爲萬世師表，故以《世家》別之。陳涉能亂强秦，自是豪傑，故以《世家》繫之。蕭、曹、良、平，勳烈冠于宇内，皆社稷之臣，故亦以《世家》繫之也。至于《列傳》，尤有深意。讀之當自得其旨歸矣。」

唐彪曰：《左傳》每用雙收法。如《晉趙盾無君》、《魏獻子爲政》，皆用雙收法。《史記》變通其理，移之篇首。如《廉頗藺相如列傳》、《張耳陳餘列傳》皆用雙起法。故知善作文者，推類變化，愈出愈奇。若人步亦步，人趨亦趨，則不免庸奴之誚矣。

董文 朱子曰：「仲舒文大概好，然無精彩。其《答賢良策》，緊要處不答，無緊要處又累數千言。」又曰：「《天人三策》，文氣亦弱。」

韓文 唐彪曰：昌黎之文，篇篇一體，不能詳述。茲畧舉大槩：有若詩之興體者，《送楊少尹序》、《至含秀才序》、《温處士赴河陽軍序》諸篇是也。有若詩之比體者，《雜説一》、《雜説四》、《應科目與人書》諸篇是也。有若典謨者，《平淮西碑》、《祭鱷魚文》諸篇是也。有似班、馬者，《許國公神道碑》、《權德輿墓誌銘》諸篇是也。有若詞賦者，《進學解》、《訟風伯》諸篇是也。有如巨

浪排空，怒濤捲雪者，《畫記》、《後廿九日上宰相書》、《上張僕射書》、《圬者王承福傳》諸篇是也。有百轉百折者，《祭十二郎文》、《諱辯》諸篇是也。有錯綜遥對者，《原毁》、《與陳給事書》諸篇是也。有迴環重複者，《初上宰相書》、《原道》、《送廖道士序》、《送董邵南序》諸篇是也。有遊戲三昧者，《毛穎傳》、《送窮文》諸篇是也。至于辭句之變幻，長至二三十字者有之，短至一二三字者有之，文從字順者有之，詰屈聱牙者亦有之。凡説理之文，未有不平實者，惟昌黎能以至平實之理，發爲至虚靈之文。其平實之理，如布帛菽粟，愚智同需。其虚靈之文如海市蜃樓，千形萬態，不可摹擬。兹約一言以贊之曰：百體備具而不落窠臼者，其昌黎之文也乎。

或問于朱子曰：「要看文以資筆勢，助發義理，何者爲要？」朱子曰：「可看《孟子》、韓文。韓不用科段，直説將去，至終篇自然純粹成體，有結搆。若歐、曾却各有一箇科段矣。」又曰：「韓千變萬化，無心變。歐有心變。韓文高，歐文易學。」

柳文　茅鹿門曰：「昌黎之文，得諸古六藝及孟軻、楊雄者爲多，而柳州則間出乎《國語》及《左氏春秋》諸家。其深醇渾雄，或不如昌黎，而其勁悍泬寥，抑亦千年以來曠音也。讀《許京兆》、《蕭翰林》諸書，似與司馬子長《答任少卿書》相上下，欲爲掩卷欷嘘者久之。再覽《鈷鉧潭》諸記，杳然神游沅湘之上，若將凌虚御風也已。余覽子厚之文，其議論處多鑱畫，其紀山水處幽邃閒曠。至于墓志碑碣，其爲御史禮部員外時所作，多沿六朝之遺。余不録，録其貶永州司馬之

後稍屬雋永者凡若干首，以見其風概云。然不如昌黎多矣。」

朱子曰：「柳子厚文，有所摹倣者極精。如《自解》諸書，是倣司馬遷《與任安書》者。」

歐文

茅鹿門曰：「西京以來，獨稱太史公遷。以其馳驟跌宕，悲慨嗚咽，而風神所注，往往于點綴指次，獨得妙解。譬之覽仙姬于瀟湘洞庭之上，可望而不可即也。又千百年而得歐陽子。予覽其所序次當世諸公墓誌碑表，與《五代史》所爲梁、唐二《紀》及他名臣雜傳，蓋與太史公畧相上下。又如奏疏、劄子，當其善爲開陳，分别利害，一切感悟人主。于漢可方晁錯、賈誼，于唐可方魏徵、陸贄。宋仁廟嘗諭廷臣曰：『歐陽修何處得來？』殆亦由此序、記、書、論，雖多得之昌黎，而其姿態横生，别爲韻折，令人讀之一唱三嘆，餘音不絶。予所以獨愛其文，妄謂世之文人學士得太史公之逸者，獨歐陽子一人而已。予覽歐、蘇二家之論不同。歐次情事甚曲，故其論多確而不嫌于複。蘇氏兄弟則本《戰國策》縱横之旨而爲文，故其論直而鬯，更多疏逸遒宕之勢。歐則譬引江河之水而穿林麓灌澮畝。蘇氏兄弟則譬之引江河之水一瀉千里，湍者縈，逝者注，杳不知其所止者已。語曰：『同工而異曲』，學者須自得之。」

唐彪曰：自歸震川、錢牧齋二先生讀歐文，且極口稱贊，自此諸名公皆争効法，而歐文遂爲古學津梁矣。夫歐文胚胎乎《史記》而變化潤澤乎昌黎，議論叙事，參伍錯綜而以紓折之筆出之，秀雅之度行之。感慨之情致之，備諸佳境，宜爲後人取法不置也。

曾文　茅鹿門曰：「曾南豐之文，大較本經術，祖劉向。其湛深之思，嚴密之法，自足以與古作者相雄長。而其光焰或不外爍也，故于當時稍爲蘇氏兄弟所掩。獨朱晦菴亟稱之。近年王道思始知讀而酷好之，如渴者之飲金莖玉露也。」

朱子曰：「曾南豐文，紆徐曲折不如歐文，然却平正而潔净。」

老蘇　《緯文瑣語》曰：「蘇明允文，以議論爲本。有質處，有跌宕處，有深奥處，有明白處，有馳騁處，有安徐處。其自言云：『詩人之優柔，騷人之清深，孟、韓之温醇，遷、固之雄剛，孫、吴之簡切。投之所向，無不如意。』蓋實語也。」

大蘇　唐彪曰：大蘇之文，汪洋浩瀚，如長江大河滔滔不竭者。其氣也，開闔縱横，屈伸斷續，無不如意者。其機也，鬆爽俊快如哀梨，文雅潤澤如蜀錦者。其辭也，至難辨之事理，與至難狀之情形，一經闡發，無不了然言下，躍躍欲出者。其筆也，倏而聖賢，倏而仙佛，倏而縱横、刑、法，雜出無方，惟求其是，不避後人之議者。其心事與文情也，雖文多逞才，或篇幅過長，不能裁以法度，是則有之，若其種種美善，終非後人所能及矣。

葉水心曰：「蘇文架虚行危，縱横排宕，數千百言，皆如其意所欲出而莫知其所自來，真古今議論之傑也。」

朱子曰：「人有才性者，不可令讀東坡文章。有才性人便須收拾規矩，不然，文字蕩去無

結構。」

總評 胡元瑞曰：「《尚書》、《春秋》，聖人之史也。《檀弓》、《左傳》，賢人之史也。《漢書》，文人之史也。《後漢》、《宋書》、《三國》，元魏、趙、宋、遼、金，不足言矣。」

王元美曰：「《檀弓》、《考工記》、《孟子》、《左傳》、《戰國策》、《史記》，聖于文者乎？其序事則化工之肖物。班氏，賢于文者乎？人巧極，天工錯。莊生、列子、楞嚴、維摩詰，鬼神于文者乎？其達見則泱泱而河潰也，窈冥變幻而莫知其端倪也此句删。」

朱子曰：「要做好文字，先須理會道理，再當于西漢文字上用工。」又曰：「西漢文章，雄健高邁。東漢文章便不如。」

朱子曰：「韓文力量不如漢文，漢文不如先秦戰國。」

凌約言曰：「六經而下，近古而宏麗者，左丘明、莊周、司馬遷、班固四鉅公具有成書，其文卓卓乎擅大家也。《左傳》如楊妃起舞，盤旋揺曳，光彩射人。《莊子》如神仙下世，咳唾謔浪，皆成丹砂。子長之文，雄而豪，如老將用兵，縱横不可羈，而自中于律。孟堅之文，華而整，方之武事，其遊奇布列，不爽尺寸，而部勒雍容可觀，殆有儒將之風焉。雖諸家機局變幻不同，然要皆文章之絶技也。」

茅鹿門曰：「屈宋以來，渾渾噩噩。如長川大谷，探之不窮，攬之不竭，藴藉百家，包括萬代

者，司馬子長之文也。閎深典雅，西京之中獨冠儒宗者，劉向之文也。斟酌經緯，上摹子長，下探劉向父子，勒成一家之言者，班固也。吞吐馳騁，若千里之駒走赤電，鞭疾風，常者山立，怪者霆擊，韓愈之文也。巉巗崱屴，若遊于峻壑削壁而谷風凄雨四至者，柳宗元之文也。遒麗逸宕，若携美人宴遊東山，而風流人物照耀江左者，歐陽修之文也。行乎其所當行，止乎其所當止，浩浩洋洋，赴千里之河而注之海者，蘇軾也。嗚呼！七君子者可謂聖于文矣，其餘若董、賈、相如、揚雄諸君子，才學炳然西京矣，而非其至者。曾鞏、王安石、蘇洵、轍至矣，鞏尤爲折衷于大道而不失其正，然其才或疲薾而不能副焉，此諸公文之大概也。」

唐彪曰：古今來佳文雖多，至如《左傳》、《國策》、《孟子》、《南華》、《史記》、《漢書》、相如、昌黎、（允）〔永〕叔、子瞻諸公之文，則可謂之登峰造極，無以復加者也。學者能熟讀精思，則文章已探驪得珠矣。至于永叔、子瞻之文，初學尤宜先讀，以爲造就之階，則工夫易于入手。即或資鈍，不及再讀他文，然亦足以擴充才思，而流暢筆機矣。

唐彪曰：西京之文，朴茂雄健，遠過唐宋。然其中則有等殺，未可一槩視也。如董、賈之文固佳，然以較之班、馬，則殊不相及。欲讀西京之文者，不可不知所先後焉。

林父軒云：「司馬相如，賦之聖者。楊子雲、班孟堅只填得他腔子，如何及得他自然流出？」

茅鹿門曰：「宋諸賢叙事，當以歐陽公爲最。何者？以其調自史遷出，一切結構剪裁有法，

而中多感慨俊逸處，予故往往心醉。曾之大旨近劉向，然逸調少矣。王之結搆剪裁，極多鑱洗苦心處，往往矜而嚴，潔而則，較之曾，特屬伯仲，須讓歐一格。至于蘇氏兄弟，大畧長公疏爽豪蕩處多，而結搆剪裁四字，非其所長。諸神道碑，多者八九千言，少者亦不下四五千言，其詳畧斂散處，殊不得史體。然二公之策論，千年以來，蓋絶調矣。故于此或殺一格，亦天限之也。」

金履祥曰：「曾子固之古雅，蘇老泉之雄健，皆文章之傑然者。」

讀書作文譜卷之十一

論讀古文

武叔卿曰：「文章未有不學古而能佳者，骨格調法，盡備之古文。不讀之，則俗氣稚氣尚不能脱去，而况能佳乎？讀之，自然有以渾其氣，蒼其格，高其調，秀其色。脱胎换骨于其中而不自覺，是獲益于古文者無窮矣。豈必摭拾其字句，以用入時文，始稱有益哉？」

袁坤儀曰：「古文不可不讀，讀之又不得以多爲勝。僕舊讀《莊子·養生主》，反覆熟玩，偶有所窺，乃知《莊子》三十一篇總是一箇機局。學人只把上等古文，選一二百篇，朝玩暮諷，使古文時在唇吻間，則出詞吐氣，自有古風。若待招之而後來，揮之而後去，已落第二義矣。」

唐彪曰：文章大忌偏似一家。張文潛云：「讀《左傳》不可不兼讀《莊子》。」蓋取其一實一虚，一高老，一疏宕，對待兼學，讀文執兩端之法也。兩端執，而我之文有真面目出于其間，偏似一家之弊，吾知其必能免矣。雖然，此第舉文之懸絶者言之耳，非謂文止宜學二家也。觀韓、柳、老蘇自言「無所不讀」，即可

知矣。

唐彪曰：學人宗大家之文者，反輕視周、秦、《史》、《漢》。豈知昌黎之文出于六經、《莊》、《孟》。柳州之文，出于《左》、《國》、《離騷》。永叔出于司馬、昌黎。老泉、東坡、潁濱出于《國策》、《南華》、鼂、賈。南豐出于班固、劉向。大家之文，既有所自出，而後之讀其文者，反輕視其所自出，可乎哉？且作文之理，取法乎上，僅得乎中。讀其文，執筆爲之便去其文遠甚，安有讀八家即能爲八家之文者？故尊八家而忘周、秦、《史》、《漢》者，非也。然登高者必自卑，苟躐等爲之，不讀八家而竟驟希乎周、秦、《史》、《漢》，恐不能學其高雋，而且有畫虎不成之弊矣。故學古宜以漸入也。

唐彪曰：朱子嘗言：「合昌黎、柳州、永叔、南豐、明允、東坡數家之文，精加選擇，可讀者不及二百篇，此外便不必讀。讀之，能令人手筆低。」此不刊之論也。今人于名人之文，槩視爲錦繡珠璣。謂可不必選擇，乃率意誦讀。豈知平常之文，讀之能令人手筆低乎？

唐彪曰：文章未有無疵病者，雖以《左》、《史》，文中之聖，而或詳畧欠審，或位置失宜，或字句麤率，往往有之，下此者可知矣。學者讀其文，先存成見，但求其美而不辨其疵，非深造自得者也。惟精加玩索，能辨其美玉微瑕，然後己之所爲文，瑕疵亦可免矣。

唐彪曰：或云：「名文偶有微瑕，不宜輕改。」或云：「名文果有瑕疵，讀本之內，不妨改竄，以成全璧。」此二者，一存敬慎之心，一慊求全之志，均有所見也。讀《史記·虞卿列傳》三引《國策》

成文，其中先後倒置，姓氏舛訛，人謂不如《國策》之佳。及得宋景濂先生讀本，將前後改移，仍從《國策》次序，結構更有天然之妙。又見《屈原列傳》，位置亦有失宜。景濂移其「繫心懷王」一段于後，移其「人君無智愚賢不肖」一段于前，又删其「楚人既咎子蘭勸王入秦」三句。潔净明爽，誠勝原本。又于《左傳·吴子使札來聘》篇「美哉其細已甚」，去「美哉」二字。《晉侯秦伯戰于韓》篇，删其「亂氣狡憤」四句。《晉欒盈出奔楚》篇，删其「以范氏爲死吾父而專政，吾父死而益富」二句。其他之改易數句，與改易數字者甚多。乃知前賢于古名文有(徵)〔微〕瑕者，見之親切，改去其疵以爲讀本，信乎有其事，不避嫌也。但有景濂之學識則可，無則安可輕改歟？此係必宜删而後删者，不可以近時選古文輕加删削者目之。

論選古文

唐彪曰：古人之文，必宜删而後可以删之。如或篇幅太長，意旨重疊，字句有疵，稍爲之減節，則美者益美矣。但今日之選古文者則不然，不問文之可删不可删，止取詞句可通用者則存之，稍不可用者盡删之。或去其頭面，或去其筋節，或去其波瀾。不知頭面去則由來無可考矣，筋節去則神氣不相續矣，波瀾去則情境不生動矣，讀之何益乎？其所爲可用入時文者，正皆糟粕而無益于人之學識者也。選古文者，亦曾思及此乎？

唐彪曰：大凡一人所著，有最上之文，有其次之文，有又次之文。三者相較，而高下大懸殊矣。故選古文者，須選最上之文，其次與又次者即可已也。學人之姿性工夫俱有限，最上之文且不及多讀，焉有餘力及其次焉者？今所選者皆其次之文，則上焉之文反使人皆不及讀矣，豈不悞人之甚乎？乃世之選古文者有異焉，《史記》一書，鴻裁鉅篇不可悉數，雖其極長者難以登載，然不甚長者蓋亦有之。今皆不登，惟登諸史贊與諸叙而已。是何殊欲觀山者不求躋嵩岱，欲觀水者不求泝滄溟也？《國策》、昌黎，大文極多。歐、柳、曾、蘇，佳篇孔有。乃所選録者，類皆非其至焉者也。至于《左傳》，選既不精，又皆截去其首尾。如《晉公子歷遊列國》篇七百七十字，止摘中間一百五十字。《欒盈出奔楚》篇七百四十一字，止摘中間三百十七字。《吴子使札來聘》篇八百三十七字，止摘中間五百字。世豈有首尾盡去而猶成文者乎？《季梁勸修改夏四月》、《取郜大鼎于宋》諸篇則去其首者也。夫文無首則由來且無可考，何況其他？《晉侯復假道于虞》、《吕相絶秦》、《晏子和同之對》諸篇，則截去其尾者也。夫文無尾且無以見其歸結，何況波瀾餘意也？噫！爲此者，過矣。推其意，蓋以世之習舉業者讀古文，所重不過取移用于時文而已，佳文未必知也。不思天下豈盡庸才？即中才之人，苟見至佳之文，必無不知，必無不讀。今也乃竟以爲不能知不能讀而置之，衹選其短小之篇，又徒存其浮詞而去其筋節首尾，豈非目天下士盡爲不能知文，不能作文，而僅能抄文也哉？

唐彪曰：孫無己云：「師言近時古文諸選，所載之文多不佳，亦有據乎？」余曰：「有據。如《左傳》六大戰，文之至精者也，晉侯秦伯戰于韓、晉侯侵曹伐衛、晉救鄭與楚戰于邲、衛齊戰于新築、晉與三國救衛與齊戰于鞌、晉侯鄭伯楚子戰于鄢陵、吴子楚人戰于柏舉，此爲六大戰。其不入選，猶可解曰：『以其過長，慮習舉業者不能讀故也。』然微短而甚佳者，不可悉數。今畧舉當選者二十餘篇以見其槩：如《晉殺其大夫三郤》、《魏絳論和戎》、《己亥同盟于戲》、《夏午月滅偪陽》、《公孫舍之帥師侵宋》、《衛侯出奔齊》、《公會晉宋衛鄭及諸小國同圍齊》、《欒盈復入于晉》、《臧孫紇出奔邾》、《聲子請復椒舉》、《豹及諸侯之大夫盟于宋》、《晏嬰使晉》、《諸侯會于申》、《韓宣子如楚》、《魏獻子爲政》、《公會諸侯于召陵》、《白公勝作亂》，皆盡美之文也。諸選皆不登，偶登一二。如《欒盈出奔楚》、《崔杼作亂于齊》、《吴子使札來聘》，又皆截去首尾，此皆令人不可解者。至于諸選所首列者，《周鄭交質》、《石碏諫寵周吁》、《公矢魚于棠》、《介之推不言禄》諸篇，乃《左傳》之次者，而諸刻必不遺焉，此又令人不可解也。夫《左傳》爲文之鼻祖，又皆諸刻所首列。今其所選如此，他文可知矣。余豈敢無據而云然乎？」

作古文宜自成一家

曾南豐《與王介甫書》云：「歐公更欲足下少開廓其文，勿用造語及摹擬前人。孟、韓文雖

高，不必似之也，取其自然爾。」

王守溪曰：「所爲文必師古，使人讀之不知所師，善師古者也。韓師孟，今讀韓文，不見其爲孟也。歐學韓，今讀歐文，不覺其爲韓也。若拘拘摹倣，如邯鄲之學步，里人之效顰，則陋矣。所謂師其神不師其貌，此最爲文之真訣。」

陶石簣曰：「讀諸經書、諸史子、諸古文，鎔會變化，做成自家一種手筆，而無摹擬盜襲之跡，方稱大家。譬如釀花爲蜜，蜜成而不見花也；釀稻爲酒，酒成而必去其糟也。」

柴虎臣曰：「《四書五經》時有同前人語者，如《中庸》『峻極于天』，『子孫保之』，皆同《詩》語。《論語》『暴虎馮河』，亦同《詩》語。《詩》『朝宗于海』，『不侮鰥寡』，又『柔遠能邇』，『兢兢業業』，皆同《書》語。是知六經先後不妨偶同。今人于《左》、《史》、漢、魏及唐宋大家語，亦豈必定不相述耶？但有意襲取而規摹之，則非作手矣。」

後場體式

策體　徐伯魯曰：「策體有三。曰制策，乃天子稱制以問而對者是也。曰試策，乃有司策試士而對者是也。曰進策，乃士庶著策而進上者是也。又曰對策出乎士人，而策問發于上人，尤必善爲疑難，方有裨也。」

袁坤儀曰：「明制科取士以策爲則。國初未設督學使者，提調之權全在有司。孟月試經義，仲月論表，皆在黌宫。季月則專試策，有司主之。自此制一變，而策學幾廢矣。其體只許直陳所見，不許修辭説文云。策者，謀也。貴通達治體，敷陳確實，豈藉虚詞炫飾哉？宇宙間大學問，如天文地理，曆律兵刑之屬，杜氏《通典》以十八事盡之，《文獻通考》廣而爲廿四目。今試每事精考，熟于胸中，發之爲文，則爲命世之言。見之於用，則爲經世之學。然而非易也，欲精研學問，自有要法。韓愈云：『紀事必提其要。』士人各置空簿，將天文、地理、政事、刑名之目，分列其上，日間讀書，或聽人談論，則隨手劄記于各目之下，久久積成大帙，不覺貫串矣。今人讀書，不知記事之法，旋讀旋忘，是以釋卷茫然也。」

袁坤儀曰：「策目中意旨輕重，體認既真，然後以己之意摘採區處。如目中有好話頭，不妨借作眼目。目中有所區别，不妨就意分爲賓主。或所問繁條，我可以斷歸一説。或所問有疵，我可以折歸正理。主張在我，不爲問目所困，而盡情闡發，方是高手。」

策問

袁坤儀曰：「策問大概有二，不問時務，則問經史。然二者亦自相關，問時務者，必引經史爲証。問經史者，必以時務歸結。作者須辨認二體，然後詳考所問，何者爲綱，何者爲紀，何者爲正問實事，何者爲泛引餘情，何者爲血脉，何者爲眼目，一一分派已定，擒定一個主意做去，則下筆自有氣勢，結構盡是經綸矣。」

唐彪曰：初學未知策問體式，入場見題長千餘字，俱是設疑問難，露一隱二，便茫然不知旨歸何在，於是畧拈影響，勉强成篇。郢書燕説，其能免乎？平日須將舊策題集數十道彙爲一册，詳細閱之，貼其發問之機竅。後日題到手時，胸有成見，不爲題所困縛。因問條對，自有確實議論出於其間矣。

經論體裁 唐彪曰：劉勰云：「論者，綸也」，「彌綸羣言而精研一理者也。」釋經宜與証疏合體，辨史宜與評贊一機，詮文當與叙引共軌，陳政應與議説同科。因題立義而各出體裁者，論之用也。然論史、詮文、陳政之體，見於八家及明之諸名家者，體裁咸備，不必詳言。今惟言其「釋經之宜如註疏體裁」者，論有冒冒之體。或一段，或兩段，長短不拘也。然並無論破論承，偶有似破者，至於承則百無一肖。近有著論體者，易去論冒之名，以破承代之，而論冒之舊名不能没也。後學無知識者，見其書對之於破承而不似，仍謂之論冒而不敢。疑惑滿衷，莫知所適，因疑破承之外尚有論冒，如制藝之有起講者。噫！明明是一論冒，而故設一破承之名以害人，何爲者乎？論冒宜簡短穩括，發題之大概而止。縱筆暢言實發，必至與後幅雷同也。論冒之下即點題，本朝甲辰至丁未書論皆如此，想亦初設典制，士子猶未深造，不敢自異。若行之久，必有變化出焉。何也？制藝尚不點於一處，何況論乎？點題之下，皆有「請申論之」、「請申其旨」句。此套之最陋者，必宜棄去，以他語襯之可也。若能鎔化題面，不直述題，則襯貼語竟可以不必矣。

點題之下，乃論之前半幅也。以一二句短題言之，體裁半虛半實，不必過於實發，惟推原題之來歷以闡發題前，順筆出之固佳，反筆振之尤美。若多句長題，或總挈題面，或截發上段。若題中有綱領句，則先挈綱領，以控全題之勢。大都前半用反筆，則文情多振動也。近有著論體者，點題之下忽立論項之名，就其比擬之意宜稱論項何足以名之？且前既無論首論面，此處特出項名，於理終未協也。何若以前半幅稱之，或者以次段之名稱之始當矣。論之中幅，無論長短諸題，皆宜實發全意。義一二層者，以一二層還之。義三四層者，以三四層還之，不宜遺漏也。宋儒陳止齋云：「論之中幅，如四通八達之衢，無有繩墨，宜反覆鋪叙，盡情暢發，無容闕畧。」確哉言也。論之後幅，不貴空言。或援引經書以証，或引史斷爲憑，或借鑒於古人，或取裁於往事。又宜推廣補闕，題言善以爲法者，此多補言不善以垂戒；題言不善以爲戒者，此多補言善事以爲法。罕譬不嫌於泛也，曲喻不厭其詳也。大都指陳條欵，令人實可見之施行耳。近有人以腰名後幅者，此更無稽之談。蓋腰在臍與命門之兩旁，臍與命門者，乃一身之中位也。古人謂之呼根吸蒂，又謂之黄庭上府，無非謂其中也。今腰處地位之中，豈可以擬論之下截乎？據其比擬，宜稱論股。此真擬物不以其倫也。且據其所言，又平庸八股之後股耳。高手且不屑爲此，豈可移爲論式乎？論之結尾，貴乎健也，欲其如神龍之掉尾。又貴乎有韻也，欲其如琴瑟之餘音，鏗然於弦指之外。此則論之至佳者矣。或曰：「今經書論點題，皆在論冒之下。子獨言不必拘於一處，何

也？」曰：「東坡之文，以論爲最，人稱其爲千年絶調。今觀東坡之文，《禮以養人爲本論》點題在第四段之後。《勢論》點題在篇末之第四句。《物不可以苟合論》，則竟點於篇末。《大臣論》則點於論冒之第二句。《武王論》則點於論冒之第一句。觀此則知點題不當坐定於一處也。又時藝點題，不但不拘於一處，且有順點、反點、借點、補點、暗點諸法，況於論乎？古人云：論貴圓轉變化，忌方板雷同。若篇篇一律，則方板雷同之至矣，圓通變化安在乎？此所以謂不必點於一處也。」

諸論體總法 陳止齋云：「論貴有生發，譬如欲説人之子美，必言其祖、父之餘慶，又言其師教之有方，又推言性資之長善，與其交遊之琢習。則如此推廣，則圓轉不窮矣。故善作文者，能於無題目處生出文字來，或借古以証今，或因彼而例此，多方援據而不窮，如東坡論是也。至於章法，全在結搆精詳，虚實處貴分賓主，馳驟處貴有節制，鋪叙處貴有曲折，過接處貴無痕迹。或整齊，或疏放，或實或虚，或反或正，如神龍之出没，夭矯百變乃佳也。」

袁了凡曰：「凡論立意高，説理透，不爲玄言奇語而人自屈服者爲上。詞理兼脩，華實並茂者次之。」又云：「士子爲論，須依於忠厚，止於禮義，可翻駁羣彦，不可戲薄聖賢。可據理陳辭，不可强辭奪理。宜於有過中求無過，不可於無過中求有過。議論一出，關乎他人之人品，即關乎自己之人品，不可不慎也。」

表　或曰：「《字書》云：『表者，標也，明也。標著事績，使之明白以告於上也。』漢表皆用散文，至唐始用駢儷，而宋因之，然而對偶之中，實兼流利之體，初不專尚浮靡堆砌也。明初進書、讓官、謝恩、慶賀諸表，皆簡徑明通，法疏而語淡。其對但取現成，不取縝密，且未有種種定式。嘉隆以後，以富儷爲工，日加煩冗，於是有冒題，有援古，有頌聖，有入事，有自陳，有勉聖。起止皆有定式，鋪叙皆有成轍，然而文日陋矣。今作者雖不能盡復古初，亦不宜過狥時尚。棄非就是，端有望於豪傑之士也。對法有五，一曰正名對，如『天地』、『日月』是也。二曰同類對，如『珠玉』、『丹青』是也。三曰借字對，如『伍相』、『千軍』是也。『伍』是姓，『千』是數。四曰就句對，如『一麾五部，餘十萬以臨民；白首丹心，歸彤庭而遇主。』是每聯各自爲對也。五曰流水對，如『自有生民以來，未有孔子之盛』是也。冒後援古，一名解題，惟進表宜用之，謝表可少用，賀表則不宜用，何也？凡解題必説前朝不是，故賀表不宜用。今人不拘何題，無不將歷代事蹟填塞滿紙，令人噴飯。又賀表頌聖宜詳，謝表自叙宜詳，各有定理，不可亂也。」

唐彪曰：余讀永叔、子瞻及明初之表，體裁簡徑，出入經史，未嘗不爲之手舞足蹈也。嘉隆以後，以至于今，拘于俗體，務爲冗長，詩曲（裨）〔稗〕史之辭，恣意堆積，蕪穢野俗，體裁愈變而文愈下矣。然此體裁，豈功令所頒乎？不過士人自爲增飾耳。增飾而適成其陋，何若反其簡貴之爲善乎？有識之士取嘉隆以前之表讀之，奉以爲式，不特文佳，作之更易，何必臨場取至陋之時務而讀之哉。

唐彪曰：作表惟句法奇偶、長短合宜，始能入妙。其最上一格，大抵偶聯、奇聯錯綜間用，自然變化飛舞，悦人心目。苟或不能，用二偶聯以一奇聯間之，亦稱合法。至于句法之長短，不拘是偶是奇，但見前句長，則後句必宜短；前句短，則後句必宜長。長短相間，句調參差，方得離奇變化。近時之表，多爲偶聯，而奇聯絶少，又句法長短多不合宜，所以堆塞板滯，不堪入目也。啓牋之法，亦當視此爲準矣。

判　徐伯魯曰：「《字書》云：『判，斷也。折獄判斷之辭也。』唐制選士亦用之，但其弊堆積故事，不切于蔽罪；拈弄詞章，不協于律格，爲失其體耳。惟宋儒王回之作，脱去四六，純用古文，庶乎能起二代之衰。而後人不能用，爲甚可惜也。」

袁坤儀曰：「文士能工于表，鮮有不工判者。判取諸斷，引用貴典，措辭貴健，氣貴流利，調貴錯綜。蓋典則不浮，健則不委，流利則不澁滯，錯綜則不古板。能此四者，川流河决之勢矣。大都作法，自『今某』以上，長短不過三聯。『今某』以下，長短不過五聯，不必過馳騁也。所貴者，在能洞曉刑名，條斷合法，是謂讀書兼能讀律，既合體裁，又稱實學焉。」

諸文體式

記　記者，紀事之文也。有單叙事者，有純議論者，有半叙事半議論者。又有託物以寓意

者。如王績《醉鄉記》是也。有首之以序，而以韻語爲記者。如昌黎《汴州東西木門記》是也。有篇末系以詩歌者。如范仲淹《嚴先生祠堂記》之類是也。皆爲别體，其題或曰某記，或曰記某，昌黎集有《記宜城驛》是也。命題雖不同，而體未嘗異也。論辨序題，可以類推。

唐彪曰：或言作記一着議論，即失體裁，此言非也。凡記名勝山水，點綴景物，便成妙觀，可以不着議論。若廳堂亭臺之記，不着議論，將以何説？撰成文字，豈棟若干，梁柱若干，瓦磚若干，便足以成文字乎？噫！不思之甚矣。

誌 伯魯曰：「《字書》云：『志者，記也。』字亦作『誌』。其名起于《漢書》十志而後人因之，大抵記事之作也。」

紀事 伯魯曰：「紀事者，記、志之别名，而野史之流也。古者史官掌記時事，耳目所不逮，往往遺焉。故文人學士遇有見聞，隨手紀録。或以備史官之採擇，或以補史籍之遺忘，故以『紀事』名之。」

序 小序 唐彪曰：《爾雅》云：「發其事理，次第有叙也。」有叙事多者，有議論多者，有末後綴以詩者，三者皆通用也。西山真氏則分無詩者爲正體，有詩者爲變體。小序者，序其篇章之所由作，對大叙而名之也。古人著書，每自爲之叙，然後己意瞭然，無有差誤。此小序之所由作也。

説 伯魯曰：「説，解説也。原本經史，而更住以己見，縱横抑揚，以詳贍爲上，與論無大異也。」

原 伯魯曰：「原者，推其本原，究其委末，曲折抑揚，以明其理，亦論之流别也。」

議 伯魯曰：「議貴據經析理，審時度勢。以確切爲工，不以繁縟爲巧。以明覈爲美，不以深隱爲奇，乃得體之正也。」

辯 伯魯曰：「辯，判别也。大概祖述《孟子》，以至當不易之理，而以反覆曲折之詞發之是也。」

解 「釋」同 伯魯曰：「《字書》云：『解者，釋也。因人有疑而釋之也。』辨疑釋難，與論、説、原、議、辯蓋相通焉。其題曰『解某』曰『某解』，無分别也。釋之體亦相同。」

文 伯魯曰：「凡篇章皆謂之文，而此獨以文名者，蓋文中之一體也。或以盟神，或以諷人，或爲韻語，或爲散文，或倣楚詞，或爲四六，其體不同，其用亦異。」

傳 伯魯曰：「《字書》云：『傳者，傳也。記載事迹以傳于後世也。』自漢司馬遷作《史記》，創爲《列傳》以紀一人之始終，嗣是山林里巷，或有隱德弗彰，或有細行可法，則皆爲之作傳，以傳其事。或有寓意而馳騁文墨者，間以滑稽之術雜焉，皆傳體也。其間有史傳、有正體、變體。家傳、托傳、假傳四者之分焉。

碑文　前輩云：「考之《婚禮》：『入門當碑揖。』註云：『古者宮室有碑以察日影，知早晚也。』《祭義》曰：『牲入麗于碑。』註云：『古者宗廟立碑以繫犧牲。』後人因鼎彝漸闕，無以紀其功德。故以石代金，紀于其上，以垂不朽也。故碑實銘類，銘實碑文。其序則傳，其文則銘，此碑之體也。」

唐彪曰：碑文事實多者，止須叙事，若故意攙入議論，便成贅瘤。事實寡者，不少參之以議論，必寂寞不成文字。此前輩又謂碑文一着議論，便非體裁。此言過矣，今删去之。

行狀「行述」同　伯魯曰：「行狀者，取死者生平、言語、行事、世系、名字、爵里、壽年、後裔之詳，著爲行狀，亦名行述。或牒考功太常，使之議謚，或牒史舘，請爲編録，或上作者，乞墓、誌、碑、表之類，以其有所請求，故謂之狀。其文多出于門生、故吏、親舊之手，以謂非其人不能知也。其逸事狀，則但録其逸事，不詳其所已載，乃狀之變體也。」

墓誌銘　唐彪曰：誌者，記也。銘者，名也。古之人有德善功烈可名于世，鑄器以銘。故於葬時述其人世系、名字、爵里、行治、壽言、卒葬日月，與其子孫之大畧，勒石加蓋，埋于壙前三尺之地，以爲異時陵谷變遷之防也。迨夫末流，乃有假手文士以謂可以信今傳後，而潤飾太過者，亦往往有之。然使正人秉筆，必不肯狥人以情也。其體圓。事實多者專叙事，事實少者可參之以議論焉。其題曰「墓誌銘」者，有誌有銘者也。「并序」者，有誌、有銘而又先有序者也。單曰

「墓誌」，則無銘者也。曰「墓銘」，則無誌者也。亦有單云「誌」而却有銘，單云「銘」而却有誌者。有純用「也」字爲節段者，有虛作誌文而銘内始序事者，亦變體也。若夫銘之爲體，則有三言、四言、七言、雜言、散文之異。有中用「兮」字者，有末用「兮」字者，有末用「也」字者。其用韻，有一句用韻者，有兩句用韻者，有三句用韻者，有前用韻而末無韻者，有前無韻而末用韻者，有篇中既用韻，而章内又各自用韻者，有隔句用韻者，有韻在語詞上者，有一字隔句重用自爲韻者，有全不用韻者。其更韻，有兩句一更者，有四句一更者，有數句一更者，有全篇不更者，不一體也。此外又有未葬而權厝者曰「權厝誌」，既殯之後，葬而再誌者曰「續誌」，又曰「後誌」。柳河東有《故連州員外司馬陵君墓後誌》，是也。殁于他所而歸葬者，曰「歸祔誌」。《河東集》有《先夫人河東縣太君歸祔誌》。葬于他所而後遷者，曰「遷祔誌」。《河東集》有《叔妣陸夫人遷祔誌》。刻于蓋者曰「蓋石文」，刻于磚者曰「墓磚記」，又曰「墓磚銘」。《河東集》有下殤女子、小姪女《墓磚記》、《墓磚銘》是也。書于木版者曰「墳版文」，《唐文粹》有舒元與撰《陶母墳版文并序》。曰「墓版文」，又有曰「葬誌」。河東集有《馬室女雷五葬誌》。曰誌文。有誌無銘者，則《江文通集》有《宋故尚書左丞孫緬等墓誌文》是也。有誌有銘者，《河東集》載《故尚書户部侍郎王君先太夫人河間劉氏誌文》是也。曰「墳記」。《河東集》有《韋夫人墳記》。曰「墳誌」、曰「壙銘」、曰「槨銘」、曰「埋銘」。《朱文公集》有《女埋銘》是也。在釋氏則有「塔銘」、「塔記」。《唐文粹》載劉禹錫撰《牛頭山第一祖融太師新塔記》。凡二十題，今備載之。

墓碑文　墓碣文　伯魯曰：「神道碑者，樹于墓之前，刻死者功業于其上。因堪輿家以東南爲神道，碑立其地，故以名焉。唐碑制，龜趺螭首，五品以上官用之，而近世高低廣狹各有等差，則制之密也。蓋葬者既爲誌以藏諸幽，又爲碑碣表以揭于外，皆孝子慈孫不忍蔽其先德之心也。其爲體，有文有銘又或有序。文與誌銘大畧相似而稍加詳。而其銘，或謂之詞，或謂之系，或謂之頌，要之皆銘也。不能如誌銘之備，而大畧亦相通焉。亦有正變二體，其或曰碑文，或曰墓碑，或曰神道碑，或曰神道碑文，或曰墓神道碑，或曰神道碑銘，或曰神道碑銘并序，或曰碑頌，皆別題也。碣制方趺圓首，五品以下官用之。而近世復有尺寸之限，則其制益密。古者碣之與碑本相通用，後世乃以官級之故而別其名，其實無大異也。其爲文與碑相類，而有銘無銘，惟人所爲。又或專言碣而復有銘，兼言銘而卻無碣，亦猶誌銘之不一體也。其銘之韻，亦與誌銘同，其題有云『碣』，有云『碣銘』，有云『碣頌并序』。」其文亦兼叙事議論二體也。

墓表附阡表、殯表、靈表　伯魯曰：「墓表文體與碑碣同，有官無官皆可用，非若碑碣之有等級限制也。以其樹于神道，故又稱神道表。其文有正變二體。外有阡表、殯表、靈表，亦其類也。阡者，墓道也。殯者，未葬之稱。靈者，始死之稱。自靈而殯，自殯而墓，自墓而阡也。近世用墓表，故以墓表括之。」

賦　伯魯曰：「賦者，富麗之詞也。莫盛于漢，賈誼、相如、揚雄皆以命世之才，俯就騷律，

故情意俱工，可謂盛矣。如《上林》、《甘泉》極其鋪張，而終歸于諷諫，則有風之義。《兩都》等賦，極其炫耀，終折以法度，則有雅頌之義。《長門》、《自悼》等篇，緣情發意，托物興詞，極和平從容之槩，則有比興之義。此皆古賦之最佳者，學賦者當取法于此，自然得賦之正矣。」

書簡狀疏啓　伯魯曰：「書者，舒也，舒布其言而陳之簡牘也。有辯令、議論二體。簡者，畧也，言陳其大畧也。手簡、小簡、尺牘皆别名耳。狀，言陳也。疏，言布也。啓者，開陳其意也。以上五者多用于親知往來問答之間，而書、啓、狀、疏亦以進御。書簡多用散文，啓狀皆用儷語，疏則散文、儷語通用。世俗施于尊者多用儷語，所以表恭敬也。恭嘗論之，諸項體制本在盡言，故宜條暢以宣意，優柔以達情，乃心聲之獻酬也。若夫尊卑有序，親疏得宜，是又存乎節文之間。作者詳之。」

書　伯魯曰：「人臣進御之書爲上書，親朋上下往來之書爲書。二端之外，復有書者，乃别出議論以成書也。《史記》中有『八書』，唐李翺有《復性》、《平賦》二書，此類是也。」

箴　伯魯曰：「按《説文》云：『箴者，誡也。』蓋醫者以石刺病，故有所諷刺而救其失者謂之箴，喻箴石也。大抵箴者，箴君與己之得失，而規則規乎同僚之行誼也。其品有二，一曰官箴，二曰私箴，皆用韻語，而反覆古今興衰理亂之故，以垂警戒，使讀者惕然有不自寧之心焉。」

銘　伯魯曰：「其體有二：曰警戒，曰祝頌。陸機曰：『銘貴博文而温潤。』斯言得之。」

頌　伯魯曰：「按《詩》有『六義』，其六曰『頌』。頌者，容也，『美盛德之形容，以其成功，告神明者也。』若商之《那》，周之《清廟》諸式，皆以告神。後世所作，不盡告神，或止形容美善耳。其詞或用散文，或用韻語。劉勰云：『頌之爲體，典雅清鑠，揄揚汪洋。敷寫似賦，而不入華侈之區；敬慎如銘，而異乎規戒之體。』詳哉作頌之法乎。」

贊　伯魯曰：「按《字書》云：『贊，稱美也。』其體有三，一曰雜贊，意專褒美，若諸集所載人物、文章、書畫諸贊是也。二曰哀贊，哀人之殁而迷其德以贊之者是也。三曰史贊，詞兼褒貶，若《史記·索隱》、《東漢》、《晉書》諸贊是也。劉勰有言：贊之爲體，『促而不曠』，以抑揚感慨之致，或發爲有韻之詞，其頌家之細條乎？可謂知言矣。」

祭文　唐彪曰：祭文之體，有韻語，有儷語，有散文。其用有四，祈禱雨暘，驅逐邪魅，干求福澤。此三者，貴乎辭恭而意懇，不亢不浮爲得體。若祭奠之辭，貴乎哀切，寫其生平之行誼，而哀其死亡之過速，如此而已。

弔文　伯魯曰：「弔文者，弔死之辭也。古者弔生曰『唁』，弔死曰『吊』，或驕貴而殞身，或憪忿而乖道，或有志而無時，或美才而兼累。他人慰之惜之，並名爲弔。其有稱祭文者，實亦吊也。大抵弔文之體，髣髴楚騷，而切要惻愴似稍不同。否則華過韻緩，化而爲賦，其能逊乎奪倫之譏哉。」

問對　伯魯曰：「按問對者，文人假設之詞也。名實皆問者，屈平《天問》，江淹《邃古篇》是也。名問而實對者，柳宗元《晉問》之類是也。問對之文，反覆縱橫，可以舒憤鬱而通意慮，蓋亦文之不可缺者也。」

題跋書讀　伯魯曰：「按題跋者，簡編之後語也。凡經、傳、子、史、詩、文、圖、書之類，前有序引，後有後序，可謂盡矣。其後覽者，或因人之請求，或因感而有得，則復撰詞以綴于簡末。其名則有四焉，曰題，曰跋，曰書某，曰讀某。夫題者，諦也，審諦其意也。跋者，本也，因文而見本也。書者，書其語，讀者，因于讀也。其詞考古証今，釋疑訂謬，褒善貶惡，立法垂戒，各有所爲，而專以簡勁爲主。故與序、引不同，又有題詞，所以題號其書之本原與其文詞之佳也。若漢趙岐作《孟子題詞》，其文稍繁。而宋朱子倣之作《小學題詞》，更爲韻語，亦一體也。然題跋書于後，而題詞冠于前，此又其辨耳。」

引　唐以後始有此體，柳宗元有《霹靂琴贊引》，劉禹錫有《送元暠南遊詩引》。大約如序而稍爲簡短，蓋序之濫觴也。若其名「引」之義，難妄臆説，俟博聞者詳之。

雜著　伯魯曰：「按雜著者，詞人所著之雜文也，以其隨事命名，不落體格，故謂之雜著。其本乎義理，發乎性情，則與他文無異焉。」

上書、奏、疏、議、封事、啓、劄子、狀、對、題本、奏本

或曰：「古人敷奏諫説之詞，皆矢口陳言，未經筆札。劉勰謂『言筆未分』，此其時也。降及七國，言事于王皆稱『上書』。秦初改『書』爲『奏』。而漢文時，賈山陳治亂之道，名曰『至言』，其體即上書也。奏者，進詞也，亦名上疏。漢人用以彈劾，又名劾事。故曰『奏以按劾』，然奏事亦用之。明制陳私情曰奏，則非止于按劾，乃章疏之總名也。疏者，布列其情事也。漢奏事皆稱上疏，諸王之官屬，上於其君亦用之。唐之表狀亦稱書疏，乃章奏之總名也。議者，漢制也。漢置密奏入議，用陰陽皂囊封板以防宣泄，謂之封事。故曰『議以執異』。又朝臣外補，天子使人欲其言事，及有事下議者，並以書對。則封事與上書又名議也。啓者，開道其君於善也。魏晉以下，啓獨盛行。其體有散文，有儷語。劄子者，宋之創制。蓋本唐人牓子、録子之類而更其名。其用最多，亦奏疏之名，無别義也。狀者，形容其是非也。唐宋皆用之。有散文、駢語二體。對者，因問而條對也。至于奏本、題本，又明世所獨設。其用之分别，以論政事曰題，陳私情曰奏，皆謂之本。」按：已上諸稱，皆奏疏之名，其體宜以明允篤誠爲本，以辨析疏通爲當。酌古準今，删繁舉要，乃爲得體也。

公移

伯魯曰：「公移者，諸司相移之詞也。其名不一，故以『公移』括之。唐世凡下達上，其制有狀、有牒、有辭。百官于其長用狀，庶人呈于官府用辭，職官階級稍上者用牒，對職者亦用牒。至于諸司自相質問，其用有三，曰關，謂關通其事也。曰刺，謂刺舉之也。曰移，謂移其

事于他司也。宋制宰執帶三省樞密院事出使者，移六部用劄。六部移宰執帶三省樞密院事出使者及從官任使副，移六部用申狀。六部相移用公牒。明時上逮下者曰帖、曰照會、曰劄付、曰案驗、曰故牒。下達上者曰呈、曰申、曰案呈、曰咨呈、曰牒呈。諸司相移者曰咨、曰牒、曰關。上下通用者曰揭帖。大約因前代之制而損益之也。」

牋 伯魯曰：「劉勰云：『牋者，表也，識表其情也。』始于東漢，其時上太子、諸王、大臣，皆得稱箋。後世專以上皇后、太子，而其他不得用。其詞有散文，有儷語。明制奏事，太子諸王稱啓，而慶賀皇后、太子，仍並稱牋云。」

制 伯魯曰：「顔師古云：『天子之言，一曰制書。』唐宋用之，謂制度之命也。其謂宣讀于廷，皆用儷語，故有『敷告在廷』、『敷告在位』、『敷告萬邦』、『誕揚贊册』、『誕揚丕號』等語。唐世大賞罰、赦宥、慮囚及大除授，則用制書。其褒嘉贊勞，別有『慰勞制書』。餘皆用『勅』，中書省掌之。宋承唐制，用以拜三公、三省、門下、中書、尚書等官，而罷免大臣亦用之。其餘庶職，則但用誥而已。而唐宋文體，則不一類。」

誥 伯魯曰：「《字書》云：『誥者，告也。』《書》有《大誥》、《洛誥》、《仲虺之誥》。《周禮·卿誥》以會同論衆。漢唐或用或廢，至宋始以命庶官，追贈大臣，贈封其祖父妻室及貶謫有罪，凡不宣于庭者皆用之，故其文甚多。然考歐、蘇、曾、王諸集，通謂之『制』。蓋當時王言之司，謂之

兩制，是制之名統諸詔命七者而言，故語亦稱制也。明制命官不用制誥，惟三載考績則用誥以褒美。五品以上官贈封其親，及賜大臣勳階贈謚皆用之。其詞有散文有儷語。六品以下則用勅命，其詞亦兼二體，亦監前代而損益之也。」

詔　伯魯曰：「劉勰云：『古者王言稱命、稱詔、稱誓。秦并天下，改命曰制。今曰詔，於是詔興焉。夫詔者，昭也，告也。』古詔温厚之情典雅之致，每於散體文中見之。六朝而下，文尚偶儷，多用四六，亦稱莊貴。近代則二體恒兼用之。」

敕敕膀附　伯魯曰：「《字書》云：『敕，戒勅也，使之警飭不敢廢慢也。』劉勰云：『戒勅爲文，實詔之切者。』漢之戒書即戒敕也。唐有發敕、勅旨、勅牒、論事勅書，則唐之用勅廣矣。其詞有散文，有四六。明制差遣諸臣多予勅行事，詳載職守，申以勉辭，而褒獎責讓亦用之。詞皆散文。又六品以下官贈封亦稱『勅命』。始兼四六，亦可以見古文興復之漸矣。」

檄　伯魯曰：「《說文》云：『以木簡爲書，長尺二寸，用以號召。若有急，則插鷄羽而遣之，故謂之羽檄。言如飛之疾也。』劉勰云：『植義颺辭，務在剛健。或述其不明，或叙彼苛虐。指天時，審人事，筭强弱，角权勢。標著龜于前驗，懸盤銘于已然。插羽以示迅，不可使辭緩；露版以宣衆，不可使義隱也。』可謂盡之矣。其詞有散文，有儷語。儷語始于唐，蓋唐文多尚儷也。其他報、答、諭、告及邦州徵吏，亦有稱檄者，蓋取明速之義也。」

露布　伯魯曰：「露布者，軍中奏捷之詞也。書詞于帛，建諸漆竿之上。劉勰所謂『露板不封，布諸視聽者』是也。又勰《移檄篇》云檄『或稱露布』。豈露布之初，告伐告捷，與檄通用，而後始專以奏捷與？其體大槩多用儷語。」

規　伯魯曰：「規者，言規其闕失，使不敢越，若木之就規也。古者箴君之過曰箴，臣下自相規戒曰規，故《國語》曰：『官師相規。』官師者，謂衆官也；相者，平等之謂。故知爲臣下自相規戒之辭也。古之規不及見，惟唐元結有《五規》，今可考焉。」

戒　伯魯曰：「《字書》云：『戒者，警勑之辭。字本作誡。』《淮南子》載《堯戒》曰：『戰戰慄慄，日謹一日，人莫躓于山而躓于垤。』漢杜篤亦有《女誡》，亦箴之類歟？其詞或用散文，或用韻語，各隨人意也。」

讀書作文譜卷之十二

諸詩體式

總論　費天承曰：「《尚書》云：『詩言志，歌永言，聲依永，律和聲。』而子夏《毛詩序》則曰：『詩者，志之所之也。在心爲志，發言爲詩。情動于中而形于言，言之不足，故嗟嘆之；嗟嘆之不足，故詠歌之；詠歌之不足，故不知手之舞之，足之蹈之。』嗚呼！詩之旨，寧有外于此乎？然而千古不易者，詩之旨，而不得不變者，詩之體。故漢魏之詩不同于商周，而唐宋之詩又不同于漢魏也。」

胡元瑞曰：「曰風，曰雅，曰頌，三代之音也。曰歌，曰行，曰吟，曰操，曰詞，曰曲，曰謠，曰諺，兩漢之音也。曰律，曰排律，曰絶句，唐人之音也。詩至于唐而格備，至于絶而體窮。故宋人不得不變而之詞，元人不得不變而之曲。」

樂府　徐伯魯曰：「樂府者，樂官肄習之樂章也。劉勰曰：『詩爲樂心，聲爲樂體。體在

聲，瞽師務調其器；〔樂〕心在詩，君子宜正其文。』雖然，難言矣。工於詞者未必協于調，諳于律者未必佳于詞。安得律詞兼善者而使之作樂哉？唐虞三代不可及矣。漢興，高帝命叔孫通因秦樂人制《宗廟樂》。《房中之樂》，則命唐山夫人造辭。武帝時，以李延年爲協律都尉，多舉司馬相如等數十人造爲詩賦，較論律吕，以合八音之調，可謂當矣。然《桂華》雜曲，麗而不經；《赤雁》群篇，靡而非典。逮及晉世，傅玄、張華曉暢音律，所作多有可觀。然荀勗改杜夔之調，聲節哀急不足多也。自梁陳以及唐宋，新聲日繁。然較之古詞，則相去遠矣。」胡元瑞曰：「《三百篇》薦郊廟，被絃歌。詩即樂府，樂府即詩。猶兵寓于農，未嘗二也。詩亡樂廢，屈宋代興。《九歌》等篇以侑樂，《九章》等作以抒情，而岐途兆矣。至漢《郊祀十九章》與《古詩十九首》不相爲用，詩與樂府門類始分。然厥體未甚相遠，如《青青園中葵》、《盈盈樓上女》，靡非樂府也？自魏文兄弟酬唱新什，更創五言，節奏格調迴與古異。自是有專工古詩者，有偏長樂府者。梁陳而下，樂府古詩變爲律、絶。唐人李、杜、高、岑，名爲樂府，實則歌行。下此益入卑庸怪麗矣。唐末五代復變詩餘。宋人之詞，元人之曲，製作紛紛，皆曰『樂府』，不知古樂其亡久矣。」

樂府歌行

徐伯魯曰：「樂府命題，名稱不一。蓋自琴曲之外，其放情長言，雜而無方曰歌。步驟馳騁，疏而不滯曰行。兼之曰歌行。述事本末先後有序，以抽其意者曰引。高下短長，委曲盡情以道其微者曰曲。吁嗟慨嘆，悲憂深思以伸其鬱者曰吟。因其措辭之意曰詞。本其命

篇之意曰篇。發歌曰唱。條理曰調。憤而不怒曰怨。感而發言曰歎。又有以詩名者，以弄名者，以章名者，以度名者，以樂名者，以思名者，以愁名者。唐庚云：『古樂府命題，皆有主意。後人用以爲題，宜當代其人措辭，有所分別。』而胡元瑞則又謂漢魏歌、行、吟、引，率可互換。唐人稍別體裁，然亦不甚相遠也。

胡元瑞曰：「余考漢、魏、六朝、唐人詩，有三言、四言、五言、六言、七言、雜言、近體、排律、絶句諸體，樂府中皆備有之。《練時日》、《雷震震》等篇，三言也。《箜篌引》、《善哉行》等篇，四言也。《鷄鳴》、《隴西》等篇，五言也。《烏生》、《鳩門》等篇，雜言也。《妾薄命》等篇，六言也。《燕歌行》等篇，七言也。《紫騮》、《枯魚》等篇，五言絶也。皆漢魏作也。《挾瑟歌》等篇，七言絶也。《折楊柳》、《梅花落》等篇，五言律也。皆齊梁作也。虞世南《從軍行》、耿湋《出塞曲》，五言排律也。沈佺期《盧家少婦》、王摩詰《居延城外》，七言律也。皆唐人作也。五言長篇，則《孔雀東南飛》也。七言長篇，則《木蘭歌》。是樂府于諸體無不備也。」

近體歌行

胡元瑞曰：「歌之名義，由來久矣。《南風》、《擊壤》，興于三代之前；《易水》、《越人》，作于七雄之世。如騷之《九歌》，《安世》、《房中》、《郊祀》、《鼓吹》，並登樂府。孝武以還，樂府始有『行』名。如《大演》、《隴西》、《豫章》、《長安》、《京洛》、《東西門》等作，皆是也。較之『歌』曲，名雖有異，體實相同。至于長、短、燕、鞠等篇，合而一之，不復分別，又總而目之曰『相

和』等歌。則知歌者，曲調之總名，原于上古。行者，歌中之一體，創自漢人明矣。」

胡元瑞曰：「專以七言長短爲歌行，餘隸别體，自唐人始，漢魏殊不爾也。漢魏諸歌行，有三言者，《郊祀歌》、《董逃行》之類。四言者，《安世歌》、《善哉行》之類。五言者，《長歌行》之類。六言者，《上留田》、《妾薄命》之類皆是也。自唐人以七言長短爲歌行，餘體皆别類樂府矣。」

徐伯魯曰：「按歌行，有有聲有詞者，樂府所載諸歌是也。有有詞無聲者，後人所作諸歌是也。其名多與樂府同，而曰咏，曰謡，曰哀，曰别，則樂府所未有。蓋即事命篇，既不沿襲古題，而聲調亦復相遠，乃詩之三變也。故今不入樂府而以近體歌行括之，使學者知源之有自，而流之有别云。」

胡元瑞曰：「凡詩諸體皆有繩墨，惟歌行出自《離騷》、樂府，故極散漫縱横。初學當擇易下手者。今略舉數篇：青蓮《擣衣曲》、《百囀歌》。杜陵《洗兵馬》、《哀江頭》。高適《燕歌行》。岑參《白雪歌》、《别獨孤漸》。李頎《緩歌行》、《送陳章甫》、《聽董大彈胡笳》。王維《老將行》、《桃源行》。崔灝《代閨人》、《行路難》、《渭城少年》。皆脉絡分明，句調緩暢，易于取法。」

五七言古詩

徐伯魯曰：「五言古詩，始于西漢蘇武、李陵。嗣是汪洋于漢魏，汗漫于晉宋，至于陳隋，而古調絶矣。唐初承前代之弊，幸有陳子昂起而振之，遏貞觀之微波，太宗年號。決開元之正派，號稱中興。于時李、杜、王、孟，相繼而起。元和以下，憲宗。遺響復息。至論其體，則劉勰所云『五言流調，清麗居宗』者是也。他如《扶風歌》、《五君詠》、《夏日歎》等篇，雖云五言，

實爲雜體，學者詳之。七言古詩，始于柏梁，聲長字縱，易以成文。其藴氣琱詞，與五言畧異。漢魏諸作，既多樂府。唐代名家，又多歌行，故此類佳者亦希。然樂府、歌行，貴抑揚頓挫，古詩貴優柔和平。循守法度，其體自不同也。」

雜言古詩　徐伯魯曰：「按古詩自四、五、七言之外，又有雜言。大畧與樂府歌行相似，而其名不同。故别爲一類，以繼七言古詩之後。庶學者知所辨焉。」

近體律詩　徐伯魯曰：「按律詩者，梁陳已下，聲律對偶之詩也。詩至梁陳，儷句漸多。雖名古詩，已具律體。唐興，沈宋之流更加精練，號爲『律詩』，其後寖盛。雖不及古詩之高遠，然對偶音律，亦文章之不可缺者。其詩一二名起聯，又名發句。三四名頷聯。五六名頸聯。七八名尾聯，又名落句。間有變體，各附注之。其三韻，五言律詩止六句者。則五言中之别體也。大抵律詩之作，或因情以寓景，或因景以見情。以格調爲主，意興經之，詞句緯之。以渾厚爲上，雅淡次之，穠豔又次之。若論其難易，則對句易工，結句難工，發句尤難工也。學者知此而各克其才，則盛唐可復見于今矣。」

排律五七言同　徐伯魯曰：「按排律原于顔延之、謝瞻諸人。梁陳以還，儷句尤多。唐興始專此體，而有排律之名。大約其體不以煅鍊爲工，而以布置有序，首尾貫通爲上。」

絶句五七言同　徐伯魯曰：「按絶句詩，原于樂府。五言如《白頭吟》、《出塞曲》、《桃葉歌》、

《歡聞歌》、《長干曲》、《團扇郎》等篇。七言則如《挾瑟歌》、《烏棲曲》、《怨歌行》等篇。下及六代，述作漸繁。唐初穩順聲勢，定爲絶句。絶之爲言，截也，即律詩而截之也。故凡後兩句對者，是截前四句。前兩句對者，是截後四句。全篇皆對者，是截中四句。皆不對者，是截首尾四句。故唐人絶句皆稱律詩。觀李漢編《昌黎集》，絶句皆入律詩，蓋可見矣。大抵絶句詩以第三句爲主，能以實事寓意，則轉换有力，旨趣深長也。」

六言詩　按六言詩，昉于漢司農谷永。魏晉間曹植、陸機、雲兄弟間出，其後作者漸多，亦不過詩人賦咏之餘耳。然自陳梁以下，迄于中唐，多有其詩。不可謂非詩之一體也。

和韻詩　徐伯魯曰：「按和韻詩有三體，一曰依韻，爲同在一韻中而不必用其字也。二曰次韻，謂和其原韻而先後次第皆用之也。三曰用韻，謂用其韻而先後不必次也。如《昌黎集》有《陸渾山火和皇甫湜用其韻》是也。古人賡和，答其來意而已，初不爲韻所縛。如高適贈杜甫云：『草玄今已畢，此外更何言？』甫和之則云：『草玄吾豈敢，賦或似相如。』又如杜迢《早發湘潭寄杜甫》云：『相憶無南雁，何時有報章？』甫和云：『雖無南過雁，看取北來魚。』又如高適《人日寄杜甫》云：『龍鍾遠屬二千石，愧爾東西南北人。』甫和云：『東西南北更堪論，白首扁舟病獨存。』又如杜甫《和裴迪逢梅相憶見寄》云：『幸不折來傷歲暮，若爲看去亂鄉愁。』是答迪詩中『折來不得同看之』語。古人止採其意見答，不聞和韻也。又如杜甫、王維、岑參和賈至《早朝大明宮

詩》，各自成篇。甫第云『詩成珠玉在揮毫』，參云『陽春一曲和皆難』，并其意不用，況于韻乎？中唐以還，元、白、皮、陸，更相倡和，由是此體始盛，然皆不及他作。嚴羽所謂『和韻最害人詩』者，此也。又有因韻而增爲之者。如柳宗元《河東集》有《同劉二十八院長禹錫述舊言懷感時書事奉寄澧州張員外使君署五十二韻之作因其韻增至八十》是也。又有置其所用韻而惟取其餘韻者，如《河東集》載《疇韶州裴曹長使君寄道州吕八大使温因以見示二十韻》，自序云『韶州幸以詩見及，往復奇麗，用韻尤爲高絶。余因拾其遺韻酬焉。凡爲韶州所用者置不取，其聲律言數如之』是也。此皆由依韻而廣推之，故附著于此。」

聯句詩

徐伯魯曰：「按聯句詩起自柏梁，人各一句，集以成篇。至魏懸瓠方丈竹堂讌饗，則人各二句，稍變前體。自此之後，體遂不一。有人各四句者，如《陶靖節集》所載是也。有人各一聯者，如杜甫與李之芳及其甥宇文或所作是也。有先出一句，聯者對之。聯者就出一句，前人復對之者。如《昌黎集》載《城南詩》是也。然必其人意氣相投，筆力相稱，而後能爲之。否則狗尾之續，難免於譏矣。」

論詩初學有所師承

宋學士景濂《荅章秀才書》曰：「濂白秀才足下：承書知學詩弗倦，且疑歷代詩人皆不相師。

旁引曲證，亹亹數百言，自以爲確乎弗拔之論。濂竊以謂世人之善論詩者，其有出於足下乎？雖然，不敢從也。濂非能詩者，自漢魏以至於今，諸家之什，不可謂不攻習也。薦紳先生之前，亦不可謂不摩切也。揆于足下之論答，或有未盡者，請以所聞質之，可乎？《三百篇》勿論已，姑以漢言之，蘇子卿、李少卿，非作者之首乎？觀二子之所著，紆曲凄惋，實宗《國風》與楚人之辭。二子既没，繼者絶少。下逮建安、黄初，曹子建父子起而振之，劉公幹、王仲宣力從而輔翼之。正始之間，嵇、阮又疊作，詩道于是乎大盛。然皆師少卿，而馳騁於風、雅者也。自是以後，正音衰微，至太康復中興。陸士衡兄弟則倣子建。潘安仁、張茂先、張景陽則學仲宣。左太冲、張季鷹則法公幹。獨陶元亮天分高，其學雖出於太冲、景陽，究其所自得，直超建安而上之。高情遠韻，殆猶大羹充鉶，不假鹽醯而至味自存者也。元嘉以還，三謝、顔、鮑爲之首。三謝亦本子建，而雜參於郭景純。延之則祖士衡。明遠則效景陽，而氣骨淵然，駸駸有西漢風。餘或傷于刻鏤，而乏雄渾之氣。較之太康則有間矣。永明而下，抑又甚焉。沈休文拘于聲韻。王元長局於偪迫。江文通過於摹擬。陰子堅涉於淺易。何仲言流于瑣碎。至於徐孝穆、庾子山以婉麗爲宗，詩之變極矣。然而諸人雖或遠祖子建、太冲，近宗靈運、玄暉，方之元嘉，則又有不逮者焉。唐初承陳隋之弊，多尊徐、庾，遂致頽靡不振。張子壽、蘇廷碩、張道濟相繼而興，各以風雅爲師。而盧昇之、王子安務欲淩辟三謝。劉希夷、王昌齡、沈雲卿、宋少連亦欲蹴駕江、薛，固無不可者，奈何溺於

久習，終不能改其舊，甚至以律法相高，益有四聲八病之嫌也。惟陳伯玉痛懲其弊，專師漢魏而友景純、淵明，可謂挺然不羣之士。復古之功，於是爲大。開元、天寶中，杜子美復繼出，上薄風雅，下該沈、宋，席奪蘇、李，氣吞曹、劉，掩顔、謝之孤高，雜徐、庾之流麗，直所謂集大成者，而諸作皆廢矣。並時而作有李太白，遠宗風騷及建安七子，其格極高，其變化若神龍之不可羈。有王摩詰，依倣淵明，雖運詞清雅，而萎弱少風骨。有韋應物祖襲靈運，能一寄穠鮮於簡淡之中，淵明以來，蓋一人而已。他如岑參、高達夫、劉長卿、孟浩然、元次山之屬，咸以興寄相高，取法建安。至于大曆之際，錢、郎遠師沈、宋，而苗、崔、盧、耿、吉、李諸家，亦皆本伯玉而宗黄初，詩道於是爲最盛。韓、柳起於元和之間。韓初效建安，晚自成家，勢若掀雷抉電，撐決于天地之垠。柳斟酌陶、謝之中，而措辭俊逸清妍。應物而下，亦一人而已。元、白近於輕俗，王、張過于浮麗，要皆同師於古樂府。賈浪仙獨變八僻，以矯豔于元、白。劉夢得步驟少陵，而氣韻不足。杜牧之沈酣靈運，而句意尚奇。孟東野陰祖沈、謝，而流於蹇隘。盧仝、劉叉自出新意，而涉於怪詭。至于李長吉、温飛卿、李商隱、段成式專誇靡曼，雖人人各有所師，而詩之變又極矣。比之大曆尚有所不逮，况可厠之開元哉？過此以往，若朱慶餘、項子迁、李文山、鄭守愚、杜彦之、吴子華輩，則又卑乎不足議也。宋初襲晚唐五季之弊，天聖以來，晏同叔、錢希聖、劉子儀、楊大年數人，亦思有以革之，第師於義山，全乖大雅之風。迨王元之以萬世之豪，俯就繩尺，以樂天爲法。歐陽永叔痛

矯西崑，以退之爲宗。蘇子美、梅聖俞介乎其間。梅之覃思精微，學孟東野；蘇之筆力橫絶，宗杜子美，亦頗號爲詩道中興。至若王禹玉之踵微之，盛公量之祖應物，石延年之效牧之，王介甫之原三謝，雖不絶似，皆嘗得其髣髴者。元祐之間，蘇、黄挺出，雖曰共師李杜，而競以己意相高，而諸作又廢矣。自此以後，詩人迭起，或波瀾富而句律疏，或煆煉精而性情遠，大抵不出於二家。觀於蘇門四學士，及江南宗派諸詩，蓋可見矣。陳去非雖晚出，乃能因崔德符而歸宿於少陵，有不爲流俗之所移易。馴至隆興、乾道之時，尤延之之清婉，楊廷秀之深刻，范至能之宏麗，陸務觀之敷腴，亦皆有可觀者。然終不離天聖、元祐之故步，去盛唐爲益遠。下至蕭、趙二氏，氣局荒頽而音節促迫，則其變又極矣。由此觀之，詩之格力崇卑，固若隨世而變遷。然謂其皆不相師，可乎？第所相師者，或有異焉。其上焉者，師其意，辭固不似，而氣象無不同。其下焉者，師其辭，辭則似矣，求其精神之所寓，固未嘗近也。然唯深於比興者，乃能察知之爾。然而爲詩，當自名家，然後可傳於不朽。若體圓畫規，准方作矩，終爲人之臣僕，尚烏得謂之詩哉？是何者？詩乃吟咏性情之具，而所謂風、雅、頌者，皆出于吾之一心，特因事感觸而成，非智力之所能增損也。古之人，其初雖有所沿襲，未復自成一家言，又豈規規然必於相師者哉？嗚呼！此未易爲初學道也。近來學者，類多自高，操觚未能成章，輒闊視前古爲無物，且揚言曰：『曹、劉、李、杜、蘇、黄諸作，雖佳不必師。吾即師，師吾心耳。』故其所作往往猖狂無倫，以揚沙走石爲豪，而不復知有純和冲粹之音。可

勝嘆哉！濂非能詩者，因足下之言，姑畧誦所聞如此。惟足下裁擇焉。不宣。濂白。」

詩餘　徐伯魯曰：「詩餘者，古樂府之流別，後世歌曲之所由起也。蓋自樂府散亡，聲律乖闋。唐李白始作《清平調》、《憶秦娥》、《菩薩蠻》諸詞，時因效之。厥後趙崇祚輯爲《花間集》，凡五(伯)〔百〕闋。宋柳永增至二百餘調。一時文士，復相擬作，富至六十餘種，可謂極盛。陸游云：『詩至晚唐五季，體格卑陋，千人一律，而長短句獨精工，後人莫及。』故秦少游之詞，傳播人間，雖遠方女子亦知膾炙，有僻好之至死者，然去樂府則遠矣。厥後詩餘之體復失，金元人又變而爲曲，有南北二體，九宮三調，其去樂府益加遠矣。何良俊云：『詩亡而後有樂府，樂府闋而後有詩餘，詩餘廢而後有歌曲。』真知言哉。夫樂府、詩餘同被管絃，特樂府以簡潔揚厲爲工，詩餘以婉麗流暢爲美，此其不同耳。其調有定格，字有定數，韻有定聲。至于句之長短，雖可損益，然亦不當率意爲之。譬如醫人加減古方，不過因其方而稍損益之，苟或太遠，則本方之意失矣。此《太和正音》及今《圖譜》之所由作也。其神情有婉約者，有豪放者。婉約者欲其詞情蘊藉，豪放者欲其氣量恢弘。雖各有所長，而詞貴感人，當以婉約爲正矣。」

惜　書

温公讀書堂置文史萬餘卷，晨夕披閱，雖數十年，皆新若未經手觸者。嘗誡其子曰：「賈豎

藏貨財，儒家惟書耳，當知寶惜。吾每歲視晴明日，即設案向日，側列群書其上以暴其腦。若欲看，必先視几案净潔，藉以茵褥，然後啓卷看之。或欲行看，即承以方版，未嘗手汗沾漬。每看畢一頁，即以右手大指與點鹽指輕輕揭過，故不至揉熟其紙。每見汝輩以指爪撮起，或以雙指用唾挾起，甚非珍重之意。浮圖、老氏猶知尊敬其書，吾儒反不如耶？汝曹念之。」

趙子昂《書跋》云：「聚書藏書，良非易事。善讀書者勿捲腦，勿折角，勿以爪侵字，勿以唾揭幅，勿以作枕，勿以夾刺。隨損隨修，隨開隨捲可也。」

唐彪曰：昔之賢聖，不寶珠玉而寶好書，故多方積聚。有借抄者，就其家抄之，不令書出門也。子孫愚魯者，視書如泥沙瓦礫，不但輕棄平常易得之書，即家傳不可得之書，并幼時讀過好書，亦且輕賤狼藉，至于散失。此無他，其志氣污下，識見卑陋，不知書之有益，所以如此。不思己雖不能讀書，他日子孫或有能讀書者，欲求好書不可得矣。非財求所能覓也，亦思之乎。

唐彪曰：好書極難，如得抄刻善本，當極愛惜之，不可即以此書日常誦習，至于毁壞，更恐爲人盜竊。既失則不可復得，雖痛惜之無益矣。故須抄副本與子弟誦習，其原本則深藏之，不當聽其可有可無也。

雜論

武叔卿曰：「義理無窮，即讀書到老，豈能盡識天下事理？今俗子原無所知，自視若有知；原無所能，自視若有能，故讀書草率無恒，不肯精研。待人傲滿自足，不屑下問，只此一個桀傲，不能虚心，便結果了一生，無成就也。先儒云『惟學然後知不足』，此輩惟不學，故不自知其不足。若有志向上之士，自無此病。」

毛稚黄曰：「習舉業者，要三不惑，一不惑于士林之臧否，二不惑于小試之利鈍，三不惑於新科之風氣。」

柴虎臣曰：「作文稽典故，古有獺祭之譏。然正自不可不慎，如子美之『中宵比走』，太白之『繞朝鞭』，摩詰之『垂楊生左肘』，永叔以『漢靈爲獻』，子固之『都鄉四世』，皆錯誤也。數公博雅名流且有訛誤，後學信手染翰，安保無差？故眉山每有所作，雖爛熟典故，必令兒輩檢閲，然後出之，此真堪取法也。」

柴虎臣曰：「古來詞流，不能兼工，惟以竭才爲致用其長，勿計其短可也。如司馬遷，良史之才，不辨作賦。李、杜爲有唐宗匠，而子美甚拙于文，太白不長于七律，故集中厥體遂少。然則人于其所短者，置而不爲，非僅藏拙，正所以并力于其所長耳。」

古人云：「貯書厨簏中，欲閱方取出之。閱竟，始易他種。今閱一二行便堆几上，久之堆積如山，終年未竟一册，此通弊可鄙也。」

唐彪曰：一技一能，亦足垂名于後世，况士君子著書立言？苟能盡善，安有不可與金石同壽之理？特患貪多務博，而議論不精，欲速成功而瑕瑜相掩，所以不能傳也。勞曾三云：「著述不患其不博，而患其難傳。古今有撰述等身，而不足傳世者多矣。若精而可傳，豈在多乎？」然欲精在不欲速始，張衡十年而賦《二》，左思一紀而賦《三》，故紙貴洛陽，而後世不能廢也，是其不欲速之效矣。

唐彪曰：文思有得之至敏者，或片時成數藝，如袁宏、劉廠、柳公權之儔其人也。桓温北征，唤袁宏倚馬前作露布，不輟筆立成。劉廠平西掖時，一日追封皇子、宫主九人。廠位馬郤坐，一揮九制，昌明典雅，各得其體。柳公權從文宗至未央宫。帝駐輦曰：「朕有一喜：邊城賜衣久不時，今中秋而衣已給。」公權爲數十言稱賀。帝曰：「當賀我以詩。」宫人迫之，公權應聲成文，婉切而麗。詔令再賦，復無停思。天子甚悦，曰：「子建七步成一詩，爾乃三焉。」有得之至遲者，或數日成一藝。如桓譚、王充之儔其人也。桓譚每數日作一文，文成輒病。王充著《論衡》，閉户二十年始成。大抵士人應試之作，與詞臣承命作文，類皆刻期以需，非敏不足以應急。敏者固勝于遲者，然而文未必工也。其欲自爲撰述以垂永久，不嫌于遲，遲則能精，精則可傳，遲者又勝于敏也。故二者各有所長，取才者不當以此分軒輊焉。

呂東萊曰：「凡煩雜難記之事理，與無可句讀之書辭，約爲詩歌，即可易記，乃讀書至簡捷之法也。」

唐彪曰：天下之理，不多方闡明，則不能透徹。但闡發既多，又苦書卷浩繁，不能記憶，開卷則了了，掩卷則茫然，不能得其益矣。若闡發詳悉之後，更以詩歌約語括之，雖數千百言，可約之于數十字，何其簡易也！而著書者恐人鄙其俚俗，每不欲見于書册。噫！一書之中，詩歌約語，能有幾何？雖俚俗無害也。若欲盡避之，令閲者不受其益，何賴有此書乎？人何不深思之也。

詩歌如《周易·卦序歌》、《歷代帝王國號歌》之類。約語如「粱數七，齊八老」之類。

伯子論文

〔清〕魏際瑞 撰

《伯子論文》一卷

清 魏際瑞 撰

魏際瑞（一六二〇—一六七七），原名祥，字善伯，號伯子，江西寧都人。明末諸生。入清爲貢生。客浙撫范承謨之幕，未幾卒。與弟禧、禮俱有文名，并稱「寧都三魏」；又與彭士望、林時益、李騰蛟等交游切磋，時號「易堂九子」。有《魏伯子集》、《五雜俎》等。傳見《清史稿》卷四八四。

魏氏之詩文以才情勝，其論文亦以主情爲旨歸：「詩文不外情、事、景，而三者情爲本」；并謂文貴有「本心」、「良心」；又云：「不深原道情，則不可以爲體；不更歷世情，則不可以爲用。」則其「情」又以哲理爲體、閱歷爲用；又云：「文有自然之情，有當然之理。情著爲狀，理著爲法，是斷然而不容穿鑿者也。」則情與理既有區別而又應兼融互攝。但又强調「貴識」、「貴議論」：「文章首貴識，次貴議論。然有識，則議論自生；有議論，則詞章不能自已。」「識」與「議論」、「詞章」環環相生，是統一的。又主張入於法而能出於法，尤認爲「規矩」與「變化」在終極意義上乃是一體：「由規矩者，熟於規矩，能生變化。不由規矩者，巧力精到，亦生變化，自合規矩。」此乃其

獨識，與一般提倡在「法」之基礎上神明變化者不同。其弟魏禧爲此卷作跋，於此點特予拈出：「他人俱從規矩生神明，吾兄是從神明生規矩也。」（見《魏伯子文集》卷四）他如論繁簡之是非，能超乎字句多寡、篇幅長短之外；論平奇之優劣，亦能透過文章表層之奇異或平易，而以其「氣體」如何而判定，均能抉剔藝術底蘊，辯證靈動，不滯不粘。

此卷乃是《魏伯子文集》卷四《雜著·與子弟論文》（見《寧都三魏全集》，易堂原版），由張潮抽出别爲一書。另有《昭代叢書》本、《文學津梁》本。今據《昭代叢書》本（道光十三年刊）録入。

（王宜瑗）

伯子論文題辭

古有詩話而無文話，即有之，亦不過散見于各篇之中，未有彙爲一卷者。今寧都魏伯子集中獨有之。三魏之集，合爲一部，購者不易，讀者亦難，余因特取此卷以行于世。竊嘗論之，有天資高邁之文，有人力攻苦之文，有天人並至之文。大抵得天分多者，其爲文也，雖易成而或昧于法；得人力多者，其爲文也，雖有法度而或乏生動之趣。故必天人並至，乃可以造乎其極而無憾然。優于天而勉乎人也易，藉乎人而欲近乎天也難。今伯子之言具在，使人力攻苦者讀之，固能守其語于法之中；若天資高邁者讀之，遂能通其意于法之外，則是同一法也，而讀者之所得，其不同至于如此。然則伯子之言其遂爲糟粕乎？是又不然。孟子有言：大匠誨人必以規矩，學者亦必以規矩。又曰：梓匠輪輿能與人規矩，不能使人巧。伯子所言，所謂規矩是也；吾之所言，所謂巧也。然由規矩而巧者，其巧無窮；不由規矩而巧者，其巧難繼。則甚矣，天資之不可恃也！歙縣張潮題。

伯子論文

清　魏際瑞　撰

詩文不外情、事、景，而三者情爲本。然置頓不得法，則情爲章句所匿。尤貴善養其氣，故無窘窒懈累之病。古人爲文，雖有偉詞俊語，亦删而舍之者，正恐累氣而節其不勝也。收結恒須緊束，或故爲散弛懈緩者，亦如勞役之際，閉目偃倚，乃不至于困竭也。

孟浩然「氣蒸雲夢澤，波撼岳陽城」，杜工部「吴楚東南坼，乾坤日夜浮」，力量氣魄已無可加，而孟則繼之曰：「欲濟無舟楫，端居恥聖明。」杜則繼之曰：「親朋無一字，老病有孤舟。」皆以索寞幽眇之情攝歸至小。兩公所作，不謀而合，可見文章有法。若更求博大高深者以稱之，必無可稱，而力竭反蹶，無完詩矣。咏物專事刻畫，即事極力鋪叙，是皆不可以語詩也。

人之爲人，有一端獨至者，即生平得力所在，雖曰一端，而其人之全體著矣。小疵小癖，反見大意，所謂「頰上三毫，眉間一點」是也。今必合衆美以譽人，而獨至者反爲浮美所掩。人精神聚于一端，乃能獨至；吾之精神亦必聚于此人之一端，乃能寫其獨至。太史公善識此意，故文極古今之妙。

文章首貴識，次貴議論。然有識，則議論自生；有議論，則詞章不能自已，何者？人得一見，必伸其説；發之未暢，説必不得止也。夫忿怒寃抑之意積于中，則慷慨激烈之言沛然而莫禦。作文而憂詞之不足，皆無識之病耳。

古人文字，有累句、澀句、不成句處而不改者，非不能改也，改之或傷氣格，故寧存其自然，名帖之存敗筆，古琴之仍焦尾是也。昔人論《史記·張蒼傳》有「年老口中無齒」句，宜删曰：「老無齒。」《公羊傳》：「齊使跛者逆跛者，禿者逆禿者，眇者逆眇者」，宜删云：「各以類逆。」簡則簡矣，而非《公羊》、史遷之文；又于神情，特不生動。知此説者，可悟存瑕之故矣。

文章有宜簡者，《孟子》「河東凶亦然」是也。有不宜簡者，「今王鼓樂于此」、「先生以利説秦楚之王」是也。鼓樂者憂喜不同情，説秦楚者義利不同效。情相比而苦樂著，效相較而利害明。兩軍相遇，將卒各鬬也。移民移粟，述事而已，事止語畢，複則無味也。又有宜簡而不得不詳者，如《舜典》「二月東巡狩，五月南，八月西，十有一月朔」，典例所存，四時四方不可偏廢也。禮制皆同，不煩重叙而約之曰「如岱禮」，變之曰「如初」，又變之曰「如西禮」，委宛屈軼，斐然成章也。文有自然之情，有當然之理，情著爲狀，理著爲法，是斷然而不容穿鑿者也。

「不患寡而患不均，不患貧而患不安」兩句，起也；「均無貧，和無寡，安無傾却」三句結。《都人士》詩五章，卒章曰「匪伊垂之，帶則有餘。匪伊卷之，髮則有旟」，單承第四章「垂帶而厲」，「卷

髮如藂」作結。《采緑》卒章「其釣維何」，亦單承三章「之子于釣」半段作結。今之人則缺一不可也。

文章必有所以然處。所以然者，在文章之意；然非謂文章以忠孝爲意，便處處應接忠孝。蓋幾微之先，精神眼光興會有獨得一處者，故言忠孝，反不必斤斤忠孝之言，人之感之，無往而非忠孝也。文章有耿疢在心、不可舉以示人并不即能自喻者，正其所以然處。得此而情境所發，蓋亦不可窮矣。

作文貴有本心，有良心。本心者，不自爲支離、不因境苟且是也。良心者，不任意狂恣、不矯誣奪理是也。不深原道情，則不可以爲體；不更歷世情，則不可以爲用。不入于法，則散亂無紀；不出于法，則拘迂而無以盡文章之變。

文章有衆人下手而我偏下手者，有衆人下手而我不下手者。然二者之中，則難易存焉矣。

詩文句句要工，便不在行。

小題大做，是俗人得意及枯窘人躲閃捷徑。

善改者不如善删，善取者不如善捨。

南曲如抽絲，北曲如輪鎗；南曲如南風，北曲如北風；南曲如酒，北曲如水；南曲如六朝，北曲如漢魏；南曲自然者，如美人淡妝素服、文士羽扇綸巾；北曲自然者，如老僧世情物價、老

農晴雨桑麻；南曲情聯，北曲勢斷；南曲圓滑，北曲勁澀；南曲柳顫花摇，北曲水落石出；南曲如珠落玉盤，北曲如金戈鐵馬。若貴堅重、賤輕浮，尚精緊、卑流蕩，喜乾净、厭煩碎，愛老成、黜柔弱，取大方、棄鄙巧，求藴藉、忌粗率，則南北所同也。北曲步步撟高，南曲層層轉落；北曲枯折見媚，南曲宛轉歸正；北曲似粗而深厚，南曲似柔而筋節；北白似生似呆，南白貴温貴雅；北白或過文或眼目或案斷，南白有穿插有挑撥有埋伏；北白冗則極冗，簡則極簡，南白停匀而已。作詩，題難于詩；作曲，白難于曲。

文章大意大勢，正如霧中之山，雖未分明，而偏全正側胚胎已具。作者保此意勢，經營出之，便與初情相肖；若另結搆，未免刓員方竹也。

有出口條理而出手無緒者，便可以出口爲畫家朽筆，此法至捷而妙。

粗做到細，細做到粗，文章定妙。

畫家醜須極醜，容不得一筆俊，俊亦不容一醜，文章亦然。

用故事，須如訟人告干證，又如一花一石偶然安放，否則窮人補衣，但貼上一塊而已。

絶句本截律詩，然讀首一句，即知是絶是律。律詩首句，每有端凝浩瀚巍峩之意，絶詩首句，多帶輕利。文章各有胚胎，非加減舒縅可得而成也。

識得呆裏撒奸意，可作樂府。

古人詩文，我有力量，不忌數行直寫。若規倣其詞格，苟非市井，即小兒耳。

近聽而震耳者，鐘不如鑼，馮夷大砲不如行營小銃，然鐘砲聞數十里，鑼與小銃不及半而寂然矣。浮急之聲，躁滑而無力。凡叩而即鳴，鳴而即轉者，皆力量氣魄不足以自持也。文章大家小家之辨如此。

古人嘗有不通處，正古人大通處。如《孟子》謂「孟施舍似曾子」，朱子註《白駒詩》「嘉客猶逍遥也」之類。不必斤斤，得其意，識其事而已矣。今人嘗有大通處，正今人不通處。如謂《五經》相通及稱「詩史」之類。牽强附會，苟爲同，矯爲異而已矣。

仙人之術，何難治疾，而鐵拐之像，至今跛足，蓋不必諱其本質也。鳥獸草木之怪，變化無端，要不離其本形，以爲變化，如馬精面長，蜂精腰瘦之類。蓋離本質，即非此怪矣。古文大家各不諱其偏弊，故足自成一家。

字有不老不馴不雅必不可用者，亦有改句中他字，而此字即老即雅馴者。

作文如作瘿瓢籐杖，本色不雕一毫，水磨又極精細。此任元樸者，粗惡不堪；專事工夫者，矯揉無味也。

讀書有死工夫，無活工夫。通而至于不通，將大通矣；熟而至于不熟，將極熟矣。通者之熟易于忘，而不通者不忘；明者錯于歧路，而瞽者勿錯也。作文流便而至于矜慎，不改而至于能

改，甚或闔室而終不能作，蓋非苟然而至乎斯境也。斯文未善，作之至再，或至十焉，他所作者無弗善也。故曰：識得一萬事畢，專而攻一，其一必破，不破而置之，謂置此而別攻。百攻焉而不破也。謂攻百物，不能破一。攻其難，易者無足攻矣。

文有大佳而可謂大不通者，不知體者也。刑官榜示獄卒者，有「郭井之魂，鵠亭之骨，齊車之矢，姚宫之針」，爲語非不典麗，而要非獄卒所能解矣。

本欲提起至天，力量不足，便須塌地放倒。若只提至半天，神力氣格俱敗矣。善唱者知此理。

轉折句太多，文反不得員動。

凡文須有主意，而作無謂之文，如庸人傳、誌、祭文之類。尤不可不另立主意議論，似借此人事實點綴吾文。雖不臻妙，亦能鋪叙終篇，成一體段。否則支吾補綴，立自躓矣。

文主於意，而意多亂文；議論主于事，而事襍亂議。然亦有意多事襍之文，必有法以束之。不然，則如蒙師離塾，叫喊跳踢，鬨然一屋矣。

文有四說：一曰說，一曰不說，一曰說而不說，一曰說而又說。

王文恪公鏊《五湖記》規矩整齊，步武不失；《七十二峰記》局勢鬭亂，渺忽難追，俱極鎚鍊之法。然作者當日自是立意要作兩篇文字，故特如此命局取格。故知一連欲作數篇文字，非但識

議有主，其局法之離脱關生，亦必不肯苟同。

《七十二峰記》凡六百一十三字。均分，至少每峰亦應八字有零。乃提要語占去若干，叙次語占去若干，他地名占去若干，地名重者占去若干，方隅向背占去若干，形勢脉絡占去若干，古事、形容語、起結語占去若干，幾于七十二峰本位無有一字，乃其叙次本位寬然有餘，懸厓撒手，尺水揚波，是何法何力哉！作文不知法，遇如此題，任是萬斛長才，應一籌莫展矣。

定大家文，當在其平平無奇處。小家必藉新異，乃能措手；大家雖無一語可以刮目，而平易博厚，氣體居然，小家所望而却走也。人之才能亦須于事之至平至褻處觀之，蓋奇事本少，而奇才暫應不足憑矣。

文能切題，乃不應付；然欲應付，無如切題。

由規矩者，熟于規矩，能生變化。不由規矩者，巧力精到，亦生變化；既有變化，自合規矩。

大家文如故家子弟，雖破巾敝服，體氣安貴；小家文如暴富傖父，渾身盛服，反增醜態。非盛服不佳，服者賣弄矜持，反失其故吾也。

凝叔作《左傳兵謀》、《兵法》二篇。《兵謀》三十二段，使事七百三十五條，章法幻忽，反若尺寸關鎖。《兵法》二十二段，直獵前篇，不别立格。别立格，便膽怯，便手筆向低也。大家手筆如平原大海，不設奇異而有至怪出没其間。王文恪《五湖》、《七十二峰記》兩篇兩格，此兩篇一格，

俱非高手大膽不能。

眼前景，口頭語，當時情，意中事，神妙莫過于此，應付莫便于此。「秋山雲亦好，野岸草還青。今日扁舟上，何愁不可輕。入門因婦子，發棹見平生。冠石西風裏，茅亭應落成。」此林確齋名時益《別妻子詩》也。確齋住冠石二十餘年，以子婚，挈家歸南昌。病作，未及行禮，遽違妻子，而遠赴易堂，曰：「吾病恐死，欲死于吾朋友。」此其于朋友可謂切矣，乃詩中只「發棹」一句微見本意，不作矜重激切之詞。激切矜重，便似于朋友有德色。而末句憶及茅亭，且若不特爲朋友而來者，故曰厚之至也。他人重言朋友，則務必輕言妻子。看他「入門因婦子」句，偏與朋友並重，可知不近情人非矯即薄，決無至性如此深厚安雅，真正《三百篇》也。

文章煩簡非因字句多寡、篇幅短長，若庸絮懈蔓，一句亦謂之煩；切到精詳，連篇亦謂之簡。有主有客，有主中客、客中主，有主中主、客中客，有客即是主、主即是客，其中又有變化，能文能處事者總此道也。

興致極濃而反淡率，詞語極精而反膚庸，皆不識體要之故。

凝叔《謁墓詩》起云：「雨止盜暫息，乃得瞻先塋。」言雨止盜息，則先有雨有盜而不得往可知也。言「盜暫息」，則後復有盜而須即往可知也。前輩云：「說一是二」，此則說一是三，尤妙以作起句，截去許多在白紙上。

鍊句須簡而明，如《邶風》「涇以渭濁」四字，精簡極矣，却不費解。《左傳》多簡勁語而費解已甚者，不學可也。

古人作字，于楷細秀婉中忽作一重大奇險者，蓋其精神機勢所發，無能自遏，不覺縱筆，覽者亦遂怵然改觀。後人見此，學爲怪異，而所書不足動人。本無情興，徒欲作怪故也。人有呵欠噴嚏，必舒肆震動而洩之；苟無是而學爲張口伸腰，豈得快哉？文之段格章句長短，亦復如是。

凝叔論《禹貢》謂：「通篇皆記治水，而治水本爲敷土，故首句曰『禹敷土』，言治水之本意。次句『隨山刊木』，言治水之功用。三句『奠高山大川』，言治水之成效。一節只三句，包絡通篇，而語簡意明，又並不出一『水』字。中段忽著『祗台』、『德先』二句，是禹克勤克儉、不矜不伐之德，爲能治水而有成之本，所以與鯀異者。此後成服制貢，錫土建官，安内攘外，禹所爲者皆天子之事。至于聲教訖四海，此時竟不覺上有舜在，疑于功高震主，尾大不掉矣。乃終之曰『告厥成功』，可見以前大事，一一皆禀命于舜，而舜知人之明，任人之專，禹無成代，終不敢專制之義，盡見于此矣。尤妙『祗台』、『德先』二語，著于中段，以見前之所以成功者，本乎此，後之所以保功者，亦由乎此。只此一篇書法，聖人德行經濟，道統治統，君義臣忠，無不盡之。而前後中只是六句，是何等章法，何等句法，何等字法！」

人以文字就質于人，稱曰：「正之。」忽念政者正也，改稱曰：「政。」又念正者必須删削，乃

曰：「削政。」又念斧斤所以削也，轉曰：「斧政。」又念善斧斤者，莫如郢人，易曰：「郢政。」且或單稱曰：「郢。」而最奇者，以爲孔子筆削《春秋》而《春秋》絶筆于獲麟，遂曰：「麟郢。」愈文而愈不通，令人絶倒。今俗人作古文，地名官名之屬，務稱古號以爲新別，而復多錯謬。否則杜撰拈合，如稱給事爲「給諫」，狀元官修撰者爲「殿撰」，三孤三公，保其一也，而通曰「宫保」。牽强支離，竟不成語，著于文章之内，真所謂金甌玉醆盛狗矢也。又如「日居月諸」，「居諸」乃語詞，而稱日月爲「居諸」。「刑于寡妻，友于兄弟」，「于」亦語詞，而曰「刑于」「友于」。司馬遷、諸葛亮，複姓也，而曰：「馬遷」「葛亮」，則古人先已不通，時俗又何足怪乎？鄙背之遠，不能不望于君子。

引證古事，以對舉二事爲妙，如《孟子》「王不待大」，則「湯以七十里，文王以百里」。「以大事小」，則「湯事葛，文王事昆夷」。「以小事大」，則「大王事獯鬻，句踐事吴」。「王請大之」，則「文王之勇」，「武王之勇」。「不召之臣」，則「湯之於伊尹」，「桓公之於管仲」。「百世之師」，則伯夷、柳下惠。「不爲臣不見」，則段干木、泄柳。「宋行王政」，則湯征葛，武王東征。「養勇」，則北宫黝、孟施舍。蓋單舉，則似一事偶合；對舉二事，則其理若事無不確者，而證辨之力亦厚。

古文之所必删，即時人之所甚好；惟時人甚好，是古文所必删也。

著佳語佳事太多，如京肆列襍物，非不炫目，正爲有市井氣。

古大家文雖極奇崛，必有氣静意平處，故忙處能閒，亂處能整，細碎處有片段，險兀處有安

頓，順處不流，逆處不費筋力，穿插處不小家，方正處不板硬，如置重器于平濶之案，觀者神氣亦自閒定，總由養氣鍊格已到，故不爲波瀾所撓也。

語言無味，面目可憎，此庸俗人病也。而專好新奇譎怪者，病甚于此。好奇好怪，即是俗見，大雅之士不然耳！

跋

家公亮先生詩有云「文章祇盜山川影」，余謂不獨山川也，即烟雲花鳥，亦孰非絕妙文章乎？知此解者，始可讀伯子此篇。心齋張潮。

日録論文

〔清〕魏禧 撰

《日録論文》一卷

清 魏禧 撰

魏禧（一六二四—一六八〇），字冰（凝）叔，一字叔子，號裕齋，江西寧都人。明末諸生。明亡後隱居翠微峰，所居名句庭，學者稱爲句庭先生。與兄祥（際瑞）、弟禮并稱「寧都三魏」，亦是「易堂九子」之一。有《魏叔子文集》、《詩集》、《日録》等。傳見《清史稿》卷四八四。

魏禧之文，凌厲雄傑，奇闢警動，在「寧都三魏」中成就最高；其論文强調「積理」與「練識」，以明理適用爲尚。此卷論文之語，乃張潮從魏禧文集及雜録中所摘輯者，偏重於從切身甘苦中闡發爲文之法。如論首尾照應之法，有千變萬化；轉接之法，除常見之「提法」外，又拈出「駐法」：即「於字句未轉時，情勢先轉，少駐而後下，則頓挫沉鬱之意生」；并指出「戒五病」：「作論有三不必，二不可。前人所已言，衆人所易知，摘拾小事無關係處，此三不必作也。巧文刻深以攻前賢之短，而不中要害；取新出異以翻昔人之案，而不切情實，此二不可作也。」又提示「去七弊」，其中如「其旨可原本先聖先儒，不可每一開口，輒以聖人大儒爲開場話頭」，頗爲大膽。此書「爲作文者指迷」，「爲改文者立法」（張潮《題辭》），而又能善譬巧喻，闡説透闢中肯，歷評唐宋八

家之特點，尤見酣暢：「退之如崇山大海，孕育靈怪」；「子厚如幽巖怪壑，鳥叫猿啼」；「永叔如秋山平遠，春谷倩麗，園亭林沼，悉可圖畫」；「東坡如長江大河，時或疏爲清渠，瀦爲池沼」等。并指出學步八家，應力避其短：「學子厚，易失之小；學永叔，易失之平；學東坡，易失之衍；學子固，易失之滯；學介甫，易失之枯；學子由，易失之蔓。」老吏斷獄，一字定讞。

有《昭代叢書》本、《文學津梁》本。今據《昭代叢書》本（道光十三年刊）録入。

（王宜瑗）

日録論文題辭

寧都三魏之文，當以叔子爲第一；即其論文之語，亦惟叔子爲最精。然叔子之論文，初非如伯子之專有其書也。余愛其論之透闢而精當，因從《裏言》及《雜録》中摘出鈔之，以時自省覽。其散見於長篇大幅間者，概不與焉。非僅欲以免割裂之嫌，亦以吾人苟能於此帙中實有所得，固已不勝其益矣。蓋叔子之文，其爽快不啻如哀梨并剪，閲之便覺了然於心，非若他人辭不達意，立論雖高而人莫能解也。或曰：叔子之論文，與伯子孰優？曰：伯子難爲兄，叔子難爲弟。昔人所謂「查梨橘柚，各有其美」者也。然就叔子之論觀之，其於古也，取其長，不諱其短；其於今也，不獨爲作文者指迷，且可爲改文者立法。譬之於水，烹者、溉者、濯者，無不各得其所欲，夫豈無本之學所能幾其萬一乎？其本維何？經也，史也。叔子熟於經史學，故其所言皆實，可見之施行。吾願世之學爲古文者，取是編而深造之，即未能盡如其所云，當亦有月異而歲不同者已。

新安張潮題。

日録論文

清　魏禧　撰

文之工者，美必兼兩：每下一筆，其可見之妙在此，却又有不可見之妙在彼。譬如作屋，左砂高聳，右砂低卸，必須培高右砂方稱。拙者舉土填石，人一見知爲補石砂之闕；巧者只栽竹樹，令高與左齊，人一見只賞歎林木幽茂之妙，而不知其意實補石砂低卸也。又文字首尾照應之法，有明明繳應起處者，有竟不顧者，有若無意牽動者，有反罵破通篇大意、實是照應收拾者。不明變化，則千篇一律，而文亦易入板俗矣。又古文接處用提法，人所易知；轉處用駐法，人所難曉。凡文之轉，易流便無力，故每於字句未轉時，情勢先轉，少駐而後下，則頓挫沉鬱之意生。譬如駿馬下陂，雖疾驅如飛，而四蹄著石處，步步有力。若駑馬下峻陂，只是滑溜將去，四蹄全作主不得。更有當轉而不用轉語，以開爲轉，以起爲轉者。以起爲轉，轉之能事盡矣。或問：學古人而不襲其跡，當由何道？曰：平時不論何人何文，只將他好處沈酣，偏歷諸家，博采諸篇，刻意體認。及臨文時，不可著一名人、一名文在胸，則觸手與古法會，而自無某人某篇之跡。蓋模擬者，如人好香偏身，便佩香囊；沈酣而不模擬者，如人日夕住香肆中，衣帶間無一毫香物，却通身

香氣迎人也。

文之感慨痛快馳驟者，必須往而復還。往而不還，則勢直氣泄、語盡味止；往而復還，則生顧盼，此嗚咽頓挫所從出也。

歐文之妙，只是説而不説，説而又説，是以極吞吐往復參差離合之致。史遷加以超忽不羈，故其文特雄。

評彭躬菴《叙和公南海西秦詩》曰：「字字句句拔起聳立，險秀異常，分明是一幅筆山圖也。文無波瀾無轉折，却以峰巒爲波瀾、起頓爲轉折。嘗論文有得水分者，有得山分者。子瞻水分多，故波瀾動盪；退之山分多，故峰巒峭起。」此序亦是山分文字。又嘗論古樂府以跳脱斷缺爲古，是已細求之語。雖不倫，意却相屬，但章法妙，人不覺耳。然竟有各成一段、上下意絶不相屬者，却增減他不得，倒置他不得。此是何故？蓋意雖不屬，而其節之長短起伏，合之自成片段，不可得而亂也。語不倫而意屬者，辟如複岡斷嶺，望之各成一山，察之皆有脊脉相連。意不屬而節屬者，（辟）〔譬〕如一林亂石，原無脉絡，而高下疏密，天然位置，可入畫圖。知此者可與讀此文矣。

善作古文者，有窺古人作事主意，生出見識，却不去論古人，自己憑空發出議論，可驚可喜，只借古事作證。蓋發己論，則識愈奇；證古事，則議愈確。此翻舊爲新之法，蘇氏多用之。

或問：何以爲古文？曰：欲知君子遠於小人而已矣！欲知古文遠於時文而已矣！

嘗言：古文轉接之法，一定不可易。或問：古人轉接，有極奇變、出人意外處，何謂一定？曰：試將原文轉接處以己意改换，至再至十，終不能及，便知此奇變乃是一定也。若非一定，便任人改换得。

作論有三不必，二不可。前人所已言，衆人所易知，摘拾小事無關係處，此三不必作也。巧文刻深以攻前賢之短，而不中要害；取新出異以翻昔人之案，而不切情實，此二不可作也。作論須先去此五病，然後乃議文章耳。

爲文當先留心史鑑，熟識古今治亂之故，則文雖不合古法，而昌言偉論，亦足信今傳後，此經世爲文合一之功也。論古文，須如快刀切物，迎刃而解。又如利錐攻堅木，左右鑽研，如不得入，而引證古事，如與人搆訟有得力干證。嘗謂善聽訟者，但審鞫兩家干證，十已得九。故引古得力，則議論不煩而事理已暢，此要法也。

作文須先爲其有益者。關係天下後世之文，雖名立言，而德與功俱見，亦我輩貧賤中得志事也。

吾輩生古人之後，當爲古人子孫，不可爲古人奴婢。蓋爲子孫，則有得於古人真血脉；爲奴婢，則依傍古人作活耳。

韓文入手多特起，故雄奇有力；歐文入手多配説，故委迤不窮。相配之妙，至於旁正錯出，幾不可分，非尋常賓主之法可言矣。

唐宋八大家文，退之如崇山大海，孕育靈怪；子厚如幽巖怪壑，鳥叫猿啼；永叔如秋山平遠，春谷倩麗，園亭林沼，悉可圖畫，其奏劄樸健刻切，終帶本色之妙；明允如尊官酷吏南面發令，雖無理事，誰敢不承？東坡如長江大河，時或疏爲清渠，瀦爲池沼；子由如晴絲裊空，其雄偉者，如天半風雨，嫋娜而下；介甫如斷岸千尺，又如高士谿刻不近人情；子固如波澤春漲，雖漶漫而深厚有氣力。《説苑》等《叙》乃特緊嚴。然諸家亦各有病。學古人者知得古人病處，極力洗刷，方能步趨；否則，我自有病，又益以古人之病，便成一幅百醜圖矣。

蘇明允《上田樞密書》，豪邁足賞。然自占地步，峻嶒逼人，使人忌而生厭。蓋既爲進干求知之事，而又爲傲岸不屑之言也，八家中自昌黎作俑，而近世學步者愈可厭憎。如此篇首句「天之所以與我者，豈偶然哉」，便已無體。書以道情，開口一句，挺然便出議論，直作論耳。書雖文，要與面談相似。吾嘗論：曲以只如説話爲妙，蓋曲雖按譜，原以代話。時曲全是搊文，失之遠矣。

善改文者，有移花接木之妙，如上下段本不相干，稍爲貫串，便成一氣是也。有改頭易面之妙，如倒置前後，改易字句，便另成一種格調是也。有脱胎换骨之妙，如原本説寒，將要緊處改换翻成説熱是也。深味此法，於自己作文亦增多少境界矣！

凡作文須從不朽處求，不可從速朽處求。如言依忠孝，語關治亂，以真心樸氣爲文者，此不朽之故也；浮華鮮實，妄言悖理，以致周旋世情，自失廉隅者，此速朽之故也。今人作文，專一向速朽處着想着力，而日冀其文之不朽，不亦惑乎？

東房言：「作文者善改不如善删。」此可得學簡之法。然句中删字，篇中删句，集中删篇，所易知也。善作文者，能於將作時删意，未作時删題，便省却多少筆墨。能删題，乃真簡矣！

古人文法之簡，須在極明白處，方見其妙。簡莫尚於《左傳》，然如「宋公靳之」等句，須解句者，不足爲簡也。門人問：「如何方是簡之妙？」曰：如「秦伯猶用孟明」，突然六字起句，格法既高，只一「猶」字讀過，便見五種義味。孟明之再敗；孟明之終可用；秦伯之知人，不以再敗而見棄；時俗人之驚疑；君子之歎服，皆一一如見，不待註釋解説而後明。如此，乃謂真簡，真化工之筆矣！

或問：學八大家而不善，其病何如？曰：學子厚，易失之小；學永叔，易失之平；學東坡，易失之衍；學子固，易失之滯；學介甫，易失之枯；學子由，易失之蔓。惟學昌黎、老泉少病。然昌黎易失之生撰，老泉易失之粗豪，病終愈於他家也。

或問：六朝以來名士，有文章甚不足觀，而當時驚服傳於後世者，何也？曰：未有不由敏且博者。集坐高會，或舉一物言一事，他人瞪目噤口，而此應聲輒答，原委歷歷。或即席應治軍

旅旁午，他人垂頭苦思，而此揮筆立成，琳琅可聽，當時安得不驚？傳至後世，則敏博二字皆不可見，惟據成文評論工拙。《論衡》、《三都》動經十年，後人但許其工，不譏其鈍；而援筆立就者，或反出其下。故以中材而欲與古人抗衡，當深思肆力，善用其所短也。

予少稟戇直，多效忠告於人，而頗自好其文，凡書牘必録於稿。吾友彭躬菴曰：「人有聽言而過已改者，子文幸傳於世，則其過與之俱傳。子不忍没一篇好文字，而忍令朋友已改之過千載常新乎？」予愧服汗下。此語與古人焚諫草，更自不同。

簡勁明切，作家之文也；波瀾激蕩，才士之文也；迂徐敦厚，儒者之文也。爲儒者之文，當先去其七弊：可深厚，不可晦重；可詳復，不可煩碎；可寬博，不可泛衍；可正大，不可方板；可和柔，不可靡弱；可無驚人之論，不可重襲古聖賢唾餘；其旨可原本先聖先儒，不可每一開口，輒以聖人大儒爲開場話頭。七弊去而七美全，斯可以語儒者之文也。

跋

余嘗謂論文之樂，莫過於兄弟。蓋父子、師弟，未免爲禮法所拘；朋友，又苦於暫。惟雁行同氣，朝夕可以相依，昔人所謂「兄弟相師友」也。今寧都三魏誠能擅其樂者矣。心齋張潮。

鐵立文起

〔清〕王之績 撰

《鐵立文起》二十二卷

清 王之績 撰

王之績，字懋公，齋名鐵立居，宣城（今屬安徽）人。康熙二十三年（一六八四），王氏以《評注才子古文》名動天下。與張玉書、梅鋗、方仲等交遊，張謂其「上下千年之識，縱横萬里之才，具見乎辭」。嘗著《五經人物志》，宿儒黄生（號白山）讀之，有「大胸襟、大眼界、大本領、大手筆」之歎。王氏著述頗富，惜多不傳，今存者唯《鐵立文起》。生平難詳考，簡况見《鐵立文起》張玉書序、梅鋗序、方仲序、自序、凡例及《清文獻通考》卷二三八、《四庫全書總目提要》卷一九七。

《鐵立文起》論文章之體、作文之法。卷首爲文體通論；前編十二卷，自「序」至「七」凡六十六種；後編十卷，自「命」至「判」凡四十三種，體例嚴整。所列文章體類，多於《文心雕龍》、《文章辨體》，古今文類靡不畢備，既提綱挈領，又條分縷析，集文類之大成。是書廣採前輩時人之説，尤多引《文章辨體》、《文體明辨》二書，復以己意參補之，材料博贍，脉絡分明，近乎文章學之資料彙編。要之是書不惟爲讀者傳授文章體類及其性質與流變之知識，亦爲學者指示治文章學之門徑，提供考據輯佚之材料。至於分類過細，偶或流於繁瑣，亦兹事難免之弊。

鐵立文起

此書今存康熙四十二年（一七〇三）刻本，《四庫全書存目叢書》第四二一册已予影印。今即據以録入。

（李　貴）

鐵立文起序

《鐵立文起》凡四編，一論文，二論詩，三論詞，四論曲：蓋文章之總持，古今之統會也。嗟夫！今之士往往沉溺八比中，子史百家，不暇一覽，莊南華所謂「拘於墟而篤於時」，其人亦大可憐憫矣。有如王子懋公之望古遥集，著書等身，雷霆精鋭，冰雪聰明，豈非異人哉！予以《文起》及《五經人物志》、《評註才子古文》三書，尤當鼎立於千秋。計予之知懋公，自甲子《評註古文》始，猶未見其人也。迨辛巳秋，與遊黄海，見其深心静氣，彝然不屑，名下無虚信矣。即以《黄山遊畧》觀之，上下千年之識，縱横萬里之才，具見乎辭。王子豈非異人哉！今者《文起》行世，《經志》即相繼以出，予喜其裨益弘多，遂援不律以爲鐵立居羣言之弁首。

康熙癸未陽月朔日京江張玉書題於文瑞堂

序

余觀古今論文之書多矣，子桓《典論》而下，弇州《巵言》而上，指不勝屈，各傳於世。顧於其

間欲求一盡善兼該者，而卒未之覩也。今乃見王子懋公《鐵立文起》，而後太息得未曾有，嘉惠學者於無窮焉。懋公於甲子秋以《評註才子古文》名天下，擬即以《文起》與《五經人物志》並行，乃遲之又久，迄今凡二十年，而《文起》始出。嗟夫！士衡《文賦》，寥寥一篇，猶且不可磨滅，而況《文起》，裘非一狐之腋，鼎爲九牧之金乎？先是，歲在乙亥，新安宿儒黄白山，時年八十有四，見《五經人物志》而歎曰：「如此大胸襟、大眼界、大本領、大手筆，鄙夫一見下拜，猶恨相遇之晚也。」知言哉！猶惜《文起》之鐫，今不及見耳。然《經志》爲識者跂望已久，尚當速公宇内，以爲五經之羽翼。

同郡梅鋗桐崖氏題於獨坐軒

叙

《易》之《賁》，文有天人之别，至於《革》，文有炳蔚之分。大哉言矣！寧僅區區字句間云乎！雖然，即以文辭論，亦未易易矣。必也命世之才，曠代之識，博綜今古之學，而後可以權衡人物、司命文章，而無復有餘議。故爲之者與論之者，稱二難焉。予謂爲文難，而論文尤難。夫盡一己之長，以見諸篇章，祇自成一家言可也。評著述之正變，集古今之大成，既欲公聽並觀，又欲盡態極工，使人各如己心所欲出，仍如鍾司徒書，中有意外奇妙，非復恒情可得而測識，斯稱論

文僅事矣。往觀摯虞《流別》、昌穀《談藝》諸書，非不輝煌前後，而使覽者終有偏而不舉之遺憾焉。今觀王子懋公《鐵立文起》，遠爲往哲微顯闡幽，近爲承學深思長計，凡所以裨益文事者，無之不盡也。故有體製以定其規模，有家數以辨其源流，有世次以叙其升降，有羣書以著其博達，有意匠以盡其變化。吴延陵曰：「觀止矣。若有他樂，吾不敢請已。」其是之謂乎？懋公著書等身，美言可市，而顧以弁首屬予，則姑舉杜老語復之曰：「豈有文章驚海内，漫勞車馬駐江干」云爾。

康熙癸未仲春之吉知汀州府事前會魁翰林院庶吉士同學方仲位齋氏拜撰

鐵立文起序

瑯琊王之績懋公譔

向者甲子秋，予《評註才子古文》行世，序中已詳《鐵立文起》一書矣，識者皆有不得遽見之憾，故今可以不復備叙，聊畧而言之。昔黄涪翁謂：「史家當觀《史通》，文家當觀《雕龍》。」又曰：「文章最是儒者末事，然既學之，又不可不知其曲折。」此皆老成典型語也。予以《雕龍》修飾詞章，未能淋漓委曲，暢所欲言，非獨傷於文，而其體亦不備。自西山《正宗》後，則無如吴文恪

《文章辨體》、徐魯庵《文體明辨》。惜其持論，不無千慮一失，而文章極致，猶多未盡。於是思覓一毫髮無憾之書以爲導師，而卒不可得，爲之鬱鬱不樂者久矣。乃發憤合采二書，於諸小序，片言不遺，删其重複，正誤補闕，以歸於允當。及觀他籍，有可以互相發明者，急爲手録，如獲異珍，喜不自勝。如是者亦已積有歲時，猶未敢自以爲是也。諸友借觀，咸曰：「是誠毫髮無遺憾矣。」既而反覆省覽，或閒月，或隔歲，終不能棄置，亦覺庶乎其可也。向之鬱鬱不樂者，今且得此而心曠神怡焉。嗚呼！《國策》有之，「人事吾已悉知，所不知者獨鬼事耳」，未嘗不笑其言之大而誇，今於論文，何敢妄作此想？然而傾羣言之瀝液，遡千載之風流，亦既擇之精而語之詳，庶幾於《藝文志》、《文苑傳》而外，别成一快事乎。猶憶少陵贈李，爲賦「重與細論文」之句，寓意深矣。蓋杜之所謂「細論」，即黄之所謂「曲折」，其箴規微而屬望甚遠也。爰并書之，以見古人之於文章深心如此，後之人其亦可以知所從事矣。

康熙癸未春日書

凡例七則

一　是編論文，非選文也，故名作如林，皆所弗録。杜工部云「論文或不愧」，予未之逮也，而有志焉。

一　古文辭選不勝選，讀不勝讀，先將體製辨明，則提綱挈領，範圍不過，亦昔人「得訣歸來好看書」之意云爾。

一　是編雖不選文，必引証一二，使人了然于心。凡正、變、古、俗諸體，舉如黑白無疑。

一　是書盡取前言，以爲師友，原不欲自立一説，如搔癢者，貴以他手也。但其間議論或有所不足，則又不得不稍以己意補之。

一　古今著作，文難於詩，故先以是編問世。詩外有詞，詞外有曲，又皆雅人深致，豈可藉口不求甚解？行即各爲一書，以資勝覽。此係二集。

一　論文初意，分類有五：首體製，次家數，次世次，次羣書，次意匠。頗覺詳悉無遺，第恐失之太繁，故各附大畧於體製内，餘俟三集，盡出所藏，以公同志。

一　《文起》有論文、論詩、論詞、論曲四種，後三編即與《五經人物志》並出。惜甲子《評註才子古文》版半漫滅，來歲重鋟，庶慰購求。他若《季漢史》、《俠史》、《千古憾》、《至性録》、《名山大川集》、《明文蔚》、《江左人文》、《宛陵文選》、《梅溪史待》、《評註詩歸》、《經史領要》諸書，擬皆次第付梓，以就正有道。

宛陵王之績懋公識於鐵立居

鐵立文起目録

前編卷二

論記

論書

論奏記

論啓又見後四六類

論簡

論狀

論疏

前編卷三

論議

論辨

論説

論解

論釋

論戒

前編卷四

論約
論讀
論題
論書
論跋
論問對
論文
論襍著

前編卷五

後事類

論祭文
論弔文
論行狀

論述

論誄

論哀辭

前編卷六

論墓誌銘

論墓碑

論墓碣

論墓表

論謚議

前編卷七

四六類

論啓再見

論帳詞

論上梁文

論樂語

前編卷八

韻文類

論頌

論箴

論銘

論贊

論連珠

論篇

前編卷九

前編卷十

前編卷十一

三國六朝賦
唐賦
宋賦
元賦
明賦
賦韻

前編卷十二

論騷
論辭
論七

後編卷一

經世類

後編卷二

鐵立文起

論批答

論御札

論赦文

論德音文

論鐵券文

論國書

論誓

論令

論册

論諭祭文

後編卷三

臣語

論諭諫

論上書

後編卷四

鐵立文起

論檄

論露布

論公移

論榜

論祝文

論嘏辭

論玉牒文

後編卷五

論策

後編卷六

論論

鐵立文起卷之首

清　王之績　集著
趙　拓　參訂

文體統論

曹石倉曰：古文時文，無二理也。秦漢之文，無以異於今日之文也。古之文也簡而質，今之文也繁而無當。古之文也，序、記、傳、贊之類，各有根致。今之文也，不暇辨析，衹成一論體。古之文也，是是非非，義例甚嚴。今之刻薄者隱譏誹，闒茸者濫夸與而已矣。

倪正父曰：文章以體製爲先，精工次之。失其體製，雖浮聲切響，抽黄對白，極其精工，不可謂之文矣。

《金石例》曰：學力既到，體製亦不可不知，如記、贊、銘、頌、序、跋，各有其體。不知其體，則喻人無容儀，雖有實行，識者幾人哉！　體製既熟，一篇之中，起頭結尾，繳換曲折，反覆難應，關鎖血脉，其妙不可以言盡，要須自得於古人。

《文心雕龍》曰：章、表、奏、議，則準的乎典雅；賛、頌、歌、詩，則羽儀乎清麗；符、檄、書、移，則楷式於明斷；史、論、序、記，則軌範於覈要；箴、銘、碑、誄，則體制於宏深；連珠、七辭，則從事於工艷：此修體而成勢，隨變而立功者。復契會相參，節文互雜，辟五色之錦，各以本采爲地矣。

王懋公曰：後漢劉熙成國氏著《逸雅》，中有釋言語、書契、曲藝三則。予甚喜其有功著述，而語又不繁，因合録之如左。○文者，會集衆綵以成錦繡，會集衆字以成辭義，如文繡然也。言，宣也，宣彼此之意也。語，叙也，叙己所欲説也。説，述也，序述之也。序、叙同，抒也，抒洩其實，宣見之也。演，延也，言蔓延而廣也。讚，録也，省録之也。○稱人之美曰讚。讚，纂也，纂述其美而叙之也。銘，名也，記名其功也。○述其功名，使可稱名也。記，紀也，紀識之也。○紀，記也，紀識之也。識，幟也，有章幟可按視也。盟，明也，告其事於神明也。誓，制也，以拘制之也。嗟，佐也，言之不足以盡意，故發此聲以自佐也。噫，憶也，憶念之，故發此聲憶之也。嗚，舒也，氣憤滿，故發此聲以舒寫之也。思，司也，凡有所司捕，必静思，忖亦然也。策，書教令於上，所以驅策諸下也。漢制，約勑封侯曰册。册，賾也，勑使整賾，不犯之也。傳，傳也，以傳示後人也。詩，之也，志之所之也。興物而作謂之興，敷布其義謂之賦，事類相似謂之比，言王政事謂之雅，稱頌成功謂之頌，隨作者之志而別名之也。○頌，容也，序説其成功之形容也。詔書。詔，昭也，人暗不見事宜，則有所犯，以此示之，使昭然知所由也。論，倫也，有倫理也。誄，累也，累列其事

而稱之也。謚，曳也，物在後爲曳，言名之於人亦然也。譜，布也，布列見其事也。爾雅。爾，昵也；昵，近也。雅，義也；義，正也。五方之言不同，皆以近正爲主也。觀此，則文旨皆了然於心矣，安得僅以詁字目之？

王懋公曰：《逸雅》既釋文矣，何獨於章而遺之？按《六書精蘊》云：「章，樂之一成也，字意從音從十，條理自始而終也。」章與文同。文也者，其輝光也，章也者，其節奏也。節訓止，奏訓進，取進止不越軌度之義。於此可悟行乎其所不得不行、止乎其所不得不止，正文家大章法也。章法具而後成文，亦猶條理全而後成樂。

宋張表臣《珊瑚鉤詩話》曰：帝王之言，出法度以制人者謂之制；絲綸之語，若日月之垂照者謂之詔；制與詔同，詔亦制也；道其常而作彝憲者謂之典；陳其謀而成嘉猷者謂之謨；順其理而廸之者謂之訓；屬其人而告之者謂之誥；即師衆而申之者謂之誓；因官使而命之者謂之命；出於上者謂之教；行於下者謂之令；時而戒之者勅也；言而喻之者宣也；諮而揚之者贊也；登而崇之者册也；言其倫而折之者論也；度其宜而揆之者議也；別嫌疑而明之者辨也；正是非而著之者說也；記者，記其事也；紀者，紀其實也；纂者，纘而述焉者也；策者，條而對焉者也；傳者，傳而信之也；序者，緒而陳之也；碑者，披列事功而載之金石也；碣者，揭示操行而立之墓隧也；誄者，累其素履而質之鬼神也；誌者，識其行藏而謹其終始也；檄者，激發人

心而喻之禍福也；移者，自近移遠，使之周知也；表者，布臣子之心，致君父之前也；牋者，修儲后之問，伸宫闈之儀也；簡者，質言之而畧也；啓者，文言之而詳也；狀者，言之於公上也；牒者，用之於官府也；捷書不緘，插羽而傳之者，露布也；尺牘無封，指事而陳之者，劄子也；青黄黼黻，經緯以相成者，總謂之文，此文之異名也。○刺美風化，緩而不迫謂之風；采摭事物，摛華布體謂之賦；推明政治，莊語得失謂之雅；形容盛德，揚厲休功謂之頌；幽憂憤悱，寓之比興謂之騷；感觸事物，託於文章謂之辭；程事較功，考實定名謂之銘；援古刺今，箴戒得失謂之箴；猗迂抑揚，永言謂之歌；非鼓非鐘，徒歌謂之謡；步驟馳騁，斐然成章謂之行；品秩先後，叙而推之謂之引；聲音雜比，高下短長謂之曲；吁嗟慨歎，悲憂深思謂之吟；吟咏情性，合而言志謂之詩；蘇李而上，高簡古澹謂之古；沈宋而下，法律精切謂之律：此詩之衆體也。漢蘇武、李陵，唐沈佺期、宋之問。

《事類賦》曰：詔者，照也，照人之暗，使見事宜也。誥者，告也，告諭使曉也。教者，效也，言上爲下效也。令者，領也，領之使不相干犯也。表者，思於内以表於外也。奏，進也。牋，表飾也。記之爲言志也。

或曰：約信曰誓，孚合曰符，序言如意曰書，書者，如也。喻令致然曰檄，舒其物理曰序，發難而答曰策，記其年代曰誌，摹其德行曰狀，喻美辭麗曰連珠。

曹子桓曰：夫文本同而末異，蓋奏議宜雅，書論宜理，銘誄尚實，詩賦欲麗。此四科不同，故能之者偏也；惟通才能備其體。

陸士衡曰：詩緣情詩以言志，故曰緣情。而綺靡，綺美華艷。賦體物賦以陳事，故曰體物。而瀏亮，瀏亮，爽朗。碑披文以相質，碑以叙德，故質爲主，而文相之。誄纏綿而悽愴，誄以陳哀，故纏綿悽愴。銘博約而温潤，事博文約。箴頓挫而清壯，箴以譏刺得失，故頓挫清壯。頌優游以彬蔚，頌褒述功美，以辭爲主，故優游彬蔚。論精微而朗暢，奏平徹以閑雅，和平其詞，通徹其意，雍容閒雅。説煒燁而譎誑。

王懋公曰：銘欲其奥，温潤殊非所貴，説亦論類也，何取於譎誑？凡君子立言，雖微物瑣事，必引而歸之義理，以垂訓於天下後世。則彼詭誕之説，胡爲乎來哉！至於論詩而專尚綺靡，亦不能脱六朝人習氣。

蕭德施曰：詩有六義，一曰風，二曰賦，三曰比，四曰興，五曰雅，六曰頌。至於今之作者，異乎古昔，古詩之體，今則全取賦名。荀、宋表之於前，荀卿、宋玉。賈、馬繼之於後。賈誼、司馬相如。自兹以降，源流實繁。述邑居則有「憑虚」、「亡是」之作，戒畋游則有《長楊》、《羽獵》之制。若其紀一事，咏一物，風雲草木之興，魚蟲禽獸之流，推而廣之，不可勝載矣。又楚人屈原，含忠履潔，君匪從流，臣進逆耳，深思遠慮，遂放湘南。耿介之意既傷，抑鬱之懷靡愬；臨淵有《懷沙》之志，吟澤有憔悴之容。騷人之文，自兹而作。詩者，情動於中而形於言。《關雎》、《麟趾》，正始之道

著；「桑間」、「濮上」，亡國之音表。故風雅之道，粲然可觀。自炎漢中葉，厥塗漸異。退傅有「在鄒」之作，韋孟傅楚元王孫戊，作詩以諷王，四言自此始。降將著「河梁」之篇。李陵別蘇武於河梁，作詩，五言自此始。又少則三字，三字起夏侯湛。多則九言，九言出高貴鄉公。各體互興，分鑣並驅。頌者，所以游揚德業，褒讚成功，吉甫有「穆若」之談，季子有「至矣」之歎。舒布爲詩，既言如彼，總成爲頌，又亦若此。次則：箴興於補闕，戒出於匡弼，論則析理精微，銘則序事清潤，美終則誄發，有功業而終者，累其功而記之。圖像則讚興。圖畫其形，因而美之。又：詔誥教令之流，表奏牋記之列，書誓符檄之品，符，孚也。檄者，皦也，辭意皦然明白。弔祭悲哀之作，弔，問也。悲，傷痛之文。哀，哀念之辭。答客指事之制，東方朔《答客難》、「指事」、《解嘲》之類。三言八字之文，三言，漢武《秋風辭》。八字，魏文帝《樂府詩》。篇辭引序，篇猶偏，偏述一章之事。辭猶思，寄辭遺思。序，舒也。碑碣誌狀，碑，披也，披載其功美。碣，傑也，亦碑類。衆制鋒起，源流間出。作者之致，蓋云備矣。

王懋公曰：詩、古文之體不一，皆範圍於五經。五經有文有詩，最爲完備。後世之子、史、集，詩、詞、曲，乃其雲仍耳。今學者當以經爲體，而以史爲用。有用無體，則文基不立；有體無用，則文境未窮。故韓昌黎嘗自謂「約六經之旨而成文」，而史亦稱「南豐文章本六經」，程子又有「觀史一字不輕放過」之語。雖不爲詩文說法，文事要莫外焉。誠能宗經而參以史氏之精華，古今是非得失成熟於胸，見之言語，自廣而有據，施之筆墨，亦俊而不纖，所謂大家，其在斯乎？至

諸子、集，則摠在經史之下，猶可緩也。鍾竟陵又曰：「取諸經以析理，取諸史以証事，取諸子以辨學，取諸集以敷文。」其言亦自周匝可從。

顔之推曰：文章者，原出五經：詔命策檄，生於《書》者也；序述論議，生於《易》者也；歌咏賦頌，生於《詩》者也；祭祀哀誄，生於《禮》者也；書奏箴銘，生於《春秋》者也。故凡朝廷憲章，軍旅誓誥，敷顯仁義，發明功德，牧民建國，皆不可無。

劉彦和曰：六經象天地，効鬼神，參物序，制人紀，洞性靈之奥區，極文章之骨髓者也。論、説、詞、序，則《易》統其旨；詔、策、章、奏，則《書》發其源；賦、頌、歌、贊，則《詩》立其本；銘、誄、箴、祝，則《禮》總其端；紀、傳、銘、檄，則《春秋》爲其根。百家騰躍，終入環内。故文能宗經，有六善焉：情深而不詭，一也；風清而不雜，二也；事信而不誕，三也；義直而不回，四也；體約而不蕪，五也；文麗而不淫，六也。○建言修辭，鮮克宗經。是以楚艷漢侈，流弊不還，正末歸本，不其懿歟！

或曰：林肅翁云：萬象惟風難畫，《莊子》「地籟」一段，筆端能畫風，掩卷而坐，猶覺寥寥之在耳。然觀周公《七月》之餘，「觱發」二字，簡妙含蓄，又《莊子》畫風之祖也。如毛萇《詩註》云：「漣，風行水成文也。」蘇老泉衍之，作《文甫字説》一篇。古人謂六經爲詩文之祖，信哉！

王弇州曰：天地間無非史而已。三皇之世，若泯若没；五帝之世，若存若亡。噫！史其可

以已耶？六經，史之言理者也；曰編年，曰本紀，曰志，曰表，曰書，曰世家，曰列傳，史之正文也；曰叙，曰記，曰碑，曰碣，曰銘，曰述，史之變文也；曰訓，曰誥，曰命，曰册，曰詔，曰令，曰教，曰劄，曰上書，曰封事，曰疏，曰表，曰啓，曰牋，曰彈事，曰奏記，曰檄，曰露布，曰移，曰駁，曰喻，曰尺牘，史之用也；曰論，曰辨，曰説，曰解，曰難，曰議，史之實也；曰贊，曰頌，曰箴，曰哀，曰誄，曰悲，史之華也。

吴文恪《文章辨體》曰：四六爲古文之變，律賦爲古賦之變，律詩、雜體爲古詩之變，詞曲詞曲，謂詩餘及《竹枝》、《楊柳枝》之類。爲古樂府之變。西山《文章正宗》，凡變體文辭，皆不收録。東萊《文鑑》，則并載焉。

王懋公曰：論文之諸體，以正變古俗四言盡之。如體當叙事而用議論，則爲變體。體當議論而叙事，亦爲變。又正、變二體外，復有所謂别體。要之别體中亦有正變之異。至於文有散文、四六二體，則以散文爲古而以四六爲俗，非謂其文俗也，亦就其體言之耳。其他尚有不可以一言盡者，皆詳著各類之下。

王伯安曰：四六之工，工在裁剪。

王懋公曰：史稱隋文不喜辭華，詔天下文翰，並宜實録。李諤亦上書曰：「魏之三祖，崇尚文辭。江左齊、梁，其弊彌甚。競一韻之奇，争一字之巧。連篇累牘，不出月露之形；積案盈箱，

盡是風雲之狀。故文筆日煩，其政日亂。良由棄大聖之規模，搆無用以爲用也。」而明高帝亦嘗詔禁四六文辭。先是，命儒臣擇唐宋名儒表箋可爲法者，遂以韓愈《賀雨表》、柳宗元《代柳公綽謝表》進，因命中書省臣録二表，頒爲天下式。論羣臣曰：「唐虞三代，典、謨、訓、誥之辭，質實不華，誠可爲千萬世法。漢魏之間，猶爲近古。晉宋間，文體日衰，駢麗綺美，而古法蕩然矣。近時仍蹈舊習。朕嘗厭其彫琢，自今凡誥諭臣下之辭，務從簡古；凡表牋奏疏，毋用四六、對偶，悉從典雅。」嗚呼！今之以靡麗見長、聲偶爲美者，使能取此二詔而思之，當亦自知其無謂，而無復有文而不慚之弊矣。

王懋公曰：我嘗謂詩有律絶，文有四六，皆衰世事，漢以前無矣。故古學，駢儷非所重，而爲之亦甚易。獨疑司馬涑水嘗以不能爲四六而辭神宗翰林學士之命。帝曰：「如兩漢制誥可也。」此一事足稱聖主。然予嘗見温公《長公主制詞》云：「帝妹中行，《周易》贊其元吉；王姬下嫁，《召南》美其肅雍。命服亞正后之尊，主禮用上公之貴。寵光之盛，誰昔而然？」然則非真不能爲四六，亦心厭俗體耳。世又有四六工，而散文則不古，故曰人各有能，有不能。

王懋公曰：四六爲今人所尚，畧舉杜詩言之可乎。如曰：「或看翡翠蘭苕上，未掣鯨魚碧海中。」「幹惟畫肉不畫骨，忍使驊騮氣凋喪。」此當戒者也。如曰：「豫章翻風白日動，鯨魚跋浪滄溟開。」「江間波瀾兼天湧，塞上風雲接地陰。」此當爲者也。近見《潘木厓詩序》：「少陵雄渾蒼

深，體兼衆妙；香山排宕瀟灑，自爲一家。要皆不縛束於聲律、比偶之中，獨抒寫其性情，務爲極言竭論，窮變盡姸。香山之詩務於盡，少陵亦未嘗不務於盡，而不傷其涵蓄者，氣有餘也。香山務於盡而不傷其高淡者，韻有餘也。」又曰：「才人握管，思以暢發其性情，類不樂爲初唐諸子，句鏤字琢，比儗屬對之功，而浩衍流暢，以務盡其才。」凡爲偶體，必有此意，乃稱方家。

歐陽文忠曰：往時作四六者，多用古人語，及廣引故事，以衒博學，而不思述事不暢。近時文章變體，如蘇氏父子，以四六述叙，委曲精盡，不減古人。

王懋公曰：文體以文論，又當以人論體，以補文體之所未盡。大率文以體立以神王，魚非水不生，川非珠不媚，我不同人，人不類我，特立獨行，自爲一體而已。所謂文章有神，蓋謂己之神明耳。何以有此神明？實學是也。李北海曰：「學我者俗，似我者死。」如徒寄人籬下，則無體矣，尚何文之可言？「惟古於詞必己出，降而不能乃剽賊。」昌黎此言，足起衰矣。

沈君烈曰：造物範人，不曾以此面肖彼面，則學士立言，何苦以我舌隨人舌？試取秦漢以來前輩名章，一一較量，亦有臺閣之體，亦有山林之體，亦有長鯨、蒼虬不得伸之體，亦有閒鷗立海之體，亦有凌轢波濤、囚鑠怪異之體，亦有搏虎豹、鬬蛟龍、急與之角而力不暇之體，亦有飛書馳檄之體，亦有高文典册之體，亦有源泉萬斛隨地出之體，亦有碎金之體，亦有天才、人才、鬼才三絶之體，亦有天韶女郎唱曉風殘月之體，亦有銅（將軍）〔琵琶〕鐵綽板唱大江東去之體，而均不

害其爲自成一家之體。則知體者，皮毛也，有神焉鼓舞變化於其間，不可不察也。刻木而爲人，眉目，人也；齒髮，人也；即肝腸支節，無不宛然人也。然而析之則與薪無異者，體具而神不具也。體具而神不具，雖謂之無體可也。廉頗、藺相如雖千載上人，恒懔懔有生氣者，神不死也；曹蜍、李志雖見在，厭厭如泉下人者，神不活也。知此可以縱論文章之體矣。○就尋常文之體，而能爲天下不尋常之文，是乃所謂奇文也，至文也。

鍾伯敬曰：士必平日博於讀書，深於觀理，厚於養氣，發而爲文，各有以見其才之所不相借、情之所不容已、神之所不可强、志之所不能奪者，而後可以言體，已乃隨其純疵、離合、偏全之數而損益焉，斯之謂正，非一日之積也。○吾願求乎文者，姑勿言其正與不正，而先論其體。體者何？讀書，觀理，養氣，得其才情神志所在而已，此不求正而自正之道也。

汪若文《答陳藹公書》曰：嘗聞儒者之言曰：「文者載道之器。」又曰：「未有不深于道而能文者。」僕竊謂此言亦少夸矣。古之載道之文，自六經、《語》、《孟》而下，惟周子之《通書》、張子之《東西銘》、程朱二子之傳註，庶幾近之。雖《法言》、《中説》，猶不免後人之議，况他文乎？至於爲文之有寄託也，此則出於立言者之意也，非所謂道也。如屈原作《離騷》，則託諸美人香草，登閬風，至縣圃，以寄其㹀狂；司馬遷作《史記》，則託諸游俠、貨殖，聶政、荆卿，輕生慕義，以寄其感激憤懣者，皆是也。今先生當浮靡之日，獨侃侃持論，以爲文非明道不可，而顧以寄託云云者

當之，又謂維道爲有力，則僕不能無疑。僕嘗徧讀諸子百氏、大家名流與夫神仙浮屠之書矣，其文或簡鍊而精麗，或疏暢而明白，或汪洋縱恣，四出而不可禦，蓋莫不有才與氣者在焉。惟其才雄而氣厚，故其力之所注，能令讀之者動心駭魄，改觀易聽，憂爲之解頤，泣爲之破涕，行坐爲之忘寢與食，斯已奇矣。而及其求之以道，則小者多支離破碎而不合，大者乃敢於披猖磔裂，盡決去聖人之畔岸，而剪拔其藩籬，雖小人無忌憚之言，亦嘗雜見於其中。有能如周、張諸書者，固僅僅矣。然後知讀者之驚駭改易，類皆震於其才、攝於其氣而然也，非爲其於道有得也。吾不識先生愛其文將遂信其道乎？抑以其不合於道，遂併排黜其文而不之録乎？夫文之所以有寄託者，意爲之也。其所以有力者，才與氣舉之也。於道果何與哉！先生孜孜肆志於詞章之學，倘又能因之以窺見大道之端倪，則雖以僕之陋劣衰耗，且將欣然執鞭之不暇。如曰吾所寄託皆道也，僕未讀先生之文，不知其視周、張諸書，醇疵得失，相距幾何，而立説云云，則毋乃近於如前之所述儒者之夸詞乎哉！

王懋公曰：予向辨别詩文，體製後有家數、世次、羣書、意匠四類。家數云何？如汪彦章謂：「左氏、屈原始以文章自爲一家，而稍與經分，所謂一代大作手是也。」又如昔人云：「神人之言微，聖人之言簡，賢人之言明，衆人之言多，小人之言妄。」古今文章家，能出此數語耶？世次云何？如昔人謂：「先秦兩漢，詩文具備，晉人清談、書法，六朝人四六，唐人詩、小説，宋人詩

餘，元人畫與南北劇，皆是獨立一代。」又曰：「西漢自王褒以下，文字專事詞藻，不復簡古，而谷永等書，雜引經傳，無復己見，而古學遠矣。」所以讀書不可不論世也。羣書云何？如漢人稱，楊雄工賦，王君大習兵，桓譚欲從二子學。子雲曰：「能讀千賦則善賦。」君大曰：「能觀千劍則曉劍。」嗟夫！學者既知文章體製，而又博極羣書，則多錢善賈，有必然者，猶患不能出人頭地哉！雖然，神而明之，存乎其人。如宋呂本中云：「須令有所悟入，則自然度越諸子。悟入之理，正在工夫勤惰間耳。如張長史見公孫大娘舞劍器，頓悟筆法。如張者，專意此事，未嘗少忘胸中，故能遇事有得，遂造神妙；使他人觀舞，有何干涉？」故論文而終之以意匠。所謂運用之妙在一心，蓋兵法即文機也。

鐵立文起前編卷之一

序

王懋公曰：概論詩文，當先文而後詩。專以文論，又當先序而後及他文。今人多首稱賦，此梁蕭文孝《文選》陋例，不足法也。予最喜李弘度五經爲甲部、史記爲乙部、諸子爲丙部、詩賦爲丁部之説，而西山《正宗》亦列詩、賦於叙事、議論後。誠以詩賦雖可喜，而其爲用則狹矣。今以賦作殿，爲其與詩詞相近，即與頌、贊、銘、箴諸用韻之文爲一類可耳。自古迄今，文章用世惟序爲大，更無先於此者，然其間亦不能無辨。宋陳騤氏謂自孔子爲《書》作《序》，文遂有序，不知《書序》多謬，非孔子所作。論序之名，其始於《易》之《序卦》乎。序之文則初見於子夏之《詩序》。我猶嫌後人訓詁氣已萌芽於此，非末學敢議先賢，蓋衡文自不得不嚴，欲以爲萬世式，無可諱也。或謂《詩序》衛宏撰，而托之卜氏。今且置此勿論。若司馬子長之十二「紀」以序帝王，十「年表」以貫歲月，八「書」以紀政事，三十「世家」以叙公侯，七十「列傳」以志士庶，詳矣，而各自有體，即

其自叙非序也。彼自言列傳七十，今觀《伯夷傳》以下，凡六十九篇，乃知并自叙言之。此正其自爲之傳耳。而徐魯庵《文體明辨》顧援入序文内，誤矣。如以文章高下言，則昌黎韓氏之送召南、東野，其筆法，所謂周公制作，無容復議，今即嚴於辨文，又何間焉？

附陳騤《文則》：大抵文士題命篇章，悉有所本。自孔子爲《書》作《序》，文遂有序。自孔子爲《易・説卦》，文遂有説。自有《曾子問》、《哀公問》之類，文遂有問。自有《考工記》、《學記》之類，文遂有記。自有《經解》、《王言解》之類，文遂有解。自有《辨政》、《辨物》之類，文遂有辨。自有《樂論》、《禮論》之類，文遂有論。自有《大傳》、《間傳》之類，文遂有傳。

《辨體》曰：《爾雅》云：「序，緒也。」序之體，始於《詩》之《大序》，首言六義，次言《風》、《雅》之變，又次言《二南》王化之自。其言次第有序，故謂之序也。東萊云：「凡序文籍，當序作者之意；如贈送燕集等作，又當隨事以序其實。」大抵序事之文，以次第其語、善序事理爲上。近世應用，惟贈送爲盛。當須取法昌黎韓子諸作，庶有得古人贈言之義，而無枉己徇人之失也。

《明辨》曰：序，字亦作叙，其爲體有二：一曰議論，二曰叙事。真氏嘗分列於《正宗》之編，故今倣其例而辨之。其叙事又有正、變二體。至唐柳氏又有序畧之名，則其題稍變，而其文益簡矣。今取以附焉。又有名序、字序，則别附於名字説。

王懋公曰：序之體，議論如周卜商《詩序》，叙事如漢孔安國《尚書序》，變體如韓愈《送李愿

歸盤谷序》。有謂序文，叙事者爲正體，議論者爲變體。此説亦可救《明辨》先議論後叙事之偏。

後序

序引在前，後序在後。

萬貞一曰：吾觀自漢以來，儒之見用於時，如賈、晁、董、劉之輩，既發爲大篇，獻其所可，替其所否，於以上爲德而下爲民矣。其在野者，亦相與鑽研聖人之遺經，作爲訓故，授之其徒，以傳之於後，毛、伏而下，皆其人也。求所爲流連光景、抒寫性情，如後世序記、閒適等篇，未之前聞，蓋晉宋之間，始漸盛焉。彼其撫時觸事，非不可以各見所志，而於斯世之治亂、生人之休戚，竟漠然其無與，則雖積之至於充棟，終無當乎著書之數也。然而志乎大者，其爲力難；志乎小者，其爲力易，故一輩學人，其陋者固惟程文是殉，即稍知撰述者，不過鬭異於泉石之間，争新於投贈之際，以自適己事而已。吾甚慨夫古立言之目，必非此輩足以當之，而思得有心者以一罄此懷也。

熊磻州曰：大凡爲浮屠作記序，最要占地步，措語有斟酌。

引

王懋公曰：引，序之類也，猶之弁言、題辭耳。近有援《典引》立説者，不知孟堅所作，與楊、

馬《封禪》、《美新》一類，不得以引目之，《文選》以入「符命」體，良是。至引之文，吾甚愛蘇老泉《送石昌言爲北使》，其叙述情悃，與意氣之盛，千載下儼然如生，真不減史遷風韻。或謂引非前賢留意之章，謬矣。

題辭

《明辨》曰：按唐以前，文章未有名引者；漢班固雖作《典引》，然實爲符命之文，如雜著命題，各用己意耳，非以引爲文之一體也。唐以後始有此體，大畧如序而稍爲短簡，蓋序之濫觴也。

王懋公曰：題辭之文盛於明，而臨川湯氏尤爲傑出，如《南柯夢》起句：「天下忽然而有唐。」《牡丹亭》結云：「理之所必無，安知非情之所必有。」語皆曠絶，應咏「穆如清風」之詩以贈之。

述

王懋公曰：文體有述，如近世祝枝山《愛梅述》之類，與序相去不遠。此外又有所謂述而爲行狀之别名者，與此絶異。

傳

王懋公曰：傳以《史記》爲祖。或謂《左氏書》，其傳之濫觴也。然皆隨人隨事散叙，故有其端而無其名。若合一人始終、本末而次之，則自司馬子長始。予近欲將内傳分國類編，畧如《國語》，有可併者併之。顏曰：「《左氏》紀傳。」又《史記》有本紀、世家、列傳三例，其實皆傳也。《漢書》不用世家，而以紀傳括之。紀亦人主之傳，特因其人不同而所稱亦小異，其爲傳信之義則一而已。至以行文言，必謂前叙事、後議論者亦太執，妙手以叙爲議，而使人但見其爲叙；以議爲叙，而使人并不覺其爲議。隨筆所之，神化萬變，尚何前後之拘拘耶？噫，能此者難其人矣！

《辨體》曰：太史公創《史記》列傳，蓋以載一人之事，而爲體亦多不同。迨前後兩《漢書》、三國、晉、唐諸史，則第相祖襲而已。厥後世之學士大夫，或值忠孝才德之事，慮其湮没弗白；或事跡雖微，而卓然可爲法戒者，因爲立傳，以垂於世：此小傳、家傳、外傳之例也。西山云：「史遷作《孟荀傳》，不正言二子，而旁及諸子。此體之變，可以爲法。」《步里客談》又云：「范史《黄憲傳》，蓋無事跡，直以語言模寫其形容體段，此爲最妙。」由是觀之，傳之行迹，固繫其人；至於辭之善否，則又繫之於作者也。若退之《毛穎傳》，迂齋謂以文滑稽，而又變體之變者乎！

《明辨》曰：按字書云：「傳者，傳也。」自漢司馬遷作《史記》，創爲「列傳」，而後世史家卒莫能易。或有隱德而弗彰，或有細人而可法，則皆爲之作傳，寓其意；而馳騁文墨者，間以滑稽之術雜焉，皆傳體也。其品有四：一曰史傳，二曰家傳，三曰托傳，四曰假傳，使作者有考焉。

唐荆川曰：傳體前叙事，後議論，《伯夷傳》以議論叙事，傳之變體也。

澹寧居曰：叙事不帶議論，猶列頑山耳，文獨騰雲起霧，峯峯見奇。

《初學集》曰：吾聞之，古之人有史傳，無家傳，家傳非古也。用史家之法則隘，毀史家之法則濫。濫與隘，君子弗爲也。○瞿太僕之没也，請余爲家傳。余直舉其大節，無所逐避。

王懋公曰：史傳有正變二體。「正」如司馬遷《管仲傳》、《司馬穰苴傳》、《平原君傳》、《信陵君傳》、《蘇秦傳》、《張儀傳》、《范雎傳》，班固《兒寬傳》，范曄《王丹傳》；「變」如司馬遷《伯夷傳》、《孟子傳》、《屈原傳》，范曄《黄憲傳》。家傳如歐陽修《桑懌傳》、曾鞏《徐復傳》。托傳如韓愈《圬者王永福傳》、柳宗元《梓人傳》。假傳如韓愈《毛穎傳》、秦觀《清和先生傳》。此四例亦既詳且悉矣，然猶未盡其變也。他若《黄帝内傳》、《漢武外傳》及李商隱《李長吉小傳》之類，皆文章中異觀；又有以別傳稱者：合之復得四焉。此亦不可遺也。傳後又有論贊並用體。「論曰」者，散文議論也。「贊曰」者，四字句贊語也。此亦不可不知。

沈鶴山曰：寄寓之文，《毛穎傳》是也。此等文點綴易，蒼雅難，非大家不辨。

袁石公曰：志已卒業，然諸傳非聞見真者，不敢濫入也。傳體做班氏及《南北史》，多於小處見大，不欲以方體損韻致也。諸大老傳，他日國史所取以爲據者。邑僻地，誌狀多不傳，故不得不詳。

《太平清話》曰：作傳與墓誌行狀，正如寫照，雖一瘢一痣，皆爲摹寫，不然不類其人。

鐵立文起前編卷之二

紀

王懋公曰：《吕氏春秋》有八覽、六論、十二紀，則紀之名非始於司馬遷。今以《史記》之例言之，叙帝王則曰本紀，公侯傳國則曰世家，公卿特起則曰列傳，蓋以帝王之事爲本，而後表、書、世家、列傳咸有所屬，故曰本紀。紀之爲言記也，亦古者「左史記言、右史記事」之意云爾。然紀之體有二：以年月記者，紀之正也；亦有不記年月，而惟一滚叙去，如《項羽本紀》者，紀之變也。若其行文之佳，足冠一部《史記》，後之作者當以爲法。又《後漢書》有《皇后本紀》，予謂天子尊無二上，吕雉稱制，史臣不紀惠帝而紀娥姁，已屬大謬，何況後世宫闈？則皇后但作傳可也，不然外戚世家極矣。

陳白松曰：太史公作本紀，有二體：五帝、三王紀，編世也；秦、漢紀，編年也。

紀事

《明辨》曰：按紀事者，記志之别名，而野史之流也。古者史官掌記時事，而耳目所不逮；文人學士，遇有見聞，隨手紀録，以備史官之採擇，以裨史籍之遺亡，故以紀事稟之。嗚呼，史失而求諸野，其不以此也哉！

王懋公曰：紀事之文，如唐杜牧《燕將録》、羅隱《拾甲子年事》、孫樵《書何易于》是也。若近言之，如史忠獻之《致身録》、趙文潛之《建文年譜》、周文恪文簡之《遜國臣事鈔》，豈非有明一代之大事，紀之必不可湮没者乎？

表

王懋公曰：《史記》十表，子長之創體。《漢書》仍之，良以其例不可廢耳。其《古今人表》，雖啓衆論，要不可謂非稽古之一助，知有志於史學者猶無惡焉。近世譙城薛氏倣遷史遺法而爲《牡丹表》，又爲《牡丹八書》，少陵所謂「文采風流」，其此類歟？

志

王懋公曰：《周禮》：「小史掌邦國之志，外史掌四方之志。」志之名始於此。《史記》有八書，《索隱》云：「書者，經籍之摠名，此之八書，記國家大體。班氏謂之志，志亦記也。」今仍志之名而不復標書，以書之名同他載籍，而志獨不可移易，然均之爲記事則不異矣。初，孟堅著《漢書》，八表及《天文志》未竟而卒。和帝詔曹大家就東觀藏書閣踵而成之。夫以巾幗而有史學如此，今之文人往往卑陋自安，能無愧乎？唐李延壽作史一百八十篇，本宋永初元年，盡陳禎明二年，謂之《南史》；本魏登國元年，盡隋義寧元年，謂之《北史》，大有苦心。司馬君實恨其不作志，使數代制度沿革皆没不見，乃知志之所係者爲甚重也。近世如王鳳洲《錦衣》等志，殊詳悉可觀。古文大家中，柳子厚之《永州鐵爐步志》亦佳。

《明辨》曰：按字書：「志者，記也，字亦作誌。」其名起於《漢書》十志，而後人因之，大抵記事之作也。他如墓誌，别爲一類。

白石樵曰：披讀書函目録，條整辦辨，而考志尤詳。江淹有云：「修史之難，無出于志。」蓋紀則以年包事，傳則以事繫人。紀傳可以分授名手，志則必由自作，故范曄、陳壽能爲紀傳，而不能爲表志。今門下老于典故，而又擅劉、鄭《七畧》、《二十畧》之長，其貫串首尾，豈特如宗譜、家

書而已哉！

或曰：《晉書·禮樂志》、《食貨志》、《刑律志》等書，即于準《河渠》之類，史之派也。顧野王《輿地志》、《南裔異物志》，即《湘中》、《廣州記》之類，《風俗通》之别號也。其體徵實以備文獻之考，撰異以迢筆墨之秀，非具子史之才者不能作也。

記

王懋公曰：記之名不自《戴記·學記》等篇始，蓋自黄帝設立史官，命左史記言、右史記事而已彰彰矣。其文奇古如《考工記》，三代而下，遂成絶響。或稱其聖於文，惜不知出誰氏，應首標之以爲則。

《辨體》曰：《金石例》云：「記者，紀事之文也。」西山曰：「記以善叙事爲主。《禹貢》、《顧命》，乃記之祖。後人作記，未免雜以議論。」后山亦曰：「退之作記，記其事耳；今之記乃論也。」竊嘗考之：記之名，始於《戴記·學記》等篇。記之文，《文選》弗載。後之作者，固以韓退之《畫記》、柳子厚遊山諸記爲體之正。然觀韓之《燕喜亭記》，亦微載議論于中。至柳之記新堂、鐵爐步，則議論之辭多矣。迨至歐、蘇而後，始專有以議論爲記者。宜乎后山諸老以是爲言也。大抵記者，蓋所以備不忘。如記營建，當記日月之久近，工費之多少，主佐之姓名，叙事之後，畧作議

論以結之，此爲正體。至若范文正公之記嚴祠、歐陽文忠公之記晝錦堂、蘇東坡之記山房藏書、張文潛之記進學齋、晦翁之作《婺源書閣記》，雖專尚議論，然其言足以垂世而立教，弗害其爲體之變也。

《明辨》曰：楊雄作《蜀記》，而《文選》不列其類，劉勰不著其説，則知漢魏以前，作者尚少；其盛自唐始也。今采録諸記，而列以三品，曰正、變二體，曰變而不失其正體。又有托物以寓意者，有首之以序而以韻語爲記者，有篇末系以詩歌者，皆爲别體。又有墓磚記、墳記、塔記，則皆附于墓誌之條，兹不復列。

王懋公曰：記之體，正如韓愈《畫記》、變如范仲淹《岳陽樓記》，變不失正如柳宗元《監察使壁記》，别體正體如王績《醉鄉記》，托物以寓意。韓愈《汴州東西水門記》，首之以序而以韻語爲記。别體變不失正，如蘇洵《張益州畫像記》，篇末系以詩歌。秦少游嘗稱文公《畫記》善叙事，該而不煩，詳而有律，讀其文，恍然如即其畫。數語可爲作記法。

王懋公曰：文莫難於傳記，必令筆筆飛舞，方爲妙手。蘇潁濱謂白樂天詩詞甚工，拙於記事，寸步不遺，猶或失之。《大雅·綿》九章，事不接，文不屬，如連山斷嶺，相去絶遠，而氣象聯絡，此最爲文之高致。杜少陵《哀江頭》，詞氣如百金戰馬注坡驀澗，如履平地，得詩人遺法。使以此爲記事之文，雖昌黎何以復加。王摩詰有《藍田山石門精舍》五言古，鍾退菴以爲妙在説得

變化，有步驟而無端倪；作記之法亦然。益可見詩文之道相通如此，惟在人能佳處領其要爾。

《讀書偶見》曰：作記之法，《禹貢》是祖。《漢官儀》載馬第伯《封禪記》，宜爲第一。其體勢雄渾莊雅，碎語如畫，不可及也。其次柳子厚山水記，法度似出《封禪儀》中，雖能曲折廻旋作碎語，然文字止于清峻峭刻，其體便覺卑薄。

王懋公曰：漢人文字，如光武《東封泰山記》，無論矣。諸葛武侯，實有兼才，如《出師表》之正大，《黄陵廟記》之奇古，儼然兩手，何其異也！其中寫景之工，「亂石排空，驚濤拍岸」，東坡赤壁詞用之，豈非平日深愛其語耶？然因此亦可見坡公之嗜學到處留心矣。

王懋公曰：宋人題名記甚多，司馬涑水《諫院石》，「後人將歷指其名而議之」云云，真得題名意。文有能使人不寒而栗者，此種是也。

曹能始曰：作文惟遊山記最難。未落筆時，搜索傳誌，鋪叙程期，洋洋灑灑，堆故實於滿紙。但數別人財寶而已，於一種遊情，了不相關。即移之他處遊亦可，移之他人遊亦可。拘而寡韻，與泛而不切，病則均焉。紀遊如作畫，畫家必須摹古，間復出己意，着色生采，自然生動。及乎對境盤礴，往往難之，乃以爲畫不必似，蓋遠近位置，木石向背，逼真則碍理，兩不入耳。法既不傷於境，復肖，又何以似爲病也？《鼓山遊記》，予讀之，初若不汲汲於遊者，或爲嵐翠招之，或爲友朋動之，或自崖而返，或登頂者再，惟隨其興之所適，及乎境之所奏。故其爲記，亦不爲傳志故實

之所窘縛，與夫年月里數之所役使。神情滿足，氣色生動，嘻笑戲謔，皆成文章。以如意之筆術，奪難肖之畫工，此所爲合作也。

或曰：遊者不必先結一記遊之想，以撓其登高臨深之天趣。

張秋紹曰：遊記着色點染，多失之太肥。第務爲落落數筆，即山水性情不出。于鱗《華山記》，奇絶一世，僅得文字高古。至中郎季重，時作慧語快筆，膾炙人口，非不瀟灑，殊少厚味。惟柳州嶺南諸篇，却是土石氣質，如左氏叙戰陣兵法，妙在簡括。吕寒木《遊衡山記》，亦如子長作《封禪書》、《項羽本紀》及傳荆、聶諸人，非千百長語，形容蕩曳，未見鱗甲離奇，神色飛動，要不落卑薄相，真千年繼響。

沈石夫曰：宗元文，以鍊字勝他人。廢「之乎者也」處，柳獨簡奥廉峭。

孫月峯曰：記即用列傳體起，近日槐野每如此。

顧廻瀾曰：記以簡重嚴整爲主，而忌堆叠窒塞；以清新華潤爲工，而忌浮靡纖麗。

書　奏記　啓又見後「四六」類　簡　狀　疏

王懋公曰：書、記之用不一。書則有若時政、經學、論文、師友、規諫、遊説、投謁、陳情、辨賢，奏記則有若定策、規諫、辭免，啓則有若慶賀、辭免、陳情、投謁、通問、陳謝、報謝、戒賓、餽遺、

婚聘，簡則有若規諫、請勸、通問、答報、稱頌，狀則有若慶賀、報謝，疏則有若迎迓之類。凡似此者皆不可悉數，今稍舉一二，以見文各有用而非多事。若引伸以盡變，則存乎其人。

《明辨》曰：按劉勰云：「書、記之用廣矣。」考其雜名，古今多品，是故有書、有奏記、有啓、有簡、有狀、有疏、有牋、有劄，而書、記則其摠稱也。夫書者，舒也，舒布其言而陳之簡牘也。記者，志也，謂進己志也。啓，開也，開陳其意也；一云跪也，跪而陳之也。簡者，畧也，言陳其大畧也，或曰手簡，或曰小簡，或曰尺牘，皆簡畧之稱也。狀之爲言陳也，疏之爲言布也。以上六者，秦漢以來，皆用於親知往來問答之間；而書、啓、狀、疏，亦以進御。獨兩漢無啓，則以避景帝諱而置之也。又古者郡將奏牋，故黄香奏牋於江夏。厥後專用於皇后、太子、諸王，其下遂不敢稱。而劄獨行於宋，盛於元，有疊副、提頭、畫一之制，煩猥可鄙；然以吕祖謙之賢而亦爲之，則其習非一日矣。故牋者，今人所不得用；而劄者，吾儒所鄙而不屑也。今取六者列之，而辨其體：一曰書，書有辭命、議論二體。二曰奏記。二者並用散文。三曰啓，啓有古體，有俗體。四曰簡，簡用散文。五曰狀，狀用儷語。六曰疏，疏用散文。然狀與疏，諸集不多見；見者僅有此體，故姑著之，要未可爲定體也。世俗施於尊者，多用儷語以爲恭，則啓與狀、疏，大抵皆俗體也。蓋嘗摠而論之，書、記之體，本在盡言，故宜條暢以宣意，優柔以繹情，乃心聲之獻酬也。若夫尊卑有序，親疏得情，是又存乎節文之間，作者詳之。

王懋公曰：書辭命如鄭歸生《與趙宣子書》；啓古如梁任昉《上蕭太傅辭奪禮》，啓俗如柳宗元《謝李吉甫示手札啓》；簡即尺牘，如司馬遷《與摯伯陵》；狀如韓愈《皇帝即位降赦賀觀察使狀》；疏如王安石《遠迎宣徽太尉疏》。鍾退谷云：「書牘貴朴而有法。」此可謂一言居要矣。

《辨體》曰：按：昔臣僚敷奏，朋舊往復，皆總曰書。近世臣僚上言，名爲表奏；惟朋舊之間，則曰書而已。蓋論議知識，人豈能同？苟不具之于書，則安得盡其委曲之意哉！戰國、兩漢間，若樂生、若司馬子長、若劉歆諸書，敷陳明白，辨難懇到，誠可以爲修詞之助。至若唐之韓柳，宋之程、朱、張、呂，凡其所與知舊、門生答問之言，率多本乎進修之實。讀者誠能熟復，以反之于身，則其所得，又豈止乎文辭而已哉！

王懋公曰：或謂子産告范宣子輕幣，此古人通書之始。不知鄭子家已有《與趙宣子書》。蓋子家事在文公十七年，子産語乃襄公二十四年，其相去既甚遠，而子家語又佳絶，則以爲弁冕固宜。《辨體》論不及此，何也？至於今人書牘，多以致勝，不知此非極則，試取史遷之《答任安》、昌黎之《與時輩》及蘇王之上人主與諸執政者而並觀之，真有書家龍跳天門、虎卧鳳閣之象，視彼落花依草、隙月窺人語，殆如婢子不堪作夫人觀。然亦不獨書牘爲然。以此推之，則古今文章家大小之分較若黑白矣。

王懋公曰：漢人之書有大文，司馬遷《答任安》是也。有致語，東方朔《與友書》云：「不可使

名網塵韁拘瑣，怡然長笑，脱去十洲三島，相期拾瑶草，吞日月之光華共輕舉耳。」是也。後世書皆不出此二種，故標之。

王懋公曰：予觀《文選》諸啓，或奉答人主，或以謝人，其牋或與人主及太子，或答侯王，或以勸進，或辭。奏記如阮籍《詣蔣公》，蓋不欲就濟之辟召，固皆書之類也。《辨體》、《明辨》亦云論之詳矣，然猶未能盡書之變。諸書記外，又有所謂擬書，謂擬古人而代爲之，如坡公《擬孫權答曹操》是也。或遺或復，亦各不同。而王弇州又有《遺亡友宗子相書》，晁道元至爲箋以與天則尤横甚。嗟夫！文人之鋒固無所不至也。往聞米襄陽以書抵蔡魯公，至言獨得一舟如許大，遂畫一艇于行間，此又書中之奇之奇者。時米方流落，而韻勝如此，古人胸次不凡，於此可見。徒以顛目之，不知子都之姣，惜哉！

王懋公曰：丙吉奏記霍光，鄭朋奏記蕭望之，皆西漢人也。或謂記始於班固《奏記》，可謂大謬。且傳記之記，與奏記亦有天淵之異，又何得謂記從《奏記》出？既操選政，而并《漢書》、《文選》不知，何耶？

王懋公曰：尺牘莫盛於近世，别爲一書，以傳者不勝屈指。然予觀《史記》「緹縈通尺牘，父得以後寧」之語，則其名之立，亦已久矣。

毛稚黄曰：尺牘小技而難工。近代蘇黄，此道稱佳，能純乎本色質叙，無不臻妙。今如百

轂、眉公，亦俱能擷勝。或嫌王太着色，陳太取致，斯固有之，然亦由人地耳。蘇黄二公，少壯立朝，雖流離悲憤，兒女故舊之情，皆關國是，故落落寫來，俱有動人而不可廢之處。王陳不過兩布衣，而言又不可出位，其所舒寫，本無大事，則不得不借資于色與致。才固不逮，亦地限之，此知人論世者自應得之。

王懋公曰：序記書之文，莫過昌黎。歸安以爲崛起門户，真不可易。此亦猶歐之碑誌，蘇之論策，所謂「自是君身有仙骨，世人那得知其故」也。

鐵立文起前編卷之三

議

王懋公曰：論、議、辨之名，似無甚異，我以爲皆分見於《南華》。如《齊物論》云：「六合之外，聖人存而不論；六合之内，聖人論而不議。春秋經世先王之志，聖人議而不辨。」是也。注云論是統説道理，議則細較短長，辨則彼此反覆，今文中亦有論、議、辨三體。予謂詩文殊途同歸，豈容瑣瑣分疆畫界哉！然其名既不一，則其義亦當明，毋以吕端糊塗自便可矣。奏議一類，歸之臣語，見後。其有無關國事而别議者，則列之于此。論見後「策論」類。

辨

《辨體》曰：昔孟子答公孫丑問好辨曰：「予豈好辨哉，予不得已也。」中間歷叙古今治亂相尋之故，凡八節，所以深明聖人與己不能自已之意，終而又曰：「豈好辨哉？予不得已也！」蓋

非獨理明義精，而字法、句法、章法，亦足爲作文楷式。迨唐韓昌黎作《諱辨》，柳子厚辨桐葉封弟，識者謂其文數《孟子》，信矣。大抵辨須有不得已而辨之意。苟非有關世教、有益後學，雖工，亦奚以爲？

《明辨》曰：按字書云：「辨，判別也。」其字從言。近世魏校謂從刀，而古文不載。漢以前初無作者，至唐韓柳乃始作焉。然其源實出於孟莊。蓋本乎至當不易之理，而以反覆曲折之詞發之。其題曰某辨，或曰辨某，則隨作者命之，實非有異義也。

説

王懋公曰：陳思《籍田説》頗佳。近有無名氏《曲城説》，殊縱横可喜。若劉誠意《賣柑者言》，亦説類耳，而或遂立一「言」之名何居？他如韓非《説難》，其字音税，某選家引入「解説」類，盲人瞎馬，一至於此，悲夫！《明辨》列之「雜著」，斯得之矣。

《辨體》曰：按：説者，釋也，述也。解釋義理而以己意述之也。説之名，起自吾夫子之《説卦》，厥後漢許慎著《説文》，蓋亦祖遠其名而爲之辭也。魏晉六朝文載《文選》，而無其體。獨陸機《文賦》，備論作文之義，有曰「説煒燁而譎誑」，是豈知言者哉！至昌黎韓子，憫斯文日弊，作《師説》，抗顔爲學者師。迨柳子厚及宋室諸大老出，因各即事即理而爲之説，以曉當世，以開悟

後學，由是六朝陋習，一洗而無餘矣。盧學士云：「説須自出己意，横説豎説，以抑揚詳贍爲上。」若夫解者，亦以講釋解剥爲義，其與説亦無大相遠焉。

《明辨》曰：魏晉以來，作者絶少，但《曹植集》中有二首，而《文選》不載，故其體闕焉。要之與論無大異也。此外又有名説、字説，其名雖同，而所施則異，故别爲一類。

《明辨》曰：按《儀禮》，士冠三加三醮而申之以字辭。後人因之，遂有字説、字序、字解等作，皆字辭之濫觴也。雖其文去古甚遠，而丁寧訓誡之義無大異焉。若夫字辭、祝辭，則倣古辭而爲之者也。然近世多尚字説，故今以説爲主，而其他亦並列焉。至於名説、名序，則援此意而推廣之。而女子笄，亦得稱字，故宋人以女子名辭，其實亦字説也。

王懋公曰：字説，如蘇洵《仲兄文甫字説》；字序，如陳師道《少游字序》；名説，如蘇洵《名二子説》；女子名字説，如宋游九《言黄氏三女甥名説》。其文並佳。

解

王懋公曰：《禮記》有《經解》，此解之始也。或據楊雄《解嘲》，以「嘲」爲一類，我不知其何謂也。且云張協《七命》、晁補之《七術》，皆變嘲之局而成文，則尤謬。此乃效顰枚乘《七發》者，於嘲曷與焉？

《明辨》曰：按字書：「解者，釋也。」楊雄始作《解嘲》，世遂倣之。與論、説、議、辨，蓋相通焉。此外又有字解，則別附「名字説」類。

釋

《明辨》曰：按字書：「釋，解也。」解之別名也。蓋自蔡邕作《釋誨》，而郤正《釋譏》、皇甫謐《釋勸》、束晳《玄居釋》，相繼有作；然其詞旨不過遞相祖述而已。至唐韓愈作《釋言》，別出新意，乃能追配邕文，而免於蹈襲之陋。即此二篇，亦可以備一體矣。

戒

王懋公曰：儆戒之説，見於《尚書》，其由來久矣。德施謂箴興補闕，戒出匡弼，《文選》無其體，亦屬疏漏。昌黎《守戒》云：「天下之禍，莫大于不足爲，材力不足者次之。」其爲戒甚深，可以爲法。若諸葛忠武之《戒子》，初非有意爲文，而其文亦未嘗不佳。此又德之見於言者也。

《辨體》曰：按韻書：「誡者，警勑之辭。」《文章緣起》曰：「漢杜篤作《女誡》。」辭已弗傳。《昭明文選》亦無其體。今特取先正誡子孫及警世之語可爲法戒者録之。

《明辨》曰：戒，字本作誡，箴之別名歟？《淮南子》載《堯戒》曰：「戰戰慄慄，日謹一日，人

莫躓于山，而躓於垤。」其詞或用散文，或用韻語，故分爲二體。

王懋公曰：散文如柳宗元《三戒》，韻語如柳宗元《敵戒》。後元人對帝師曰：「我奉孔子戒。」一語絶正大而兼滑稽，足令彼妄自尊大者知警矣。

規

《明辨》曰：按字書云：「規者，爲圓之器也。」《書》曰：「官師相規。」今人以箴規並稱，而文章顧分爲二體者何也？箴者，箴上之闕；而規者，臣下之互相規者也。其用以自箴者，乃箴之濫觴耳。然規之爲名，雖見于《書》，而規之爲文，則漢以前絶無作者。至唐元結始作《五規》，豈其緣《書》之名而創爲此體歟？

訓

王懋公曰：《尚書》有六體，典、謨而下，今見于文者有四焉：命與誓、誥之外，訓其一也。先正庭訓之文有絶佳者。書如《顏氏家訓》，其中美談，已不勝收矣。

考

王懋公曰：考之爲言究也，欲究其始終巔末，而使後人有所據，或人物，或政事。此非有本之學，安能使之歷歷如目前事哉！書若《五代史考》、《文獻通考》，亦可謂無愧於其名矣。考之文，如近日左仲及之《塩政考》，亦其一也。

駁

王懋公曰：文體有駁，如蘇眉山之《續楚語》，其駁子厚處，柳州復生，莫能置對。今學者或翻古人已定之案，或正時輩未確之説，是文章之無盡藏也。其文必一字不可移易，有推倒一世之意，令人讀之，一字一叫絶始稱。然此非快人不能。若人臣論事之文，如駁復仇議，則歸之於議，而見「臣語」類。他如駁某謚議，與答某駁、某謚議，又入「謚議」而不在此例云。

評

王懋公曰：評者，平也。凡作評斷，須評得古今心悦誠服乃可。若使人覽之而不平，又何以評爲？

《明辨》曰：按字書云：「評，品論也，史家褒貶之辭。」蓋古者史官各有論著，以訂一時君臣言行之是非。然隨意命名，莫協於一，故司馬遷史詞稱「太史公曰」，而班固《西漢書》則謂之「贊」，范曄《東漢書》又謂之「論」，其實皆評也。而評之名則始見於《三國志》。後世作者漸多，則不必手秉史筆而後爲之矣。故二評載諸《文粹》，而評史見於《蘇文忠公集》中。今以陳壽史評爲主，而其他作者，亦登列焉。分爲史評、雜評二品云。

王懋公曰：史評如陳壽《三國志・任城陳王傳評》，雜評如唐程宴《祀黃熊評》。他如袁昂《古今書評》，敖陶孫《詩評》亦佳。而涵虛子《元詞評》，只以四字盡其人，尤爲簡潔可喜。

謝叠山曰：凡作史評，斷古人是非得失、存亡成敗，如明官判斷大公案，須要說得人心服。若只能責人，亦非高手。須要思量我若生此人之時，居此人之位，遇此人之事，當如何應變，當如何全身，必有至當不易之說。如弈棋然，敗棋有勝着，勝棋有敗着，得失在一着之間。棋師旁觀，必能覆棋歷說，勝者亦可敗，敗者亦可勝，乃爲良工。

陳明卿曰：史臣慎于持論，則有闕文，彌簡彌真，鋪張譏彈，秖自塞陋。予閲廿一史率用此法。後附「雜評」。

陳白松曰：文字，山水也。評文，遊人也。夫文字之佳者，猶山水之得風而鳴、得雨而潤、得雲而鮮、得遊人閒懶之意而活者也，遊人有一種閒懶之意，則評文之一訣也。天公業案，惟胡亂

評文字爲最。何也？山水遇得意之人固妙，遇失意之人亦妙，緣其人閒懶之意而山水活者，亦不必因其人憔悴之意而山水即死，揔于山水無損也。借他人唾餘，裝自己咳笑，而妄以咳笑乎山水，山水不大厭苦之乎？○評文必曹所可而我否，曹所否而我可，我所生平可而今否，非敢得罪于人，不敢得罪于天也。○凡以文章浪得名者，罪在竊國之上，故快評不惟懺閱文之悔，而亦爲海内懺作文之悔也。

品

王懋公曰：品亦評類。往見司空圖《二十四詩品》，甚愛之。有無名氏著《花品》一篇，雖其文俗韻未盡脱，而致語亦復佳。若夫文章有品當何如？噫，「胸有萬卷，筆無點塵」，八字盡之矣。

原

王懋公曰：原與論各一體，今稱韓文曰《原道論》，何也？論文必先正名，故不可以不辨。《辨體》曰：原者，本也，一説推原也，義始《大易》「原始要終」之訓。若文體謂之「原」者，先儒謂始於昌黎之五《原》，蓋推其本原之義以示人也。山谷嘗曰：「文章必謹布置。每見學者，多

告以《原道》命意曲折。」石守道亦云：「吏部《原道》、《原人》等作，諸子以來未有也。」後之作者，蓋亦取法於是云。

《明辨》曰：自唐韓愈作五《原》，而後人因之，雖非古體，然其遡原于本始，致用于當今，則誠有不可少者。至其曲折抑揚，亦與論説相爲表裏，無甚異也。

喻

王懋公曰：喻體之文，如唐盧碩《古之治》，以心喻君，百骸喻民，而又以目、以物、以醫、以疾、以材、以隄、以水，是也，亦原論之流亞。又蘇玉局有《日喻》，亦自快絶古今。

鐵立文起卷之四

碑文

王懋公曰：唐陸龜蒙云：「碑者，悲也。古者懸而窆，用木，後人書之以表其功德，因留之不忍去，碑之名由是而得。自秦漢以降，生而有功德政事者亦碑之，而又易之以石，失其稱矣。」又《宋景文筆記》：「碑者施於墓則下棺，施於廟則繫牲。古人因刻文其上，今佛寺揭大石鏤文，士大夫皆題曰碑銘。何耶？吾所未曉。」予謂或言碑銘，或言碑文，猶可最所怪者，銘文皆不言，而獨謂其文爲碑，則無謂甚矣。宋鮑源力古嗜學，其友孫何嘗作《碑解》以貺之，文甚辨而確，學者不可不考。至於今人之僞德政碑，愈多愈賤，其亦文字中無恥之一端乎？

《辨體》曰：按《儀禮·士婚禮》：「入門當碑揖。」又《禮記·祭義》云：「牲入麗於碑。」賈氏注云：「宮室皆有碑，以識日影，以知早晚。」《説文》注又云：「古宗廟立碑繫牲，後人因於其上紀功德。」是則宮室之碑，所以識日影；而宗廟則以繫牲也。秦漢以來，始謂刻石曰碑，其蓋始於李

斯嶧山之刻耳。蕭梁《文選》載郭有道等墓碑，而王簡栖《頭陀寺碑》亦厠其間。至于《唐文粹》、《宋文鑑》，則凡祠廟等碑與神道墓碑，各爲一類。今亦依其例云。

《明辨》曰：按劉勰云：「碑者，埤也。上古帝王，始號封禪，樹石埤岳，故曰碑。周穆紀迹于弇山之石，秦始刻石于嶧山之巔，此碑之所從始也。」然考《士婚禮》與《祭義》及註云云，則碑之所從來遠矣。後漢以來，作者漸盛，故有山川、城池、宮室、橋道、壇井、神廟、家廟、古跡、土風、災祥、功德、墓道、寺觀、托物等碑，皆因庸器漸闕而後爲之，所謂「以石代金，同乎不朽」者也。故碑實銘器，銘實碑文，其序則傳，其文則銘，此碑之體也。又碑之體主于叙事，其後漸以議論雜之，則非矣。故今取諸大家之文，而以三品列之：其主于叙事者曰正體，主于議論者曰變體，叙事而參之以議論者曰變而不失其正。至于托物寓意之文，則又以別體列焉。其墓碑自爲一類，此不復列。

王懋公曰：正如秦《瑯邪臺石刻》，變如蘇軾《潮州韓文公廟碑》，變不失正如蘇軾《上清儲祥宮碑》。而泰山又有無字碑，意欲何爲，豈將以愚人耶？

《明辨》曰：《史記》載秦刻石辭凡八篇，《嶧山》、《泰山》、《之罘》、《東觀》、《碣石》、《會稽》各一篇，《琅邪臺》二篇，其辭雖皆古雅，而稱頌太過。獨《瑯邪臺石刻》，但叙其兼并之烈，頗爲實録，有叙有銘，體復馴雅，故特取之。

王懋公曰：廟碑有終之以詩者，如陸魯望之《碑野廟》云「既而爲詩以紀其末」，蘇子瞻之碑昌黎，作詩以遺潮人，使歌以祀公者是也。此與叙後用銘之文，又爲一體，不可不知。

《明辨》曰：凡碑，面曰陽，背曰陰。碑陰文者，爲文而刻之碑背也，亦謂之記。古無此體，至唐始有之。或他人爲碑文而題其後，或自爲碑文而發其未盡之意，皆是也。

王懋公曰：柳宗元有《大明和尚碑陰文》，蘇長公《太白碑陰記》，則爲洗千古不白之冤，尤稱絶識，學者當法之。

廟碣

王懋公曰：碑、碣不同。字書：「方者謂之碑，圓者謂之碣。碣，特立之名、高舉之貌也。」墓有碣而廟亦有之，如楊植有《許由廟碣》，可以知其例矣。

疏

王懋公曰：疏之爲用不一，大抵募薦二者居多。募或建刹，或儲經；薦或家人師友，或陣亡將士。薦多用四六，募或散文或四六。又有募疏，四六文後，系之以四偈語者，亦不可不知。若宋白玉蟾《募修精舍疏》，則又翩翩仙風道骨，不知人間世烟火爲何物，以斯知文家自有撮土成金

法，題固不礙文也。若拙手，則佛頭亦未免着穢。至如李衛公《獻西岳大王疏》，末云：「三問不對，即斬大王頭，焚其廟，建縱横之畧未晚也。」殆欲飛而食肉矣，足稱人豪。然此又書記之類也。他若或請僧住刹，或歛金放生，種種不一，在學者以類推之。又疏有上進者，則歸之於「臣語」，而別自爲一類。

禱

王懋公曰：《周禮》禱辭，掌於太祝，其由來已遠。後世文如唐劉軻之《農夫禱》，則又不同。劉云：「見老農輩，鳩其族，爲禱于神，其意誠而詞俚。因得其文以潤色之，亦以儆於百執事者。」此亦代作文獻神之意。然其文句法長短參差不一。又有別作小序。至於禱詞，全用四言，問句押韻以終其篇，亦一體也。

青詞

王懋公曰：道曰青詞，猶之釋曰齋文云爾。元陸友仁《研北雜志》：「天寶四載，詔太清宫用事，停祝版用青詞。」蘇長公《鳳翔醮土火星青詞》，散體也。其行文儼然《尚書》聲口，佳絶，此亦未易棄之。而歐陽文忠《内制集序》，乃云，「今學士所作文書多矣，至于青辭齋文，必用老子浮圖

之説；祈禳秘祝，往往近于家人里巷之事」，此又當别論矣。

約

王懋公曰：「昔漢高初入關，告諭曰：『吾與諸侯約，先入關者王之。』又曰：『與父老約，法三章耳。』」則約孰有大于此者，特其文已入「王言」類，此不復列。後如王褒《僮約》，論文者不當援以爲例。李習之嘗以其文與《劇秦美新》並論，譏其義不主于理，言不在於教勸，而徒詞句怪麗，可謂知言。近代茅順甫亦有《僮約》，蓋約其僕善事一客以終其身，亦可因文以見交道之不污矣。

《明辨》曰：按字書：「約，束也。」言語要結，戒令檢束皆是也。古無此體，漢王褒始作《僮約》，而後世未聞有繼者，豈非以其文無所施用而畧之歟？愚謂後人如鄉約之類，亦當倣此爲之，庶幾不失古意，故特列之以爲一體。

題跋

《辨體》曰：按倉崖《金石例》云：「跋者，隨題以贊語於後，前有序引，當掇其有關大體者以表章之，須明白簡嚴，不可墮人窠臼。」予嘗即其言考之，漢晉諸集，題跋不載。至唐韓柳，始有讀某書及讀某文題其後之名。迨宋歐曾而後，始有跋語，然其辭意亦無大相遠也。故《文鑑》、《文

類》總編之曰「題跋」而已。近世疏齋盧公又云：「跋，取古詩『狼跋其胡』之義，狼行則前躐其胡。故跋語不可太多，多則冗；尾語宜峭拔，使不可加。」若然，則跋比題與書，尤貴乎簡峭也。

《明辨》曰：按題跋者，簡編之後語也。凡經傳子史、詩文圖書之類，前有序引，後有後序，可謂盡矣。其後覽者，或因人之請求，或因感而有得，則復撰詞以綴于末簡，而總謂之題跋。至綜其實則有四焉：一曰題，二曰跋，三曰書某，四曰讀某。夫題者，締也，審締其義也。跋者，本也，因文而見本也。書者，書其語。讀者，因于讀也。題、讀始於唐，跋、書起于宋。曰題跋者，舉類以該之也。其詞考古證今，釋疑訂謬，專以簡勁爲主，故與序引不同。又有題辭，所以題號其書之本末，指義文辭之表也。然題跋書于後，而題辭冠于前，此又其辨也。

王懋公曰：凡論文而欲别立一類，必令其義確不可易。如李温陵論楊子之《反騷》，此亦讀《反騷》而自書所見，題跋類耳。文致題曰反，則亦將名《離騷》之文曰《離》可乎？雜亂人目，莫此爲甚，後人當以爲戒。

鍾伯敬曰：題跋之文，今人但以游戲小語了之，不知古人文章，無衆寡小大，其精神本領則一。故其一語可以爲一篇，其一篇可以爲一部。山谷諸種，最可誦法。以此推之，知題跋非文章家小道也。其胸中全副本領，全副精神，借一人、一事、一物發之，落筆極深、極厚、極廣，而於所題之一人、一事、一物，其意義未嘗不合，所以爲妙。○每讀蘇黄游戲翰墨中，忽出正語，使人肅

然敬戒，凜然不可犯。

問對

王懋公曰：問之名，始見於《戴記》之《哀公問》、《曾子問》。問對之文，其類不一，如張治道《雀鷂對》，謂鷂張喙瞪目，口不能言，而對之以意。斯又對之尤出人意表者已。

《辨體》曰：問對體者，載昔人一時問答之辭，或設客難以著其意者也。《文選》所録宋玉之於楚王、相如之於蜀父老，是所謂問對之辭。至若《答客難》、《解嘲》、《賓戲》等作，則皆設辭以自慰者焉。洪氏景盧云：「東方朔《答客難》，自是文中傑出。楊雄擬爲《解嘲》，尚有馳騁自得之妙。至于班固之《賓戲》、張衡之《應問》，則屋下架屋，章摹句寫，讀之令人可厭。迨韓退之《進學解》出，則所謂『青出於藍而青於藍』矣。」

《明辨》曰：問、對不同。名實皆問者，屈平《天問》、江淹《邃古篇》之類是也；名問而實對者，柳宗元《晉問》之類是也；其他曰難、曰諭、曰答、曰應，又有不同：皆問對之類也。古者君臣朋友口相問對，其詞詳見于《左傳》、《史》、《漢》諸書。後人倣之，乃設詞以見志，於是有問對之文；而反覆縱横，可以舒憤鬱而通意慮。若其詞雖有問對，而名實別體者，則各從其類云。

王懋公曰：古人詩文，可好而不可擬。江緑蘿謂：「古樂府、古詩題目，如《君馬黄》、《雉子

班》、《艾如張》、《自君之出矣》等類，皆就其時事搆詞，因以名篇，自然妙絶。我朝詞人，乃取其題各擬一首，名曰復古。彼有其時，有其事，然後有其情，有其詞，我從而擬之，非其時矣，非其事矣，情安從生？强而命詞，縱使工緻，譬諸巧匠，塑泥刻木，儼然肖人，全無人氣，何足爲貴？彼不肖者又無論矣。且《君馬黄》、《雉子班》等，必一一擬作，則《關雎》、《螽斯》之類，何爲丢下不擬，豈樂府古詩能古于《三百篇》耶？」而鍾退谷亦云：「生平於樂府未着手，非不能爲，惡近世一副擬古面目耳。」予謂以文論，曼倩《客難》，已非極筆，楊班諸子，率相倣傚，陋哉！奈何至唐猶有擬之不已，如駱丞《應詰》者。夫以文人自命而至下同螟蠕類我之呼，静言思之，不大慚乎？若屈子《天問》、柳州《天對》，合而言之，真千古問對之奇，即命《雪兒歌》可矣。

王懋公曰：凡爲文以難人，要難得人倒，此惟理明辭確者能之。長卿難蜀，不獨强辭，亦嫌帶賦，未爲純古。

王懋公曰：按字書，諭，譬也，曉也。俗作喻，非。知諭之義，則知所以爲文矣。若漢元帝之《諭單于》，則又「王言」、「諭告」類也。

王懋公曰：文體有問對，足矣。如難、如諭，名義稍别，曰答、曰應，獨非對乎？今姑以東方曼倩之《答客難》備一體可也。

王懋公曰：駱丞設爲人詰己而己應之，曰《應詰》，猶張衡之《應問》耳。文致以詰標額，謬

甚，則又不如立一應之名矣。

文

《明辨》曰：按編内所載，鈞謂之文，而此類獨以文名者，蓋文中之一體也。其格有散文，有韻語，或倣《楚辭》，或爲四六。或以盟神，或以諷人，其體不同，其用亦異。

王懋公曰：文有詛，如秦惠王《詛楚懷王》之類；有招，如柳宗元《招海賈》之類；有乞，如《乞巧》之類；有送，如韓愈《送窮》之類；有逐，如孫樵《逐痁鬼》之類。要之隨人命名，不能以言盡也。

或曰：匡衡禱高祖、孝文、孝武廟文，倣《金縢》；漢光武即位大赦，倣《武成》、典謨之文也；第五倫《薦謝夷吾文》，章疏之體也；李華《弔古戰場文》，論斷之體也；韓愈《祭鱷魚文》，告諭之體也；李𪇆《悼蘇軾文》，悲頌之體也。典謨之文貴高古，章疏之文貴條暢，論斷之文貴英勁，告諭之文貴尊嚴，悲頌之文貴誠懇。其他各以意製，初無定體，約計之有此數例耳。

王懋公曰：或謂移文始於劉歆《讓博士書》，不知孟堅《漢書·薛宣傳》已有《移櫟陽令書》，然此散文也。齊孔德璋《北山移文》，則屬對用韻，後之爲移文者或宗之。觀其林慚澗愧及結束二語，何其嚴毅，幾與問罪之師相似，即以列之檄文露布後無不可。《明辨》編入文内，而今人或

又另立爲移文體云。

雜　著

《辨體》曰：雜著者何？輯諸儒先所著之雜文也。文而謂之雜著者何？或評議古今，或詳論政教，隨所著立名，而無一定之體也。文之有體者，既各隨體裒集；其所録弗盡者，則總歸之雜著也。著雖雜，然必擇其理之弗雜者則録焉，蓋作文必以理爲之主也。

《明辨》曰：劉勰云：「並歸體要之詞，各入討論之域。」正謂此也。

王懋公曰：劉青田《菜蔬畧》，亦言其大畧意也。行文全倣《易》之《序卦》，而皆出於天然，無强爲聯絡之跡，故佳。又坡公記與歐公語，自謂偶記一時談笑之語，聊復識之，選家以此標曰「記語」，無碍。若有感而自記，亦此類矣。文致又别名「感語」，徒亂人意而已。近又有以「禽言」入文類者，予謂此與偈當附詩，此不復列。

鐵立文起前編卷之五

祭　文

王懋公曰：人有寄必有歸，如秦始惡言死，言死者輒誅，豈非大愚？陶淵明有《自祭文》，白樂天自作生墓誌，大觀何所不可。及讀朱弁《奉送徽宗大行文》，則又泣數行下，君臣至性，情同父子矣。今特首標之以爲法。

《辨體》曰：古者祀享，史有册祝，載其所以祀之意，考之經可見。若《文選》所載謝惠連之《祭古塚》、王僧達之《祭顔延年》，則亦不過叙其所祭及悼惜之情而已。迨後韓柳歐蘇，與夫宋世道學諸君子，或因水旱而禱於神，或因喪葬而祭親舊，真情實意，溢出言辭之表，誠學者所當取法者也。大抵禱神以悔過遷善爲主，祭故舊以道達情意爲尚。若夫諛辭巧語，虚文蔓説，固弗足以動神，而亦君子之所厭聽也。

《明辨》曰：按祭文者，祭奠親友之辭也。古之祭祀，止于告饗而已。中世以還，兼讚言行，

以寓哀傷之意，蓋祝文之變也。其辭有散文，有韻語，有儷語；而韻語之中，又有散文、四言、六言、雜言、騷體、儷體之不同。今各以類列之。劉勰云：「祭奠之楷，宜恭且哀；若夫辭華而靡實，情鬱而不宣，皆非工於此者也。」

王懋公曰：散文如韓愈《祭十二郎文》，韻語散文如蘇軾《祭歐陽公文》，四言如陶潛《祭程氏妹文》，六言如韓愈《祭柳州李使君文》，雜言如歐陽修《祭蘇子美文》，騷體如柳宗元《祭崔氏外甥文》，儷體四六言。如李白《爲竇氏小師祭璿和尚文》，儷語如歐陽修《英宗皇帝靈駕發引祭文》。此外又有祭戰馬文，非獨敝帷不棄之禮，試思與人一心成大功，則亦不容不傷心矣。

弔　文

王懋公曰：弔有二，並時而弔者不待言。有相去千百年而相弔，如柳宗元之于萇弘、賈誼之於屈原、陸機之於曹瞞是也。若昌黎之祭田横，其文亦能令人曠百世而相感，獨其人乎？

《明辨》曰：按弔文者，弔死之辭也。劉勰云：「弔者，至也。《詩》曰『神之弔矣』，言神至也。賓之慰主，以至到爲言，故謂之弔。」古者弔生曰唁，弔死曰弔。「或驕貴而殞身，或狷忿而乖道，或有志而無時，或美才而兼累，後人追而慰之，並名爲弔。」若賈誼之弔屈原，則弔之祖也。然不稱文，故不列之。其文濫觴于唐，故有《弔戰場》、《弔鏄鐘》之作，今亦附焉。大抵

弔文之體，髣髴《楚騷》，而切要惻愴，似稍不同；否則華過韻緩，化而爲賦，其能逃乎奪倫之譏哉！

行狀

王懋公曰：宋吴曾《能改齋漫録》云：「自唐以來，未有墓誌銘，必先有行狀，蓋南朝以來已有之。按梁江淹爲《宋建太妃周氏行狀》，任昉、裴野皆有行狀。」此亦不知實自漢始。又行狀亦有人子自作者，非獨門生故舊也，而其爲史謚、誌銘張本則不異。然亦有後誌銘而作者。茅歸安評王半山《謝公行狀》云：「今人每先狀而後誌，謝希深之誌，歐公爲之久矣，而王公以補其狀如此。」此亦學者所當知。

《優曝談餘》曰：王荆公爲《謝絳行狀》云：「其葬也，廬陵歐陽公銘其墓，尤歎其不壽，用不極其材。」乃知古人銘、狀各有所重，非若今人以狀謁銘也。其後又云：「公子景初等，以歷官行事來，曰願有述也，將獻之太史。」則行狀又若備國史採擇而作也。

《辨體》曰：按行狀者，門生故舊狀死者行業上于史官，或求銘誌于作者之辭也。《文章緣起》云，始自「漢丞相倉曹傅朝幹作《楊伯起行狀》」，然徒有其名而無其辭。蕭氏《文選》惟載任彦升所作《齊竟陵王行狀》一篇，而辭多矯誕，識者病之。今采韓柳所作，載爲楷式云。

《明辨》曰：按劉勰云：「狀者，貌也，禮貌本原，取其事實。先賢表謚，並有行狀，狀之大者也。」蓋具死者世系、名字、爵里、行治、壽年之詳，或牒考工太常使議謚，或牒史館請編録，或上作者乞墓誌碑表之類，皆用之。而其文多出於門生、故吏、親舊之手，以謂非此輩不能知也。其逸事狀，則但録其逸者，其所已載不必詳焉，乃狀之變體也。

王懋公曰：行狀體有正變，正如韓愈《董公行狀》，變如柳宗元《段太尉逸事狀》。

曾弗人曰：唐宋四大家，蘇既不長於叙事，傳狀誌銘，獨退之、永叔爲多。宗元叙段太尉逸事，其刻畫生動，無論永叔諸誌，幾欲追子長而掩退之。然而《梓人》、《槖駝》諸傳，皆感事寓言，傳誌行狀，不少概見，豈求之者少耶？

述

《明辨》曰：按字書：「述，譔也，纂譔其人之言行以俟考也。」其文與行狀同，不曰狀而曰述，亦別名也。

王懋公曰：如王安石有《先大夫述》，不用他人文字。

誄

王懋公曰：誄舉生平之實行，定謚以稱之，惟上可行於下，故《曾子問》：「賤不誄貴，幼不誄長，禮也。惟天子稱天以誄之。諸侯相誄，非禮也。」而後世乃不復問何也。陳思有言：「楊雄，臣也，而誄漢后；班固，子也，而誄其父。皆以述揚景行，顯行竹帛，豈所謂三代不同禮，隨時而作者乎？」《文選》「誄」與「哀」並列，而哀文之中，潘岳、顔延之、謝朓三子文在焉。我嫌其混而不分也。今以哀策入册類，而存哀永逝文于哀辭中，始各得其所。然誄與哀亦自有辨，惟哀可以兼誄，而誄必不可兼哀，蓋哀辭或四言、或騷體，若用四言，是哀體已兼誄矣。誄則惟有四言而已。然此亦就後世文體論之耳。觀魯哀公《仲尼誄》，則四言果誄之鐵案否也。又魯莊公嘗誄縣賁父，而班氏人表遺之。今論誄者亦多不及，豈皆未之思歟？

《辨體》曰：按《周禮》：「大祝作六辭，以通上下親疏遠近，六曰誄。」魯哀公十六年四月，孔子卒，公誄之曰：「旻天不弔，不憖遺一老，俾屏予一人以在位，煢煢余在疚！嗚呼，哀哉，尼父！」此即所謂誄辭也。鄭氏注云：「誄者，累也，累列生時行迹，讀之以作謚。此惟有辭而無謚，蓋惟誄其美行、示己傷悼之情爾。」是則後世有誄辭而無謚者，蓋本於此。又按《文章緣起》載漢武帝《公孫弘誄》，然無其辭。惟《文選》録曹子建之誄王仲宣、潘安仁之誄楊仲武，蓋皆述其

世系行業，而寓哀傷之意。厥後韓退之之於歐陽詹、柳子厚之於呂温，則或曰誄辭，或曰哀辭，而名不同。迨宋南豐、東坡諸老所作，則俱謂之哀辭焉。大抵誄則多叙世業，故今率倣魏晉，以四言爲句；哀辭則寓傷悼之情，而有長短句、楚體不同。作者不可不知。

《明辨》曰：誄者，誄列其德行而稱之也。《周禮》：「賤不誄貴，幼不誄長」，故天子崩，則稱天以誄之；卿大夫卒，則君誄之。魯哀誄孔子云云，古誄之可見者止此，然亦畧矣。竊意周官讀誄以定謚，則其辭必詳；仲尼有誄而無謚，故其辭獨畧。豈制誄之初意然歟？又按劉勰云：「柳妻誄惠子，辭哀而韻長。」則今私誄之所由起也。蓋古之誄本爲定謚，而今之誄惟以寓哀，則不必問其謚之有無，而皆可以爲之。至于貴賤長幼之節，亦不復論矣。其體先述世系行業，而末寓哀傷之意，所謂「傳體而頌文、榮始而哀終」者也。

茅鹿門曰：魏晉以來，誄並藻麗。

哀辭

王懋公曰：錢蒙叟謂哀辭宜爲，且曰：「曾子固不云乎：『墓誌納之壙中，而哀辭刻之塚上。』然則文之有哀辭，不銘而名焉，不傳而傳焉。」是或一道也。

《明辨》曰：按哀辭者，哀死之文也，故或稱文。夫哀之爲言依也，悲依於心，故曰哀；以辭

遺哀，故謂之哀辭也。昔漢班固初作《梁氏哀辭》，後人因之，或以有才而傷其不用，或以有德而痛其不壽。幼未成德，則譽止于察惠；弱不勝務，則悼加乎膚色。此哀辭之大畧也。其文或用韻語，而四言騷體，惟意所之，則與誄體異矣。吴訥乃並而列之，殆不審之故歟？今取古辭，自爲一類云。

沈石夫曰：漢莊忌《哀時命》，後人哀辭之始也。而澹蕩多風，有騷人之遺焉。

鐵立文起前編卷之六

墓誌銘　碑　碣　表

王懋公曰：墓誌、表始於漢，碣始于晉，碑之由來遠矣。《逸雅》云：「碑，被也。此本王莽時所設，施其轆轤，以繩被其上，以引棺也，臣子追述君父之功美以書其上，後人因焉。故無建於道陌之頭，顯見之處，名其文就謂之碑。」此說與諸家異，存以參觀。又墓碑、碣、表，或有銘，或無銘，誌與銘或兼有，或單行，此亦不可不知。

《辨體》曰：按《檀弓》曰：「季康子之母死，公肩假曰：『公室視豐碑。』」註云：「豐碑以木爲之，形如石碑，樹于槨前後，穿中爲轆轤，繞之繂，用以下棺。」《事祖廣記》曰：「古者葬有豐碑以窆。秦漢以來，死者有功業，則刻於其上，稍改用石。晉宋間始有神道碑之稱，蓋地理家以東南爲神道，碑立其地而名云耳。」墓碣，近世五品以下所用，文與碑同。墓表，則有官無官皆可，其辭則多叙其學行德履。墓誌，則直述世系、歲月、名氏、爵里，用防陵谷遷改。埋銘、墓記，與墓誌

同，而墓記則無銘辭耳。古今作者，惟昌黎最高，行文叙事，面目首尾，不再蹈襲。凡碑碣表於外者，文則稍詳；誌銘埋於壙者，文則嚴謹。其書法，則惟書其學行大節；小善寸長，則皆弗録。觀其所作可見。近世至有將墓誌亦刻墓前，斯失之矣。大抵碑銘所以論列德善功烈，雖銘之義稱美弗稱惡，以盡其孝子慈孫之心；然無其美而稱者謂之誣，有其美而弗稱者謂之蔽。誣與蔽，君子之所弗由也歟！

王懋公曰：吴文恪盛稱昌黎碑誌，亦猶世人之見。獨茅順甫謂碑誌當以歐陽永叔爲第一，最確。蓋六一叙事，得史遷法，而韓不然，固宜遜之。至論墓之有銘雖始于漢，我嘗以爲其義與古人鼎銘通。《祭統》云：「夫鼎有銘，銘者自名也，自名以稱揚其先祖之美，而明著之後世者也。爲先祖者，莫不有美焉，莫不有惡焉；銘之義，稱美而不稱惡，此孝子慈孫之心也，惟賢者能之。」又曰：「銘者，論譔其先祖之有德善、功烈、勳勞、慶賞、聲名，列于天下，而酌之祭器，自成其名焉，以祀其先祖者也。顯揚先祖，所以崇孝也，身比焉，順也；比，次也；己名次于先祖之下，無所違于禮，故曰順。明示後世，教也。」此在箴、銘、贊、頌之銘中，特其一端，然而墓銘之意已盡于此。所不同者，自銘人銘之别耳，其意之主于榮先，固無彼此也。觀此，則凡求銘於人，與爲人作銘者，皆宜鄭重其事，托之非人，書之非公與是，可乎？曾子固有言：「銘誌之著于世，義近于史。善人喜于見傳，則勇於自立；惡人無有所紀，則以愧而懼。其有通材達識，義烈節士，嘉言善狀，皆見於

篇，則足爲後法，故激勸之道與史近。而亦有與史異者。史于善惡無所不書，銘則古之人有善而懼後世之不知，必銘而見之，或納于廟，或存于墓，一也。然則子以墓銘之義，與古之銘彝鼎相通，其説誠不誣。」而若南豐之謝歐公爲其祖銘，與子瞻之謝張公方平爲其父銘，皆言之反覆，窺其中若有不容已者，豈徒然哉！後之人仁孝之心，亦可以油然而興矣。

《明辨》曰：按誌者，記也；銘者，名也。古之人有德善功烈可名于世，没則後人爲之鑄器以銘，而俾傳于無窮，若《蔡中郎集》所載《朱公叔鼎銘》是已。至漢，杜子夏始勒文埋墓側，遂有墓誌，後人因之。蓋於葬時述其人世系、名字、爵里、行治、壽年、卒葬日月，與其子孫之大畧，勒石加蓋，埋于壙前三尺之地，以爲異時陵谷變遷之防，而謂之誌銘。其用意深遠，而于古意無害也。迨夫末流，乃有假手於文士，以謂可以信今傳後，而潤飾太過者，亦往往有之，則其文雖同，而意斯異矣。至論其題，則有曰「墓誌銘」，有誌有銘者是也。曰「墓誌銘并序」，有誌有銘而又先有序者是也。然云誌銘而或有誌無銘，或有銘無誌者，則别體也。曰墓誌，則有誌而無銘。曰墓銘，則有銘而無誌。然亦有單云誌而却有銘，單云銘而却有誌者，有題云誌而却是銘，題云銘而却是誌者，皆别體也。其未葬而權厝者曰權厝誌，曰誌某；殯後葬而再誌者曰續誌，曰後誌；没于他所而歸葬者曰歸祔誌；葬于他所而後遷者曰遷祔誌。刻于蓋者曰蓋石文；刻于磚者曰墓磚記，曰墓磚銘；書于木版者曰墳版文，曰墓版文；又有曰葬誌，曰誌文，曰墳記，曰壙誌，曰壙銘，曰

槨銘，曰埋銘。其在釋氏，則有曰塔銘，曰塔記。凡二十題；或有誌無誌，或有銘無銘，皆誌銘之別題也。其爲文則有正變二體，正體惟叙事實，變體則因叙事而加議論焉。又有純用「也」字爲節段者，有虚作誌文而銘内始叙事者，亦變體也。若夫銘之爲體，則有三言、四言、七言、雜言、散文；有中用「兮」字者，有末用「兮」字者，有末用「也」字者；其用韻有一句用韻者，有兩句用韻者，有三句用韻者，三句一韻。有前用韻而末無韻者，有前無韻而末用韻者，有篇中既用韻、而章内又各自用韻者，有隔句用韻者，有韻在語辭上者，有一字隔句重用自爲韻者，有全不用韻者；其更韻，有兩句一更者，有四句一更者，有數句一更者，有全篇不更者：皆雜出于各篇之中，難以例列。故今録文致辨，但從題類，仍分正、變，稍以職官、處士、婦人爲次，而銘體與韻，則畧序之。

《明辨》曰：韓愈《清河張君墓銘》，以徹、揭、割、雪、折、厲、奪、咀爲韻，而行、生、清、兵、明、貞，復自爲韻，乃隔句用韻體，如徹行、揭生、割名、厲明、奪貞、咀是也。蓋法《兔罝》、《魚麗》等詩也。

王懋公曰：墓誌銘，正如韓愈《貞曜先生墓誌銘》、歐陽修《梅聖俞墓誌銘》，變如韓愈《樊紹述墓誌銘》。按唐之古文，始于紹述，亦一奇士，韓爲作誌，故非諛墓。

誌銘之類，權厝誌，有銘，續誌、後誌同。柳宗元《續滎澤尉周君墓誌》云：「前誌，贈太傅崔公祐甫作。祐甫既卒，而君尚未葬，故復續誌以書其緩葬之故云。」墓誌蓋石文，既有墓誌，又有蓋石文也。柳宗元云：「今之制，凡誌于墓者，琢密石加蓋于其上，用附碑陰之義，假兹石而書

焉。」墓磚記、墓磚銘同，有記有銘，又有無記有銘者。墓版文、墳版文同。壙銘，有誌有銘。又銘中着問答，僅見，亦一變體也。

《辨體》曰：《劉先生夫人墓誌》，載《昭明文選》，有銘辭，無序，後昌黎亦有此體。

王懋公曰：昌黎有《女挐壙銘》，柳州有墓版無銘。又銘有雜言不用韻者，亦所當知。

凌約言曰：近世文士製碑，序終申以銘，猶大雄氏演法，義終宣以偈，多是隱括上文，不免床上疊床之病。獨韓柳作銘，超然以他語發揮之，不襲常格。

王懋公曰：近世之士，文而不慚。蔡邕云：「吾爲人作銘，未嘗不有慚容，惟爲《郭有道碑頌》無愧耳。」夫求文者，使人不樂如此，過矣。然則將如之何？曰一切詩文，心所不欲，誓勿爲之而已。因附識於碑後。

《辨體》曰：韓退之《曹成王碑文》，不書卒葬年月，不書妻，略之也。蓋凡墓碑皆立在既葬之後，此碑之立，距王薨已二十五年，葬時已自有志，故此但書其大者耳。大者謂世系也，名字也，功業也，官位爵謚也，所宜詳焉。此墓碑之例也。

《辨體》曰：王介甫《梅侍讀神道碑》，序畧銘詳，蓋效昌黎《劉統軍碑》例也。

《明辨》曰：唐碑制，龜趺螭首，五品以上官用之。而近世高廣各有等差，則制之密也。蓋葬者既爲誌以藏諸幽，又有碑碣表以揭於外。其爲體有文有銘，又或有序；而其銘或謂之辭，或謂

之系，或謂之頌，要之皆銘也。文與誌大畧相似，而稍加詳焉，故亦有正變二體。其或曰碑，或曰碑文，或曰墓碑，或曰神道碑，或曰神道碑文，或曰墓神道碑，或曰神道碑銘，或曰神道碑銘并序，或曰碑頌，皆别題也。至于釋老之葬，亦得立碑以僭擬乎品官，故或直曰碑，或曰碑銘，或曰塔碑銘并序，或碑銘并序，亦别體也。若夫銘之爲體，雖不能如誌銘之備，而大畧亦相通焉，此不復著。

王懋公曰：碑，正如漢蔡邕《司空文烈侯楊公碑》、《陳太丘碑》，變如魏邯鄲淳《曹娥碑》。

《明辨》曰：按潘尼作《潘黄門碣》，則碣之作自晉始也。唐碣制，方趺圓首，五品以下官用之，而近世復有高廣之等，則其制益密矣。古者碑之與碣，本相通用，後世乃以官階之故，而别其名。其爲文與碑相類，而有銘無銘，惟人所爲，故其題有曰碣銘，有曰碣，有曰碣頌并序。至于專言碣而却有銘，或兼言銘而却無銘，則亦猶誌銘之不可爲典要也。其文有正變二體，其銘與韻亦與誌同。

王懋公曰：正如《潘黄門碣》；若柳宗元《故御史周君碣》，則體之變也。

胡秋宇曰：近世史家修列傳，多據渠家墓誌，筆削成篇。然誌往往紀載溢美，擬類非倫，而史必因之，百世之下傳信不刊，誰則證者？是以論篤君子不敢阿所好，蓋慎之也。若柳子《故御史周君碣》，登之「太史氏」無忝矣。

《明辨》曰：按墓表自東漢始，安帝元初元年立《謁者景君墓表》。其文體與碑碣同，有官無官皆可用，非若碑碣之有等級限制也。以其樹於神道，故又稱神道表。其爲文有正有變，録而辨之。又取阡表以附于篇，則遡流而窮源也。蓋阡，墓道也。

王懋公曰：表，正如歐陽修《石曼卿墓表》。又公有《瀧岡阡表》，路南北曰阡。

馮開之曰：表者，標也，標其行事尤卓卓者，使後之人共見之，宗仰無已也。

謚議

王懋公曰：謚出于行，《樂記》曰：「聞其謚，知其行也。」明制，三品以下無謚，則私謚勢不容已矣。謚法之書不一，《周公謚法》中多後人語，謂盡出於公不可。其後如蔡邕、蘇洵、楊侃之言亦多不確。今爲論文而及謚，則《辨體》謚法、謚議二條並存，非是。《明辨》獨存謚議，得之矣。

王懋公曰：謚法始于周而除于秦。始皇曰：「太古有號無謚，中古有號，死而以行爲謚。如此，則子議父、臣議君，甚無謂也。自今以來除謚法。」嗟夫！祖龍愚矣。去謚而以世稱，果能一世以至萬世否耶？古者爲美謚以專顯其聲名，然善行雖多，惟節取其大者以專其善，故曰「壹惠」。惠，善也。蓋謚號爲人所定，故曰名生于人。觀此，則可以自主者自有實行在，又何畏乎人言？但後人定謚，亦必不虛美，不隱惡，乃可以爲礪世摩鈍之具。不然，謚亦有若無矣，雖除之，

可也。至論私謚，其來已遠。隋王通没，門人私謚之曰「文中」，猶其後者。春秋時，柳下惠卒，門人將誄之，此正欲定其謚耳。柳妻謂二三子不如其知之深，乃曰「夫子之謚宜爲惠」，門人遂從之。而黔婁先生死，其妻亦謂當謚之以「康」。則是二老之謚，實定于内子，亦謚之一奇也。此即私謚議矣，又何論近世門人朋舊之紛紛哉！徐伯魯以漢蔡邕有《朱公叔私謚議》，而謂其事起于東漢，不亦後乎？

《辨體》曰：《周禮》：「太史，喪事考焉，小喪賜謚。」疏云：「小喪，卿大夫也。卿大夫喪，君親制之，使太史往賜之。至遣之日，小史往爲讀之。」又按《禮記》曰：「幼名，冠字，五十以伯仲，死謚：周道也。」是則賜謚之制，實始于周焉。《崇文總目》載《周公謚法》一卷，又有《春秋謚法》、《廣謚》等書，然皆漢魏以來儒者取古人謚號增輯而爲之也。宋仁宗朝，眉山蘇洵嘗奉詔編定，乃取世傳《周公謚法》以下諸書，定爲三卷，總一百六十八謚。至孝宗淳熙中，夾漈鄭樵復本蘇氏書增損，定爲上、中、下三等，通二百一十謚，爲書以進。大抵謚者，所以表其實行，故必由君上所賜，善惡莫之能掩。然在學者，亦不可不知其説。

《辨體》曰：按《謚法》云：「謚者，行之迹。大行受大名，細行受小名。」《白虎通》曰：「人行始終不能若一，故據其終始，明别善惡，所以勸人爲善而戒人爲惡也。」由是觀之，則謚之所繫，豈不重歟？漢晉而下，凡公卿大夫賜謚，必下太常定議。博士乃詢察其善惡賢否，著爲謚議，以上

于朝，若晉秦秀之議何曾、賈充，唐獨孤及之議苗俊卿，宋鄧忠臣之議歐陽永叔是也。當時雖或未能盡從其言，然千百載之下，讀其辭者，莫不油然興起其好惡之心。嗚呼，是其所繫豈不甚重乎哉！至若近世名儒隱士之没，門人朋舊有私謚易名之議，葢亦不可不知云。

《明辨》曰：按《禮記》曰：「先王謚以尊名，節以壹惠。」故行出于己，而名生于人，使夫善者勸而惡者懼也。天子崩則臣下制謚于南郊，明受之于天也。諸侯薨則太子赴告于天子，明受之于君也。葢子不得議父，臣不得議君，故受之于天于君。若卿大夫，則有司議而謚之。故周制，太史掌小喪賜謚，小史掌卿大夫之喪賜謚。秦廢謚法，漢乃復之，然僅施于君侯，而公卿大夫皆不得與。唐制，太常博士掌王公以下議謚。宋制，擬謚定于太常，覆于考功，集議于尚書省，其法漸密。故歷代以來，有帝后謚議，臣僚美惡謚議。而其體有四：一曰謚議，二曰改議，三曰駁議，四曰答駁議。今制，雖設太常博士，然不掌謚議。大臣没，其家請謚，則禮部覆奏，或與或否，惟上所命。與則内閣擬四字以請而欽定之，皆得美名，初無惡謚以示懲戒，而謚議遂廢。至于名臣處士，法不得謚，則門生故吏相與作議而加私謚焉。其事起于東漢，至今相沿不絶，亦可見古法之不盡廢于今也，故五曰私謚云。

王懋公曰：謚議如唐獨孤及《苗晉卿謚議》，改議、駁議如唐李邕《駁韋巨源謚昭議》，答駁議如唐獨孤及《答嚴郢駁吕諲謚議》，私議如漢蔡邕《朱公叔私謚議》。然爲駁議者，文欲明白痛快，

能如柳柳州之《駁復仇議》則善矣。

王懋公曰：《記》曰生名死謚，周道也。後人謂謚自周公始，當矣。或謂黄帝實作謚法，非是。至于謚欲勸懲天下，非美惡兼舉、以寓《春秋》褒貶之義不可。而謚至有明，有美無惡，何哉？若夫謚，當一字，二字非古，則唐人之重議吕諲謚甚確。但謂舜、禹等字皆謚，則又謬，觀《書》「格爾舜」與「咨禹之呼」便見。

鐵立文起前編卷之七

四六類

啓

王懋公曰：四六之體，始於連珠。至於啓，則書記之類，有大啓，有小啓。或謂自下達上之詞，不知平交用啓者甚衆，泥則非。漢避景帝諱而無啓，不待言矣。其後有散文，有四六，猶表之在漢晉，與唐宋絶異。自專尚偶儷，而其格卑矣，然亦未可概論。如宋《播芳大全·上史丞相啓》，則絶大手筆，不得作四六觀，彼小言詹詹者當望而却走矣。○啓在近世特盛，甚至另爲一書單行，要惟有别才别趣乃可擅場。夫惟大雅，卓爾不羣，儷語中尤急須此振靡之手。

或曰：任昉《奉答勑示七夕詩啓》，述謙讓之懷，紹前後之轍；《爲卞彬謝修卞忠貞墓啓》，表忠靖之風，悲宿草之莽，固六朝之妙筆也，言簡意長。唐啓則工麗似賦矣。宋啓自歐蘇爲之，韻

悠辭逸，筆墨間有行雲流水之趣，則又勝於前賢矣。其法先叙事，次入題，末陳所言焉。

帳詞

王懋公曰：帳詞全尚四六，多用之于慶賀，亦啓類也。《太上隱者詩》云：「城市多囂塵，還山弄明月。」此等題有此風致，應稱文中之仙。

上梁文

王懋公曰：宋葉《愛日齋叢抄》：吴氏《漫録》考其所始云：「後魏温子昇有《閶闔門上梁祝文》，第不若今時有詩語也。」論此體者，多不能窮源，爰表之以見六朝餘韻。至于近代作法，文皆四六，起用「伏以」，中列六詩，詩後則用「伏願」起。其詩七言，隨東、南、西、北、上、下六字之韻而爲之，如上梁東，即用東韻；他皆倣此。詩三句，首句用韻，次句不用，末句用韻。其平仄，首末二句同，而中否。如首用平仄平，則中用仄平仄，而末又用平仄平；首用仄平仄亦然。如朝鮮女子許景樊《廣寒宫玉樓上梁文》，可謂非想非非想，而又八歲時作，奇乃一至于此，疑其前身爲月中人。

《明辨》曰：上梁文者，工師上梁之致語也。世俗營構宫室，必擇吉上梁，親賓裹麪雜他物稱

慶，而因以犒匠人，於是匠人之長，以麪抛梁而誦此文以祝之。其文首尾皆用儷語，而中陳六詩。詩各三句，以按四方上下，蓋俗體也。今録之以備一體。

沈石夫曰：文以雅上，此直近于俚矣。然景靈宫修，蓋英宗神御殿，安石亦嘗有作，則此亦詞臣不免，非若樂語、口號、上碑諸體之可槩删也。若夫道場榜文、青詞、募緣疏，種種外道，雖工弗録。

樂語音岳

王懋公曰：《坡仙集》「樂語」數篇，皆四六致語也，似短表，似小啓，或以上進，或以平交，其《寒食宴提刑致語》，風致翩翩，差强人意。〇樂語即坡公亦未極其致。文章一事，真不易言，奈何輕視之。

鐵立文起前編卷之八

韻文類

頌

王懋公曰：《禮・少儀》云：「頌而無讇。」諂。此作頌法也。至論後世之頌，源於《詩》之三《頌》，誰不知之？然而三《頌》正不容無辨。予觀史遷有言，宋襄公之時，修行仁義，欲爲盟主。其大夫正考父美之，故追道契湯高宗殷所以興，作《商頌》。而《孔子世家》又云：「正考父佐戴武宣公。」及以宋譜系考之，則宣公之後，凡歷數君而後至于襄，子長不亦自相矛盾耶？有謂戴公時，正考父得《商頌》十一篇于周太師，歸以祀其先王。庶幾得之。必如襄公時云云，是周、魯之《頌》在前而《商頌》其後出矣。至于《周頌》三十一篇，多周公所定，而亦或有康王以後之詩。或謂成王以周公有大勳勞，因賜伯禽以天子禮樂，魯乃有頌以爲廟樂。其後又自作詩以美其啓，亦

謂之頌。此頌體正變所由分也。漢宣帝時，王褒《頌聖主得賢臣》，雖爲散文，而已趨于排偶，不足法。惟元次山《大唐中興頌序》，簡潔可喜，而于德業二字又辨別不少假借，大有董狐筆意，亦可謂變體中之矯矯者矣。

王懋公曰：王元美謂頌即四詩之一，贊、箴、銘、哀、誄皆其餘音也，附之於文。吾有所未安。予謂推而言之，賦亦《詩》六義之一，今已入文類矣，何獨不安於頌？世既曰頌曰賦，則亦賦其文、頌其文而已。雖然，此意不可執，而其説亦不可不存也。

《辨體》曰：《詩大序》曰：「詩有六義，六曰頌。頌者，美盛德之形容，以其成功告于神明者也。」嘗考《莊子・天運篇》稱：「黄帝張《咸池》之樂，猋氏爲頌。」斯蓋寓言耳，故頌之名實出于《詩》。若商之《那》、周之《清廟》諸什，皆以告神，爲頌體之正。至如《魯頌》之《駉》、《駜》等篇，則當時用以祝頌僖公，爲頌之變。故先儒胡氏有曰：「後世文人獻頌，特效《魯頌》而已。」《文心雕龍》云，頌須鋪張揚厲，而以典雅豐縟爲貴，「敷寫似賦，而不入華侈之區；敬慎如銘，而異乎規諫之域」。諒哉！

《明辨》曰：後世所作頌，皆變體也。其詞或用散文，或用韻語。又有哀頌，則任昉所稱「漢張紘初作《陶侯哀頌》」者是已。劉勰云：「頌之爲體，典雅清鑠，揄揚汪洋。」詳味斯言，可以得作頌之法矣。

王懋公曰：散文如漢王褒《聖主得賢臣頌》，韻語如楊雄《趙充國頌》。

箴

《辨體》曰：按許氏《説文》：「箴，誡也。」《商書・盤庚》曰：「無或敢伏小人之攸箴。」蓋箴者，規誡之辭，若鍼之療疾，如醫者以鍼石刺病。故以爲名。古有夏商二箴，見于《尚書大傳解》、《吕氏春秋》，而殘缺不全。獨周太師辛甲命百官官箴王闕，而虞氏掌獵，故爲《虞箴》，其辭備載《左傳》。後之作者，蓋本于此。東萊云：「凡作箴，須用『官箴王闕』之意。箴尾須依《虞箴》『獸臣司原，敢告僕夫』之類。」大抵箴、銘、贊、頌，雖或均用韻語，而體不同。箴是規諷之文，須有儆戒切劘之意。有志于文辭者，不可不之考也。

《明辨》曰：有所諷刺而救其失者謂之箴。虞人一篇，備載于《左傳》，於是楊雄倣而爲之。其後作者相繼，而亦用以自箴。故其品有二：一曰官箴，二曰私箴。大抵皆用韻語，以垂警戒。

銘

《辨體》曰：按銘者，名也，名其器物以自警也。《漢・藝文志》稱道家有《黄帝銘》六篇，然亡其辭。獨《大學》所載成湯《盤銘》九字，發明「日新」之義甚切。迨周武王，則凡几席觴豆之屬，無不勒銘以致警戒。厥後又有稱述先人之德善勞烈爲銘者，如春秋時孔悝《鼎銘》是也。又有以山川、宫

室、門關爲銘者，若漢班孟堅之《燕然山》，則旌征伐之功；晉張孟陽之《劍閣》，則戒殊俗之僭叛，其取義又各不同也。《傳》曰：「作器能銘，可以爲大夫。」陸士衡云：「銘貴博約而温潤。」斯蓋得之矣。

《明辨》曰：劉勰云：「觀器而正名，故曰銘。」考諸夏商，鼎、彝、尊、卣、盤、匜之屬，莫不有銘，而文多殘缺，獨《湯盤》見於《大學》，而《大戴禮》備載武王諸銘。其後作者寖繁，蓋不但施之器物而已。然要其體不過有二：一曰警戒，二曰祝頌。又有碑銘、墓碑銘、墓誌銘，不並列于此云。

王懋公曰：武王器物銘十七首之外，周又有《金人銘》、《嘉量銘》，宋正考父有《鼎銘》，在孔悝前。漢有笥銘、漏刻銘、座右銘、韈銘，李尤有《井銘》，唐有甲銘、笏銘、石橋銘，宋有廟銘。近若徐文長《書牘銘》，亦佳，然予喜其痛快而憎其淺露，不能耐人思索。謬謂武王銘，有一二字稍似題者，有絶不與題相涉者，讀之愈覺其妙。即極切題者，亦自語意含蓄深遠，凡銘語似當如此。

贊

王懋公曰：贊之文，以四言爲句，常也；亦有三字句者；又有五言，始于六朝；又或用長短句，亦不可不知。至《史記》傳末，雖有評斷，猶《左氏》之「君子曰」，並無論贊之名，後人妄以贊字加之，遂令至今相沿不改。

《辨體》曰：按贊者，贊美之辭。《文章緣起》曰：「漢司馬相如作《荆軻贊》。」世已不傳。厥

後班孟堅《漢史》以論爲贊，至宋范曄更以韻語。唐建中中試進士，以箴、論、表、贊代詩賦，而無頌題。迨後復置博學宏詞科，則頌贊二題皆出矣。西山云：「贊、頌體式相似，貴乎贍麗宏肆，而有雍容、俯仰、頓挫、起伏之態，乃爲佳作。」大抵贊有二體：若作散文，當祖班氏史評；若作韻語，當宗《東方朔畫像贊》。《金樓子》有云：「班固碩學，尚云贊頌相似。」詎不信然？

《明辨》曰：贊，字本作讚。其體有三：一曰雜贊，意專褒美，若諸集所載人物、文章、書畫諸贊是也；二曰哀贊，哀人之没而述德以贊之者是也；三曰史贊，詞兼褒貶，若《史記索隱》、《東漢》、《晉書》諸贊是也。劉勰有言：「贊之爲體，促而不曠，結言于四字之句，盤桓于數韻之辭，其頌家之細條乎？」可謂得之矣。至其謂班固之贊與此同流，則余未敢以爲然也。蓋嘗取而玩之，其述贊也，名雖爲贊，而實則評論之文；其叙傳也，詞雖似贊，而實則小序之語；安得槩謂之贊而無辨乎？

王懋公曰：雜贊如魏王粲《正考父贊》，哀贊如漢蔡邕《議郎胡公夫人哀贊》，史贊如范曄《後漢書・光武紀贊》。

連　珠

王懋公曰：連之爲言貫也，珠則有取於珠圓玉潤之意。凡論文只在顧名思義，知其義，則知所以爲文矣。

《辨體》曰：按晉傅玄云：「連珠興于漢章帝之世。班固、賈逵，亦嘗受詔作之。蔡邕、張華，又嘗廣焉。」考之《文選》，止載陸士衡五十首，而曰《演連珠》，言演舊義以廣之也。大抵連珠之文，穿貫事理，如珠在貫。其辭麗，其言約，不直指事情，必假物陳義以達其旨，有合古詩風興之義。其體則四六對偶而有韻。自士衡後，作者蓋鮮。洪武初，宋王二老有作，亦如士衡之數。今録之以爲嗜古者之助，且以著四六對偶之所始云。

《明辨》曰：按連珠者，假物陳義以通諷諭之詞也。蓋楊雄綜述碎文，肇爲連珠，而班固、賈逵、傅毅之流，受詔繼作，傅玄乃云興于漢章之世，誤矣。其體展轉，或二或三，工于此者，必使義明而辭净，事圓而音澤，否則惡能免于劉勰之嘲耶？

篇

王懋公曰：詩類有篇，而文亦有之，如楊升菴《無悶篇》是已。此雖用韻，而終不得目之爲詩，蓋與歌行自徑庭也。

鐵立文起前編卷之九

賦通論

王懋公曰：賦之爲物，非詩非文，體格大異，而人之好惡亦不能同。如漢宣帝謂辭賦，大者與詩同義，小者辨麗可嘉，譬如女工有綺穀，音樂有鄭、衛。而宋胡安定，自慶曆中教學于蘇湖二十餘年，是時方尚辭賦。獨湖學以經義及時務，學中有經義齋、治事齋。經義齋，疏通有器局者居之；治事齋，人各治一事，又兼一事，如邊防水利之類。凡此皆黜賦之説也。若夫觀千劍則能劍，讀千賦則能賦，非深嗜篤好，何以至此？蘇玉局《遺陳傳道書》謂日課一詩甚善，此技雖高才，非甚習不能工，聖俞昔嘗如此。詩固有之，維賦亦然，知不得以浮慕而擅場明矣。爰爲從事此道者詳論列焉。

王懋公曰：昔人以賦爲古詩之流，然其體不一，而必以古爲歸，猶之文必以散文爲歸也。顧均之爲古賦，而正變分焉。大抵辭賦窮工，皆以《詩》之風、雅、頌、賦、比、興之義爲宗，此如山之

祖崑崙，黄河之水天上來也。故論賦者亦必首律之以六義，如得風、雅、頌、賦、比、興之意則爲正，反是則爲變。若以古賦而間流於俳與文，亦變體也。八韻律賦，盛於開元之世，以其時詔以詩賦取士故也。此皆諸賦正變之所由分，不可以不辨。而晉皇甫玄晏乃僅以美麗爲言，則亦淺之乎其論賦矣。

王懋公曰：賦有古、俳、文、律、大、小諸體之分，固截然無容溷。至于古今作者之概，則合王袁二家之論足以括之：由瑯琊之説，則作賦甚難，然吾以其言難而又見其易；由公安之説，則作賦甚易，然吾以其言易而又見其難。《盧次楩賦畧序》云：「予得盧柟古詩、歌行，讀而小異之。至讀諸賦，則未嘗不爽然自失也。三閭家言忠愛悱惻，怨而不怒，悠然《詩》之風哉！長卿務以靡麗宏博，旁引曲喻，其要歸卒澤于雅，子雲謂之從神化來耶。然自東京以下蔑如也。諸儒先生號名能文章家，奈何取其所論著而姑韻之以爲賦，若兹乎哉！即盧生所就《幽鞠放招》凡三十餘篇，其概不得離津筏而上之，然而大指可諷也。窮天地之紀，采人物之變，與夭喬走飛之態，經緯臚列，假二三能言之士如宋玉、景差者，蟬緩于左徒屈原爲楚懷王左徒。之門，豈其先柟而室哉？」《與江長洲書》云：「近日讀古今名人諸賦，始知蘇子瞻、歐陽永叔輩見識，真不可及。夫物始繁者終必簡，始晦者終必明，始亂者終必整，始艱者終必流麗痛快。其繁也、晦也、亂也、艱也，文之始也。如衣之繁複，禮之周折，樂之古質，封建井田之紛紛擾擾是也。古之不能爲今者，勢也。

其簡也、明也、整也、流麗痛快也，文之變也。夫豈不能爲繁、爲亂、爲艱、爲晦，然已簡安用繁？已整安用亂？已明安用晦？已流麗痛快安用敖牙之語、艱深之辭？譬如《周書·大誥》、《多方》等篇，古之告示也，今尚可作告示否？《毛詩·鄭》、《衛》等風，古之淫詞媟語也，今人所唱《銀柳絲》、《掛鍼兒》之類，可一字相襲否？世道既變，文亦因之，今之不必摹古者也，亦勢也。張、左之賦，稍異楊、馬，至江淹、庾信諸人，抑又甚矣。唐賦最明白簡易。至蘇子瞻直文耳。然賦體日變，賦心益工，古不可優，今不可劣。若使今日執筆，機軸尤爲不同。何也？人事物態，有時而更，鄉語方言，有時而易，事今日之事，則亦文今日之文而已矣。盧柟諸君不知賦爲何物，乃將經史《海篇》字眼，盡意抄謄，謬謂復古，不亦大可笑哉！」嗟夫！以一人之所爲文，而論旨或登之于天，或推之于淵，豈果文無定論乎？予謂著作者流，才不大不可，文不真不可，要未有無大才而能爲真文者。故賦非畏難就易者可假借。且賦心真可也，不工不可也。彼有俚韻未除而輕言風雅，是野狐禪亦真可以成佛作祖耶？

王鳳洲曰：作賦之法，大抵須包蓄千古之材，牢籠宇宙之態。其變幻之極，如滄溟開晦，絢爛之至，如霞錦焒灼，然後徐而約之，使指有所在。若汗漫縱橫，無首無尾，不知結束之妙。又或瑰偉宏富，而神氣不流動，如大海乍涸，萬寶雜厠，皆是瑕璧，有損連城。然此易耳。惟寒儉率易，十室之邑，借理自文，乃爲害也。賦家不患無意，患在無蓄；不患無蓄，患在無以運之。

王懋公曰：黄雲孫謂文筆易工，賦心難學。此亦一説。雖然，有長于文而短于賦者，司馬遷是也；有長于賦而短于文者，司馬相如是也。天下事何可以概論。

王懋公曰：賦有情與詞理之别，《毛詩》、屈賦，皆發于情，而理與辭自赴之，所以不可及。嚴氏論詩，謂有别趣，非關理也。東坡《前赤壁賦》，「自變者而觀之」，「自不變者而觀之」，李温陵塗抹，以爲正好發揮，可惜説理，而且謂俗氣甚。此雖無碍于蘇，而亦後之學賦者所當知。

《文章精義》曰：賦有辭到者，子瞻《灧澦堆》是也；有理到者，《天慶觀乳泉》是也。

楊子雲曰：或曰賦可以諷乎？曰諷則已。不已，吾恐不免于勸也。勸，相如作《大人賦》，武帝覽之，有飄飄凌雲之志。

都穆氏《南濠詩話》曰：六經如《詩》、《書》、《春秋》、《禮記》，所載無非實事。自騷賦之作，興託爲漁父卜者，及無是公、烏有先生之類，而文詞始多漫語，其言悉出於《莊子》。《莊子》一書，大抵皆寓言也。

《精義》曰：賦設問答，如西都責東都主人之類。至子瞻《後杞菊賦》起句云，「吁嗟先生，誰使汝坐堂上稱太守」，便自風采百倍。

王懋公曰：賦有以七言絶句起者，此須來得有迅不可遏之勢，如雷轟電掣方佳。賦後有詩，如班孟堅《西都賦》，後有《明堂》、《辟雍》、《靈臺》、《寶鼎》、《白雉》五詩是也。此亦一體，不可

不知。

祝氏堯曰：古今作歌，莫非以騷爲祖，他有「誶曰」、「重曰」之類，即是亂辭。中間作歌，如《前赤壁》之類，用「倡曰」、「少歌曰」體。賦尾作歌，如齊梁以來諸人所作，用「漁父」體。

《辨體》曰：所謂少歌倡亂，皆是樂歌音節之名。○篇章之成，撮大要以爲亂辭。或曰：賦有所謂「系曰」。系者，繫一賦之意也。

王懋公曰：凡作亂辭，必別有言語與前不同，得百尺竿頭更進之法，方爲盡善。若徒就前說而揔作數句，又何取于亂？

古賦

《明辨》曰：《離騷》、《遠遊》、《招魂》及《九歌》、《九章》、《九辨》，實爲古賦之祖；《卜居》，文賦之祖也。

王懋公曰：我以屈原爲賦之聖。或以推司馬長卿，謬矣。

《辨體》曰：按賦者，古詩之流。《漢・藝文志》曰：「古者諸侯卿大夫交接鄰國，必稱《詩》以喻意。春秋之後，聘問歌咏，不行於列國，而賢人失志之賦作矣。大儒荀卿及楚臣屈原，離讒憂國，皆作賦以諷。其後宋玉、唐勒、枚乘、司馬相如，下及楊子雲，競爲侈麗閎衍之辭，而風諭之義

没矣。」迨近世祝氏著《古賦辨體》，因本《漢志》之言而斷之曰：「屈子《離騷》，即古賦也。古詩之義，若荀卿《成相》、《佹詩》是也。」然其所載，則以《離騷》爲首，而《成相》等勿録。尚論世次，屈在荀後，而《成相》、《佹詩》，亦非賦體。故今特附古歌謡後，而仍載《楚詞》于古賦之首。蓋欲學賦者必以是爲先也。宋景文公有言：「《離騷》爲辭賦祖，後人爲之，如至方不能加矩，至圓不能過規。」信哉！

《明辨》曰：按《詩》有六義，其二曰賦，所謂「賦者，敷陳其事而直言之」也。古者君臣交接鄰國，揖讓之時，必稱《詩》喻意，以别賢不肖，而觀盛衰。如晉公子重耳之秦，秦穆公饗之，賦《六月》；魯文公如晉，晉襄公饗公，賦《菁菁者莪》；鄭穆公與魯文公宴于棐，子家賦《鳴鴈》；魯穆叔如晉，見中行獻子，賦《圻父》之類。皆以吟咏性情，各從義類。故情形于辭，則麗而可觀；辭合于理，則則而可法。楊雄所謂「詩人之賦麗以則」者是已。春秋之後，學《詩》之士逸在布衣，而賢士失志之賦作矣，屈原、宋玉《楚辭》是也。楊雄所謂「詞人之賦麗以淫」者，正指此也。然自今而觀，《楚辭》亦發乎情，而用以爲諷，實兼六義而時出之，辭雖太麗，而義尚可則。趙人荀况，遊宦于楚，考其時在屈原之前。所作五賦，工巧深刻，純用隱語，君子蓋無取焉。兩漢而下，賈生以命世之才，俯就騷律，非一時諸人所及。他如相如長于叙事，而或昧于情；楊雄長于説理，而或略于辭；至于班固，辭理俱失。若是者何？凡以不發乎情耳。然《上林》、《甘泉》，極其鋪張，終

歸于諷諫，而風之義未泯；《兩都》等賦，極其眩曜，終折以法度，而雅頌之義未泯；《長門》、《自悼》等賦，緣情發義，托物興詞，咸有和平從容之意，而比興之義未泯。故君子猶有取焉，以其爲古賦之流也。三國、兩晉以及六朝，再變而爲俳，唐人又再變而爲律，宋人又再變而爲文。夫俳賦尚辭而失于情，故讀之者無興起之妙趣，不可以言則矣。文賦尚理而失于辭，故讀之者無咏歌之遺音，不可以言麗矣。至于律賦，其變愈下，始于沈約「四聲八病」之拘，中于徐庾「隔句作對」之陋，終于隋唐「取士限韻」之制，但以音律諧協、對偶精切爲至，而情與辭皆置弗論。故今分爲四體：一曰古賦，二曰俳賦，三曰文賦，四曰律賦。

王懋公曰：楊子「麗淫」之説，但指宋玉、景差、唐勒、枚乘輩，非并坐屈原也，《明辨》誤矣。觀楊子「或問」自知之。

蘇子瞻曰：楊雄好爲艱深之詞，以文淺易之説，若正言之，則人人知之矣，此正所謂琱蟲篆刻者。其《太玄》、《法言》皆是物也，而獨悔于賦，何哉？終身琱蟲，而獨變其音節，便謂之經，可乎？屈原作《離騷》，蓋風雅之再變者，雖與日月争光可也。可以其似賦而謂之琱蟲乎？賈誼見孔子，升堂有餘矣，而乃以賦鄙之。雄之陋如此比者甚衆。

王懋公曰：古賦，如漢司馬相如《長門》、班倢伃《自悼》《擣素》、張衡《思玄》、晉潘岳《秋興》、唐柳宗元《夢歸》、漢禰衡《鸚鵡》、魏王粲《登樓》、晉孫綽《遊天台山》、漢楊雄《甘泉》，以上正體而

俳體間出於其中；宋蘇軾《屈原廟》、漢司馬相如《子虚》《上林》、班固《兩都》、晉潘岳《籍田》，以上變體而流于文賦之漸。俳賦，如晉陸機《文賦》、宋鮑照《蕪城》、謝惠連《雪賦》、謝莊《月賦》、鮑照《野鵝》、顔延之《赭白馬》、鮑照《舞鶴》。文賦，如漢揚雄《長楊》、唐杜牧《阿房宫》、宋蘇軾《前赤壁》。律賦，如唐韓愈《明水》、宋王曾《有物混成》、秦觀《郭子儀單騎見虜》之類是也。

俳　賦

《明辨》曰：自《楚辭》有「製芰荷以爲衣，集芙蓉以爲裳」等句，已類俳語，然猶一句中自作對耳。及相如「左烏號之彫弓，右夏服之勁箭」等句，始分兩句作對，而俳遂甚焉。後人倣之，遂成此體。

王懋公曰：吴香爲云：「嚴子羽曰：『學詩須先讀《楚辭》。』『紉秋蘭以爲佩』，蘭可紉乎？『駕飛龍以爲車』，龍可駕乎？」「荷衣蓉裳，亦作如是觀。因附論于此。

文　賦

《明辨》曰：按《楚辭・卜居》、《漁父》二篇，已肇文體；而《子虚》、《上林》、《兩都》等作，則首尾是文。後人倣之，純用此體。蓋議論有韻之文也。

林氏希恩《詩文浪談》曰：騷之後有賦，賦之後有文賦，亦耻相襲也。

律賦

《辨體》曰：律賦起于六朝，而盛于唐宋。凡取士以之命題，每篇限以八韻而成，要在音律諧協、對偶精切爲工。迨元氏場屋，更用古賦，由是學者棄而弗習。今録一二以備其體云。

《明辨》曰：六朝沈約輩出，「四聲八病」之拘，而俳遂入於律。徐、庾繼起，又復隔句對聯，以爲四六，而律益細焉。隋進士科專用此體。

宋王栐氏《燕翼貽謀録》曰：國初進士，詞賦押韻不拘平仄次序。太平興國三年九月，始詔進士律賦，平仄次第用韻。而考官所出官韻，必用四平四仄，詞賦自此整齊，讀之鏗鏘可聽矣。

華無技曰：凡應試之賦，其體格便覺拘束，而少天然之韻致。故《文苑英華》中賦最多，不欲多録。

大賦

王懋公曰：賦自古、俳、文、律之外，又有大小之名。從何始耶？昔宋玉《大言賦》云：「方地爲車，員天爲蓋。長劍耿介，倚乎天外。」《小言賦》云：「館于蠅鬚，宴于毫端。烹蝨腦，切蟣

肝。」此特其所言者有大小之分耳。後人分賦大小，蓋分之于其題也。或謂宋玉《對楚王問》爲小賦之始，謬甚。此乃問對之文，與賦何預？

或曰：大賦如《子虚》、《兩京》、《三都》、郭璞《江賦》、盧肇《海潮賦》等類是也。學者博極羣書，方得選材豪富；拓開萬古，方得標旨空曠；多設問難，方得變化開闔之法。

小賦

或曰：小賦，如賈誼《弔屈原》《鵩賦》、庾敳《意賦》、束皙《風賦》、王褒《簫》《笛》諸賦、晉魏六朝後學即席就賦是也。機敏才捷，思巧文妍，擅譽席談矣。

王懋公曰：歐文忠有《鳴蟬賦》。王守溪云：「大凡作此小賦，畧靠在人事上説道理，方説得有去處，且覺艷麗動人。不然，一蟬之微，有何可説？縱説亦無味了。」此論能開後來無限法門。又如陸龜蒙《零陵總記》：「張登長于小賦，氣宏而密，間不容髮，有織成隱起往往蹙金之狀。」數語尤令人歎絶。

鐵立文起前編卷之十

論歷朝賦

皇甫謐曰：古人稱「不歌而頌謂之賦」，然則賦也者，所以因物造端，敷弘體理，欲人不能加。引而申之，故文必極美；觸類而長之，故辭必盡麗。然則美麗之文，賦之作也。昔之爲文者，非苟尚辭而已，將以紐之王教、本乎勸戒也。自夏殷以前，其文隱没，靡得而詳焉。周監二代，文質之體，百世可知，故孔子采萬國之《風》，正《雅》、《頌》之名，集而謂之《詩》。詩人之作，雜有賦體。子夏序《詩》曰：「一曰風，二曰賦。」故知賦者古詩之流也。至於戰國，王道淩遲，風雅寢頓，於是賢人失志，詞賦作焉。是以孫卿、屈原之屬，遺文炳然，辭義可觀，存其所感，咸有古詩之意，皆因文以寄其心，託理以全其制，賦之首也。及宋玉之徒，淫文放發，言過于實，誇競之興，體失之漸，風雅之則，於是乎乖。逮漢賈誼，頗節之以禮。自時厥後，綴文之士，不率典言，並務恢張，其文博誕空類，恢、誕，皆大也，言不附實，但爲空大。大者罩天地之表，細者入毫纖之内，雖充車聯駟，不足以

載；廣厦接榱，不容以居也。其中高者，至如相如《上林》、楊雄《甘泉》、班固《兩都》、張衡《二京》、馬融《廣成》、王生《靈光》，初極宏侈之辭，終以約簡之制，焕乎有文，蔚爾鮮集，皆近代辭賦之偉也。若夫土有常產，俗有舊風，方以類聚，物以羣分。而長卿之儔，過以非方之物，非方之物，謂所述非其地所出，長卿《上林》言盧橘夏熟，楊雄《甘泉》言玉樹青葱之類。寄以中域，虛張異類，託有于無；祖構之士，祖者，宗習之謂也。構，作也。雷同影附，流宕忘反，宕，過也。非一時也。

王懋公曰：統觀古今，賦有五失：有以艱深失之者，有以淺陋失之者，有以直說失之者，有以不能定宗失之者，有以不知詩教失之者。王元美論賦，「明白條易，便乖厥體」，又曰「勿令不讀書人易竟」。極其流弊，必至于艱難深晦而後已，不知古人非故示人以難也。葛稚川曰：「古之著書者，才大思深，故其文隱而難曉；今人意淺力近，故其文露而易見。故水不發崑崙，則不能揚洪流以東漸；書不出英俊，則不能備致遠之弘韻焉。」然則古人雖有隱而難曉之文，一出于自然，猶之龍翔雲附，虎嘯風生，其勢然也。今人以艱深之詞，文淺近之意，尚得謂之文哉？朱晦菴嘗謂：「《楚辭》平易，後人學做者反艱深，都不可曉。」此其失之者一也。樂天爲詩，必老嫗能解而後存，所以白俗，譏並元輕。楊子雲曰：「五百年後必有知者。」即不爲此，亦何至以婦人爲詩文之知己？有人問考亭，高適《焚舟決勝賦》甚淺陋。曰：《文選》齊梁間江總之徒，賦皆不好了。此其失之者一也。《記》曰：「天地之道，一言而盡。」此談理之宗而非作文之法。「千里江陵

一日還」，何若曲而有直體之爲勝乎？南軒張氏論作詩：「不可直説破，須如詩人婉而成章。《楚辭》最得詩人之意，如言『沅有芷兮澧有蘭，思公子兮未敢言』，思是人也而不言，則思之之意深而不可以言語形容。若説破如何思、如何思，則意味淺矣。」此其失之者一也。或問紫陽，司馬相如賦似作之甚易。曰，然。又曰：林艾軒云：「司馬相如賦之聖者，楊子雲、班孟堅只填得他腔子，如何得似他自在流出；左太冲、張平子竭盡氣力，又更不及。」予謂若以長卿爲賦之聖，則後之作賦者第宗長卿可矣。今觀其賦，惟有《長門》以意勝，他若《子虚》、《上林》，特靡麗無情之詞而已，聖于賦者顧如是乎？林之所謂聖者，特以其不勞而就，而餘子皆不能也，孰知稱聖亦别之于意而已。必如所云，古賦須熟看屈、宋、韓、柳，所作乃有進步，然後得之，使人競趨于詞而賦之體壞矣。此其失之者一也。三百之《詩》，所以治性情，教忠孝，賦何獨不然？陸象山曰：「詩之學尚矣。原于賡歌，委于《風》《雅》。《風》《雅》之變，壅而溢者也。湘纍之《騷》，又其流也。子雲《長揚》之賦作而《騷》幾亡矣。彭澤一源，來自天稷，與衆殊趣，而淡薄平彛，玩嗜者少。杜陵之出，愛君悼時，追躡騷雅，而才力宏厚，偉然足以鎮浮靡。予謂賦家有陶之性情、杜之忠愛，而後與詩教合。不然，直雕蟲耳，何以賦爲？」此其失之者一也。嗟夫！昔人稱山谷詩之孝，工部詩之忠。予亦謂睠顧楚國，係心懷王，靈均賦之心；長卿徒以包括宇宙、總覽人物當賦心，末矣。故無左徒之忠，而徒以賦鳴，君子所不許。

楚　賦

《辨體》曰：祝氏曰：「按屈原爲《騷》時，江漢皆楚地。蓋自王化行於南國，《漢廣》、《江有汜》諸詩已列于《二南》十五國風之先。風雅既變，而楚狂《鳳兮》、滄浪孺子之歌，莫不發乎情，止乎禮義，猶有詩人之六義；但稍變詩之本體，以『兮』字爲讀，音豆。遂爲楚聲之萌蘖也。原最後出，本《詩》之義以爲《騷》，《騷》蓋兼詩六義而賦之意居多。但世號《楚辭》，不正名曰賦。然自漢以來，賦家體製，大抵皆祖于是焉。」又按晦菴曰：「凡其寓情草木、託意男女、以極遊觀之適者，變《風》之流也；叙事陳情、感今懷古、不忘君臣之義者，變《雅》之類也；其語事神歌舞之盛，則幾乎《頌》矣。至其爲賦，則如《騷經》首章之云；比，則如香草惡物之類；興，則託物興詞，初不取義，如《九歌》沅芷澧蘭、以興思公子而未敢言之屬也。但《詩》之興多而比、賦少，《騷》則興少而比、賦多。賦者要當辨此，而後辭義不失古詩之義矣。」

馮開之評《離騷》曰：攬其菁華，如微雲染空，映手脱去；玩其瑶實，將青春無主，移人愈深。

《明辨》曰：按《楚辭》，《詩》之變也。厥後宋玉繼作，並號《楚辭》。自是辭賦家悉祖此體。故今列屈宋諸辭于篇，而自漢至宋凡倣作者附焉。其他曰賦、曰操、曰文，則各見本類。

楊子雲曰：或問景差、唐勒、宋玉、枚乘之賦也益乎？曰必也淫。淫，誇誕過實之辭，無益于正。淫

則奈何？曰詩人之賦麗以則，辭人之賦麗以淫。

或曰：宋玉變《騷》而爲賦，婉約風流，上不乖諷諫之旨，下能善藏身之道。蓋深於道德功名之際者，而獨以文見，如《高唐》、《神女》諸篇是也。

漢賦

《辨體》曰：祝氏曰：「楊子雲云：『詩人之賦麗以則，詞人之賦麗以淫。』夫騷人之賦與詩人之賦雖異，然猶有古詩之義，辭雖麗而義可則；至詞人之賦，則辭極麗而過于淫蕩矣。蓋詩人之賦，以其吟咏性情也；騷人所賦，有古詩之義者，亦以其發于情也。其情不自知而形于辭，其辭不自知而合于理。情形于辭，故麗而可則；辭合于理，故則而可法。如或失于情，尚辭而不尚意，則無興起之妙，而於則也何有？又或失于辭，尚理而不尚辭，則無咏歌之遺，而於麗也何有？二十五篇屈原作。之《騷》，無非發于情，故其辭也麗，其理也則，而有賦、比、興、風、雅、頌諸義。漢興，專取《詩》中賦之一義以爲賦，又取《騷》中贍麗之辭以爲辭；若情若理，有不暇及。故其爲麗也，異乎《風》、《騷》之麗，而則之與淫遂判矣。古今言賦，自《騷》之外，咸以兩漢爲古，蓋非魏晉以還所及。心乎古賦者，誠當祖《騷》而宗漢，去其所以淫而取其所以則，庶不失古賦之本義云。」

或曰：賈生弔屈，所謂通人豪士之筆，不窮辭極思，然亦自爽俊。○賈生用世才，所爲賦，自成一家。

蘇子瞻曰：列仙之隱居山澤間，形容甚臞，此殆四果人也。而相如鄙之，作《大人賦》，不過欲以侈言廣武帝意耳。夫所謂大人者，相如孺子，何足以知之？若賈生《鵩鳥賦》，真大人者也。

《辨體》曰：祝氏曰：「《長門賦》，以賦體而雜出于風、比、興之義，其情思纏綿，敢言而不敢怨者，風之義。篇中如『天飄飄而疾風』、及『孤雌跱于枯楊』之顔者，比之義。『上下蘭臺』、『遥望周步』、『援琴變調』、『視月精光』等語，興之義。葢六義中，惟風興二義每發于情，最爲動人，而能發人之才思。長卿之賦甚多，而此篇最傑出者，有風興之義也。故晦翁稱此文古妙。嘗以長卿之《子虚》、《上林》，較之《長門》，如出二手。二賦尚辭，極其靡麗而不本于情，終無深遠意味；《長門》尚意，感動人心，所謂『情動于中而形于言』，雖不尚辭而辭亦在意之中。由此觀之，賦家果可尚辭而不尚意乎？尚意則古之六義可兼，是所謂詩人之賦，而非後世詞人之賦矣。」

沈鸛山曰：《長門賦》哀怨悲凉，開千古閨思之祖。

王懋公曰：《子虚》、《大人》，史遷譏其靡麗多誇。予謂即此四字已盡長卿生平之賦。王弇州稱爲賦之聖，造體極玄。使子長聞之，當掩口而笑矣。

王懋公曰：韓子論文，貴自樹立，可稱卓識。康德涵謂古人作文，皆有依倣，相如《大人賦》，

全用屈平《遠遊》中語。予謂以此勝杜撰家則可，而必援以爲訓，獨不曰前無古人乎？噫，過矣！

王懋公曰：或謂《子虚》、《上林》材極富，辭極麗，而運筆極古雅，精神極流動，所以不可及。予獨喜倪正父謂賦無異，直誇多鬬靡，如魚龍曼衍，欲不可極，使人動心駭目，最爲知言矣。《辨體》曰：祝氏曰：「《子虚》、《上林》，雖曰兩篇，實則一篇也。賦之問答體，其原自《卜居》、《漁父》來。厥後宋玉輩述之，至漢而此體遂盛。此二賦及《兩都》、《二京》、《三都》等作皆然。蓋又别爲一體，首尾是文，中間乃賦，世傳既久，變而又變。其中間之賦，以鋪張爲靡，而專于辭者，則流爲齊、梁、唐初之俳體。其首尾之文，以議論爲佞；而專于理者，則流爲唐末及宋之文體，性情益遠，六義澌盡。然此等鋪叙之文雖遠于情，猶是賦之本義。若施之臺閣，深爲得體。故必取天地百神之奇怪，使其辭夸；取風雲山川之形態，使其詞媚；取鳥獸草木之名物，使其詞贍；取金璧綵繪之容色，使其詞藻；取宫室城闕之制度，使其詞壯。則詞人之賦，吾既盡之。然後自賦之體而兼取他義，當諷刺則諷刺，而取之風；當援引則援引，而取諸比；當假托則假托，而取諸興；當正言則正言，而取諸雅；當歌咏則歌咏，而取諸頌。則詩人之賦，吾又兼之矣。」

鍾伯敬曰：文各有體，體各有宜。《子虚》，賦體也，其語音艱滯，字句繁複處，讀之俱不厭；而末章曲終奏雅，反覺索然黯然，所謂儒冠而胡服也。

《西京雜記》曰：司馬相如爲《上林》、《子虚賦》，意思蕭散，不復與外事相關，控引天地，錯綜古今，忽然而睡，焕然而興，幾百日而後成。其友人盛覽，字長通。牂牱名士，嘗問以作賦。相如曰：「合綦組以成文，列錦繡而爲質。一經一緯，一宫一商，此賦之迹也。賦家之心，苞括宇宙，總覽人物，斯乃得之于内，不可得而傳。」覽乃作《合組歌》、《列錦賦》而退，終身不復敢言作賦之心矣。

楊子雲曰：長卿賦不似從人間來，其神化所至耶？大諦能讀千賦則能爲之。諺曰：「伏習衆神。」巧者不過習者之門。

茅鹿門曰：長卿賦多爲磈礧奇崛，《騷》再變矣；特《檄蜀父老》、《諫獵書》絶佳。

王懋公曰：歸安盛稱《檄蜀》、《諫獵》，亦未確。弇州謂長卿以賦爲文，故《難蜀》、《封禪》，綿麗少骨。最爲得之。

《明辨》曰：宋朱熹曰：「晁補之以爲班倢伃《自悼賦》詞甚古而侵尋于楚人，非特婦人女子之能言者。是固然矣。至其情雖出于幽怨，而能引分以自安，援古以自慰，和平中正，終不過于慘傷。又其德性之美，學問之力，有過人者，則論者有不及也。」

王懋公曰：史稱楊雄嘗好辭賦，先是，司馬相如作賦，甚弘麗温雅，雄心壯之，每作賦，嘗擬之以爲式。又謂屈原文過相如。此一語殊確，今特表之。

《辨體》曰：楊雄雅好奇字，人或載酒從問，故賦中難字最多。厥後《靈光》、《江》、《海》等賦，皆以用此等字爲體。然賦之爲古，亦視六義所發何如耳，豈專尚奇難之字以爲古哉？至其辭，則全倣司馬長卿，真所謂同工而異曲者。蓋自長卿諸人，就騷中分出侈麗之一體以爲賦，至子雲，此體遂盛。不因于情，不止于理，而惟事于詞而流于淫矣。先儒謂雄晚年亦自悔，噫！

《明辨》曰：宋祝堯曰：「《甘泉》全倣相如之文，雖曰因宫室、田獵等事以起興，然務矜誇而非咏歌，則興之義變甚矣；雖曰取天地百神等物以爲比，然涉奇怪而傷博雅，比之義變甚矣；雖曰陳古昔帝王之迹以含諷，然近諛佞而非柔婉，風之義變甚矣；雖曰稱朝廷功德等美以倣雅頌，然多文餙而非正大，雅頌之義又變甚矣。」

徐禎卿曰：昔桓譚學賦于楊雄，雄令讀千首賦。蓋所以廣其資，亦得以參其變也。

王懋公曰：《子虛》、《上林》，創見亦佳。後再蹈襲，則堆塞可厭矣。子雲《甘泉》，加以詭譎，更不足法。孟堅《兩都》，雖用鋪張，猶不甚貪。其自謂義正楊雄，事實相如，亦實録也。

《明辨》曰：宋祝堯曰：「《西都》、《東都》兩篇，實亦一篇也。前篇極其眩曜，賦中之賦也；後篇折以法度，賦中之雅也；篇末五詩，則又賦中之頌也。」嗣是張衡作《兩京》、《南都》，左思作《三都賦》，大抵祖此。

沈石夫曰：《西都》麗而不靡，似倣相如諸篇，而骨法自具。《東京》大作手，《東都》意歸典

則，不尚侈靡。相其體裁，直欲自成一家，不欲規模楊雄、彷彿相如也。

班孟堅曰：或曰：「賦者，古詩之流也。」昔成、康没而頌聲寢，王澤竭而詩不作。大漢初定，日不暇給。至于武、宣之世，乃崇禮官，考文章，内設金馬石渠之署，外興樂府協律之事，以興廢繼絶，潤色鴻業。是以衆庶悦豫，福應尤盛。《白麟》、《赤雁》、《芝房》、《寶鼎》之歌，薦于郊廟；神雀、五鳳、甘露、黄龍之瑞，以爲年紀。故言語侍從之臣，若司馬相如、虞丘壽王、東方朔、枚皋、王褒、劉向之屬，朝夕論思，日月獻納。而公卿大臣御使大夫倪寬、太常孔臧、太中大夫董仲舒、宗正劉德、太子太傅蕭望之等，時時間作。或以舒下情而通諷諭，或以宣上德而盡忠孝，雍容揄揚，著于後嗣，抑亦雅頌之亞也。故孝成之世，論而録之，蓋奏御者千有餘篇，而後大漢之文章，炳焉與三代同風。且夫道有洿隆，學有麤密，因時而建德者，不以遠近易則。故皋陶歌虞，奚斯頌魯，同見采于孔氏，列于《詩》、《書》，其義一也。稽之上古則如彼，考之漢室又如此，斯事雖細，然先臣之舊式，國家之遺美，不可闕也。故作《兩都賦》，以極衆人之所眩曜，折以今之法度。

王懋公曰：傳稱張衡少善屬文，時天下自王侯以下莫不踰侈，乃擬班固《兩都》，作《二京》以諷，所謂「平子研《京》十年，太冲練《都》一紀」是也。前此枚皋速而不工，相如工而不速，要未有若是用功之深者。後人猶謂《三都》《兩京》，博而不奇。誰云文章小道而可易視之？

鐵立文起前編卷之十一

三國六朝

《辨體》曰：祝氏曰：「嘗觀古之詩人，其賦古也，則于古有懷；其賦今也，則於今有感；其賦事也，則于事有觸；其賦物也，則于物有況。情之所在，索之而愈深，窮之而愈妙。彼其于辭，直寄焉而已矣。後之辭人，刊陳落腐，惟恐一話未新；搜奇摘艷，惟恐一字未巧；抽黄對白，惟恐一聯未偶；回聲揣病，惟恐一韻未協。辭之所爲，罄矣而愈求，妍矣而愈飾。彼其於情，直外焉而已矣。蓋西漢之賦，其辭工於楚《騷》；東漢之賦，其又工于西漢；以至三國六朝之賦，一代工于一代。辭愈工，則情愈短而味愈淺；味愈淺則體愈下。建安七子，獨王仲宣辭賦有古風。至晉陸士衡輩《文賦》等作，已作俳體。流至潘岳，首尾絶俳。迨沈休文等出，四聲八病起，而俳體又入于律矣。徐、庾繼出，又復隔句對聯，以爲駢四儷六；簇事對偶，以爲博古洽聞；有辭無情，義亡體失。此六朝之賦所以益遠于古。然其中有安仁《秋興》、明遠《舞鶴》等篇，雖曰其辭不過後代之辭，乃若其情，則猶得古

詩之情矣。於此益歎古今人情如此其不相遠；古詩賦義，其終不泯也。」

《辨體》曰：祝氏曰：「禰正平《鸚鵡》，中含風興之義。蓋以物爲比，而寓其羈棲流落、無聊不平之情。凡咏物當以此爲法。」

或曰：《登樓賦》，朴茂勁質，魏文高手。

王懋公曰：曹子桓謂仲宣自善於詞賦，惜其體弱，不足起其文。吴才老稱陳琳《大荒賦》用韻極奇古，而陳思乃曰：「以孔章之才，不（間）〔嫻〕于詞賦，而多自謂與長卿同風，譬畫虎不成者也。」似未免抑之太過矣。

王懋公曰：《左思傳》云：「思先造《齊都賦》，復欲作《三都》，乃詣著作郎張載，訪岷邛之事，構思十年，門庭皆着紙筆，遇得一句，即便疏之。張華見而歎曰：『班張之流也。使讀之者盡而有餘，久而更新。』」其見推于時人如此。蓋緣留心此道，非一朝夕故也。譚友夏論文，精神大用則大垂，小用則小垂。信非無稽之言矣。

《辨體》曰：陸士衡叙作文之變態以爲賦，中曰：「其爲物也多姿，其爲道也屢遷，其會意也尚巧，其遺言也貴妍。」蓋當時貴尚妍巧，以爲至文也。

王懋公曰：文貴高古而賤妍巧，桃李之穠艷，何如松栢之蒼鬱？即以辭賦論，如淮南之《招隱士》，此豈六朝才人所能措手？

《明辨》曰：潘岳《秋興賦》，其情尚覺春容，其詞不費斧鑿。漢魏風流，猶有存者。歸玄恭《題秋懷詩》曰：詩雖以《秋懷》爲題，詩不獨賦秋也。潘安仁之賦秋興也，惟于歸燕吟蟬、流氛槁葉、清露流火、禽魚草木、物色之間，津津靡已，其所感者淺也。若杜陵之八詩，則宫闕山河之感，衣冠人物之悲，百年世變，一生行藏，皆在焉。而感時起興之意，不過「玉露」、「寒衣」數言而已。《楚辭》曰：「皇天平分四時兮，竊獨悲此凛秋。」又曰：「悲哉秋之爲氣也。」蓋氣至秋而肅殺，物至秋而悲傷，故凡當天道反覆、人事變亂之際，士君子有無窮悲憤鬱積于中而發之于言者，皆可以秋名之，不係乎其時之秋不秋也。此秋懷之作，所以踵武杜陵，而非安仁之比。乃其詩則志氣激昂，風骨遒峭，音調清越，皆稱乎其爲秋懷者也。

《辨體》曰：祝氏曰：「楊馬之賦終以風，班潘之賦終以頌，非異也。田獵禱祠，涉于淫樂，故不可以不風；奠都籍田，國家大事，則不可以不頌。所施各有攸當。凡爲臺閣之賦，又當知此。榮緒《晉書》以《籍田》頌，而《文選》則以爲賦。要之篇末雖是頌，而篇中純是賦。」

或曰：《籍田》蒼雅醇穠，在岳賦中應推第一。

沈鷫山曰：孫綽《遊天台山賦》，雋處微傷其朴。

《明辨》曰：宋祝堯曰：「顔延之《赭白馬賦》，詞意皆出于漢《天馬歌》，極其精密。至唐李杜咏馬之作，則又出于此矣。」

王懋公曰：今人欲爲某文而專就某文學之者，非也。觀顔賦本于歌、李杜詩又本于賦，如此亦可以悟矣。

唐

王懋公曰：唐以詩賦取士，而詩賦竟不能復古。取二者而並論之，賦更降于詩矣。

《辨體》曰：祝氏曰：「唐人之賦，大抵律多而古少。夫彫蟲道喪，頹波橫流，風騷不古，聲律大盛。句中拘對偶以趨時好，字中揣聲病以避時忌，孰有學古！或就有爲古賦者，率以徐、庾爲宗，然亦不過少異于律耳。甚而或以五七言之詩、四六句之聯以爲古賦者。中唐李太白天才英卓，所作古賦，差强人意；但俳之蔓雖除，而律之根故在。雖下筆有光艷，時作奇語，然只是六朝賦耳。惟韓、柳諸古賦一以《騷》爲宗，而超出俳律之外，唐賦之古，莫古于此。至杜牧之《阿房宫賦》，古今膾炙；但大半是論體，不復可專目爲賦矣，毋亦惡俳律之過而特尚理以矯之乎？」吁！先正有言：「文章先體製而後文辭。」學賦者其致思焉！

洪容齋曰：唐人作賦，多以造語爲奇。

王懋公曰：傳稱唐太宗時，李百藥工爲五言詩，而謝偃善作賦，稱爲「李詩謝賦」焉。蓋人之才性，各有不可强者類如此。

華無技曰：子安詞賦，如千錦飛光，萬花騰焰，篇篇結緑，語語連珠，胸無儉思，腕有餘藻，其于文章家，信九天之霞府、百川之谷王也。天才横恣，浮音時亦間出，要之少年肆筆，何妨馳驟飛揚哉！

《辨體》曰：祝氏曰：「李太白《大鵬賦》，蓋以鵬自比，而以希有鳥比司馬子微。此題出于《莊子》寓言，本自宏闊。而太白又以豪氣雄文發之，事與辭稱，俊邁飄逸，去《騷》頗近，然但得騷人一體耳。若論騷人所賦全體，固當以優柔婉曲者爲有味，豈專爲宏衍鉅麗之一體哉？」金氏鎮曰：「杜工部文不多見，集中所載《太清宮》諸賦，郭景純所云『呵㰒掩鬱，矆睒無度』也，自屈宋以來爲獨有蕰崇之體。余嘗云班馬之賦如山，工部之賦如海。而天下後世，但知讀其詩，未有誦其賦度數行下者。則以詩之工易見，文之工難明也。」

華無技曰：獨孤及《夢遠游賦》，託遠游之夢，寄無窮之慨。當時世變物情，靡弗影借臚列，是必二京復後作也。意遠而中，事肆而隱，古賦名手，於兹再見。

沈鶴山曰：韓愈《明水》，氣樸詞典，唐賦之佳。

《辨體》曰：祝氏曰：「《阿房宮賦》，前半篇造句猶是賦，後半篇議論俊發，醒人心目，自是一段好文字。賦之本體恐不如是。以至宋朝諸家之賦，大抵皆用此格。」潘子真載曾南豐曰：「牧之之賦，宏壯巨麗，馳騁上下，累數百言。至『楚人一炬，可憐焦土』，其論盛衰之變判于此。」蓋南豐亦只論其賦之文，而未及論賦之體。《後山叢談》云：「曾子固短于韻語。」則其以文論賦毋怪焉。

宋

《辨體》曰：祝氏曰：「宋人作賦，其體有二：曰俳體，曰文體。後山謂歐公以文體爲四六。夫四六者，屬對之文也，可以文體爲之；至于賦，若以文體爲之，則是一片之文，押幾箇韻耳，而於《風》之優游，比興之假托，《雅》《頌》之形容，皆不兼之矣。」晦翁云：「宋朝文明之盛，前世莫及。自歐陽文忠公、南豐曾公與眉山蘇公相繼起，各以其文擅名一世，傑然自爲一代之文；獨于楚人之賦，有未數數然者。」觀于此言，則宋賦可知矣。

王懋公曰：傳曰范文正督學，出題使諸生作賦，必先自爲之，欲知其難易，及所當用意，亦使學者准以爲法。於此乃見古人之自處、處人，皆非苟且以從事也。

《温公瑣語》曰：夏竦字子喬。父，故錢氏臣，歸朝爲禁侍。竦幼學于姚鉉，使爲《水賦》，限以萬字，竦作三千字以示鉉。鉉怒不視，曰：「汝何不于水之前後左右廣言之？」竦又益之，得六千字，以示鉉，喜曰：「可以教矣。」

《辨體》曰：祝氏曰：「《秋聲》等賦，自《卜居》、《漁父》篇來。歐陽專以此爲宗，其賦專尚文體，以掃積代俳律之弊。然于《三百五篇》吟咏情性之流風遠矣。」

孫月峰曰：《秋聲》果是以文爲賦，稍嫌太切近，然説意透，亦自俊快可喜。《黄楊樹子》精工

有腴味，彷彿《枯樹賦》意。

王懋公曰：宋人固多文賦，然如玉局《赤壁》，脱去凡胎，獨標仙骨，覺相如、楊雄未能免俗矣。讀此須放天眼，而論者尚呶呶不已，予竊歎人心不空如此。

謝疊山曰：《赤壁賦》學《莊》《騷》，無一句相似，非超然之才、絶倫之識不能也。瀟灑神奇，出塵絶俗，如乘雲御風，而立九霄之上；俯仰六合，何物茫茫。非惟不掛之齒牙，亦不足入其靈臺丹府也。

《精義》曰：學《楚辭》者多，未若黄魯直最得其妙，魯直諸賦，如《休亭賦》、《蘇季枯木畫道士賦》之類。他文愈小者愈工，如《跛奚移文》之類。但作長篇，苦于氣短，又且句句要用事，此其所以不能長江大河也。

元

《辨體》曰：元主中國百年，國初文字，不過循習金源之故步。迨至元世主年號。混一，士習丕變，於是完顔之粗獷既除，而宋末萎薾之氣亦去矣。延祐仁宗。設科，以古賦命題，律賦之體，由是而變。然多浮靡華巧，抑揚歸美。至末年而格調益弱矣。

《辨體》曰：以「太極」命題，斯實二氣五行之本、繼善成性之原，非若一事一物，可以鋪張形

容、旁比曲喻以成賦也。故長于辭藻者，多悖理而害義；專于經訓者，率成有韻之文。黄晉卿作，理趣純熟，音節爽朗，下句命字，不失賦家調度。且如「太極」之義，自源徂流，發明殆無餘藴。後之賦性理者不可不知。

明

《備考》曰：自《風》、《雅》變而賦作，去古未遠，梗概足述。道源性情，比興互用，六義彰矣。諄復貫珠，千言非贅，情理罄矣。規撫天地，聲象萬物，體無常式，變化殫矣。四聲不局，八病非瑕，宫商縱矣。賦也者，篇章之象箸，而歌謡之鐘吕也。靈均而降，作者代起，荀卿窮理立言，因物賦象，絳幃格論，塵尾清言也。宋玉以文緯情，雅奥婉至，多風而可繹，楚臣之堂奥也。枚乘、八公、長卿之流，披形錯貌，彫藻極妍，華而不浮，辭人之軌轍也。若忠憤激昂，直寫胸臆，篇不繪句，句不琢字，賈誼是也。比偶爲工，新聲競爽，詞賦之漫衍，陸、謝、江、鮑之波漸也。大抵賦擅于楚，昌于西京，叢于東都，沿于魏晉，敝于五代，迨律賦興而斬然盡矣。此其槩可舉者。自愚意論之，詩莫病于輕淺，賦莫病于艱深。學步可嗤，效顰增醜。有能肖心吐理，觸吻成文，變合風雲，自出機柚，斯足貴耳。三復《楚辭》，眷戀宗國，九死不忘。至于《天問》，曾無銓次，婉惻彌深，此豈有成轍可倣哉！後世諸君子，愛櫝忘珠，極意鏤畫，無疾而呻，人爲掩耳。晚近尤甚，字取

駭目，故必艱；文取闢靡，故必冗。險韻在几，類書充棟。一經繙閱，可就萬言，寧須厠溷置筆硯哉？蓋賦體弘奥，非可取帖括鉛槧語，比而韻之以塞白也。然吾欲以其宏且肆者盡吾才，而不欲借以文短；古奥《爾雅》，吾情附之以宣，而不因以晦塞。浮雲無心，賦形爲象；吹萬成音，不假管弦。豈非天地間真賦哉！昭代此道，上掩唐宋，操觚輩出，採摭富麗，體式古雅，洵足繼漢晉而稱雄矣。然亦擬議合轍，沿波爲淪耳。盡抉蹊徑，嗣響靈均，尚俟君子。

《辨體》曰：聖明御統，一洗胡元陋習，以復中國先王之治。當時輔翊興運、以文章名世者，率推承旨宋公濂爲首。迨若太史胡公翰，則又宋公之所畏服者也。今並采其賦，以昭我國家文運之興，非若漢唐宋歷世之久而後盛也。

趙青巖曰：《兩京》、《三都》，窮極縟麗，徒彫琢于字句之間。李公時勉《北京賦》，洋洋纚纚，冠冕鉅麗，一代大手筆，後進當熟讀之。

王懋公曰：我於明文中，甚喜徐山陰。袁公安推爲三百年第一，不無太過。然其才最别，即如《牡丹賦》，奇思幻致，俱非舒元輿所能夢見。其賦《梅花》，即宋廣平亦以軟媚遜其冷峭。後一名士，純用其語，作《補孤山種梅序》，盛爲人所稱賞，豈亦相如之於《遠游》歟？《破械》小賦，尤爲出色。我每置之案頭，以爲怪石供。〇文長賦曲擅場，著《四聲猿》，快絶千古，無論近代名流，皆避一頭。即元人百種，應亦自謂不如。「所以尹婕好，羞見邢夫人」，太白語殊可思也。

王懋公曰：屠赤水天才横軼，無施不可，其於禪學□説家常，昔人千偈瀾翻何足道哉！雖以蘇之前身五戒，黄之宿世香嚴，遇緯真則讓其縱横莫當矣。溟海波恬，偶然有賦，天馬行空，一息萬里，視木、郭《江》、《海》諸賦，皆三日新婦，何無丈夫氣也！

《名山業》曰：湯臨川于古文詞，可爲兼才，然終當以賦曲爲第一。

《名山業》曰：《三都》、《兩京》，博而不奇。必如文太青，方可稱賦才絶手。○讀太青《鳳凰臺》、《天闕山》諸賦，閎奇瑰麗，不減《長楊》、《子虚》，會表亦先露其概矣。

《鏡林》曰：公亮賦才艷絶，出其緒餘以切聲韻，故凌顔轢謝，含庾吐鮑，無所不有。

《名山業》評張天如文曰：天球河圖，古麗絶世。博觀《文選》諸賦，盡罕其儔。彼以漢魏，此以三代也。

王懋公曰：《一家言》云：「古文詞之最易倦人者，莫過于賦。惟拙稿不然，以其意淺而詞近耳。」此與《備考》「賦病艱深」之説足相表裏。

論賦韻

《明辨》曰：《子虚賦》，有一句用韻者，有二句用韻者，有三句用韻者，有五句用韻者，有二三句無韻、與上下不相叶者。豈古體若此歟？

沈鷄山曰：秦觀《郭子儀單騎賦》，用韻前後錯以成文，亦一體也。

《明辨》曰：蘇軾《屈原廟賦》甚得古體。但其用韻，以古今考之多不協，不知何謂。

張祖望曰：詩賦之韻不甚離異，其説未能該洽。聊舉「侵」韻一部言之。侵部係閉口音，惟「十三覃」中有數字，如南、男、潭、參之類，古人常通用，以「覃」部亦閉口音也。或間用「楓」、「風」二字。楓、風俱叶孚金反，本于《詩經》、《離騷》。《栢舟》章：「絺兮綌兮，淒其以風。我思古人，實獲我心。」《哀郢》篇：「登太墳以遠望兮，聊以舒吾憂心。哀州土之平樂兮，悲江介之遺風。」俱「風」、「心」同叶。《涉江》篇：「乘鄂渚而反顧兮，欸秋冬之緒風。步余馬兮山皋，邸余車兮芳林。」「風」、「林」同叶。《招魂》篇：「湛湛江水兮上有楓，目極千里兮傷春心。」厥有源也。若「真」、「文」、「庚」、「青」、「蒸」、「侵」六部，詩家絶不概通。真文通用，庚青通用，蒸侵各獨用，此五言古詩，昔人用韻法也。至于作賦，雖體格不同，有能出于漢魏六朝之法者乎？今按其用「侵」韻，未嘗有異于詩。反覆研覽，古人並無通用者，蓋以閉口與開口，聲音之道，此處斷斷不容混入者也。即真、文與庚、青韻，古人賦中亦未嘗混用。或先用真文韻，後用庚青韻者有之；或先用庚青韻，後用真文韻者有之；或先用庚青韻，後用真文韻，又用庚青韻者有之；或先用真文韻，後用侵韻者有之；或先用庚青韻，後用侵韻者有之；或先用真文韻，後用侵韻，又用蒸韻，又用庚青韻者有之。皆區分類別，條貫井井。此部既止，彼部方叶。世人讀之，未能細心領會，明辨

段落，徒見連篇接句，因之叶畧上口，遂謂皆通，喉舌不分，開閉莫辨。又未能詳閲古人獨用真文、獨用庚青、獨用蒸與侵韻之處。將六部韻全無分别，雜出並叶，非獨古今詩中所未覩，即賦中索之，亦未有如此之淆亂者也。或者有一字之偶差，亦係失檢點處，不足多效。其可通者，「東冬」與「江」通，「魚虞」與「尤」通，「陽」與「庚」半通，「真文」與「元」半通。今人多不解知，而從前未通者，反混而相叶，僕不知其何説也。仄韻未暇博採。

賦之用韻，與詩相近，固矣。而古今之韻書，又不可不辨，於是復詳列如左。

朱錫鬯《與魏善伯書》曰：聲韻之書，自魏晉已有之，李登之《聲類》、吕静之《韻集》是已。外此周研、張諒、段弘、王該、李槩、夏侯詠等，各有成書，少者四三卷，多至四十餘卷。惟沈約所撰《四聲譜》，見于《隋志》僅一卷，其非全韻可知。至唐四庫書目不載，則已亡之。唐初奉爲章程者，陸法言《切韻》，其後孫愐刊正爲《唐韻》。宋陳彭年再修《廣韻》，丁度定《集韻》。景祐仁宗年號。以還，行《禮部韻畧》，《廣韻》漸廢，而毛晃之《增韻》出。蓋《切韻》凡數更，已非法言之舊，然分韻二百有六部，未之有易也。淳祐理宗年號。中，平水劉淵始并爲一百七韻，曰《壬子新刊禮部韻畧》，足下所見今世所行者，特劉氏之韻耳。顧目爲沈氏書，加以詬詆，其毋乃重誣古人矣乎？僕以爲韻之失，不在分而在合。足下怪門、存、吞、恩，不應在「元」韻，而「文」韻内有勤、斤、殷、欣等字，謂分之無所分。夫自二百六部未合，門、存歸于「魂」，吞、恩歸于「痕」，未嘗在「元」韻，而

勤、斤等字則自屬「殷」部。足下試取杜甫近體詩誦之，凡勤、斤字，寧與「真」同用，無有與「文」同用者。然古人分韻雖嚴，通用甚廣，如「真」至「仙」爲部十四，皆得相通。葢嚴則于韻之本位，毫厘不紊；通則臨文不至拘泥，而乖其性情。亂之自劉氏始。○且韻之作，自李登以下，南人葢寡。沈氏書既無存，傳者陸氏《切韻》耳。法言家魏郡臨漳；同時《集韻》八人，惟蕭該家蘭陵，其餘或家范陽，盧思道。或家狄道，辛德源。或家河東，薛道衡。或家臨沂，顏之推。及沛，劉臻。皆北方之學者。黄公紹失考，以韻書始自江左、本是吴音者，謬也。至正韻之成，樂宋諸君子，則皆南人矣。足下詆北人之書，爲鴃舌蠻音，既不足服其罪，意欲力崇正韻，而反詬厲南人，何哉！魏有《正韻竊取》一卷。

吴志伊曰：字學與韻學相表裏，而韻學尤必以等韻爲宗。葢等韻三十六位，角音四，徵音八，商音十，羽音八，宫音四，半徵半宫各一，原出于自然之天籟，雖童子亦可與能。猶夫調四聲者，夫人而能習之。江左知有四聲而不知有七音，此韻學之所以不明也。但中間「疑」「喻」二母之易溷，「嬢」母押字之多淆；又或有「江」「陽」不分，「東」「冬」同讀，是在審音者析其微耳。

王懋公曰：沈約「四聲」，天竺「七音」，聲韻之道無遺矣。又有「六體」之説，亦不可不知。六體者，平仄、虚實、死生是也。今因論賦韻而并及之。

鐵立文起前編卷之十二

騷附論

王懋公曰：《離騷》，賦也。原不以「騷」名，蕭文孝摘取「騷」字，立爲一體，誤矣。《漢書·地理志》曰：「始楚賢臣屈原，被讒放流，作《離騷》諸賦，以自傷悼。」觀此足證以賦名，後人不當以騷名矣。李青蓮詩云，「屈詞賦懸日月」，何不言騷哉？以太白之豪放無前，乃能斟酌盡善如此，良由其識卓耳。何今人文集中稱騷者之紛紛也？

宋吴氏《林下偶談》曰：太史公言「離騷者，遭憂也」，離訓遭，騷訓憂；屈原以此命名，其文則賦也，故班固《藝文志》有屈原賦二十五篇。梁昭明集《文選》，不併歸「賦門」，而别名之曰「騷」，後人沿襲，皆以騷稱，可謂無義題篇。吁！名義且不知，而況文乎？

《辨體》曰：《文選》先《兩都》而後《離騷》，編次無序。

或曰：伯夷《采薇歌》，騷之祖也。

王鳳洲曰：《三百篇》亡而後有騷賦，騷賦難入樂而後有古樂府，古樂府不入俗而後以唐絶句爲樂府，絶句少宛轉而後有詞，詞不快北耳而後有北曲，北曲不諧南耳而後有南曲。

王瑯琊曰：騷賦雖有韻之言，其於詩文，自是竹之與草木、魚之與禽獸，别爲一類，不可偏屬。騷辭所以總雜重複、興寄不一者，大抵忠臣怨夫惻怛深至，不暇致詮，亦故亂其叙，使同志者自尋、修郄者難摘耳。今若明白條易，便乖厥體。

王弇洲曰：擬騷賦勿令不讀書人便竟驟覽之，須令人裴回循咀，且感且疑，再反之；沈吟歔欷，又三復之；涕淚俱下，情事欲絶。覽賦之初，如張樂洞庭，褰帷錦宫，耳目摇眩。已徐閲之，如文錦千尺，絲理秩然。歌亂甫畢，肅然斂容。掩卷之餘，徬徨追賞。

或曰：《騷》非屈子不能撰。吾觀篇中兩言彭咸，殷忠臣投水死者。是屈子作《騷》本旨。其餘堯、桀、女嬃、巫咸之類，皆《三百》之興比、《莊子》之寓言也。反比之中，雜以正比。既賦之餘，忽而起興。潔己所以愛君也，嫉俗所以貞世也。遑恤我後，蜷局不行，情真而思苦矣。極愛之中，似夫怨君；無聊之至，反謂容與。文典而意迫矣。今之讀《離騷》而稱名士者，曾念及吾君父乎哉？古人文字，非忠孝人不能讀，《離騷》其一也。

王懋公曰：王子充嘗言宋玉、景差《大小招》，務爲譎怪之談，荒淫夸艶之語，今亦無取。予謂詩文詭麗，誠爲大雅所病。然如子充《招游子辭》，平平無奇，亦易取厭。故才人光焰，予終不

忍棄之。

《明辨》曰：宋祝堯曰：「莊忌《哀時命》，出入比賦，蓋騷體之雅似者。」

沈石夫曰：淮南小山《招隱士》，此騷之正響，善摹屈子本經者，非宋玉以下所及。

陸雨侯曰：東方朔《初放》，悲憤無聊之中，怨而不怒，得屈宋之遺，而去其蹇澀。

沈鶴山曰：韓愈《訟風伯》，意憤而言誕，以次屈宋之騷，允稱同體。

王懋公曰：王摩詰之《山中人》，以淡遠勝；劉復愚之《哀湘竹》、《下清江》，以峭麗勝。即此亦可見文中天地儘寬，何所不有，作詩必此詩者殆泥矣。

辭

王懋公曰：《辨體》「古賦」，各朝後皆有附録，或歌，或樂府，或弔祭，或移文，或雜著，大爲失所。至于辭，實爲文之一體，亦置賦内，何哉？如漢武《秋風》、淵明《歸去》、龜蒙《戰秋》、楊萬里《延陵懷古》、袁伯長《垂綸亭》等辭，何得以一賦字概之？且古人書有專以辭名者，如《楚辭》實賦，而皆曰辭。則辭之名亦大矣。《明辨》以辭入詩，亦非是。《文選》離詩而入文，殊確，今仍之。

黄東發曰：《詩》變而爲《騷》，《騷》變而爲辭，皆可歌也。辭則兼《詩》《騷》之聲而尤簡邃焉

者。昔漢武帝作《秋風辭》，一章三易韻，其節短，其聲哀，此辭之權輿乎？陶淵明罷彭澤令，賦《歸去來》，而自命曰辭，殆令人歌之，頓挫抑揚，自協聲韻。蓋其辭高甚，晉宋而下欲追躡之不能。然《秋風辭》盡蹈襲《楚辭》，未甚敷暢；《歸去來》則自出機杼，謂洞庭鈞天而不澹，謂霓裳羽衣而不綺，此其所以超乎先秦之世而與之同軌也。

王懋公曰：或謂淵明耻事二姓，其意亦不爲不悲矣。然其辭夸曠蕭散，雖托楚聲，而無其怨尤切蹙之病。李性學狀以野鶴任風、閒鷗立海，或者有以賦爲辭之義。此論甚合。又坡公詩餘有《歸去來辭》，其自序云：「淵明有其辭而無其聲，予乃取其辭，稍歸隱括，使就聲律，令人歌之。」于此又可見詞與聲之别矣。若元稹之《連昌宫辭》，詩也；遼后之《回心院詞》，詩餘也。此皆不得以辭名。

七　附論

王懋公曰：枚乘《七發》，亦偶然作，原不可定爲一體，我欲列之雜著中。自東漢魏晉諸人争擬之，儼若傳記詩賦之類，必不可缺，真堪爲之噴飯也。《昭明文選》竟標曰「七」，彼拙于文而陋于識，固不足怪。而《辨體》、《明辨》亦襲而莫知是正，何耶？李空同謂《七發》非必於七，文涣而成七。後人無七而必于七，皆俳語也。今人多擬杜少陵《秋興八首》，鍾退菴謂「胸中若有八首則

無秋興矣」。此皆卓見快論也。我欲舉「七」之文盡付祖龍，而今猶存其説于後，所以使人共戒，不復效此陋耳。因思屈原有《九歌》、《九章》，宋玉《九辨》之後，王褒、劉向、王逸、皮日休、鮮于侁諸君，遂有《九懷》、《九歎》、《九思》、《九諷》、《九誦》，必不十不八，是亦不可以已乎？得毋藉口于《九辨》、《九歌》，天帝之樂，九者陽之數、道之綱紀歟？若然，則「七」之外又當立一「九」體以配之。予謂古人之文原不必酷擬，況又拘于其數而爲之，益可笑矣。然屈原《九歌》又有十一章，而後人乃不擬十一歌，何也？獨東方朔作《七諫》，尚不强滿九數，在《楚辭》中頗有鶴立之概。

《辨體》曰：昭明輯《文選》，其文體有曰「七」者，蓋載枚乘《七發》，繼以曹子建《七啓》、張景陽《七命》而已。《容齋隨筆》云：「枚生《七發》，創意造端，麗旨腴詞，固爲可喜。後之繼者，如傅毅《七激》、張衡《七辨》、崔駰《七依》、馬融《七廣》、曹植《七啓》、王粲《七釋》、張協《七命》、陸機《七徵》之類，規倣太切，了無新意。及唐柳子厚作《晉問》，雖用其體，而超然别立機杼，漢晉之間沿襲之弊一洗矣。」竊嘗考對偶句語，六經所不廢。七體雖專尚駢儷，然遺辭變化，與連珠全篇四六不同。自柳子後，作者鮮聞。迨元袁伯長之《七觀》，洪武宋王宋景濂、王子充。二老之《志釋》、《文訓》，其富麗固固無讓于前人；至其論議，又豈《七發》之可比。

《明辨》曰：按七者，文章之一體。詞雖八首，而問對凡七，故謂之七；則七者，問對之别

名也。

王懋公曰：《明辨》謂「七者，《楚辭》、《七諫》之流也」，此語甚謬。《七發》之文，與曼倩《七諫》自悲哀命、怨世沉江之説遠若天淵。而又枚乘在前，東方在後，豈可謂乘倣朔乎？凡論人論文，而不先論其世，終不足以定其人與文。徐魯庵顧不惜貽誤後人，何哉？

鐵立文起後編卷之一

經世類

王言通論

王懋公曰：我觀《周書》，周公曰「王若曰」，知人臣代言，蓋自昔而已然矣。後惟炎漢諸君，皆自爲文，絶非書生聲口，亦一奇也。他若梁元、簡文、隋煬及唐太宗、明皇輩，亦多才藝，然予特嫌其有文士態。《書》曰「大哉王言」，則虞世南之不和宫體詩，不亦宜乎！至于後世重代言之人，乃别設官，職非不榮，談亦何易。故歐陽文忠《謝知制誥表》云：「王者尊居萬民之上，而誠意能與下通；奄有四海之大，而惠澤得以徧及者，得非號令誥詔發揮而已哉？然其爲言也，質而不文，則不足以行遠而昭聖謨；麗而不典，則不足以示後而爲世法。」又曰：「伏讀訓辭，則有必能復古之言，然後益知所責之重。」由是觀之，其事亦甚鉅矣，任此選者亦宜其難其慎矣。所以

《内制集序》又云：「錢思公嘗以爲朝廷之官，雖宰相之重，皆可雜以他才處之。惟翰林學士，非文章不可。今學士所作文嘗多矣，至于青詞齋文，必用老子浮圖之説；祈禳秘祝，往往近于家人里巷之事；而制詔誥，取便于宣讀，嘗拘以世俗所謂四六之文。其類多如此。然則果可謂之文章者歟？予直草，上自朝廷，内及宫禁，下及蠻彝海外，事無不載。而時政記、日曆與起居郎舍人，有所畧而不記，未必不有取于斯焉。」其後觀坡公别集，有曰「誥勅盛于六朝，其原肇自舜命九官。羲仲和仲之詞，後君奭君牙之命，其遺制也」。此即口代天言。唐惟常、楊、元、白，宋陶穀遂有依樣畫葫蘆之誚。厥後王介甫最爲得體，而蘇子瞻尤號獨步，多訓飭戒厲之言，有訓誥之風，非如今之誥勅，所謂一箇八寸三頭巾，人人可戴者也。予謂後之詞臣，能以歐蘇爲式，則於王言庶不辱云。

《初學集・外制集序》曰：前代學士院掌内制，舍人院掌外制。國朝兩制，皆屬翰林，設中書科，就翰林承草登軸而已。太祖嘗言翰林鮮人，制誥多自作，今内閣尚有存者，詞意諄重，足以仰見聖祖審慎職司、儆勵臣工之至意。成祖始掄七人入内閣，備顧問，兼司兩制。孝宗弘治時，李文正公以侍郎入閣，專管誥勅。嗣是皆以尚書或侍郎兼閣學專管，可謂極重矣。然文正諸公文集，皆刊落制詞不載，或謂綸綍尊嚴，不當錯置别集；或謂舘閣隆重，無暇簡點文字。理或然也。正統以後，迄于正德，簡牘相沿，郎吏胥史，可以按籍繕寫。王言遂爲故紙，而代言之任日輕。嘉靖

中，天子雅意右文，每與相臣言，祖宗任翰林，推舉翰林春坊官，入管誥勅。於是瞿文懿、高文襄之流，訓詞爾雅，彬彬可觀。久之而增華加麗，鋪張藻飾，予取予求，無復體要。代言之任重，而王言則未嘗不輕。萬曆初，江陵特疏駁正，以君詔其臣爲譏，申飭嚴厲，而迄未能止也。天啓元年，少師高陽公以宫庶領外制，創爲嚴切典重之文，援据職掌，諄復訓誡，闡潛德，章壼儀，鄉里婦孺，纖芥畢舉。於是制誥之體粲然一變。余以史官承乏，從公之後，大端皆取法于公，而參酌質文，規橅唐宋，則竊有微指焉。余謝事不及十年，而制誥之文又再變矣。常衮不云乎：「其文流則失正，其詞質則不麗。」夫質而不麗，非吾之所逮及也。近代之流而失正者有之，抽黄對白，肥皮厚肉，其失也靡；標新竪異，牛鬼蛇神，其失也纖。靡之與纖，其受病于卑俗則一也。然而世之病之者則寡矣。嗟夫！以余之老于史局，在著作之庭，又幸附通儒元老之後塵，不能洗心竱力，明綸旨之典要，定後作之章程；而所謂流而失正者，在後於余者乃滋甚，豈余之不肖，不能障狂瀾而東之，顧反爲之掘泥而揚其流乎？權載之曰：「使盛聖之文明，不登于典謨訓誥，罪在菲薄。」予誠無所逃罪也矣。歸田多暇，發向所作制草而閱之，顔面頳赤，愧汗交下，畧述代言沿革升降之槩，以叙於首，間一省視，庶可以知余之有罪，而長遺恨于斯文也。

穆廟隆慶初，高文襄當國，歸熙甫以僕丞管制勅，一時贈祭文爾雅可觀。厥後辦事者，多用乙科闌入，閣中亦視爲故事，不復簡括。制詞日陋，王言日輕，間與諸老言之，相視目笑而已，於乎

亦可爲一概也。

宋楊文公《談苑》論學士草文曰：學士之職，所草文辭，名目寖廣，拜免公王將相妃主曰制，賜恩宥曰赦書，曰德音，處公事曰勑榜文，號令曰御札，賜五品官以上曰詔，六品以下曰勑書，批勑羣臣表奏曰批答，賜外曰蕃書，道曰青詞，釋問曰齋文，閩教坊宴會曰白語，土木興建曰上梁文，宣勞賜曰口宣。此外更有祝文、祭文，諸王布改榜號簿隊曰讚佛文疏語，復有別受詔旨作銘碑墓誌、樂章奏議之屬，此外章表歌頌應對之作。舊說，唐朝宫中，常於學士，取眼兒歌，僞學士作桃花文。孟昶學士辛寅遜題桃符云「新年納餘慶，佳節號長春」是也。

王懋公曰：《瑞桂堂暇抄》云：「漢高紀詔令雄健，孝文紀詔令温潤，去先秦古書不遠，後世不能及。至孝武詔令始事文采，亦寖衰矣。其後明太祖亦每自作制誥，不用詞臣。其《祭泰山文》尤高古絶倫，又出漢諸帝之上。乃知英主自有雄文，所謂天授，亦於此可見一班。」

命

王懋公曰：秦始稱帝，改命爲制、令爲詔，天子自稱曰朕，此亦變古之一端。今存命之名而録其文，不予秦也。

《明辨》曰：按朱子云：「命猶令也。」字書：「大曰命，小曰令。」此命、令之别也。上古王言

同稱爲命：或以命官，如《書·説命》、《冏命》是也；或以封爵，如《書·微子之命》、《蔡仲之命》是也；或以飭職，如《書·畢命》是也；或以錫賚，如《書·文侯之命》是也；或傳遺詔，如《書·顧命》是也。秦并天下，改命曰制。漢唐而下，則以策書封爵制誥命官，而「命」之名亡矣。然周文之見于《左傳》者猶存，故首録之以備一體。

王懋公曰：周靈王《賜齊侯環命》，《左氏》載之。齊侯即靈公。

諭告

王懋公曰：漢高帝入關告諭，爲義帝發喪告諸侯，四百年天下實基於此。若元帝之諭單于，則又不必言矣。

《辨體》曰：按西山真氏云：「《周官》太祝作六辭以通上下親疏遠近，曰辭、曰命、曰誥、曰會、曰禱、曰誄，皆王言也。太祝以下掌爲之辭，則所謂代言者也。以《書》考之，若《湯誥》、《甘誓》、《微子之命》之類是也。此皆聖人筆之爲經，不當與後世文辭同録。今獨取《春秋内外傳》所載周天子諭告諸侯之辭及列國應對之語附焉。」又按東萊吕氏有曰：「文章從容委曲而意獨至，唯《左氏》所載當時君臣之言爲然。蓋由聖人餘澤未遠，涵養自别，故其辭氣不迫如此，非後世專學語言者所可得而比焉。」

《明辨》曰：按字書云：「諭，曉也。告，命也。以上勑下之辭。」商周之《書》，未有此體。至《春秋内外傳》，始載周天子諭告諸侯及列國往來相告之詞，然皆使人傳言，不假書翰，故今不録，而僅採漢人之作以爲式。

詔

王懋公曰：詔以正大光明爲得體。《文選》註云：「詔，照也，天子出言，如日之照于天下。」至論其用，則有尊立、分封、求才、寬恤、官禄、舉察、郊廟、刑法、修省、罷兵、答報、徵求、即位、册立、賜詔、陞貶、郵典諸類焉。

《辨體》曰：按三代王言，見於《書》者有三，曰誥、曰誓、曰命。至秦改之曰詔，歷代因之。然惟兩漢詔辭深厚爾雅，尚爲近古。至偶儷之作興，而去古遠矣。東萊吕氏云：「近代詔書，或用散文，或用四六。散文以深純温厚爲本；四六須下語渾然，不可尚新奇華巧而失大體。」今以漢詔居前，附以唐宋諸詔，庸備一體。西山有云：「王言之體，當以《書》之誥、誓、命爲祖，而參以兩漢詔册。」信哉！

《明辨》曰：按劉勰云：「古者王言，若軒轅、唐、虞同稱爲命。至三代始兼誥誓而稱之，今見于《書》者是也。秦併天下，改命曰制，令曰詔，於是詔興焉。漢初，定命四品，其三曰詔，後世因

之。」夫詔者，昭也，告也。古之詔辭，皆用散文，故能深厚爾雅，感動乎人。六朝而下，文尚偶儷，而詔亦因之，然非獨用于詔也。後代漸復古文，而專以四六施之詔、誥、制、勅、表、箋、簡、啓等類，則失之矣。然亦有用散文者，不可謂古法盡廢也。今取漢以下諸作，分爲古、俗二體而列之。

沈石夫曰：漢詔皆簡約典厚。武帝《止田輪臺》等詔，獨繁密委悉，如傳如紀，殆詔之變體也。

王懋公曰：古如漢高《求賢詔》，俗如唐玄宗《贈賜張説詔》。説與蘇頲，時稱「燕許大手筆」云。

璽　書

《辨體》曰：璽，信也，古者尊卑共之。《左傳》：魯襄公在楚，季武子使公冶問璽書。至秦漢，臣下始避其稱。漢初有三璽，天子之書用璽以封，故曰璽書。文帝元年，嘗賜南越趙陀璽書；陀愧感，頓首稱臣納貢。至今讀史者，未嘗不三復書辭以欽仰帝德于無窮也。夫制、詔、璽書皆曰王言；然書之文，尤覺陳義委曲，命辭懇到者，葢書中能盡褒勸警飭之意也。

《明辨》曰：按蔡邕曰：「璽者，印也，信也。又衛宏云：『秦以前，民皆以金玉爲印。』然則天子之印以玉獨稱璽，羣臣莫敢用，自秦始也。」漢又曰賜書。唐以後獨稱曰書，亦璽書之類也。其

爲用，或以告諭，或以報答，或以奬勞，或以責讓。今制，朝廷與諸王亦用書，疑即璽書也。

王懋公曰：如漢武《賜嚴助書》，其英明之風，凛不可犯。

制誥

王懋公曰：秦改命爲制，固非古法。然天子之言曰制，而婦人稱制，乃自呂雉始。《文選》註云：「制者，王之言必爲法制也。」呂可爲法耶？下迨唐宋，制之文四六居多矣。至以誥論，李唐無其名而獨盛于宋，制有妃嬪、宗室、贈官諸類，誥有命官、貤封、貶官諸類，其用亦不一云。

《辨體》曰：按《周官》大祝六辭，二曰「命」，三曰「誥」。考之于《書》，「命」者以之命官，若《畢命》、《冏命》是也。「誥」則以之播告四方，若《大誥》、《洛誥》是也。漢承秦制，有曰「策書」，以封拜諸侯王公；有曰「制書」，用載制度之文。若其命官，則各賜印綬而無命書也。迨乎唐世，王言之體曰「制」者，大賞罰、大除授用之；曰「發勅」者，授六品以下官用之，即所謂「告身」也。宋承唐制，其曰「制」者，以拜三公三省三省，門下、中書、尚書。等職。辭必四六，以便宣讀于廷。「誥」則或用散文，以其直告某官也。西山云：「制誥皆王言，貴乎典雅温潤，用字不可深僻，造語不可尖新，文武宗室，各得其宜，斯爲善矣。」

《明辨》曰：按顔師古云：「天子之言，一曰制書，謂爲制度之命也。」蔡邕云：「其文曰制誥，

三公赦令、贖令之屬是也。刺史太守相劾奏，申下土，遷書文亦如之。其徵爲九卿，若遷京師近官，則言官具言姓名；其免若得罪，無姓。」此漢之制也。唐世，大賞罰、赦宥、慮囚及大除授，則用制書，其褒嘉贊勞，别有慰勞制書，餘皆用勑，中書省掌之。宋承唐制，用以拜三公、三省等官，而罷免大臣亦因之。其詞宣讀于庭，皆用儷語，故有「敷告在庭」、「敷告在位」、「敷告萬邦」、「誕揚休命」、「誕揚贊册」、「誕揚丕號」等語。其餘庶職，則但用誥而已。是知以制命官，蓋唐宋之制也。今採二代制辭以爲式。

王懋公曰：文有名同而其用異者，如周，誥以正告天下，命以命百官。至明則以誥命、勑命合言之。而誥又以施之臣僚，非告天下者比也。且一品至五品皆誥，其六品以下用勑，則與李唐同，又與宋之告官皆用誥者稍異。論古所以必條分縷析而後可。

《明辨》曰：按字書云：「誥者，告也，告上曰告，發下曰誥。」古者上下有誥，故下以告上，《仲虺之誥》是也；上以誥下，《大誥》、《洛誥》之類是也。考于《書》可見已。《周禮》：士師以五戒先後刑罰，其二曰誥，用之于會同，以諭衆也。秦廢古法，正稱制詔。漢武帝元狩六年，始復作之，然亦不以命官。唐世王言，亦不稱誥。至宋，始以命庶官，而追贈大臣、貶謫有罪、贈封其祖父妻室，凡不宣于庭者，皆用之。故所作尤多。然考歐、蘇、曾、王諸集，通謂之制，故稱内制、外制，而誥實雜于其中，不復識别。蓋當時王言之司，謂之兩制，是制之一名，統諸詔命七者而言。若細

分之，則制與誥亦自有别，故《文鑑》分類甚明，不相混雜，足以辨二體之異。今做其例而列之。惟唐無誥名，故仍稱制。其詞有散文、有儷語，則分爲古、俗二體云。今制：命官不用制誥，至三載考職，則用誥以褒美。五品以上官而贈封其親、及賜大臣勳階贈謚皆用之；六品以下則用勑命。其詞皆兼二體，亦監前代而損益之也。

王懋公曰：古如蘇軾《趙瞻誥》，俗如蘇軾《吕惠卿誥》。

王懋公曰：自有文章以來，當推蘇子瞻第一快人。如哲宗朝，吕惠卿有罪，草制云：「以聚斂爲仁義，以法律爲詩書。首建青苗，次行助役。均輸之政，自同于商賈；手實之禍，下及于雞豚。先皇帝始以帝堯之仁，姑試伯鯀；終焉孔子之聖，不信宰予。尚寬兩觀之誅，薄示三苗之竄。」真不愧作劊子手。其後言者誣以謗訕，而有惠州昌化之行。此亦何傷於坡仙？

鐵立文起後編卷之二

敕 敕牓附

王懋公曰：敕、勑二字有辨。宋宋敏求《春明退朝録》：「或問今之敕起何時。按蔡邕《獨斷》曰：『天子下書有四，一曰策書，二曰制書，三曰詔書，四曰戒敕。』然自隋唐以來，除改百官，必有告敕，而從敕字。予家有景龍年敕。其制蓋須由中書門下省，故劉禕之云：『不經鳳閣鸞臺，何謂之敕？』唐時，政事堂在門下省，而除擬百官，必中書令宣，侍郎奉，舍人行進，入畫敕字，此所以爲敕也。然後政事堂出牒布于外，所以云『牒奉敕』云云也。慶曆中，予與蘇子美同在舘。子美嘗携其遠祖珦唐時敕數本來觀，與予家者一同。字書不載勑字，而近世所用也。」元黄譜《筆記》云：「按《漢書・馮異傳》，『以詔敕戰攻』，《宣秉傳》，『敕賜尚書禄』，《董宣傳》，『敕强項令出』。然則以詔令爲敕，自漢已然。」此兩家亦可謂遠稽近考矣。顧何不據郊父受敕而謂始于周？嘗因是而下求之。在漢，或稱敕書，或稱敕諭、手敕，如高祖之《手敕太子》，元帝之《敕東平

王傅相》，《漢書》之《戒敕刺史太守》及《三邊營官》，敕文曰詔敕某官。在唐，則貞觀四年，太宗勅百司，「自今詔勅未便者，皆應執奏，毋得阿從，不盡己意」。至中宗公主之墨敕斜封，又無論矣。然《退朝録》以勑字爲後人所用，字書不載，其言亦未分明。蓋勑音賚，敕音尺，字義絶不相同。《書》之「敕命」，《易》之「勑法」，皆作勑，並傳寫之謁，惜敏求當日辨不及此。

《明辨》曰：按字書云：「敕，戒敕也，亦作勑。」劉熙云：「敕，飭也，使之警飭不敢廢慢也。」劉勰云：「戒勑爲文，實詔之切者，周穆王命郊父受勑憲，此其事也。」漢制，天子命令有四，其四曰戒書，即戒敕也。唐制，王言有七，其四曰發敕，五曰敕旨，六曰論事敕書，七曰敕牒，則唐之用敕廣矣。宋亦有敕，或用之于奬諭，豈敕之初意哉？其詞有散文，有四六，故今分古、俗二體而列之。宋制，戒屬百官，曉諭軍民，別有敕牓，故以附焉。今制，諸臣差遣，多予敕行事，詳載職守，申以勉詞，而褒奬責讓亦用之，詞皆散文。又六品以下官贈封，亦稱敕命，始兼四六，亦可以見古文興復之漸云。

王懋公曰：古如漢章帝《勅侍御史司空》，俗如宋蘇頌《皇族出宮敕》。有明特用散文，最爲得體；惜於敕命，專尚儷語，猶未純乎古法。

批答

《辨體》曰：按《玉海》：「唐學士初入院，試制、詔、批答共三篇。」蓋批答與詔異：詔則宣達君上之意，批答則采臣下章疏之意而答之也。東萊《文鑑》輯批答、詔勅各爲一類，可見矣。唐史載太宗之答劉洎，謂出自手筆，今觀辭意，誠然。至若宋昭陵之答富弼等，則皆詞臣之撰進者也。

《明辨》曰：古者君臣都俞吁咈，皆口陳面命之詞，後世乃有書疏而答之者，遂用制詞，若漢人答報璽書是已。至唐始有批答之名，以謂天子手札而答之也。今列其散文、四六，仍分爲古、俗二體云。

王懋公曰：古如唐玄宗《批答張九齡賀誅奚賊可突于》，俗如唐太宗《批答劉洎》。然後世人主如太宗手書絶少，詞臣能免代大匠斲之譏者我見亦罕。

御札

《明辨》曰：按字書：「札，小簡也。」天子之札稱御札，尊之也。古無此體，至宋而後有之。其文出于詞臣之手，而體亦不同。大抵多用儷語，蓋敕之變體也。

王懋公曰：古如宋理宗《賜崔與之御札》，俗如宋王珪熙寧元年《南郊御札》。然用儷語而不誇多，猶可。

赦文　德音文附

王懋公曰：赦文有二，或以開創，反彼舊政而施恩；或以守成，遇諸吉事而加惠。近有僅言受命之主，而曰「流大漢愷悌，蕩亡秦毒螫」云云，則失之偏矣。至若古人赦宥之事不一，有謂數赦反以啓奸，此亦大有深意在。

《明辨》曰：按字書云：「赦者，舍也。」肆赦之語，始見《虞書》。而《周禮》司刺掌三赦之法，《吕刑》有疑赦之制，則或以其情之可矜，或以其事之可疑，或以其人在三赦、三宥、八議之列，是以赦之；非不問其情之淺深、罪之輕重，而槩赦之也。後世乃有大赦之法，於是爲文以告四方，而赦文興焉。又謂之德音，蓋以赦爲天子布德之音也。然考之唐時，戒厲風俗，亦稱德音，則德音之與赦文，自是兩事，不當强而合之也。今各仍其稱，以附赦文之後。

王懋公曰：赦文有古、俗，德音亦然。古如唐德宗《春初大赦文》，俗如陸贄《奉天改元大赦文》。又如陸贄《蝗蟲避正殿降免囚徒德音文》，古也；元稹《戒厲風俗德音文》，俗也。

鐵券文

《明辨》曰：按字書云：「券，約也，契也。」劉熙云：「綣也，相約束繾綣以爲限也。」史稱漢高定天下，大封功臣，剖符作誓，丹書鐵券，金匱石室，藏之宗廟。其誓詞曰：「使黄河如帶，泰山如礪，國以永寧，爰及苗裔。」後世因此遂有鐵券文焉。

王懋公曰：史稱漢封，幾不容口，何足信哉！大功如韓如彭，卒皆俎醢以終，不啻朝予券而夕賜死，爲問誓辭安在？有明券制如瓦，外刻履歷恩數之詳以記其功，中鎸免罪減禄之數以防其過，美矣。亦聞勳臣中有不白者，若夫人臣恃功驕恣，此忤雷霆以速禍耳，其於君乎又何尤？

《聞見巵言》曰：自漢封功臣，用丹書鐵券，沿于唐宋。其制以鐵爲之，其形如瓦，高一尺，闊二尺，此爲上公。他侯、伯、子、男不同，制亦漸漸短狹，左右一式二塊，面鎸券文，背刻官爵、俸禄、免罪之數。初用朱書，故曰丹。後用金嵌，故曰金。明太祖即位二年，克定燕都，班賜功臣，欲稽古制。朝臣皆無諳其式者，爰求庫中，有唐昭宗十年賜錢鏐鐵券，遂倣而用之。

王懋公曰：如唐陸贄《賜西安管内黄姓毒官鐵券文》，可以爲式。因歎宣公奏議佳手，他文亦無篇不善如此。

國書

《明辨》曰：按國書者，鄰國相遺之書也。春秋列國各有詞命，以通彼此之情，而其文務協典禮，從容委曲，高卑適宜，乃爲盡善。觀鄭人詞命，迭更四手，國賴以存，良有以也。漢唐而下，國統雖一，而外國内通，故其往來亦用之，乃有國之所不可廢者也。但《左傳》所載列國應對之詞，皆出口傳，例不得録。獨吕相《絶秦》，豊贍閎闊，似非口説能悉，意必當時筆而授之，故録其詞，并後代諸作列焉。

王懋公曰：如晉厲公使吕相告絶秦，漢文帝《賜尉佗書》，其文並佳。然《絶秦書》中多誣詞，不足服人，學者不分别觀之，則徒爲古人所愚。

誓

《明辨》曰：按誓者，誓衆之詞也。蔡沈云：「戒也。」軍旅曰誓，古有誓師之詞，如《書》稱禹征有苗誓于師，以及《甘誓》、《湯誓》、《秦誓》、《牧誓》、《費誓》是也。又有誓告羣臣之詞，如《秦誓》是也。後世俱不多見。又約信亦稱誓，則别附于盟焉。

王懋公曰：如唐德宗《移京西戎兵備關東誓文》，知非宣公莫能措手。

令

王懋公曰：蕭齊時，梁王欲宣德皇后禪位，命任昉爲令，《文選》載之，是固然矣。予觀賈誼《上文帝書》，謂「天子之言曰令，諸侯之言曰令」，蓋傷其制度不定如此。可見令在漢世，無分于君臣，至文帝時猶然。而高帝有《赦天下令》。真西山乃云：「是時方平項羽，尚未即位，故不言詔。」其亦未之詳考深思耳。天下之大，亦既可赦，非帝而何，猶不可稱詔乎？其不稱詔而稱令，正以令亦天子之言，而用此以號令於天下。又字書「大命小令」之説，亦甚拘泥。禪位，遜天下也。大赦，因即位也。天下之事，孰大于此？秦改令曰詔，徒爲多事。又令爲皇后太子所稱，特秦法而已，未可以之槩古制也。《書》稱「令出惟行」，乃知令之名由來已遠。若論其用，如赦宥、求才、求言諸類，未可悉數。

《明辨》曰：按劉良云：「令，即命也。七國之時並稱令。秦法，皇后太子稱令。」意其文與制詔無大異，特避天子而别其名耳。然考《文選》有梁任昉《宣德皇后令》一首，而其詞華靡，不可法式。今取載于史者，採而録之。

册

王懋公曰：或謂册體始于《洛誥》，非也。觀《書·多士》：「惟殷先人，有册有典，殷革夏命。」則册書由來已久，其不自周始可知。《明辨》謂古者止施之臣下，亦非。觀《顧命》：「丁卯命作册度。」註云：「命史爲册書法度，傳顧命于康王。」是且施于新主矣。《明辨》又謂後世祭享亦用之，則又非。觀《洛誥·丞祭歲》：「王命作册，逸祝册。」古人祭祀告神，何嘗不用册書？又觀漢唐宋册文，或用之玉立，或用之封哀，或用之謚贈與祝祭。近人有謂漢唐宋册，惟頒制臣下，謬亦猶之《明辨》矣。至于潘勗《册魏公九錫文》，名雖代漢獻帝制，實則爲操賊作鷹犬耳。《文選》録之，無識抑又甚矣。

《辨體》曰：按《漢書》，天子所下之書有四，一曰策書。注曰：「策者，簡編也。其制長二尺，短者半之。一云，其次一長一短，兩編下附。篆書，起維年月日，以命諸侯王公。一云，不簡，命諸侯王公亦以誄謚。若三公以罪免，亦賜策，則用一尺木而隸書之。」一木兩行，隸書，面賜之，其長一尺。又按《唐·百官志》曰：「王言有七，一曰册書，立皇后皇太子、封諸王則用之。」《説文》云：「册者，符命也。諸侯進受于王，象其札一長一短，中有二編之形。」當作册，古文作笧，蓋册、策二字通用。至唐宋後不用竹簡，以金玉爲册，故專謂之册也。若其文辭體制，則相祖述云。

《明辨》曰：册，字本作「策」。蔡邕云：「策者，簡也。漢制命令，其一曰策書。」當是之時，惟用木簡，故其字作「策」。至于唐人，逮下之制有六，其三曰册，字始作「册」，蓋以金玉爲之。又按古者册書施之臣下而已，後世則郊祀、祭享、稱尊、加謚、寓哀之屬，亦皆用之，故其文漸繁。今彙而辨之，其目凡十有一：一曰祝册，郊祀祭享用之。二曰玉册，上尊號用之。三曰立册，立帝、立后、立太子用之。四曰封册，封諸王用之。五曰哀册，遷梓宫及太子諸王大臣薨逝用之。六曰贈册，贈號、贈官用之。七曰謚册，上謚、賜謚用之。八曰贈謚册，贈官并賜謚用之。九曰祭册，賜大臣祭用之。十曰賜册，報賜臣下用之。十一曰免册，罷免大臣用之。今制，郊祀、立后、立儲、封王、封妃，亦皆用册；而金、玉、銀、銅之制，各有等差，蓋自古迄今，王言之所不可闕者也。今録古作以垂式云。

王懋公曰：册書，古如漢武帝《封三王策》，俗如漢順帝《詔祭楊震策》。武帝三王之封，史遷愛其文辭爛然可觀，是以録之。予嘗稱子長爲文章一大選手，非誣也。

沈石夫曰：唐册后文，自「上尊號」下即止，疑非全文。宋則「恭惟太后」以下，全以散行之，應非極則，存之以誌一種。

王懋公曰：唐劉餗《隋唐嘉話》：「崔融司業作《武后哀策文》，因發疾而卒，時人以爲三二百年無此文。」予謂題既可恥，文安得佳？惟駱丞《檄》乃武實録，爲可貴耳。何唐人之瞶瞶也？

「鑿南山之竹，書罪無窮；竭東海之波，流惡難盡。」請以此書于金輪哀册後。

《明辨》曰：宋真德秀曰：「漢免大臣有册，始見于宣帝之免蕭望之。其後成帝免薛宣、翟方進，哀帝免孔光、師册、馬宮、傅喜，皆極其切責，無復遷就爲諱之意。方進至于自殺，豈所以待臣下哉！惟《賜史丹策》，辭頗温厚，得進退大臣體。」

諭祭文

《明辨》曰：按諭祭文者，天子遣使下祭之詞也。或施諸宗室妃嬪，以明親親；或施諸勳臣大臣，以明賢賢，而示君臣始終之義。自古及今皆用之，蓋王言之一體也。

王懋公曰：如隋文帝《祭薛濬文》，亦諭祭之一，此君祭臣也。若臣之祭君，如宋朱弁《奉送徽宗大行文》：「歎馬角之未生，魂消雪窖；攀龍髯而莫逮，淚洒冰天。」令我今日放聲大哭。嗟夫！「事有曠百世而相感者，予亦不自知其何心。」非昌黎語耶？嗚呼！

鐵立文起後編卷之三

臣語

論諫

王懋公曰：人臣進言，自有定體。昔韓文氏云：「毋文，文弗省也；毋多，多弗竟也。」最爲要語。至于論諫，當合奏疏而爲一。觀《虞書》「敷奏以言」，是奏亦可以包論諫矣，何用别爲一體？今姑存文恪之説於左。

《辨體》曰：古者諫無專官，自公卿大夫以至百工技藝，皆得進諫。隆古盛時，君臣同德，其都俞吁咈，見于語言問答之際者，考之《書》可見。西山真氏以爲聖賢大訓不當與後之文辭同録。今謹取其所載《春秋内外傳》諫争論説之言，著之于首。其兩漢以下諸臣進説，有可以爲法戒者，間亦採之，以附于後云。

上書

《明辨》曰：按字書云：「書者，舒也，舒布其言而陳之簡牘也。」古人敷奏諫説之辭，見于《春秋内外傳》者詳矣。然皆矢口陳言，不立篇目，故《伊訓》、《無逸》等篇，隨意命名，莫協于一；然亦出自史臣之手，劉勰所謂「言筆未分」，此其時也。降及七國，未變古式，言事于王，皆稱上書。秦漢而下，古制猶存。蕭統《文選》欲其别于臣下之書也，故自爲一類，而以「上書」稱之。今存其例，歷採前代諸臣上告天子之書以爲式，而列國之語上其君者，亦以類次雜于其中。其他章表奏疏之屬，則别以類列云。

王懋公曰：如楚李斯《上秦王逐客書》，燕樂毅《報燕王書》，皆先秦佳製。後如安石之《上仁宗》、東坡之《上神宗》，其亦洋洋哉大國之風乎！

奏疏

《辨體》曰：按唐虞、禹皋陳謨之後，至商伊尹、周姬公，遂有《伊訓》、《無逸》等篇，此文辭告君之始也。漢高惠時，未聞有以書陳事者。迨乎孝文，開廣言路，於是賈山獻《至言》，賈誼上《政事疏》。自時厥後，進言者日衆。或曰上疏，或曰上書，或曰奏劄，或曰奏狀。慮有宣泄，則囊封

以進，謂曰封事，考之于史可見矣。昔人有云：「君臣相遇，雖一語有餘；上下未孚，雖千萬言奚補？爲臣子者，惟當罄其忠愛之誠而已爾。」信哉！

《明辨》曰：按奏疏者，羣臣論諫之總名也。奏御之文，其名不一。七國以前，皆稱上書。秦初，改書曰奏。漢定禮儀，則有四品：一曰章，以謝恩；二曰奏，以按劾；三曰表，以陳請；四曰議，以執異。然當時奏章，或上災異，則非專以謝恩。至于奏事亦稱上疏，則非專以按劾也。又按劾之奏，別稱彈事，尤可以徵彈劾爲奏之一端也。又置八儀，密奏、陰陽皂囊封板，以防宣泄，謂之封事。而朝臣補外，天子使人受所欲言，及有事下議者，並以書對。則漢之制，豈特四品而已哉？魏晉以下，啓獨盛行。唐用表狀，亦稱書疏。宋人則監前制而損益之，故有劄子，有狀，有書，有表，有封事，而劄子之用居多，蓋本唐人牓子、録子之制而更其名。上書、章、表，已列，其他篇目，更有八品：一曰奏。奏者，進也。二曰疏。疏者，布也。漢時諸王官屬于其君，亦得稱疏，故以附焉。三曰對。四曰啓。啓者，開也。五曰狀。狀者，陳也。狀有二體，散文、儷語是也。六曰劄子。劄者，刺也。七曰封事。八曰彈事。各以類從，而以《至言》冠于篇，以其無可附也。至于疏、對、啓、狀、劄五者，又皆以「奏」字冠之，以別于臣下私相對答往來之辭。及論其文，則皆以明允篤誠爲本，辨析疏通爲要，酌古御今，治繁總要，此其大體也。奏啓入規而忌侈文，彈事明憲而戒善罵，此又學者所當知也。今制：論政事者曰題，陳私情者曰奏，皆謂之本，以及讓官謝恩之類，並用散文，

間爲儷語，亦同奏格。至于慶賀，雖倣表詞，而首尾亦與奏同；惟史館進書，全用表式。然則當今進呈之目，惟本與表二者而已。革百王之雜稱，減中世之儷語，此度越前代者也。

楊龜山曰：爲人要有温柔敦厚之氣，對人主語言及章疏文字，蓋尤不可無也。

劉平國曰：奏疏不必繁多，爲文但取其明白，足以盡事理、感悟人主而已。

或曰：文章自三代而後，秦漢最稱簡古。惟《治安策》、《天人策》，纍纍凡數百萬言，漢人長文章，自賈誼、董仲舒作俑始。漢武帝束帛加璧，安車駟馬，迎申公。既至，問治亂之事。申公曰：「爲治不在多言，顧力行何如耳。」《太史公序》云：「上方好文辭，見申公對，默然。」申公此時八十餘，識見老成，此言不獨救武帝好文辭，且欲救董、賈文章之多也。辭尚體要，上之諭俗且然，况人臣之章奏乎？章奏至數百萬言，即儒生讀之，口燥舌沸而不能止；天子一日萬幾，其又肯竟而讀之乎？故觀申公一言，覺董、賈文章尚有少年氣習。

王懋公曰：奏如賈山《至言》、魏相《明堂月令奏》，疏如賈誼《陳政事疏》，對如漢吾丘壽王《議禁民挾弓矢對》，啓如梁任昉《爲卞彬謝修卞忠貞墓啓》，狀，古如韓愈《爲宰相賀白龜狀》，俗如張九齡《觀御製喜雪篇陳情狀》也。

或曰：狀者，人臣條奏之明疏也。宣公屬第一手筆。其作法，先叙事之本末；次則進斷其是非，明晰精確，令人主易從；末則爲之區處停當，一見識高，一見忠至。有危聳處，有正大處，

有紆曲處，有長辨處，要在因事大小利害，爲行文之波折而已。

王懋公曰：歐公《歸田録》云：「唐人奏事，非表非狀者謂之牓子，亦謂之録子，今謂之劄子。凡羣臣百司上殿奏事，兩制以上，非時有所奏陳，皆用劄子。中書樞密院，事有不降宣勅者，亦用劄子。與兩府自相來往亦然。若百司申中書，皆用狀。惟學士院用啓報，其實如劄子，亦不書一名，但當直學士一人押字而已，今俗謂草書名，謂押字也。謂之咨報。此唐學士舊規也。唐世學士院故事，近時隳廢殆盡，惟此一事在爾。」往觀陸宣公有《榜子集》，則亦可見文忠之言信而有徵。至於論文，如歐之《論修六塔河劄子》，可稱大手筆矣。

王懋公曰：漢置密奏之儀，則有封事已久。或謂始于劉向，非也。況即以文論，張敞《論霍氏封事》，在宣帝時；而劉向極諫外家，又爲成帝之二年，其相去亦甚遠矣。

或曰：封事，人臣封口之秘書也。夫既奮不顧死，直陳所懷，必能快暢淋漓。然激切之中，須寓處分之策，上不暴主之短，下不戹臣之生，所謂善處人父子間者，是萬全之計也。不沾直，不狂放，方見忠臣之用心。

王懋公曰：彈文，劾如漢王尊《劾丞相衡》等奏，奏彈如梁任昉《奏彈曹景宗》。又沈約有《修竹彈甘蕉文》，雖屬戲筆，而其意則嚴毅之甚也。

《辨體》曰：按《漢書》注云：「羣臣上奏，若罪法按劾，公府送御史臺，卿校送謁者臺。」是則

按刻之名，其來久矣。梁昭明輯《文選》，特立其目，名曰彈事。若《唐文粹》、《宋文鑑》，則載奏疏之中而已。迨後王尚書應麟有曰：「奏以明允篤誠爲本。若彈文，則必理有典憲，辭有風軌，使氣流墨中，聲動簡外，斯稱絶席之雄也。」是則奏疏彈文，其辭氣亦各異焉。

王懋公曰：近日青巖趙氏論彈事，以爲要仗義執言，筆下掀雷揭電。「如言及乘輿，則天子改容；事關廊廟，則宰相待罪，非泛常章疏也」。此偶引子瞻語，而彈文之神貌已畢現。因亟表而出之。

議

王懋公曰：或謂秦廷焚書之議起，後世人臣争事辨理則有議，是殆未取成王學古議事之言而一思之。遠如《明臺議》，又無論矣。至其文，有廟祀、公族、灾異、外國諸例，則在人推廣以盡其類。

《辨體》曰：《周書》曰：「議事以制，政乃不迷。」眉山蘇氏釋之曰：「先王人法並任，而任人爲多，故臨事而議。」是則國之大事，合衆議而定之者尚矣。今采漢、唐、宋諸臣所上議狀，次于奏疏，以備一體。若儒先私議，其有關于政理者，間亦取之而附于中云。

《明辨》曰：按劉勰云：「議者，宜也，周爰諮謀，以審事宜也。」昔管仲稱軒轅有明臺之議，則

議之來遠矣。至漢，始立駁議。駁者，雜也，雜議不純，故曰駁也。蓋古者國有大事，必集羣臣而廷議之，若罷鹽鐵、擊匈奴之類是已。厥後下公卿議，乃始撰詞書之簡牘以進，而學士偶有所見，又復私議于家。文以辨潔爲能，不以繁縟爲巧；事以明覈爲美，不以深隱爲奇。此外又有謚議，則別爲一體云。

王懋公曰：如漢劉歆《毁廟議》，唐柳宗元《駁復仇議》，即昌黎猶不能及。

章

《明辨》曰：按劉勰云：「章者，明也。」古人言事，皆稱上書。漢定禮儀，乃有四品，其一曰章，用以謝恩。及考後漢，論諫慶賀，間亦稱章，豈其流之寖廣歟？自唐而後，此制遂亡。

王懋公曰：如漢郎顗《上灾異章》，曹植《封二子爲公謝恩章》，梁江淹《爲蕭領軍拜侍中刺史章》。按：東漢順帝二年，問以灾異，故顗上章云。

説書

《明辨》曰：按説書者，儒臣進講之詞也。人主好學，則觀覽經史，而儒臣因説其義以進之，謂之説書。惟《蘇文忠公集》有《邇英進讀》數條。而《文鑑》取以爲説書題。及觀《王十朋集》，似

稍不同，然亦不能敷陳大義。今制：經筵進講，亦有講章，首列訓詁，次陳大義，而以規諷終焉。欲其易曉，故篇首多用俗語，與此類所載者夐異。

王懋公曰：如蘇軾《問大夫無遂事對》，又《問〈小雅·周之衰〉對》，謂季札、文中皆得其偏而未備，亦確。

符命

王懋公曰：符命，體見《文選》，若司馬長卿之《封禪》，漢武使人求遺書得之。觀李賀「惟留一簡書，金泥泰山頂」之詩，則此書似不可少。觀林逋「茂陵他日求遺草，猶喜曾無《封禪書》」之句，長卿不作可也。至楊子雲《劇秦美新》，無論其事可恥，而其文亦不能佳。或謂此另一楊雄，非草《太玄》、《法言》者。予謂必如是乃可。班固《典引》，或稱其絶勝千古。予謂漢人之文，佳者甚多，何數此乎？姑以備體而已。

《明辨》曰：按符命者，稱述帝王受命之符也。其文肇于相如。楊雄《美新》，班固《典引》，邯鄲淳魏人。《受命述》，相繼有作，而《文選》遂立「符命」一類以列之。今聊採馬班二首，庶俾馳騁文藝者不蹈劉勰「勞深勣寡」之誚云。

牋

王懋公曰：古人用牋，有請勸，有陳乞，有慶賀，有陳謝，非一端可盡。即以《文選》言之，已有或辭、或勸進之不同。近有論作牋，而專言惜别思聚，云何？且牋亦始于東漢，而謂始自三國，則尤非也。

《明辨》曰：按劉勰云：「牋者，表也，識表其情也。」字亦作「箋」。古者君臣同書，至東漢始用牋記，公府奏記，郡將奏牋。若班固之説東平，黄香之奏江夏，所稱郡將奏牋者也。是時太子諸王大臣皆得稱箋，後世專以上皇后太子，于是天子稱表，皇后太子稱牋，而其他不得用矣。其辭有散文，有儷語，分爲古、俗二體而列之。今制：奏事太子諸王稱啓，而慶賀則皇后太子仍並稱牋云。

王懋公曰：古如魏阮籍《爲鄭冲勸晉王牋》，吴質《在元城與魏太子牋》，晉陸機《至洛與成都王牋》，宋謝靈運《與廬陵王義真牋》；俗如宋汪藻《賀皇太子正位牋》。若繁欽《與魏文牋》，淫荒之譏難以免矣。

或曰：牋妙于晉魏，盛于六朝，妙音天度，雋味神腴，氣高體亮，辭惻情深，使人反覆淫泆。欲其不爲雅流，吾不信也。魏晉之文冲妙，六朝之文韻永，皆佳製之可師者。

教

王懋公曰：《文選》傅亮《爲宋公修張良廟教》、《修楚元王廟教》，皆爲劉裕也。時裕尚未篡位，故曰公。諸侯言曰教。

《明辨》曰：按劉勰云：「教者，効也，言出而民効也。」李周翰云：「教，示於人也。」秦法，王侯稱教；而漢時大臣亦得用之，若京兆尹王尊出教告屬縣是也。故陳繹曾以爲大臣告衆之辭。

王懋公曰：如諸葛武侯《與李豐教》、《與羣下教》，皆經國者所當知。

笏記

王懋公曰：《釋名》：「笏，忽也，備忽忘也。」《玉藻》：『史進象笏，史掌文史之事。書思對命。思，謂思念告君之事；對，謂告君之辭；命，謂君令當奉行者。三者書于笏，恐遺忘也。』此笏記之所由來，其事遠矣。又曰：「凡有指畫于君前，用笏；因事有所指畫，用手則失容，故用笏。造詣君所。受命於君前，則書于笏。笏畢用也，此謂每事皆用耳。古者貴賤皆執笏，書君上政令，有事搢之于要帶中。」笏記之文始于宋，如蘇軾有《謝宣入院笏記》，可證。又人臣書笏以便奏，其故有二：一爲有緊要事，恐臨時或遺；一爲有難記事，恐一時說不出。聞往有召十三布政，問以民情風俗，皆縷縷能道其詳。及問

錢穀數目，則默不能對，遂至罷職，惟一人細書笏上，一一言之，獨稱旨。亦可見笏之爲益大矣。又坡公《送歐陽推官詩》：「臨分出苦語，願子書之笏。」此用以記私事，又當別論。

致辭

王懋公曰：致辭當附表，並列臣語。以表亦學者所有事，不獨人臣，故與判相次爲一類。春秋時，越文種有《祝越王辭》二章，此致辭之始也。後如蘇軾《內中御侍已下賀皇帝冬至致辭》、《內中侍御已下賀皇太后冬至致辭》，其文皆可觀。

《明辨》曰：按致辭者，表之餘也。其原起于越臣祝其主，而後世因之。凡朝廷有大慶賀，臣下各撰表文，書之簡牘以進，而明廷之宣揚，宮壼之贊頌，又不可缺，故節略表語而爲之辭。觀《宋文鑑》以此雜于表中，蓋可知已。今之祝贊，即其制也。

鐵立文起後編卷之四

國　事

盟 誓附

《明辨》曰：按《禮記》：「涖物曰盟。」劉勰云：「盟者，明也，祝告于神明者也。」亦稱曰誓，謂約信之詞也。三代盛時，初無詛盟，雖有要誓，結言則退而已。周衰，人鮮忠信，於刑牲歃血，要質鬼神，而盟繁興，然俄而渝敗者多矣。以其爲文之一體也，故列之而以誓附焉。夫盟誓之文，「必序危機，獎忠孝，共存亡，戮心力，祈幽靈以取鑒，指九天以爲正，感激以立誠，切至以敷詞，此其所同也」。然義存則克終，道廢則渝始，亦存乎人焉耳。

王懋公曰：盟如周王子虎盟諸侯于踐土，晉、鄭同盟于亳衛，寧俞盟衛人于宛濮，唐與吐蕃使盟；誓如晉郄鑒討祖約蘇峻誓，亦得誅亂侮亡之遺意。

符

《明辨》曰：按字書云：「符，信也。」古無此體，晉以後始有之。唐世，凡上迨下，其制有六，其六曰符；尚書省下于州，州下于縣，縣下于鄉，皆用之。蓋亦沿晉制也。然唐文不少概見，姑採晉及南朝諸篇列之，所以備一體云。

王懋公曰：符如陳尚書《討陳寶符》，惜其名氏不傳，亦尚論之一闕。

檄

王懋公曰：檄者，激也，昔人所謂激發人心者是也。《辨體》、《明辨》尚少此義，故補著之。文如司馬長卿《檄蜀》，則爲武帝（餙）〔飾〕非文過。或謂諷諫，終涉强詞。而世又稱陳琳之檄，能愈老瞞頭風。予謂爲袁檄曹，殊快人心；又爲魏檄吴，不可謂名正言順，而文亦失之繁碎；皆不及駱檄武曌，辭嚴義正，兼有昂霄之意。至若吴筠《移檄江神》，想奇事奇，應稱絶類離倫矣。

《辨體》曰：按《釋文》：「檄，軍書也。」春秋時，祭公謀父稱文告之辭，即檄之本始。至戰國張儀爲檄告楚相，其名始著。劉勰云：「凡檄之大體，或述此休明，或叙彼苛虐。指天時，審人事，筭强弱，角權勢。故植義颺辭，務在剛健。插羽以示迅，不可使辭緩；露板以宣衆，不可使義

隱。」大抵唐以前不用四六，故辭直義顯。昔人謂檄以散文爲得體，豈不信乎？

《明辨》曰：《說文》云：「以木簡爲書，長尺二寸，用以號召；若有急則插雞羽而遣之，故謂之羽檄，言如飛之疾也。」古者用兵，誓師而已。後人倣之，代有制作。而其詞有散文，有儷語。儷語始于唐人，蓋唐人之文皆然，不專爲檄也。今取數首以爲法式。其他，報答諭告，亦並稱檄，故取以附焉。又州郡徵吏，亦稱爲檄，蓋取明舉之義，而其詞不存。

露布

王懋公曰：露布，檄之類也，豈有取于《春秋》「佐助期，武露布，文露沈」之義乎？非也。宋均云：甘露降其國，布散者人上武，文采者則甘露沈重，沈重者人尚文。其意不過呈露于外、以布告人而已，何庸以穿鑿立說爲？宋許觀《東齋記事》：「《隋・禮儀志》：『後魏每攻戰克捷，欲天下知聞，乃書帛建于竿上，名爲露布。其後相因施行。』」《事物紀原》引《世說》：「袁虎倚馬爲桓溫作北伐露布。」二者俱爲未得。漢賈逵爲馬超作《伐曹操露布》，自後漢已有之，豈書帛揭竿、實自後魏始耶？然露布之語，其來亦久矣。《漢官儀》：「凡制書皆璽封，惟赦贈令司徒印，露布。」要即此也。如此論露布，可謂欲窮千里、更上一樓，諸家皆不能及。

《辨體》曰：按《通典》云：「元魏攻戰克捷，欲天下聞知，乃書帛建于漆竿上，名爲露布。」此

其始也。考諸《文章緣起》，則曰：「漢賈洪爲馬超伐曹操作露布。」及《世説》又載：「桓温北征，令袁宏倚馬撰露布。」是則魏晉以前亦有之矣。《文心雕龍》又云：「露布者，蓋露板不封，布諸視聽。」近世帥臣奏捷，蓋本于此。然今考之，魏晉之文，俱無傳本；唐宋雖有傳者，然其命辭，全用四六，蓋與當時表文無異。西山嘗云：「露布貴奮發雄壯，少麄無害。」觀者詳焉。取其一覽即審，故不嫌少麄。然文人以此見長，往往窮工。

《明辨》曰：按露布者，軍中奏捷之辭也。杜（祐）〔佑〕以爲自元魏始，誤矣。又按劉勰《檄移》篇云：「檄，或稱露布。」豈露布之初，告伐告捷，與檄通用，而後始專以奏捷歟？

王懋公曰：如晉前鋒都督《平兗青州露布》，又如唐于公異《破朱泚露布》。近有作《討蠹魚露布者》，亦足證告伐之説。若楊用修《平蚊露布》，則又愈出愈奇。

公　移

《明辨》曰：按公移者，諸司相移之詞也；其名不一，故以「公移」括之。唐世，凡下達上，其制有六，其二曰狀，百官于其長亦稱之。其五曰辭，庶人言爲辭。其六曰牒，有品以上公文皆稱牒。諸司自相質問，其義有三：一曰關，謂關通其事也；二曰刺，謂刺舉之也；三曰移，謂移其事于他司也。宋制：宰執帶三省樞密院事出使者，移六部用劄；六部移宰執帶三省樞密院事出

使者，及從官任使副移六部，用申狀；六部相移用公牒。今皆不能悉存，姑取其著者列之。今制：上逮下者曰炤會，曰劄付，曰案驗，曰帖，曰故牒；下達上者曰咨呈，曰案呈，曰呈，曰牒呈，曰申；諸司相移者曰咨，曰牒，曰關；上下通用者曰揭帖。大約因前代之制而損益之耳。

王懋公曰：狀如蘇洵《修禮書狀》，牒如柳宗元《爲裴中丞伐黄賊轉牒》，由此推類，以盡其餘可也。

榜

王懋公曰：宋黄震氏有《諭上户榜》，體則散文，言皆至性，雖與天地並壽可也。凡古今詩文，要未有不情至而能傳者，允堪爲此類之式。

祝文

王懋公曰：祝辭，與祭一類。《禮·郊特牲》：「祭有祈焉，有報焉，有由辟弭焉。」《解》云：「祈如《周禮·祈福》之類，報則獲福而報，辟謂用此以消弭之也。」而由此以推之，曰告，曰修，曰謁，亦無他奥義可知。

《明辨》曰：按祝文者，饗神之辭也，劉勰所謂「祝史陳信，資乎文辭」者是也。昔伊祈始蜡以

祭神，其辭云：「土反其宅，水歸其壑，昆蟲毋作，草木歸其澤。」此祝文之祖也。厥後虞舜祠田，商湯告帝，《周禮》設太祝之職，掌六祝之辭。春秋以降，史辭寖繁，則祝文之來尚矣。考其大旨，實有六焉：一曰告，二曰修，三曰祈，四曰報，五曰辟，六曰謁，用以饗天地、山川、社稷、宗廟、五祀、羣神，而總謂之祝文。其詞亦有散文、儷語之别也。

王懋公曰：告如漢昭烈《祭告天地神祇文》，修如周迎《曰辭》、曾鞏《秋賽文》，祈如梁江淹《蕭大傅東耕咒文》、柳宗元《禜門文》、歐陽《求雨祭文》，報如周《祭天辭》、《祭地辭》、韓愈《祭城隍文》，辟解見前，謁如蘇軾《杭州謁文宣王廟祝文》，「昔自太史，通守是邦。今由禁林，出使浙右」云云。

嘏　辭

《明辨》曰：按嘏者，祝爲尸致福于主人之辭，《記》所謂「嘏以慈告」者是也，辭見《儀禮》。其他文集不載，惟《蔡中郎集》有之。

王懋公曰：如周《祭禮嘏辭》，漢蔡邕《九祝辭》。此祝與嘏名雖異，而實未嘗不同也。

玉牒文

王懋公曰：玉牒之名，實始漢武。其制，封廣丈二尺，高九尺，其下則有玉牒書。書秘史遷作《封禪書》，所以致譏。唐則僅柳宗元非之。賢如韓愈，亦勸憲宗，其他可知。宋真宗時，天書紛紛。識者笑曰：「天何言哉！豈有書也？」乃欲以封禪誇大外國，愚已。此所以和靖有「求草喜無」之詩也。我於此類文欲竟削去，今姑存之以示戒。

《明辨》曰：按玉牒文者，封禪告天之文也。世傳禹《玉牒辭》曰：「祝融司方發其英，沐日浴月百寶生。」蓋後人附會之文耳。漢武帝時，司馬相如病且死，勸帝封禪，故有《玉牒》傳于今。然其事不經，明主所不爲也。今姑録其文以備一體。

王懋公曰：如宋真宗《封祀玉牒文》，其事書之于史，徒貽譏耳。噫！七十二君，未嘗立石，而秦碑漢禪，磨崖陰字，何爲乎？然有此而金泥玉檢之盛，岱史且侈之以爲美談矣。

鐵立文起後編卷之五

策論通論

王懋公曰：唐開元十二載，詔以詩賦取士，失之靡矣，何如策論有關名理實事之爲得哉？今畧言之。《吕氏春秋》中有《六論》，則論之名不始于漢。若賈誼《過秦》入于《史記》，《治安》載於《漢書》，皆經濟文章，堪爲論策弁冕。武帝時，董江都之三對，視公孫弘殆如奴僕，曲學阿世，何益之有？進士置科始自隋煬，其試亦兼用策，獨惜未見有卓然可傳者。唐高宗時，劉思玄始奏進士加雜文，明經加帖括，他若試士以箴、頌、論贊之類亦不一。而學士院試，又或以制、詔、批答。有明試士，大率倣宋。初亦兼詔誥，後乃專用策論判表。而其餘，學者皆棄而不習矣。至言策論之佳，西漢而後，共推三蘇。予謂三蘇論不及策，而〔穎〕〔潁〕濱之《君術》、《臣事》、《民政》等篇，則又若神仙縹緲於九天之上，即老泉、東坡亦應遜之。明代後場，亦策勝表，表勝論，程勝墨，如王弇州、馮北海之策、論、表，可謂崛起一時，不讓古人。文太青以賦爲論，自是別調而非其至

者。初，高祖嘗語劉三吾曰：「唐虞詢事考言，今試策是其遺意。命廷試只用策一道。」其重策如此。嗚呼！後之不愧此制者晨星落落矣。

孫子遹曰：賢良文學之有制策也，自西漢始也。其變爲進士科也，自隋大業始也。明經詩賦，唐宋兼收，本欲驅學究而進士，卒至驅進士而學究。此王安石之所自歎也，而我朝之制科倣此矣。武舉起于天后，然所試者不過騎射翹關已耳。武舉而有策試也，亦自宋始也，而我朝之武舉倣此矣。

王懋公曰：策論，文中大觀，未易言也。立論之家，識欲其卓。劉元城謂後生未可遽立議論，以褒貶古今，蓋見聞未廣、涉世淺也。薛文清亦云，切不可隨衆議論前人長短，要當己有真見乃可。在古人之後，議古人之失則易；處古人之位，爲古人之事則難。況理之精微、事之盤錯，尤有不可苟者乎？故曰「識欲其卓」。對策之際，心欲其誠。張南軒嘗自謂：某每登對，必先自盟其心曰，切不可見上喜怒，隨便順去；恐一時隨順，後來收拾不得故也。昔平津之對，重一和字；董子之言，重一正字，而賢不肖之分具見於此，天下後世，誰可欺乎？故曰「心欲其誠」。論策之法，學欲其博。經史時事，我欲取朱胡二氏之言爲則以講明之。晦菴嘗議分《易》、《書》、《詩》爲一科，三禮爲一科，《春秋三傳》爲一科，使士以次而習夫經；《國語》、《史記》、《兩漢》爲一科，《三國志》、《晉書》、《南北史》、《唐書》爲一科，《通禮新義》爲一科，兵法、刑統、勅令爲一科，使

士以次而習夫史。胡安定教授湖州，立經義治事齋，以敦實學；而於明經之外，凡邊防、水利、兵刑、錢穀、屯田、鹽法，皆一一精求。其後仁宗興太學，詔取其法，著爲定式。今之學者亦當奉以自習。不然，遇有大事，議論得失，蒙然張口，如坐雲霧，辱亦甚矣。以此見學之不可以不博也。

王懋公曰：宋以來有莫大之陋，半山《經義》已自悔矣。其後明高祖見臣僚以八比文字進，曰「何爲説過又説」。大哉王言！惜羣臣不悟而仍用之。夫文何以必對，對又何故必八，無論排體不古，而以筆代聲口，如優戲舜、侮聖孰甚？罷此而用策論，則足以吐士氣而觀經濟。但其學，今人多輕視之。噫！談何易耶？歐陽文忠與人書曰：「丘舍人所示雜文，竊嘗覽之。然觀其用意在于策論，此古人之所難工，是以不能無少闕。其救弊之説甚詳，而革弊未之能至。見其弊而識其所以革之者，才識兼通，然後其文博辨而深切於中時弊，而不爲空言。蓋見其弊，必見其所以弊之因，若賈生論秦之失而推古養太子之禮，此可謂知其本矣。近世應科目文辭，求若此者蓋寡。必欲其極致，則宜少加意，然後焕乎其不可禦矣。」然則世之易言策論者，豈其才過古人歟？不然，悔不十年讀書之歎，似亦不可少也。即如蘇氏兄弟，少年並負盛名，然其試論竟未見有登峰造極之篇；而昌黎省試《不貳過》，亦不能大饜人意。觀此，然後知古人難工，良非虚語。

彭躬菴曰：詞章之學，其弊久矣。歐陽永叔、蘇子瞻既成進士，益慚恨其取科第之文，盡舍

之，以求進于古，而其文章遂以名天下而傳後世。

李爾翼曰：論則直露作者本色，只就自家一段性靈，寫出天地一段自然道理，匠心信口，得大自在。除至聖先師語句外，有罅縫處，翻駁斡旋，淋漓滿志，自見手眼，全在此際。切不可落近體一種油滑惡道，使人之稍具肺腸者，過眼作數日惡。至如策學，經經緯緯，須如長沙黄州，肚皮中别具一副才識始得。要之遇合又全不關此。

《名山業》曰：世道之降，由于經濟之衰；文章之壞，本于學問之淺。今惟以可俾實用者爲最，其他勦襲辭章，剪花掇彩，均無貴焉。

文章本於氣骨而成於學力，真能古人自命，便可奴隸百家。若得其字句而遺其神理，陋矣。故今但以文章氣局爲主，拾千家之殘瀋，團百氏之敗絮，而以爲工，吾不信也。

《鏡林》曰：論必以先正爲醇奇，表則古今俱有長也。制策期于通達時務，如河漕之類，數十年間輒多變易；即曆律、屯馬、鹽法、錢鈔諸政，今日之弊，不越先輩名臣所料，然亦微有異同，故須多讀時策也。

或曰：學者束書不觀，因陋就簡，于時文之外，全不理會；而反笑苦心于策論者爲迂闊而失計，可悲也已。

策

《辨體》曰：按《説文》：「策者，謀也。」凡録政化得失顯而問之，謂之對策。考之于史，實始漢之晁錯。錯遇文帝恭謙好問之主，不能明目張膽以答所問，惜哉！文帝親策賢良能直言極諫者，錯言不直。惟董仲舒學識醇正，又遇孝武初政清明，策之再三，故克罄竭所藴，帝因是罷黜百家，專崇孔氏，以表章六經，厥功茂焉。迨後，惟宋蘇氏之答仁宗制策，亦克輸忠陳義，婉切懇到，君子有取焉。

《明辨》曰：按古者選士，詢事考言而已，未有問之以策者也。漢文中年，始策賢良，其後有司亦以策試士，蓋欲觀其博古通今，與夫專劇解紛之識也。然對策存乎士子，而策問發于上人，尤必善爲疑難。今取古人策問之工者數首，分爲二類，一曰制策，二曰試策。

《明辨》曰：《漢書音義》曰：「作簡策難問，例置案上，在試者意投射取而答之，謂之射策。」劉勰云：「射策者，探事而獻説也，以甲科入仕。對策者，應詔而陳政也，以第一登庸。皆選賢之要術也。」又學士大夫，有私自議政而上進者。三者均謂之策，一曰制策，天子稱制以問而對者是也；二曰試策，有司以策試士而對者是也；三曰進策，著策而上進者是也。又宋曾鞏有《本朝政要策》，蓋當時進士帖括之類，故今不録。夫策之體，練治爲上，工文次之。然人才不同，或練治而寡文，或工文而疏治，故入選者，劉勰稱爲通才。

王懋公曰：《明辨》於試策，專以有司試士言之。予謂古者人主自爲文以問士，如漢策賢良而謂之制，此不待言；若後世所謂殿試，既正其名曰試，不謂之試策可乎？故今定試策爲二，一試于大廷，一試于有司，而總稱曰試。則策亦止有試與進二者而已，何以多立名目爲？若天子與有司之所問，亦别之以問可也。

袁坤儀曰：一以策取士，自漢文始，亦古者詢事考言之遺意。至我朝取人，則尤以策爲急。國初未設督學使者，提調之權，全在有司。孟月試經義，仲月論表，皆在黌宫；季月則專試策，有司主之。自此制一變，而策學幾廢矣。

王懋公曰：進策如賈生之《陳治安》，蘇明允之《審勢》、《審敵》，子瞻之《策略》、《策别》，子由之《君術》、《臣事》、《民政》是也。必實有經濟如是，而後以進策名，庶幾無愧。

《指南録》曰：今時既不重策，間有閲策者，亦止取其文采，而不取其練達。故爲今之士，作今之策，文詞亦不可畧，但當以練治爲主，工文次之耳。

袁坤儀曰：國初之制曰：試策只許直陳所見，不許修詞。《説文》云：「策者，謀也。」貴通達治體，敷陳確實。豈藉調脂弄粉、東塗西抹哉？宇宙間大學問，如天文、地理、曆律、兵刑之屬，杜氏《通典》以十八事盡之，《文獻通考》廣而爲二十四目。唐杜佑《通典》原目十九，如田賦、錢幣、户口、職役、征榷、市糴、土貢、國用、選舉、學校、職官、郊社、宗廟、王禮、樂、兵、刑與輿地、四裔是也。宋馬端臨《通考》益以五事，曰經籍、帝系、封建、象

緯、物異，凡二十四類。若節義、謚法、六書、道統、氏族、仙釋曰方外，則係《續考》所增。又《續考》於學校附書院，與杜、馬微異。此皆不可不知，故詳列之。今試每事精考熟于胸中，發之爲文，則爲名世之言；見之于用，則爲經世之學。彼以虛求，我以實應，何樂如之。欲精研學問，自有要法。韓愈云「紀事必提其要，纂言必鈎其玄」，士人各置空簿，將天文地理之目分列其上。日間讀書，或聽人談論，則隨手劄記于各目之下，久久積成大帖，不覺貫串矣。今人讀書，不知紀事纂言之法，旋讀旋忘，釋卷茫然，毋惑也。

策問大概有二，不問時務，則問經史。然二者亦自相關。問時務者，必引經史爲證；問經史者，必以時務終。作者須辨認二體，然後詳考所問，何者爲綱，何者爲紀；何者爲正問實事，何者爲泛引餘情；何者爲血脈，何者爲眼目。一一分泒已定，拿定一箇主意做去，則下筆自有氣勢，結構盡是經綸矣。

策之文，欲典欲圓。但典易失之板實，圓易失之虛浮。太實則俗，太空則浮。策語最易犯，當戒。

策目中意向輕重，體認既真，然後立己之意，摘採區處，如目中有好話頭，拈作張目，謂之超出問意；如目中有區別，即分賓主，謂之就題答問。或所問繁難，斷以一說，謂之立說斷制；或所問有疵，折以正理，謂之凌駕策題。主張在題目外，題目在主張中。不爲問目所困，而能盡折問者，如此方是高手。

《指南録》曰：策者，籌度之謂也。本於唐虞之稽衆，著于禹皐之陳謨，盛于漢廷之大對。嗣後上以此選，下以此應，而習日靡矣。蓋問者謀猷咨度，以審其計之是非；答者獻納開陳，以決其事之可否。科目設此，正謂識時務者在俊傑，欲以觀其明經而致用，非徒事乎無益之虚文。宋末專事套括，非策也。今之策，惟務直述，又非矢口白撰已也。正要見直是上下古今，疏陳利害，如排擊衆論，我之理勝而氣鋭；如指畫君前，我之情切而事明，自然聳聽。

策者，測也，所以測度當時之務，而不在于多述往事，而無所適從者也。但古今不可不通貫，如法制之沿革，人才之歷履，世道之盛衰，典籍之綱領。然亦不過識其大意，而掇其要領于前而已。惟在專意斷制，必吾策可用于今日，如此而已。才不貴華，貴古雅不浮，正當有法。聖制策，以規諷爲主。人材策，以抑揚爲主。典籍策，以折衷爲主。至于法制世道皆屬時務，此則固當通貫乎已往，尤在洞達乎當時。蓋策場所重者在時務，而策士所對，類皆究心已往，而不達當時。如籌邊一策，只以守戰爲言。至于九邊之彝情，渺無所識，有遼東不可施之薊州，宣大不可施之固原，守榆朴何如成筭於河套，制甘肅何如萬全於哈密，九邊：〇遼東鎮，明初廢郡縣，置衛所。〇北直，宣府鎮、薊州鎮。〇山西，大同鎮、三關鎮。〇陜西，榆林鎮、寧夏鎮、甘肅鎮、固原鎮。〇初設遼東、宣府、大同、延綏四鎮，延綏成化中徙鎮榆林。〇繼設寧夏、甘肅、薊州三鎮。〇又以山西鎮巡統馭偏頭三關，陜西鎮巡統馭固原，亦稱二鎮，遂爲九邊。〇并山西鎮爲九。〇河套，周迴三面阻黄河，土肥饒，可耕桑，切近陜西榆林堡。天順初，阿羅出，掠我邊人以爲向導，因知河套所在，不時出

没，遂爲邊害。○哈密，古伊吾廬地，永樂初設衛。凡此皆當設身處地，不襲常套。至于六曹時務，各例不一。總當通達國體，方爲識時。審如此而據事措詞，正大典雅。或駢頭直頭，或駢腹直腹，或駢尾直尾。味其意則忠愛有餘，覩其辭則古潤可度，其殆獨鳴祥鳳于高梧之上，而不與羣蛙共噪者歟？

如問漢，則羲皇之始與成周之盛，起處不可不叙。中間則惟説漢事成敗得失。叙漢事畢，則叙及本朝，制以己意斷之。至對問唐宋亦然。

陸象山曰：他人答策，隨問走答耳。我每對策，如身坐堂上部勒。堂下士卒，呼之則來，麾之則去，觀此策思過半矣。

趙運靈曰：快爽、縝密、整齊、鯁切、豪縱、波瀾、明白、簡健、純粹、剖决，此策之美者。若雷同、腐爛、冗長、緩弱、窘束、空疏、塵俗、貢諛、晦僻、套括，總策之病也。

《指南録》曰：時策見有四體：有問學該洽，條答無遺者；有題雖不記，識見超卓，只憑己意斷制，全不着題者；有題問間記，上以一二所記，敷衍成章，而其餘悉置者；有題雖不記，而對不舍題，隨題抑揚，而藏頭見意者。四科皆經入選，而末體最爲下乘也。

《名山業》曰：凡條陳事宜，須要出入經史，錯雜古今，實實可見諸行事。不可徒事漁獵，若象龍之致雨則幾矣。

作策者嗜古則不俗，從今則不戾，參伍以變，會通其觀，古可以通于今，今可以程乎古。皇王

之署，天文、地理、人事之紀，禮、樂、兵、刑、邊陲、河渠、錢穀之數，無不備焉。故覽一策而一朝時事可稽也，覽羣策而累朝故實可考也。

讀書以經世爲主。理亂得失之故，是非成敗之形，不預定於胸中，及臨事而卓然不眩者鮮矣。

作策時，須先有忠義之氣蓄于胸中。若立朝侃侃而談，不避權貴，言之者無罪，聞之者足以戒，斯足以見文章經濟之合矣。

汪苕文曰：元時《三衢文會》，諸策所答，周正一説，亦皆援據精核，敷陳詳贍，庶可以見其所存矣。

《名山業》曰：明策凡有數變。弘、正以前，渾噩簡朴，鬱而未宣。文成公爲世大儒，所尚在眉山父子，明白典顯，膾炙士林，此一變也。王華州出，而刻意摹古，投胎子長，奪骨孟堅，令人始覩漢官威儀，又一變也。新鄭江陵，力猛才鷙，且身居宰輔，意在揮霍，語多綜核，又一變也。弇州雲杜，以文人之雄，信筆揮灑，無言不長袖善舞；婁東以經國之手，渝墨縱横，有攄必伐山驚魂，又一變也。至馮臨朐、陸蘭陰，曉暢機務，燭數物情，似韓公子之洋洋纚纚，發言必當，又一變也。

《指南録》曰：策欲博古通今，古惟宗《文獻通考》，今惟宗《大明會典》弘治時，上以累朝典制未會于一，命徐溥等修之。足矣。如魯鈍之甚，不能徧閲二書，只將策目幾許各擬作一篇，亦勝拾殘膏剩馥

以欺主司者。

《名山業》曰：策之雄者，無過《戰國》。然審事達勢，必推晁、賈，其議爲可久而其言爲可用也。我朝以八股取士，影響之論，既不可實見之施爲；至制策一途，又復勦襲陳説，塵飯土龍，安所用之？惟以通達國體、審合時勢爲宜。庶古今之得失，政治之存亡，可以指掌瞭然矣。○近日之制義漸長，策論漸短，亦一異事。

篇　法

《指南録》曰：大抵起頭發策，樂作而金聲也；中間答策，樂陳而雅奏也；後面獻策，樂終而玉振也。○策冒無不對之句，而間有突然叙起不用對者，此方中之圓，善用圓者也。其起處則必用援引入題；繳處則或諷斷，或顯斷，或條列以爲之斷，或設譬以爲之斷，只看人筆力何如。

破題要看策題何如。問兵財則出兵財字，問刑獄則出刑獄字，觸類而長，莫不皆然。若只掇拾陳言，彫鎸巧語，可恥之甚。○承者所以發明破題之意，須要轉換曲折，使終篇主意盡見于數句之中，其語言尤不宜太多，恐失之泛。○叙策題畢，將入腹講，須作一小股，引入正答，亦如經義之講，然其爲體亦不一。又不可與策題重疊，或區處事宜，或評論是非，或辨析疑難。只要規模廣大，間架整齊，籌度詳明，辭語精采耳。○上已答盡策問，至尾又須自作一段，收拾題意，别

有區處，則謂之獻策，惟縝密不漏始得。

或曰：作策要看策題中所重字眼，隱隱作破。承接處即當透露題旨，包括無遺。又有不用承破，直尋問目一大關節，開口徑自喚起者。又有以執事發策起者。要之精當，不拘定格。及至提掇，決不可直率做去，或援古人，或引經傳，或設譬喻，或假議折辨。然就問成答，循序鋪張，即其中有輕重是非。大段須用含蓄，爲答後斷獻張本。其斷獻處，或就題意覆辨，或推題外周詳，大抵宜練達縝密，不可游詞影射。末後須要呼喚叫應，收拾有情。及到結果處，又必再振一番議論，令人有深長之思，方稱合作。

《名山業》曰：策有答問，有鋪張，有斷案，有繳束。中間提掇譬喻，及援古證今，俱要歷歷照應，言之無逸景，書之無墜詞。醇粹若《天人》，英逼若《治安》，沉簡若趙營平，刻覈若晁大夫輩，斯論事之極軌也。

周長康《鈕宗舒傳》曰：公研覽古今，丹黄滿架，左史而下，必取言有關性命、事有益經濟者，曰非是于吾身心無益，安事縻吾歲月乎？

《文徵》曰：後世科目策問，欲書生而兼習天文、地理、曆律、兵刑，無所不知，雖大賢亦有所不能，故取人之法謬矣。及仕入部曹、六官之中，挨年陞轉。一事未諳，又移一職，無怪乎居官者不熟練其務，一任猾胥越人顛倒滋弊耳。

鐵立文起後編卷之六

論

《辨體》曰：按韻書：「論者，議也。」梁昭明《文選》所載，論有二體：一曰史論，乃史臣于傳末作論議，以斷其人之善惡，若司馬遷之論項籍、商鞅是也；二曰論，則學士大夫議論古今時世人物，或評經史之言，正其訛謬，如賈生之論過秦，江統之論徙戎，柳子厚之論守道、守官是也。唐宋取士，用以出題。然求其辭精義粹、卓然名世者，亦惟韓歐爲然。劉勰云：「聖哲彝訓曰經，述經叙理曰論。」故凡「陳政則與議説合契；釋經則與傳註參體；辨史則與贊評齊行；銓文則與序引共紀」。信夫！

《明辨》曰：劉勰云：「論者，倫也，彌綸羣言而研衆理者也。論之立名，始于《論語》；若《六韜》二論，乃後人之追題耳。其爲體則辨正然否，窮有數，追無形，迹堅求通，鉤深取極，乃百慮之筌蹄，萬事之權衡也。」而蕭統《文選》則分爲三：設論居首，史論次之，論又次之。較諸劉勰陳

政、釋經、辨史、詮文四品之説，差爲未盡。惟設論則勰所未及，而乃取《答客難》、《答賓戲》、《解嘲》等作以實之。夫文有答有解，已各自爲一體，况不明言其體而槩謂之論，豈不誤哉！愚謂析理亦與議説合契，諷寓則與箴解同科，設辭則與問對一致。今兼二子之説，例爲八品：一曰理論，二曰政論，三曰經論，四曰史論，五曰文論，六曰諷論，七曰寓論，八曰設論。其題或曰某論，或曰論某，則各隨作者命之，無異義也。

王懋公曰：論之立名，不始《論語》。《通考》吴氏程曰：「論，撰也，次也，撰次聖賢之語也。」則論猶編書之編，非議論之論，《明辨》亦未深考。

王懋公曰：理論如蘇軾《韓非論》。政論如柳宗元《封建論》。經論如歐陽修《〈泰誓〉論》。史論有評議、述贊二體，如蘇洵《史論》、賈誼《過秦論》、蘇軾《始皇論》，皆評議；如《左傳》「秦伯以三良爲殉」、「祁奚能舉善」、「駟歂殺鄧析」、「郲黑肱來奔」、《史記・孔子世家》、《漢書・贊戾太子》、《後漢書・班彪傳論》、晉干寶《晉書・帝紀總論》、歐陽修《五代史・伶官傳論》，皆贊述。文論如漢桓寬《鹽鐵雜論》。諷論如漢班彪《王命論》。寓論如魏李康《運命論》。設論如王褒《四子講德論》。然《左傳》、《史》、《漢》雖曰贊述，原無論之名，今亦借言之耳。又《四子講德篇》當曰「傳」，而以「論」稱，姑從《文選》云爾。

袁儀卿曰：論，劉勰謂有四品。近日徐伯魯著《文體明辨》，廣爲八品。今我另設八目：一君

德，二治道，三心學，四臣道，五敬天，六愛民，七尊賢，八評論人品。於此八類各作一篇，場中題目，無出此矣。

論者，反覆辨難以求至當者也。故論之爲體，辨是非，别妍醜。即碍以求通，研深以入微，窮于有象，追于無形。凡受題下筆，必有一段出人之意見，發之爲千古不可磨滅之議論，方爲入彀。或舉古今所不决之疑，而出真見以剖析之；或從衆人意想所不到處，而從容發至理以新人之耳目。如漢廷老吏斷獄，以片言折衷，而人莫不心肯意服。若但能責人，亦非高手。必思我若生此人之時，居此人之位，遇此人之事，當如何應酬，如何處置，必有至當不易之説。若蘇老泉《管仲論》，子瞻《范增論》，皆用此法。

我朝試論，有破題，有承題，有小講，有入題，有原題，有大講，有腰，有結，原係國初諸儒做論學繩尺而制此式也。中式者中此而已。今作墨論，亦須將宋人舊論一一檢閲，有辨論格，有詰難格，有問答格，有開鎖格，有借賓形主格，有從淺入深格，有摘字貫題格，有貶題立説格，宜徧考而静參之。蘇子瞻《王者不治論》，乃是制科墨卷六論中之一，有冒，有承，有講，有繳，規模極整。前面閒話甚長，後面正説甚短。及讀之，全不覺其長短，蓋後面一句轉一句故也。今之時論，皆有段落，殊不雅觀，須融通而變化之。如干寶作《晉帝紀總論》，徐伯魯謂賈誼《過秦論》後僅見此篇。然其間實以安民、立政、民風、國勢爲眼目，惟其筆力圓勁，故全不見其排比之迹。又如蘇子瞻《賈誼論》，深交絳灌，與默默待變，本是兩行；而文勢融通，一意貫串，遂成高調。皆可矜式

者也。

論貴圓忌方，貴老忌嫩，貴雄健忌懶散，貴移易不動，忌浮泛不切，起伏處貴有照應，開闔處貴有波瀾，馳騁處貴有節制，鋪叙處貴有曲折，過接處貴無痕迹，譬喻處貴親切，引用處貴確當。或沿流討源而血脈井井，或從根發枝而千條燦然，或將無作有而意味甚深，或以實形虚而指意如見。藏光艷于平實之中，發精神于題目之外。要使一句一字增減不得，而句句有法，字字盡心，方爲合轍。只緣學者束書不觀，因陋就簡，于時文之外，全不理會。先進既以荒謬而中式，後進遂以空疏爲高致，是《霍光傳》真可不讀，而不學無術最得計也。

立意高，説理透，不爲玄言奇語，而見者自然屈服；如虢國夫人，有天然國色，但淡掃蛾眉，而三千粉黛，一時低首。此文之最高者也。詞理兼修、華實並茂者次之。意見庸庸，專事造語，此最卑而最可賤者也。近事時論，本色愈卑，而修（餙）〔飾〕愈勝，專欲藉文采動人，自造語外，别無工夫。今須擴充真見，洞透至理，見得親切，自然斷得分明。理既高遠，自然言能出衆。講性理而洞徹精微，論治道而深究利害，便是大文字。前輩如柳宗元作《四維論》，夫禮義廉耻謂之四維，柳謂「廉耻即在義字中，只可爲二維」。得此意爲主，又何煩詞采之助哉？歐陽修作《〈泰誓〉論》，謂文王未嘗稱王，發明千古不白之冤。蘇軾作《賈誼論》，謂非漢文不用賈誼，乃賈誼不能用漢文。蘇轍作《三國論》，不取智勇，而取不智不勇。張耒作《文帝論》，謂文帝薄待周勃，乃是深

愛之，而引宣帝待霍光爲証，意見精確，最能動人。又如蘇軾、秦觀皆有《晁錯論》，在蘇軾則謂袁盎非能譖殺錯，乃錯自取殺；在秦觀則謂漢惟斬錯，然後可以破七國之兵。其意見皆出尋常之外，故必熟于世故、老于人情，有憂深慮遠之明、有通微知往之哲，然後可以作論，非徒求工于文字而已。此論之所以貴識見也。

作論之法，須依於忠厚，止于理義。可標駁羣彦，不可戲薄聖賢；可據理陳詞，不可以强詞奪正理。衆毁而吾獨譽之，發吉人之心事，抒千古之幽光；若衆譽則不可輕毁也。有過處可求無過；無過而求有過，則刻矣。文章之微，關係心術，學者慎之。

論貴古，賈生《過秦》其最也。論貴圓，蘇氏兄弟稱絶調焉。故學論者，取材于古，而猶當暢之以蘇文。

《指南録》曰：論欲用子書，是一病；欲用險句，是一病；欲使難字，是一病。誠不用子書，不用險句，不用難字。只平順正大，就題發揮，而氣格渾成，機軸圓妙，句法老練。出經入傳，筆力鏗然；濃淡雙單，字無不典。冒處大意繯括；分斷處五兵迭出；駢紐處或先輕後重，或先重後輕；腰膝處脈絡分明，而前後變化，點齊將領，三陣一法，五陣一法，而照應森嚴；生發處疑釋躍如；援証處賓主相通；發餘處出題而入題，如珠走盤而不出于盤；進步處如升堂入室，而關鎖截然。語淺深則由淺而入深，語開闔則屢開而屢闔。約而盡，淡而不厭，婉而成章，論法其盡

于是矣。

論以識見筆力爲貴。縱橫變態，如節制之兵，愈出愈奇；攻擊辨難，如汪洋之水，漸流漸遠。此識見筆力之最高者。

大抵論以理爲主，意輔之。意與理俱勝，則論自超脱。故大家手筆，不爲詭異而自宏富，不事險怪而自典麗；奇寓于純粹之中，巧藏于和易之内。其不能者反是。

論之品有三：上者藏鋒不露，讀之自有餘味；中者步驟不凡，如飛沙走石；下者用意卑俗，專事造語。

論之體有七：一圓轉；二謹嚴；三意多而不雜；四含蓄而不露；五結上生下節，勢如貫珠；六首尾相應，勢如擊蛇；七繳一篇，欲有不盡之意，如清廟之瑟，一唱三歎。

郭青螺曰：論與文不同。文以發聖賢之精藴，其格局主意、語句詞調，自有定式。論則據在己之藴奥，發題目之本旨。隨人意見，憑人議論。不背于理，不詭于道，不拂于經。借客形主，原始要終。三正三反，十步九廻頭。援古而証今，旁引而曲喻。功效體用之相因，是非得失之相形，雖長江大河，一瀉千里，構至六七葉可也。次則舒徐委曲，濃抹淡粧，止二三葉可也。又次則勁簡古朴，崇雅黜浮，止一葉亦可也。大率主之以意，昌之以勢，輔之以詞，則三善備焉。

趙懷易曰：一遇題目，即當定主意，立眼目，排間架。一起一伏，如何擺布；好句好調，如何

使用；經傳典故，如何編插。作性理題，主于發明，詳其上下來歷；作通鑑題，主于評斷，究其出處終身。然後搜精奮神，運楮揮穎，走龍蛇而騰雲霧。格局嚴整，規模峻絶矣。至于或長或短，總任其意之所如，安得置成心于其間也？

論不翕聚則不能發散，不專一則不能直遂。學之貴于博，而資之貴于深久矣。周公上聖，日讀百篇；仲尼天縱，韋編三絶。彼應試于風簷寸晷中者，倘非蓄之有本，養之有源，安能觸毫而出，迎刃而解哉？

凡學論，須將前輩格奇、語確、意高、理透者，寫定十數，熟誦沉思，有作即擬之，不似則易之。始于擬議，終于變化。蓋其始學也，惟恐不似；既也又恐其襲焉而不化耳。至于變化，則心神骨髓，全是古人；啓口容聲，莫非高調。若待招之而後來，麾之而後去，已落第二義矣。

性理論貴研精闡微，根極理要，以左國之精華，發程朱之心事，使確然不易，粲然有條，此最難者也。政事論貴獨稽政源，參酌流弊，彌綸羣務，折衷是非。陳法則句句可行，警世則言言可懼。雖亦不容苟作，然較之性理論，似粗而易騁矣。人物論貴貫串古今，詮次賢哲，貶一人而有益于天下，則毁之不爲薄；褒一人而足法於天下，則譽之不爲狥。褒貶既中其實，議論自異于常。人物好醜，纖悉不爽矣。

史論易粗宜精醇，理論易晦宜明白。

論事勢，當原其利害成敗而究其形；論人物，當究其始終顛末而定其案。然須胸中真有卓然不可磨滅之見，借題發揮，則自然醒眼。若就事補綴，縱裁花製錦，終無精彩氣焰。

大都論法，不外乎理、弊、工、效。蓋理者道理也，把題中事情説得的確確，務使愷切明雋。弊者弊病也，原初階厲，與要終沾危，一一發覺出來。工乃用工，一番修禳轉一番恢復也。效乃效驗，是以亨通，是以泰寧也。只將此四法敷衍成章，而於起首用破承入題，煞尾用結題，自然律度嚴整，血脈貫通。他如原、叙、反、正、譬、証、斷七法，用之或可以炫觀，殊覺煩碎耳。

論須看題目。如言語發于大聖賢之口，行事見于大聖賢之身，功業顯于大聖賢之手。君則五帝三王，臣則伊、傅、周、召，儒則顔、思、孟、周、程、張，本無可議者。秦漢而下，君道、臣職、儒術互有得失醇疵。彼無可議者，惟主於褒揚稱述。若得失醇疵相半者，又當權其輕重，究其大節。言語、行事、功業好處多，則褒揚意重，而微寓不足之意于後可也；不好處多，則貶抑意重，而存恕過之意于中。如其大節全虧，他貴莫贖，則辨斥攻擊，直窮到底，慎勿兩可其説。至昏君、逆臣、異端，尤宜闢之廓如也；不得稍貸其罪，曲爲回護解釋，斯爲正論。若徒快紙上之浮靡，昧胸中之臧否，人是而我亦是之，人非而我亦非之，正井蛙之不可語于海者也，又何論之足云。

《論祖》曰：凡作論之要，莫先于體認題意。故見題目，必詳觀出處、上下文，及細玩其題中

有要緊字，方可立意。蓋看上下文，則識其本原，而立意不差；知其有切要字，則方可就上面着工夫也。此最作論之關鍵也。凡論以立意爲先，造語次之。如立意高妙，而遣辭不工，未害爲佳論；苟立意未善，而文如渾金璞玉，亦爲無補矣。故前輩每先于體認題意者，蓋欲其立意之當也。立意既當，造語復工，則萬選萬中矣。然立意亦不拘于一律，要使易于遣文。今之名家爲論，如題目在議論處出，則多以議論立意；在建明處出，則多以建明立意；在答問處出，則多以答問立意。凡論包一議論、建明、問答意，則易遣文矣。

造語有三：一貴圓轉周流，二貴過渡精密，三貴精奇警拔。凡造語圓轉，必先取句語多反覆論，做一樣子，看其如何説起，如何辨論，如何互説，如何引證，模倣其規模，則漸漸自然圓轉。凡造語不能圓轉者，最是無可説得。但猶將欲説人之子美，必言其父之餘慶；又言其師教之有義方，然亦在于性資之良美；又言其交游之琢習，然欲施之遠，尤在于涵養之不替。知如此推廣，則圓轉不窮矣。既能圓轉周流，則當看人之段落過渡處。近日名手，多是上段引起下段意。不然，便別作一道理，使之聯屬。故意脈貫穿，終篇不識絶處，無片言可增減，殆與渾金璞玉無異。前人常于段落處斷絶，故去之亦得，增之亦得，不可爲矜式也。既能學得過渡精密處，便可取名論熟讀，學其造語警拔，則當於下字上着工夫。蓋下字既工，則句語自然警拔。如此則如麗服靚妝，燕歌趙舞，觀者忘疲矣。

《指南録》曰：論家搆思貴精，造語貴健如。「夫子之得邦家」，則以道行于萬世立意；「士窮見節義」，則以不幸而有所激立意。至言人而推本于天；言事而根本於理；言王道而及于天德；言天德而及于王道；言聖人而以天地形容；言漢、唐、宋君道、臣道、儒道，而以唐虞、三代之君臣、孔門之羣賢比例于前；言唐虞、三代、孔門之君臣儒，而以漢、唐、宋繳結于後：所謂搆思之精也。論中用字，要與題相稱。如《陶侃惜陰》題，則點出他憂勤字；《祖生擊楫》題，則點出他復仇字。

論中叙事，極宜簡古，切忌冗紊。如《高帝無可無不可》題，止以封功臣一事言之耳。必欲多叙，則題有百事，亦叙百事乎？

論中譬喻，不拘多寡，要簡潔雄渾，形狀得出。

趙懷易曰：勢宜輕，勿使之碎；詞宜輕，勿使之弱。

或曰：論以審勢爲先。如率然在山，首尾相應，不求合于規矩繩度，而規矩自在其中。論之轉换處，須是有力，不假助語而自接連者爲上；又如平洋寸草中突出一峰，則悚人耳目。

唐荆川曰：題是《楊雄》，而專辨韓愈，亦一體也。

《名山業》曰：國朝論之佳者，莫過于小論。其稱引判斷處，當在宋人之上，予既集爲一册以

問世。至闈中諸牘，未免限于格套，即有藻麗艷逸，終不能脱其習氣，予故嚴爲簡汰，惟以議事之當、説理之快者爲上。即有博奧駢麗，仍不没其氣骨，故存之。

張天如曰：讀竟全不覺其爲論。蓋學之既足，雖制科之文，如寫雜説，如裁尺牘，作者固亦如其平常焉爾。

鐵立文起後編卷之七

論篇法

或曰：認題分明，然後立個大主意，如何起，如何轉，如何鋪叙，如何推廣收煞，一氣呵成，自然文華壓衆，但要一步深一步，首尾相應，過接有脈耳。

論有四法：鼠頭欲精而鋭，豖項欲肥而縮，牛腹欲壯而大，蜂尾欲尖而峭。

趙運靈曰：論冒無對句。而間有對者，則三其句。此圓中之方，善用方者也。至起處則多設譬喻，繳處則多用引証，亦須認取。

《指南録》曰：破爲論之首，一篇之意，皆涵蓄于此。破是一篇骨子，後段步步照應。尤當立意正大，句法簡潔高古，有渾厚氣象，然其體不一。在相題下筆，忌浮而不切，冗而不情。承者，承破題未盡之意而詳其旨，即冒頭也。一篇規模，全在此處。布置貴勁簡明切，變幻委曲；忌重複直撞，浮靡迂緩。有正反相形者，有抑揚起伏者，有一開一闔、一難一解者，在相破而承，不可執一。

《論祖》曰：承題要開闊。欲抑先揚，欲揚先抑，最嫌直致無委曲。宜渾融，宜輕峭，宜清快。若史題有當鋪叙源流者，則承後畧説幾句，便與他入題。入題只有詳畧兩體，前意説盡，則入題當畧；前面説未盡，則入題當詳。

《指南録》曰：原題者，推原題意之本原，乃接上起下法也。體亦不一，有連帶輕答二三句者，有只結答上句者，有全不挑剔者，有詳叙其事實者，有畧陳其來歷者，有輕提連起講一直説下者，惟善用之則得。

《論祖》曰：原題正咽喉之地，若題下無力，則一篇可知。前輩多設譬喻起。近頗無定格，或設議論，或便説題目，或使譬喻，而使故事爲多。要之皆欲講明主意而已，主意分明則爲得體。

或曰：原題處或設疑反難，急須喚醒正意，以爲下面辨論張本。

《指南録》曰：起講，正論之咽喉。若不着力，便充拓不開，爲題所窘。縱勉强成章，亦無精彩氣焰。古云「鼠頭欲其尖鋭，豕項欲其肥壯」，正于此見之耳。須有原委，有考據，有含蓄，有識見，有力量。有即事影題抑揚起者，有就題立論形答起者，有引經傳剔題字面起者，有推究源頭設爲問答起者，有論功效原始反終起者，有論事勢即此形彼起者，有論人物究其出處終身、遂設爲抑揚起者，有鼠頭豕項相連説者，有鼠頭豕項各單用者。大抵鼠頭説得少，便接入題；豕項説得多，包藏腹内，提醒題頭。二法宜知也。

過文接起講而入論腹，乃血脈所在，尤當簡潔流利，嚴密渾融，使人讀去無痕，不覺爲講題者，方見高手。

《論祖》曰：講題謂之論腹，貴乎圓轉議論，備講一題之意。然初入講處，要過渡精密，與題下渾然，使人讀之不覺其爲講題也，方是高人手段。若講與題下作兩截去，則近乎舊矣。嘗疑陳公武、章公穎，論未嘗有腹，但題下便是講題，此正其高處，但人不知其入講耳。近鄭公昉亦從題下使説，云大類講題，而正講規模，則隱然不易。此正要仔細玩味，將他所長，較我所短，則文字自然加進。大凡講題實事處，須是反覆鋪叙，方得句語圓轉。然論腹如四通八達之衢，最無繩墨，須時時繳歸主意，方得緊切。如小兒隨人入市，數步一回顧，則無至失路；若一去不復反，則人與兒兩失矣。學者最宜加審。至習熟縱横，則不在是。

或曰：正講要透露本題，淺深虚實，反覆辨析，相逼而來。

《指南録》曰：論腹謂之大講，即牛腹也。凡引喻、點証、回顧、提醒、承遞、相因、插花、編籬、製錦，撮要十法，具在其中。何謂引喻？蓋援引他事以喻本題也。何謂點証？就本題中點某事某人以証耳。何謂回顧？是前面有何眼目、有何人物，提在先，後面反而顧也。何謂提醒？把本題上緊要字眼，先提出叫醒之。何謂承遞？乃遞遞講去，所謂「不然」、「又不然」、「雖然」、「猶未也」、「亦未也」、「凡夫」、「由是」、「又由是推之」、「又推之」等句可見。何謂相因？如上句云云，接句亦云云，

一步進一步説去，與頂針文法相似。何謂插花？是用經史成語裝點，如貴人淡妝插翠，則美觀也。不拘安在何處，只要三五行一間。此法最難，摘採儷語短長之功不可無也。何謂編籬？其文勢片段，如破竹編籬，讀之起敬。如《虚車》題，「《易》以明變」等句、《太玄》、《法語》等句。何謂製錦？組織成文，燦如錦繡，觀者動情。如《士窮見節義》題，有「隨波而逝者」等句。何謂撮要？因題中事故多，人物多，不能盡筆，只撮其緊關者爲論耳。如《山西諸將孰優》題，止録出趙充國、蘇武二子，餘可類推。大要欲其壯而實，三段、五段、七段、九段，圓活巧變，方爲得體。

《矜式》云：論腹正如四通八達之衢，極無繩墨，須時時繳歸正意。有照應無重贅，有起伏無斷截。體清而不冗，詞切而不浮，意新而不俗，事常而不怪。不然，雖爲豊贍，實則補納矣。

《論祖》曰：講後使証，此論之常格也。而今之名家則不拘，多于題下便使事引證，正講後但隨事議論，則或證之，而正使事證題蓋寡。然學論者亦不可不依常格。至縱横習熟，則在人焉。然使事亦須要立意簡徑，句語清奇。若一事敷衍作一段，則非今之體矣。故善使事者，但一二句，至三五句，而題意已瞭然。前輩嘗謂「學使事，不可反爲事使」，此至論也。善使事者不須多。

《指南録》曰：論束，收足一篇議論，而咏歎其旨意，謂之「蜂尾」，欲其決而利。如繳轉無力，結煞不到，一篇精神便弱矣。是故有援引結者，有比形結者，有推原推廣結者，有就本題意旨上下結者，有連大結一套結者，有繳轉破題語句、用「故曰」云云結者。

《論祖》曰：論結，正論關鍵之地，尤要造語精密，遺文順快。蓋精密則有文外之意，使人窮之而益不窮；順快則見才力不乏，使人讀而有餘味。意在不窮，文益有味，終篇而三歎矣。人多于結尾之餘，才力窘乏，則謂論之用工不在于尾。此殆未爲知論者也。凡爲論，未舉筆之先，而一論之規模已備于胸中。若逐段索意，逐意彫詞，即語語秦漢，未免叠牀架屋矣。凡結尾，當如何反覆，如何議論，已寓深意於論首。故一篇之意，首尾貫串，無間斷處，文有餘意而意不盡。文至講後而始思量結尾。則意窮而復求意，必無是理。縱求得新意，亦不復渾然矣。此作論之病，不可不察。

《指南録》曰：論大結不一，要與文大結不遠。有推廣者，有引証者，有推高一層意者，有作勉人意者，有探本意者，有因此論彼者，有引經傳証者，有影題説意者，有微抑而又揚者，有全褒而全貶者，有先褒後貶者，有前貶後褒者，有因事論行者，有因古慨今者。又結止二三行者，亦有無大結者。惟百尺竿頭、更進一步始得。

或曰：接昔人論法，有曰理、弊、工、效，有曰鼠頭、豕項、牛腹、蜂尾。然先時論破，以一二句爲佳。今時有兩扇對破者，有不用破而直入題者，有無破無承、無斷無續、一直説下者，有不用理、弊、工、效而理、弊、工、效自寓者。先時多用三叠、九叠、十三叠、十五叠，近時又有不用叠法，信手平鋪，波瀾起伏者。總之不可執定成法，李延平所謂「借他題目，説自家道理」是也。但要首尾相顧，一氣呵成，自有五步一樓、十步一閣之妙。

附　經義

《明辨》曰：按字書：「義者，理也。」本其理而疏之，亦謂之義，若《禮記》所載《冠義》、《祭義》、《射義》諸篇是也。後人依倣，遂有是作。至《宋文鑑》乃有之，而其體有二：一則如古《冠義》之類，一則如今明經之詞。夫自唐取士，有明經一科，而宋興因之，不過試以墨書帖義，徒取記誦而已。神宗時，王安石撰《周禮》、《詩》、《書》三《經義》，頒行試士，舊法始變。其所製義式，至今倣之。厥後安石之義廢格不用。張廷堅經義三篇，豈其遺式歟？方今駢儷之詞，與廷堅之式不合，毋乃異于當時立法之初意乎？

王懋公曰：張廷堅《自靖人自獻於先王》，乃散文也。如此忠義題，而其文猶未極血性淋灕，乃知古今之文不愧題者其亦僅矣。

汪茗文曰：《三衢文會》，蓋元時江淛士子私課之文也。其題爲經疑二，《易》、《書》、《詩》、《禮》、《春秋》本經義各一，賦策又各一。○按《輟耕録》，元反宋金餘習，初試論賦，其後一以經義爲本云云。及考《選舉志》，春秋兩試，皆未嘗用論。終元之世，亦未嘗廢賦不用也。或有司校閲，稍重經疑、經義則有之耳。

鐵立文起後編卷之八

表通論

王懋公曰：近有謂表自史遷世表始者，不知《史記》十表，蓋爲年曆作，鄭玄所謂「事隱而不著，欲有以表明之」是也。然皆散叙，所以使人于往事有所考，乃著書體，與今表啓之文絶異。今進表之制，實自秦始也。而或謂表始于漢，亦大謬不然矣。

《辨體》曰：按韻書：「表，明也，標也，標著事緒，使之明白以告乎上也。」三代以前，謂之敷奏。秦改爲表。漢因之。竊嘗考之，漢晉皆尚散文，蓋用陳達情事，若孔明《前後出師》、李令伯《陳情》之類是也。唐宋以後，多用四六。其用則有慶賀、有辭免、有陳謝、有進書、有貢物，所用既殊，則其詞亦各異焉。西山云：「表中眼目，全在破題，要見盡題意，又忌太露。貼題目處，要字字精確。且如進實録，不可移于日曆。若泛濫不切，可以移用，便不爲工矣。大抵表文以簡潔精緻爲先，用事忌深僻，造語忌纖巧，鋪叙忌繁冗。」今録文一以時代爲先後，讀者詳之，則體製亦

有以得之矣。

《明辨》曰：古者獻言于君，皆稱上書。漢定禮儀，乃有四品，其三曰表，然但用以陳請而已。後世因之，其用寖廣。於是有論諫，有請勸，有陳乞，有進獻，有推薦，有慶賀，有慰安，有辭解，有陳謝，有訟理，有彈劾，所施既殊，故其詞亦異。而唐宋之體，又自不同：唐人聲律，時有出入，而不失乎雄渾之風；宋人聲律，極其精切，而有得乎明暢之旨，蓋各有所長也。然有唐宋人而爲古體者，有唐人而爲宋體者，此又不可不辨也。今取漢以下名家諸作，分爲三體而列之：一曰古體，二曰唐體，三曰宋體，使學者有考云。宋人又有笏記，書詞于笏，以便宣奏，蓋當時面表之詞也，故取以附焉。然表文書于牘，則其詞稍繁；笏記宣于廷，則其詞務簡：此又二體之别也。

袁坤儀曰：今場屋所用惟三體：曰進、曰賀、曰謝而已。表冒長短不拘，但要的確，移易不動。冒後爲解題，原其來歷，究其指歸。進表解題宜詳，不拘進書進物，凡自我而進，則當説得分明。賀表多不用解題。凡解題目，多説前朝不濟，故賀表不用；即用亦不得多，切忌道着衰微亂亡景象。頌聖處亦要切題。賀表頌聖宜詳，謝表自叙宜詳，各有體也。

唐宋表俱用四六，而體亦不同：唐人聲律極精，對偶極切，如奇珍雜寶，輳合相配，銖兩悉稱；宋人以聲律之文爲叙事之體，明暢過于唐人，而典麗不及也。既曰擬唐擬宋，則亦當論其世而各肖之，斯爲合格。

表有聲有律，平仄相間，宫商迭宣。朗然可誦者，聲也；對偶精切，分毫不爽者，律也。如古表云：「自朱耶之狼狽，致赤子之流離。」以「耶」對「子」，謂「耶」與「爺」同音也。又「狼狽」獸名，「流離」鳥名。其精工如此。

一學作表，須將唐宋好表，各讀數首作骨。次將鄉會好程表，分律閱之，如拜官、書籍、宫室、衣服之屬，不過十餘類，每類作一首，則裕如矣。

錢氏穀曰：蘇東坡表、啓、制、誥，不下數百首，各臻其妙。蓋對偶之文，難于情詞圓轉，東坡作對偶文，能寓瀟灑于端嚴中，雖里言巷語，出其筆端，亦有情趣。予謂四六對偶文體，當採之六朝、初唐，以收其葩麗；參之東坡，以得其流暢。

李東陽曰：讀唐宋表，大都詞簡而意盡，格古而調高。

《指南録》曰：表與啓不同。啓猶可隨己創意，表須要有朝廷氣象，詞極華采而不卑弱，語極豪縱而不怒張。雍容揖遜，有冠冕珮玉的意思，乃爲本色。

或曰：凡作表語，須斟酌停妥，當諷諫則忠懇，當感慨則激切，當稱賀則踴躍。

趙懷易曰：諫而無驕，頌而無諂，作表法也。

《名山業》曰：四六莫高于立議，而叙事爲下；莫妙于用轉，而使古爲卑。然麗不傷骨，艷不傷雅，盧、駱未嘗不與賈、馬並行也。今但以叙事帶經濟者爲上，其有藻艷絶世者亦亟收之，然自

非一切塗脂傅粉者可入。

《指南録》曰：表以用意忠厚、造語和平、音響鏗鏘、引用切實四者爲本。近時尚古體者，不拘聲韻，只虚實相對，亦每每上第。而温醇之表，必拘聲韻。若引用故事，不論切實，只以富麗爲工，恐乖正則。翰林名表，于引用處有一二精實對聯，只用活聯幹運下去，並不勉强牽扯。或詳或畧，又在隨題制宜，不可拘定。至于造語，徒欲務華炫彩，好使奇異之字，反令真味索然，尤爲可厭。須如文義一般，只平順正大，自有華彩。况對君之言，惟取温厚和平，可傷于叫號哉？故入翰林知制誥者，非和平不可。若夫用意忠厚，則表之大關節也。蓋表雖比體，實寫臣子之情。凡自破以及祝聖處，皆寓有仁愛之意，此表之上如。惟只對待，亦一技耳，何足對君。故破承氣象貴壯麗渾成，即此寓對揚吾君之意；援証抑揚貴渾然不露圭角，即此寓匡弼吾君之意。頌聖處當據善政作頌，不可徒誇耀尊榮；自叙處當就本題自勉，不可徒卑諂求容。但入題所在，最宜善體君心，或賀、或謝、或進，不必同。同于歸，德于君，而幹運圓融，斯已矣。主司每于此處看人體認。此處忽畧，先後縱戛玉鏗金，有何裨益？若乃祝聖必寓責難之意，方是臣子不得已之情，豈可徒願其集福無疆而已哉？

作表之法，大概宣上德、達下情而已。宣上德以尊君爲主，達下情以抑臣爲主。然其尊君也，必于頌美之中寓規諷之意，而規諷之辭則又貴乎婉；其抑臣也，必于謙避之中寓忠奮之心，而忠奮之辭則又貴乎温。若爲宰相上表，氣象要端嚴；元帥上表須奮揚；學士上表須清麗。要

思此是何人，便做此人身分上行文，則於題切矣。知乎此，而能稽之以事實，証之以成說，發之以巧思，則無不善者。

或曰：作表須以兩京程表爲式。蓋翰苑名家，日近清光，立意造語自是官樣温雅。其臺閣處令人起敬，其警拔處令人振勵，欲工四六者不可不知。

《指南録》曰：表須要臺閣氣象，不可作山林體態。如「九重仙詔，休教丹鳳啣來；一片野心，已被白雲留住」。此等狂句，只可于隱士用之。

作表須是胸中有物，方見他蕴蓄處。故燈窓之下，將可出之題，件件編類，一一搜覽，臨場亦少補云。

行文皆用四六，必調平仄，如上對是平而仄，則下對必仄而平；上對仄而平，則下對必平而仄。一篇之内，音韻盡殊；兩句之中，輕重各别，乃可。如長對則不此限。不調平仄，其病有四：曰平頭，如「巍巍龍鳳之姿，明明天日之表」是也；謂兩句起頭便同韻。曰犯尾，如「剛健中正，居九重而凝命」是也；下句命字，犯上句正字。曰雙聲，謂互護爲雙聲。《詩》曰「螮蝀在東」，又曰「鴛鴦在梁」，此雙聲之所由起；曰叠韻，謂礉碻爲叠韻。《古詩》「月影侵簪冷，紅光逼履清」，此叠韻之所由來。作表最忌有此。

趙潛修曰：四六句，須用蜂腰、鶴膝法承遞，始得體。

趙運靈曰：四六之外，須一對甚長，一對甚短。所忌者，氣脉斷而不續，詞語俚而不清耳。

或曰：大凡四六格，上句起，下句應，最要呼答有情。如元厚之云：「忠氣貫日，雖金石而爲開；讒波稽天，孰斧斤之敢闕。」上句「忠氣貫日」，則與「金石爲開」有情，可以相襯；「讒波稽天」，則與「斧斤」似無干涉矣。此四六之病也。丁謂云：「補仲山之衮，雖曲盡于巧心；調傅説之羹，終難偕乎衆口。」二句如出一線。此呼答之有情者。

表斷句要有力。如柳子厚《謝官》乃云：「戴臣鼇之山，未知恩重；泛大鯨之海，但覺魂摇。」凡此樣表，須有此樣句，方能動人。

對待之法有六：曰正名對，天地、日月是也；曰類對，瓊琚、玉石是也；連珠對，明明、赫赫是也；借字對，伍相、千軍是也；伍是姓，千是數。就句對，「一麾伍部，餘十載以臨民；白首丹心，歸彤庭而遇主」是也；不對之對，「自有生民以來，未如今日之盛」是也。

或曰：四六有作流麗語者，須典而不浮，汪彦章《賀神降萬歲山表》云：「恍若壺天，金成宫闕；浩如玉海，虹貫山川。」有作華潤語而重大者，最不多得，曾子固《賀赦表》云：「鈎陳大微，星緯咸若。崑崙渤澥，濤波不驚。」

馬開之曰：夫含英咀華者，叱咤乎風雲；擒辭振藻者，吞吐乎月露。斯亦稱難矣。矧馳騁于文場，凝搆于晷日。流商刻羽，戛玉敲金。織若天孫，不繪而巧；斲若大匠，不彫而工。非學

贍而辭富，才雄而思深，於四六無當也。

《名山業》曰：表雖以駢驪爲主，然須出以澹宕朴直方妙。劉勰云：「表體多包，情僞屢遷；必雅義以扇其風，清文以馳其麗。」斯則事之極則，有不可踰者矣。

《指南録》曰：前表不用「之乎者也」字，今用之反覺逸矣。

篇法

或曰：起猶龍頭，欲其嚴整；接猶豹項，欲其健警；鋪叙猶豕腹，欲其肥潤；收拾猶鳳尾，欲其峭麗。

《名山業》曰：題緒甚紛，能綜成一片而色色天然。

抒寫故實，都用虛籠之法。

用古不堆，想其運筆之妙。

轉筆處，有一篇如一句之妙，此四六中所難。

妙在俳偶中曲折自如。

縱横中寓法則，開後來多少手眼。

用散法爲序，表中變體。八句用四「或」字。

王懋公曰：往讀《易》而得文訣焉。《上繫》曰：「參伍以變錯綜。」其數俳偶如此。則長短不一，體方而語圓矣。

表

冒亦謂破

或曰：冒用八句，然亦有六句或十句者。是一篇綱領，語須悠揚華贍。題内止有一項，只破一項。若題内有數項，須會數項意檃括成聯，不可偏遺。然貴渾融，勿至太露。如湯思退《代守臣謝賜御書〈周易〉、〈尚書〉表》：「宸章帝藻，燦如琬琰之傳；神畫聖謨，較若天人之備。」「宸章帝藻」，御書也，「神畫」是《易》，「聖謨」是《書》。胡安國《謝加恩并賜衣帶鞍馬表》，「用式兼名器之榮」，只半聯便包盡，方是作家。

《指南録》曰：起語貴該括題意，或四句，或六句。若八句便多矣。主司看表，全在此處，慎之慎之。○表中眼目，全在破題二十字。故題中數字，破題須包盡。喜冠冕雄壯，忌體骨太露。

述

古亦謂承　亦謂入證　亦謂解題

或曰：「稽首」、「頓首」之下，先用虚詞四句叫起，然後入証。大約引唐虞三代，要有揄揚之詞；引漢、唐、宋，要有不足之詞，見得陋漢、唐、宋而直追唐虞三代者，在今日也。凡引古人或往

事，必視本題親切，然後採用。若題内有數項，亦要証得詳盡。

《指南録》曰：叙古謂之冒頭，喜簡潔，怕枯淡；喜豐贍，怕冗長。或十聯、十四聯止。前三代宜詳，後三代遞過。有起語下畧叙古、而接連叙事者，亦不妨，惟取切題耳。

或曰：不用述古，竟叙題面，是表中創體。

頌聖亦謂項

或曰：凡稱美聖德處，或實頌，或泛頌，或比頌。實頌要看本題年號，摹擬當時實事成聯。頌聖要切各朝實録，及與本題字眼相關。如慶曆某年，知爲宋仁宗年號，則頌如云「含涕而嫁美女，商湯遠色之誠；忍饑而却燒羊，虞舜好生之德」；淳祐某年，知爲宋理宗年號，則頌如云「講學正心，契堯舜禹湯之旨；崇儒重道，永濂洛關閩之傳」等語。推而至于唐與明，莫不皆然。其泛頌者，影本題發揮，如白金則用「爐冶商周」等語，彩幣則用「黼黻文章」等語。

《指南録》曰：頌聖或四聯，或五聯，止于六聯，多則贅矣。有起語下先頌聖，後叙古者；有止頌聖叙事，不叙古者，體各不同。大凡頌聖處惟貴切實。

先自叙，後頌聖，表中變格。

入　事亦謂腹　亦謂實講　亦謂叙事

或曰：頌畢，即照本題實講。須把題内人品事實，一一詳核，精鍊發揮。雖不能每聯皆實，即有三四聯，便改觀了。其中用事措詞，亦宜步步回顧，否則泛而不切。

趙矜式曰：叙事謂之表腹，主司多于此觀才。喜敷腴，怕窘束，即十聯不爲多也。須句句切題方妙。亦有叙事在頌聖之前者，尤着不得一閒字。

自　述亦謂腰　亦謂陳志

或曰：凡遇文武臣自叙，不拘何表，俱以謙遜爲主。或實叙，或竊意，並宜簡潔巧切。設以身處其地，目擊其事，方妙。

《指南録》曰：陳志乃表之腰，只好四句，或六句，止于八句。不可多，多則腰重。不可抗，抗則誇張。不可卑，卑則貢諛。如王陶《自陳州移許州謝表》云：「有汲黯之直，未死淮陽之郊；無黄霸之才，願老潁川之守。」陳州乃淮陽郡，許州乃潁川郡，黄霸自潁川入爲三公，而我不敢願也。其用事的確如此。又范文正公《隨母冒姓朱，後復姓表》云：「志在投秦，入境遂稱乎張録；名非霸越，乘舟偶效乎陶朱。」此聯雖唐人舊語，亦范氏當家故事也，亦的確。

祝聖亦謂尾

或曰：此是一篇歸結處，更宜奮勵精神，收拾一篇意思。大畧本有限之知識，而翼他日無窮之聰明；據一時之履歷，而期終身可久之事業。凡君人好處、臣子願處，要切題意做，及影本題字眼發揮，方爲不浮。然到此語氣更要悠長，不可窘迫。

《指南録》曰：「伏願」以下，多不過四聯，少不過三聯。惟攄忠愛之情，寓規諷之意，則善矣。凡祝聖，必須中寓諷。

大都稱祝處要有真實語，如進書，即竊本書之意乃佳。真德秀《進〈大學衍義〉表》云：「止其所止，願益切止善之功；新以又新，祈愈增新民之化。」凡此皆不泛泛祝聖者。

鐵立文起後編卷之九

諸表體

或曰：表制有六，賀表則頌聖處貴詳盡，進表則叙事期望處貴詳盡，辭謝表則叙事自勉處貴詳盡，請諫表則責望處貴詳盡。蓋作表貴知要如此。

謝表

《指南録》曰：有所感激故稱謝。謝幸御，謝官爵，謝金帛，謝宴享，謝頒降，謝珍味，謝衣服，皆感激君父殊恩而非僞也。夫忠心感則興，激則奮。恩踰望外，則敬從中起，非徒啣結思報而已。最要默動人君以禮使臣意，然入題自叙處須詳之。

王懋公曰：謝不僅自謝，或代一方謝，或爲天下謝，尤當論及。

吕東萊曰：表中謝後，當説「竊以」，各隨題意發揮。如洪邁《代樞密使謝賜玉帶表》云：「竊

以裴度視師，服章武通天之寶；衛公勘難，拜文皇于闐之珍。」「視師」、「勘難」，見樞臣意。如湯思退《謝賜御書〈周易〉、〈尚書〉表》云：「竊以法始四營，莫辨乎《易》；文兼五典，皆聚此《書》。」或用事，或不用事，亦無定格。

張子壽《白羽扇賦》云：「昔鳴皐之時，有凌霄之志。苟效用而得所，雖殺身以何忌？」又云：「縱秋氣之移奪，終感恩於篋中。」其托意之佳如此，而忠肝可見矣。謝賜物者宜以爲法。

王荆公在金陵，有中使傳宣撫問，并賜銀盒茶藥。公表云：「信使恩言，有華原隰；寶奩珍劑，增賁丘園。」五事見四句中，言約意盡。

孫覿《代高麗王謝賜燕樂表》，内一聯云：「環居島服，習聞彝韎之聲；仰睇雲門，實眩咸池之奏。」先説遠人不足以知雅樂，然後序作樂之盛、受賜之寵，得尊内之體。

賀表

《指南録》曰：凡天降祥、地獻瑞、外國賓、武功捷，皆人君盛德事也。表中歡諗之意雖多，尤必戒盈持滿，使皇上竦然動苞桑之計始得。其頌聖宜詳，解題處宜畧。賀則爲君，非自幸也，故解題宜畧。又多有不用解題者，以不可及前朝衰颯事也。

進表

《指南録》曰：進者，人臣各以意進也。或進經史，或進圖書，或進詩賦，或上圖畫，或上箴言，或獻祥瑞。不以佞進，不以諂進，不以非禮進，不以聲色貨利進。皆所以養君心、清治本也。均之進也，其解題處宜詳，如書籍，則備叙其著作之由；祥瑞，則徧列其生成之實。必默寓規諷之意，令上人一見起敬可耳。

或曰：作進書表，須認明諸書體製。如玉牒乃紀大事之書，如進玉牒，便須純用玉牒事，勿以他事雜之。國史乃已成紀傳之書，實録乃編年之書，寶訓則分門，日曆則係日，會要則合粹，各有體製。如玉牒不可移于國史也，餘倣此。

王懋公曰：宋相國道《四六餘話》：玉牒所記，非止本支，而凡一朝大政事、大號令、大更革拜罷，皆在焉，仙源積慶，特其一條耳。前此進玉牒備書表章，能備言之惟于湖一表，終始對説，其形容玉牒，方爲曲盡。文云：「帝系勤鴻，榮科條于屬籍；聖謨啓祐，儼訓典于寶儲。」「堯統漢緒，肇派别于天潢；周誥商盤，儼仙躔于東壁。惟昭穆親踈之有序，與文章詞令之當傳。」「《麟趾》振振，共仰宗盟之益茂；《虞書》渾渾，更瞻聖作之相輝。」予近見一玉牒表，專言本支，絶不他及隻字。故知其一説而不知其又有一説，皆議論家之大弊也。

或曰：表涉一代興衰，不可無斷制。元人《進宋史表》云：「聲容盛而武備衰，議論多而成功少。」可謂盡之矣。丘文莊公爲祭酒時，出《元史表》，有云「非無一善之可稱，終是大綱之不正」，自謂不減前所云。信然矣。

《代嗣高麗王修貢表》，俱是先説襲封，方及來王之意。惟第一人黄符，先説本朝，首聯云：「仰被王靈，獲承基緒；敬修臣職，敢後要荒。」得先後意。

外國貢獻，須考證今與中國通者幾國。且如安南、日本、闍婆，須考究在古爲何國，有何故事，如安南則有南交、浪泊、龍編、銅柱之類。當於歷代《夷狄傳》及本朝會要，參考之始得。

辭表

《指南録》曰：有所賜而懼不敢當則辭，有所托而懼不能副則辭，有所除授而懼不克勝則辭。言則謙讓，意須真切。如禹辭百揆，讓在稷契也；伯辭典禮，讓在夔龍也。若不委曲其言，不謙冲其意，將辭非真辭矣。

請表

《指南録》曰：人君當行不行，介在疑二之間者，吾修詞以請之可也。于是視學有請，經筵有

請，臨御有請，册立有請，纂修有請。不敢以私意請，不敢以親故請，不敢以乞哀請，不敢以田宅請。惟温厚其言而意獨懇到，使皇上視之，有不容中止之勢，斯稱善請。

諫表

《指南録》曰：諫表即疏章，而文之以四六耳，所以規君之過也。過言則諫，過舉則諫，興作違時則諫，任用匪人則諫，好尚不端則諫，喜怒不中則諫。大要敷奏詳明，瞭瞭見其終始，如此利，如此不利，如此可，如此不可。不傷于激，不動于憤。敦厚其意，温潤其詞。可畏而不可拒，可愛而不可狎。則善諫矣。

論歷朝表

或曰：表始于漢，廣于唐，盛于宋。場中表題，惟明與唐宋而不及漢，以漢表無四六也。

《名山業》曰：麗而則，六朝人所未能及。

《指南録》曰：四六盛于六朝，然皆風烟月露之詞，于政事、禮樂、典章、文物之體未備也。自唐開元十二載詔以詩賦取士，而後八韻律賦盛行，煅煉研窮，聲律始細。然當時作者，如陸贄、裴度、吕温輩，猶未能工。至晚唐薛逢、吴融等出于場屋，頗臻妙境。及宋嘉祐、仁宗。治平英宗。間，

相傳四百餘年，師友淵源，講貫磨礲，以駢儷之詞，叙心曲之事，寓行雲流水之態于抽黄對白之中，而四六始稱絶唱矣。今之作者，須將《宋文鑑》中所載諸表，從頭一閲；而于王介甫、蘇軾諸公表，尤宜盡心，庶有古人渾厚氣象而不至于淺薄也。

《名山業》曰：唐尚駢儷，語工而意晦，故表語當明白條暢。

有意擬宋，不作唐人一語。宋多疏散，唐尚精工。

宋表之佳，惟在神情聯絡，無補綴之迹。

表擬唐題，則所引當在唐前，所發之詞當肖唐人。擬宋題，則所引當在宋前，所發之詞亦當肖宋人。若唐表用唐後事，宋表用宋後事，便失體。若擬明題，已前無不可用，而辭又當兼唐宋所長，肖盛明氣象，方爲合格。

《鏡林》曰：唐宋雖異代，作本帝表，亦避其名。

《名山業》曰：以晁、董之疏，入盧、駱之筆。

其奇崛俱在氣骨，唐之元次山也。擘空生峰，亦復不減劉蜕山書。

秀艷全在神骨。方之古人，惟李商隱足以相配。

鋪叙轉折，婉妙精工，殆使宣公、子瞻不能擅長。

宋崔鷗《嘉禾表》，極妍麗，復極自然。

真淡朴素，不鬭聲色，尚存廬陵、眉山之遺風。

深情淡致，有永叔、子固之風。

巧語俱出以自然，妙處可匹坡公。

王懋公曰：《野老記聞》載李漢老云：「汪彦章、孫仲益四六，各得一體。汪善鋪叙，孫善點綴，此亦鐵中錚錚者。要之偶體終以議論爲貴，方不落小家數。」《名山業》曰：俳偶之中，自寓經濟。先正每從實際下手，不以剪花綴葉爲巧，故文各自成一格，終無囂艷之氣。○博大宏遠。

以經濟爲鋪叙，故不覺其言之煩。

是一篇極大奏疏，言言可補實用，不宜作四六讀。

妙在韻語中復帶經濟。

鎔經史爲排偶，玉榮金茂，神采焕然。

艷不傷纖，麗不傷雅，得六經之氣而吹之爲詩歌，遂足兼漢唐而有之。

委婉曲至，激而不傷，忠而不迫，有詩人之遺。

詳該表中之史。

以議論爲叙事，但覺其纏綿宛至，不復知爲四六。

老臣謀國之言，借聲偶行之，極似奏疏氣格。而深思遠慮，讀之使人惻然。

以序事兼議論，故艷不傷雅，無墨豕之病。

「忽生」，論議四六中之獨調。○純以議論行文。

江潮之氣，汹湧爲文。

今人用調而意愈晦，先輩不用調而意愈暢。華實之分、盛衰之别也。

辭工則意易奪，叙煩則情易掩。須此真實救時之文，方可掃盡一切囈語。

情真自可不煩襯貼，語至自可不用虛架。

題外不用一語，真白描手。

不用麗語相炫。因情而付，觸事而起，四六當以此爲式。

真如家常説話，表至此聖矣。

婉辭曲致，以手當舌，以冷勝艷，四六之能爲情深者也。○寫出當日主聖臣良光景，依依惻惻，不減家人告語之詞，真神筆也。

敷陳委曲，如泣如訴，又如父老課農桑，如家人父子相告語。朴悉之中，情形俱備，四六至此神矣，何須題外再襯一語。

精奇雄麗，表中開山祖。

妙在作穠麗語而質任自然。

情以緯文，故色艷而氣自静。

瞿公九思，表有百餘首，情真力大，真可自名一家。但時有俚句，不能還雅，余故删之，亦爲西子洗瘢也。

鐵立文起後編卷之十

判

王懋公曰：唐張鷟有《判决録》，學判者當取以爲法。其文有科罪，有評允，有辨雪，有番異，有判罷，有判留，有駁正，有駁審，有末減，有案寢，一一究心，裨益不淺。至言近今作法，起聯對四句，再接二句。「今某」下，四字句二句，中對四句，末以二句作收，自是正格。擴而充之，則存乎其人。

《辨體》曰：按唐制，凡選人入選，其選之之法有四：一曰身，體貌豊偉；二曰言，言辭辨正；三曰書，楷法遒美；四曰判，文理優長。四事皆可取，則先德行。德均以才，才均以勞。得者爲留，不得者放。蓋凡進士登第及諸科出身，皆以此銓擇。若陸宣公既登進士、又以書判拔萃補渭南尉是也。宋代選人，試判三道。若二道全通、一道稍次而文翰俱優爲上；一道全通而二道稍次爲中；三道全次而文翰紕繆爲下。其上者加階超資，中者依資以叙，下者殿一選。如晦

翁登第後、銓試入中等始授同安主簿是已。元世不用其制。國朝設科，第二場有判語，以律條爲題，其文亦用四六，而以簡當爲貴。今録以備一體云。

《明辨》曰：按字書云：「判，斷也。」古者折獄，以五聲聽訟，致之于刑而已。秦人以吏爲師，專尚刑法。漢承其後，雖儒吏並進，然斷獄必貴引經，尚有近於先王議制及《春秋》誅意之微旨。其後乃有判詞。唐制，選士判居其一，則其用彌重矣。故今所傳，如稱某某有姓名者，則斷獄之詞也；稱甲乙無姓名者，則選士之詞也。要之執法據理，參以人情，雖曰彌文，而去古意不遠矣。獨其文堆垜故事，不切于蔽罪；拈弄辭華，不歸于律格，爲可惜耳。惟宋儒王回之作，脱去四六，純用古文，庶乎能起二代之衰，而後人不能用也。今世理官斷獄，例有參詞，而設科取士，亦試以判。今取唐宋名作稍近質者，分而列之：一曰科罪，二曰評允，三曰辨雪，四曰番異，五曰判罷，六曰判留，七曰駁正，八曰駁審，九曰末減，十曰案寢，十一曰案候，十二曰褒嘉。

袁坤儀曰：文士能工表詞，鮮有不工判者。判取諸斷，引貴典，語貴健，氣貴雄，詞貴錯綜。蓋典則不浮，健則不委，雄則不滯澁，錯綜則不股板。完此四者，便有大刀闊斧、川流河決之勢矣。大都作法，自「今某」以上，長短不過三聯。「今某」以下，長短不過五聯。能揮霍至十聯者，斯爲長作。能洞曉刑名、條斷合法者，是讀書讀律之兼資、致君堯舜之大法也，學者更無忽焉。

《指南録》曰：比事所以軌衆，聲律所以成文，而要之所重不在此也。惟以闡明律意，明示罪

情，不可移易焉耳。近時不知本意所在，惟引用泛濫，本以炫博，適以晦事；至于韻音璀璨，無異表體，可笑。故工于判者，惟直斷事情，明彰律意，間引用一二，皆比合切當，罪人斯服，而音律則不拘也。○大要貴決斷明允。

判語要通達政事，以儒吏兼通爲上。去取雖不專以此，然所以設此者，正欲觀其治才耳，故起頭説事理當如此。今却不可如此，亦是冒頭也。「今某」以下，要見其人心術，得罪根由，緣情定罪，引歸律令。便如一宗小公案，其言又在典雅不粗俗，在舒徐不深晦。

趙矜式曰：起聯係是正提，引詩書亦可，引事實亦可。至頸聯或反轉，或正接，只看來路何如。腹聯正據題入事處，故用「今某」字下去。若結聯，惟依律直斷可耳。

或曰：作判之法，或引經傳，或引古人，作起語。即用二聯承上起下，以爲下斷案張本。「今某」以下斷其罪。後一聯案其罪。

趙運靈曰：制判之體，題雖有反正，俱于仄邊判之，即今有司審單耳。而以之取士，又即案臺試農民以假如者。故入題處不直指姓名，而但曰「今某」。

《指南録》曰：書生學判，當于閒時將《大明律》一檢。非但可以治人，兼亦可以律己。解得判題明白，自然易作矣。

王懋公曰：判不在能以深文巧定人罪，而在有以大服其心。若張乖崖之以一錢斬崇陽吏，

乃有繩鋸木斷之判，當入司馬子長《酷吏傳》矣。往有王府一鶴爲民犬所噬，以付有司治罪。判云：「鶴雖帶牌，犬不識字。」能以戲言寓仁民之心，南山可移。此案不易，當以爲法。《指南録》曰：朝廷欲得深明律法之人，故試用五判。乃今之舉子，於同號中互相抄録，不視爲虛設之具乎？非實學也。不可爲訓。

更定文章九命

〔清〕王晫 撰

《更定文章九命》一卷

清 王晫 撰

王晫（一六三六—？），號木庵，一號丹麓，自號松溪子，錢塘（今浙江杭州）人。順治間諸生。爲人嗜學，無意時藝，工爲詩文。曾與安徽張潮合纂《檀几叢書》。康熙三十八年（一七〇〇）尚在世。著有《遂生集》、《霞舉堂集》。輯有《文津》、《墻東雜抄》等。

王晫於康熙三十三年客寓揚州時，始與張潮定交，張氏在《更定文章九命小引》中稱其「以書生老」，又於《跋》中，將此文與華聞修《文章九命》相較，可見此文乃其晚年之作，未幾即爲張潮刊刻入《昭代叢書》中。

《更定文章九命》，是針對王世貞《文章九命》而作，與其主旨各不相同。王世貞重在感嘆文士偃蹇命苦，懷才難遇。王晫則認爲，如果盡如王世貞所言，則「天下後世盡泥斯言，豈不群視文章爲不祥之莫大者，誰復更有力學好問者哉」？故而「反其意而爲《更定九命》」，目的在於「令覽者有所欣羡，而讀書種子或不至於絶」。此文不以説理見勝，而重舉實例，例中只拈出人名，各各分類，而不及其事，要在説明古今文士之通顯，榮耀，言之鑿鑿，尤能見著者博學多識，精於墳典。

此文最初入張潮所輯《昭代叢書》（康熙本、道光本）甲集。中華書局據以影印入《叢書集成續編》。今據《昭代叢書》本（道光十三年刊）録入。

（羅立剛）

《更定文章九命》小引

語有之：「天不滿西北，地不滿東南。」大雄氏謂：「閻浮提爲缺陷世界。」然則人生世間，亦安能長樂無憂耶？而文章之士，往往以窮困自傷，似天之有意阨之，俾不獲與弇鄙者流同其受享，則何也？余思文士鄙夫凡遇不如意事，未嘗不同爲不平之鳴。顧没字碑，僅能宣之于口，而不能筆之于書。其稍稍識字者，則又以「言之不文，行之不遠」，世遂無得而稱焉。唯工于文者，形容盡致，甚且溢于其實。讀之者往往代爲扼腕而咨嗟歎惜之，遂若天之果有意于阨之也。安得有人焉，爲彼蒼一致辯乎哉？西泠王子丹麓有《更定文章九命》之篇，其意與弇州相反，亦可謂善自娱樂者矣。夫丹麓讀書萬卷，著述滿家，固宜置身通顯，爲翰苑名臣，而乃伏處墻東，以書生老，天之命之也，其謂之何？然丹麓迄無幾微不平之意介于其中，客至則典衣沽酒，悠然有以自樂，則丹麓匪獨文人，殆所稱有道之士，斯尤爲不可及也夫！心齋張潮譔。

更定文章九命

清　王晫　撰

昔弇州創爲《文章九命》，一曰貧困，二曰嫌忌，三曰玷缺，四曰偃蹇，五曰流貶，六曰刑辱，七曰夭折，八曰無終，九曰無後。天下後世盡泥斯言，豈不羣視文章爲不祥之莫大者，誰復更有力學好問者哉？予因反其意爲《更定九命》，條列如左，庶令覽者有所欣羡，而讀書種子或不至于絶云。

一、通顯

丁寬、施讐、孟喜、梁邱賀、焦延壽、費直、夏恭、胡瑗、伏生、歐陽地餘、夏侯始昌、夏侯勝、夏侯建、魯丕、歐陽歙、孔僖、申公、韋賢、轅固、后蒼、韓嬰、毛公、匡衡、衛宏、文立、高堂生、劉歆、皇侃、熊安生、胡母生、董仲舒、眭宏、糜信、杜預、范甯、續咸、蓋文達、武甄、孫復、家鉉翁、馮豹、馬融、鄭元、戴憑、王肅、任昉、崔靈恩、陸澄、陳暘、孔穎達、劉焯、劉炫、顔師古、熊執易、王昭素以經。司馬遷、班固、范煜、陳壽、敬播、臧榮緒、習鑿齒、沈約、裴子野、蕭子顯、姚思廉、魏收、魏澹、崔浩、李百藥、令狐德棻、崔仁師、魏徵、李淳風、李延壽、蔣義、劉昫、宋祁、范鎮、劉知幾、吴競、李

沆、扈蒙、薛居正、洪邁、陳桱、吕思誠、揭奚斯、張詔、李燾、鄭樵、歐陽玄、司馬光、袁樞、范祖禹、劉道源、金履祥、朱熹、商輅以史。賈誼、桓譚、張衡、傅毅、枚乘、枚皐、仲長統、蔡邕、張華、繁欽、阮籍、鮑照、謝莊、庾信、劉孝綽、張九齡、陳子昂、蘇瓌、蘇頲、張説、杜審言、李嶠、王勃、李邕、楊炯、盧照鄰、元結、韓愈、柳宗元、李翺、張籍、元稹、劉禹錫、皇甫冉、皇甫湜、孟郊、賈島、皮日休、權德輿、韓熙載、李德裕、韋處厚、酈道元、晏殊、歐陽修、王安石、蘇洵、蘇軾、蘇轍、米芾、曾鞏、王珪、張耒、楊億、劉敞、范成大、康伯可、程頤、姚燧、虞集、許衡、郝經、宋景濂、劉基、邊貢、李夢陽、徐禎卿、何景明、楊慎、丘濬、歸有光、茅坤、王世貞以文。陶潛、顔延之、陸機、謝朓、謝靈運、吴均、陰鏗、沈佺期、宋之問、杜甫、李白、賀知章、賈至、王維、王昌齡、高適、王之涣、岑參、白居易、儲光羲、錢起、韋應物、郎士元、劉長卿、戎昱、杜牧、李賀、李商隱、温庭筠、梅堯臣、秦觀、黄庭堅、石曼卿、晁補之、張詠、麗籍、蘇舜欽、陳師道、陸游、解縉、李東陽、何大復、汪道昆、李攀龍、宗臣以詩。他如宋玉、司馬相如、揚雄、潘岳以賦。韋莊、顧敻、孫光憲、歐陽炯、辛棄疾、史邦卿、周美成、柳耆卿以詞。文學之士，富貴皆所自有，正不必搔首問青天耳。

二、薦　引

賈誼得遇吴公，司馬相如得遇楊得意，王褒得遇王襄，趙壹得遇羊陟，揚雄得遇王音，桓譚得

遇宋宏，陳寔得遇鍾皓，郭泰得遇符融，徐稚得遇胡廣，皇甫規得遇蔡邕，禰衡得遇孔融，裴楷得遇鍾會，阮咸得遇山濤，張載得遇傅元，左思、陳壽得遇張華，戴淵得遇陸機，徐寧得遇桓彝，孔闓得遇謝朓，馬周得遇常何，張九齡得遇張説，王維得遇岐王，李白得遇賀知章，杜牧得遇吴武陵，權德輿得遇韓洄、杜佑，牛僧孺得遇韓愈，皇甫湜、樊宗師、張籍得遇韓愈，李德裕、劉禹錫得遇裴度，李商隱得遇令狐楚，种放得遇張齊賢，蔣堂得遇楊億，歐陽修得遇韓琦，蘇洵得遇劉大簡、歐陽修，晁説之、秦觀、黄庭堅、陳師道得遇蘇軾，范仲淹得遇王曾，李覯、孫復得遇范仲淹，富弼、程頤得遇司馬光，張載得遇吕公著，胡銓得遇虞允文，趙孟頫得遇程鉅夫，楊奂得遇耶律楚材。或以材名見重，或以詞藻傾心。丈夫會應有知己，彼世上悠悠，安足論也。

三、純　全

陳蕃言爲士則，行爲世範。黄憲德量汪汪如千頃波。郭泰砥節礪行，器量宏深。李膺嶽峙淵渟，風格秀整。徐孺子清妙高跱，超世絶俗。陳元方兄弟，閨門雍睦，有德有行。荀淑清識難尚。鍾皓至德可師。馬融被服仁義。劉真長標寄清遠。管寧德行卓絶，海内無偶。陳登處身循禮，非法不行。李令伯孝養陳情。皇甫謐修身篤學。徐幹懷文抱質，恬淡寡欲。劉寔清身潔己，行無玷缺。謝安宏粹通遠，温雅融暢。賀循體識清遠，言行以禮。劉訏超然越俗，如天半朱霞；

劉歊矯矯出塵，如雲中白鶴。張緒清簡廉静，有正始遺風；權德輿至性過人，七歲以孝著。孟浩然救患釋紛，以立義表；宋璟風度凝遠，人莫測其量。趙光逢方直温潤；薛居正方重清介。芮煜雍容儒雅；耿秉潔己利民。歐陽修質直閎廓，見義敢爲。司馬光平生所爲，無不可對人言。朱元晦正心誠意，躬行實踐；竺大年理學淹貫，性行端介。蘇軾焚券還宅；蘇轍簡潔沉静。胡寅學行有宗；張栻聖賢自期。唐順之廊廟之羽儀；薛文清伊洛之淵源。王履吉清夷恬曠，與物無競；陸浚明高爽奇逸，尚氣慷慨。文徵明孤風峻節，使人傾懷注意；蔡虚齋貞風淵軌，對之躁息妄消。此如渾金璞玉，奕世猶見其寶，何可以輕薄概文人耶？

四、寵遇

李太白立進《清平》，玉妃捧研；王岐公坐論《華屋》，宫女簪花。米芾内殿揮毫，珍寶纍纍盡賜；吴益冷泉濯足，繪圖宛似飛來。曾覿《壺中天》進詞，遂有番羅金帶之錫；柳公權隔風紗作記，竝邀月羹蒻麫之榮。韓翃除知制誥，駕傳「春城寒食」之章；蘇易簡獻《續翰志》，御書飛白「玉堂之署」。韋綬蜀纈袍覆體，寒月奇逢；蘇軾金蓮炬送歸，夜來佳話。令狐綯歸用乘輿，院吏恍疑天子；史浩宴罷澄碧，金蓮照宿直廬。陶貞白大事輒先訪咨，時謂「山中宰相」；封敖文思重其敏達，旋拜中書舍人。劉晏神童爲正字，貴妃抱置膝上，粉黛親施；楊億七歲善屬文，太宗

召對御前，賦詩授職。桓榮車馬印綬，誇今日稽古之力；張詠銷金龍扇，美平時著述之功。高彪校書東觀，後詔令圖畫形容；馮定送客西江，詩賚以禁中瑞錦。柳（詧）〔詧〕諷詠酬酢，宫懸木偶；楊炯聰敏博學，幼舉校書。至若張裴裳以「異林」「別樹」之聯，獲頒龍錦；武平一以「紅霧」「青雲」之句，獨插御花。姚鉉以「花枝冷濺昭陽雨，釣線斜牽太液風」被寵；張蠙以「墻頭細雨垂纖草，水面回風聚落花」見知。玉柄麈尾，親授張譏；辟暑名犀，宣賜李訓。杜黄裳眷禮優崇，例外貺九龍之燭；張九齡風生論辨，光華升七寶之牀。裴晉公在中書，得嘗换骨之醪；白香山居禁近，曾食防風之粥。皆用文翰詞華承人主賞識優異，亦儒者之極榮矣。

五、安樂

申屠蟠見幾明決，超然免于評論；郭泰明哲保身，怨禍不及。馬融絳帳前授生徒，後列女樂。王羲之言「我卒當以樂死」。陶淵明北窗高卧，自謂「羲皇上人」。阮籍以沉湎避禍。戴安道琴書自娱。孫綽築室畝川，早賦《遂初》；皇甫謐躬耕樂道，不受敦迫。陶宏景庭院皆植松，每聞其響，欣然爲樂。阮孝緒偃息鹿牀，竹樹環繞，令人歎不敢近。何點好乘柴車，或躡草履，恣心所適，取醉而歸。李謐擁書萬卷，俯視南面百城。張翰蒓羹鱸膾，期在適意。李百藥穿池築山，詩酒任情；元德秀彈琴讀書，神怡心曠。王維唱和輞口；李白沉飲竹溪。白居易杯觴諷詠，放懷

池上；陸龜蒙束書茶竈，泛舟江湖。陸羽闔户著書，或行吟田野，夷猶自得。張志和自稱「烟波釣徒」。陶峴吴越間稱爲「水仙」。韓熙載色荒避相。吕南公築室灌園，肆力于學。宋子京删削《唐書》，妾媵和墨伸紙。司馬光徜徉獨樂。邵堯夫出處任意。种放釀酒養和。林逋看鶴驗客，浮沉仕宦，視此不啻登仙矣。若孫太初時登高峰，持古松根，扣石作歌；莊定之遶山墾田，引流種樹，賦詩作達；李于鱗搆樓看山；王敬美栽花治圃；申瑶泉歸來適適；陳仲醇高隱巖棲，皆邇時之安樂者。

六、榮　名

左太冲、謝靈運、謝惠連、庾仲初、邢子才篇賦一出，能令紙貴。王元長、徐孝穆、劉孝綽、薛道衡、蔣凝朝所吟諷，夕傳遐方。李賀、李益樂府盡被管絃。王昌齡、王之涣、高適詩章歌偏名妓。李洞鑄賈島像，事之如佛；蜀棘獲梅都官詩，繡之法錦。韓熙載撰《神道碑》，嚴續費至數萬緡；皇甫湜撰《福先寺》文，裴晉公酬以三千絹。雞林購白學士詩，至值百金；女子能誦《長恨歌》者，亦索值數十萬。他若司馬相如作《子虚賦》，武帝恨不得與此人同時；陳皇后亦遣人齎千金，求爲作《長門賦》。崔孝伯撰《國書》，魏帝稱爲「今日文宗」。李嶠汾水之歌，明皇歎爲「真才子」。斛斯徵博極羣書，周武詔授諸皇子，呼爲「夫子」。蔡用之獻萬言詞賦，真宗目爲「江南夫

子」，以視宫人歌元稹《連昌宫詞》，乃號爲「元才子」，又不足多也。至如吐谷渾有《温子昇集》，契丹人能誦蘇子瞻文，日本、西番用重寶購張鷟文，新羅國賫厚幣請馮泊爲記，暹羅國上書，願得蕭穎士爲師。日本、安南俱上章以金帛乞宋濂碑文，朝鮮上言願頒示吕柟、馬理文爲式。異域絶塞，咸知愛才，文章真可謂有神矣。若夫王充《論衡》，蔡邕秘之帳中，韓退之詩，柳宗元盥手然後發讀，崔涯、張佑題詩娼肆，譽之則車馬盈門，毁之則杯盤失錯。文人聲價之重，抑何一時推服至此耶？

七、壽考

劉知幾、張耒六十一歲。張衡、應璩、杜預六十二歲。范甯、陶潛、李德裕六十三歲。張説、孟郊、范仲淹六十四歲。陳壽、賈島、曾鞏、劉基、王世貞六十五歲。謝安、歐陽修、蘇軾六十六歲。邵雍六十七歲。皇甫謐、陳暘、張九齡、李泌、司馬光六十八歲。張華、李淳風、趙孟頫六十九歲。張詠七十歲。劉向、揚雄、郗鑒七十一歲。徐穉、賈逵、宋濂、陳憲章七十二歲。沈約、顔延之、許衡七十三歲。鄭玄、林逋、蘇轍七十四歲。宋璟、白居易、程頤七十五歲。陶侃、姚燧、邱濬七十六歲。趙抃、虞集七十七歲。楊萬里、宋訥、楊士奇八十歲。沈驎年過八十，耳目聰明。申公、柳公權、顔真卿年俱八十餘。摯恂、葛洪、范景仁八十一歲。何琦、王維、李百藥、陳堯佐八十二歲。梁顥年八十二狀元及第。楊時八十三歲。陳實、管寧八十四歲。陶宏景、傅奕、張方

平、歐陽玄八十五歲。賀知章年八十六，上表乞爲道士。馬融八十八歲。虞世南、史浩八十九歲。夏侯勝九十歲。伏生年九十歲，授晁錯《尚書》。王恕九十三歲。孫璉百歲。孫思邈百餘歲。劉健一百七歲。尤時泰百二十餘歲。錢朗百七十餘歲。孔安國二百歲。壽以人重，苟非其人，雖壽不足數。

八、神仙

周顗爲鬼官司命。季札爲北明公。顔回爲明晨侍郎，後爲三天司直，又與卜商同爲修文郎。蔡邕亦爲修文郎。莊周爲太玄博士，又與老聃俱爲韋編郎。王詡爲太玄師，治青城山。墨翟爲太極仙卿。屈原爲海伯，統八海。淮南王與八公上昇。東方朔爲太上仙官，又爲華陽洞主。賈誼爲西明都禁郎，以治馬融事不當，謫遷泰山司馬。王褒爲清虚真人。夏馥爲保命府明晨郎。曹植爲遮須國王。張衡、揚雄爲北方鬼帝，治羅酆山。劉楨、徐幹俱爲侍中。杜預、蔡謨俱爲長史。王嘉、徐庶、何晏、殷浩同侍帝晨。嵇康爲中央鬼帝，治抱犢山。郭璞爲都録司命，治雲臺山。王弼爲邱監。荀彧爲北明公賓友。謝鯤爲左副監。温嶠爲監海伯。郗鑒爲南門亭長。臧洪爲北斗天門亭長。庾亮爲北大帝前中衛大將軍。紀瞻爲北天修門郎，與虞譚更直守天門。顧和爲執蓋郎。陶侃爲西河侯。王導爲尚書令。陶隱居爲嵩山伯，又爲蓬萊都水大監。魏徵爲太

陽都録大監。馬周爲素靈宫仙官。杜祐、馬總爲六押大都統。李長吉召賦《玉樓記》。韓愈爲真官。白樂天爲括蒼山主録大夫，又爲蓬萊山樂天院主。崔曙爲泰山老師。李白爲東華上清監，又爲清逸真人。杜甫爲文星典吏。石曼卿爲芙蓉城主。寇準、蔡襄俱爲閻浮提王。蘇軾爲奎宿，又爲紫府押衙。龎籍爲王屋山君。韓琦爲紫府真人。王安國爲靈芝館仙官。劉景文爲雷部掌事。沈文通爲地下曹司。徐昌穀爲第二殿帝君。慧業文人終歸天上，于斯益信。

九、昌後

司馬談、劉向並有佳兒；班彪、范泰咸生令子。裴叔則子風神高邁；謝超宗子博學有文。戴逵子無忝先人；張緒子卒爲名士。阮籍子器量宏曠；嵇康子清遠雅正。皇甫謐子獨遵父尚；杜少陵子仍負詩才。沈約之子特號「青箱」；蘇瓌之子時稱「小許」。吴勔子尤長文學；韋綬子幼舉兩經。梁顥子亦中甲科；史浩子復爲節度。崔悛子爲後來之秀；李舜臣子得道學之傳。阮咸二子都爽朗有遠志；向秀二子竝令淑有清流。韓退之子皆擢高第；蘇明允子俱作詞林。陳實、李膺、荀淑、李宓、宋璟、范仲淹諸子竝妙；謝安、王儉、孔穎達、孫逖、張説、李德林三世同官。他若袁安至隗，四世五公；楊震至彪，四世太尉。王導至筠七世通顯；謝莊至温六代銓衡。王右軍曾玄二十餘系，盡擅臨池；劉孝綽羣從七十餘人，僉工文翰。子姓至此，可云極

盛。即如劉基之子，凝重見稱；王華之子，跨竈獨異，亦近代之表表者。芝蘭玉樹，生自階庭，豈非人生之厚幸哉。

原評

奇思巧手，纈采縷金，合之則成無縫天衣，分之則如望衡九面。吾恐弇州見且妒生，何況儕輩。

跋

余向讀弇州《文章九命》，心竊疑之。無論其他，姑即以盲論，古今之盲者何限，其挾琵琶而談星命者，一郡不下數百人，世皆不之惜，而獨惜丘明、子夏。古今之宦寺亦復何限，一朝之額不下數百，人世皆不之憐，而獨憐司馬子長。豈左、卜如虞帝重瞳，獨異于諸人之目，而宦寺之被宫，獨不知痛苦耶？向欲作一文辨之，而因循未果。及閱華聞修《文章九命》，與弇州同者六，異者三。三通而六窮，三之數不足以敵六，僅稍增氣色耳。今讀丹麓此篇，覺古今榮幸，未有過于文章之士者，豈不大爲吾儕吐氣乎哉！既得是編，予可不復辨矣。心齋居士題。

絸齋論文

〔清〕張謙宜　撰

《絸齋論文》六卷

清 張謙宜 撰

張謙宜（一六四八—一七三一）字稚松，一字山農，晚年自稱山南書隱老人。山東膠州人。康熙四十五年（一七〇六）進士。不仕，八十三歲卒。著有《絸齋詩》、《沉鬱集》、《尚書説略》、《四書廣注》、《家學堂遺書二種》等。清修《膠州志·文苑傳》有傳。

是書前有自序，後有跋語。始撰於康熙六十年（一七二一）六月，「竭六日力」，「得百八十條」（自序），手編成帙，友人嘆賞，惜未付梓。著者謝世後，其子從遺書與日記中「努力編集，得三百七十餘則，合原本百八十條，略分類次，抄爲六卷，謹藏於家」（張頎《跋》），直到乾隆年間方得梓行。該書爲語録體式。首卷《統論》多從宏觀角度論爲文目的、要求與原則，强調「原本經術」、「載道明理」、「意正」、「理正」，重道德，講學養。卷二至卷四爲《細論》：卷二着眼於源流、品格、章法、筆法、調法、句法，論古文之「接衍」、「變化」、境界、技法；卷三立足於文章體制，結合創作史實，辨析論、説、序等近三十種體式的本質、特點、作用、要求，並結合前人範文談論各體作法；卷四繼續論述諸體作法，且以歷代名家、名作爲例闡釋説明。卷五《評品》多側面、多層次評論歷

代名家名作風格、成就與藝術得失。卷六包括兩部分：《初學入手》從方法論角度正面指示初學途徑，提出習文「先立志」，讀書「須静、耑」；《叢語》論爲文弊端，以戒後學。作者十三學古文，七十三歲撰是書，書成，人「嘆其精切」（《跋》），「爲時所重」（《膠州志》），可見其影響。

有《家學堂遺書》本，乾隆二十三年（一七五八）膠西法氏又敬堂刊。今即據以録入。

（楊慶存）

覞齋論文

自序

予自十三便學古文，成童後讀古人書漸多，乃日有所得。壯年讀全部《史》《漢》，沃聞士君子之論，證諸名公談文攻擊駁辯之言，所見又一進。晚讀朱子書，通論名臣大儒併其著述得失，則又聞所未聞。舉前日之宗法服習，日躭玩而不忍捨者，乃深見其離合向背之所以然。今六十年矣，即非博學，而心目所經歷者日多，每欲向後人言之，頗少解人，子孫又不能承吾志，有嘆息忘廢而已。

會蔚縣祁王二子求吾纂述讀撰之書。既貽之矣，五弟適來，惜吾於古文最深，而言之甚略，請仿《詩談》例，彙一小册，留貽後學，焉知無能解者？兼慮州中古學失傳，有志之士無所憑藉而起，將令苗脈永絶，大可憂也！予初不欲爲此，已而夜眠，自思費如許功力，老無所用，又不傳人，脱不幸而死，誰知其腹中有此會解，有此欲言難言之隱，又誰知古人秘妙可取而不能取哉？

此意一動，如水〔甬〕〔桶〕著箭，拔出必瀉。乃掃陋室，置紙筆，想到便書，亦無倫次，凡所讀所見，所評所辯，約略大概。詞不能工，尤恐其晦，雖方言〔里〕〔俚〕語，有可達吾意而幼學易曉者，諄諄告之。竭六日力，僅得百八十條。由老而健忘，或寄在群書、日記者，都不能追復，姑就目前所懷，傾口而出，聊盡吾心耳。

嗟乎！後有深心好古之人，聰明才力十倍於我，必能補其所未備，發揮先哲遺訓，衍文脈於無窮，是老人蒿目待之者。時辛丑六月十日，山南書隱老人張謙宜七十三歲自譔。

覞齋論文目録

絸齋論文卷一

清　張謙宜　撰

統　論

古文不振，古人之道不行也。古人得六經之要旨，修身慎行，不得已而有言，天下信之，君子許之，然後可以命世而行遠。方其措思，一准乎天理人心之正，及其下筆，又有千仞壁立不可摇奪之勢。富貴聲氣，不足以動其心；顛沛流離，不足以易其守。是非必取法於《春秋》，去取必折衷於先儒。以是而言，臨文但見其冰霜滿面，手掣風雷。庶幾登作者之壇，列儒林之班矣！

文人無行，自昔爲病，故學者必先立志。讀書明理時，便須與聖賢爲徒，不耑以文自喜。文自發生，未落筆時，自己撿點。此言一出，必有關於名教，必有益於民生，必有當於勵名節、正人心，必能闡經文未暢之藴，必能破迂曲邪雜之見。如此，乃得古文之益。若先自處卑瑣，不敢傷觸古人，又懼忤犯時貴，嫗姁囁嚅，不敢自出機杼，舒洩意氣，則是陪堂婢妾、奴隸乞丐之言，何足以辱古文哉！

以文求名利，固是下品；以文博官職，以文免禍患，以文揜罪愆，獨得爲高行乎？古人書陳橋一事，天雷劈案而不懾；書枋頭一敗，嚇以湛族而不悔。具此定力，吾許之爲著作手。書陳橋兵變，元人陳子桱；書枋頭兵敗，晉人王述。

書要只管讀，理要只管析。蓄之洊多，所見透底，可以言矣，且勿輕出。遲之又久，如飢鷹掣臂，如秋水崩堤，浩浩勃勃，禁止不住，斯爲得之。蓋文心初茁，勢尚嫩軟，一有摧折，不能復生故也。學者勿急於見長，勿急於求名，一有此病，終身無成。戒之戒之！

文字初成，自覺快心，萬不可滿足，當求老成積學之士商酌。我見理不到處多，見事偏執處多。或論一人，其生平尚未盡知，其時勢尚未全看，又或其年月先後未能考證，此皆須人指點。如有疵病，可改者速改，可删者速删，勿姑息苟且，貽後日之悔。

孫思邈曰：膽欲大而心欲小，此行文之格言也。膽大則能創獲，心小則能入細。膽雖大而心不小，或是粗莽；心雖小而膽不大，必至萎葸。惟明理足以壯吾膽，惟有識足以擴充吾膽，惟養氣足以推行吾膽。合而一之，然後言人所不敢言而心不懾，言人所不能言而衆不疑。此豈小生伎倆哉！

義有大體，如君相之命百僚，子弟之承父兄是也。文有定體，如上衣不可爲下裳，廳事不可爲園亭是也。如疏表而以瑣屑爲詳密，序記而以艷冶爲風流，碑誌傳狀而以諛佞回護爲長厚，皆

爲失體。今有鎔銅爲器，似鼎又似爵，如罇又如洗，雖雕鏤極工，嵌珠填碧，識者不直一笑耳！

文必成家，然後可以問世。如韓、柳、歐、蘇、王、曾之集，曾無撏龔規摹者？學古文認定一家，寢食以之，流離患難以之，死生以之，到自田自屋，規模已定，却又勉强移易不得，中間豈無旁蒐，然總化爲一路。蜂之釀蜜，最可取象參觀，如觀武庫，戈甲旌旄，無所不有，豈得名爲兵家？如侍西清，圖書球璧，觸目皆寶，豈得號爲鋪肆？學者高著眼界，大闢心胸，乃謂之鴻儒領袖。

見個道理了，忍不住張眉努目，擦掌磨拳，唯恐説不盡，以此便是少涵養。何以治之？潛心理路，氣質自和。和平而有公忿公論，雖發越自有藴藉，雖排擊不傷大雅，此所謂君子之言也。

文品以人品爲本。學識並到，筆下能擇能捨，立言務取矜貴，其品自高。雖八家大作手，文品有時而低，或貪用麗詞，偶得小巧，少一偏注，便爲文累。又有周旋貴人，有名無實者，當時後世，不免學者(哂)〔嗤〕笑，尤爲低品。

古人當其位行其事，或指斥奸佞，或論民生利病，皆不得不言。又生當無諱之世，受知遇之恩，本身之學問品行，久孚於公論，然後感慨淋灕，一往傾瀉，其文亦鬱勃魁磊，與日月争光。自非然者，遵言遜之戒，守含章之貞，相時立言，自有尺度已。

作各體文，原本經術，根極理要，儒者之風也。縱令英爽豪俊，不溢繩墨。若憑持聰明，雜以世情異教，故爲譸張矯激之詞，忿口放言，無所忌憚，直俚巷小人中識字弄筆者耳，何足道哉！

一口兩舌，人皆惡之。後世文士，說理學則斥異端，崇佛道又嗤儒者，反復不情，豈得謂之端士？程子斥邢九云「無可說便不得不說」，願爲操觚者進一解。每看名公文集，一遇此等，便欲痛下刪除。

文人厭常喜新，如投胎奪舍，轉世冥扱，以及神仙鬼怪之說，雖大家不免信向。不知三才之間，五倫以内，艱難險阻，何所不有！但能蒐剔闡揚，固已無奇不備，豈必瑣屑妄誕，甘入小說而不辭哉！

爲文必須理正，予之奪之不敢有私心。下筆期於理通，抑揚反復行乎不得不然，而非以媚世。何消占地步，先自處於無過之地；何消自標榜，置著作於毀譽之外。如此則善矣。

凡爲古文，先掃去世情，以我識見議論爲主，周旋則粘滯纏繞，不得自快矣。間遇豐功大業，奇才卓行，皆供我筆墨揮灑。可則表之，否則削之，使我意暢而詞潔，人與事庶幾附文以傳。子長作《史記》，最上者也；唐宋八家間有贈送序，其不可廢者，皆用此法。

文以載道明理，不止效其聲響說話。如昌黎見得頗正，歐陽又說得委婉，南豐得其典雅，然只得其粗，不能造微。蘇家談經，一味强口奪詞。說到中庸、性命，支離舛錯，徒增嗤笑耳。後學莫看老莊佛書，自添業障。

凡爲文，未落筆前，便須嚴以自持。既脱稿後，尤當加意撿點。少不自愜，早早割愛。如此

修省，猶恐有護短處，况大意聽之耶？

人之本質，譬如素練，看是何色打底子。若是理學開頭，腐鈍之癖，恐難展拓。若從文字入手，跳浪之氣，未易驅除。必不得已，博學於文章，約之以正理，使才調英發，而心志端正，庶乎不錯。此自己體貼而得者。先儒必以爲倒説，於救時或是折肱之語。

理學文章，天似設立兩界以限人。理路深，光芒必須外斂；文采盛，道理一定粗疏。蓋仁義禮智之書，必伏下身子，穩住思路，非平鋪砍剁不可。一平鋪則波瀾俱息，氣焰全無，文不足以言文矣。有志者思所以自立可也。

理學文字最不易作。按老本子説則板直，弄些筆姿則走作。惟是理脈浹洽，意思含蓄，方有學者氣象。

宋文第一篇是《太極圖説》，然板板平鋪，怎比得歐、曾？只此便是分限。雖有豪傑，跳到理學坑中，必粘住；入古文津涯，必放蕩。二百七十年，只有方希直，然只得蘇長公一派，求如歐之風神、曾之厚重，尚不能兼，况他人乎？

談理不腐，惟有先聖先賢之書。下此不免被他膠粘，動止不得自由。先須理清如水，又須力大如龍。龍之攪海，是甚聲勢？然難之又難。

説道理不得帶冬烘味；頌官人萬勿效箋片態；贊神功又全非巫覡語；除此三病，再質諸古人。

學者徒知舉業不可爲古文，不知四書五經皆古文也。究其理，繹其旨，涵養深厚而直道其所見，法漢人之質勁而汰其蕩詄猗窳之陋，不更善耶？苟欲爲古文而先叛乎聖人之言，即果如漢人，無益也。

世徒見蒼茫澁奥者爲古文，及見工緻圓美者則疑之；只知雄渾排奡者爲古文，示以纏綿委婉者又輕之。不知《三百篇》，忠臣孝子之吟，與《左》、《史》有何差别？至性爲古文根本，願學者之深思也。

文字一真，便兼衆妙。

詞古不如意古。意何以古？循理明義，不迎合畏避，一如古人之立身而已。迎合時君，諂媚宰相，此古人必不肯做之事。未做文時，先存古人之心，方有根柢。不然，於字句聲調上求之，只似戲子登臺，學說官話耳。

古文不在字句，而在立意。言必關乎名教，不委曲狥人者，古人立身立言之根本也。必有其實，然後文成而人信之。

年友昝白村患吾每篇文必占地步。夫地步者，一生所居之是處也。如昌黎一生闢佛，雖與浮屠遊，未嘗以彼爲聖人之徒。蓋地步者，人之心術品行所在。若因爲文必求諧俗，遂舉生平而盡喪之，文雖傳，其人已見棄於君子，况不傳乎？是説予不敢從，且自勉焉。

以善予人，豈非厚道？　然天理良心，自有準則，如秤子稱銀，千百十兩，分釐毫忽，俱不許差，一差便是我不精細，受者便有輕重不均之嘆矣！　謹慎小心，以史法爲衡，此《春秋》之教也。評論人物，援引證據，勿震其名，先覈其實，心術必端，人品必粹，行事必合，宜斯我所當企慕稱道者，勿論其名位功業，勿眩於議論丰采，勿溺於詩文字畫。　若只是隨聲附合，不謂之知人取法。

論人之是非不當，自己亦有罪過。　艾千子回護嚴嵩，罵王世貞爲無君，出脱丁汝夔以不出兵爲持重，一時自謂高論。　後來王阮亭直指爲喪心悖謬，天下快之。　誰謂後來人不能扶持公道乎？

講經書、論詩文，先期於無黨無偏，如素所尊信師法之人，有萬分是一分不是也，須辨别，心知其故，但不必顯言耳。　若一概回護，力拄衆口，是亦門户之陋習，非虚公之正道也。

凡古人已定之案，登峰造極之作，不必强爲翻駁，與之争勝，徒增笑話。　枉費心思，何益之有？　如邱濬説岳飛必不能恢復，秦檜有再造之功，即此可知其心術邪僻。

文字有意思方有議論，不然，只是裝飾塗抹而已。　然意思又要有根柢。

文必直抒所見，然後可傳。　必八面周旋，都無是處。

論人、論事、論世，皆理也，不可歧視。　文必準乎理，已是作手。　至意從理出，氣由理充，則希

世一見者也，惟方正學能之，歸震川次之。

古人言之有物，能見其大，雖遊戲假托之文，亦成局面。後人猥瑣拘曲，所重不過字畫園亭、飲食聲伎，盡力支撑，無非嗜欲。其文如一擔燈草，燒灰不及數合，何足道哉！

胸中無書做不得，胸中書多又做不得。後生當記吾言，隨所見文集秘驗之。

凡爲佶屈聱牙組織艷冶之文，皆中無所見，務在藏拙邀名。吾所云胸中書多亦做不得者，即此可見。

文章必要討好，亦是一病，如蘇州清客，時時揩面拭唇，衣冠鞋襪並無點塵，細看反覺小祥。若天日之表，不衫不履，顧盼生風，自是千人俱廢。文家要進此一解。

大家取方言，亦成典則；小家作莊語，總是輕儇。

引證古事，當剪裁撙節，勿令龐雜，勿令不暢不明。

抗懷古典而今世萬不可行，雖經術皆土苴也。

凡文章幽晦佶曲、冷峭孤寒，畢竟不佳，可玩而不必摹，恐爲所誘，便不能出已。

文無巨細，其理一也。古人於極没要緊處，皆鄭重嚴毅，絶不草率，所謂修辭立誠也。

古人筆意轉换處，反正錯綜，乃見古趣，正不在字句也。後生所謂古色古貌，鈍賊最低手耳。

古文雖尚緼藉，不許平衍；雖貴揮霍，不得狂暴；雖宜典雅，勿事餖飣。

爲文峭潔則近古，學徒識之。

古文看似平鋪，越讀越覺峰嵐合沓，此方是有功夫。

古文以無套數爲佳，如絶頂武藝，坐稍攀搨，出入百萬軍中，自無敵手。

古文之妙，如絶頂武藝與打場人交手，初無架勢花點，等他槍棒偪身，但轉掉進步，彼已受傷仆地。此手法别，心眼高，於炫人討好外，另有精神者。

凡行文，虚易掀翻，實難轉换，弄奇可以動人，平衍未能討好。操觚者審之，自有向上一著在。

文字平行最是難，如舟凌水，如牛耕地，越没波浪越不傾欹，才見扶犂把梔之苦。

古文妙處全在有澀味。澀者，其蘄然不滓，時文所不能汩者也。

筆疏而事覈，最不易到。

古文高手，其正爲某人寫生處，妙固不待言，往往旁襯閑文，淡淡著筆，其人其事俱卓犖堪傳。

讀書者無心遇之，益人神智。

文不换手便是率。

文有陡勢頗好，然須有放平處，字字陡竪，不成文體矣。

古人文字峭古，是骨格挺拔，鍛煉精嚴，音頭節奏俱以無心入妙。若單於此留心，恐遂爲小巫耳。

太行自塞外來，屢起屢伏，倏近倏遠，連京師之西山，磅礴南下。帶北直控山西，蟠河南之北，截直至蒲州，爲黄河攔住，莽莽蒼蒼者，數千里不絶，故是海内大觀。若處處玲瓏，峰峰峭削，特一丘一壑之奇，氣象狹小矣。大家文須作如是觀。

嘗遊蜀，登鳳嶺，北望群山之峰，如疊浪。循龍崗背南眺，遠岫如排戟，反令人鬱塞不快。此可悟平而後遠之理。以文論，清疏中時出高秀者勝。

文字乍看似好，久看減色者多已。必熟看、冷看，愈久愈佳，此爲第一。吾於震川見之矣。

文字純用秋冬之氣亦不可。

刻苦鍛煉之文與天趣流行之作，本非二致，學者其細參之。

無中生有，不可支離妄誕，不可含血噴人，必是揆情度理，勢所必至，然後挑剔設想，或不甚差。

設身處地代爲擘劃固佳，然時勢或有不同，材力或有不齊，此難執自己意見，誣罔前人。

鷄猪魚蝦，通國所同，而滋味有美有不美，其做手不同也。何謂作手，心思烹鍊是也。

黄河千里，一曲九折入海，水所奔注，即其直也。水添得多，力量自大。

才讀一未見之書，愛其新穎，極力嘔吐在文字上，此胃不化谷之症也。

爲官作文，一要辣，二要冷，面帶霜威，筆如鉅石之墜於山，方可脱俗。

最厭取古人以況今人，果其學耑一家，神似入微，必不能一手而分匯多長，若汎指貢諛，即如戲子衣冠，人人可用，終非所有，思之失笑。

今人作文，好用典故襯貼實迹，如割死人肉粘在活人面上，模樣更看不得。

凡文字，色澤、音節、間架，事事現成，却正是俗。惟深於八家者知之。

古文各有家門體制，遞相仿效，如《客難》、《賓戲》、《進學解》所自來也，其妙全在不甚似。若《文選》中《七發》、《七啓》、《演連珠》，令人厭觀。後來不必效顰。

四書五經，只資其理取其法，若句櫛字比而欲摹仿其貌，是亦揚雄、王通、王莽而已。賊經侮聖，莫大於此。

《儀禮》、《考工》，節無冗句，句無襯字，人不敢不尊爲至文。若欲學之，譬如私鑄銅器，刀剜藥染，充作骨董，徒見笑於識者耳。

凡文論利害形勢，若説得暢，亦是詞達，不單指明理而已。然則自漢至宋，達者不少，若賈誼、陸贄、三蘇、歐陽，皆其人也。

讀詩、古文，使人心蕩，讀理學書，使人心收。

緦齋論文卷二

細論一

梁（鎦）〔劉〕勰作《文心雕龍》，其《宗經篇》曰：「論、説、詞、序，則《易》統其首；詔、策、章、奏，則《書》發其源；賦、頌、歌、讚，則《詩》立其本；銘（自注：此因物示戒之詞也）、誄、箴、祝，則《禮》統其端；紀、傳、銘（此誌中韻言也）、檄，則《春秋》爲根；並窮高以樹表，極遠以啓疆。所以百家騰躍，終入寰内者也。」愚按：古文源流，數語盡之，故首録以示人。已下源流。

古文互相接衍，自成變化。如《左傳》自成一體，《史記》用作列國世家，其質核明暢自就。史遷手筆與原文之雋永矜貴，又自不同。然左氏典麗端凝之秘始一，排宕滌刷，令人爽快。西漢承《國策》遺風，但知利害，當其得意，有法而無法，此所以妙也。東漢潤以經術，典贍厚重，其流弊已啓六朝。彼時人尚文學，惟恐單澆薄劣，只得敷以英華。久之，詞能埋頂，字或生疣。其氣不充，借宛轉以養度；筆絶不勁，假駢麗以增雄。方鈍平行，勢難掉運；字雕句琢，神采先萎。兼

之名理壞於佛老，議論習爲摸稜，文運交衰，世無寧宇矣。韓文公初起，舉世非之而不顧，見理雖粗，文能近正。柳子厚人非君子，文實清高。其學《國語》、《水經》，不見其痕，是爲融化。歐陽學韓而不見其爲韓；東坡學《孟子》而不見其爲《孟子》；南豐學劉向、匡衡而不見爲向、衡；老泉、荆公，各學申、韓而各成一門户，善於變也。如糞壤之培麥稻，脱穢生華；如麥稻之爲飯餌，蒸溲爲餰，此皆其心血醖釀，精神堅定，故於應試爲官之後，讀書益勤，爲文更苦。卓哉此志，宜其千古不朽也。

漢、唐、宋而下，明之方正學，意從理生，氣足以達之，得蘇筆而去其駮者也。繼起有歸太僕，吸太史公神髓，機由我運，如怒龍之攪海，風雨之移山，莫與争矣。王道思澤於經術，典重温密，所不足者，峭蒨高潔耳。他若徐文長之跳梁、袁中郎之儇脱，不足效也。

古文有南北派。南派以八家爲宗，自宋濂傳方孝儒後，有王慎中、茅坤、唐順之、歸有光；北派以秦漢爲主，李攀龍、王世貞倡之，李夢陽和之。其實，八家爲秦漢真傳，王、李所謂秦漢，非秦漢之精，特其渣滓耳。

古文對淫艷排偶之文而言，不獨八股一種。如宋人撿經書命題，而以四六叶韻爲賦，是亦時文也。凡稱古者，不止散行，其句調轉折，似在人意中，實出人意外，不卑靡猥瑣，不甜熟滑溜，皆所謂古也。此由於道理明，識見高，筆力健而氣象大，不可以强取，不可以貌求也。儘有詞皆選

練，典故現成，官腔穩重，而不免於俗者； 又有故作清態，能爲雅語，而益見其俗者。 此又在胸襟識趣上微細分別，非多讀前人書不知師法，非多見今人作不知鑒戒。 已下品格。

古器如壺、鐏、卮、匜，必不適今人用，然款制渾樸，料精而工細，萬萬非巧匠所能摹仿。 其氣象高雅，不在斑爛缺陷。 且如古器花雯有龍鳳蟬魚者，皆略具形似，不害其雅。 漢唐鏡背，麟鳳花鳥，極其工緻，而品反低。 試思其故，古工匠極巧，其製器今謂之拙者，不便於人用也。 故今之椀盞盤盒，不可爲清廟明堂之法物。

物之古者，非今人所必用，特以製作方拙，共傳以相異耳。 果其真能爲古文，其議論體格，未有一二諧俗者也。

美玉加以琢磨，光采曜目，入土千年，光華内斂，一種古色，若隱若顯，此人間至寶也。 若枯槁如灰如甎，是棄物也。 學者多讀書，深涵養，久久乃有此象。

凡古銅器，去其土氣、水氣，自有黯然透骨之色。 古文本色，如是如是。

銅玉器，凡出土者，定有斑翠。 然色澤必闇淡滋潤，若光采奪目，便是假物。

孫文融之論文，其最貴者曰質、曰峭、曰錬。 予謂蒼、澀、雅、净、覈，皆古文上品。 學者識此數字，具此數長，則平、漫、軟、膩之氣，不袪自退。

質非鄙樸，如金珠玉光，本自天成，不待藻飾。 質者，天然形色，如玉之白，如金之黄，不用粉

飾，自有寶色，故古文貴之。

峭文勢之孤立也，如孤峰懸崖，可仰而不可攀。不輕出手，不輕下字，思之思之，刻苦而後得之。或句峭，或字峭，通篇不過一兩處，如人面之有鼻，是特高於頰輔者，若滿面俱是鼻，便不成人形矣！　峭字最不易言，閑意莫留他，閑話莫用他。出手要有勢，却不要平熟勢。脱口要有致，却不要軟滑致。掉運須有情，却不要甜俗情。汰除再四，擺棄排戛而忽遇之。

煉之一字，非博學無所資，非深心不能擇。如銷銀必去其鉛礦，留其精英。古文有鏗鏘響亮者，皆自煉中來。　鍊如良工造劍，鐵無纖翳，鋒芒四出。　鍛鍊由衷，博則有資，精自生光。以心力經營爲爐火，以反復揀擇爲匠作，乃成片段。後生識之熟，自然成。　文者，理之胚，心之神，力之鋭，積數十年讀書以養之，然後可用。譬之劍經百鍊，精極而鋒不可當。　文以鍊意、鍊氣爲上，鍊格與詞又次之。　用筆簡而無意不暢，此鍊法也，惟太僕有此本領。

蒼，最難言。　草木初生，其色蒼，兼淡而言也。山之積翠，目曰蒼，兼秀而言也。人之鬢髮半白曰蒼，兼老而言也。古文之蒼，取老、取秀、取淡，浮動於字句聲調之外者是。　蒼非闇淡，故言蒼者必秀；　蒼非縟采，故言蒼者必古；　蒼又非妖艶，故言蒼者必老。　確然似易，頽然似放，奇横峭蒨似無範。吾無以求之，庶幾多讀書、習静悟，頓挫瀏灕而惝恍相感於筆墨之外，能之乎？

蒼可悦而不可效。非不可效，骨未堅，神未全，氣未暢，而色未足，則亦不可襲取也夫？

澀之一字，文家所忌而不知其妙。周鼎商彝，其稜角瑚鏤，著手不甚便利者，象物示戒，防人縱欲之意深也。若蘇製錫壺，光華輕秀，焉所得古意乎？

澀在色澤上論，如英石筆架，其峰嵐皴叠，正以不待琢磨爲佳。若刻玉爲山，便乏生趣。字不虚下，故堅而不流；思路必深刻，故利而善入；此之謂澀，如寶刀之刃不可捫，非果核之苦辣螫脣也。

雅即鴉之本字，借作文字品目。鴉背純黑，映日則赤光浮動，故色澤黯淡而不枯槁者，類謂之雅。如墨緑石青，未嘗無色，但不若赤黄紫緑之耀眼耳。文家意雅爲上，調雅次之，聲響雅次之，字句雅又次之。試取《詩》中《雅》、《頌》，與後世樂府《子夜》、《竹枝》比看，孰雅孰不雅自見。再取江都中壘諸文與六朝詞賦比看，孰雅孰不雅又見矣。如廟堂訏謨、講堂疏義，豈可與街談巷説同聽？好古者知之。

净，即錬也。篇章字句不可增減，如燒煉百遍之鐵，纖翳俱無，是之謂净。

覈字之妙，人多不解。凡無浮思纖語繞其毫端，讀之凛不可犯，確乎有據，皆覈之妙也。

生與脆相近，如桃熟八分，食之爽口，若極熟靡爛，一味甜俗而已。

潔謂句煉字煉，不可那移加減之義，非取熟軟輕鮮不礙時文秀才眼也。

文章布置，須如東坡云先有成竹於胸中，悍然落筆，如兔起鶻落，少縱則逝矣。其敷詞也，行

乎不得不行，止乎不得不止。其設色也，絢爛之極，歸於平淡。至哉斯言所當服膺者矣。已下章法。

凡文之未成，胸中先有個緣故。文機一動，心中先定個主意；文筆一動，手要有個節制，或縱或斂，忽斷忽續。自設關鎖，自己能開；自入險地，自能救轉。事理未暢，萬言非多；意思已盡，十行非少。兩漢、八家之外，皆可印證取法。

文字無論雅俗，皆須先定主意。主意已定，然後用虛實、反正、開闔、照應以發之。惟其只是一個主意，故曲折變化而不離乎宗，所謂一片渾成也。其不能者，原是主意立不起，故分不開耳。

文之主宰，如五臟之有心，其肝、肺、腸、胃，皆護衛而爲之用者。若腔子中止有一心，内裏便不實，外體亦不充矣。

行文先定大局，其中之平行、側行、翻腰、掉尾，總是一氣，如生龍活虎，渾身有力。

開端須想接手如何，伏身便想跳起如何，進步先留餘地，旁撑須照攔頭。

每讀古人文，到結尾分外留心，或冷或淡，或翹或煞，要回看全篇，看他收住收不住。

照應法是文字血脈流通處。拙手止於交絡首尾，幾成爛套，惟王道思神明此法，通身俱是筋節，步步回顧，處處勾連，或以應爲發揮，或以應爲咏嘆，或以應爲關攔，或以應爲申繳，或以應爲催趕，或以應作餘波，顛倒縱横，各極其妙。

曾家文法，要步步聯絡，如治絲之散勾總攝，故反復蹈藉而不嫌於複，此法宜知。

文趨渾厚一路，恐其凝結不流，故頻頻提掇以醒之，此南豐、道思家法也。

文章一氣孤行，又須時時換手，不換則板滯矣。如駢散之相間、疾徐之相權、曲直之相接，皆換手也。然語換而意必貫，調換而機自流，又無容雜亂。凡古人傳文，皆可細驗。

栽樹必相去四五尺，不則枝葉長成，互相妨礙，此文家所以貴疏也。只看《史記》，落落寫大意，不稠濁堆排處，皆疏之妙也。

古人文字，多於前面暗立主意，行至中間，忽然折回一照，又拖下去。此如山盤水繞，一氣磅礴。王道思集中有此法。

凡效古文，祈暢吾意，用筆起伏，布置錯落，當師古人；若襲其詞，仿其調，下之下也。已下筆法。

鶻之搏兔，飛上雲眼，忽然掠翅下擊，百發百中，筆勢起落以是思之。

古人承接轉合，全在虛字，然不得如時文活套，有上句虛字，便有下句虛字，一定腔板，用之爛熟，故筆路要別。別者，欲其生又欲其順，此暗轉、大轉、拗接、斷接，所以爲古人秘妙也。暗轉者，不用虛字，意思潛移也。大轉者，用「夫」字向上一騰，便於落下，落處即轉之機也。拗者，斜勢攙起，正當其縫也。斷者，似完未完，餘脈弩出也。有此四法，則文勢不可捉搦，文波不可測度，與扶墻靠壁之轉折，此呼彼吸之虛字，相去天淵矣。

蘇家文字，只是運筆有路分，或引證發論，或借勢生波，務要推宕得開，文情方暢。恐浩汎無歸著，捷勒本意。本意急切説不暢，又拓開去，開縫另煞，一翻一覆，一起一落，此之謂筆勢。不見元宵弄龍燈者乎？燈毬爲珠，火龍奔逐，珠向上仰，龍亦向上，珠向下撇，龍亦向下。有時珠上龍下，有時龍上珠下，總以不遽合爲好。勢若才走，便教蟠珠吞噬，一切解數都没看者，亦索然矣。

節奏者，文句中長短、疾徐、紆曲、歕薄之取勢是也。聲響者，文逗中下字之平仄、死活、浮動、沉實之音韻是也。雖無定局，自有操縱，若步步扯繩，寸寸裁檝，又非通人之雅裁，文人之樂事矣。熟而能化，自無此症。已下調法。

錯落者，句調布置之參差也。堆排固屬可厭，單弱亦非良工。斟酌於疏密離合之間，別行一路。迤邐開展，則文勢有鋒，文情有節矣。叙事之文，此法尤須講究。每段落脚起頭，不相粘綴，而神氣呼吸，滋味浸灌，皆錯落中針綫聯絡之秘妙也。

點綴者，恐文境寂寞也，間以陗字鍊句，錯置其間，令人起眼，如流水忽帶桃花，如寶器壤以珠玉。此就一處言之也。若通篇叙事，忽夾議論，忽採入奏疏、制誥，亦是點綴。論大片段則有互襯抛閃之法，若堆在一處，反爲大累。昔從先君入蜀，行至棧道，正值殘秋，樹色赤緑黄紫，兼有石青，罨畫一路，與蒼峰翠岫拚映合沓，此天地之大點綴也。

文家錯磨圓溜，固令人快，然無澀味則傾瀉無餘藴。有澀味而不善變，又苦沉滯。刻意琢煉，又饒有涵養停蓄，大力驅遣，惟東漢劉向能之。

漢人每用秃句頓住，如書法直畫之用迴鋒。然須氣足詞勁，方收得住。如賈捐之《罷珠厓對》「遂罷珠厓，祇用恤關東爲憂」，是其例也。已下句法。

茅鹿門連用長句，近於堆排；又有急口令，如菓子鋪招牌者，又有直排兩行作一氣讀者；此皆學《史記》皮毛而失之拙。蓋長句必有節奏也。

琢句煉字雖係小技，亦關神明，勿晦勿拗，勿使人疑，勿令人駴，音節嘹亮，中有藴藉，醇謹之風，是謂大雅。

凡作文，虚字與其拗折，毋寧圓亮；實字與其曲奥，毋寧平穩。後生記心。

覞齋論文卷三

細論二

古文源流，劉勰言之盡已。其體制有古今異，初學拘於所見，不能會通者，略説如後。已下體制。

論，取反復辨正，期於諦當之義。有史論，有事論，有理論，其格不一。有批駁到底歸於一是者，如歐陽泰《誓論》是也。有指陳時事，關乎治體者，如東坡《思治論》是也。有極言病民，有益於補救，如西漢《鹽鐵論》是也。本是議郎博士各陳所見，史官纂成一篇，故不曰疏而曰論。他如理論，惟二程子《顔子所好何學論》爲確然，其文則不可與兩漢、八家比。又如試論，當以蘇氏爲準，其偏駁詭激，斷不可從。

説者，自道所見以示人也。《太極圖説》至矣，然不敢以文章目之。文佳而理亦勝，如韓文公《雜説》、柳子厚《捕蛇者説》，皆有關係。至《愛蓮説》，乃指一物以寓名節，意俱不可廢。大要在

理正而意新，無塵土氣爲上。

辭者，賦之變調，必用韻。如《歸去來辭》，文之屬也。以委宛流暢爲主。哀辭，騷之裔也，以悲傷悽慄爲音。又有使臣面致之辭，如「晉使吕相絶秦」之類是也。有經旨小序之辭，如朱子《小學題辭》之類是也。

序者，次第原委，標明大旨之文也。有經籍序，如孔安國、劉向、曾鞏，各樹規模。後來有纂訂古今人詩文序，須熟讀全本，真得作者之意，然後言之有味。贈送友人，以交道正，情意真，有益於其人之進德修業爲上，若汎汎應酬，可以不作。宴集、紀遊，以清逸高潔爲貴。題詞、小引，總是序之别名。

詔者，君告臣之詞，多出代言。體尚尊嚴，尤期切於事情。如漢高初定三秦，其諭父老，即詔也。文帝諸詔，直露其愛民忠厚之心，令人感嘆。後世改爲四六一派，支飾煩言，皆無足稱。駢詞能不朽者，如宋太后《命高宗即位詔》爲佳。或變爲勅、爲誥、爲册、爲璽書，其實一體也。封王公多用册，須得慎重付託意。恩加大臣多用誥，表前功以勉後效也。或天子之父有禪授，亦用誥。天子戒諭太子、親王，亦間用誥。總以得體切當爲宜。

策，本竹籌之名，古人畫地布算，取籌以計條件，故得此稱。軍中秘計，多對君口陳，不必有文。後世堂簾漸遠，或用筆札。又奉使在外，亦須用文，如賈讓議修河、趙充國征羌，是其例也。

洞知情形，言必中窾爲上。亦有無策名而有其實者，如淮南王《諫用兵》、《代張方平諫用兵》是也。若場屋之策、廷試之策，直唐喪唾餘之時文，不入古作。宋時經筵許言事，翰林官多作進卷以獻。蘇家《策略》、《君術》、《民政》等篇是也。作應試册看，誤已。若廷試條對，則有東坡《擬御策》及《上神宗書》可以爲法。晁、董雖是漢人，粗莽疲困，不足效也。

章奏，即後人之題疏也。古人不用硃語，後人必用硃語，標明大意。古人上疏實説本事，不尚煩文。後人或顛倒是非，狡黠巧辯，皆名教中罪人。文雖工，不足效也。彈文是章奏之有鋒者，主於劾奸。表亦章奏之類，直指政理，如立標以定南北，故名之曰表，如《出師表》，其至者已。《陳情表》、《讓中書監表》，各致其孝思恬退之意，誰不信服？後世改爲駢儷，詞多掩意。又賀捷賀歲、獻書進瑞，漸成濫套，不入古文。又如歐、蘇小表謝賜服帶鞍馬，其刻本多用中謝二字，此即「臣某誠惶誠恐、稽首頓首上言」也。抄録者節去，非原文也，後學當知。又上中宫太子者曰「箋」，亦用四六，止稱殿下。

賦者，古詩之流也。以大義言之，則直述本事爲賦，其法有前艷如花以漸開也，有中趨分層實發，欲其流走不滯也，也有後亂將盡未盡、倒捲波瀾、振動全篇，如分風波江，如絲管催拍，令人意暢。其格有古賦，如《兩京》、《三都》、《上林》、《子虚》等作是也。有排賦，如《赭白馬》、《天台》、《舞鶴》等作是也。有文賦，如《秋聲》、《赤壁》等作是也。古賦宜用毛詩、古詩韻；排賦宜用沈

韻、唐韻； 文賦宜用宋韻。 若用韻太雜，使人讀之不諧，失賦體矣。 韓、柳多創怪僻韻，萬勿效顰。

頌主美君父，亦可移贈尊行畏友及自寫己懷，前有序正，詞必四字，用韻以莊雅爲貴，亦有不用韻序者，如《聖主得賢臣頌》是也。 然亦是鋪張華麗之語。 有高人自寫己懷，如《酒德頌》、《桂酒頌》，或長或短，不拘一例，其期於典則一也。

梁所謂歌，指譜入樂府者言也。 如《易水》、《垓下》，特一人獨唱而已； 如《宣房》、《天馬》、《大風》、《秋風》，猶是奏樂散調； 惟《房中》、《郊祀》，則是大調； 又《雉子班》、《戰城南》等篇，音節皆亡，其詞亦斷續殘缺，不必强摹。

讚，亦四言詩耳。 或表人德行，或紀戰績河防，或舉褒崇曠典，皆大題目也。 亦有因物象以寓規箴，因區宇以美繼述者。 門類極多，總歸於正而已。 除佛道二家，勿溷筆墨外，與人作像讚，期於稱情，即閑情遊戲，亦不許支離妄誕，貽譏於大雅。

銘有二種，有物上所刻，有石上所刻。 著於物者，借以自警之詞，《苟日新》，其最先者矣。 次如《金人》，猶存古意。 其墓中所埋、祠堂軍功所勒，古人佳作，不可勝數。 分類求之八家及明人全集，自知懿矩。 墟墓之文，略有四等： 誌埋壙中，表立墳左，神道碑立堂局前，墓道碑在總路口。大書某人之墓，竪墓前。 又有祠堂碑、紀功碑、修堤建城碑不在此例。 其有韻言與否，各從文便。

誄，累其功德也。孔子誄見於《左傳》者，文古而語簡。柳下惠誄衍之漸長，古意猶在。漢以後，文長而味薄，亦有傳會失實者，不應史法。六朝粉飾，不必效。唐宋名手，擇其人而論其文可也。

箴，同針，能刺人病者也。作以自戒則可；概以贈人，則視其交誼淺深而爲之。大約自箴不可護惜所短，箴人不可揭露陰私。

祝者，下獻其上之詞。《多福》、《多壽》、《多男子》，祝詞也；《天保》、《九如》，亦祝詞也；何等大雅！後世一味諂佞，下筆已令人慚，何况傳後？明人祝高新鄭，至譽爲孔子，久之始知其非。誄王太倉父，至奉之爲啓聖夫子，立刻却其奠章。奉承人到此地位，彼我兩傷，何益之有？

紀者，如紀之繫於綱，取繁簡有條理也。自太史公立法此體，惟宜施之帝王，或紀其終身，此史官之責。或紀某事首尾，亦須年月分明。舊作史官者，可存其稿，否則，僭越褻僭矣！即外國及古之諸侯，亦不當用紀。其法宜倣《麟經》，誰敢説我筆一如孔子，慎勿妄作。

傳者，其人與事可傳也。此是史筆，要當瑕瑜不揜，是非有準，不可浪作。自《史》、《漢》至《五代》，可法者只此三家。自微而著，由盛及衰，挨次順叙，國家大事，世運升降，即行乎其中，此正格也。專注一二大節，以議論感慨，横吹斜刷，如風雨驟至，百卉離披，本人事迹，助我議論，此變格也。又或交情篤摯，死生間隔，藉其生平坎坷，增我悲思，又變中特奇者。大事或淡叙，小事

或濃染，雖由興助，亦有大義爲之主張，心血供其傾吐，未有奄奄如死人能爲朋友作傳者。

檄者，上論其下之詞也，惟可用之征討，叙我兵威，彰其罪狀，使脅從者散，黨附者離，此其用也。務要理直氣壯，申大義於天下，使負罪者亦服，則摛詞之妙也，毋論單行駢語，煉到萬人皆見處爲佳。昔駱賓王草檄，武曌亦爲太息，斯文不朽也。又有露布，亦軍中報捷之文。先叙軍謀，次及戰陣，次及鹵獲。詞采壯偉，意思包羅爲上品。

又有（留）〔劉〕所未言者，爲補説其義。上皇帝書，即後人之長疏也。如東坡《上神宗書》、朱子上封事於光宗，文雖連寫，各有柱子關鎖，但前總後收而已。非忠直自信，上下交孚者，不可嘗試。有上宰相書，或論民瘼，或争國是，剛直中心平氣和，使人可受者爲佳。若忿恨詆訐，平交所不堪，而欲宰相容之乎？群臣奏事，有用劄子者，亞於疏一等，如後世之用揭帖、折子。又有狀，則大於劄子，或直或婉，存乎其人，期於事之有濟，尤在謹慎剴切。至於朋友往來書，非義理所關，如朱、陸太極之辨，學術所繫；如二陳功利之習，似不必嘵嘵，攻擊隙末凶終。書道寒温，却見人性情，無如東坡《答太虚》一篇。

經緯組織謂之文。《吊古戰場文》、《祭十二郎文》，主於哀慘；《詛楚文》近於巫祝。他如《九錫文》、《受禪文》，皆亂世賊臣所用，其味心諂附，徒得罪於名教，斷勿爲之。

辯者，析理之精微。須層層打透，一氣呵成。辯人之邪正，必求確據；辯事之可否，正中機

宜方爲合作。解，主釋人之疑，與辯相似而別，須識高方可爲之。有對、有問，或假設古人，或親承面命，只要情理吻合，有關名教，如《漁樵問答》，又是理學家言。

對，答君上、朋友之所問也。如終軍《白麟奇木對》、董仲舒《雨雹對》，皆其類也，以會文切理爲妙。

擬某人與某人書、擬某人言某事疏，只爲胸中有一段見解，借題發揮。其恰當者，十無二三，可以不作。

誓墓之言、答亡友之牘，皆無處洩其悲忿，偶一爲此，不可常有。

令是東宮所用，教是王公所下，亦詔誥之類。不當代言之位，萬勿輕擬。

《難蜀父老》、《客難》、《答賓戲》是一類；《僮約》已涉戲筆，文自覈勁。

書某事、偶記某事，讀某書有所見，並入雜文部。

記，主於嚴謹陗潔，然亦有兼用議論者，其收煞仍歸記體，不可亂竄。

募化資助亦用疏，駢散由人。除佛、道二家不可涉筆外，如賑饑恤友、孤兒襄事及刻遺書、復古迹，皆可爲之，但勿涉祈福、待報等情耳。

外傳、別記，皆虛誕妖娙之事，學者勿爲，亦所以免咎養德也。

議者，參衆論而折衷之也。有朝議、有鄉議、有禮議、有學問紹述之議，如兵刑錢谷、河防屯田、大臣謚法，皆國議也；博綜諳練，井井有條，摭拾斷制，生死無愧，此卓議也。如差徭驛遞、水利閘壩，此鄉議也。上不礙官，下不病民，準情酌理，可謂永利，此嘉議也。禮家聚訟，能駁能斷，不失聖人本意，可爲流俗防範，此確議也。學問無窮，各人所見，彼地所傳，遵信或似株守，通變或似專擅，虚心平氣，取其所長，化其所短，此善議也。

駁與辯相似而不同。駁因人，辯由己。如昌黎《駁復仇議》是其例。實要斷得他倒，折得他服，全用湍悍決斷之筆，妙在會尋破綻，挑得開，挖得出，原情準理，無可展轉爲上。

原者，溯其源，竟其流，令人曉然共見。其勢有平衍，有突兀，有穿田過峽，有磅礴結聚。如韓文，止《原道》可法，他則不必摹仿。

墓誌碑表，稱善不稱惡固已，然其事有大小，或存或削，須裁以義理，以善予人，如以財施惠，其輕重多少，必有準則。若孝子不見信，寧辭不作。以下作法。先大人長於叙事，議論獨多，故特載之。男頎謹志。

傳是史法，瑕瑜並存。若依阿苟且，作者亦成小人。事在兩朝分門立黨時，大須斟酌。若其人已犯清議，天下共知其惡，豈敢爲之解免，必不得已，託詞謝之可也。又，生人立傳，古無此例，或晚年改節，或死有餘辜，故考行者慎之。

爲人立傳，是非各有一半。即如立名節必要其終，篤友誼必審其類，談理學必辨其邪正，通聲氣必察其真假。賢否若曹聽曹説，爲識者所駁斥，作者亦且抱愧矣！

爲友立傳，更須謹慎。倫理必要無虧，清議尤難揜飾。或誤以浪蕩爲風流，奢侈爲豪舉，粗疏妄誕爲豪俠，詭詐刻薄爲才智，蔑禮背義爲疏狂，是我先黨惡也。不肖其人則失實，曲肖其人則近於詆訐，非君子之道矣。

爲婦女立傳，非貞即烈，尤當推情察理，使其人毫髮無憾。若筆不嚴覈，或以字句含糊，開人疑竇，反足以敗壞名節，誤人不小。

婦人文字不可多作，非親非故，不知其内行，出其夫與子之口，誰肯賣苦瓜。微文譏刺，使死者含冤於地下，生者包羞於奕世，人心壞、人品低，學者痛以爲戒，若能表微顯幽，令死者精神如見，其功德亦大矣。宜留心於此。

韓文公作《柳州羅池廟碑》，不叙王伾、〔叔〕文結交事，爲友諱也。艾千子作《外祖母墓誌》，斥庶出之舅全無孝行；徐文長作《繼母行狀》不諱再醮；並不稱善不稱惡之義，學者當以爲戒，宜效昌黎忠厚處。

君子立言，先明大義。孝子思不朽其親，在各如其分，不可有所加損。有好事迹，不患無好文章。事本不好，只仗文章緣飾，終不可傳。

有善弗稱，謂之不仁。浮汎濫加，謂之不智。不仁不智，可以秉史筆而扶公道乎？最恨人作送死文字，盛誇其家門富貴，若應死者，豈吃爾家飯、穿爾家衣，代人子孫催迫耶？生平不忍爲此。君子表人善，必稱量而出，使其可受。否則，似故套填寫，不知爲誰矣！有錫類之思者，自愛所以愛人也。

予修家乘，悟古人作傳法，立定一意而全神赴之。文人豈無政績不出經術？大將豈無至行不離雄武？《史》、《漢》所以貌人如生，得其意也。且如蕭、曹規模，便與武帝大度相似，子房謀略，亦止數著，局疏而氣清，則縱送如意。人生可傳者，一二三大事，與本意相關焉。有排纂櫛比，可以恍見鬚眉者哉？故爲人子者，不可不精於古史。

忠厚節義，人爲之立傳，須是以心體心，以身代身，想其肫誠荼苦，萬難著手處，落筆神助，或見其歌哭笑駡，斯爲得之。子昂畫馬，即據地作馬勢，此法可用於臨文之前。

古無全人，或德行，或文章，或直諒，或豪俠，一路到家，便足以成名。嘆後世作傳，按格鋪填，無所不有，其實皆虚取不著疼癢之語相加，直是反話駡人，慎勿爲此。

古人行文，不涉色相。如稱人孝，只就先意承志上渲染，不必頻點孝字。又如忠臣益友、節烈婦人，只摹其神，使情態婉然在目，不用呼喝，人自領取。斯爲妙手。

稱孝不妨慈，稱弟不妨友，非涵養久、用心平者，難得無憾。

凡爲人作傳，有年久事少者，既無從增益，惟於身之前後四旁，以意蒐索，於言所不到處，揣摹想像，凡屬情理必有者，代爲挑剔摹畫，若將見之，是爲追魂寫照。或就其父母、夫妻、兄弟、子孫，血脈灌注處，冷熱襯托，正入箇中，如枯寂小題，更求活路，却非捏湊，庶乎得之象外，筆墨通神。

爲人立傳，若止就其行狀，略加潤色，如塑泥神，全無生趣。惟與人久交，留心窺伺，盡得其意思精神，摹寫成篇，瑕瑜不揜，如對面寫生，彼此心照，乃在筆墨形骸之外。爲人後者，豈易得此！

歸先生作忠臣、孝子、義士、長者與夫貞媛烈婦文字，皆與之疼癢相關，肝膽相照，然後用苦心細筆，一一搜抉而出，故全得神理，對之如生。史公撰名相、大將、酷吏、循良，皆用此法。讀得熟，拈得出，提起放倒，快心得手，久久腸胃相合，神情偪肖，是謂得髓，豈在字句倔奧，段落零星，輒自負爲古文乎？

事本板實，意能生動，我能用意，則貫串局中，揮霍象外，事迹皆設身處地而得之，自是精采發越，力能動人。此《史記》所以千秋獨步也。

每讀《史記》列傳，其人面顏性情，如將見之。後來史牘，非不莊嚴宏麗也，反復披閱，如泥塑木雕之偶人，雖冠帶甲冑，滲金鏤碧，了無生氣。此用意有入不入，用筆有到不到。與古人無相

關切摯之處，文法雖摽掠前修，精神命脈漠不相關，宜其藻采如塵土，格局如框架，使讀者如嚼蠟，豈有曠世相感者乎？

歸太僕作《寒賤二孝傳》、《困死張自新傳》，神芒奕奕，使人欲歌欲哭。偉哉熙甫！吾謂在潛溪、荆川以上。此無他，以己之心血，滲他人之肺腑，故死者可生，微者必顯。得《史記》之髓，豈在字句之形似哉！此三人者，閭閻下户，章句腐儒，而文邁百家，人壽千古，故欲不朽其親者，貴知所擇；爲人不朽其親者，尤當竭力。

予爲王御赤先生母子立傳，又爲作祠堂碑，自謂榮於諛佞公侯，美於起居八座太夫人。何者？其事實，其理直，任吾意所便，而絶無避忌也。自不爲同人贊嘆，不爲鄉邑傳觀。前輩後輩同讀朱子書，同愛《史記》、八家文，逝者存者，正不免有情耳。

富貴福澤，春夏之氣也；幽鬱患難，秋冬之氣也。無春夏不能生長，無秋冬不得收成。人固有謫譴放棄，其志節功業反在公卿上者。凡爲失意人立傳，尤當發其英采。

歐陽公誌表，於王公大人，固皆縝密莊嚴，致於故交失意之人，尤加低徊跌宕，悲慨沉鬱。此予所以摹擬而嘆其不可及者也。

韓文公作墓誌，於無大功業者，亦不草草。此爲内不失己，外不失人。看古今人手筆，正當於冷處留心。

《馬少監墓誌》本無事迹可傳，特以世交相感嘆，人不覺其寂寥，如横雲之斷山。《李參軍墓誌》潔鍊無賸語； 習之，其得意門生，亦無所私。 此不可及。 事迹少者，當仿此格。

叙事與論事不同。 事當前而我論其處法，權柄在我； 事已往而我述之，憑據在人。 就中提掇起伏，斷續變化，則是我心血運用、起死迴生處。

下筆便要奉承人，成甚家數！「文似相如殆類俳」，况其他乎？ 滿面冰霜，却是一團和氣，起結呼應，鋪叙嚴鍊，庶可分熙甫之席。

叙事之文，全要提得各人意思醒，此文骨文脈之所在。 若堆垛修飾，即貌似《史》、《漢》而史法已失，不足道也。

叙事能發揮出人意思，方有生色。

史氏之法，有挨年順月序者，正體也。漢高祖《本紀》。 有以情事相湊，不拘年月者。《吕后本紀》。此法尤妙。 傳誌有可摹擬者，不妨用之，只要筆健氣勁，綽綽有餘。

叙事之文，當於平處著精神。 如戰鬥、節烈、豪俠、廉介以及鬼神怪異之事，皆易於出色。 惟孝友忠信、學道潛修諸人，平淡無色，出奇甚難，要在得其意思，開其眉目，莊重坦易中，有曲護飛騰之勢，思路縝密，自發光芒，須以義理爲準則，筆力嚴覈，不帶世情、世法爲上品。《史記・萬石君傳》乃平事濃叙之祖，最宜留心。

平叙法如軍中按轡徐行，雖甚從容，而結束步驟，自然嚴厲。其訣只要隨手轉折，不得低頭直寫，煩蕪汗漫。

作輔叙文字，其利病曲折，當指畫分明，如雕鏤金玉器皿，一花一葉不精細，便留遺憾。操觚者宜盡心焉。

叙事之文須有關鎖，有提撮，有鋪叙，有轉折，有弩腰掉尾，其大要則在换手改調，務令段段嚴密。若一概搽抹，都無活勢，便是死蛇枯株，了無可觀已。

凡碎段鋪叙之文，須逐條變换，一一鍊浄，排宕如曹參、樊噲例，方合。

叙事以簡古爲難。文太繁密，便不疏朗。

《史記》所以冠古今，事多氣貫，段段换手也。

昌黎叙事，俱提撮大意，無一筆平鋪，所以簡潔渾勁，有西漢之風。

古人其叙事文字，其提撮鋪展處，俱當思其不得不然之故。

昌黎墓誌，鍊字縮勢，本於簡古，其實聱牙掔緊，不如歐陽之和婉曲暢。學者勿耑效此體。

韓誌好用險僻字，其實無味。古文無可出奇，始於雕鏤字句見長，在賦爲美，於史筆則成纇，學者辨之。

李中麓爲人作誌狀，好用通俗白話，似坊刻小説，自以爲任真，其實大壞文體。王、李却又以

《史》、《漢》字句貼合，近事齟齬，不相肖者極多。二者皆古文之魔障，看歐、曾何嘗有此？

昌黎墓誌有無系詞者，此漢人法。有系詞不用韻者更古，仿頌體也。有不用序，姓氏、官閥、家世，俱以韻語括之者。有序略詞詳，家世功勞俱入韻語者，此格最難穩愜，須有大力驅駕，方不累墜，後惟王半山仿此體似之。

震川誌墓之文，世系亦有見於詞者，此法本之王半山，又有似論讚而用韻者，亦是一體。論贊雖短，却難於傳。每至音節聲調上，便已不及古人，又何論評斷！論不能扶微，雖古亦須耳。

予作《莒州戰節婦墓表》，首尾議論，是表彰大旨，中間實事只輕點，此與墓誌分界處。世久不講其嚴冷簡覈，恰與冰檗人相稱。

叙兵事易出色，當看其整暇處。

叙事以戰爲最者，其中頭緒多變化，大如險要、人謀、器械、將士，與夫得失利鈍，皆欲寫到，忌疏漏，又忌板重，要整齊，又要錯落，能提得清，分得匀，運用熟而出没不可測。前惟左氏，後惟史公。其要只在心閑手敏，鋭意求之，無心得之。此道難言。

文之記戰，古人已有良工。如成濮、鄢陵、邲、鞌，此四戰，或單車入陣，或逐輅迓，去聲。聯鑣，其非一人一騎可知。至即墨之火牛冲突、鉅鹿之呼聲動天、垓下之倏分倏合，離披四散，皆極力

摹寫，聲勢驚人。後世即有此事，無此文。連兵百萬，與街漢厮打無異，才之相去，豈止尋丈而已哉！

即墨之戰，如鑿城鼓譟，擊銅器，放得火牛，便有聲勢。如絳繒衣，五色龍文，炬火炫耀，狀得火牛，便有聲色。又如尾熱怒奔，所觸盡死傷，五千人銜枚隨後，説得火牛便有機括鋒芒。作文有此光景，何患不起眼！

鴻門會如坐次舞劍，樊噲一入一出及責項王語，皆似親見。此作者提得頭緒清，剔得神情現，舊事以活意運之，其妙如許。

緦齋論文卷四

細論三

序者，指次事之首尾、腰脊，井然不亂也。（鎦）〔劉〕中壘《戰國策序》是如此，遂開唐宋之宗。或贈人，或紀述功業，評論詩文，皆取準中壘。以下作法　序。

與人序詩，原非一概頌颺。有交深肺腑，淋漓痛快，直言無隱者；有交淡，至詣彼此相資者；又有初識其人，英鋭可喜，微詞引進，意在言表者。或爲幼學執筆，就其門路之正，姑與淺言，此因人而發之意也。

八家集中，贈送官人序間有，然自占地步，愛人以德，其筆墨洒脱，卓然塵俗之外，對後追前，可勝慨然。

歐、曾亦有爲僧作序者，然未嘗放倒架子，説他佛家奥妙。明人倔强如艾千子，也道佛是聖人。放浪如錢牧齋，好哺禪家糟粕，最令人厭賤，萬不可效此派，得罪孔孟。

祝壽序，唐宋無此格，至明極濫。惟歸震川擺落塵土，飛行於人事之上，不著題處，正是鳳翔千仞之勢，才掠到題上便收住，最是高手。若作此文於今日，人或棄絶斥罵矣。

震川作壽序，到正面上不站住，忙用議論撮過，如仙人之渡海。此文筆之所以高，亦所以別於碑誌也。

歸先生諸壽序，無艷冶之詞，無諂佞溢分之語。此等本領從學問中來，然下不能滿俗人之願，上不能登作者之堂。在太僕且然，況其次等耶！

予爲宋節婦作壽文，以脱套之故，漏其正面，重爲改定，但用議論撮架，不肯鋪填耳。茅鹿門壽羅母文，極雅之詞，極大議論，只是俗，一味鋪填貢諛也。此體若作淡蕩語，脱俗臼矣。然惟知己又知文者，方可投之耳。多作壽文便俗，極力脱俗，脱又成一俗。

壽文詳叙世系，鋪事太多，分明是墓誌體，當以論頭提括，勿叙世系，差爲近之。

文必逢人，志士不屑，故賀壽、遷官諸體，不作爲高。至哀誄等文，非道義相知，情不容己者，斷不可爲。

遊覽之文，不患無景，患在無法。凡山川草木、烟霞泉石，俱與我性情有關會處，然後言之有味。尤須精於體物，妙於摛詞，於起伏轉換之法，貫徹首尾、超騰象外爲妙，惟柳州、廬陵獨擅此長。以下記。

遊山水文字，無如柳州。須看他如何恁底孤峭，如何恁般干净，掃去了多少俗情，洗刷了多少鄙態，固是他□得書好，也是他腕力悍勁。

柳子厚永州諸遊記，全是瀉其忿怒鬱屈，如太史公之《貨殖》、《任俠傳》，意思與人不同，是以必傳。

胡敬齋《西湖記》説上許多道理，正是學堂中語，何必於山水中贅及！曾晳言志，並不粘帶著仁義禮智，孔子許之。故市儈逢人講物價，搢紳竟日説銓除，令人厭聽。此等文以本色爲佳。

朱文公《百丈山記》、《雲谷記》，瑣細不遺，比柳子厚遊記峭潔高古，自是不及。文字疏密之法，於此可見。

《封禪儀記》本是一直上去，却以道險人疲作頓宕節次；摹畫極工，却不落纖巧；斫錬細緻，却帶蒼莽；非柳州遊記所能仿佛。此漢人所獨到，不可不知。

園亭文字，八家皆有妙處。要求他别有寄託，俱在風月花木之外。

六一翁作《海陵許氏南園記》，能見其大，不瑣瑣於園亭，故其文有關於風化。

《豐樂亭記》因形勢追叙舊事，而歸美於朝廷，其持大體如是。中間感慨戰地，無限烟波。

余作《丘氏錬溝園記》，於落寞世家更説得脱灑激昂，此扛題救敗法也。

歐陽公《吉州學記》，盡本經術而化其抄撮，此學記中第一。

《樊侯廟災記》斥侯之威靈，而歸之天時，此所以破俗見也。《王彦章畫像記》表其大節，凛凛如生，此畫所難傳之神也。若詳其面之長短黑白、眉目鬚髮之稀密、頰紋瘢黶之有無，便是小説手段。

韓昌黎《畫記》，細而不縟處見筆力。嚴、净、瘦三字，下筆方知其難。

歐陽公《晝錦堂記》頗帶羶氣，專效此等，便是琉璃廠應付錦屏手，慎之慎之。

凡與人書，或論兵談文及鄉里大利害，或雪人之冤，或辯己之謗、伸己之忿，各有事實方可論其是非工拙。若汎汎酬應，言不由衷，皆糞壤朽木，不足當有無之數者也。以下書。

《報任少卿書》，當效其鋪叙簇花、起落跌宕之妙。

韓昌黎上宰相諸書，浩然之氣全消矣。詞雖美，吾無取焉。《答陳生書》，展轉相生，而下句調各有長短，此亦章法之一。

曾南豐《與執政書》皮厚郎當，學者當知所擇。

茅鹿門《與查近川書》，借昌黎不援柳州發論，而自己望援俱在言外，譬之閑雲出岫，不必有所粘著，而山林村落，自有映帶。

艾千子與人書，自信太過，直言而失之詆訐者多，此所以凶終也。

凡論人論事，須置身局外，識在其上，則能言人所不能言。若彼大我小，反出其跨下矣。以下論。

論人必先以大節爲本，大節完全，即小事亦可不究。惟名高望重而實有奸雄作惡之才，事若渾厚而實有包藏凶險之心，或遺害天下，陰傷善類，舉世不覺，已留破綻者，不妨剖判分明，共以爲戒。凡作論，必根情理，如定爰書，勿令人抱恨九原爲是。

論事之文，須令今日可行。若只是依樣葫蘆，不畫也得。看昌黎《變鹽法狀》、《淮西事宜狀》，其鑿鑿有益，真不敢以文人目之。

作論當學蘇家之爽快。

嘗見演周王廟雜劇，獰鬼下捕女魂，提擲旋跌，騰踏數次，然後提發抵案，心甚樂之，作《天道無知論》，摹其意，示兒曹，使知筆法。

策問壞濫極矣。每篇頌善政半幅，已教人諂，又或引猥邪小説，尤可嘆恨。唯昌黎策問，質覈高古，每問不過二三百字，後有振起斯文者，宜取此爲法。以下策。

策須實在可行。古如晁錯言兵事、塞下、積貯，趙充國議屯田，韓昌黎《賊中事宜狀》，蘇東坡《徐州事宜狀》，皆爲有用之文，可以爲法。他人只是做文字便了。明人如馮北海亦是，他幾篇條陳好，其鄉會程策，也只是文人手段，爛熳好看而已。

長公之策是論，獻策都不著實。蘇策議論瀾翻，使人震動，及到實在處，平平無奇，幾成頭大尾細之病。若家令諸疏，渾身使力，如田丹火牛，觸之者披靡走避，此才是真本事。蘇似頻打鼓

邊，晁、趙則直揎鼓心，學者審之。

明之試策，皆堆叠典故以誇學富，無有豪邁跌宕如坡翁者。予所見歸震川、艾千子集中，類有時文氣息，馮北海矯矯出奇，亦不免駢儷挨排，未能高古，茅鹿門作，又在北海之下。有志者，取法乎上可也。

馮北海策行文如錦片，其不及蘇父處，欠清矯疏錯耳。此未免循繩尺，彼則如閑雲出岫，要行便行，要止便止。此中差多少等級，能文者知之。

賦始屈原，其來已古。歷代增華，遂使人嗟爲殘膏剩粉。若論原本，乃文章極變之會也。取材博矣，琱琢尚巧；鍛煉精矣，藴藉貴奥。若雜以纖語輕態，但欲明快宜人，直是小説麗句，非復文家鉅擘矣。其中樓閣衣粧、草木禽獸，襲中者不解，杜撰者不典，人無全才，勿輕問津可也。其字法、句法，以入古文，不甚相宜，色太重，味太厚，筆掃不匀，便成餖飣矣。以下賦。

作賦不難於博，而恐不雅；不難於艷，而恐不古；不難於駢，而恐不峭；不難於發揚，而恐不沉鬱。自非老學，豈爲巨手？

賦材欲博，難在錘煉；賦詞欲麗，難在奥雅。賦體淹博，藻麗中又要組煉沉鬱，此所以難。

作賦之法，約以兩言曰：欲其富而不艶，琱而不纖。

仿荀子小賦，要鍊要峭，要净要奥。

欲讀《兩都賦》，須先求文意通順，韻有不合者，依坊本音叶求之。孫月峰評本甚佳，學者當購之。

揚子雲諸賦，誇誕淫佚，烏在其引君於當道乎？如《子虛》、《上林》、《羽獵》、《兩都》、《西京》，果如所言，人主之豪暴驕奢，罪浮於桀紂矣！乃謂頌揚之美，可乎？文人無識如此。

《上林》、《子虛》二賦，近於纂組。然千餘年間，人才不少，卒無能似之者，何也？使西京人胸中先有許多道理，詞賦亦不能工。

昌黎《明水賦》平淺已開宋調。

少陵賦猶仿漢調，琢鏤不如，在唐爲高手。

六一《秋聲賦》，宋調如是，然猶勝東坡一籌。

古人叙閑淡瑣事，偶爾關心，亦有積成篇帙，别立一名者，如唐宋小説及明人紀遊出使、園亭寄興之册，此類至多。是亦文料。據我所見，歐陽小品、放翁筆記，尤不可及，以其蕭散雅潔，無意爲文，而文自工也。以下雜著。

説部文字，耑看本色天趣。詭怪荒唐固不足觀，即世法宦途，拘拘謹飭，亦失之陋。又有加意扭捏，故作清高，或瑣鋭小巧，多令人厭。惟放翁大雅瀟洒，絶無諸病，自然穩愜。此殆天授，不可摹擬襲取也。

古人雖説部文字，亦煉栗有體，不似後世，柔靡薄脆而已。

説部文字最難，太作意不得，太頺唐又不得。惟識高筆健，無心流露爲佳。

周櫟園《閩小紀》，雅秀絶倫，自是雋品。然較之《老學庵筆記》，猶未免有意爲文。劍南翁筆力蒼古，不衫不履處，甚佳。

如各處風土造作器皿及煎煉沙石，人不經見者，偶爾叙述，尤貴明白易知，何必咬文嚼字，填厠考工字句，使人茫不曉爲何物，亦文人好奇之過。

山水文字忌濃艷，如綉綫名勝圖，不如筆墨之靈妙也。又疏落固是當家，當古迹出名之處，亦須曲曲摹畫，不得一概撮過。

紀行文字，非有逸情冷致，肯偷閑、好事者，不能工也。

小札，文之餘也。以不做作、不修飾，天然高雅爲上。

歸太僕小札不作意討好處，正是好處。諸小札於不經意處古淡自如，此之謂成家，非人所及。

《賴古堂尺牘》，皆閑話外道，無一篇是出自中心者。

凡書後題跋諸作，皆以補正文所不足。若扶同，便不必作。

題跋須有意致。曾見某人題《賺蘭亭圖》，摹僧辨才，面有矜色；又有題《鎖諫圖》者，贊其指劃怒氣，皆得作畫之神，允爲高作。唐太宗遣肖翊賺辨才《蘭亭》真本。陳元達諫劉曜，以索自纏於樹，因畫爲圖。

作短文叙閑事，筆重則累，太輕則汎，斟酌於離合淺深之間，得我意思而止。大要尤在首尾，所謂一唱三嘆，曲終奏雅也。

小文非峭折不能見奇。

予仿昌黎《雜説》，氣欲折而貫，意欲奥而明，詞欲簡而盡，字欲生而穩，錘煉然後知其難。昌黎《雜説》之四，是轉字法門。「千里馬常有」，折轉，「故雖有名馬」，接轉，「馬之千里者」，起轉。「是馬也」，落轉，「策之不以其道」，趕拓轉。

少陵雜文，都仿六朝，汁水太厚，筆刷不開，論事不透，説意不暢，真是廢物。

毛稚黄《誡奴文》告以暴秦、酷刑、燔書諸語，殊不切情事，此等文當仿《僮約》筆意，質俚處煉入古腴方妙。

箴，止取其義，不必肖其形，此古人之法。無處不儆戒，反失之疏。古人只記一兩件却好。箴太長則漫衍，不能起發人。以下箴贊。

方正學諸箴，皆以意運理，不以奇險澀奥見長。

予凡作贊，不敢效昌黎之雜，用韻亦不敢援《三百篇》及《離騷》、古賦叶音，以我固今人耳。文之古不古，豈在此？

四六文以骨能載肉、氣足充竅爲上。以下駢文。

四六文須有布置，有規矩，起伏開合，互相顧盼。

四六文亦論骨力。何以生骨？意之所注，有堅凝者是也。意高則文采横生，不然，只是泥塑將軍，雖渾身甲冑，不見可畏。

以駢語論事，不難於工整，難於曲折如意、情理允協耳。總之，此種文全以識見筆力，用事與雕鏤餖飣者，相去徑庭。

中年看《桯史》，得岳珂武穆王孫大啓一通，論事慷慨，運筆鬱蒼，接過展布，皆有大力，鎪鏤對仗，俱極工緻，似從宣公奏議、歐蘇小表中得來，必不得已，當效此種。近世陳椒峰有四六刻本行世，其筋脈血絡，歷歷分明，作料顔色，亦自富麗。其不及唐人、六朝者，只是輕盈脆薄，無典重之象耳。

予在饒州曾見《文文山集》，其狀元對策，通用四六粘連，似仿宣公，英風偉度，剴切淋漓，無愧古人。此又當略須留神，另置一格。

凡四六對偶，但取典故，不論年代若何、邪正若何，順手順口，一味挨排，如猪銜草鋪窩，豈論好歹净穢，此大病也。

對仗苟且，前既言之，今再一暢發，亦爲平行。中有連類用事之例，如孔子履，豈可對楊妃襪？王莽頭豈可對文山髮？再如，萱荚生庭堯時，豈可對百合呈瑞？孟昶時。以此類推，如理學中必不容白沙、姚江，相臣中必不容介溪、瑶草，臨時細審。

覞齋論文卷五

評　品

文章各有聲氣，西漢人語多勁，東漢人語多典，六朝人語多軟，唐人語多靡，宋人語多俚，元明自沿宋派。

文必以西漢爲(宋)〔宗〕。其去古未遠，風氣尚厚，無後來纖巧繚繞之態，琱鏤濃艷之習，追大雅而存太素，於是焉在。朱子有言：「西漢文字皆疏枝大葉。」此語妙矣！而解者頗少。夫疏枝大葉非簡略之謂，能於緊要處着精神，遂不暇及瑣屑也。且以《史》、《漢》證之，《高祖本紀》凡狀貌意氣度量，無一不具，然不害爲疏枝大葉者，通篇皆從此釀也。又如《吕后本紀》，吕氏及諸侯王及漢大臣，各有本謀而逗成一事，此所以嚴覈嶄嶄也。他如《鉅鹿之戰》，寫項羽不過數筆，而紙上岌岌如山崩海嘯，其得力乃在「楚戰士無不以一當十」、「楚兵呼聲動天」、「諸侯軍無不人人惴恐」等句，若單叙項羽匹馬衝突，所至披靡，非不足見其勇，而所謂八千子弟皆勒馬旁觀，如

土木偶人耶！古文無他奇，但於事情所必有者，一兩行内提掇得有聲有色耳。譬之名手破筆作折枝花，神韻天然，即不煩碎渲染。曾於《霍光傳》見廢昌王一段，寫太后珠襦，盾郎夾陛，可謂大設色，而主意只在廢立大事，特地鄭重，何害其爲疏枝大葉哉！每於閑處一點，抵他人百語鋪叙。讀古人書而得如此訣，爲文思過半矣。

《史記》鴻門會一段，其文採自《楚漢春秋》。孫月峰嫌其語多平淡，固是，然立意作奇峭語，氣象反不大。學者審之。

秦楚之際月表序及漢諸侯年表序，皆用提筆撮叙法，浩汗跌宕，使人氣涌神飛，幼學不可不讀。序次歷落，只在句法長短上看。

《封禪書》自堯舜説到秦，將大小山川鬼神總串一段，以關鎖作轉身，然後叙入漢家，非惟不直，又見此下越添越没道理。其示譏只淡淡數語，曰「天子心獨喜」，曰「然益遣冀遇之」，曰「羈縻不絶，冀遇其真」。所謂綿裏藏針，刺人不覺也」。

《漢書・外戚傳》趙合德罪案一段，妙在以文語敷獄詞，質而不俚，雅而不晦。此古文第一手。是極有關係文字，讀之只似閑談紀事，古人筆墨真綽綽有餘。班固《典引》詞濃掩意，字琢無情，後世堆垛之鼻祖也。朱子曰：「司馬遷敢亂道却好，班固不敢亂道却不好。」學者知其所以然則幾矣。

《東漢書》「史論」無痛快淋漓、驍騰跌宕之趣，令人氣悶。

《後漢書》修辭典雅，而跌宕變化不及《史記》，時限之也。敘事簡煉，史家高手，但論斷小敘多排偶艷麗，絶不痛快，奇警遠讓《史記》矣。其摭拾名人奏疏詞賦，亦非西漢之比。

董江都《賢良》三策，其不可及正在平實端慤，無策士囂横之習，所謂儒者氣象也。

王褒《擬騷》，所謂無病而呻吟者；《四子講德論》浮汎無實；《聖主德賢臣頌》諂諛而已。

賈太傅《政事疏》，渠本不是做文字要好看，只是論事必要透，説意必要暢，故反復排宕，層層剥入拓開，意到而氣隨之，氣行而力副之。抑揚擺折，皆其語勢所掩映，詞鋒所搏擊而已，爲天下之至文。當於風馳雨驟中看其換手接湊、平行突起之妙。强藩偪主段，獻策雖詳，仍用大氣驅遣，如風檣陣馬，迅利中曲折如意，此文人之豪。若前後議論讕翻，中間塌下板板排列，便不成章法。定經制所以救侈靡敗壞之病，古人有一篇爲冒而數篇敷衍，數篇爲案而一篇斷制，皆合併作章法。老杜《遊何將軍山林》仿此。文章各有氣類，如「訓儲不早」段，非典贍周密，何足以言教訓？赤子孩提，少長即冠，是四標目，各以經典爲實策，而以己意斡旋其間，長短駢散俱有法。取捨未定段，通用禮法，雙柱而下，或對或側，或起或鋪，或反或正，一緒孤行中，絲聯繩貫，不可斷絶，文氣純净。

《諫封淮南四子利害》不數言而盡，處處峭勁。

《過秦論》上，如長江浩浩，其中迴瀾漩洑，互相助勢。前面叙諸侯兵力，正要襯起秦人；後面叙秦之强盛，却是襯出陳涉。中間議論帶叙事，字字含仁義不施而攻守之勢異，故末後一點便醒。若頭與尾不相照應，只是浮汎文字耳。平叙處俱有聲色力量，無一懈筆。首篇以蒼茫勝，後二篇却委婉詳盡。

鼂錯《論貴粟疏》只用平鏟實説。文家原有經濟一派，不同弄筆。生峭質覈，一往英氣逼人。一意孤行，不用波瀾襯貼，此通體峭形，極不易知。

《言兵事書》譬之連環馬，千百隊一齊跑發，勢不可當。所以選家令諸作正以治踏空吊詭之病，欲學者鍛出一副本領，不以翰墨見長也。

東方朔《諫闢上林苑疏》，直中帶曲，樸處生華，此之謂煉。司馬相如《諫獵書》，如作大篆，純用藏鋒，力皆内斂。斂賦手騷心爲短疏，此不易言。

淮南王《諫伐閩趙書》，逐段結束，逐段承接，雖長不厭。委婉紆徐，不落軟調者，筆勁而詞覈也。

司馬遷《報任少卿書》，靈均以忠，子長以忿，皆傷心嘔血，吐爲奇葩，故其詞斷而復斷，亂而復亂，急猝説不分明處，乃得一往纏綿，窮態盡致，或直行，或折行，或排行，或離合縱横行，莫不有起有落，有關有鎖，一氣噴礴中，魚龍出没，風起波迴，不可方物。此是他根本盛大，元氣深沉，

如犀牛潭瀑布，闊三十里，厚二十丈，雷鳴潮吼，亘古不停，翻珠跳浪，似霧非烟者，猶十里不止，直與天地相往始者也。

李陵《答蘇武書》，任筆掃去，自成曲折，音節煩促，足令人悲。即出擬作，亦是高手。其叙戰處，可謂淋灕盡致，終不及史公代叙之疏勁，焉知非狡獪文人自《報任安書》中翻出耶？此書與《報任安書》、《報孫會宗書》同是怨詞，但太史怨得沉痛，李陵怨得遮飾，楊惲怨得驕横，同工異曲處，又當分别。

楊惲《報孫會宗書》，驚江急峽雷霆鬥，是此文氣象。文貴和平，有時亦取此種者，文生於情，喜怒哀樂，各隨所感，難以一格衡。即談理，獨不許縱横排宕乎？

趙充國《屯田奏》論事實，措詞質，下筆嚴覈，讀之不甚適口，思之却有至味，皆所謂澀趣也。靠實指劃，並無支蔓，直而不激，覈而不枯，一片血誠，自令人動聽。第二奏十二小段，錯落長短，處處换手，何嘗不煉局？第三奏決羌必不能攻及生事輕出之弊，是文中最出色處，所謂據其要害也，此即擒題標法。

貢禹言風俗書，是坐實砍剁文字，然質峭烹煉之法自在。無起無結，意盡而止，中間部勒嚴，血脈貫，漢人有此一種。

賈捐之《罷珠厓對》比乃祖《政事疏》氣平而調雅。每段引證，俱與勿勤遠略相關，所以不泛

不支。一方用兵，天下騷動，故從寬處相形說入。

劉向文質雅蒼澀，殆兼有之，然俗人不知，好學者潛必冷玩，乃見其妙。漢文自長沙外，斷推中壘爲第一，經術爲肉，忠義爲骨，一出手便如龍蛇。

《諫起昌陵疏》，引證所以暢其說，逐段參差，於此看錯落法。敘事無一懈筆斷制，復極警策，於此看章法。逐句逐段讀之，字字剴切，處處透頂，此即澀趣。論其局甚寬，詳其意甚緊，通篇無奉承軟媚語，無遮飾閃避態，求蒼茫高古，又當於言外會心。

《議封甘陳疏》就事直斷，是質覈文字。

《戰國策序》以議論驅事迹，段段結束，語正而意反，是《過秦論》第一篇筆意。所謂語正者，實敘兵争詭謀也；意反者，緊抱仁義不行也。如雲中龍行，不過鱗鬣爪眼數處點明，其屈伸於風濤雲烟者，都可想見。中間說聖教起滅，若斷若續，是草蛇灰綫法。說出關係治亂，可以爲世鑑戒，表彰此書方有益，所謂能見其大也。

王尊《勅掾功曹》教吾所謂冰霜滿面、手掣風雷者，於此等文證之。怒氣所憑，直出便峭，此關乎人之性情，若斫煉使峭，尚是文人伎倆。

杜欽《訟馮奉世疏》，短兵狹巷，殺人如草不聞聲，是此文氣象。仿佛賈長沙《請封建子弟疏》。嚴覈駿快，不煩言而意暢。

公乘興《訟王尊書》説楊輔挾仇陷害，極委曲而不瑣屑，此質勁之文，所以可貴。

賈讓《治河奏》明白剴切，雖長篇無一贅句冗字。見理明，又説得出，便是好策。

劉歆《移讓太常博士書》，辯難中婉巽之意自在。

馬第伯《封禪儀記》，上下泰山，艱難困瘁之狀，摹畫殆盡，而温茂典則，不失文矩。學者留心講究，胸中添一好樣。封禪雖非正禮，漢時尚是荒山，非如後世矯誣，濫置神祀，故行文俱帶古樸氣象。

荀悦《漢紀序論》，典質魁岸，不愧班馬，説事理亦甚平正。

陶淵明《歸去來辭》所以異於六朝人，爲有血性在，甚矣！文章貴有骨力也。所云血性，即孟子所謂浩然之氣，文公《語類》中發揮甚明。靖節不肯折腰於督郵，毅然解組，甘貧不悔，正是這個物事作主。但他涵養深厚，不露圭角耳。

《孟府君傳》風調則晉人之雋，筆力得《史》、《漢》之遺作也。予自幼便愛誦習。

東南之文，熟軟也，輕薄也，浮華詐僞也。自吴、晉、宋、齊、梁、陳，訖於趙氏，皆京調傳染，並非文明。

六朝文惟蘇綽六條《詔書》最有理致，蓋生於關西，不染浮華者。於北人中，又在邢子才上。

六朝五代之文，茅鹿門以爲强且悍，予謂只是弱耳。平心論之，六朝如烟花巷，五代則卑田

院也，明如雜貨鋪，無所不有，真古器絶少。

陸宣公制誥文雖駢行，筆力甚勁。至奏疏語，必雙行，筆勢只得平鋪，絶無驍騰變化之妙，讀者但取其事理明暢，情義剴切耳。邢子願學此一派。

杜子美本以賦料爲文，筆力排刷不開處，多停滯臃腫，有似古奥，其實是病。

樊宗師文，有人句逗解説，尚不可曉，此文妖也。昌黎賞之，亦好奇之過。

昌黎文字，其一意孤行，絶不屑屑討好處，真是西漢人大氣蒼茫之妙。予所謂古人得意是蕭疏者，近之矣。

昌黎文如木葉脱而山根見，潦水盡而寒泉清，稱爲「起八代之衰」，良非虚語。大約《史》、《漢》之英始自此發。

韓文疏古中帶澀味，宋大家已不能及，何論於明！墓誌嚴覈，深得史法，八家所少。

《平淮西碑》得謨誥體，尤妙，是疏枝大葉，此最近西漢。不用怪字、拗字，人自道好，此之謂大雅。一箇宰相，許多大將，奉承那位的是？看昌黎落筆，甚樣得體。以此繩文士，幾無站處。願以告作者，少思大義。

《南海神廟碑》瓌瑋雄渾，謹嚴光大。此碑中第一。四字句多大氣勁筆足以運之，使人讀之起敬，與鋪填手有别。歷舉善政，是所以感格之由，不然，祭祀修廟，一巫師道士亦能之矣。此古

人識大體處。

士夫墓誌，莊煉幽峭，可醫滑熟之症，人無敢效者，恐不行於世耳。與世諧者，豈成古文乎？《張中丞傳後叙》，議論鋪叙相錯處，如怒龍行雨，烟霧中時露爪臂。「當是時，棄城而圖存者」一段下，忽接云「愈嘗從事於汴、徐二府」云云，似斷却連。又，「巡呼云曰南八男兒死耳」一段下，忽云「張籍曰：有于嵩者」云云，似斷却是接，此等最宜留心。

《送高閑上人序》，雲態離奇，終不粘山。不是論字，只是文家閃賺法。

《祭十二郎文》，瑣碎曲折，意到筆隨，此不可以文字求之，惟我能知其故，蓋身經之也。

昌黎作《順宗實録》，煩冗不稱大手，此體當仿《春秋經》及《史記》帝紀體，凡事只書大綱，勿容瑣及其餘。

柳州不及韓，氣魄略小耳。記，則是獨步，峭潔湍悍，出自天性。少時在江南見子厚全集，其應試在官之文，仍是四六，但渠骨格勁，氣質悍，都煉得堅凝，絶不纖靡。其祭父母文，哀慘激楚，洵爲絶調。諸家選本皆不載，須訪其全集録之。

歐陽公登第爲官，始學古文。其志已高，由昌黎塗轍，徑窺龍門堂奥。其疏議札子，論人材、邊防、河堤、救荒等事，老成深穩，謀計尤長，非徒文字之工也，叙事更是專家。其於王公卿士有德業勳庸之可傳、有學問名節之可表，進退本末，隱然有遭際升沉之感。其體莊嚴，其局正大，得

史之正矩固不待言，獨至生平故舊，其離合生死之際，感慨尤深。下至遷客羈旅、流離不得志之士，其嗚咽衾欷不能禁止者，多加闡發，筆墨之沉鬱頓挫，跌宕淋漓，歷數百年猶仿佛如生，感人於字句之外。意者，貴人之文多仿世家、列傳，而窮困幽逸之士，則專仿《貨殖》、《游俠》、《伯夷》諸體，以寫牢騷不平、悲傷痛惜之思，得《史記》之髓而變化出奇，豈僅摹擬字句如李于鱗、王鳳洲之所矜者哉！讀古人書而精神竟與相合，豈一日之功！後起惟歸熙甫一人可繼後塵，又不可以形迹論矣。

史公、六一，其神相肖，家數不同。低徊宛轉，歐似吴之秀人；揮霍跌宕，司馬則幽燕老將也。

歐陽公《瀧崗阡表》抱悲緼痛之文也。聞父行於母口，所得無幾，繼述亦不可。追母氏勤劬，自奉儉嗇，終天之恨，仰報無從，血泪俱在字句外。若以遭際恩榮爲可解，孺慕不知文者也。

《蔡君山墓誌》，事不多而情多，總是做意到。

《孫明復墓誌》，作經師文字無酸餡氣，立意高，用筆超也。

《胡翼之墓表》精於史論，故無庸腐、鋪貼諸病。

《蔡子思行狀》典贍詳密而不靡漫，當深思其所以然。

《郭延魯傳》以虚代實，傳中妙手，非老於中者不辨，要在得意思所存注。

《御飛白記》却是古文俗調，學之使人手滑而心浮。

《醉翁亭記》，文之尚詞者，必有浮艷習氣。孫月峰評《左傳》，如矢魚於棠、季札觀周樂，必憾其落套。吾於此文亦云。但世人共選，不得云鷄湯白米飯不好吃。

《與高司諫書》轟雷掣電，人無躲處，誰敢道歐文一味軟美？

《與石推官第一書》似不欲傷之者，其刺入更深。

蘇氏文章，其獅擲龍拏，崩雷掣電，可謂雄渾瓌瑋矣。然又須知其用意之清疏，落筆之瘦勁，所謂意到筆隨，積健行空也。暗中掣轉，勢若旋床，是其神妙不測處。

蘇氏文字，晰理固不如程、朱之深細，每發其識見，所到真如海嘯山移，不可抵當。讀其文，煉成一氣，令其擺折灌注於胸中，亦養氣之一助也。

老蘇之文，庶幾西漢，所少者，理未入細耳。

仗義質言之文，不嚴覈則無勢，太緊直，意反不達而易盡，不如無作矣。如老泉《辯奸論》，岸然而起，引事一鬆，因此一鬆，却迫得「今有人」段愈緊。然猶是渾括虚按，至實事一證，語不多而意透，「決其必用」段，事未應而理明，掉尾冷然孤峭，其味深長。玩其通篇布置，可悟行文秘訣。

長公之文，凡其惑於佛、道者，定當斥絶，不得贊其妙語曠達。未有背聖人道理而文獨佳者。如荆川、鹿門之評，未足信也。

長公《物不可以苟合論》，飣餖是文家惡道，典取諸經，機由我運，便爾改觀，如山珍海錯，取之市井，大家烹調，却無店面氣，鹿門所謂化腐爲新者如此。

《伊尹論》，荆川批「斷續」二字，亦未易解。蓋以伊尹本事與闢合議論相輔而行，正用議論點入本事，略叙本事旋聯議論，其互襯借勢處，謂之倏斷倏續，非文氣有截住另湊之謂也。要之，議論原以發明本事，原非汎説本事，所以實其議論不在鋪張，能於夾縫里做文章，血脈乃得疏暢。不然，題目正而數句可了，何以抒寫見地？此所謂文家三昧也。前半不露伊尹一字，却都是伊尹精神本領，未入本事，便剔得七八分透，故正講處只輕點「不以天下動其心」，從前全副本領精神俱見，不用填廓，意足氣足。學會此法，於文乎何有？

《平王論》幾於主少客多，然借客形主，則客位皆逼主位矣。就形主中，又分兩樣，説不遷而强大者，是反擊法；説遷而弱且亡者，是正襯法。正面點透，旋從側面渲染，畫家得意之筆。○寫十三國如一線，得《史記・漢功臣年表》法。「南晉」下陡入「平王」作翻騰，不惟蹈空躡影，亦且山斷雲連，筆墨之痕欲化。

《魯隱公論二》借别人事説自己意思，其實字字打著隱公不早殺公子翬，一點一滴，滴在學士眼裏，尤爲奇絶，學者不可無此心眼。

《宋襄公論》以用鄫子斷其不仁，則不重傷、不禽二毛，其未得爲文王也，明矣。向語子弟：

東坡論人，多就一半件事上尋出破綻，縱筆翻攪，攪得他罅縫開張，却已是渾身血出，識見力量，當學此種。

《荀卿論》説孔子師弟謹慎，照出荀卿師弟放肆。借李斯引荀卿，如時文之取脈。提起荀卿高論，孕育李斯，如時文之發揮。一句轉到李斯，借李斯剷剥荀卿，如時文之撲跌。用孔孟收煞，如時文之挽抱。通篇筆勢如龍行，夭矯騰躍天門。

《秦論》一板立兩柱，又板分兩扇，讀之只覺錯綜，何也？其用筆用意，有詳略虛實，逐段變化之不同耳。如取齊一段，説秦是如何，齊是如何，兩下影出個巧字。取楚略不及楚事，只説空國而行，齊不乘其隙。有隙可乘便是拙，却又替他想出分兵掠邊之法，以補其拙，旁借苻氏正襯其拙。一邊實寫，一邊虛摹，遂使詳者不稠，略者不淡，最是運用過人處。

古文有大撇法，謂剥去一層，獨標正義，如《留侯論》，且其意不在書，將世俗所疑招神遺將，呼風唤雨手段，一齊抹倒，獨尋一忍字，就人事上磨煉出一副輔漢滅項大本領，何用天書！他人撇平就險，此獨撇險趁平。究之，平處出奇，兩脚踏地，誰有此變化神技！

《留侯論》空中一拳，鹿門凡批三處。其一是撇開老人，另提主意；其一是不待兵書，已成豪傑；其一是斷他生平。前一拳打開骨縫，後一拳打得筋動，末一拳打入心窩。中空（原注：音控）乘隙打進，更躲不得，若向空打，更打著誰？

《晁錯論》氣魄大，筆力健，意思不可斷絶，故能一氣到底。讀者須尋其起落節奏，勢不相礙，機括相觸處，是如何成熟愜順。自己有個見處了，奮筆揮灑，侃侃鑿鑿，不自知其所以然，自臻斯境。

子固之文法本東漢，照應嚴謹，春容典則，其佳處正在曲而有直，體如怒龍劈樹，如洪水潰堤，聲勢驚人，皆直之力。直者，精神所聚，才華筆力所繫也。故其文雅而不堆，雄而不放，揮霍跌宕而不煩碎，但説理到要緊處，不能喉下一刀耳。其深沉渾厚，一本之劉中壘。

曾子固明理雖不及程、宋，而其所以爲言者，嘗循循經術，不敢爲矜張豪横之説，由此，文以發經傳之藴，豈不深長篤摯哉？故朱子亦好其文而效之，爲近理也。乃論者猶以爲理深則無鋒芒。嗟乎！理不爲我有而言之晦澀，是心病乎理，非理累其文也。苟晰理澄湛，而以精明雄健者擬曾文，其瓌瑋光怪，將有不勝其洋溢者。惜乎其未易見也。

八家之於經，只是摹仿字句，用文作料。就中道理，都未細心研究，所以韓不言格物，歐不信《繫詞》，王斥《春秋》，蘇氏論《詩》、《易》、《中庸》，極爲背戾，皆不得曰知道。

大程子奏疏，理雖正而詞太平，不能聳動人，忽想歐蘇之妙。

二程子《易傳序》光芒盡斂，抹破皮，晶瑩四射，直到老年，方見此景。

伊川《顔子所好何學》論道理諦當不待言，然口授此意於歐、蘇，作來亦不能高。蓋平鋪死

語，更無處跌宕翻騰也。迴想孟子闢異端、論性善，是甚聲氣轉折！有德者必有言，信夫！

朱韋齋先生文極簡要，詩亦清挺，晚宋之傑出者。中間多與釋志之徒遊，又數用其語，其信程子亦有未純者。

朱文公奏劄無筆不鋪貼，令人神索。如昌黎《淮西事狀》、東坡《徐州事狀》，雖極質實，文章之妙固在。古人條陳妙於疏而密、簡而該。

石守道古文，他見得個麄硬道理，任性氣直噴出來，所以少敦厚温潤之致。其行文絶不講章段收鎖，如劣馬越山跳澗，不就銜策，此不可爲法。

朱子論陸放翁云：「終被文章所累」，後爲韓侂胄記南園，一生人品盡喪。我輩永以爲戒，勿以筆墨假人。

朱楓林説理文字腐鈍排衍，令人氣悶。他若賦、表諸文，無作意，少鍛煉。詩尤軟弱，惟參贊兵機與青田頡頏，知幾早退，有似子房耳。其子同文頗硬掙，終不脱元人習氣，詩亦差勝其父。

方正學全是蘇家氣魄，却是程朱骨髓。自宋末至明初，未易見此等人。

方正學古文灑落，空行中理氣渾浩。予所爲《傷心》諸傳誌，俱仿其筆。

方先生文與道理一滚出來，震川則是極力做好文，理路特附見其中，未能與之合一，時有駁處，不自覺。當以此分優劣。

李將軍父子作畫，純用青緑，樓瓦山皴，界以泥金。彼其骨格清奇，神采飛動，但見其烟雲晻藹，竹樹鬱蒼，恍置身於華清、(中)〔終〕南之間，故賞鑒者驚心，博古者動色，非粉墨勾勒所能摹擬。若浮煤薄紙，描作印板底稿，直是一桌五彩箱櫃，豈復成畫哉！歸震川集中，若李制府之採大木，頭緒井井，如大將布陣，出入照應，可見而不可測，如馬政志包羅千古，斷制精嚴，譬之畫家大落墨、滿設色，須看其胸襟闊大，筆力超忽，一氣收捲而萬折千迴，皆李將軍畫法也。格高而調益高，韻古而色亦古，故樂與同志者商之。

《李廉甫行狀》，「採大木」一節，是大文章，可補國史。提撮節目，嚴而不煩，中間夾叙他功績，亦詳略相配，故事多文浄，不見棘手。此即《史記》八書手段。若不知此訣，平鋪渙散，豈復成文！

南閣記家庭往事，酸沁心脾，字字真摯，句句質嚴，《史記》之精魄也。《兩孝子傳》、《張自新傳》不須烹煉，心血淋灕，荆川尚遜其峭潔。歸氏二孝子本人並不知書，張自新貧士，毫無事業，讀其傳令人抑鬱慷慨，覺富貴功名，真是身外長物，文人筆墨之可貴如此。

震川誌傳行狀，其佳者真得《史記》之潔。《節烈》諸小傳，無縟飾，有鍛煉，竟是一卷明史補遺。

太僕應酬文字，亦能跌宕空行。才作應試論，便拘於尺幅，動有忌諱，無復飛騰變化之意，即

才如東坡，其《刑賞忠厚之至》等論，不能如海外史論之奇，况他人乎？

善書家論懸腕則畫圓，沓筆則畫扁。歸先生應制策論，皆沓筆也，蓋爲浮詞壓住耳。其制誥簡古不如漢，綺麗不及唐。

唐荆川叙沈希儀戰功，班、馬之亞，明代獨步，王遵岩遠避三舍。

王遵岩文典重不流，微含澀趣，此古文家所難到。

遵岩摹曾文最熟，其照應又生新意，或在關闌，或在提勒，或在掉尾，通篇俱靈，敷詞雅密，亦近南豐。但火色略大，不如子固之簡净渟蓄。要之，已是好手。

遵岩善學南豐，妙處固多，但照應迴合處太詳密，反令人有不勝繚繞之憾。學古者當知此弊。

凡文字作料，多汁水必厚，非筆力大便運不開，如攪糜須用木匙重掉，不然便粘住。若太史公筆力，又似怒龍攪海，任意翻騰，却自波浪驚人。遵岩無此本領，以所宗者，止是東漢也。遵岩文氣長力健，故拖帶似多而不礙，然畢竟是貼地奔馳，不能空中騰躍，此是他家數限定了。若入蘇家手，當另有一番氣色。

凡文字提筆處多，鋪筆處少，相形便好看。遵岩説理文字，一概鋪叙，是以病之。雪色月光，本不可畫，故染墨地以襯之，特用墨又分雅俗、死活耳。遵岩《别程西齋還西安

序》，用墨可謂雅活。

遵岩古文，江陵曹忭止選序、記刻行，予讀其全集，碑表誌狀甚肥漫，書札雜文，往往惑於邪説，祭文多四字套語，詩詞亦甚庸蕪，不如曹選之净。

茅鹿門説道理不甚諦當，雖間説程、朱，畢竟不如奉陽明之諄切，彼時習氣，不止一茅君也。

鹿門文氣，如雲蒸泉湧，此善於古者深也。好用長句，取姿如草書之有波帶，久之鍊不到處亦成拖沓。

茅君記事之文甚佳，諸傳是也。碑誌表狀，汰甚應付者，觀之可也。

茅君文字往往潤以華采，波及六朝者有之。然大勢雄勁，亦不爲病。此老行文少一煉字。

鹿門文略帶肥腴，不及震川之骨峭神清，較遵岩猶逸宕洒脱。

鹿門遊記甚少，此體非其所長，惟《太極洞記》奇崛清爽，可仿柳州。其仿騷暨系碑之詞，用韻不細，煉句亦平平無奇。

茅君酣於古文，雖應酬套語，腔板不改，正當於不必選讀中驗其所學勿厭也。

徐文長文奇崛瘦勁，似規摹柳州。然學文邪雜，不成大器，時作鬼怪放浪之言，尤令人厭。滑稽掉詭以玩世，支離佶屈以凌人，則是耑長。若正襟拱手而談理，諳練沉潛以處事，則循走閃爍，不可爲典要，可歆逕才人而不可與入作者之室，登大家之壇。此乃自作聰明，永離正路，可惋

惜而不足爲師法者。

袁中郎爲禪所迷，忿口放誕，不可爲訓。惟《華山記二則》可奪柳州之席。他遊記亦皆潔勁可觀，其叙述西湖諸景，不入文派，亦是雜著逸品。《天目》二則絶佳，幾欲字字圈之。

艾千子自號正學，而極讚王守仁《古本大學》之妙，平時極口闢佛，及爲僧道作募緣諸疏，又道釋迦與仲尼無二，明人之不足信如此。其序文多爲時藝而發，理足而局面頗狹，惟自叙試草，寫場屋困頓之景，繹之實傷我心，瑣屑曲摯，細細描寫，正見斯文之可瑶，質鍊雄偉之氣，貫注其中，此得力班史趙后罪狀一段，他人未易知也。

贈送賀壽諸文，支綴龐雜，不可寓目。惟陳大士墓誌跌宕沉鬱，無愧古人。論文則切責之，身後則表彰之，此古人忠厚之道也。

馮北海古文，有詞采而質肥，不敢謂之真古文。

周礪齋《陳情疏》，痛切過李令伯，雖用時格，吾謂古道獨存，當與椒山大洪並傳千古，只是情真理直，遂足掩前軼後。

毛稚黄集，其佳者亦頗雅健，但學宗陽明，説理都成邪曲耳。稚黄論錢虞山文，譏其不純不雅，獨爲刺骨。

錢牧齋古文，其俗在骨。詩文序及贈送賀壽之詞，皆油滑腐爛，無一近古者。求者多，應者

倦，其稱引詩書傳記重複汎溢，令人厭憎。緬懷八家，何曾有此？甚矣！應酬筆墨，壞文章之品，戒之哉。

周櫟園極力做文字，却不入作者門户，有識者自知之。其極力脱俗便是俗，極力擺脱，終是油病在。手不辣，思不刻，胸中無冰雪而多塵土，比古人相去幾千里，後生勿爲所惑，悮了生平大事。

《書戚三郎事》，純用瑣細事描寫情狀，是史法却不入史品，正當於結構疏密處辨之。此祇如古小説之隽者耳。

杜茶邨文清蒼饒味，委婉得筆，品在櫟園之上。

峴齋論文卷六

初學入手

學古人文當先立志。如歐陽公既已成進士、爲美官，而舊本韓文未嘗去手，刻苦摹擬，脱落皮毛。有此精神，力量自足，千古文章，所以必傳也。

讀書必須静、耑。蘇老泉取古人書端坐誦之，使其言若出於吾之口，其意若出於吾之心，積之愈多，猶不輕發。此其功候也。

胡氏曰：博而不雜，約而不陋，此古文之正宗。窮經繹史，而必以聖人爲主，則不雜矣；揚風扢雅，而必以理義爲衡，則不陋矣。士子讀書，自《五經》、《四書》、《性理》、《通鑒》外，如《左》、《國》、《史》及五代史，果能通透浹洽，文章、經濟不可勝用矣。如諸子百家，雖力不暇及，吾弗以爲病也。

《四書》爲萬書之祖，又是童而習之，父兄師友日日講貫，此尚不明，而曰識見足以超千古、採

獲足以包萬有，吾誰欺乎？

《五經》、《四書》，五穀也；史籍藝林，脯醢鹽蔬茶酒也。貫穿饜飫，可以養生，可以長世。若諸子、佛老，則海外奇品，適口滋毒者也。大約惑世誣民之輩，不高其説不足動衆，於是提堯捶舜，呵孔詈孟，其説愈上，其趨日下，至敗國亡家而未已，讀者可不慎乎？

量曆、樂律、象數之學，雖專門名家，莫究其藴。涉獵採獲，便欲侈口争衡，多見其不知量耳。人無全材，亦無全學。不知爲不知，闕疑以待能者可也。

古人必有一部全書在胸中，如《五經》、《周禮》、《儀禮》、《左》、《國》、《史》、《漢》，但精其一，終身受用不盡。若《大學衍義》、《通典》、《通考》等書，只似僧家打齋飯，東家一椀，西家一杓，不論精粗，都非原味，讀者知擇，勿爲所溺可也。

李于鱗、王鳳洲皆剽竊字句，餖飣成篇，創爲不讀漢以後書，特自高欺世耳。譬之人身，自頭至肩謂之本體，由腹到脚謂是長音漲物可乎？且五經訓詁，始於漢儒，紕謬迂曲，非程、朱不能正也。文章壞於六朝，非昌黎不能振也。再如歐、蘇、王、曾之文，于鱗、鳳洲可以頡頏奪席者，何篇而敢爲此放肆大言乎？

天下之大力者，唯風與水。拔十圍之樹，潰千仞之堤，須臾而畢。然風行水流，亦殊不覺其費力，氣盛故也。當其呼號震地，澎湃吞天，萬人俱廢，然要止便止，可消則消，雖餘勢猶勁，而蕩激之

怒已平，又令人有除煩滌穢之樂。今教若輩爲文，當先養氣。氣於何養？當先明理。洞然確然，即孟子所謂集義順理，説下勃勃不可遏，即孟子所謂浩然充積，極盛則亦有拔樹潰隄之力矣。

明理非以爲文，而文實從此出。方其初入，不免苦澀，久而溶甘，又久而融汁，又久而弩芒生葉，勢勃勃而無所發，其必發於文乎？當其構思，思即理也。已而造意，意即理也。以至湊機布勢，波瀾横溢，蓋無一非理。其實心與理俱忘，手與心相忘，莫知其然，吾之好惡予奪，已不謬於聖人矣。

後生欲學古文，先取太史公《報任少卿書》、賈太傅《政事疏》讀之萬遍，講之萬遍，然後選韓歐長蘇之文各爲一册，循環誦習，俟其下筆有光芒，議論有根柢，然後以曾文養其度，柳文壯其骨，不拘一格，却要自成門户。至勁莫如韓，至快莫如長蘇，至婉曲莫如歐陽，《報任少卿書》中兼有其妙。

學文者先求有所見，再求達其所見。任臆而行，自有轉换，自有低昂起伏、承接斷續，皆非有心爲之，自然中節。至其句法長短、字法生熟、章法駢散，總期於趁手快心，而未嘗豫設成法於胸中，此則效古文之妙諦也。

凡選讀古今人名作，當先洗滌常套，求其所以不朽者何在，庶得其真。

《左傳》，予選四戰，《史記》，於月峰評本選三十篇，《漢書》，止選霍光一傳。若有長才耑讀，

久之定有奇效。

予選評西漢文四十篇，局必嚴肅，氣必鬱勃，筆欲盤旋飛舞，詞欲峭煉質勁，意欲循環照應，後生只要熟讀千萬遍，使其段段相生，段段相凑，反側馳騁之勢，如我説話，有條有理，無不如意，則諸法皆見，光景日新矣。

學歐文固佳，久之亦有軟熟油膩氣，須參以柳州筋骨，陗蒨嚴冷方妙。歐陽之文勿但效其婉媚，須看其剛勁直切無愧於西漢處，於論事諸狀、諸劄子求之。

文字出手不高、煩蕪無骨者，當以王半山集治之。

書生所讀之文，大將之兵也，日日講讀，即操練也；時時體貼，務得其作意，即解衣推食也。如此久之，自然上下一心，可使赴湯蹈火。

凡讀文，當低心伏氣，誦畢再細細玩味，務令眼光透出册子裏，精神溢出字句外，久之熨貼，漸能鎔化，不知不覺，手筆移入隊中，從此自成局面。若獐慌失措，只講皮毛，强吞活剥，只似戲子穿行頭，干你甚事！

讀文字要熟，做文字要生，思路要細密，骨格要粗壯。

題太滑，文當以拗捩勝；題太熟，文當以蕭疏勝；題太平，文當以起伏峰巒勝，要不爲所制，須用如此。

用藥有尅有補，讀書亦然。吾所優爲者裁之，吾所缺少者增之，斟酌匀平，勿令偏勝則得矣。

○我七十五歲才見到此，讀書豈是易事！然後生自幼埋頭磨煉，勿争小效，中年以後，何事不成？勉之勉之！

叢　語

學古之弊，略説數種。如「春句王正月」。十一月本非春，周制以此月爲歲首，曰「王正月」。今天子稱帝，王降爲人臣，封爵豈可降皇帝爲王、改建寅爲建子？今文家仍稱「春王正月」，不幾於賤好自嵩乎？文中子《元經》仿《春秋》者也，於元魏之祖書曰：某年，「帝正月」。自太初改曆，何代不以寅爲正月？豈始於元魏而特書之耶？隱公被弑書「薨」，諱國惡也。歐陽於朱全忠何屬何親？而椒蘭被殺，止書「帝崩」，使鉅惡得逃於史筆，不已謬乎？孔子，魯人也，他國伐魯則稱「我」，司馬遷作列國世家，凡被侵者均稱「我」，司馬氏豈曾遍住列國乎？陸游作《南唐史》，以李昪爲正統，陸之先世未有仕南唐者，而亦以唐爲「我」，何以處藝祖哉？此皆大義不明，牽拘史書，一字而失之者，學者可以類推矣。

自《文選》盛行，字多增飾。假借如「檀欒」之爲「團圓」、「箭篸」之爲「蕭森」，又有歷來從便之字，如「鞦韆」之爲「秋千」、「邂逅」之爲「解后」，其類甚多。爲文但從通行正字，無妨其高古，若俗

套俗情近於市井，雖通篇古字，何救於濫惡乎？

地名不必泥古，以其城廓屢遷也。官名不必襲舊，以其古今異宜也，又如「閣學」、「禮侍」，並係抄報省字之陋，此可見於文章乎？

漢人法，文官自御史大夫以上稱公，武官自五府將軍以上稱公，餘皆稱君，今則無人不公矣。每見貴家誌狀，叙至子女婚嫁，雖生員布衣，俱蒙公號，且連及其祖、父、本人，上下三公，奈何於一家狀誌又及外姓家譜？名手一概删去，令人快心。有志者取法於古可也。

官銜署名以長爲榮，不知宋人所歷之官，俱帶本身。所謂奪一官者，去其初授之小者耳。又有高官典郡兼領新職者，如歐陽公《瀧岡阡表》所書官職是也。明時削去煩文，只論現任一官，及應得階級而已。至今沿襲，焉得自首相直至庶吉士，自尚書追及知縣時乎？學宋人而不得其解，莫陋於此。又宋人貶官停勒俱入銜，尊君也，今則已經降調，仍稱前銜，是不服降調也，甚乖甚悖，舉世不知，何也？

唐宋人傳誌碑表中，有五等，曰勳、階、爵、號、官。如推誠保德、宣威功臣，此號也；如柱國上護軍，此勳也；如光禄大夫、榮禄大夫，此階也；如國公、侯、伯、子、男，此爵也；兼知某州、監某軍，此官也。又有開府儀同三司，則是尊官兼職，不在勳階之列。三司者，司隸校尉，主譏察；御史中丞，持憲綱；納言，主進奏也。

漢之門生凡三等：受業者謂之弟子；任所薦拔者謂之門生；最下則納錢効奔走者，汎稱門生，猶今之門客也。稱道各從其官，無老師之名。自有科第，被取者方稱門生老師。然東坡乃歐陽公門生，梅聖俞，其房師，見於詩文者，只稱公，未有謂之我夫子者。即程朱門下，只稱先生，亦未有稱老夫子者。世風日下，諂佞公行，遂至於此。有志復古者，曷少自愛乎？

太君二字，謂帝之祖母也，豈可汎加里媼？處士二字，古以目鴻儒未仕者，豈可概施之白丁商賈？又如孺人、夫人，皆封典所稱，加於秀才之婦，太濫；文貞、文靜、文定等謚，本以天子之命，惠及大臣，概施之富翁、學究，可謂僭而無耻。

奏疏箋啓，稱呼一定，惟行於師友鄉黨，有應稱先生者，應稱丈者，姑丈、姨丈視此。有應稱表伯叔者，有稱伯翁、叔翁者，惟舅，無加父字者，可稱兒舅大人。妻翁稱岳父，古人無之，外舅大人似差雅，如勉齋之於文公，直稱先生，又不以私情論，在彼此地位分誼如何耳。凡稱父執，以共學問、同患難者爲衡，若同寅同里，汎汎交際，不在此例。又古人書中，某字，其人名也，今當書名示敬，書中自稱「身」，貴人尊屬之詞，勿得輕用。古大臣將兵傳檄稱幕府，今人不知，有稱本都監、本將軍者，書記無學人也。

師法古人，必分等類。三代而後，如留侯、武鄉、鄴侯是一類，房、杜、范、韓是一類。文文山畢竟是書生，煉得許多兵，輕輕付於庸兒，自己單身犯難，終以死報，何益之有？即前朝劉青田、

因知程朱楓林，皆學得些占驗術數，動得人主，所以能與大將共勳名，豈是兩個斂手並脚秀才？朱是太平時絶好三公，責以勘亂圖霸、駕馭英雄，未之敢許。學者須有識。

讀史須向活處想，如麻扎刀、大斧砍馬脚。岳武穆、劉順昌兩用皆效。須知劉是乘其暑天壅積，展動不得時用之。岳是號令素嚴，主將能摧鋒陷陣，足壯人膽。若孱兵全無訓練，鐵馬一衝，四散奔潰已。行文亦然，心是將，筆是兵，氣盛驅遣即號令也。

崇禎甲申、順治乙酉之際，所謂龍蛇混雜者也。中間仗節效忠，豈無其人？然亦有妄想功名、圖保身家者，有愛惜殘生、削髮苟免、自附於逸民高士者。南方幾個阿諛秀才，望風附會，才有絲來毫去，便説得山斗齊名。北方風俗質樸，訛傳耳食，一口咬定，久之似乎信史，及覈其實行，不如所傳者多。盡信書不如無書，孟子於聖經猶然，况稗官野乘乎？嗟夫！霜凋庶草，火煉真金，後世史官，必有爲之分别者。

一事而傳聞異詞無可折衷者，須詳其出自何人，按其世次，以情理度之，勿抑揚太過。又有史臣失記，令人致疑者。如金川門開，燕王到已三日，方正學尚未死，豈是偷生？必是因偵候建文消息，欲與俱去，適令其擒，遂至衰經大罵耳。此皆不可不思。如史道鄰在揚州死節，有傳其在梅花嶺遇害，大兵親見者；有傳其被執至城樓不屈被殺，出於義兒某之口者。總之一死，皆可存也。

讀書固要獨出手眼，亦須博採群言。如《左傳》「鄭伯寤生」，解者不一，大都不切。周櫟園後起，却説是初産嬰兒氣短不能啼者謂之寤生，爲近於死，所以母驚，最合情理，前人説俱廢矣。

漢文帝《賜尉佗書》：「朕高皇帝側室之子也。」有看作謙抑者、看作推誠者，俱不得其情。佗開罪吕后，怒絶其貢，使彼遂忿而稱帝。今云「側室之子」，必不修嫡母舊怨，拒絶交好，此一句已足釋尉佗之疑，正是黄老作用。所以佗書即曰「蠻夷大長」，已去帝號，必曰「老夫臣佗」，儼然以高帝故人自處，其稱呼亦帶桀驁。只此機鋒相抵處，一晌無人看出。

太史公《報任少卿書》曰「太史公牛馬走司馬遷再拜言」，只此起手，已是怨憤填胸。時遷爲中書令，蓋宦官之長也，耻居此官，故援父銜以明世職，遭刑辱先，故不言「予」而言「僕」，只明此，便曉得通篇意思。又如《吕后本紀》稱「高祖微時妃」，一「微」字内便見非名門淑女，其悍妬淫惡，俱包在内。願讀書人以類引申之。

《漢書・古今人物表》，初訝其無謂，既而思之，總爲漢是劉累後裔，故借許多人陪出而獻媚，而非史法，讀者勿忽略過去。

陳壽爲諸葛丞相立傳言「將略非其所長」，此因司馬懿畏蜀如虎，故抑丞相以回護之。時壽已降晉，不敢不爲此言。如言孔子文章欠通，豈能服人？

按《左傳》，天子聘公侯之姊妹及女爲后，必奏云「先臣之子某若而人而如也」，「若而人」言其

須似人，不敢道其美惡也，後誤作「若干人」則字義不通矣。乃名公亦不能免，何哉？

方正學爲父濟寧君立傳，書名如史法，後學自立家傳，可仿其例。

宋陳堯佐能殺鰐魚，功似大於昌黎，而世不盡知，其文不足傳也。鉅手著作，豈可忽乎哉？

鄭之祖桓王母弟國於近郊，平王東遷，實藉其力。當時以鄭爲重。凡有關係及加意尊敬之事，承用此二字，後生不可不知。

吾家避亂江南時，父母皆壯年，祖父母則衰年也。至今讀手書日記，若湯火臨身，魂魄沮喪，無他，親之也。因此意落筆作叙，發先人未言之情，乃所謂文心、文情。若汎汎如局外看人恐懼，爲之嘆息時事，旁生議論，竟不是骨肉天性矣！述此意以告兒子，凡代先聖先賢及忠孝節烈人設想，亦須如此真切，庶不至漫浪無根耳！

編此書完，從子守銓嘆其精切，所不足者，爲兄是上一截事。予應之曰：下一截是學者事，臨文時展紙揮毫，自己尚不能定是如何起、如何接、如何插合掉轉，文成讀之，諸法未嘗不在。此處説不得。讀文十遍是一光景，百千遍是一光景，萬遍後無光景，而光景愈變愈新，不用人説。

右二則即吾著述之微意也，附録於末，即以當跋。

自拗相改經義，而古文大壞，後遂有秀才變爲學究之悔。夫學究未嘗不評選古文也，特識趣鄙陋，性好拘泥，寸寸節節，必爲訓詁，而精神意思所注懵如也。讀者以其面貌繩尺以爲古文，但

見其顚頊支綴，一如時文之下品而已。予雖不能追先民之大雅，而學究之弊，心知其所以然，故晚年著述，不過撮其精華，指點竅會，以待好學深思者研求閲歷而自得之。若執此爲古文之定局，是又見彈丸而思鴞炙，何足與言古文哉！

康熙辛丑末伏後四日山南書隱老人題

先大人論文之旨，散見群書日記，當時未及纂録者凡數百卷。頎恐其久而遺失，罪戾滋甚，努力編集，得三百七十餘則，合原本百八十條，略分類次，抄爲六卷，謹藏於家，以待後之有文字緣者。癸丑八月發軔清録，成册則在甲寅五月。時先嚴見背已四年矣。男頎拉淚謹誌。

古文約選評文

〔清〕方苞 撰

《古文約選評文》一卷

清　方苞　撰

方苞（一六六八—一七四九），字鳳九，號靈皋，晚號望溪。安徽桐城人，清康熙進士。累官禮部侍郎。清代著名散文家，爲文推崇韓、歐，嚴於義法，爲桐城派初祖。論學以宋儒爲宗，説經重程朱之論。有《方望溪文集》。傳見《清史稿》卷二九〇。

此書原題爲果親王允禮選，方苞訂。實則爲方苞選訂，唯以允禮之名題《古文約選序》一篇，以明其源委，遂以允禮之名刊行於世。後人知之，不欲隱其選文之功，故戴鈞衡即收其《凡例》入《望溪文集》，以作説明。該集所選，乃兩漢書、疏及唐宋八大家之單篇散文。六經及《左傳》、《史記》等，雖爲古文根源，因各自成書，各具首尾，必覽其全始可得其精華，故不强爲分割以入此選。入選標準首重義法，兼及辭章，强調「古文氣體，所貴清澄無滓。澄清之極，自然而發其光精」，篇末評語，既注重内容之有裨世教，又揭示章法結構之妙境神機，且能辨各家風格之異同，隱具古代散文發展之大致輪廓。入選之文中或有膾炙人口之作卻不着一字者，似寓妙不可言之意，尤見選家謹慎落筆，不妄加評點之深意。

此選最初由果親王府於雍正十一年（一七三三）刊行。同治八年（一八六九）又有盱眙吴氏重刻本。重刻本於《韓退之文約選》後有吴棠跋語，叙述該本流傳情況。今據吴氏重刻本録入，删去原文。

（羅立剛）

古文約選評文

古文約選序例(代)

清　方苞　撰

《太史公自序》:「年十歲,誦古文。」周以前書皆是也。自魏、晉以後,藻繪之文興。至唐韓氏起八代之衰,然後學者以先秦盛漢辨理論事,質而不蕪者爲古文。蓋六經及孔子、孟子之書之支流餘肄也。

我國家稽古典禮,建首善自京師始。博選八旗子弟秀異者,併入於成均。聖上愛育人材,辟學舍,給資糧,俾得專力致勤於所學;而余以非材,實承寵命,以監臨而教督焉。竊惟承學之士,必治古文,而近世坊刻,絶非善本。聖祖仁皇帝所定《淵鑒古文》,閎博深遠,非始學者所能遍觀而切究也。乃約選兩漢書、疏及唐宋八家之文,刊而佈之,以爲群士楷。

蓋古文所從來遠矣,六經、《語》、《孟》,其根源也。得其枝流而義法最精者,莫如《左傳》、《史記》,然各自成書,具有首尾,不可以分剟。其次《公羊》、《穀梁傳》、《國語》、《國策》,雖有篇法可

求，而皆通紀數百年之言與事，學者必覽其全，而後可取精焉。惟兩漢書、疏及唐宋八家之文，篇各一事，可擇其尤，而所取必至約，然後義法之精可見。故於韓取者十二，於歐十一，餘六家，或二十三十而取一焉。兩漢書、疏，則百之二三耳。學者能切究於此，而以求《左》、《史》、《公》、《穀》、《語》、《策》之義法，則觸類而通，用爲制舉之文，敷陳論、策，綽有餘裕矣。

雖然，此其末也。先儒謂韓子因文以見道，而其自稱則曰：「學古道，故欲兼通其辭。」群士果能因是以求六經、《語》、《孟》之旨，而得其所歸，躬蹈仁義，自勉於忠孝，則立德立功，以仰答我皇上愛育人材之至意者，皆始基於此。是則余爲是編以助流政教之本志也夫！雍正十一年春三月，和碩果親王序。

一，三《傳》、《國語》、《國策》、《史記》爲古文正宗，然皆自成一體，學者必熟復全書，而後能辨其門徑，入其窔突。故是編所録，惟漢人散文，及唐宋八家專集，俾承學治古文者，先得其津梁，然後可溯流窮源，盡諸家之精蘊耳。

一，周末諸子，精深閎博，漢、唐、宋文家皆取精焉。但其著書，主於指事類情，汪洋自恣，不可繩以篇法。其篇法完具者，間亦有之，而體制亦别，故概弗採録，覽者當自得之。

一，在昔議論者，皆謂古文之衰，自東漢始，非也。西漢惟武帝以前之文生氣奮動，倜儻排宕，不可方物，而法度自具。昭、宣以後，則漸覺繁重滯澀，惟劉子政傑出不群，然亦繩趨尺步，盛

漢之風邈無存矣。是編自武帝以後至蜀漢，所録僅三之一然尚有以事宜講問，過而存之者。

一，韓退之云：「漢朝人無不能爲文。」今觀其書、疏、吏牘，類皆雅飭可誦。兹所録僅五十餘篇，蓋以辨古文氣體，必至嚴乃不雜也。既得門徑，必（從）〔縱〕横百家，而後能成一家之言。退之自言「貪多務得細大不捐」是也。

一，古文氣體，所貴清澄無滓。澄清之極，自然而發其光精，則《左傳》、《史記》之瑰麗濃鬱是也。始學而求古求典，必流爲明七子之僞體。故於《客難》、《解嘲》、《答賓戲》、《典引》之類皆不録，雖相如《封禪書》亦姑置焉。蓋相如天骨超俊，不從人間來。恐學者無從窺尋，而妄摹其字句，則徒敝精神於蹇淺耳。

一，子長《世表》、《年表》、《月表》「序」，義法精深變化。退之、子厚讀經、子，永叔史志論，其源並出於此。孟堅《藝文志・七略序》，淳實淵懿，子固序群書目録，介甫序《詩》、《書》、《周禮義》，其源並出於此。概弗編輯，以《史記》、《漢書》，治古文者必觀其全也。獨録《史記・自序》，以其文雖載家傳後，而别爲一篇，非《史記》本文耳。

一，退之、永叔、介甫具以志銘擅長，但序事之文，義法備於《左》、《史》。退之變《左》、《史》之格調，而陰用其義法。永叔摹《史記》之格調，而曲得其風神。介甫變退之之壁壘，而陰用其步伐。學者果能探《左》、《史》之精藴，則於三家志銘，無事規橅，而自與之併矣。故於退之諸志，奇

崛高古清深者，皆不録，録《馬少監》、《柳柳州》二志，皆變調，頗膚近。蓋志銘宜實徵事跡，或事跡無可徵，乃叙述久故交親，而出之以感慨，《馬志》是也。或别生議論，可興可觀，《柳志》是也。於永叔獨録其叙述親故者，於介甫獨録其别生議論者，各三數篇。其體制皆師退之，俾學者知所從入也。

一，退之自言：「所學在辨古書之真僞，與雖正而不至焉者。」蓋黑之不分，則所見爲白者，非真白也。子厚文筆古雋，而義法多疵。歐、蘇、曾、王亦間有不合。故略指其瑕，俾瑜者不爲揜耳。

一，《易》、《詩》、《書》、《春秋》及四書，一字不可增減，文之極則也。降而《左傳》、《史記》、韓文，雖長篇，句字可薙芟者甚少。其餘諸家，雖舉世傳誦之文，義枝辭冗者，或不免矣。未便削去，姑鈎劃於旁，俾觀者别擇焉。

西漢文約選

《過秦論上》　賈誼

此篇論秦取天下之勢，守天下之道，其取之也雖不以仁義，而勢則可憑，且謀武實過於六國，此所以倖而得也。乃既得而因用此以守之，則斷無可久之道矣，此所以失之易也。秦始終仁義

不施而成敗異變者，以攻守之勢異也。

《過秦論中》　賈誼

此承前篇攻守異勢而言守天下之道在於安民，始皇既失之於前，二世又失之於後也。前篇以愚黔首以弱天下之民，特虛言始皇之設心，此篇乃列數其虐政；前篇特虛言其失天下之易，此篇則推原其故，由於民勞易動，故陳涉得藉以爲資，土崩魚爛而不振救也。

《過秦論下》　賈誼

此篇言子嬰不能救敗，而深探其本，則由於秦俗忌諱，故三主失道，亂亡形見而人莫敢言，己終不知，因重嘆壅蔽之傷國，以總結三篇之義也。古文之法，一篇自爲首尾。此論則聯三篇而更相表裏，脉絡灌輸，輯史記者誤倒其序，首尾衡決而不可通。《昭明文選》又獨取首篇，皆不講於文律耳。

班固譏賈子與太史公弊罪子嬰之枉，卓矣，而宜所論自有實理，但謂子嬰有庸主之才，僅得中佐，山東雖亂，秦之地可全而有，則未當耳。蓋必雄略如周世宗、唐莊宗，然後能守險以待諸侯之弊。而事勢又各不同：莊宗、世宗嗣立，國人内附，宿將林立，故能履危而安，以弱爲强。秦則民怨於内，將貳於外，雖有莊宗、世宗之略，旬月中亦猝難收拾也。

《陳政事疏》　賈誼

《言積貯疏》　賈誼

《諫民私鑄錢》　賈誼

《言兵事》　鼂錯

錯之術，根底管、商，其近俗濟用，無出二子外者，而爲文尤與《管子》相類，故雜用其語而如出一人之說。

《言畜積疏》　鼂錯

《論募民徙塞下書》　鼂錯

《再論募民徙塞下書》　鼂錯

中幅全用《管子》語，而與前後凝合，使人不覺。良由老謀勁氣，本與之近也。

《去帝號上書》　南越王佗

《獄中上梁孝王書》　鄒陽

昔人有評此文「白地明光錦，裁爲負販褌」者，謂其詞句瑰偉，而慢無法度也。是謂曉於文律。

《諫吴王書》　枚乘

《漢武帝策賢良制一》　董仲舒對

古文之法，首尾一綫，惟對策最難，以所問本叉牙而難合也。惟董子能依問條對，事雖不一，而義理自相融貫，且大氣包舉，使人莫窺其熔鑄之跡，良由其學深造自得，故能左右逢源也。

《漢武帝策賢良制二》　董仲舒對

《漢武帝策賢良制三》　董仲舒對

條舉所問，以爲界畫，因制策詰以詞不別白、指不分明故也。唐宋以後遂用此爲式。

《雨雹對》　董仲舒

《諫獵疏》　司馬相如

《論巴蜀檄》　司馬相如

《難蜀父老文》　司馬相如

《言世務書》　徐樂

《言世務書》　嚴安

《諭意淮南王》　嚴助

《禁民挾弓弩對》　吾丘壽王

《〈史記〉自序》　司馬遷

《報任少卿書》　司馬遷

如山之出雲，如水之赴壑，千態萬狀，變化於自然，由其氣之盛也。後來惟韓退之《答孟尚書書》類此。柳子厚諸長篇，雖詞意濃鬱，而氣不能以自舉矣。

《答蘇武書》　李陵

蘇子瞻謂此書詞句儇淺，决非西漢文，卓矣。而云齊梁間小兒擬作，則非也。齊梁間捨俳儷之文，皆索然無氣。此似建安諸子所爲，格調雅與之近。以擬古，故少變其體勢耳。

《尚德緩刑書》　路温舒

《報孫會宗書》　楊惲

《上書陳兵利害》　趙充國

《駁贖罪議》　蕭望之

《條災異封事》　劉向

《極諫外家封事》　劉向

《諫起昌陵疏》　劉向

左氏叙事，於極凌雜處間用總束，或於首，或於尾，或於中。子政用之，多於篇末，此古文義法之最淺者，不可數用。

《〈戰國策〉序》　劉向

觀曾子固所譏，可知孔孟之學，至北宋而明，漢儒所見實淺。然是篇述春秋所以變爲戰國，特具深識，字句亦非苟然。

《史記》：秦兵不敢窺函谷關十五年，又曰：蘇秦去趙而縱約皆散。按《六國世表》，蘇秦説燕在肅侯十六年，徐廣云距去趙僅三年，而二十二年趙疵與秦戰。敗，秦殺趙疵河西，取藺離石。約計秦兵不出，僅四五年耳。此云二十九年，蓋雜取衆人之誇詞而未既其實也。

《罷珠厓對》　賈捐之

《法祖治性正家疏》　匡衡

古文章法：一義相貫，不得參雜。惟書疏之體，主於指事達情，有分陳數事而各不相蒙者。匡衡《進》、《戒》二疏及韓退之《再與柳中丞書》是也。至北宋人乃總叙於前，條舉於後。蓋惟恐澶漫無檢局，而體制則近於論策矣。

《勸戒疏》　匡衡

《災異對》　李尋

名言絡繹，惜鋪叙太繁。

《移太常博士書》　劉歆

此兩漢經學淵源所繫，不得以人而廢。

劉向校録群書，歆卒父業而奏《七略》。班固《藝文志》，一依歆所定。後世所傳諸經史，記周秦間諸子，皆歆所定也。歆承父學，淵源所漸頗深，故禮議經説，程朱皆遵用。而《周官》、《戴記》、《詩》、《書》、《史記》内亦間有爲歆所竄亂者。歆博學能文，所倣古書，形貌輒似，故二千餘年，此覆未發。程朱復生，當能辨黑白而守一尊也。

《毁廟議》　劉歆

《治河奏》　賈誼

《諫不受單于朝書》　揚雄

亦復朗暢，而西漢質厚之氣索盡矣。

東漢文約選

《王命論》　班彪

《秦紀論》　班固

《災異策對》　李固

《政論》　崔寔

後漢文約選

《前出師表》　　諸葛亮

孔明早見後主躬自菲薄，性近小人，恐其遠離師保，志趣日遷，故宫府營陣悉屬之貞良，以謹持其政柄；又恐不能傾心信用，故首言國勢危急，使知負荷之難；中則痛恨桓、靈，以爲傾頹之鑒；終則使之自謀以警其昏蒙，而皆稱先帝以臨之，使知沮忠良之氣，必墮先帝之業；蹈桓、靈之〔輒〕〔轍〕，實傷先帝之心；棄善道、忽雅言，是悖先帝之遺命。其言語氣象雖不能上比伊、周，而絶非兩漢文士之所能近似矣。

戰國之文峭而儇。惟樂毅《報燕惠王書》從容寬博，有叔向國僑遺風。東漢之文滯而繁，惟孔明此表高朗切至，實《尚書》、《陳戒》之苗裔。故曰言者心之聲也。惟其有之，是以似之。謂文章限於時代，特俗子之鄙談耳。

《後出師表》　　諸葛亮

韓退之文約選

《原性》

性之論至程朱始詳盡，而韓子辨析群言，亦實有所見。其曰「下者可制」，則於孟子道性善之旨亦不相悖也。

《原鬼》

包劉越嬴，與姬爲徒，必韓子嘗自言爲文指意若此，故其徒述之如此。文格調近諸子，而意藴類國僑、叔肸所陳，洵不愧斯語。

《原毁》

管子、荀子、韓非子之文，俳比而益古，惟退之能與抗行。自宋以後，有對語則酷似時文，以所師法至漢唐之文而止也。

《禘祫議》

《改葬服議》

唐順之云：「緦三月，服之常也。而改葬之，緦不必三月。子思所云『既葬而除之』是也。」

《對禹問》

《師説》

《伯夷頌》

《讀〈儀禮〉》

風味與《史記》「表」、「序」略同，而格調微别。

《讀〈荀子〉》

止如槁木。自周以後，惟太史公、韓退之有此。以所讀皆周人之書故也。

《諍臣論》

《諱辨》

《張中丞傳後叙》

退之序事文不學《史記》，而生氣奮動處不覺與之相近。

《獲麟解》

《龍説》

尺幅甚狹，而層叠縱宕，若崇山廣壑，使觀者不能窮其際。

《馬説》

《進學解》

退之爲此，與作《毛穎傳》同，以示其才無所不可，蓋别調也，而茅鹿門以爲「正正之旗，堂堂之陣」，是謂不知而强言。

《送窮文》

《五箴》

《游箴》

《言箴》

《行箴》

《好惡箴》

《知名箴》

《論佛骨表》

《復讎狀》

《上宰相書》

（眉）：散體文用韵，周秦間諸子時有之。惟退之筆力樸健，不覺其佻。後人不能學，亦不必學。

《後十九日復上書》

《後二十九日復上書》

《上張僕射書》

《上考功崔虞部書》

《應科目時與人書》
《代張籍與李浙東書》
《與孟東野書》
《與李翺書》
《與崔群書》
《與鄂州柳中丞書》
《再與鄂州柳中丞書》
《與李祕書論小功不税書》
劉原父論此甚詳，學者所當考。
《答劉正夫書》
《答李翊書》
《答崔立之書》
《與汝州盧郎中論薦侯喜狀》
《送鄭尚書序》
《送幽州李端公序》

虞伯生云：「命意高，結體奇，轉掣從天降。」

《送殷員外序》

《送楊少尹序》

《送孟東野序》

林希元云：「文極變化，而謂人物之鳴皆出於不平，則未確，人多不察。」

《送董邵南序》

朱子曰：「此篇言燕趙之士，仁義出於其性，乃故反其詞，以深譏其不臣，故篇末道上威德，以警動而招來之，其旨微矣。」

《送王秀才序》

《送王塤秀才》

此子固文體所自出。

《送齊皞下第序》

《送李願歸盤谷序》

《送廖道士序》

《送浮屠文暢序》

《送高閑上人序》

《石鼎聯句詩序》

《新修滕王閣記》

此歐公諸記所從出。

《藍田縣丞廳壁記》

《畫記》

周人以後，無此種格力。歐公自謂不能爲，所謂曉其深處。而東坡以所傳爲妄，於此見知言之難。

《太學生何蕃傳》

《毛穎傳》

《潮州請置鄉校牒》

《平淮西碑》

《殿中少監馬君墓誌》

《柳子厚墓誌銘》

《歐陽生哀辭》

《祭田横墓文》
《祭鱷魚文》
《祭河南張員外文》
《祭十二郎文》
《祭鄭夫人文》

同治戊辰三月，由榕城北上，道過武林，於城東講舍晤高伯平明經均儒，出《古文約選》，謂棠曰：「此果親王府刻本，方望溪先生奉教所選訂也。其《凡例》已經桐城戴孝廉鈞衡編入《望溪文集》。均儒舊得之淮安，携歸武林。後經兵燹，幸友人檢拾收藏，由江浙轉徙楚鄂間，亂定寄還。孤本流傳，竟未墜失，疑有神物呵護之者，惟重刊以惠士林爲幸。」棠莅蜀半年，(薄)〔簿〕書鞅暇，夏仲始延張孝廉人瑞、繆孝廉荃孫刊校，至冬仲工蕆。獨惜伯平今春已歸道山，不及見此書之成也。謹書數言以志緣起。至此選大旨，具見《凡例》，不復贅云。同治八年歲次己巳十一月，督川使者盱眙吴棠跋。

柳子厚文約選

《封建論》

深切事情，雖攻者多端，而卒不可拔。

《周官》：閭胥、里宰皆二十五家之長耳，州長、縣正二千五百家之吏耳。吏必擇人，雖縣大夫不能求其嗣而奉之也，况里胥乎？

《四維論》

見於《春秋》，小國甚多，其事跡世系可紀者十二國耳，不得云「判爲十二」。

《封建論》氣甚雄毅，而按其中實有虚怯處。此篇及《守道論》勁峭盤屈，通體不懈。必永叔以後所造漸深，而盡革舊體者。

《守道論》

《晉文公問守原議》

此文及《桐葉封弟辯》，皆效韓公《子郤至分謗》篇。

《駁復讎議》

《謗譽》、《段太尉逸事狀》、《乞巧文》皆思與退之比長而相去甚遠，惟此文可肩隨。

《桐葉封弟辯》

《〈論語〉辯》二篇

觀此二篇，可知古人讀書必洞見垣一方人，而後的然無疑。不如此，則朱子所謂以意包籠，

如從數里外望見城郭，輒云「我已知此地」者。

子厚謫官後，始知慕倣退之之文，而此二篇意緒風規，則退之所未嘗有，乃苦心深造，忽然而得此境。惜其年不永，此類竟不多得耳。

摽然若秋雲之遠，使人可望而不可即。如出自宋以後人，即所見到此文境，亦不能如此清深曠邈。

《辯〈列子〉》

朱子曰：《列子》語，佛氏多用之。《列子》語温醇，《莊子》全用之，又變得峻奇。子厚稱其質厚，少僞作，爲莊周（放）〔倣〕依其辭。皆古人讀書有特識處。

《辯〈文子〉》

《辯〈鬼谷子〉》

《謗譽》

《與李翰林建書》

子厚在貶寄諸故人書，事本叢細。情雖幽苦，而與自反而無怍者異，故不覺其氣之薾。相其風格，不過與嵇叔夜《絶山巨源書》相近耳。而鹿門以擬太史公《報任安書》，是未察其形，並未辨其貌也。

退之云：「氣盛則言之短長與聲之高下皆宜。」此數篇詞旨淒厲，而其氣實未充，三復可見。

《寄許京兆孟容書》

《與柳京兆憑書》

《與蕭翰林俛書》

《與劉禹錫論〈周易九六説〉書》

觀此及《答元饒州書》，則知子厚謫官後，沈潛經義，故其文日進。退之云：「根之茂者，其實遂。」蓋甘苦親歷之言。

《答元饒州論〈周易九六説〉書》

《與韓愈論史官書》

退之《與劉秀才書》言：「傳聞不同，甚者憎愛附黨，鑿空構立善惡事跡，無可取信。」篇中凡言二百年文武事，多有誠如此者。正駁退之語，謂「所傳文武事多有實如此者，不得概以無可取信」也，而造語稚晦，不足以顯其情。

《答韋中立論師道書》

《賀進士王參元失火書》

《愚溪詩序》

《序飲》

《梓人傳》

《種樹郭槖駝傳》

《宋清傳》

《天説》

詞氣大類《莊子》。若退之出之，則並得其精爽矣。觀《送高閑上人序》可辨。

《捕蛇者説》

《館驛使壁記》

意義了不異人，以字句做三《禮》、《内外傳》，遂覺古光照人。李習之論文「造言與創意並重」，有以哉。

《永州新堂記》

篇末比擬語，在子厚偶一爲之尚不覺，更倣之則成俗套矣。

《邕州馬退山茅亭記》

《遊黄溪記》

《始得西山宴遊記》

子厚諸記，以身閑境寂，又得山水以蕩其精神，故言皆稱心，探幽發奇而出之若不經意。

《鈷鉧潭記》

《鈷鉧潭西小丘記》

《至小丘西小石潭記》

《袁家渴記》

《石渠記》

《石澗記》

《小石城記》

《柳州山水近治可遊者記》

《箕子碑》

體制近俗，而謝枋得所截數語自不可棄。

《段太尉逸事狀》

王元美云：「柳子厚《段太尉逸事狀》，差存孟堅之造，構量不爽其分。劉夢得稱退之謂其雄深雅健，似司馬子長，豈退之哀其亡而溢美耶？抑夢得假託退之語以張之耶？」

《箏郭師墓誌銘》

《又祭崔簡神樞歸上都文》

歐陽永叔文約選

《論臺諫官言事未蒙聽允書》

所向曲折如意，如乘快馬行平地，遲速進退，自由其心。

《論臺諫官唐介等宜早牽復劄子》

《論杜衍范仲淹等罷政事狀》

史稱小人惡修善言其情狀，觀此篇及《論臺諫官》二劄子可見。

《上范司諫書》

《與高司諫書》

歐公苦心韓文，得其意趣，而門徑則异。韓雄直，歐變而紆餘；韓古樸，歐變而美秀。惟此篇骨法形貌皆與韓爲近。

《與荆南樂秀才書》

《答吴充秀才書》

《原弊論》

《〈春秋〉論下》

歐公叙事倣《史記》，諸體倣韓文，而論辨法《荀子》。其反復盡意及復疊處皆似，觀此篇及《〈泰誓〉論》，可知其凡。

《春秋或問》

《縱囚論》

《唐書・禮樂志論》

朱子最推服此文，以其究知禮意而通於治法之變也。其氣體從容寬博，亦足以包羅並世諸文家。

逐段界劃，宋以後策論始有之。此文義本顯著，中間多置界劃，轉累其體，削去則掉尾處更覺變化。

《唐書・兵志論》

《唐書・食貨志論》

《唐書・藝文志論》

《唐書・五行志論》

求其承接變换渾然無跡處，始知其筆妙而法精。

歐公《志》考論，皆持之有故，言之成理。其章法氣韻乃自《史記》八「書」、諸「表」「序」「論」變化而出之。

《五代史·職方考論》

其機軸明學《史記》「漢興以來諸侯年表序」，特氣韻古厚不及耳。鹿門乃謂太史公所欲爲而不能，謬矣。

《五代史·司天考論》

《唐書·禮樂志論》及此篇，非有見於六經仁義之旨不能作。程、張二子並出公門，北宋理學之興，公與有力焉？

《五代史·周臣傳論》

《五代史·唐六臣傳論一》

《五代史·王進傳論》

《五代史·一行傳論》

《五代史·伶官傳論》

《五代史·宦者傳論》

《梅聖俞詩集序》

《釋惟儼文集序》

《釋祕演詩集序》

古之能於文事者，必絶依傍。韓子《贈浮屠文暢序》，以儒者之道開之。《贈高閑上人序》以草書起義，而亦微寓鍼石之意。若更襲之，覽者惟恐卧矣。故歐公别出義意，而以交情離合纓絡其間，所謂各據勝地也。

《送徐無黨南歸序》

《送楊寘序》

《送曾鞏秀才序》

《送田畫秀才寧親萬州序》

《詩譜補亡後序》

《韻總序》

《集古録目序》

《峴山亭記》

《真州東園記》

范文正公《岳陽樓記》，歐公病其詞氣近小説家，與尹師魯所議不約而同。歐公諸記不少穠

麗語，而體制自别，其辨甚微。治古文者，最宜研究。

《菱溪石記》

《伐樹記》

《豐樂亭記》

《醉翁亭記》

《畫舫齋記》

《范文正公神道碑銘》

《太常博士尹君墓誌銘》

歐公志諸朋，好悲思激宕，風格最近太史公。

《湖州長史蘇君墓誌銘》

《徂徠石先生墓誌銘》

《黄夢昇墓誌銘》

《張子野墓誌銘》

《尹師魯墓誌銘》

《孫明復先生墓誌銘》

《南陽縣君謝氏墓誌銘》

《石曼卿墓誌》

《河南府司録張君墓誌銘》

《右班殿直贈右羽林軍將軍唐君墓誌銘》

《胡先生墓表》

《瀧岡阡表》

斬其繁複，則格愈高，義愈深，氣愈充，神愈王。學者潛心於此，可知修辭之要。

《祭石曼卿文》

《秋聲賦》

《讀李翺文》

蘇明允文約選

《上仁宗皇帝書》

《上韓樞密書》

老蘇文勁悍恢奇或過於大蘇，而精細調適處則不及。蓋由時過而學，僅探晚周諸子及《國

策》之藴奥，而出入於賈、鼂、韓、柳數家，胸中實儉於書卷也。此集中傑出之文，而按其根源，亦適至是而止。

《上歐陽内翰第一書》

《〈禮〉論》

《〈樂〉論》

《〈詩〉論》

《〈書〉論》

其論世變，可謂獨有千載，惜首尾及中間摶縮處意脈不清。治古文者所宜明辨。

《史論上》

《史論下》

《明論》

《辨奸論》

理明辭達，直取諸胸臆，未嘗傚前人所言而固與之併。

《譽妃論》

《文甫字説》本「涣，大象」。此本《天問》，皆能引伸舊聞，濬發新義。而此篇標毛傳以絀鄭

箋，辯其誤緣信史遷，尤百世不刊之論。

《管仲論》

《審勢論》

蘇氏論策，旁引曲證，務申己説而不必盡當於理，衆所共知也。其横（從）〔縱〕往復，層出互見，以盡文之波瀾，而氣轉爲之滯壅，意轉爲之懈散，則鮮能辨者。此篇乃老泉極用意之文，亦不免此病。

《心術》

《孫武》

《子貢》

《高帝》

茅鹿門曰：「高帝死而吕后獨任陳平，未必不由不斬噲一著。然觀噲譙羽鴻門，與排闥而諫，豈可以屠狗之雄而遽逆其詐哉？蘇氏父子兄弟往往以事後成敗，摭拾人得失類如此。」

《御將》

《任相》

《申法》

《議法》

《兵制》

觀此篇及《田制》，可知老蘇之學雖出於晚周數子，然於法之疵民之病，亦嘗悉心究切，而思以所學之術易之，其視爲記誦詞章者異矣，故於文章亦能卓然有立。學者於此等處宜警心。

《田制》

《張益州畫像記》

退之序事文不學《史記》，歐公則摹《史記》以自别於退之。老泉又欲自别於歐公，故取法於《史記》、韓文而少變其形貌，惜不多見。要之非子瞻、子固所能望也。

《蘇氏族譜亭記》

《蘇氏族譜引》

《族譜後録上篇》

《木假山記》

《名二子説》

《仲兄字文甫説》

辭病於繁。「澤」與「海」異態處亦復而不切。

《送石昌言使北引》

蘇子瞻文約選

《御試制科策一道》

條對策問，而言皆鑿然不異於夙構，是作者資材傑特處。後半散漫少精采，以所問本膚且雜也。

《擬進士對御試策》

《上神宗皇帝書》

《議學校貢舉劄子》

必程、朱所議，乃本末兼貫。而子瞻所言士習偷苟無法以御處，足使學者媿生而顔赧，亦有補於世教。

《與李方叔書》

《答謝舉廉書》

揚雄之文，雖韓子猶躋之子長、相如之列，至永叔、子瞻始辨其陋，可謂卓識。

《答劉沔書》

用此見古人讀書不索之形骸之外，而必洞見其五藏癥結。太史公云：「好學深思，心知其意。」蓋雖好學而不深思，（末）〔未〕由心知其意也。

《答李端叔書》

《思治論》

《始皇論一》

《漢高祖論》

鉤深索隱，實人情物理之自然，是以可貴。

《魯隱公論二》

事核而理當，直達所見，同用反覆以爲波瀾，於子瞻諸論中，更覺嶢然而出其類。

《伊尹論》

《樂毅論》

《戰國任俠論》

《范增論》

《留侯論》

《賈誼論》

亦自有見，但賈子陳治安之策，乃召自長沙，獨對宣室，傅梁王後事。子瞻乃云：「安有立談之間，而遽爲人痛哭？」未免鹵莽耳。

《孔子論》

《荀卿論》

摧抑學者好名求異之心，甚有補於世教。但荀氏之學，以法先王守禮度爲宗，而以謂古先聖王皆無足法，蔽其罪則誤矣。破壞井田，商鞅事也。以罪李斯，亦失之。

《韓非論》

《定何以無正月》

《策論四》

《練軍實》

《六一居士集序》

《莊子祠堂記》

子瞻之論，亦據《莊子·天下篇》，而不若介甫之暢。《莊子》内篇固曰：「《春秋》經世先王之志，聖人議而不辨。」《盗跖》、《漁父》篇之僞，可一言以破之矣。

《凌虚臺記》

《超然臺記》

子瞻記二臺，皆以東西南北點綴，頗覺膚套。此類溪徑，乃歐、王所不肯蹈。

《眉州遠景樓記》

觀此篇可知子瞻頗熟於班史，而未嘗窺太史公之樊，故其序事之文皆辭煩而不能節也。

《石鐘山記》

瀟洒自得，諸記中特出者。

《表忠觀碑》

趙公奏本軒豁老健，故可用《史記·三王世家》體。然趙果能此，則其他文傳世行後者宜多。豈奏故子瞻代爲耶？

《前赤壁賦》

所見無絶殊者，而文境邈不可攀。良由身閑地曠，胸無雜物，觸處流露，斟酌飽滿，不知其所以然而然。豈唯他人不能摹倣，即使子瞻更爲之，亦不能如此調適而鬯遂也。

《後赤壁賦》

·《日喻》

蘇子由文約選

《陳州爲張安道論時事書》

委婉而入，翻覆盡意，不用危言激論而聞者自喻，陳言之善術也。

《制置三司條例司論事狀》

西漢人陳事之文，簡質而古，退之猶近之，永叔變而爲紆餘曲暢，介甫加以勁峭，明允雄健，子瞻駿爽，其體制皆不遠於古文。子由此書則近吏牘，開南宋元明人溪徑，而指事達情明白曉暢，自不可廢。

《三宗論》

《六國論》

説本《國策》，特抽其緒而竟之。

《秦論一》

《三國論》

於劉項、三國情事俱不切，而在作者諸論中尚爲拔出者。

《隋論》

《唐論》

《燕論》

《燕趙論》

《蜀論》

《西戎論》

《臣事策一》

所論極當，而得其人甚難，其材質非間氣不能生，其器識非學道不能成，豈易言哉！

《臣事策四》

《臣事策九》

《臣事策十》

《民政策一》

茅鹿門云：「以竟爲號則不可。特三老嗇夫，閭里之耳目，其爲教易行耳。」

井田既不易復，必行均田之法，兼併者少，有田而自耕者多。衆得爲農之利，然後教法可行。不然，豈惟三老嗇夫，雖一如《周官》，黨正、閭胥歲時讀法書，德行道藝敬敏任恤者，亦具文耳。

《民政策二》

《民政策三》

《武昌九曲亭記》

曾子固文約選

《移滄州過闕上殿劄子》

自唐以前，頌美之文皆琢雕字句，文采豐蔚，以本無義理故也。最上者如《封禪書》，亦不過氣格掞古而已。是篇所稱引，皆應於義理而又緣飾以經術，遂覺特出於衆。後世文體有跨越前古者，此類是也。子固作此以示人，曰：「視班固《典引》何如？」而不敢以擬長卿，古人之不自欺如此。使韓子爲之，則必高出長卿之上矣。

《明州擬辭高麗送遺狀》

《福州上執政書》

子固文以迂迴百折，層疊包絡見長。削其意之支綴者，辭之滯冗者，乃不累其佳處，不獨此篇爲然。

《與孫司封書》

《寄歐陽舍人書》

必發人所未見之義，然後其文傳，而傳之顯晦，又視其落筆時精神機趣。如此文蓋美得之。

《〈戰國策〉目録序》

南豐之文，長於道古，故序古書尤佳。而此篇及《列女傳》、《〈新序〉目録序》尤勝，淳古明潔，所以能與歐、王並驅，而争先於蘇氏也。

《〈南齊書〉目録序》

《〈梁書〉目録序》

前半言聖人之道處理亦無，頗惜辭冗而格卑，氣亦不振。

《〈陳書〉目録序》

《〈新序〉目録序》

《〈列女傳〉目録序》

《〈説苑〉目録序》

《徐幹〈中論〉目録序》

《禮閣〈新儀〉目録序》

《范貫之奏議集序》

《王子直文集序》

《先大夫集後序》

《相國寺維摩院聽琴序》

《送江任序》

《贈黎安二生序》

《序越州鏡湖圖》

凡叙事之文，義法未有外於《左》、《史》者。《左傳》詳簡斷續，變化無方。《史記》衡從分合，布勒有體。如此文，在子固記事文爲第一，歐公以下無能頡頏者。其實不過明於衡從分合耳。

《宜黄縣學記》

觀此等文，可知子固篤於經學，頗能窺見先王禮樂教化之意，故朱子愛而倣㑂之。

《撫州顔魯公祠堂記》

《墨池記》

《越州趙公救災記》

叙瑣事而不俚，非熟於經書及《管》、《商》諸子，不能爲此等文。

《爲人後議》

王介甫文約選

《上仁宗皇帝言事書》

歐、蘇諸公上書，多條舉數事，其體出於賈誼《陳政事疏》。此篇止言一事而以衆法之善敗經緯其中，義皆貫通，氣能包舉，遂覺高出同時諸公之上。

《上郎侍郎書》

《上田正言書》

《答司馬諫議書》

《答李資深書》

《答韶州張殿丞書》

《〈周禮〉義序》

觀篇中云云，可覘介甫於《周官》僅見其粗跡，而於聖人運用天理，不忍一民一物不得其性之本原，概乎其未有得也。故見諸行事，皆與周公之意繆戾。而其文實清深高雅，宜分別求之。

《〈書〉義序》

《〈詩〉義序》

三經義序，指意雖未能盡應於義理，而辭氣芳潔，風味邈然，於歐、曾、蘇氏諸家外別開户牖。

《虔州學記》

語多支蔓，而中有明理見性，永不刊滅之言。

《慈溪縣學記》

《度支副使廳壁題名記》

《信州興造記》

《芝閣記》

《遊褒禪山記》

《周公論》

《莊周論上》

《禮論》

《讀〈孟嘗君傳〉》

《給事中孔公墓誌銘》

北宋人誌銘，歐公而外惟介甫爲知體要。此尤長篇中最著稱者，其鈎勒摩畫處，學《史記》而風神不逮；造語質健學韓文，而深古不逮。於是益嘆子長、退之之於文，乃天授也。

《泰州海陵縣主簿許君墓誌銘》

墓誌之有議論，必於叙事纓帶而出之。此篇及《王深甫志》則全用議論，以絕無仕跡可紀，家庭庸行又不足列也。然終屬變體，後人不可倣傚。

《王深甫墓誌銘》

《亡兄王常甫墓誌銘》

《臨川王君墓誌銘》

《祭范潁州文》

祭韓、范諸公文，此爲第一。

《祭曾博士易占文》

秋山論文　古文辭禁

〔清〕李紱　撰

《秋山論文》《古文辭禁》

清　李紱　撰

李紱（一六七三——一七五〇），字巨來，號穆堂，江西臨川（今撫州）人。康熙進士，初任翰林，歷官左副都御史兼内閣學士、廣西巡撫、直隸總督、户部左侍郎。有《穆堂類稿》、《陸子學譜》、《朱子晚年學譜》、《陽明學録》。傳見《清史稿》卷二九三。

《秋山論文》四十則，前二十九則論古文，後十一則論時文。其論古文，從作文者之自我修養到文章寫作技巧均有涉及。論時文，則切合當時時文寫作之需要，例舉有關寫作技法，並指出應注意之點。《古文辭禁》八則，舉出明嘉靖以來古文寫作之八種弊端，予以分析批判。其基本觀點爲宗經、師古，理學氣息較重。

《秋山論文》、《古文辭禁》，出《穆堂先生别稿》卷四十四。書前乾隆九年（一七四四）桑調元序，謂李紱先有《初稿》行世，晚年退居，又有《别稿》。有乾隆十二年（一七四七）刊本。今即據以録入。

（崔　銘）

秋山論文　古文辭禁

清　李紱　撰

刻秋山論文序説

《秋山論文》者，余癸未春主秋山書院，雜書代答問，以應諸生之請業請益者也。時余年二十有九，學淺識疏，于文事亦未有定見，本無足存屬。永新張邑侯刻《秋山課義》，曾列之卷首，頗有删潤，失余本意，遂別存其稾于家。昨濫膺簡命，來撫粤西，修復宣成書院，以課諸生。延侍講學士蔣公主其事，余亦時至書院與諸生講解，手評點其課文。諸生既不薄余之陋而頗信余之誠，又蔣公師嚴道尊，切磋甚力，莫不踴躍以求進學。余亦欣然樂諸生之勤，將聿觀厥成也。未幾蒙恩量移，有總督京畿之命，行且俶裝，欲久與諸生講解，不可得矣。撿行篋得此册，刻之留以示諸生，此不足以盡文章之奥窔，即余年來所見亦尚有少進，特少年用力之次第，頗可考見，用以爲諸生入門拾級之助，或不無少補云。雍正三年孟冬月穆堂李紱書。

《秋山論文》四十則

讀書先須立志。初入學時，便須量自己材質，將來充其所造可至何等，擇資性相近之古人師之，務有成立，然後人品卓然，爲文亦光明俊偉，無趦趄囁嚅之態。若胸中齷齪，未能忘富貴利達，患得患失之鄙見，欲以矯語文事，此如糞壤充幃，烏能發申椒之芳哉？

人生不朽者三：曰立德、立功、立言。文章特立言之一端，然非兼德與功，求之不能有成。德固學者所當勉，即未能遽底于純粹，而大德必不可踰閑。蓋惟有德而後有言，下筆爲文，亦親切而有味。六經而下，若宋元明諸儒所述是也。功必達而在上，方有表見，顧所以立功之具，則須預爲講貫。凡齊治均平之理，禮樂兵農之法，務求了然于中，然後見之文字，坐言可以起行。若范文正公《萬言書》，王荆公《上仁宗皇帝書》，蘇文忠公《上神宗皇帝書》，生平措注設施，具見于此，學者取以爲法，庶無媿于立言之旨矣。

爲文須有講貫，師授乃不誤于邪徑。讀經傳及古人書而能自得師者，乃文章中豪傑之士。若唐之昌黎、宋之廬陵，兩人而已，其餘則皆有師。唐之文多師韓，宋之文多師歐。

文所以載道，而能文者常不允于道，知道者多不健于文。柳子厚、蘇老泉父子能文，而論多駁雜。王荆公晚年居鍾山，僧人贋作往往混入本集，亦屬瑕玷。南宋諸儒多知道者，而文多冗

沓，惟朱子宗仰南豐，筆力頗健，亦未能不冗也。能文而衷于道，惟韓退之、李習之、歐陽永叔、曾子固四人耳。余嘗别擇韓、李、歐、曾四家之作彙爲一書，學者以此四家文爲主，庶不惑于權謀小數、佛老異端。

文之能事無他，孔子所謂達而已矣。六朝文浮辭掩意，不達故不佳。文章之弊，則曾子所謂鄙倍而已。嘉靖以後，爲古文者非鄙則倍，故文事中絶。震川譏鳳洲爲妄庸。庸即鄙也，妄即倍也。

爲文須有學問，學不博不可輕爲文。如治經者欲立一解，必盡見古人之説，而後可以折其中。治史者欲論一事，必洞徹其事之本末，而後可定其得失。余二十歲以前，嘗作《經史外論》一書，當時所見經史未備，經自《註疏》及明人《大全》而外，寥寥無幾。後得《通志堂經解》，自《經解》外，又購得數十種，試覆觀少作，則所論者多昔人所已發，或前人言之而後人又已駁正之者。然後知閲書不備，不可以爲文也。

文章字句須有成處，即《曲禮》所謂「言必則古，昔稱先王」也。然不可勉强抄襲，降爲剽賊，亦即《曲禮》所謂「毋儳言，毋勦説」也。韓文杜詩，無一字無來處，亦無一語蹈襲，此可以爲法矣。

叙事之文全是史法，一切地名、官名當遵本朝所定，不得借用古地名、官名，使後世讀其文者，茫然莫識其爲何地何官。如胡康侯誤解「春王正月」爲夏時冠周月，是孔子周人而擅改周制，

無位而作禮樂，解經適以亂經，其爲害匪淺也。惟駢體詞章及議論之文，猶可寬假。蓋彼直以爲襯貼之詞已耳。古人以駢體爲俗體，固不足深責也。

學者先須理會得本原，道理出天地間，如何是理，如何是氣，如何是鬼神，在天者如何，賦于人者如何，陰陽變化，屈伸往來，仁義禮智，存于中發于外。分説合説，横説竪説，無不了了，然後衝口而出，無不中理，即有疏略，大旨不謬。若胸無一段定見，僅襲陳言，即于理無所發明，如塵飰塗羹，不可食也。

要大道理明白，固須求之六經。然經語渾涵，其義散見，難領悟亦難貫串。欲知天之道，宜熟復張子《正蒙》「太和」、「參兩」、「神化」等篇。欲知人之道，當依陸子教人之法，熟讀《孟子》「牛山之木」以下七章。

文章最急在别裁僞體。體之真僞惡乎辨？辨之于雅俗而已。均一語也，如此出之則雅，如彼出之則俗。均一事也，如此用之則雅，如彼用之則俗。此中獨須心領神會，無可言傳，知其解者，旦暮遇之也。

爲文最忌率直。自以爲奇快，不知其一往而盡，無復餘甘也。古人文字奇快，無若昌黎、東坡。然韓子之文，舊稱温醇，子瞻亦謂文章務使和平，至足餘溢爲奇怪，蓋出于不得已。昔人謂「文章爾雅，訓詞深厚」。無論詩文皆當以此爲極。

震川謂「惟不切者爲陳言」。然第言不切之弊，而未及言切之樂也。世之苟且爲文者，以切爲難而厭苦之，不知惟求切則隨題命意、因物賦形，可以千篇不竭；不求切則執筆茫然，思無所屬，鮮有不立窘者。

經以載道，然文章之體，靡不大備。後人千變萬化，不能出其範圍。醇正如二《典》三《謨》，《伊訓》，《說命》，《王制》，《禮運》，《儒行》，《樂記》等篇。奇崛如三《盤》八《誥》，《易》「象」、「說卦」、「序卦」，《爾雅》「釋詁」、「釋言」、「釋訓」等篇。風雅如《詩》。謹嚴如《春秋》。雋逸如《檀弓》。峭拔如《公》、《穀》。序事如《左傳》。議論如《孟子》。詳明如《周禮》、《儀禮》。廣大精微如《學》、《庸》、《易》、上下《繫》。其于文事固已極古今之變，後人安能更于此外別開户牖？故有志者當以治經爲急。

文有正宗，《史》、《漢》而後，固當以韓、柳、歐、王、曾、蘇六家爲正矣。元則虞、揭、黄、柳，具體而微。有明文人雖未足以直接六家之傳，然成弘以前尚不失六家之矩矱，若嘉靖以後，王、李諸人庸濫妄作，文章晦蝕，百有餘年，學者蹈其習氣，即終身無入門之路矣。

古體詩須學漢魏，近體詩須學盛唐，前人已言之矣。然古體如李杜韓歐，近體如中晚唐人，各擅所長，未容概置。

四六駢體，其派別有三種：平仄不必盡合，屬對不必盡工，貌拙而氣古者，六朝體也；音韻

無不合，對仗無不工，句不過七字，偶不過二句者，唐人體也；參以虛字，衍以長句，蕭散而流轉者，宋人體也。體不必拘，惟性所近，然調不可弱，意不可亂，詞不可堆垛，一氣渾成，讀去似散文乃佳。

鑿石以求玉，石去而玉全。淘沙以求金，沙盡而金見。膚者空而後真者露也。文章貴潔，意亦如此。併沙石而存之，病在不能割愛，不能割愛人，又坐識卑耳。

詩文之妙，平奇濃淡，初無定質，要須有一種動人處。「思涉樂其必笑，方言哀而已嘆」，能如士衡云云，自然驚心動魄，一字千金。

文如作畫，當工于設色、皴擦、烘染、點綽，一縈一拂，姿態橫生。子長、退之、永叔三人最工于此。

言之不足，故長言之；長言之不足，故詠嘆之。詠嘆之法，本于《風》、《雅》，實文家勝場。龍門、廬陵所以獨擅千古也。若能摇宕一兩筆而烟波無限，更爲逸品，在神品之上，此法則又惟子長一人能之。

立言貴有體。館閣著記須有官樣。「點竄《堯典》、《舜典》字，塗改《清廟》、《生民》詩」。一切纖鄙都無所用。山林文字却須有煙霞氣，如林和靖辭聘用駢體文，當時又譏其失體矣。微特體式，雖字句亦當相題用之，字句固隨體式爲轉變也。如作詩字句，古體不妨奧僻，今體便須雅馴。

爲文須實，有格物工夫。凡事見得明，然後説得出也。文莫奇于子長，試讀其書，人情物理，細入無間，故能窮奇盡變乃爾。若體驗不精，而欲求肖物，烏可得哉？

文章精神，全在結束。有提于前者，有束于中者，有收于後者。《漢書》趙充國等傳，提于前也。老泉《上歐陽内翰書》，中間感慨一段，束于中也。退之《諱辯》等文，收于後也。又有每段作一結者，《漢書·王莽傳》是也。數段而一總者，《莊子·逍遥遊》諸篇是也。有先定柱意，後乃分疏者，如樂毅《報燕王書》是也。聚精會神，各有所在，神而明之，存乎其人耳。

文章惟叙事最難，非具史法者不能窮其奥窔也。有順叙，有倒叙，有分叙，有類叙，有追叙，有暗叙，有借叙，有補叙，有特叙。順叙最易拖闒，必言簡而意盡乃佳。蘇子瞻《方山子傳》，則倒叙之法也。分叙者，本合也，而故析其理。類叙者，本分也，而巧相聯屬。追叙者，事已過而覆數于後。暗叙者，事未至而逆揭于前。《左傳》「箕之役」，叙狼瞫取戈斬囚事，追叙之法也。蹇叔哭送師曰「晉人禦師必于殽」云云，暗叙之法也。叙中所闕，重綴于後爲補叙。不用正面，旁逕出之爲借叙。《史記》「鉅鹿之戰」，叙事已畢，忽添出諸侯從壁上觀一段，此補叙而兼借叙也。特叙者，意有所重，特表而出之，如昌黎作《子厚墓誌》，獨抽出「以柳易播」一段是也。而又有夾叙夾議者。如《史記》「伯夷」、「屈原」等傳是也。大約叙事之文，《左》、《國》爲之祖，《莊》、《列》分其流，子長會其宗，退之大其傳，至荆公而盡其變。學者誠盡心于數子之書，庶乎其有所從入也夫。

論事之文以説理出之，則根柢深厚而無小非大矣；説理之文以論事出之，則精神刻露而無微不著矣。

文字刻畫形容，語能使千載下讀之神情飛動。如范蔚宗寫昆陽危急，則曰「城中負户而汲」，寫王尋兵盛，則曰「不見其後」，寫所獲輜重之多，則曰「舉之連月不盡」，都可謂工于造語。《相冢書》有云：「山，静物也，欲其動；水，動物也，欲其静。」此語妙得文家之秘。凡題中板實者，當運化得飛舞；題中散漫者，當排比得整齊。

詩、文各有大家、名家二派，時藝亦然。有明大家，以歸震川爲主，而胡思泉輔之，金正希、羅文止其後勁也。名家以湯若士爲宗，而徐思曠繼之，楊維節、包長明，其别子也。若乃千彙萬狀，無體不具，則大士千手目一人而已。以下論時文。

文貴有法，而時義尤嚴。然時文之法，極有定而極無定者也。長章累節，隻字單辭，題之增減，稍異毫釐，法之神明，便去千里。要須即題生法，使通篇恰如題位，一語不可移易，乃爲盡善。

題中頭緒多者，須用消納法。如董宗伯所謂「齊其家」一節文，將「親愛」五者，納入下「好惡」中。又如湯祠部「故天將降」一節文，將「苦其心志」五句，納入下「動心忍性」二句内，皆是也。非惟心手閒逸，亦不復可割作半節文矣。

時文風氣變换最速，隨時各有僞體，在明眼者别而裁之耳。今之好衍爲長股者，僞方城也。

今之好截爲短股者，僞同安也。長股是矣，不知長股而無反覆深切之論，無向背往來之勢，豈復有絲毫方城哉！短股是矣，不知短股而義不能發揮盡致，法不能變换不窮，豈復有絲毫同安哉。

時文最忌合掌。大士先生謂生平得力在分股不分股。將併其一股而亡之。真篤論也。夫八股猶散文耳，假令作散行文字，每段重説一遍，豈成文理？正、嘉以前，風氣未開，能事未盡，股意不清，往往有之。若以此爲極，至陋矣。知其不可，而姑借爲藏拙之地，抑又狡矣。

爲文須根柢經傳。然在時文，必須醖釀而出。昔人謂「傾羣言之瀝液，漱六籍之芳潤」，非謂將成句闌入也。若運用史事，尤宜空舉。

一意能翻作兩層，文乃不可勝用，此大士先生秘法也。予窺之而未盡其致，願與有才者共之。

長題須于緊要處極力發揮，而全題俱捲入其中，所謂散錢須索子也。若只平鋪直叙，則七百里連營，鮮有不覆敗者。

小題必須展擴得開。凡題有前有後，有左有右，有正面有反面，此即上下四方之義也。萬物一太極，一物一太極，此理大無外，小無内，大而數章，小而一字，一以貫之。會得此旨，更無窘窄之患。但議論須是題所應有，若如萬曆末年喧客奪主，更覺可憎。

截搭題要看得渾成一片，似本來只是如此起止，更無上下文一般。蓋截搭題既已割裂書理，

不必更拘牽本義。然此等題終嫌傷雅，爲主司者不當以之試士。

一反一正，陰陽之義也。陰陽合而道備矣，反正全而文成矣。題之正者反面抉之，題之反者正面疏之，許益之翻轉看，真妙法也。

艾東鄉云：「能以舊解説作新時文，乃可謂之新。」時下輒欲于題外求奇，所謂迓鼓亂舞，妄也，非新也。

古文辭禁八條

某賦姿昏鈍，又以治生費某日力，昧道曹學，懼且媿焉。年來奔走四方，見聞稍擴，而内不加充。方擬扃户深山，十年乃出，飢驅寒迫，有志未能。壬午秋，張藹岫先生來令永新，政修事理，百廢具興。明年，闢秋山書院，聚邑之人士，講學論文，屬某經紀其事。智小謀大，深用爲虞。因疏從前獵涉之餘，有得于心者，雜書之，揭諸堂壁，質吾同人，藉資析賞，冀有助予所不逮者。癸未莫春臨川李紱撰。

有明嘉靖以來，古文中絶，非獨體要失也，其辭亦已弊矣。曾子謂：「出辭氣斯遠鄙倍。」文則辭氣之精者也，鄙且倍其可乎？余約其弊之類，凡八條，俾初學之士自檢所作，别擇而汰之。庶乎韓子「去陳言」之意，于聖朝文治或有少裨焉。

一禁用儒先語録。語録一字，始見于學佛人録龐藴語，相沿至宋，始盛其體，雜以世俗鄙言。如「麻三片」、「乾矢橛」之類，穢惡不可近。而儒者弟子無識，亦録其師之語爲語録，併倣其體，全用鄙言，如「彼、此」字自可用，乃必用「這、那」字；「之」字自可用，乃必用「的」字，「矣」字自可用，乃必用「了」字。無論理倍與否，其鄙亦已甚矣。魯《論》具在，孔門弟子記聖人之言，曷嘗作如是鄙語哉？南宋以還，併以語録入古文，展卷憮然，不能解其爲何等文字也。

一禁用佛老唾餘。《内典》、《道藏》本自晉唐以來，浮薄文人竊取《莊》、《列》荒唐之言，粧點文飾以爲書，其言類爲杳渺不可解之説，以爲高深。不知聖人論辭以達爲主，彼乃以不可達爲妙，此蘇氏譏楊雄所謂「以艱深文其淺陋」者也。明季文弊，好用二氏書，至國初錢牧齋而極。有志學古者亟宜避之。

一禁用訓詁講章。自儒行不修，而講學盛行，六經三傳，尋章摘句，以口治不以身治，固已陋矣。世乃有所謂講章者，專爲時文而作，尤陋之陋。始于《蒙存》、《淺達》諸書，而三家村中蒙師俗子，經字未能全識，皆欲哆然説書，庸惡陋劣，經義爲之晦蝕。乃或引用其説入古文，此如取糞壤以充幃，苟非逐臭之夫，烏能佩之？如古文中必欲援引經傳，則漢注唐疏差爲近古耳。

一禁用時文評語。古人題跋、書後，于文與事必有發明，雖寥寥數語，亦卓然可傳。時文根柢既淺薄，選家尤多庸陋，信手填綴陳言，滿紙不過清新、俊逸、典貴、高華等字，識者望而生厭。

作古文辭稱人文，學者乃亦鈔而用之，其文之不堪，亦不必卒讀而知之矣。

一禁用四六駢語。凡古文皆直書其事，直論其理，而駢體則皆餖飣浮詞，駢句又傷文體。歐公「竹簞」、「暑風」之語，猶有議者，不知公乃爲兩制序文，故兼一二駢語耳，他文則從不相犯也。或謂經傳亦有駢語，然皆四字短句，氣質古健，若駢麗長句，則斷然無有矣。

一禁用頌揚套語。古人作文稱人之美，銖稱黍量，片語不溢，使後世得據爲定論，此韓歐曾王家法也。世俗應酬文字，擬人不以其倫，行必曾史，文必馬班，詩必李杜，蓋乞兒口語，豈可施之古文？

一禁用傳奇小説。小説始于唐人，鑿空撰爲新奇可喜之事，描摹刻酷，鄙瑣穢褻，無所不至，若《太平廣記》是也。宋元而下，泛濫斯極。然既爲小説，士君子不觀，吾無貴焉耳。若古文則經國之大業也，小説豈容闌入！明嘉、隆以後，輕雋小生，自詡爲才人者，皆小説家耳，未暇數而責之。

一禁用市井鄙言。詩有俗謡，若《子夜歌》、《竹枝詞》，多用諺語。至于古文，必須典雅。《戴記》謂：「言必則古，昔稱先王。」子長亦謂：「言不雅馴，薦紳先生難言之。」昌黎約六經之旨以成文，柳州謂：「盡六藝之奇，味以足其口。」庶可免市井之陋。

已上八條，世俗謬以古文自負者，多習而不察。試逐一檢點所作，恐不犯此病者無幾首也。他若減字、换字法，尤爲不可。前人已有論及之者，余亦嘗與友人詳論，今不復云。

文頌

〔清〕馬榮祖　撰

《文頌》一卷

清 馬榮祖 撰

馬榮祖（一六八六—一七六一），字力本，號石蓮，江都（今屬江蘇）人。雍正十年（一七三二）舉人，曾官河南閿鄉知縣，事蹟具《清史列傳》。

馬氏精史學，善書畫，又肆力於古文。是編即以頌體論文之作，分上、下篇，列目各四十八。其體制上同於署名司空圖之《二十四詩品》，内容上則惟下篇專説風格，與之相類，而品目倍之。其上篇之立意，則倣《文心雕龍》「上辨體裁，下窮筆術」，論文章體制、構思、筆法、旨趣等。

有《昭代叢書》（道光）己集廣編本，及郭紹虞《文品彙鈔》本。今即據《昭代叢書》本録入。

（朱剛）

文頌

清　馬榮祖　撰

頌居六義之後，而會四始之全。三《頌》偉矣，變而爲騷，始創《橘頌》。晉劉伶乃頌酒德，緣物導意，橅彷遂滋。若陸機之頌功臣，才華閃爍，而予奪錯互，自紊其體。善乎梁劉勰之論曰：「敷寫似賦，而不入華侈之區；敬慎如銘，而異乎規戒之域。」斯頌體也。《雕龍》上辨體裁，下窮筆術，而風氣不越齊梁間。反覆古人締造，所由鈎摹情狀，都來可得百例，視勰所列，殆於倍之。夫一物之細，猶或擬諸形容，而載道行遠之文，歌頌闕如，寂寥千古，斯亦翰墨之恥也。用據所窺測，創立《文頌》，虛空追攝，幻等結風，而曩所嘗試，利鈍曲折之故，往往來會。豈夙世薰習，藉手冥謝古人？抑聊附正則、伯倫之後，而因以補彥和所未及，庶幾離形得似之旨乎？正聲不絕，來者難誣，下上茫茫，喟然閣筆。

文頌上

體源

浩浩黃河，來自天上。濫觴在初，流衍彌壯。泰山之雲，膚寸出雨。曾不崇朝，已徧九土。

體正源清，派遠而明。耳孫鼻祖，玉振金聲。

神　思

冥冥濛濛，忽忽夢夢。沈沈脈脈，洞洞空空。莫窺眹兆，伊誰與通？神遊無端，思抽有緒。躡電追風，知在何許。倏忽得之，目光如炬。

風　骨

溟鵬天飛，六月乃息。盪日垂雲，山川失色。問何能然，中挾神力。骨重風高，翻疑境仄。下視文禽，恣弄顏色。載好其音，蘭苕啾唧。

意　匠

衆萬根荄，蟠胸如縷。意境欲開，心花競吐。鐫劖混沌，神工鬼斧。龍樓湧出，不階寸土。天風飄摇，鱗鬣飛舞。千古寂寥，良工心苦。

養　氣

磅礴混茫，中是何物？有夫吸嘘，靈風披拂。春雷未鳴，衆萬沈鬱。應龍蚓藏，奇葩含菀。胎息淵深，根柢盤屈。恍乎惚乎，窮於髣髴。

布　勢

乘利處强，只争先著。向背高下，位置斟酌。呼吸决機，捷於矢躍。霏霏雪飛，彌漫布濩。鋭曲方圓，亦隨所託。不見魚復，亂石錯落。

動　脈

精氣遠注，腠理入微。虚和導引，宛轉不迷。一縷暗接，百派自歸。草蛇灰綫，覺者其誰？叱吸欲鳴，聲息相吹。忽現忽伏，若導若追。

運　氣

蜿蜿蜒蜒，睒睒蟤蟤。伏蟄驚甦，神皋倦轉。憤盈鬱勃，横亘奥衍。一綫孤懸，微於抽繭。

矯首空冥，晴雲繾綣。遊絲百尺，并刀莫翦。

遣辭

帷幄制勝，厥威授戈。三千突騎，少許勝多。抑或驚激，倒瀉天河。就中節制，揮刀斷鼉。

堅不可撼，精光戛磨。一塵不動，師克在和。

結音

嬰兒墮地，聆音已悟。氣始黄鍾，音隨氣布。按律靈臺，騰響豪素。高下疾徐，曲折呈露。

時或换氣，宫商暗度。泠泠汎聲，空外韶濩。

使事

土膏潛動，勾甲茁上。兀兀平原，繡出新樣。剔透玲瓏，莫可名狀。茹吐朝霞，雲容駘宕。

舟過千山，輕風五兩。三食神仙，蠹化脈望。

鍊字

蕩蕩太虚，纖塵不累。歷歷衆星，肅守部位。峩峩巖疆，睥睨警備。離離楸枰，一著惴惴。有時鏗然，金石擲地。誰謂千金，而易一字。

守法

六步七步，四伐五伐。虎貔熊羆，晝地不越。公輸機飛，李廣矢發。鬼神驚駭，不失一髮。譬三十輻，轂轉不竭。未聞王良，或弛銜橛。

識變

應侯辭位，蔡澤入秦。一進一退，疾於驚塵。沖沖堅冰，乃搆陽春。洪鑪鎔鑄，光景常新。物不兩大，英雄笑人。挽回元氣，逸羣絶倫。

取譬

惟形與影，合不待媒。沈淵欲動，古鏡乍開。萬象畢出，争集靈臺。百不一售，屏息祈哀。

神來攝取，霜鐘殷雷。聲光激射，清氣盈堆。

風格

自我作古，籠罩百家。冥心孤詣，不顧衆譁。邈矣琴德，肯雜箏琶。撫徽未鼓，早絶淫哇。必求鍾期，翻失伯牙。手揮目送，所得已奢。

奇正

黄帝握機，機在奇正。龍虎風雲，或分或并。如環相生，循之無竟。前茅慮無，中權後勁。起伏何常，首尾并命。神乎機乎，我實爲政。

賓主

晚行秋江，微風漸作。突湧光怪，金蛇拏攫。百千萬億，噴吐廉愕。磨牙吞舟，相顧錯愕。舉頭見月，幻影假託。誰主誰賓，一笑寥郭。

疏密

靈雨颯集，花飛亂紅。或疏或密，飄瞥西東。誰與位置，分合隨風。密如縟繡，疎若驚鴻。渾忘色相，遊戲神通。霹靂在手，粉碎虛空。

離合

遠不可收，近不能留。空中鼓槖，有聲颼颼。我未嘗留，亦未嘗收。神光噓吸，同氣自求。風來水上，驚湧浮漚。聚散變滅，憑虛獻酬。

起落

突兀潮來，千起千落。欲覓一隙，不容捉摸。勢如飄風，翻舞秋蘀。我聞公孫，渾脱揮霍。顛倒離奇，吞吐噴薄。一起落耳，萬怪競作。

頓挫

氣鼓斯行，勢鬱乃暢。見似息機，彌復遒上。水入瞿唐，峽束驚浪。奮躍無前，控勒不放。

萬鈞逆挽，玉鈎力壯。戛摩咿啞，懸空激宕。

氣韻

四山春動，草色先煙。翠濤飛撲，舉望迷天。韻流空外，氣浹中邊。新鶯枝上，小柳簷前。熒熒殘雪，離澌可憐。生意迸注，若化若遷。

波瀾

洞庭如何，風挾蛟鼉。前波欲出，後浪已過。勢如萬騎，空際揮戈。雲根倒拔，天容醉酡。風迴瀾急，驚簇盤渦。清光湧出，君山一螺。

開遮

如不欲出，又不及藏。疎林閃月，乍陰乍陽。蔽虧隱射，凌亂迴翔。將無姮娥，初整新妝。玉匣半啟，鏡洩清光。斂衽而退，恍墮渺茫。

縱　奪

鷙鳥當秋，霜拳戌削。攖身青冥，遥天展拓。衝煙翻雲，兔起鶻落。我憐神駿，驀然踴躍。硬語盤空，慘澹營度。下上攫拏，追魂攝魄。

往　復

鶴籠開時，月明於晝。素翮孤騫，碧雲穿透。懊惱看遲，空庭搔首。天宇沈沈，影和月瘦。寥唳一聲，風驚雲皺。百折千迴，欲去還留。

斷　續

青山重重，白雲容容。中有神龍，出没千峰。若斷若續，杳然空蹤。唯餘雲氣，解駮横縱。蒼茫延佇，何處飛鐘。隨風近遠，真意溶溶。

梳　櫛

思鬱於雲，理紛於髮。鬱則達之，深或搌之。紛則撥之，結或刷之。其初分之，其既括之。

折之奪之，已復脱之。搔癢麻姑，韓碑杜律。

消　納

殘雪如醉，身蘇欲融。一點春意，已透太空。玩弄造化，橐籥無窮。誰知須彌，入芥子中。意象盡脱，笑揖碧翁。指示肺腑，傾瀉洪蒙。

委　曲

梯棧鉤連，一綫蟻逐。下如汲井，重足瑟縮。緣綆而出，飛猱升木。仰望前山，舉肱可伏。已進忽隱，旋如轉軸。萬折及顛，江山在目。

翦　截

臃腫瑣細，紛拏糾結。新刃發硎，不避錯節。狹巷短兵，迴風舞雪。拉朽摧枯，切玉削鐵。視彼龍象，渺如蠓蠛。應手離披，百試不折。

皴染

一重一掩，萬疊千層。峰巒迢遞，迴互卻迎。週遭雲氣，無階可登。練光吐白，東風引繩。半明半滅，忽墜忽升。迷連不斷，煙墨騰騰。

膽決

利斧直下，不避横理。手拔日月，出荆棘裏。峻坂萬仞，下瞰無底。聳身縱轡，内不見己。惟明克斷，亦由氣使。不入虎穴，焉得虎子？

組織

星經宿緯，天機地軸。一縷心思，飛梳追逐。軋軋聲驚，飢鳳啄玉。由來天孫，不受迫促。張騫乘槎，纔一寓目。怪彼襞積，轆綫相續。

擺脱

自行自止，獨往獨來。點塵不著，重門洞開。倚樓長嘯，明月入懷。便欲仙去，閶闔直排。

騎風躡電，噓雲噴雷。齊州九點，海水一杯。

鎔　鍊

自有鑪錘，妙歸陶冶。無堅不銷，有纇必捨。聚如鬱煙，散若奔馬。活活泉鳴，豔豔霞赭。汞可成丹，注焉用瓦。笑彼僻固，鑄金事賈。

刻　轢

絶去畦徑，鉤勒吟魂。神理遯伏，霧結雲屯。縋幽發覆，忘失朝昏。珊瑚鐵網，力拔厚坤。秋毫呈露，大於月輪。雕劖腸胃，時見古人。

聯　絡

隱脈潛通，元神灌注。手捍頭目，不召而赴。空山秋鐘，千巖遠度。妙合自然，理絶依附。深意如環，宛轉毫素。有時横絶，掉頭不顧。

剥換

思深始活，筆轉乃靈。籜龍初出，雲擁層層。反覆脱卸，膚潤於瑩。户樞流水，機無刻停。不腐不蠹，彌用彌新。仰見光怪，月哉生明。

馴習

没人泅淵，眼不見水。騎鯨挾蛟，狎如朋侶。瓠巴鼓琴，魚鳥喻旨。紀昌懸虱，巧貫蓬矢。得心應手，絶出常理。技進於道，畢世不徙。

運掉

萬斛之舟，疾於飛鳥。椗柁皷帆，長年三老。間不容髮，慧目察秒。撇漩無聲，風煙飄渺。幾見尾大，而或不掉？轉山急驚，如遊木杪。

淘洗

雨餘返照，遠山如沐。石氣空青，爛然堆玉。大江春漲，韡紋細蹴。浪淘千古，白鷗恣浴。

素月東昇，金鱗攢簇。轉怯孤清，骨髓俱緑。

興　會

横空而下，氣吞八荒。知微畫水，索筆倉皇。奮袖運肘，如追逋亡。漫天風雨，來撼匡牀。須臾斂退，雲煙渺茫。擲地玉碎，驚叫鳳凰。

風　神

别具仙骨，珊珊來遲。皎如玉樹，臨風低枝。高山岌嶪，流水漣漪。夷猶容與，吹徹參差。不可迫視，亭亭在兹。神光近遠，燕羽差池。

風　趣

事外立象，意外振奇。觸緒紛集，理絶思維。了無干涉，妙得旨歸。拈花微笑，指月盈虧。泠泠輕輕，知復誰爲。冰泮魚動，東風初吹。

實境

好雨應候，良苗懷新。勻勻綠浪，浮沈遠人。鸕鷀浴罷，翻飛絶塵。言偕吾與，散步水濱。田桑有喜，萬井一身。漁歌出浦，欲返逡巡。

唱歎

舉頭天外，滿目空青。惝恍如失，喟然歎興。雲山遼闊，水木孤清。都來酬和，颯沓有聲。渺焉終古，情不能勝。沈吟諷味，思結杳冥。

文頌下

沈雄

元氣鼓鑄，洪纖硼中。抑遏不得，蓄極自通。海波湧沸，曉日曈曨。燭天徹地，鞭雲勒風。一闔一闢，無始無終。聲色不動，是謂沈雄。

峻　潔

夢遊峩嵋，嚼太古雪。齒牙泠泠，渾是玉屑。體如雕瓊，空明映徹。神骨高寒，森森欲折。瞿然驚寤，雲卧天闕。心迹雙清，獨抱凉月。

典　雅

胎息聖籍，妙香暗薰。渾如百和，釀成卿雲。孚尹遠耀，迸散龍文。斡運大化，銘勒元勳。句奇語重，高嫓皇墳。明堂清廟，佳氣氤氲。

清　華

月墮衣裾，露明花蘂。輕不任掬，扶空欲靡。碧天迢迢，瑞煙霏霏。素影忽動，弱不勝綺。我讀道書，堅坐不起。身隱玉壺，拍浮積水。

淳　古

異鼎出土，良玉藴璞。非商非周，不雕不琢。太羹玄酒，鈞天廣樂。聲臭俱沈，神明獨覺。

絶無可喜，潛德彌確。孰云良工，不示以樸。

怪　豔

四山蓊翳，一雯透紫。雨腳初收，飛霞恢恑。鬱蒸薄射，迷不可理。濡染淋漓，長天伸紙。錦絢花明，攢簇筆底。挫之揮之，驚采怒起。

沈　著

冥觀遐想，宿火在灰。無端忽往，有約不來。都忘天地，直抉根荄。篆煙孤裊，蚌珠結胎。了無人色，生氣潛迴。魂飄影動，奮若鬱雷。

生　動

天葩欲綻，靈雨乘之。無端入化，茫不自持。胎紅孕碧，薰風吹枝。色香味外，誰與造微。蒸蒸五指，元氣淋漓。咄哉造化，脱手已飛。

嚴重

老羆兀坐，深巖吐光。睒睒雙眸，磯磹翕張。嚄唶宿將，彈壓要荒。牙旂晝静，凜凜負霜。巋然斷山，屹然巨防。望之氣沮，正正堂堂。

疏放

我用我法，脱去畢羈。塵埃野馬，無溷我爲。蘭生幽谷，其香愈微。一片閒雲，萬里鶴飛。可人何處，攜手同歸。蒼茫獨立，霽晚孤吹。

遒媚

血惟榮筋，筋必束骨。結體樹骸，近在文筆。勁氣内轉，秀勢外拔。力破餘地，不側不折。孰謂魏公，剛直滅裂？逸少學書，遒媚特絶。

超忽

妙手空空，颯然而至。劍光紛飛，低昂天地。不見檀溪，的盧影逝。但聞風聲，馳驟空際。

力大於身，渾同兒戲。天半銀橋，幻師呈技。

蒼　潤

骨凜秋霜，氣含春穗。眄彼柔條，弄姿先穎。老樹著花，浮空滴翠。直上千尋，遠望如墜。
鬱鬱芊芊，煙嵐擁庇。癯而能腴，乃益可貴。

清　越

秋氣森森，秋山沈沈。木葉盡脱，獨坐鼓琴。一聲迸驍，穿透疎林。空外應響，四山知心。
不辨身世，遑問古今。亦有孤雁，來和予音。

奇　險

山脊中坼，碧天墮底。青柯縋韓，蒼耳失李。四圍削成，陡絶無理。鄧艾懸兵，韓信背水。
破空直下，瀕危拔起。五嶽方寸，習坎在止。

輕澹

山光入户，空翠潑衣。拂拭不得，諦視愈微。英英白雲，映日摇輝。暗香浮動，著人欲飛。梅魂蘭氣，似是而非。好風蕩漾，相引與歸。

鬱折

虬松之而，節節贔屭。空曲横盤，不可控制。奇氣屈伸，倚天拔地。似縮更張，已躍復墜。前迎後蹲，左縈右綴。屈鐵所成，翻若舞袂。

洸漾

智珠入淵，神化爲水。一片空明，激宕萬里。渾無定姿，不見首尾。浮天失青，蹙紋散綺。雲影山光，浪團花蘂。大塊噫氣，迴風生紫。

雄緊

上游獨據，高屋建瓴。扼吭拊背，勁勢飛騰。首尾俱振，骨節通靈。一呼一吸，聲發響應。

電光驚激，彌壯雷霆。金眸玉爪，華頂蒼鷹。

積　暢

深入奥窔，取不厭貪。盎然溢出，中邊俱酣。意盡即止，神王彌耽。如玉山頽，如崖蜜甘。淋漓滿志，妙不容參。五嶽摇動，至精至憨。

奥　澀

天門詄蕩，下坐列仙。授我玉匣，朱絲繫纏。開函跪讀，緑字赤箋。蝌蚪糾結，鳥迹紛然。以指畫肚，噤不能宣。塵根未斷，謫歸千年。

樸　野

東阡南陌，觸處皆春。行逢社飲，田父留賓。渾忘爾我，漉頭上巾。忽忽竟日，月色到門。亦有稚子，牽衣勤勤。主眠客去，羲皇上人。

蘊　藉

初日芙渠，臨風欲舉。零露團團，含意未吐。輾轉寸心，知貯幾許。蓮葉翩飜，白鷺容與。欸乃一聲，飛出遠浦。緑暗音沈，暮煙如縷。

恣　〔睢〕〔睢〕

酒星墮地，徧走八荒。手扳斗柄，下挹酒漿。生氣直注，鬚髯蝟張。劃然長嘯，音激鸞凰。伯倫、太白，是醒是狂。怪哉劉石，崛起頡頏。

澹　永

月是何色，水是何味？海南香銷，知是何氣？窅冥迷離，不容思議。鼻觀目遊，妙有真契。清虚日來，濃郁百倍。尚不自知，矧堪餉遺。

跌　宕

裼裘而來，倜儻莫比。頫仰揖讓，顧盼自喜。微風皺波，恍無定理。彩雲欲墮，忽復飈起。

真氣鶩牖，揮麈示旨。所謂人英，殆在是矣。

瘦　硬

月照積雪，寒光晶熒。老梅不睡，徙倚中庭。一枝逸出，素影孤撐。如攀月語，如挾月行。

玉骨戍削，敲之有聲。盤空遒絶，棲烏自驚。

渾　灝

莽莽者氣，旋旋者機。豁然湧出，鉅細騰飛。來如雲上，去則電歸。魚龍變現，星日摇煇。

有聲肅肅，斡運甚微。不可界畫，執之已非。

秀　拔

一朵芙容，遠插天外。女几太華，合并稱最。天際真人，吸飲沆瀣。沐此容光，黜彼粉黛。

梯接無階，煙霞與媲。顧影蹣跚，低頭下拜。

排　奡

怒馬人立，兩嶽排胸。控勒不定，長嘶朔風。壯士髮植，氣吐白虹。樊虒項魄，藺折嬴鋒。輪囷鬱勃，有光熊熊。都歸妥帖，捲海橫空。

修　遠

浩歌獨往，欲尋吾契。何來笙竽，流響空際。抗手相招，飢鳳遥唳。百尺孤桐，不屑睥睨。攝衣從之，翩然而逝。渺渺迢迢，煙拖霧曳。

夭　矯

萬丈懸崖，砑然中裂。逆流怒號，蒼藤遥拂。有聲淒清，神猿出没。裊裊長條，垂垂欲絶。憑虚倒掛，下上超越。頫視行人，乃如跛鼈。

冲　寂

所思不來，還讀我書。展卷斯在，與古爲徒。庭草自緑，林鳥相呼。嗒然坐忘，焉知彼姝。

惟有真氣，浮溢吾廬。活活欲舞，脱巾軒渠。

鼓　舞

精氣鬱勃，悍不受撫。須臾湧出，傾倒肺腑。萬怪惶惑，呈露眉嫵。逸態横生，龍飛鳳舞。

音節激昂，禰衡撾鼓。蹀躞而前，蟻視魏武。

停　匀

細意熨貼，乃如水平。痕迹盡滅，縱手而成。穠纖修短，不虧不盈。累黍不失，何有重輕。

止如鵠立，動若雲生。鳴鸞珮玉，髣髴來聲。

雄　挫

虓虎嘯風，蒼崖吼裂。飛扼其喉，翻手撞搥。捽之撾之，已振復跌。首下尻高，强項欲折。

賈勇有餘，采入其穴。鼻息無聲，劒首一吷。

閒　適

不莊不顛，魚魚雅雅。春風何來，盈懷飄灑。我非裨諶，聊復適野。有句投囊，無心輒捨。笑妥吟鞭，扶持瘦馬。老梅撩人，香雪輕打。

堅　深

勇夫重閉，狡焉啟疆。無心設險，固於金湯。煉精成甓，濬智作隍。表裏嚴密，箕舒翼張。豈無勍敵，進不敢嘗。光怪呵護，作作有芒。

清　新

漫漫碧海，鏡鑄芙蓉。姮娥欲照，磨出青銅。玉兔竊浴，丹桂洗容。山河大地，濯影寒空。吴剛袖斧，闌入龍宫。拍手叫絶，萬里玲瓏。

古　拙

不可别識，一任世訶。谷神何處，邈若山河。篆籕既失，俗書博鵝。斷碑無字，罡風耗磨。

空山老柏，千載蹉跎。不受培植，而况婵娿。

妙　麗

天風吹下，微步凌波。遥聞環珮，響應雲和。漪漪百疊，霓裳澹沲。手搴薜荔，中流嘯歌。煙嵐掩映，紛若綺羅。卻迎不定，顧影婆娑。

勁　宛

快馬入陣，激於流矢。誰知神駿，曲折喻旨。一團旋風，驚響不已。摩壘搴旗，惟意所擬。始信婉弱，不中驅使。剛經百鍊，柔可繞指。

英　雅

林莽清蒼，遠出天籟。隱隱濤聲，如增慕嘅。孤鴻南征，嘹唳雲外。横槊賦詩，雄心淘汰。顧盼生輝，英風捲旆。卓爾不羣，大雅斯在。

遒逸

壯節崒嵂，生氣幽蟉。盈胸繞胃，以鬱而流。鬱若重霧，流若輕舟。霧浮山起，舟挾龍遊。氣以節束，節以氣周。呼吸盤辟，秋隼辭韝。

複隱

密意萌坼，遠韻欲沈。荒荒寒日，摩盪積陰。苔徑迹絶，雲氣彌深。千山失影，歸鳥棲林。驍然凄斷，疑是龍吟。幽光自動，珠耀湖心。

空靈

池邊高柳，影眠水中。遊魚吞影，緣木行空。日氣薄射，遠抱彩虹。光景穿漏，表裏皆通。滕六狡獪，攪碎蒼穹。明鐙輝映，竟體昭融。

神解

對爾名我，我復爲誰？思之失笑，孰辨是非。白雲行空，騎之欲飛。酒杯落手，明月上衣。

揮杯勸影，影亦不辭。陶然竟醉，影扶我歸。

飄　渺

微風蕭蕭，暮雨瀟瀟。遠舟横篴，聲咽寒潮。山耶雲耶，雲門若耶？蒼茫不辨，似近而賒。我懷如何，臨風浩歌。伊人天末，彌望煙波。

文頌跋

唐司空氏有《詩品》，近隨園先生又有《續詩品》，其于風騷旨格，備舉無遺。獨品文者尚少其人，亦藝林缺典也。今得《文頌》，可謂難并美具矣。作者爲壬子孝廉，以古文鳴江左，《詞科掌録》亦稱其爲文清遒深亮云。壬子仲夏震澤楊復吉識。

操觚十六觀

〔清〕陳鑑　撰

《操觚十六觀》一卷

清　陳鑑　撰

陳鑑，字子明，嶺南人。有《虎丘茶經注補》等。

全書十六則，引用七個傳説故事，和九段前人論畫、寫景、記事的有關文字，借以形象説明文章寫作的要領。提出作文須用心專一，以情動人。强調觀察自然、體驗生活，了然於心，方可動筆。講究文章結構之均衡、材料之輕重配置，以及前後的呼應、行文的變化有致等等。其説多有可取。

有《檀几叢書》本，康熙三十四年（一六九五）刊，亦收入《叢書集成續編》。今據《檀几叢書》本録入。

（崔　銘）

操觚十六觀

清　陳鑑　撰

浮屠修浄土，有十六觀。雲間陳仲醇彷之，作《讀書十六觀》。予謂士之有文章，如山川之有烟雲，草木之有華滋，操觚其可苟乎？唐時張旭善草書，嘗觀公孫大娘舞劍器，渾脱瀏灕，遂得低昂迴翔之妙。吴道子爲裴旻畫鬼神，使旻軍粧纏結，馳馬舞劍，激昂頓挫，因用其氣以壯畫思。觀於物，得於心，應於手，詎獨書畫哉？操觚摛文亦然，因取往事作《操觚十六觀》。

詹何對楚王曰：「臣聞先大夫之言蒲苴子之（歌）〔弋〕也，弱弓纖繳，乘風振之，連雙鶬於青雲之際，用心專，動手均也。臣因其事倣而學釣，五年始盡其道。當臣之臨河持竿，心無雜慮，惟魚之念，投綸持竿，手無輕重，物莫能亂。魚見臣之鈎餌，猶沉埃聚沫，吞之不疑。所以能以弱制强，以輕制重也。」操觚當作如是觀。

韓娥東之齊，過雍門鬻歌假食，既去而餘音繞梁（攡）〔欐〕，三日不絶，左右以其人弗去。過逆旅，逆旅人辱之，韓娥因曼聲哀哭，一里老幼，悲愁垂涕相對，三日不食。遽而追之，娥還，更爲曼聲長歌，一里老幼，喜躍抃舞，弗能自禁，忘向之悲也。操觚當作如是觀。

伯牙學琴于成連，三年未進。成連云：「吾師方子春，今在東海中，能移人情。」乃與俱往，至蓬萊山，留伯牙曰：「子居習之，吾將迎之。」刺船而去，旬時不返。伯牙延望無人，但聞海水洞湧，山林杳杳，愴然歎曰：「先生移我情矣。」乃援琴而歌《水仙之操》。曲終，成連回，與之俱還，伯牙遂爲天下妙。操觚當作如是觀。

凌（歊）〔雲〕臺，工匠精巧，先秤量衆材輕重，然後造構，乃無錙銖相負。揭臺雖高峻，常隨風摇動，而終無傾倒之理。魏明帝登之，懼其勢危，别以大材扶持之，樓即頹壞。論者謂其輕重力偏也。操觚當作如是觀。

黄知微，嘗欲於大慈寺壽寧院壁，作湖灘水石四堵。營度經歲，終不肯下筆。一日倉皇入寺，索筆墨甚急，奮袂若風，須臾而成。作輪瀉跳蹙之勢，洶洶欲崩屋也。操觚當作如是觀。

黄筌從蜀後主王衍於内殿，觀吴道玄所畫鍾馗。後主曰：「此圖以右手第二指抉鬼之目，不若拇指爲有力。」令筌改之。筌不用道玄本，别作以呈。後主怪其異旨。筌曰：「道玄所畫眼目意思，皆在第二指。今臣所畫，眼目意思皆在拇指。」後主嘉悦。操觚當作如是觀。

唐荆川爲古文詩歌，起弘、正之衰。余曾王父羅江公，與之己丑同門。嘗訪之于京邸，呼酒淋灕，半醉，意欲作文。先高唱《西厢》惠明不誦《法華經》，不禮《梁王懺》一齣。手舞足蹈，縱筆伸紙，思九天，入九淵，文乃成。笑曰：「初之豪唱，所以壯吾氣也。」操觚當作如是觀。

蘇長公記文與可《篔簹谷偃竹》云：「竹之始生，一寸之萌耳，而節葉具焉。自蜩蝮蛇蚹，以至劍拔十尋，皆生而有之也。今畫者皆節節而爲之，葉葉而累之，豈復有竹乎？故畫竹必先得成竹於胸中，執筆熟視，乃見其所欲畫者，急起從之，振筆直遂，以追其所見，如兔起鶻落，少縱則逝矣。」操觚當作如是觀。

黄魯直云：「凡書畫當觀韻。往李伯時爲予作李廣奪胡兒馬，挾兒南馳，取胡兒弓，引滿以擬追騎，觀箭鋒所值，發之，人馬皆應弦也。使俗子爲之，當作中箭追騎矣。此與畫『萬緑叢中紅一點』，及『踏花歸去馬蹄香』，同一機軸。」操觚當作如是觀。

李獻吉題《癡叟江山圖》云：「雪之天，黯靄，凡雲色異，獨雪同，《詩》『上天同雲』是也。雪之山，巔不滑，溪壑淺，蹊徑迷，雪盛則樵不入。雪之水，雲同天，一有舟篷白，而人簑笠之，則水見矣。雪之屋，檐直，或明其窗，然不見茅與瓦。雪之驢，下視，凌競若臨窟蹈穴。雪之人，目曠而視斂，眩眩然，光奪之也。」又云：「勢貴粗蕩，近詳遠略，情貴雅而包，意貴減而完，氣貴豪而沖，色貴凛而潤，五者雪之良者也。」操觚當作如是觀。

郭熙《山水畫論》云：「春山艷冶而如笑，夏山蒼翠而如滴，秋山明浄而如粧，冬山慘淡而如睡。」又云：「海山微茫而隱見，江山嚴厲而峭卓，谿山窈窕而幽深，塞山童頽而堆阜。」操觚當作如是觀。

张文潛《答李推官書》云：「夫決水于江淮河海也，水順道而下，滔滔汩汩，日夜不止。衝砥柱，絶吕梁，放於江湖，而納之海，其舒爲淪漣，鼓爲波濤，激之爲風飈，怒之爲雷霆，蛟龍黿鼉，濆薄出没，是水之奇變也。而水之初，豈如是哉？順道而決之，因其所遇而變生焉。溝瀆東決而西竭，下滿而上虛，日夜激之，欲見其奇，彼其所至者，蛙蛭之見耳。江淮河海，寧如是哉？」操觚當作如是觀。

白樂天記太湖石云：「有盤礴秀出，如靈丘鮮雲者；有端儼挺立，如真官神人者；有縝潤削成，如珪瓚者；有廉稜鋭劌，如劍戟者；又有如虬如鳳，若跧若動，將翔將踴，如鬼如獸，若行若驟，將攫將鬬。風烈雨晦之夕，洞穴開蹬，若歙雲噴雷，嶷嶷然有可望而畏之者；烟霽景麗之旦，巖㟧霮䨴，若拂風撲黛，靄靄然有可狎而玩之者；昏曉之交，名狀不可撮要而言，則三山五嶽，百洞千巖，覼縷簇縮，盡在其中矣。」操觚當作如是觀。

沈先記太白酒樓云：「太白既以傲岸矯時之狀，不得大用，流斥齊魯，乃狎弄杯觴，沈湎麯蘖，耳一淫雅，目混黑白。或酒醒神健，視聽鋭發，振筆著紙。乃以聰明移於月露風雲，使之涓潔飛動；移於草木禽魚，使之妍茂騫擲；移於邊情閨思，使之壯氣激人，離情溢目；移於幽巖邃谷，使之遼歷物外，爽人精魄；移于車馬弓矢，悲憤酣歌，使之馳騁決發，如睨幽并，而失意放懷，盡見窮通之狀。」操觚當作如是觀。

祝枝山記譙樓鼓聲云：「嗚霜叫月，浮空摩遠，敲寒擊熱，察公儆私。若哀者，若怨者，若煩冤者，若木然寡情者。徒能煎人肺腸，枯人毛髮，催名而逐利，弔寒客，惋孤娥，戚戚焉天涯之薄宦，嶺海之放臣，巖竇之枯禪，沙塞之窮戍，江湖之游女，以至惸孽背燈之泣，畸幽玩劍之情，壯俠撫肉之歎，迨至悲鴉苦犬，愁蛩困蚓，且嗚號不能已。嗚呼，鼓聲之淒感極矣。」操觚當作如是觀。

袁中郎《虎丘遊記》云：「從千人石至山門，檀板丘積，罇罍雲瀉。布席之初，謳者百千。分曹部署，競以親艷相角，雅俗既陳，媸妍自別。未幾而摇手頓足者，得數十人而已。既而明月浮空，石光如練，一切瓦缶，寂然停聲，屬而和者，纔三四輩。一簫一管，一人援板而歌，竹肉相發，清聲亮激，聽者魂消。比至夜深，月影横斜，荇藻淩亂，則簫管亦不復用，一夫登壇，四坐屏息，音若細髮，響徹雲際，每度一字，幾盡一刻，飛鳥爲之徘徊，壯士聽而下淚矣。」操觚當作如是觀。

論文四則

〔清〕楊繩武　撰

《論文四則》一卷

清　楊繩武　撰

楊繩武，字文叔，號臯里，無咎子，江南吴縣（今屬江蘇）人。康熙進士，官翰林院編修，館閣大著作多出其手。丁憂歸，遂不出。秉志節，通經術，主講江寧杭州書院，有《古柏軒集》。

論文四則，拈出清、真、雅、正四字爲千古論文極則；强調「嚴文章流别」；認爲時文不僅應該宗經，還應學習諸子、史、理學、唐宋大家等著作；歷述明清兩代文風遞變。其論文寧强無弱、寧堅無脆、寧厚重無輕浮。善用比喻、對比，使道理清楚明白。

有《昭代叢書》（道光）戊集續編本、《叢書集成續編》本。今據《昭代叢書》本録入。

（趙冬梅）

論文四則

清　楊繩武　撰

清真雅正

皇上聖諭，實爲千古論文之極則也。凡學者遵循是旨，深造有得，乃可以登作者之堂。而要其從入之路，必在於多讀書。有原本，彌中㵲外，篤實光輝，乃能矯陋式靡，以造于清真雅正之域。譬之長江、大河，發源萬里，細流不擇，魚龍百怪，出没其中，而其實淆之不濁，所謂清也。若夫溝渠之水，雨集易盈，頃刻便盡，終爲藏垢納污之所而已。天地之氣，流而爲川，峙而爲山，翼者能飛，趾者能走，得其秀者爲人。雷雨時至，百卉盡放，皆有生意貫徹于其中，是之謂真。若使刻木爲人，翦綵爲花，圖繪之山川、鳥獸，雖窮形極相，生意已盡，焉得爲真？有人於此，被服容貌不能動人，而胸有數百卷書，舉止吐屬自然雅令。一旦執市儈之夫、草野之子與之揖讓談論，雖厚自矜飾，强作解事，亦俗不可耐而已。武侯陣圖，陣間容陣，隊間容隊，風雲蛇鳥，變化不測，而實出于陰陽、奇偶、天地、自然之數，所謂正也。若驅率市人，漫無紀律，或拘牽陳轍，不識變

化，則如房琯之車戰，宋襄之不阻、不禽，方敗績覆壓是懼，焉得爲守正乎？ 韓退之曰：「孟子醇乎其醇。」柳子厚曰：「本之太史，以著其潔。」孟子之文，縱横恣肆，不可方物，而謂之醇。 太史公之文，怪奇瑋噩，無所不有，而謂之潔。 知孟子之所以爲醇，太史公之所以爲潔，可以得清真雅正之所從入矣。

少陵詩：「或看翡翠蘭苕上，未掣鯨魚碧海中。」元遺山詩：「有情芍藥含春淚，無力薔薇倚晚枝。 拈出退之山石句，始知渠是女郎詩。」嗚呼！ 此古人所以必嚴文章流别也。 大抵文章之道，未論妍媸，先别高下。 果其根柢盤深，氣骨厚重，筆力堅剛，雖間有未醇，無傷大雅。 若骨少而肉多，詞豐而意弱，力量既薄，根柢亦浮，縱完好可觀，不登上乘。 然或欲避平鈍，轉入離奇，牛鬼蛇神，麞頭鼠目，則又在所必禁。 少陵又云「波瀾獨老成」，昌黎亦云「妥帖力排奡」。 波瀾而必于老成，排奡而必于妥帖，則知不老成不足爲波瀾，不妥帖亦不足爲排奡矣。

八股者，説經之文也。 故義必根經，而取材亦以經爲上。 此不但習句讀、通傳註而已，當熟復註疏，旁參經解諸書，會通焉以折其衷，乃爲通經。 通經而後可以説經也。 諸子之文，是非頗謬于聖人矣。 然其鼓鑄性靈，雕鏤物象，或滉洋奇恣，或奥衍峭刻，亦足以極文章之變。 所當别白其純疵而後用之，勿徒襲其險句怪字以爲工。 史本于經。 子長、孟堅，史家開山，實爲千古文章大宗。 故古人論文以西漢爲最。 此如康莊衢路，不可不由者。 班馬而下，蔚宗之博贍，《三

國》、《五代》之謹嚴，六朝、《南》、《北》之名雋，《唐書》之鍊密，《宋史》之繁富，亦各有所長，獨《元史》蕪穢耳，然皆足以識治亂、明是非、辨人才、知學術，于文章實有裨益。至于以史證經，程子《易傳》、朱子《集註》多有之，何獨疑于時文？且幾社前輩曾爲先道矣。故文章能貫穿史事，與題相赴者，皆極所咨賞。唐宋八家根柢皆從經出，昌黎直法典謨，盧陵善學《春秋》，柳州兼摹子長，南豐酷似更生，臨川以《周禮》參管、韓，三蘇之文，出于《國策》、《孟子》，大蘇尤得力于《莊》、《騷》。古人文字各有所從出，時文何獨不然？先秦、《史》、《漢》險峻，或未易攀，八家氣味漸近矣，爲時文于八家無所得，便是熟爛時文。

成、宏之文純以理勝，而製格鍊局法已具備，實爲有明一代風氣所由開。後人以樸率當之者，謬也。正、嘉而下，鉅公林立，皆恪守成、宏之規，擴而張之。隆、萬季年，稍變革矣。然其格律嚴整，針線綿密，又皆因題立制，並非率意穿插。往年人守其説，近則轉相詬厲，皆過也。啓、禎之際，才人輩出，各自名家。譬之用兵，隆、萬如程不識之刁斗森嚴，啓、禎如李廣之士卒樂用，雖卒犯之者，亦莫能禁，然自有國士風。國初諸公，文皆雄渾、深厚，與啓、禎相表裏而加以廓清摧陷之功。嗣後風氣數變，要皆屬後勁，蓋國家元氣萃于是時也。此間文字高者多得力於啓、禎、國初，溯流而上，頗少問津。然其心思才力，寧强無弱，寧堅無脆，寧厚重無輕浮，寧刻深無膚淺。雖爲賢智之過，而實不墮于卑靡。蓋亦足徵風氣之日上也。點次之下兼爲指白，作者勿遽

以是爲止境，閱者亦無深没其苦心。

論文四則跋

皋里先生掌教敷文書院，一時名士皆從之遊。選刊會課文，莫不天骨開張，絶塵奔軼。非具眼如先生，亦安能相賞於牝牡驪黄外若是。讀《論文四則》，而先生之才、之學、之識概可見矣。

癸卯孟秋震澤楊復吉識。

菜根堂論文

〔清〕夏力恕　撰

《菜根堂論文》一卷

清 夏力恕 撰

夏力恕，生卒年不詳，字觀川，孝感（今屬湖北）人。自幼聰慧好學，弱冠讀宋五子書，窮日夜不倦。康熙六十年（一七二一）進士及第。授翰林院編修。雍正初，加日講官、起居注。曾主江漢書院數年，楚中風氣爲之一變。後辭歸，引疾不復出。晚年名所居村爲上農，自比農學者，遂稱澴農先生。年六十五而卒。著有《澴農遺書》。

《論文》見《澴農遺書》第十。作者治學務在窮理，重在自得，論文亦主張「以窮理爲要」，對「藹然一出于學者之言」的曾鞏、朱子之文極爲稱賞。從創作角度看，作者主張「言爲心聲」，崇尚「雅正清真」，法度與性情并重；認爲學古須能變化自成一家，謂「雖踵前人之武，必若疏鑿而引原泉方爲自得」、「不能變化古人則固未嘗入古人之門也」。

此書有北京國家圖書館藏清刻本。

（聶安福）

菜根堂論文

清 夏力恕 撰

蚤歲讀荆川時文，未能深悉其底蘊。私竊以先生負重名，既博且醇，所作古文辭皆特出，其制藝宜與之稱。覆閱者屢矣，終莫能自信。後因溽暑，絶人事，獨取先生文縱觀之，乃恍然悟，殆所謂規矩方圓之至也。每篇中正面、反面、側面及追原者、補者、襯者、推廣者，皆微示端倪而未嘗窮極以盡其致，稍錬經子作偶語，使讀書人有所措手，視成、弘則加渲染矣。然嚴整精密，所以澄源而防其泛濫者，後人之蔓衍怪誕實無所藉口。規矩既具，擴而充之，神而明之，則又各隨其才力之所至與氣運之所乘。蓋至歸先生始變化而無其迹。宜乎二公之俎豆千秋也。大抵閲前輩文字，勿驟入而强信之，亦勿以其不合於己而輕議之。雖踵前人之武，必若疏鑿而引原泉方爲自得，否則弱者不免株守，强者不免轅轢而已。

文品之最上者，無矜氣而有灝氣，無溢理而有全理，使讀者從二千年後反復低回，不枉其分量，其氣象若親炙焉，方可代聖賢立言。有明一代獨熙甫氏沈酣閩、洛，蕩滌漢、秦，下不邀譽於末流，上不炫奇於當路，浩然自得，若將老焉，躋科名之業於聖賢之奥，其諸爲時文中君子儒乎？

後人慕而學者千之，一按其骨脈，愈似而愈失其真，將使人益厭薄之。凡學古人必有去取，既取法乎上，而所取者又有去取，乃能變化自成一家。歸太僕學西漢而盡去其渣滓，惟識者能信爲真漢文。後人學歸太僕乃至盡去其底蘊，遂有以淡淡語爲真太僕者，人言長安好則出門西向笑耳。果真得其底蘊，雖離奇奥衍中又何嘗無歸太僕耶？譚詩家論學唐者，凡所引用典故及字面皆須在唐以前方用之，直抛卻自家心性、自家世界，脱化出一唐人面孔，豈不可笑！必以淡淡語爲真太僕者正類此。

「瘦硬通神」四字見杜詩，蓋狀書法之妙也，在時文中惟正希先生有此。末俗之弊，一「肥」字盡之。然不善學嘉魚者，又如枯木倚寒巖，三冬無暖氣，其最下則乃竊取其一二轉折生姿之筆法以爲秘笈，猶之學杜工部者僅貌取其間架，無真情，無實見，自以爲樸而不知其俚俗，自以爲沈雄老健，實則譬之十年腐臘，不止斷筋絶脈已也。嘉魚之文如絶粒仙人，膩理漫膚，分寸無可粘著處，而神采焕發，精氣盎然。此直以一縷心思游歷古人門庭，然後乃自得其所長，鬱曲肫懇，皆自率其真。其沈酣於佛老而肆然以爲聖賢之道亦爾也，亦自率其真而無復騎牆之見，故其膽其識其才其學皆相隨而至乎其域。故凡古人文字之傳者，必不自揜其病。其病也，茲其所以傳也，茲其所以真也。龍門之怨，柳州之憂憤，眉山之矜氣，時時流溢於文字，其病處即其長處，其長處即其病處。後之爲文者，知佛老之非，依傍聖賢，而究無一語自得，雖若見古人長處之病，實無由見

古人病處之長，是以無復古人之病，因亦無復古人之長。幸而有稍得其長者，勢且相隨而病，然亦鮮矣。學者沈酣於聖賢之道，一若正希先生之沈酣於佛老，則其所長當更有進焉者，吾將拭目俟之。

峙義之深穩，斷章之的確，取徑之高騫，所可師法者莫如大士先生。不從此過來，則學太僕或失之平漫，學嘉魚亦不免蹈空矣。文苦不能入，遂致渲染卷軸以恢廓其意。古人豈必讀人間未見書？而入之深深，雖泛音助語皆有卷軸之光華。就其入路，或寬或窄，或奇或正，無不飄飄獨往，又復綽綽有餘。以此求之，大士乃其文之最精粹者也。但先生文不皆全璧，往往數行傑出，不可磨滅。古人之文字所以必傳於後，亦不自揜其真而已。杜子美詩「前輩飛騰入」，此亦古人得手之一路，博取而雜。雖大士之古文、時文均未免此，然此其所以爲大士也。稍涉模稜，不根於中心之所篤嗜，無復透脱詣境矣。學者擇之精而守之約，功在平時，坦然落筆，豈復尚存首鼠之見耶！

時文不到嘉、隆，無以一學者之趨。鍾陵先生擺脱其運調，使之旁行乎唐宋八家，故其文蒼渾無敵。時文不到天、崇，亦無以盡才人之變。稚川先生濯磨其精液，使之上趨乎先秦兩漢，故其文高古絶倫。二公爲明代規模之殿，開本朝風氣之先，後有作者，亦幾難與頡頏。而鍾陵語及事功，不免蹈永康之陋習；稚川語及性命，猶未脱莊老之藩籬。文至則有之，理至則未也。學二

公者能兼得其所長而盡去其所短，正使歸、唐復生，猶不能無後來居上之歎。然而難矣！雖其氣大能浮，空萬卷而廢千人者，其趨一軌而入路不同，各有獨得之妙。貌取固往往失之，即深求亦不可以偏嗜。學者倘有所軒輊，其間縱不至顓檢皮毛，全遺骨脈，恐終不足以窺二公之堂奥也。

好腴，好瘦，好巧，好怪，好冷雋，好峭刻，好枯淡，種種偏好，雖無當於聖賢，而皆可以擅長不朽者，中於其心之所篤嗜，故曰言者，心之聲。觀其文而人可知矣。末俗之弊，趨時苟得，本非其心之所篤嗜。務奇險者或出於闒冗，尚剛勁者適文其軟輭，樂艱深者益彰其膚淺，方諸無病而呻吟，殆有甚已！江西五家文字，雄潔幽奥，曲盡其長，然大都皆以意勝，豈復種種偏好之比。後人或徒以辭擬之，又益之以佶屈生澀之數十字，父兄師友至秘授以爲終南佳處，轉相慕效。每題入手，更不問理法氣脈之何以相因，含蓄銷鎔之何以入化，分量氣象，聖賢之何以曲肖，因人因事，立言之何以殊途，大都不謀篇而謀調，不鑄調而鑄句，不琢句而琢字，以字張句，以句張調，以調張篇。望其勢若刺手聱牙，叩其藏則腐腸敗肚。習俗移人，且輟且作，良由賞鑑者厭舊習而又無心得，不屑依樣葫蘆，亟圖所以勝之者，不幸爲其所欺。此無足怪，獨怪風氣所趨，譽之者曰此江西五家派，攻之者亦曰江西五家派。此則真五家之恒河沙劫矣。

古人用破一生心亦只成就得各人好處，後人合而取之，便當有百川歸海之勢，然猶不免得其性之所近。若拘拘守一家言，未得其長處，已先得其短處，易成而難高，又況非所當守者乎！國

朝初年文字，奇至章雲李止矣，然細按皆精理名言，朗誦之作金石聲。幽思逸氣，鬼膽仙才，又困於遇，鬱曲而爲文。聞其閉門被髮，枯木槁灰，腹藁既就，振筆疾書，短髮猶髼鬆眉際，嘯歌哭泣以吟之，如是者疊出，經數十過而未已。遇不過卑邑，年不及中壽，言者心之聲也，如此人不可無一，不可有二。余最賞其文，摇筆神飛，顧不願效其一字，所學所遇所感萬萬不同，豈可無病呻吟？且數年前習俗偶變，裝點字面，詭其貌而澀其辭，牛鬼蛇神，不可逼視，按之無實，誦之無音，不但文字之病，且爲風化之憂。頃者唇焦舌敝，亦將力滌其陋矣。況即欲學雲李之奇，亦須從理窟中求之，得其精而遺其跡，尚可成一家言。若止鎸聲鏤字，碎金屑玉，經不成經，子不成子，其病不小也。

古今來挽頹風振士氣者，驟聞其說，必羣以爲怪。天下事，中道而更之，莫若慎始。慎始者，自開筆爲文時，即無令其勦襲，使習而安焉。夫穿窬之徒，三尺童子猶恥之，蓋謂取非其有，貪而畏人也。至於文章，或有盜襲他人之意者，尚從末減，若乃盜襲其腔調而填以自鑄之詞，則既無異於取非其有而畏人者，其甚者遂并其詞而有之，吾直爲此羞惡之心悼惜也。夫穿窬之所得者，布帛菽粟金錢牛馬而已，其爲利甚微，又罹於法，而且正其名曰盜。語言文字之竊取者，其利視布帛菽粟金錢牛馬奚啻倍蓰焉，顧其爲名乃獨甚美，夫何怪陷溺之深也！學者讀書立品，作爲文章，大則代聖賢立言，次亦進身之贄，而所爲若此，苟清夜思之，未有不通身汗下者。習而不

察，釀爲風俗，父詔其子，兄勉其弟，牢不可破，此其病中於心膂。今將欲培養人材，必自正其心始。文即未佳，且自道其性靈，慎勿爲三尺童子所恥笑也。

爲文之的，雅正清真，包括無餘矣。今試思與此相反者，其妍媸可以立鑑。雅之反爲俗，油滑之調，靡曼之音，駢偶之格及一切不雅馴者是也。正之反爲邪，或背注而爲奇衺之論，或反常而爲茁軋之辭，若向來所傳數十字面，羣奉爲金丹者，皆茁軋之類也。言者心之聲，雅俗者其聲，邪正則其心也。清之反爲濁，即經史子諸書横填直塞，不惟其意義，而但襲其言辭，猶之乎濁也，韓子所謂陳言者也。真之反爲僞，言非心得，雖贋古且不免焉，乃至沿襲末流而猶有贋者，又無論矣。雅正以立其本，清真以致其精，未有不雅正而能清真者，則又有雖雅正而猶未必清真者，故必交相爲用，其義始全。學者但謹守此四字，以從事於《五經》、四子之書，朝夕諷詠，即文章之窔奥皆不出此；其次乃求之《史》、《漢》諸大家以觀其運用變化；又其次乃求之歸、唐、金、陳諸家以觀其規模次第。歸、唐、金、陳諸家之言則又擇其尤精者，然後知其規模次第即《史》、《漢》之運用變化，即《五經》、四子之窔奥，初非取諸時文而得之也。但其功以窮理爲要，而文章之設施翦刈、磨礲浸潤，寧終身未至，勿一日苟安，一義不精如擊仇讎，一字未妥如除稂莠，無古無今，皆取長而去其短，鎔其液而消其滓。其始也，窮理與論文交致其功；及其久也，合而一之，理至而文隨之矣。昌黎云：「其皆醇也，然後肆焉。」所謂肆者，言其波瀾壯闊，縱之而無所不之也。所

謂「韓文如海」者，即其肆也，非横逆而無所忌憚之謂也，故昌黎又云：「行之乎《詩》、《書》之途，游之乎仁義之源，無迷其途，無絶其源，終吾身而已。」凡爲文字，未有不敬而可以登聖賢之堂者。人生少壯時，有父兄師友之規，其爲敬也易。若他日年益高，官益尊，名益重，萬一輕發一言，後生小子相視爲拱璧而莫敢誰何，其爲敬也難。此一字終身以之，而養之必有其漸。凡淫哇之辭，尖穠佻巧之作及一切寓言之非禮者，勿寓目，勿犯手。且凡爲文字，不拘衰壯皆當自視其力，苟精神之不足以運用，寧不爲可也。力不足而强爲，是其心爲名所動而以身狥之，此又與於不敬之甚者也。

古聖賢旋乾轉坤如家常事，從未有自矜氣節者。矜氣節乃才人之陋習也。惟其氣節足以箝天下之口，是以放言高論，非毁前哲，末俗跅弛。苟且之士無其氣節，亦不憚狂吠以從之，此固吾道之荆榛，抑亦文章之痼疾也。夫道體無窮，列聖羣賢若皆有所留餘以俟後之君子。至於下學上達，則孔子之所以一貫者，亘萬世弗可易已。離下學而趨上達，侈上達而陋下學，以此立言，勿問可知其非矣，又況嘲弄六經、混視流品、恣馳騁於仙釋妓俠之場者乎！且後人果有心得，即前賢亦當首肯，然未有躁妄决裂、譏侮訕笑而可以自列於儒門者。故古今不乏真氣節，即矜氣節者亦不乏真人品。其在當時猶功過相參，及乎流弊則氣節且爲僥倖之階，而其文章固可無論也。是皆不敬之所致也。

嘗與胡牧亭夜坐論文，枕上得數語，紀之，云：窮經以植其根，讀史以通其變，寡取以致其潔，多聞以沃其膏，追琢以善其形，清虛以養其氣，强立以堅其骨，蕭散以盪其神。推極於造化陰陽，反求之身心性命，旁察夫飛潛動植，近取諸婦子農桑。守勿拘，縱勿放，奇勿巧，博勿貪。言皆有物之言，道則無窮之道。深情逸響，寄遠凌空，舉一隅以會其全，隨百體而爲之鑄。如此則稽諸往古，傳之其人，可以不愧矣。

前輩論文，大率以補苴氣運爲心，當平淺淡漠之時，有精勁新穎者賞心矣。及乎人争好異，漸以背注爲高，有能遵注者，不必其文之高古，極力表章之矣。此皆一時之藥，初不爲本無是病者概作鍼砭也，初不以是爲止境爲定式也。今天下宗程朱者，如六尺之軌達乎九州，就此遵注之文，擇其精勁新穎者遞而上之，以求無失乎聖賢之意，則攻補温涼，一切適中，小可卻疾，大可還丹，宜其永遠無弊。而猶未免於弊者，腔板之墨裁一變而爲駢偶之贊頌，再變而爲茁軋之詭辭，姑勿論，即一二有才識者登高而呼，然舊疾未除，新疾已生，則矯枉之害也。向來逞腹笥者爲肥皮厚肉之言，拘成法者墮箋疏注解之氣，有志者起而正之，水潦縮而源泉見，爽籟發而清風生，摧陷之功不小矣。及乎矯枉過正，而其成於作家之手者，精則摹取虚神，盤旋左右，如脱諸口；其次則於罅隙之地、轉捩之所，靈機獨運，若偏師之由間道，旗鼓聲章，儼自天降。二者成就不同，而其於聖賢書旨之正面，則毫不置喙，一置喙即落塵障腐朽，而無復瘦硬英多之妙。於是理題之

正法眼藏遂爾燼滅，即不必理題，而或則峭刻孤撑，或則新聲絶豔，非復學者之言，其於聖賢渾穆冲和之氣象，杳不可追，熙甫一瓣香雖欲不絶，不可得矣！雖然，今之有志於熙甫者，豈必斤斤然葫蘆其面貌，依樣曲肖之哉？誠如是，則且立見其病，薑桂大黄之劑搤擘踵至，既不能深造自得，入聖賢之堂奥，而塵障腐朽，實亦不足以厭作家之手之心。然則如之何而可也？窮理論文，殊途而同歸，非能變化不可也，非能變化而仍不失爲學者之言不可也。

前輩爲詩與文皆有音節，後人或僅效其辭，辭之古或過於前人，而無音節，體具而意不相屬，意屬而氣不相貫，氣貫矣而其體又能合而不能離，意能顯而不能藏，試取而誦之，或格格乎不相入，或滔滔者無所底，如粗糲然，春而未融者也。夫禮樂不可斯須去身，以其無事無之也。即以文章，其準繩法度，禮也；其音節則樂也。禮勝而樂不足以濟之，即無以自發其性情，無以自發故亦不足感人，顛倒挫抑，愈古而愈失其真，又況雕鏤於尖穠佻巧者乎！夫所謂音節者，非以悦口耳爲也，將以宕其神，使有遠致，留其味，使有餘變，幻其數度，使之鬱而益通，愈樸而愈華。凡文字之佳者未有不響，而有今響，有古響，有雜奏之響，有孤鳴之響，有有聲之響，有無聲之響。所謂「言之短長與聲之高下皆宜」，精乎響者也，非養氣不足以語此，故言文字而知音節者鮮矣。繼屈《騷》而爲賦者如林，韓昌黎不甚作賦，《祭田横墓文》一首雖非騷體，實得騷經之音節者也，視《二鳥》諸作筆力又過之，《柳州羅池廟》迎享、送神歌辭，《武侍御妻哀辭》則純乎騷矣。得其

意，雖時文亦有之，不必效其體也。

宋六大家惟歐、曾二公氣象從容，文品更高，歐文猶略見才人風調，曾文則藹然一出於學者之言，而《史》、《漢》以來之法度究無不渾脱其中。自宋以來，聖學昌明，至於文字之門户，則南豐實開其先矣。南渡後朱子有取焉，迄乎先明，熙甫氏乃寢食而浸潤之。自古聖賢之所謂經子者，大率皆學者之言也。操學者之分量以融液百家，則其器滿而不溢，神明變化而不怪，正襟危坐而不腐，朝北海，暮蒼梧，而終不越乎聖賢之門牆。推是以往，如詩如賦，以及羣言，體製雖不同，而皆有學者之分量焉；爲隱爲仕，爲里選科名，爲方略爲制誥，爲河渠戎馬農桑禮樂，其事不可概舉，而皆有學者之分量焉。充其分量可以爲聖賢，竊其似，毁其真，即不免於小人之歸。學者之事，視其才之所堪與其遇之所值，不可必者也。學者之言則操之自己，莫之禦而自外於聖賢之門牆，自賊者也。明窗凈几，筆硯精良，其稿於腹而燼於灰者，毋亦非學者之言乎？質諸師友，鋟於木而傳於世者，其果無愧於學者之言乎？自古一切文字之傑出者，大率高古澹泊，樸老沈雄，蘊藉縹緲，視末俗尖穠駢麗、茁軋怪誕、剽剥贋古，奚啻霄壤！蓋凡有志之士，未有不求入古人之門者也。由漢以來，遷、賈最傑出，至六朝大敝矣，唐昌黎韓氏起而正之，人知其掃除六朝矣，浩乎遊遷、賈之門矣，不知其并遷、賈亦變化之也。廬陵距昌黎未遠，最先學之，然亦變化而自成爲廬陵之文。以蘇氏父子一家授受，而岸然三手，其他各峻門牆者可知矣。當其時，與古人並生

及後起之徒，豈乏摹倣力效而得其近似者？今皆煙消草腐不復傳，所傳者仍此傑出者而已。蓋自古迄今，從未有齊名並業，與後先躋美，以兩高士而如出一手者。學者生古人後，不幸不得入古人之門。入古人之門矣，又不幸不能變化故紙，窮年繩趨於秦字漢語之間，而終老於舊窟陳窠之域，當其矻矻終日，鑽研綴緝，已豫爲其煙消草腐之具，則雖高古澹泊、樸老沈雄、蘊藉縹緲，直若古人之潔冠履、具謦欬、復遊於後世，顧其筋骨宛然而精神敝矣。其高者至於精神亦復宛然，而其性情乃愈滅矣。若是者何也？去聖日遠，師道不立。六經、四子之文章，其根柢於天人性命而流露於規矩神明者，明昭乎日月而幽藏乎江海，日誦習焉而莫喻其精微也。學者不此之求，而僅求諸遷、賈、韓、歐，抑亦末矣，又況并遷、賈、韓、歐而不學者乎！伊川之言曰：「道不行，百世無善治；學不傳，千載無真儒。」文章者，學之枝葉也，而根本寓焉。然則學不傳亦千載無真文矣。學者而不自託於儒門則已，如其儼然儒也，未有不砥礪廉恥，屏去苟且科名之習，而能入古人之門者也，未有不入古人之門而能有成者也，未有不能變化古人而可以自爲一家者也，未有不沈潛反復於六經、四子之書，脱然有得，而能變化古人者也。夫不能變化古人，則固未嘗入古人之門也，世有傑出者當自知之矣。

西圃文説

〔清〕田同之 撰

《西圃文説》三卷

清　田同之　撰

田同之，字在田，一字彦威，號硯思，一號西圃，亦稱小山薑，山東德州人。康熙五十九年（一七二〇）舉人，官國子監助教。著述另有《西圃叢辨》、《硯思集》、《西圃詩説》、《西圃詞説》等多種。

此書推重秦漢古文，又從便於倣效習得之角度，主張近法唐宋八家。以「體」爲文幹，「意」爲文帥，「氣」爲文翼，「詞」爲文華，强調文章之精神命脉貴在獨立物表、自出機杼。論藝術表現，貴錯綜婉轉，在體制爲先的前提下，求精工，講氣韻，尚才思格調之美。作者多引前人作文心得及評論加以評騭，闡發己見。但其中有不少見解文字，係承襲侯方域《與任王谷論文書》、王世貞《藝苑卮言》之論。

有乾隆間刊《德州田氏叢書》本。今即據以録入。

（陳飛雪）

余昔奉教於山蕫夫子，即得友小山蕫硯思先生。越今予年八十，因足疾鍵關，先生亦七旬矣。一日扶杖而至，余蹩躠而迎，皤然兩叟，話舊述懷，相視而笑，莫逆於心也。袖出所著《文説》一册，囑余序。余受而讀之，旨哉！何其説之閎以肆、精以深也。夫世之論文者，未嘗不欲其言之有當也，但學無淵源，搜抉未透，井底蛙觀，豹斑管見，縱有軒輊，寧爲定論哉！先生爲山蕫夫子家孫，詩文講貫得之家傳，自其早歲，志趣高超，學問器識，率加人一等，而又不自滿假，耽書成癖，南面百城，浸淫饜飫，無寒暑晝夜之間，此山之所以不得不高，水之所以不得不深也歟！《説》凡三卷，集經、史、子、集爲大成，各有發明，各有評隲，藝文錐沙，源流指掌。蓋其得之者深，故其説之也確；其搜之也廣，故其説之也詳。非雷非電，令人神驚。讀竟，余不能更溢一辭，殆所謂順贊一句，屋下蓋屋；逆贊一句，樓上安樓。不如借水獻花，與斯人供養。其説具在，請天下有目者共觀焉。八十歲老友藿村魏丕承序。

西圃文説卷之一

清　田同之　撰

六經、四子，理而文者也。兩漢，事而文者也，錯以理而已。六朝，文而文者也，錯以事而已。精一執中，無俟《皇極》之煩言；欽恤兩字，何至《吕刑》之滕口。蓋古今世變不同，而文之繁簡因之。孔子曰：「夏道未瀆詞。」推而言之，則殷周之詞已瀆矣。韓退之云：「周公而下其説長。」《檀弓》簡，《考工記》繁；《檀弓》明，《考工記》奥。各極其妙，雖非聖筆，未是漢武以後人語。諸文之外，《山海經》、《爾雅》、《穆天子傳》，亦自古健有法。

孔子曰：「辭達而已矣。」又曰：「修辭立其誠。」蓋辭無所不修，而意則主於達。後揚雄氏避其達而故晦之，作《法言》，太史公恐其晦而故達之，作《本紀》，俱非聖人之意也。

《孟子》，理之辯而經者；《莊子》，理之辯而不經者。公孫喬，理之辯而經者；蘇秦，理之辯而不經者。

《吕氏春秋》，文有絶佳者，有絶不佳者，以非出一手故也。

《淮南鴻烈》，雖似錯雜而氣法如一。

賈太傅有經國之才，言之蓍龜也。其詞覈而開，健而飫。

古今文章，大家數正不多見。戰國之文反覆善辯，孟子、莊周、屈原爲大家。西漢之文渾厚典雅，賈誼、司馬爲大家。三國之文，孔明之二表、建安諸子之數書而已。西晉之文，淵明之《歸去來詞》、李令伯之《陳情表》、王逸少之《蘭亭序》而已。

漢興，文章有數等，亦各有宗主：蒯通、隋何、陸賈、酈生游説之文，宗《戰國》；賈山、賈誼政事之文，宗《管》、《晏》、《申》、《韓》；司馬相如、東方朔譎諫之文，宗《楚詞》；董仲舒、匡衡、劉向、揚雄説理之文，宗經傳；李尋、京房術數之文，宗纖緯；司馬遷紀事之文，宗《春秋》。嗚呼盛矣！

太史公之文有數端焉：帝王紀，以己釋《尚書》者也，又多引圖緯子家言，其文衍而虚。春秋諸世家，以己損益諸史者也，其文暢而雜。儀、秦、鞅、雎諸傳，以己損益《戰國策》者也，其文雄而肆。劉、項紀，信、越諸傳，志所聞也，其文宏而壯。《河渠》、《平準》諸書，志所見也，其文核而詳，婉而風。《刺客》、《游俠》、《貨殖》諸傳，發所寄也，其言精嚴而工篤，磊落而多感慨。

王鳳洲曰：「西京之文實，東京之文弱，猶未離實也；六朝之文浮，離實矣。唐之文庸，猶未離浮也；宋之文陋，離浮矣，愈下矣。元無文。」此論雖自有見，然未免無所區別耳。

秦以前爲子家，人一體也，語有方言，而字多假借，是故難而易晦也。左、馬而至西京，洗之矣。相如，騷家流也，子雲，子家流也，故不盡然也。六朝而前，材不能高而厭其常，故易字。易

字是以贅也，材不高故其格下也。六朝而後，學不能博而苦其變，故去字。去字是以率也，學不博故其直賤也。

古文有三等：周爲上，七國次之，漢爲下。古今之所不易也。第説有高遠而難行者，聽其言則善從而學之，如適乎廣漠之野，泛乎澒瀁之津，而不知所歸宿，奚有當哉？故論文者，近取唐、宋而已。唐之古文，始於富嘉謨、吴少微而不傳，李華、蕭穎士繼之，亦不甚傳，故唐之文斷自退之。宋之古文，始於柳開、穆修、鄭條。條無傳，柳、穆之集俱在，雖傳矣，而不足以傳，故宋之文斷自永叔。唐、宋之文遂繼西京而上，佐佑六經。總而論之，唐之文氣勁而節短，其失也嵬瑣而詭僻；宋之文氣舒而節長，其失也嘽緩而俗下。元、明作者，大抵祖宋祧唐，萬吻雷同，卒歸率易而已。

屈宋以來，渾渾噩噩，如長川大谷，搜之不窮，攬之不竭，藴藉百家，包括萬代者，司馬遷之文也。閎深典雅，西京之中獨冠儒宗者，劉向之文也。斟酌經緯，上摹子長，下採向、歆，勒成一家之言者，班固也。吞吐騁頓，若千里之駒，而走赤電，鞭疾風，常者山立，怪者霆擊，韓愈之文也。巉巗嶻屼，若游峻壑削壁，而谷風凄雨四至者，柳宗元之文也。遒麗逸宕，如携美人游東山，而風流文物照耀江左者，歐陽修之文也。行乎其所當行，止乎其所不得不止，浩浩洋洋，赴千里之河而注之海者，蘇軾也。嗚呼！七君子者，可謂聖於文矣！其餘若賈、董、相如、揚雄諸君子，可

謂才問炳然西京矣，而非其至者。曾鞏、王安石、蘇洵、蘇轍至矣，鞏尤爲折衷於大道而不失其正，然其才或疲薾而不能副焉。迨及有明二百餘年，獨王守仁論學諸書及《記學》、《記尊經閣》等文，程朱所欲爲而不能者，《江西辭爵》及《撫田州》等疏，唐陸宣公、宋李忠公所不逮也，真可謂一代之人豪矣。外此，歸有光力大體正，自堪并傳。至明末，則有河南侯方域，奉馬遷爲高曾，而實宗乎昌黎、柳州、廬陵、眉山諸子，一氣磅礴，百折不移，雖作者紛紛，未有以尚之也。

明代之文，擬馬遷，擬班固，進而擬《莊》、《列》，擬《管》、《韓》，擬《左》、《國》、《公》、《穀》，擬《石鼓文》、《穆天子傳》，卒以爲唐、宋無文，是溺於李夢陽、何景明之説者。夫孔子之時，去古已遠，而删《書》斷於唐，叙《詩》綴以商，蓋以世遠言湮，但法其近古者而已矣。且史傳諸子之法，莫具於馬遷，前此之文，馬遷不遺，後此之文，不能遺馬遷。然馬遷之文法雖具，而體裁猶未備也，備之者，其八家乎！八家之於馬遷，猶顔、曾、思、孟之於孔子也。道必學孔子，然善學者學四子；文必學馬遷，然善學者學八家。進而上之，如《莊》、《列》，如《管》、《韓》，如《左》、《國》，如《公》、《穀》，如《石鼓文》、《穆天子傳》，猶羲農之制作，皇娥之歌謡，高而不可爲儀者也。何、李爲文，本於馬遷是已，然誌銘書記諸作，信陽猶稍稍自好，而北地則支蔓無章。降而弇州、白雪諸子，尤而效之，明三百年所以有詩而無古文詞也。夫詩之所以越宋元而直追於唐者，何、李之功，而文之所以三百年支蔓無章者，又寧非何、李之過歟？

秦以前之文主骨，漢以後之文主氣。主骨者，若六經之文，非可以文論者。其他若《老》、《韓》、《左》、《國》，皆斂氣於骨者也。若《史》、《漢》、八家，皆運骨於氣者也。斂氣於骨者，如泰、華二峰，直與天接，層嵐危磴，非仙變化，未易攀陟，尋步計里，必蹶其趾。明李夢陽，即所謂蹶其趾者也。運骨於氣者，縱舟長江大海間，其中煙嶼星島，往往可自成一都會，即颶風忽起，波濤萬狀，東泊西注，未知所底。苟能操柁瞻星，立意不亂，亦自可免漂溺之患。此韓、歐諸子所以獨嵯峨於中流也。

論韓文者，無不首稱碑誌。第韓公碑誌，多奇崛險譎，不得《史》、《漢》序事法，故於風神處，或少遒逸。至歐陽碑誌之文，可謂獨得史遷之髓矣。王荆公則又別出一調，當細繹之。

序、記、書，則韓公崛起門户矣。而論策以下，當屬之蘇氏父子兄弟。

柳州文，其議論處多鑱畫，其紀山水處，多幽邃夷曠。至於墓誌碑碣，其爲御史及禮部員外時，所作多沿六朝之遺，及貶永州司馬以後，則又復雋永矣。

宋代序事文，當以廬陵爲最，以其調自史遷出，一切結構剪裁有法，而中多感慨俊逸處。曾之大旨近劉向，然逸調少矣。王之結構剪裁，極多鑱洗苦心處，往往矜而嚴、潔而則，然較之曾，特屬伯仲，須讓歐一格。至於蘇氏兄弟，文才疏爽，豪蕩處多，而結構剪裁四字，非其所長。神道碑多者八九千言，少者亦不下四五千言，所當詳略斂散處，殊不得史體。何者？鶴頸不得不長，

梟頸不得不短。兩公於策論，千年以來絶調矣，故於此或殺一格，亦天限之也。

歐、蘇二家論不同。蓋歐次情事甚曲，故其論多確而不嫌於複；蘇氏兄弟則本戰國縱横以來之旨，故其論直而通，而多疏逸遒宕之勢。歐則譬引江河之水而穿林麓、灌畎澮；若蘇氏兄弟，則譬之引江河之水而一瀉千里，湍者縈，逝者注，杳不知其所止者已。語曰：「同工而異曲。」學者須自得之。

明允《易》、《詩》、《書》、《禮》、《樂》諸論，未免雜之以曲見，特其文遒勁，非他所能。

南豐之文，原本經術，祖劉向。其湛深之思，嚴密之法，自足與古作者相雄長，而其光焰或不外鑠也。故當時稍爲蘇氏兄弟所掩，獨朱晦翁亟稱之，歷數百年而王道思始知，讀而酷好之，如渴者之飲金莖露也。

韓出於《左》，柳出於《國》，永叔出於西漢，明允父子出於《戰國》，介甫出於注疏諸文，子固出於東漢諸書疏。當其合處，無一筆相似，故韓無一筆似《左》，歐無一筆似史遷。書家所謂「書通即變」，如李北海不似右軍，顔魯公不似張旭也。當其率爾，時露熟態，往往望而知爲某家文章，亦如米元章所謂「如撑急水灘船，用盡氣力不離故處」；若董元宰之不能離米，米元章之不能離褚也。

李耆卿評文曰：「韓如海，柳如泉，歐如瀾，蘇如潮。」楊升庵曰：「柳如泉未允，易泉以江可

也。」然以予論韓柳，各有勝處，亦各有遜處，分路揚鑣，各臻其妙，似未可以大小論者。

晏元獻公嘗言：「韓退之扶導聖教，剗除異端，則誠有功，若其祖述墳典，憲章騷雅，上傳三古，下籠百世，橫行闊視於綴述之場者，子厚一人而已。」斯言最當。我先公《柳州題詞》云：「韓柳并稱，韓不逮柳也。」可謂英雄之見，今古相同。至李耆卿「韓海柳泉」之評，未免矮人觀場矣。

歐陽公之文，粹如金玉；蘇公之文，浩若江河。歐之摹寫事情，使人宛然如見；蘇之開陳治道，使人惻然動心，皆前無古人矣。至於老泉之文，侈能盡之約，遠能見之近，大能使之小，微能使之著，煩能不亂，肆能不流。其雄壯俊偉，若决江河而下也；其輝光明著，若引星辰而上也。若求其侶，在荀、孟之間，《史》、《漢》之上，不可徒以文人論也。

王荆公爲文，字字不苟，讀者不知其用事。

東坡得文法於《檀弓》，後山得文法於《伯夷傳》。

秦少游、張文潛學於東坡，東坡以爲「秦得吾工，張得吾易」。

剖析性理之精微，則日精月明；窮詰邪說之隱遁，則神搜霆擊；其感激忠義，發明《離騷》，則苦雨淒風之變態；其泛應人事，游戲翰墨，則行雲流水之自然：其紫陽朱公之文乎！或謂文與道爲二，學道不屑文，專守一藝而不復旁通他處，掇拾腐語而不能自遣一詞，反使記誦者嗤其陋，詞華者笑其拙，此則嘉定以後朱門末學之弊，未有能救之者。

何大復云：「文靡於隋，韓力振之，然古文之法亡於韓。」此翻案「起衰八代」之論，可謂創矣，然不爲無見，亦不爲無偏。

韓、柳之文，何有不從古人來？ 彼學而成，爲韓爲柳，吾却又從韓、柳學，便落一塵矣。 人笑韓、柳非古，與夫一字一語必步趨二家者，皆非也。

西圃文説卷之二

《書》曰：「詞尚體要。」荀子曰：「亂世之徵，文章匿采。」揚子所云「説鈴書肆」，正謂其無體要也。吾觀在昔文弊於宋，奏疏至萬餘言，同列書生，尚厭觀之，人主一日萬幾，豈能閲之終乎？其爲當時行狀、墓銘，如將相諸碑，皆數萬字，至今蓋無人能覽一過者，繁冗故也。元人修《（元）〔宋〕史》，亦不能删節，如反賊李全一傳，凡二卷，亦萬餘字。雖覽之數過，亦不知首尾何説，起没何地，宿學尚迷，焉能曉童稺乎？古今文章，宋之歐、蘇、曾、王，皆有此病，視韓、柳遠不及矣。韓、柳視班、馬又不及，班、馬比三《傳》又不及，三《傳》比《春秋》又不及。予讀《左氏》書趙朔、趙同、趙括事，茫然如墮矇瞶，既書字，又書名，又書官，不啻謎語。讀《春秋》之書，則天開日明矣。然則古今文章，《春秋》無以加矣。《公》、《穀》之明白，其亞也。至《左氏》浮誇繁冗，其文弊之始乎？

李空同每勸人勿讀唐以後文，王鳳洲因以爲：「記問既雜，下筆之際，自然於筆端攪擾，驅斥爲難。若模擬一篇，又覺局促，痕跡宛露，非斲輪手。自今而後，擬以純灰三斛，細滌其腸，日取六經、《周禮》、《孟子》、《老》、《莊》、《列》、《荀》、《左》、《國》、《韓非》、《離騷》、《吕氏春秋》、《史

記》、《漢書》，自西京以還，至六朝及韓、柳，便須銓擇佳者，熟讀涵泳之，令其潮漬汪洋。遇有操觚，一師匠心，氣從意暢，神與境合，分途策馭，默受指揮，臺閣山林，絶跡大漠，豈不快哉！世亦有知是古非今者，然使招之而後來、麾之而後却，已落第二義矣。」

王元美云：「吾於文雖不好六朝，然六朝文亦那可言。」皇甫子循謂：「藻艷之中，有抑揚頓挫，語雖合璧，意若貫珠，非書窮五車，筆含萬化，未足云也。」此固爲六朝人張價，然如潘、左諸賦，王文秀之《靈光》，王簡棲之《頭陀》，令韓、柳受觚，必至奪色，此亦公平之論。

自古博學之士兼長文章者，如子産之别臺駘，卜氏之辨三豕，子政之記貳負，終軍之識鼮鼠，方朔之名藻廉，文通之識科斗，茂先、景純種種該浹，固無待言。自此以外，雖鑿壁恒勤，而操觚多謬，以至陸澄書厨，李善書簏，傅昭學府，房暉經庫，往往來藝苑之譏，乃至使儒林别傳，其故何也？毋乃天授有限，考索偏工，徒務誇多，不能割愛，心以目移，詞爲事使耶？孫搴謂邢邵「我精兵三千，足敵君(羸)〔羸〕卒數萬」，又「韓信將兵，多多益辦」，此是化工造物之妙，與文同用。

文章貴錯綜，如《楚詞》以「日吉」對「良辰」，以「蕙殽蒸」對「奠桂酒」。沈存中云：「此是古人欲錯綜其語，以爲矯健故耳。」然《春秋》已有此法矣。《春秋》書「隕石於宋五，是日六鷁退飛過宋都」，説者皆以「石」、「鷁」、「五」、「六」先後爲義，不知聖人文字之法，正當如此，既曰「隕石於宋五」，又曰「退飛鷁於宋六」，豈成文理？故不得不錯綜其語，《楚詞》正用此法。韓退之作《羅池

碑》云「春與猿吟兮，秋鶴與飛」，以「與」字上下言之，蓋亦欲語反而詞從耳。以此知古人文字，始終開闔，有宗有趣，其不苟如此。

古文之奥，不説盡而文益藴藉者，如《莊子》九淵而止説其三，又「夔憐蚿，蚿憐風，風憐目，目憐心」，止解夔、蚿、風三句，而憐目、憐心之義缺焉。蓋悟者自能知之，若説盡則無味，知此者得古文之奥矣。

古文中有善用助語詞者，如《趙高傳》曰：「韓子曰『慈母有敗子而嚴家無格虜』者，何也？則能罰之，加也，必也。」一句而三助語，文益矯健，謂古文少虚字，可乎？

《唐文粹》「日而月之，星而辰之」，本《莊子》「尸而祝之，社而稷之」，然「日月星辰」語，若出今人之口，其不見笑也幾希。

《水經注》所載事，多他書傳未有者，其叙山水奇勝，文藻駢麗，比之宋人《卧游録》、今之《玉壺冰》，豈不天淵？至記僰道謡云：「楢溪赤木，盤蛇千曲。盤羊烏攏，勢與天通。」又可以備詩文之材。

《選》體之文，最不可恃。蓋士雖多而將囂，或進或止，不按部伍，譬如用兵者遺調，旗幟聲援，但須知此中尚有小小行陣，遥相照應，未必全無益。至於摧鋒陷敵，必更有牙隊健兒，銜枚而前。若徒恃此，鮮有不敗。

文無定規，巧運規外。《過秦》，論也，叙事若傳；《夷》、《平》，傳也，折辨若論。至於序、記、志、述、章、令、書、移，眉目小别，大致固同。故法合者必窮力而自運，法離者必凝神而并歸，合而離，離而合，有悟存焉。

許穎濱曰：「余少時苦不達爲文之節度，讀《上林賦》如觀君子，佩玉，冠裳，還折，揖讓，音吐，皆中規矩，終日成儀，無不可觀」，又云：「班固諸序，可以爲作文法式。」《焦氏易林》，西京文詞也，詞皆古韻，與《毛詩》、《楚詞》叶音相合，且其中多有裨於經史者，又豈但爲修詞之助而已哉？觀者僅以占卜書視之，過矣。

《文選》不收《蘭亭記》，議者謂「絲竹管弦」四字重複也。殊不知「絲竹管弦」本《漢書》語，古人文詞，故自不厭重複。如《易》曰「明辨晰也」，《莊子》云「周徧咸」，《詩》云「昭明有融，高朗令終」，宋玉賦「旦爲朝雲」，古樂府云「暮不夜歸」，《左傳》云「遠哉遥遥」，《莊子》云「吾無糧，我無食」，《後漢書》「食不充糧」，在今人則以爲複矣。

古文多用倒語。《漢書》中行説曰「必我也爲漢患者」，若今人則曰「爲漢患者，必我也」。《管子》曰「子邪言伐莒者」，若今人則云：「言伐莒者，子邪？」

古文用「之」字甚奇，如《莊子》「厲之人夜半生其子」，又以「驪姬」作「驪之姬」，地名「南沛」作「南之沛」。《吕覽》楚「丹姬」作「丹之姬」，《家語》「江津」作「江之津」，樂府「桂樹」作「桂之樹」，文

法皆異。

《漢書》「白頭如新，傾蓋如故」，《説苑》作「白頭而新，傾蓋而故」，「而」、「如」二字通用。「白頭而新」，雖至老而交猶新，「傾蓋而故」，謂一見而交已故也。作「而」字解尤有意味。

吕本中云：「《檀弓》與《左氏》紀太子申生事，詳略不同，讀《左氏》然後知《檀弓》之高遠也。」又曰：「《檀弓》云『南宫縚之妻之姑之喪』，三『之』字不能去其一，『進使者而問故』，夫子之所以問使者，使者之所以答夫子，一『進』字足矣。豈不餘一言，約不失一詞。」此真善讀書者，善爲文章者，學者不可不知。

《晉・司馬彪傳》云：「《春秋》不修，則仲尼理之；《關雎》之亂，則師摯修之。」此以亂爲錯亂之亂，其説亦異。

郭象《莊子注》曰：「工人無爲於刻木，而有爲於運矩，主上無爲於親事，而有爲於用臣。」柳子厚演之爲《梓人傳》一篇，凡數百言，得奪胎换骨之三昧矣。

《孔叢子》載孔子之言曰：「古之聽訟者，惡其意，不惡其人，求其所以生之，不得其所以生，乃刑之。」歐陽公作《瀧岡阡表》云：「求其生而不得，則死者與我皆無憾也。」世莫有知其言之出於《孔叢子》也。

楊誠齋文有云：「風與水相遭也，爲卷爲舒，爲疾爲徐，爲織文，爲立雪，爲湧山，細則激激

焉，大則洶洶鞠鞠焉，不制於水而制於風，惟風之聽而水無拒焉。」本於蘇老泉文云：「且嘗見夫水之與風乎？　油然而行，淵然而留，渟洄汪洋，滿而上浮，是水也，而風實起之；　蓬蓬然而發乎太空，不終日而行乎四方，蕩乎其無形，飄乎其遠來，既往而不知迹之所有，是風也，而水實行之。今夫風水相遭乎大澤之陂也，紆徐委蛇，蜿蜒淪漣，安而相推，怒而相凌，舒而如雲，蹙而若鱗，疾而如馳，徐而如佪，揖讓旋辟，相顧而不前。　其繁如縠，其亂如霧，紛紜鬱擾，百里若一。　汩乎順流至於滄海之濱，滂薄洶湧，號怒相軋，交横綢繆，放乎虚空，掉乎無垠，横流逆折，濆旋傾側，宛轉交戾。　回者如輪，縈者如帶，直者如燧，奔者如焰，跳者如鷺，投者如鯉。　殊狀異態，而風水之極觀備矣。　故曰『風行水上，渙』，此亦天下之至文也。」凡二百四十四字，變化奇偉類《莊子》，其實本於毛萇《詩傳》云「漣，風行水成文」一句。　漢人一句便可演爲後人數百言，古注疏良不可輕也。

世傳六一公作《醉翁亭記》，始云「滁四面皆有山」，又改云「滁爲州，山四周」，又改云云，末乃改云「環滁皆山也」，可謂簡而奇。　然《山海經》云「白沙山，廣圓三百里皆沙也」，已有此語，學古文者豈可不讀古書乎？

陶淵明《桃花源記》「不知有漢，無論魏晉」，可謂造語簡妙。　晉人工造語，而淵明其尤也。

陸機《文賦》云：「謝朝華於已披，啓夕秀於未振。」韓昌黎云：「惟陳言之務去，戛戛乎其難哉！」李文饒云：「文章如日月，終古常見而光景常新。」此古人論文之要也。

《文賦》文云：「立片言以居要，乃一篇之警策。」蓋以馬喻文也，言馬因警策而稱駿，以喻文資片言益明也。夫駕之法，以策駕乘，今以言聚於衆詞，若策驅馳，故云「警策」。在文謂之警策，在詩謂之佳句也。若水之有波瀾，若兵之有先鋒也。六經亦有警策，《詩》之「思無邪」，《禮》之「毋不敬」也。

帝王之言，出法度以制人者，謂之制；絲綸之語，均日月以照臨者，謂之詔；制與詔同，詔亦制也。道其常而作彝憲者，謂之典；陳其謨而成嘉猷者，謂之謨；順其理而迪之者，謂之訓；屬其人而告之者，謂之誥；帥師表而申之者，謂之誓；因官使而命之者，謂之命；出於上者謂之教；行於下者謂之令。時而戒之者，勅也；言而諭之者，宣也；諮而揚之者，贊也；登而崇之者，册也；言其倫而析之者，論也；度其宜而揆之者，議也；別嫌疑而明之者，辨也；正是非而著之者，説也。記者，記其事也；紀者，紀其實也；纂者，纘而述焉者也；傳者，傳而信之者也；序者，緒而陳之者也；碑者，披列事功而載之金石也；碣者，揭示操行而立之墓隧也；誄者，累其素履而質之鬼神也；誌者，識其行藏而謹其終始也；檄者，激發人心而喻之禍福也；移者，自近移遠，使之周知也；表者，布臣子之心，致君父之前也；牋者，修儲后之問，伸宮闈之儀也；簡者，質言之而略也；啓者，文言之而詳也；狀者，言之於公上也；牒者，用之於官府也。捷書不緘，插羽而傳之者，露布也。尺牘無封，指事而陳之者，劄子也。青黃黼黻，經緯以相成，總謂之

文也。此文之異名也。

論、説、辭、序，原於《易》；詔、策、章、奏，原於《書》；賦、頌、歌、贊，原於《詩》；銘、誄、箴、祝，原於《禮》；紀、傳、銘、檄，原於《春秋》。

誌體昉於經史。昔大禹既奠高山大川，爰作《禹貢》，首紀山水，次及田賦，次及貢篚。《周禮》土訓掌地圖，誦訓掌方志，所謂圖誌雖不可考見，而其見於職方氏掌天下之圖，以周知天下之利害者，大要皆本於《禹貢》。故《禹貢》爲叙事之祖，而《典》、《謨》又以叙事爲議論者也。迨司馬氏作《史記》，始變《春秋》紀年之例，創爲列傳，洎《禮》《樂》《河渠》《平準》諸書，班氏又作八志，則《郊祀》、《食貨》、《地理》、《溝洫》、《藝文》，加詳焉。今誌家發凡起例，蓋本諸此。漢唐以來，郡邑之誌僅存者，若《三輔黄圖》、《決録》、《華陽國志》、《元和郡國志》、《太平寰宇記》數家尚矣。至前明郡邑志，所謂文簡事覈，訓詞爾雅，無如康對山之《武功》，其他若王渼陂誌鄠、吕涇野誌高陵、韓五泉誌朝邑、喬三石誌耀、胡可泉誌秦、趙浚谷誌平凉、孫立亭誌富平、汪來誌北地、劉九經誌郿、張光孝誌華，其地率秦地，其人率秦人也。前明郡縣之誌，從無愈秦者，以其猶有《黄圖》、《決録》之遺。作史之難，無出於誌，誠以誌者憲章之所係，非老於典故者不能也。

墓誌舉例凡十三事，曰諱，曰字，曰姓氏，曰族出，曰鄉邑，曰履歷，曰行治，曰卒日，曰壽年，曰葬日，曰葬地，曰妻，曰子。

西圃文說卷之三

文章家繩墨布置，奇正轉折，自有專門師法。至於中間一段，精神、命脉、骨髓，則非洗滌心源、獨立物表者，不足以與此。觀秦漢以前之文，每家各有本色，且莫不各有一段千古不可磨滅之見。是以老家必不肯勦儒家之説，縱横家必不肯借墨家之談。各自其本色而鳴之爲言，雖爲術雜駁，要皆本色也，故精光所注，歷久而不泯於世。兩漢而下之文，之所以不如者，此也。迨唐宋而下，文人莫不語性命，談治道，自托於儒家之言，然究無一段千古不可磨滅之見，不過影響勦説，蓋頭藏尾，如唐荆川所謂「貧人借富人之衣，莊農作大賈之飾」者，雖欲不朽，烏可得耶？

文以意爲主，主立則氣勝，氣勝則鏘洋精采從之而生。

柳州云：「吾每爲文章，抑之欲其奥，揚之欲其明，疏之欲其通，廉之欲其節，激而發之欲其清，固而存之欲其重，此吾所以羽翼夫道也。本之《書》以求其質，本之《詩》以求其恒，本之《禮》以求其宜，本之《春秋》以求其斷，本之《易》以求其動，此吾所以取道之源也。參之《穀梁氏》以厲其氣，參之《孟》、《荀》以暢其支，參之《莊》、《老》以肆其端，參之《國語》以博其趣，參之《離騷》以

致其幽，參之《太史公》以著其潔，此吾所以旁推交通而以之爲文也。」嗚呼！ 如是而爲文，亦安有不工者哉！ 而今之爲文者，曾有一於是哉？

蘇長公云「吾爲文惟行乎其當行，止乎所不得不止」二語，論文家無不以爲口實矣。 然究其所以之故，吾得一言以蔽之，曰「辭達而已矣」。

歐陽公云：「作文無他術，惟讀書多，則爲之自工。」又曰：「爲文之法，唯在熟耳，變化之態，皆從熟處生也。」今人讀書不多而又疏於爲文，一題到手，無非剽竊聲響，鋪排牽引而已，亦烏得所謂工，又烏得所謂變化哉？

朱子曰：「文字奇而穩方好，不奇而穩只是闒靸。」此語要當領會。 奇而穩者非奇也，不奇而穩者非穩也，奇與穩，惟視工拙，不分離合。

謝枋〔得〕云：「凡學文，初要膽大，終要心小。」愚謂初學固須膽大，然學之初亦不慮其不大，終要小心，然學之久亦不慮其不小。

姜白石曰：「雕刻傷氣，敷衍傷骨。 若鄙而不精，不雕刻之過也；拙而無委曲，不敷衍之過也。」余謂「雕刻」「敷衍」二義，正須善會。

唐荊川云：「漢以前之文，未嘗無法，而未嘗有法，法寓於無法之中，故其爲法也，密而不可窺。 唐以後之文，不能無法，而能毫釐不失乎法，以有法爲法，故其爲法也，嚴而不可犯。 密則疑

於無所爲法，嚴則疑於有法而可窺。然而文之必有法，出乎自然而不可易者，則不容異也。」

「立言之道有六難：學難乎淵該，事難乎綜覈，詞難乎雅健，氣難乎沖和，識難乎通融，志難乎沉濬。」袁褎之論文如此。予謂「淵該」、「綜覈」、「雅健」、「沖和」、「通融」五者固屬難兼，猶不絶響，至「志難沉濬」一語，則幾於道矣。卧龍、靖節而外，寧復有幾？

張横渠云：「發明道理，唯命字難。」此真得文家三昧者。

文字須有數行整齊處，須有數行不整齊處。意對處文却不必對，意不必對處文却著對。爲文之法固當如是，而用筆之妙，正視乎其人。

王文恪云：「爲文必法古。使人讀之不知所師，善師古者也。若拘拘規倣如邯鄲之學步，東施之效顰，則陋矣。」所謂「師其意不師其詞」者，此最得爲文之妙訣。

作文要婉轉回復，首尾相映，乃爲盡善。山谷論詩文亦云：「每作一篇，先立大意。長篇須曲折三致意，乃成章耳。」此常山蛇勢也。

文章雖不要蹈襲古人一言一句，然古人自有奪胎换骨法，載在篇章，歷可指數。此實不傳之秘，學者即此便可三隅反矣。

文章傳遠，貴於精工。世傳歐陽公平昔爲文，每脱稿浄訖，即粘齋壁，卧興看之，屢思屢改，至有終篇，不留原稿一字者，蓋其精如此。大抵文以精故工，以工故傳遠，三折肱始爲良醫，百步

穿楊始名善射。真可傳者，皆不苟者也。

文章以體製爲先，精工次之。失其體製，雖浮聲切響，抽對白黄，極其精工，不可謂之文。

文章不使事最難，使事多亦最難。不使事難於立意，使事多難於遣辭。能立言者未必能造語，能遣詞者未必能免俗，此又其最難者。大抵爲文者多，知難者少。

工文難，而觀人文章亦不易。知梵志「翻著襪」法則可以行文，知「九方皐相馬」法則可以觀人文章。

山谷云：「文章好奇，自是一病。若學議論文字，須取明允文觀之，并熟讀董、賈諸文。欲作楚詞，進配古人，直須熟讀《楚詞》，觀其用意曲折處講學之，然後下筆，所謂『若欲作錦，必得錦機，乃可作錦』。」觀其所論，則知其不苟作，不似今之學者，但率意爲之，便以爲工也。

文章以氣韻爲上乘。氣韻不足，雖有詞藻，豈稱佳作。

文章家華美不乏，而古作甚不多見。蓋清廟茅屋謂之古，朱門大厦謂之華屋可，謂之古不可。太羹玄酒謂之古，八珍謂之美味可，謂之古不可。知此者，可與言古文矣。

爲文須自出機杼，方能成一家言，而徒與古人同生活者，終無把柄。

文莫先於辨體，體正而後意以經之，氣以貫之，詞以飾之。體者，文之幹也；意者，文之帥也；氣者，文之翼也；詞者，文之華也。體弗慎則文龐，意弗立則文舛，氣弗昌則文萎，詞弗修則

文蕪，四者文之病也。

東坡論文謂「意盡而言止者，天下之至文也」，然言止而意不盡，尤爲極至。「首尾開闔，繁簡奇正，各極其度，篇法也。抑揚頓挫，長短節奏，各極其致，句法也。點綴關鍵，金石綺采，各極其造，字法也。篇有百尺之錦，句有千鈞之弩，字有百鍊之金。」弇州之論如此，可謂要言不煩，備極文家之能事矣。

文章須有逸氣，然終當以銜勒制之，如乘馬者勿使流亂軌躅，放意填坑岸也。

文有神來、氣來、情來，有雅體、有野體、鄙體、俗體，能審鑒諸體，委詳所來，方可定其優劣。

文有虚神，然當從實處入，不當從虚處入。蓋惟實乃有虚神，不實乃空耳。

弇州云：「才有工而速者，如淮南王、禰正平、陳思王、王子安、李太白之流是也，然《鸚鵡》一揮，《子虛》百日，「煑豆」七步，《三都》十年，不妨兼美。」亦猶皇甫汸所云「拙若枚皋，何取於速；工若長卿，奚論於遲」之謂也。

顔之推曰：「學爲文章，先謀師友，得其評論，然後出手。愼勿師心自任，取笑旁人也。」然今之不謀師友者多矣，宜乎其不能工也。

歐陽公云：「文章疵病，不必待人指摘，多作自能見之。」余謂不多作者固不能自見，即有旁人指摘，恐亦未必爲然。蓋爲之不多，知亦不至也。

陳師道云：「善爲文者，因事以出奇。江河之行，順下而已，至其觸山赴谷，風搏物擊，然後盡天下之變。揚子雲惟好奇，故不能奇也。」

才生思，思生調，調生格。思即才之用，調即思之境，格即調之界。

善爲文者，使五采并用而氣行乎其中，故文家以養氣爲主。

論文者或尚繁，或尚簡。然繁非也，簡非也，不繁不簡亦非也。或爲難，或爲易，然難非也，易非也，不難不易亦非也。蓋繁有美惡，簡有美惡，難有美惡，易有美惡，惟求其美而已。故博者能繁，命之曰「該贍」，左氏、相如是也，而請客者頃刻能千言。精者能簡，命之曰「要約」，《公羊》《穀梁》是也，而曳白者終日無一字。奇者工於難，命之曰「複奥」，莊周、禦寇是也，而郇模、劉煇亦詭而晦。辯者工於易，張儀、蘇秦是也，而張打油、胡釘鉸亦淺而露。論文者當辨其美惡，不當以繁簡難易也。

古文詞能澹然而平，盎然而和，雍容紆裕而不迫，庶幾可入古人之域。視世之鏤琢字句以駭人耳目者，遠矣。

文章無盡境。譬之登山然，其入必有徑，雖懸崖絶壁，亦必有磴道可尋，緶繘可挽。苟力不足以相赴，非困則躓矣。譬之華嶽，不知幾千仞，游者必極於三峰而後已也。

莊周、李白，神於文者也，非工於文者所及也。文非至工則不可爲神，然神非工之所可至也。

古文一道，近代多黄茅白葦者，其故有二：宋儒失之專，後人失之陋。失之專者，一騁意見，掃滅前賢；失之陋者，惟從宋人，不知有漢唐前説也。其高者談性命，祖宋人之語録，卑者習舉業，抄宋人之策論，皆宋人「以《左》、《國》爲衰世之文」一語誤之也。

古人爲文必有來歷，非徒師心以自用者。如歐公《祭吴長文文》，似韓《祭薛中丞文》；《書梅聖俞詩稿》，似韓《送孟東野序》；《弔石曼卿文》，似韓《祭田横墓文》。蓋其步驟馳騁亦無不似，非但効其語句而已者。然亦必如歐之擬韓，始可以云似，始不妨於似耳。

古文以辨而不華，質而不俚爲高，無排句，無陳言，無贅詞。如記者，所以記日月之遠近，工費之多寡，主佐之姓名，其中叙事之後，略作議論以結之，然不可多，若書史法，《尚書·顧命》是也。叙者，次序其語，前之語勿施於後，後之語勿施於前，其語次第不可顛倒，如《尚書序》首言畫卦書契之始，次言皇墳帝典三代之書，及夫子定書之由，又次言秦亡漢興求書之事；《詩序》首言六義之始，次言變風、變雅之作，又次言二南王化之自，乃古今作序大格様也。碑文揚於外，稍可加詳。壙誌最宜緊嚴。銘字從金，一字不可泛用。行實之作，當取其人平生忠孝大節，其餘小善寸長宜略。爲人立傳之法亦然。跋取古詩「狼跋其胡」之意，犯前則躐其胡。跋語不可多，多則冗，尾語宜峻峭，以其不可復加之意。説則出自己意，横説竪説，其文詳贍抑揚，無所不可，如韓公《師説》是也。

行文之旨全在裁制，無論細大，皆可驅遣。當其閒漫纖碎處，反宜動色而陳，鑿鑿娓娓，使讀

者見其關係，尋繹不倦。至大議論人人能解者，不過數語發揮，便須控馭，歸於含蓄。若當快意時，聽其縱横，必一瀉無復餘地矣。譬若渴虹飲水，霜隼搏空，瞥然一見，瞬息滅没，神力變態，轉更夭矯。

今之文人，高者有欲舍八家、跨《史》、《漢》而趨先秦者，毋乃不筏而問津、無羽翼而思飛舉乎？秦、漢、唐、宋，雖代有升降，要文之流委而非其源也。顔之推曰：「文章者原出五經。」王禹偁亦曰：「爲文而舍六經，又何法焉。」李塗曰：「經雖非爲作文設，而千萬代文章從此出。」是則六經者，文之源也。足以盡天下之情之辭之政之心，不入於虚僞而歸於有用，欲以古文名家者，取法莫若經焉爾。經之爲教不一，六藝異科，衆説之郛，大道之管，得其機神而闡明之，則爲秦、爲漢、爲六朝、爲唐宋、爲元明，靡所不有，亦靡所不合，此謂取之而左右逢其源也。

作文莫先於知字、知句、知篇，然後開闔呼應，操縱頓挫之法無不備具，則今之所傳唐宋諸大家，舉如此也。前明二百七十餘年，其文嘗屢變矣，而中間最卓卓知名者，亦無不學於古人而得之。羅圭峰學退之者也，歸震川學永叔者也，王遵巖學子固者也，方正學、唐荆川學二蘇者也，其他楊文貞、李文正、王文恪，又學永叔而未至者也。前賢之學於古人者，非學其詞也，學其開闔呼應、操縱頓挫之法而加變化焉，以成一家者是也。後生小子不知其説，乃欲以剽竊模擬當之，豈不謬哉！宜堯峰之所以諄諄致辯也。

論文偶記

〔清〕劉大櫆 撰

《論文偶記》一卷

清　劉大櫆　撰

劉大櫆（一六九八—一七七九），字耕南，又字才甫，號海峰，安徽桐城（今樅陽縣境内）人。兩舉副貢生，曾爲黟縣教諭。受知於方苞，姚鼐又從其游，世稱方、劉、姚爲桐城「三祖」。有《海峰文集》、《詩集》。傳見《清史稿》卷四八五。

此書共三十一則，以「神氣、音節、字句」爲主要命題，尤以「神氣」爲其古文理論之核心。「義理、書卷、經濟」只是「行文之實」，即文之内容、材料；而「行文之道」即如何行文端賴於「神氣」。又論「神氣」由「音節」、「字句」借以表現，但三者則有「最精」、「稍粗」、「最粗」之分。其論不僅超越方苞斷斷於「義理」之説，且姚鼐之「神、理、氣、味爲精，格、律、聲、色爲粗」説，曾國藩之「經濟」説，亦受其直接影響，以聲求神氣更是後世桐城文論之家法。劉氏又論文之所貴，有「貴奇」、「貴高」、「貴大」、「貴遠」乃至「貴品藻」等十二「貴」，從意境風格論角度加深「神氣」説之内涵，且突出「貴品藻」，表現其文論偏重於藝術、審美之特點。

有《遜敏堂叢書》本（道光二十七年宜黄黄氏木活字本）。亦載於光緒十四年桐城大有

堂書局本《劉海峰文集》卷首。又有人民文學出版社一九五九年本。今據《遜敏堂叢書》本録入。

（王宜瑗）

論文偶記

清　劉大櫆　撰

論文偶記小引

去歲大比之秋，予在章門。吴郡李寶之明經年丈一見，即出其往日手録桐城劉海峰徵士所著《論文偶記》一卷示余，並命余速爲捭刷，以廣其傳。余受而讀之，其議論精博，高高下下，直言無隱，洵學古者馳驟之大塗也。斯時適逢余邑興修城垣，總理工程，日事奔走。或得稍暇，即取是編，翻閲數過，愛莫能釋。因亟爲校訂，付諸匠氏，用活字版擺印行之，以期無負乎寶之年丈命余廣傳之意云。時道光二十有七年，歲次丁未，季秋九月望日，宜黄黄秩模正伯氏書於城西固始門内仙人石下蕉陰小榥之耐軒。

李序

《論文偶記》一卷，徵士桐城劉先生著，蓋自道其一生得力處也。徵士名大櫆，字耕南，海峰

其號。副榜貢生，嘗應薦，以博學鴻詞徵，再舉經學，俱不遇。官黟縣教諭。學有根柢，本出望溪方氏門下，故能出入周、秦、兩漢、諸子及唐、宋以來諸大家，世雖稱其制藝，實則不僅以制藝見也。嘉慶建元，無錫秦小峴先生刻斯記於家塾，未幾版壞，絶少流傳，余求之久而弗獲。洎道光三年秋，從事廬陽，於權守薛畫水丈案頭得之。時丈有《國朝七家文》之選，首列望溪，次惜抱，次即徵士也。徵士此論，精邃透澈，直可與宋李耆卿《文章精義》、元陳伯敷《文説》等著並驅傳世。爰録一編，藏諸巾箱，志積賣文泉鋟版以行，吾未敢以自祕也。癸未長至前三日，吴郡李瑶識。

一

凡作文，纔有箇講究的便不是。

二

文字只求千百世後一人兩人知得，不求並時之人人人知得。

三

行文之道，神爲主，氣輔之。曹子桓、蘇子由論文，以氣爲主，是矣。然氣隨神轉，神渾則氣

灝，神遠則氣逸，神偉則氣高，神變則氣奇，神深則氣静，故神爲氣之主。至專以理爲主者，則猶未盡其妙也。蓋人不窮理讀書，則出詞鄙倍空疏。人無經濟，則言雖累牘，不適於用。故義理、書卷、經濟者，行文之實；若行文自另是一事。譬如大匠操斤，無土木材料，縱有成風盡堊手段，何處設施？然即土木材料，而不善設施者甚多，終不可爲大匠。故文人者，大匠也；義理、書卷、經濟者，匠人之材料也。

四

作文本以明義理、適世用。而明義理、適世用，必有待於文人之能事，朱子謂「無子厚筆力發不出」。

五

當日唐、虞紀載，必待史臣。孔門賢傑甚衆，而文學獨稱子游、子夏。可見自古文字相傳，另有箇能事在。

六

古人文字最不可攀處，只是文法高妙。

七

神者，文家之寶。文章最要氣盛，然無神以主之，則氣無所坿，蕩乎不知其所歸也。神者，氣之主；氣者，神之用。神只是氣之精處。古人文章可告人者惟法耳；然不得其神而徒守其法，則死法而已。要在自家於讀時微會之。李翰云：「文章如千軍萬馬，風恬雨霽，寂無人聲。」此語最形容得氣好。論氣不論勢，文法總不備。

八

今矗示學者，古人行文至不可阻處，便是他氣盛。非獨一篇爲然，即一句有之。古人下一語，如山崩，如峽流，覺闌當不住，其妙只是箇直的。

九

氣最要重。予向謂文須筆輕氣重，善矣，而未至也。要知得氣重，須便是字句下得重。此最上乘，非初學笨拙之謂也。

一〇

文法至鈍拙處，乃爲極高妙之能事；非真鈍拙也，乃古之至耳。古人能此者，史遷尤爲獨步。

一一

昔人云：「文以氣爲主，氣不可以不貫；鼓氣以勢壯爲美，而氣不可以不息。」此語甚好。

一二

文章最要節奏，譬之管絃繁奏中，必有希聲窈渺處。

一三

神氣者，文之最精處也；音節者，文之稍粗處也；字句者，文之最粗處也。然論文而至於字句，則文之能事盡矣。蓋音節者，神氣之迹也；字句者，音節之矩也。神氣不可見，於音節見之；音節無可準，以字句準之。

一四

音節高，則神氣必高；音節下，則神氣必下。故音節爲神氣之跡。一句之中，或多一字，或少一字；一字之中，或用平聲，或用仄聲；同一平字仄字，或用陰平、陽平、上聲、去聲、入聲，則音節迥異。故字句爲音節之矩。積字成句，積句成章，積章成篇，合而讀之，音節見矣；歌而詠之，神氣出矣。

一五

近人論文，不知有所謂音節者，至語以字句，則必笑以爲末事。此論似高實謬。作文若字句安頓不妙，豈復有文字乎？但所謂字句、音節，須從古人文字中實實講貫過始得，非如世俗所云也。

一六

文貴奇，所謂「珍愛者必非常物」。然有奇在字句者，有奇在意思者；有奇在筆者，有奇在邱壑者；有奇在氣者，有奇在神者。字句之奇，不足爲奇；氣奇則真奇矣；神奇則古來亦不多見。

次第雖如此，然字句亦不可不奇，自是文家能事。揚子《太玄》、《法言》，昌黎甚好之，故昌黎文奇。奇氣最難識，大約忽起忽落，其來無端，其去無跡。讀古人文，於起滅、轉接之間，覺有不可測識，便是奇氣。奇，正與平相對。氣雖盛大，一片行去，不可謂奇。奇者，於一氣行走之中，時時提起。太史公《伯夷傳》可謂神奇。

一七

文貴高。窮理則識高，立志則骨高，好古則調高。文到高處，只是樸淡意多，譬如不事紛華，翛然世味之外，謂之高人。昔謂子長文字峻，震川謂此言難曉，要當於極真、極樸、極淡處求之。

一八

文貴大。道理博大，氣脈洪大，丘壑遠大。丘壑中，必峰巒高大，波瀾闊大，乃可謂之遠大。古文之大者莫如史遷。震川論《史記》，謂爲「大手筆」，又曰：「起頭處來得勇猛。」又曰：「連山斷嶺，峰頭參差。」又曰：「如畫《長江萬里圖》。」又曰：「如大塘上打縴，千船萬船，不相妨礙。」此氣脈洪大、丘壑遠大之謂也。

一九

文貴遠，遠必含蓄。或句上有句，或句下有句，或句中有句，或句外有句，説出者少，不説出者多，乃可謂之遠。昔人論畫曰，「遠山無皴，遠水無波，遠樹無枝，遠人無目」，此之謂也。遠則味永，文至味永，則無以加。昔人謂子長文字「微情妙旨，寄之筆墨蹊徑之外」，又謂如郭忠恕畫天外數峰，略有筆墨，而無筆墨之迹。故太史公文，並非孟堅所知。意盡而言止者，天下之至言也；然言止而意不盡者尤佳。意到處言不到，言盡處意不盡，自太史公後，惟韓、歐得其一二。

二〇

文貴簡。凡文筆老則簡，意真則簡，辭切則簡，理當則簡，味淡則簡，氣蘊則簡，品貴則簡，神遠而含藏不盡則簡，故簡爲文章盡境。程子云：「立言貴含蓄意思，勿使無德者眩，知德者厭。」此語最屬有味。

二一

文貴疏。宋畫密，元畫疏。顏、柳字密，鍾、王字疏。孟堅文密，子長文疏。凡文力大則疏，

氣疏則縱，密則拘；神疏則逸，密則勞；疏則生，密則死。子長挈挃大意，行文不妨脱略。

一二

文貴變。《易》曰：虎變文炳，豹變文蔚。又曰：「物相雜，故曰文。」故文者，變之謂也。一集之中篇篇變，一篇之中段段變，一段之中句句變，神變，氣變，境變，音節變，字句變，惟昌黎能之。文法有平有奇，須是兼備，乃盡文人之能事。上古文字初開，實字多，虚字少，典謨訓誥，何等簡奥，然文法要是未備。至孔子之時，虚字詳備，作者神態畢出。左氏情韻並美，文彩照耀。至先秦戰國，更加疏縱。漢人斂之，稍歸勁質，惟子長集其大成。唐人宗漢，多峭硬。宋人宗秦，得其疏縱，而失其厚懋，氣味亦少薄矣。文必虚字備而後神態出，何可節損？然枝蔓軟弱，少古人厚重之氣，自是後人文漸薄處。史遷句法似贅拙，而實古厚可愛。

一三

文貴瘦。須從瘦出，而不宜以瘦名。蓋文至瘦，則筆能屈曲盡意，而言無不達；然以瘦名，則文必狹隘。《公》、《穀》、韓非、王半山之文，極高峻難識。學之有得，便當捨去。

二四

文貴華。華正與樸相表裏，以其華美，故可貴重。所惡於華者，恐其近俗耳；所取於樸者，謂其不著脂粉耳。昔人謂：「不著脂粉而清真刻峭者，梅聖俞之詩也；不著脂粉而精彩濃麗，自《左傳》、《莊子》、《史記》而外，其妙不傳。」此知文之言。　天下之勢，日趨於文，而不能自已。上古文字簡質。周尚文，而周公、孔子之文最盛。其後傳爲左氏，爲屈原、宋玉，爲司馬相如，盛極矣。盛極則孽衰，流弊遂爲六朝；六朝之靡弱，屈、宋之盛肇之也。昌黎氏矯之以質，本六經爲文。後人因之，爲清疎爽直，而古人華美之風亦略盡矣。平奇華樸，流激使然，末流比比，不可與處。　唐人之體，校之漢人，微露圭角，少渾噩之象，然陸離璀璨，猶似夏、商鼎彝。宋人文雖佳，而奇怪惶惑處少矣。荆川云：「唐之韓，猶漢之班、馬；宋之歐、曾，猶唐之韓。」此自其同者言之耳。然氣味有厚薄，力量有大小，時代使然，不可强也。但學者宜先求其同，而後別其異，不宜伐其異而不知其同耳。

二五

文貴參差。天之生物，無一無偶，而無一齊者。故雖排比之文，亦以隨勢曲注爲佳。　好文

字與俗下文字相反，如行道者，一東一西，愈遠則愈善。一欲巧，一欲拙；一欲利，一欲鈍；一欲柔，一欲硬；一欲肥，一欲瘦；一欲濃，一欲淡；一欲豔，一欲樸；一欲鬆，一欲堅；一欲輕，一欲重；一欲秀令，一欲蒼莽；一欲偶儷，一欲參差。夫拙者，巧之至，非真拙也；鈍者，利之至，非真鈍也。

二六

文貴去陳言。昌黎論文，以去陳言爲第一義。後人見爲昌黎好奇故云爾，不知作古文無不去陳言者。試觀歐、蘇諸公，曾直用前人一言否？昌黎既云去陳言，又極言去之之難。蓋經、史、諸子百家之文，雖讀之甚熟，却不許用他一句，另作一番語言，豈不甚難？《樊宗師墓志》云：「必出於己，不蹈襲前人一言一句，又何其難也！」正與「戛戛乎難哉」互相發明。李習之親炙昌黎之門，故其論文，以創意造言爲宗。所謂創意者，如《春秋》之意不同於《詩》，《詩》之意不同於《易》，《易》之意不同於《書》是也。所謂造言者，如述笑哂之狀，《論語》曰「莞爾」，《易》曰「啞啞」，《穀梁》曰「粲然」，班固曰「攸然」，左思曰「囅然」。後人作文，凡言笑者，皆不宜復用其語。習之此言，雖覺太過，然彼親聆師長之訓，故發明之如此，亦可窺見昌黎學文之大旨矣。《樊誌銘》云：「惟古於詞必己出，降而不能迺剽賊，後皆指前公相襲，自漢迄今用一律。」今人行

文，翻以用古人成語，自謂有出處，自矜其典雅，不知其爲襲也，剽賊也。

昔人謂「杜詩韓文無一字無來歷」。來歷者，凡用一字二字，必有所本也，非直用其語也。況詩與古文不同，詩可用成語，古文則必不可用。故杜詩多用古人句，而韓於經、史、諸子之文，只用一字，或用兩字而止。若直用四字，知爲後人之文矣。大約文字是日新之物，若陳陳相因，安得不目爲臭腐？原本古人意義，到行文時却須重加鑄造，一樣言語，不可便直用古人，此謂去陳言。未嘗不換字，却不是換字法。人謂「經對經，子對子」者，詩、賦、偶儷、八比之時文耳；若散體古文，則六經皆陳言也。

王元美論東坡云：「觀其詩，有學矣，似無才者；觀其文，有才矣，似無學者。」此元美不知文，而以陳言爲學也。東坡詩於前人事詞無所不用，以詩可用陳言也，以文不可用陳言也。正可於此悟古人行文之法，與詩迥異。而元美見以爲有學無學。夫一人之詩文，何以忽有學、忽無學哉？由不知文，故其言如此。元美所謂「有學」者，正古人之文所唾棄而不屑用，畏避而不敢用者也。東坡之文，如太空浩氣，何處可著一前言以貌爲學問哉？

二七

文貴品藻，無品藻便不成文字。如曰渾，曰浩，曰雄，曰奇，曰頓挫，曰跌宕之類，不可勝數。

然有神上事，有氣上事，有體上事，有色上事，有聲上事，有味上事，須辨之甚明。品藻之最貴者：曰雄，曰逸。歐陽子逸而未雄；昌黎雄處多，逸處少；太史公雄過昌黎，而逸處更多於雄處，所以爲至。

二八

理不可以直指也，故即物以明理；情不可以顯出也，故即事以寓情。即物以明理，《莊子》之文也；即事以寓情，《史記》之文也。

二九

凡行文多寡短長、抑揚高下，無一定之律而有一定之妙，可以意會而不可以言傳。學者求神氣而得之於音節，求音節而得之於字句，則思過半矣。其要只在讀古人文字時，便設以此身代古人說話，一吞一吐，皆由彼而不由我。爛熟後，我之神氣即古人之神氣，古人之音節都在我喉吻間，合我喉吻者，便是與古人神氣音節相似處，久之自然鏗鏘發金石聲。

三〇

記得多，便可生情。譬如奕棋，記得譜多，也便須有過人之著。

三一

文章到極妙處，便一字不可移易，所謂無一定之律而有一定之妙。

援鶉堂筆記·文史談藝

〔清〕姚範 撰

《援鶉堂筆記·文史談藝》一卷

清 姚範 撰

姚範（一七〇二—一七七一），字南青，號薑塢，安徽桐城人。乾隆進士，官翰林編修，不著書，以校勘爲務。與劉大櫆友善，受方苞爲文義法。有《援鶉堂筆記》五十卷，《文集》七卷，《詩集》六卷。

《援鶉堂筆記》爲經史子集各部之讀書筆記，故又稱《經史子集筆記》。據方東樹識語，姚範殁后書多散佚，曾孫姚瑩始刻《筆記》于閩中，不全且多誤，后方氏整理重刻，即爲此本。其第四十四卷爲「文史談藝」，論文共六十四則，有方氏按語。姚範論文首推義理，講求文、理、義兼具，主張文需有六經之旨、六經之詞。崇尚渾穆莊重，反對輕利快便；重自然樸實，反矜張設色。認爲「文章高下，雖因作者工資力量，而亦不能無限于時代」；其論字句章法雖爲「文之淺者」，「然神氣體勢皆階之而見，古今文字高下，莫不由此」，意見頗允。其他論及題材、文體及文壇軼事，皆有所見而發。

有道光十五年（一八三五）刻本。今即據以録入。

（趙冬梅）

援鶉堂筆記・文史談藝

清　姚範　撰

謝深甫以崑山丞爲浙漕考官，一時士望。司業鄭伯熊曰：「文士世不乏，求具眼如深甫者實尠。」深甫曰：「文章有氣骨，如泰山喬嶽，可望而知，以是得之。」《宋史》本傳。

「古書雖質樸，而俗儒謂之墮於天也，今文雖金玉，而常人同之於瓦礫也。然古書雖多，未必盡美，要當以爲學者之山淵，使屬筆者得采伐漁獵於其中。」右《抱朴子・鈞世篇》中語。余觀葛洪著書，蓋亦浮華之士。《晉書》與郭璞同傳，而洪亦云：「竝美祭祀，而《清廟》、《雲漢》之辭，何如郭氏《南郊》之豔？等稱征伐，而《出車》、《六月》之作，何如陳琳《武庫》之壯乎？」是亦慕尚景純者。樹按：葛氏此論，可謂肆妄無忌。

虞道園《跋張方先生傳後》云：「史臣書事，惟戰功、文學、治迹則易書，隱君子之爲德則難言也。《太史公書・伯夷傳》載許由之塚，《東漢書・黄叔度傳》，其文雖不及於司馬氏，而能使後世擬叔度爲顔子，而人信而不疑，亦文章之難事乎。」東樹按：《學古録》有《張隱君墓誌銘》，不知於此爲一人否？此下云「歐陽公銘其墓，揭君爲之傳」，似非張直也。又張方以一字爲稱，未詳，或直字之誤。歐陽疑元功也，揭是文安曼碩。

《題歐曾二公帖》云：「歐陽公著書，所以資僚友之考訂者，謙至而周悉。曾公家書所以告語其嫂者，忠愛而敦篤。所謂盛代之德人，文學之師表也。學者因翰墨而想像其詞氣，因詞氣而涵泳其德業，所得不既多乎。」東樹舊讀《抱朴子》，亦嫌其浮虚華文，嘗著論道之。及見先生此條，私喜蒙見於前輩有合，故又特取先生記文靖此二條彙編於此，其旨温醇淵雅，可謂善言德行，善言文學矣。後學玩之，多所資仰，豈止采伐漁獵而已乎？

錢思翁鎮洛，創一驛館，命僚屬各作一文。謝希深與歐公皆五百字外，惟師魯只用三百八十餘字，語簡事備，典重有法。歐公愧服，遂載酒就之，通夕講論。師魯曰：「大抵文字忌格弱字冗。諸君文格雖高，少不至者此耳！」歐公奮然持此説別作一記，更減師魯二十字，而尤完粹。師魯謂人曰：「歐九真一日千里也。」東樹按：宋人説部記此等事，似皆不可信。

葉水心曰：「柳開、穆修、張景、劉牧當時號能古文，今《文鑑》所存諸篇可見。時以偶儷爲上，而我以斷散拙鄙爲高，自齊梁以來，言古文者無不如此。韓愈之備盡時體，正不自名，李翺、皇甫湜往往不能知，而況孟郊、張籍乎？古人文字固已極天下之巧麗矣，彼怪迂鈍樸，徒得其腐敗粗率而已。」樹按：正則此論未深喻文章精能之旨，存大體而已。

徐常待鼎臣曰：「文速則意思敏壯，緩則體勢疏慢。」宋景文自謂見所作文章憎之，必欲燒棄，梅堯臣曰：「公之文進矣。」劉堯述曰：「非謂文字簡勁爲儉急，其詞氣自儉急耳。韓退之爲文自然，多少雄渾。」

鄭毅夫獬與滕達道甫俱有聲場屋。廷試《圜丘象天賦》，滕賦首曰：「大禮必簡，圜丘自然。」自謂人莫能及。鄭但倒一字，曰：「禮大必簡，丘圜自然。」滕聞之大服，果居其次云。樹按：此宋人識見，蓋沿輕巧之習，不如滕句自然、渾樸、重厚。潘岳《西征賦》：「匪禍降之自天。」何義門編修移爲「降禍」，遂覺意與句法增重。

歐公在翰林時，擬《御試應天以實不以文賦》，以「推誠應天，豈尚文飾」爲韻。公賦末云：「臣生逢納諫之聖明，不聞直言之狂斐，惟冀愚忠之可采，苟避誅夷而則豈。」其詞韻亦拙矣。樹按：《隸釋·廣漢屬國侯李翊碑》倒用於陵仲子爲陵於，皆趁韻之至陋者，當以爲戒。

歐公《内制集序》：「涼竹簟之暑風，曝茅簷之冬日，倦餘支枕，念切平生，顧瞻玉堂，如在天上。」而《思潁詩後序》有云：「不類倦飛之鳥，然後知還，惟恐勒移之靈，却回俗駕。」此類文字，公自訂《居士集》皆入之，而《遊儵亭記》、《李秀才東園記》與諸他篇頗有佳者，皆棄而不録，殊不可解。樹按：歐公此二序俗韻特甚，遂開流俗。坡公無之，學者不可不嚴辨也。

子固於文多有襲用介甫者，如《禮閣新儀目録序》，「其所改易更革，不至乎拂天下之勢，駭天下之情，而固已合乎先王之意矣」，此介甫語也，又《與杜相公書》「鞏多難而貧且賤」一篇近《孫元規侍郎》兩書，《鵝湖院佛殿記》，緊健亦類介甫。

葉水心《書〈文鑑〉後》云：「刊落浩穰，百存一二，苟其義無所考，雖甚文不録，或於事有所該，雖稍質不廢。鉅家鴻筆，以浮淺見黜，稀名短句，以幽遠見收。」又云：「周必大承詔爲序，稱

建隆、淳熙之間，其文偉，咸平、景德之際，其文博，天聖、明道之詞古，熙寧、元祐之詞達。按吕氏所次二千餘篇，天聖、明道以前在者不能一二，其工拙可驗矣。文字之興，萌芽於柳開、穆修，而歐陽修最有力，曾鞏、王安石、蘇洵父子繼之始大振，故蘇氏謂天聖、景祐，斯文終有愧於古。此論世所共知，不可改，安得均年析號，各擅其美乎？及王氏用事，以周孔自比，掩絶前作，程氏兄弟，發明道學，從者十八九，文字遂復淪壞。則所謂熙寧、元祐其詞達，亦豈的論哉？」

大凡文字援据雖有詳略，然必具見端末，如《冬官》「門隅之制五雉，宫隅之制七雉，城隅之制九雉」，「經涂九軌，環涂七軌，城涂五軌」，此文但摘引二句，便語之不詳。又古文雖不論對，然之而本實，與輞之牙相類成文，便覺虛實之間不成文句。且匠人、梓人、車人事不相蒙，亦似漫及。

適畊南以集寄余，客有稱此序者，聊舉正之。

李習之《答朱載言書》：「列天地、立君臣、親父子、别夫婦、明長幼、浹朋友，六經之旨矣。浩乎若江海，高乎若丘山，赫乎若日火，包乎若天地，掇章稱詠，津潤怪麗，六經之詞也。創意造辭皆不相師，故其讀《春秋》也，如未嘗有《詩》；其讀《詩》也，如未嘗有《易》；其讀《易》也，如未嘗有《書》；其讀屈原、莊周也，如未嘗有六經也。故義深則意遠，意遠則理辨，理辨則氣直，氣直則辭盛，辭盛則文工。如山有恒、華、嵩、衡焉，其高者同也，其草木之榮不必同焉。如瀆有淮、濟、河、江焉，其同者出源到海也，其曲直淺深、色黄白不必均也。如百品之雜焉，其同者飽於腹也，

其味鹹酸苦辛不必均也。」習之論文，可謂赤心片片説與人矣，後之學者於此取衷焉可也。又云：「文、理、義三者兼并，乃能獨立於一時，而不泯滅於後代。」翱非親炙韓公，其智豈能及此？又其論韓公曰「氣厚性通」，四字亦當。

文章高下，雖因作者工資力量，而亦不能無限於時代。如昌黎書文涵蓋千年，然較之盛漢，則不免一間。雖《孟尚書書》可謂工極，以視史遷、楊惲二《書》，則氣韻高古沉重，去之遠矣。惟《與柳鄂州》二書庶可與庶子王生《與蓋寬饒書》並耳。

柳州《石鍾乳記》從李斯《逐客書》來，前後氣韻短促，渾雄高厚去之甚遠。即如中段設采奇麗處，李則隨意揮斥，不露圭角，而葩豔陸離；柳則似有意搜用怪奇，費氣力模擬，而筋骨呈露。

漢體自是高似唐體，唐體自是高似宋體，昌黎無論，即如柳州永、柳諸記，削（璧）〔壁〕懸厓，文境似覺偪側，歐公情韻或過之，而文體高古莫及。

字句章法，文之淺者也，然神氣體勢皆階之而見，古今文字高下，莫不由此。

朱子云：「韓昌黎、蘇明允作文，敝一生之精力，皆從古人聲響處學。此真知文之深者。」

宋人作序前，多有冒頭，序其原由情節，惟昌黎不然，闢頭湧來，是其雄才獨出處。

昌黎於作序原由，每能簡潔，而文法硬札高古，歐、曾以下無之，惟《楊寘序》有其意，然以多疾之體，六七句綴之，終不似。

昌黎雄處，每於一起一接一落，忽來忽止，不可端倪，宋六家及震川俱犯駁蹇之病，歐公《峴山亭》風流感慨，昔人推之至矣，而間不免於挨次迂弱。

《峴山亭》「而(且)〔其〕名特著於荆州者」，「者」字不如「蓋諸山之小者」「者」字文法，「其人謂誰」二句可删。

震川希心於歐、曾，如《見村樓記》，中段烟波生色處最佳，然「予能無感乎」，音韻輕促，不逮歐公。

凡文字貴持重，不可太近颯灑，恐流於輕利快便之習。

凡文字輕利快便，多不入古，纔説仙才，便有此病，李太白詩、蘇東坡文皆有此患，莊周亦間有之。

莊周之文如飛天仙人，絶世聰明語，不容第二人道得，列子較之便平。

《列子・周穆王篇》前路絶世之文，列之逸，於此篇可見。

左丘明之文，須看其摹畫點綴，千古情事如睹，而天然葩豔，照映古今。

《國策》之文有數種，如蘇、張之辨，則形容炫燿，《顔蠋説趙太后》等則淡遠高妙。蘇氏學《國策》，亦祇得其一節。

太史公至處，班固不能到，即如《蕭相國世家》「以帝嘗遊咸陽時『何送我獨嬴奉錢二』也」一

句，太史公自語未了，忽入高帝口氣，摹畫玲瓏而文法奇絶。又如《平準書》叙文、景後方入「至今上即位數歲」，忽説漢興云云，皆絶奇，且於文、景亦不説其盛處，至此方摹畫之，如此乃可謂之涵蓄深遠。

韓昌黎《畫記》學《考工》，而或者謂似《顧命》，則不然，渾穆莊重，豈能如《顧命》哉？

《五代史》文字卑弱，較之班固，始不及矣。

《五代史》共推傳贊，而《伶官傳》世人尤好之。然原莊宗之所以得句，似近世時文原題，而中段極力形容處太矜張，太史公定不如此。

鼂補之《捕魚圖記》、《學畫記》，雖錯綜變化，一齊讀去，較之昌黎體勢，似緩然自工，中間亦略設色。

《羅漢記》遠不及《捕魚圖》，過於摹擬，亦近矜張，且多不成文法處。

弇州惜震川銘詞不古，人多詈之。然銘詞不古，自是病，如昌黎銘詞之佳，何嘗平顯。

文字大小長短不論，如王文公《萬言書》不及一篇《廖道士序》，《董邵南序》冠絶古今，然較之史公，自有崖塹。

文字筆瘦多奇，然自是小，如太史公不須如此。

王荆公堅瘦，又昌黎一節之奇。

王文可謂惜墨如金。

歐文黄夢升、張子野《墓誌》最工，而《黄誌》尤風神發越，興會淋漓。然皆從昌黎《馬少監》出，而瑰奇綺麗，歐未之及也。

震川傳惟《陶節婦》最勝，然「歲月遥遥」等句流於輕便，太史公文法無此。

震川惟傳記文爲佳，而序文平順流衍，十首一律，《夾江先生序》議論極大，然不免死説。若韓公則如天馬行空，不如此説煞。

文字自是貴藻麗奇怪。屈、宋以來，再變而爲相如、子雲，皆如此，昌黎《南海廟碑》壯麗從相如來，豈宋人所能及？

文至後人，翻前人語愈工，如「洞庭波兮木葉下」，《月賦》「洞庭始波，木葉微脱」，刻意形容，光景愈出，而文法蒼然已不如前。

《史記》起勢勇猛處，震川時文内得之，古文反不能，何也？制義體自宜於渾穆，不宜入瑰怪。

王文公《萬言書》不免低頭説話之病，坡公《萬言書》，力量大於王，然無可學處。

西漢文法莽蒼，亦有過於硬插。

文字須有「入不言兮出不辭」之意。

文字須有周彝商鼎之色。

《戰國策》可謂能文，所少者，蒼黯含蓄之致。

歐公文字，玩其轉調處，如美人轉眼。

歐公文每於將説未説處，吞吐抑揚，作態令人欲絶。

楊子須得其章法簡古，句字生新，荀子當得其一段洋洋灑灑，暢所欲言之致。

凡作文須令丘壑萬狀，若小文自須高古，故昌黎云：「雍容乎大篇，寂寥乎短章也。」

句字之奇，宋以後大家多不講，此亦是其病處。

文字精神，至太史方入神妙，班史但可謂旺相耳。

《五蠹》文佳，但亦有嘮雜處。

相如之《諫獵》，真聖於文者，下面方似有説話，忽然止却，插入他説，忽然而接，變怪百出，而神氣渾涵不露。　雖以昌黎《師説》較之，且多圭角矣。

王文肅稱熙甫先生之文如清廟之瑟，一唱而三嘆，無意於感人，而懽愉慘惻之思溢於言外，可謂大雅不羣者。　東樹按：以上自文章高下論文四十七則，皆言文之深趣奥旨，可與韓柳、李習之、蘇明允、朱子、歸熙甫諸賢之語相印，可所謂正法眼藏也。　以樹少時所聞，内多海峰劉先生語，然先生與劉先生同術相友善，或識論素合，今不可辨。政如朱子《四子集注》取明道、伊川語，但題「程子」，不復區别，以其道之同，即一家言也。　劉先生有《論文偶記》刊行於世，要其

緒言餘論尚多，不盡刻編。

歐公《有美堂記》，望溪極詆此文，又云：「公嘗與人書，言此記爲隨俗應酬而作。」按公與梅聖俞簡云：「梅公儀來，要杭州一亭記，述遊覽景物，非要務，閒辭長説，已是難工，兼以目所不見，勉强而成，幸未寄去。幸爲看過，有甚俗惡？幸不形迹也。」此自别一亭記，非此記也。其亭記《居士集》、《外集》并不見，蓋已芟之。公文雖宋體，然勢隨意變，冲融翔逸，誦之鏘然。

誌止是立石爲辭以誌之，銘即誌耳，故或稱誌銘，或稱銘誌。劉顯卒，友人劉之遴啓皇太子爲之銘誌，今《梁書》載其詞。觀前人石刻墓誌，有「有序」二字，以目其散文。《文選》謝朓《和伏武昌詩》，善注引徐冕《伏曼容墓誌序》云云是也。若後無韻語，則即散文亦可謂之誌，唐宋諸公集皆有之。若有韻語，前當謂之序，歐公《論尹師魯墓誌銘》云誌言云云，銘言云云，是以誌銘分爲二，以序獨爲誌，蓋是誤也。《北史》叙傳言李行之口授墓誌，以紀其誌云云，下又云乃爲銘曰云云，所謂其誌者，兼目下序及銘辭，非以誌銘爲二，如歐公意也。

穆堂云：「按直叙其人行事以爲誌，而以四言韻語括之以爲銘，此誌銘正體也。韓昌黎於單寒、冗散、朋舊、親暱小誌銘間，仿《史記》傳贊，孤行仄出，爲險句奇體，以寄哀憤而已。其王公大篇如曹成王、徐偃王、劉統軍、許國公、江西觀察王公、袁氏、烏氏諸廟碑銘，無不用四言韻語，鋪陳終始者。唐人神道、墓誌多用一人爲序，又别一人爲銘，安所得誌外義意而銘之？」範按：《北

史・樊遜傳》，魏收作《(庫)〔厙〕狄干碑序》，令孝謙爲之銘。張堯夫卒，尹師魯誌其墓，歐陽公爲之銘，亦其例也。余向謂誌銘無别，然《北史》叙傳有口授爲誌，後爲銘云云，則亦分爲二，記詳。

歐公《謝希深誌銘》云：「太史公，世稱其文善以多爲少。今予不能，乃不暇具書公之事，而特著其大者略書之。」又云：「使公而壽，且用極其材，則凡今所書，又有不暇書，而又著其尤大者爾。」以上論文

經書卮言

〔清〕范泰恒　撰

《經書卮言》一卷

清 范泰恒 撰

范泰恒，號無崖，河内（今河南沁陽縣）人。乾隆十年（一七四五）進士，官崇義知縣。約乾隆二十五年（一七六〇）前後去世。有《燕川集》。

全書九則，對《尚書》、《周易》、《毛詩》、《禮記》、《周禮》之《考工記》、《春秋》、《國語》、《論語》、《孟子》等古籍加以考辨論議，其説多有見地。論文無厚古非今之成見，而以文章實在面貌論其價值。

有《昭代叢書》道光十三年（一八三三）本，今即據以録入。

（崔　銘）

經書卮言

清　范泰恒　撰

《今文尚書》或莊古，或奇倔，氣味醲厚，尋繹不盡。《古文》淺薄，又多割裂增益，僞造無疑。前輩歸震川、郝京山，近日李穆堂辨之詳矣，然非深入古人堂奥，殊信不及。宋人尚兩歧，況今人乎？向在京見彭茶陵座師抄本，崇尚今文，適合鄙見。但古文氣骨雖輕，有可觀者亦採之。

《周易》文字，至周始立，卦爻辭尚矣。孔子「十翼」，《彖》、《象》傳簡而蔚，《繫辭》、《文言》、《説卦》、《序卦》、《雜卦》諸傳，奇變無方，有德有言，言故莫加。今經殊割裂。近復古經，而上下《繫辭》尚有錯簡，宜入《文言》者。湛若水《周易測義序》論詳矣。訂正之，始毫髮無憾耳。

《毛詩》詠歌王化，象在言外，後世文人但祖爲風騷耳。《國風》之隱約，《雅》《頌》之鋪張，大制作豈能外也。余常謂史公贊得《風》之遺，昌黎銘詩具《雅》《頌》之觀，面貌或肖或不肖，不足論也。

《禮記》文最雜，有周有秦有漢。《曲禮》之古奥，《檀弓》之峭逸，《月令》之肅括，其他樸茂温醇，亦多斐然可觀者。至《大學》、《中庸》二篇，本無錯簡，斷章亦不必。李安溪、王若霖、李穆堂常詳論之。或曰此亦漢文，周人無此格，亦確論也。蓋漢人儘多精言，但不似宋人好標榜、立名

號耳。世有篤古者當自辨之。

《周禮》之《考工記》，或曰出自漢人手，但博奥奇古，與《檀弓》並稱兩美，非《吴越春秋》、《越絶書》比也。去彼取此，有以夫？

《春秋經》，綱也，無傳則目不詳，顧古人經傳各爲書，非以傳附經也。杜預分傳麗經，割裂罕通，與《周易》今經同弊。向見茶陵師抄本，上截書經，下截列三傳，可謂變而不失正者。又俞寧世選《左傳》，類經於前，總傳於後，事具首尾，文無磔裂，是亦可尚也。《公羊》、《穀梁》峭冷拗折。三善備矣，缺一則不可。

《國語》記事，爲《左氏》外傳，信矣，但較繁麗，善學如柳柳州可也，與《左氏》是一是二，第弗深考。

《論語》之文淳古淡泊，高不可及。其中有似《左史》者，無點綴痕；有似《國策》者，無蹈厲氣；他或數言成章，一句成節，含蓄深遠，探討無盡。雖上、下《論》記言似非一手，而神妙則一也。顧嘗自怡悦，不敢舉似，惟胡泰舒先生論文首及之，故知具眼人有真賞也。

《孟子》之文恢奇怪變，隨事賦形，色相不執，兩《論》後又一開天手也。無孟之奇變而妄希兩《論》之淡泊，躐矣。非外强中乾，即枯木朽株，庸足觀乎？舊傳宋人評未當也，魏叔子批點《齊宣王章》，筆妙盡見，惜他不及耳，意度波瀾輒爲拈出。

經書卮言跋

無厓太史古文辭，毘陵錢文敏公嘗爲之序，稱其議論縱横，氣蓬蓬不可遏，若疾風起山谷，吹雲氣，大小絡繹奔赴也，若濟水伏流遇淺土，騰躍而上出也，若珠之走而汞之飛也，若大火燎原野，其光赫然，百步炙人，不可近也。蓋推許之甚至。惜原集無由得見，因從《今文存雅》中録其《卮言》數則，以見一斑。癸酉孟冬震澤楊復吉識。

惺齋論文

〔清〕王元啓　撰

《惺齋論文》一卷

清 王元啓 撰

王元啓(一七一四—一七八六),字宋賢,號惺齋,又號祇平居士。浙江嘉興人。乾隆十六年(一七五一)進士,任將樂縣知縣,後展轉主書院講席三十年。篤守程朱之旨,爲文宗奉韓愈。不僅博通經史,且擅曆算。有《祇平居士集》、《王氏家訓》、《勾股衍》、《讀韓記疑》、《讀歐記疑》、《惺齋先生雜著》等。傳見《清史稿》卷五〇六。

《惺齋論文》三卷,選録第一卷。此卷分兩大部分:一《論讀法》,强調讀書精審,熟察每一個字,「精心析理」以「致知」,學習前人作文方法;二《論作法》,所論雖爲八股,但持「以古文爲時文」之觀點而論及不少讀書作文之一般規律。并由此談讀書心得,評作家作品,論文章優劣,推崇《史記》、韓、歐,貶斥摹擬之風,不乏可取之見。但分析文章風氣演變規律,有循環論之偏頗。

《惺齋論文》今存兩種刊本:一爲《惺齋講義》本,刊於乾隆四十年(一七七五);一爲《惺齋先生雜著》本,刊於乾隆中。今據《惺齋講義》本録入。

(顏應伯)

惺齋論文

清 王元啓 撰

論讀法

前輩讀書，必兼看讀倍讀之功。專事看讀，便恐率意任口，不加思索；專事倍讀，又恐一味强記，或有錯謬。故須看讀倍讀兼行。看讀上口，即用倍讀；倍讀有誤，復加看讀。倍讀誤處，即私作一記認，必使勿復再誤後已。此亦所謂「有不善未嘗不知，知之未嘗復行」，顔子之所以不貳過而能成大賢者，此也。以後日課格簿中，併須註明：看讀幾遍，倍讀幾遍，又看讀幾遍，方有切己體驗之益。

書中無疑，要看得有疑，有疑却看到無疑，方是有功。今人不會讀書，只是一直看去，並没有疑，及經明白人逐句指駁，便目瞪口呆，茫然不知所以爲答。可知他自以爲無疑者，其實滿腔子都是糊塗，所謂蓄疑貯惑之胸也。

聰明人讀書，初讀時，字字有疑。不必是疑其不然，但或彼所言者如此，我試稍爲變易，亦似

理有可通，彼獨何以不然，其中必有緣故。如此漸漸思維，便覺彼所言者漸漸有味。解得一字，又去解一字，則所疑者少，而會悟者多矣。久而久之，讀得字字無疑，乃至字字必不可易，則其所會悟者，當有不知足之蹈之，手之舞之者矣。

吾嘗論讀書須用抽添倒换之法：將此句抽出一兩字讀之，見此句之必不可減；添入一兩字讀之，見此句之不復可增；又倒其先後之次讀之，知其序之必不可亂；又以他字相近之義，换出本字讀之，知其辭之必不可易。每句皆須如此研味，方有進益。我讀《韓文考異》，知朱子實用此法讀書，但未説破耳。

龜山論讀書之法，以身體之，以心驗之，從容默會於幽閒静一之中，超然自得於書言象意之表。我謂善讀者，無不如此。

讀書必記遍數，此朱子苦口教人之語。荀子云：「誦數以貫之。」不滿足遍數，如何能貫？揚子云：「古之學者耕且讀，三年而通一經。」惟其每首必足遍數，故一經之熟必俟三年。近人專事剽掠，一日之内，可盡數十卷之書，然徒記其卷目篇第，便侈然自以爲博覽，於此中是非得失之故，茫乎未有知也。稼書先生見客既退，語其徒曰：「某之學，記誦辭章之學也。」記誦之學，止可作辭章驅使，必無有深造自得之益。

吾嘗論一字有一字之尺度分量，兼且有一字之性情色貌。尺度分量者，廣狹輕重之謂，至其

色有枯潤，貌有莊諧，與其性情之有剛柔静躁，皆須一一精審而熟察之。譬如：曰奇、曰隻、曰單、曰獨、曰孑、曰孤，皆一之謂也；曰耦、曰雙、曰複、曰儷、曰兼、曰對，皆二之謂也；然當其運用時，各有的確不容假借之勢。使彼此皆可相借，則古人制字時，但制一二奇耦等字已足，何用多此紛紛。

董思白謂：「《史記・刺客傳》叙『荆軻逐秦王，秦王環柱而走』，幾於意盡語竭矣，忽用『而秦法』三字轉下，又生出多少烟波。」此爲後生才思窘薄者言之，非深知《史記》者也。史公特舉秦法，乃爲上一節逐處彌其滲漏，用筆甚細。如繪指上旋螺，一絲不容紊錯。蓋當此危迫之際，但言羣臣失度而已，則似立視其主之死而莫救，故用「侍殿上者，不得持尺寸之兵」句解釋之；朝中設衛甚嚴，何至無一人持兵？則以「諸郎中執兵皆陳殿下」句解釋之；在殿下亦可疾趨而上，又用「非有詔召」句解釋之；須詔召，則立時傳詔亦可，又用「方急時不及召下兵」句解釋之；然後説到「惶急無以擊軻」，用「以故」二字接入，如珠走盤中，員轉快意。正爾説得無措，又急用手共搏之，侍醫以藥囊提之，作此閑處著忙之句，使侍殿上者不至竟如土偶。如此，乃爲事理曲盡，摹寫逼真，而胸中亦無不罄之藴。僅僅以多添幾行文字爲言，所見亦淺矣。○《左傳》僖十五年《韓之戰》，先叙晉侯棄信背德，作四層蓄頓，然後接入「故秦伯伐晉」句，真西山謂：「如具大獄然，真名筆也。」余謂彼處「故」字，落得方嚴有勢，《荆軻傳》「故」字，接得員轉有情。體各不同，然皆就

所以然處著筆，其爲批郤導窾之用則同。右《書董思白論文後》。

子曰：「知變化之道者，其知神之所爲乎。」文章之妙，全在變化。如昌黎《送楊巨源序》，借二疏引入，兩家各有事蹟，正相對照。然使彼此平叙，有何情趣？佳在叙楊侯之去，將去後一段光榮截住不說，便說與二疏無異，然後借二疏事，翻說到楊侯，又就楊侯事，翻說到二疏，故能波湍疊湧，足使觀者目眩神迷。又如《送石洪序》，其神施鬼設之工，尤難句爲梳櫛，姑就首一節言之。首節叙衣食二事，衣字暗説，食字明説，冬夏分説，朝夕合説。上下兩「一」字亦不同，裘葛異時，飯蔬同設，其句法參錯變化如此。此下叙石生與人交接處，分一却一就，一嘿一語，而上三項各爲一問一答，末段問處分四項條欵，答處疊下五個譬喻，變作三樣句法，而其中又暗貼上文四項，針縷最密。如所云「河決下流」，是語道理如此；「輕車熟路」，是辨古今事如此；「燭照數計」，是論人高下如此；「龜卜」，是論事後成敗如此。句法字法，無一不工妙奇絶而參差入化，皇甫湜所謂「精能之至，入神出天」者也。楊序看他用賓主之法，石序看他用排耦之法。近人一講賓主排耦，便一往死板對去，安得有此變化？〇《龍説》分六節：一首四腹一尾。首尾雲龍合說，中四節分說，俱用一開一合，而前二節正說，後二節反說。反說處即以洗剥前二節正說之意，故能深淺相承而不複，文極變化。茲爲指抉其蹤跡出没之所，以曉觀者，使知變化中，其間架精嚴復如此。再如第三節，龍乘是氣，因而茫洋，因而窮極玄間，上薄日月，光景俱爲之伏，光景伏

而雷電作，雷電作而變化神，以至水及下土，汩及陵谷。凡二十四字，字字相生，真可謂細入無間，粗心人專事饞扠大嚼，烏能識此至味？

《五代史・伶官傳論》，淋漓俯仰，説者謂其神似史公《項羽贊》。然此文前後兩舉盛衰作歎，讀者何以不嫌其複？謂前段盛衰字於句尾倒煞，後段却於句首提唱，文勢有前逆後順之異。此亦不過皮毛上事。須知他前段用筆處盛實衰虚，後段却又盛虚衰實。又其體勢，前段先耦後奇，後段却又先奇後耦，所以能變化無方。粗心人不知變換，正使明分順逆，終成複叠，如何得此神韻横流。〇文以意爲主，古來唯司馬、歐陽二家足當此語。他如班固、王安石輩，文極雕繪之工，然止意盡言中。歐陽得《史記》之深者，故其用意每在言外。如《峴山亭記》，因史君欲借片石留名，故特舉名所由致者告之。其言元凱、叔子所爲，「皆足以垂不朽，余頗疑其反自汲汲於後世之名」，此文章緊要關鍵處，一篇眼目所在。中言「兹山待己名著」及「陵谷有變」等云，皆極用意之句，指點甚微。末言二子自待者厚，所思者遠，使之於此求之，所以致名者固有在矣。其文用意深厚，而措辭微婉如此，令人感歎。又如《辭范龍圖辟命書》，范以書記辟公，其知公者淺矣。公所爲起而辭之，其文語語托諷，却無一語矜張。末幅，一處范公現所辟士，知之尚有不盡之處；一處自重之士，不輕炫鬻，將終不爲范公所知。句句自立身分，却又得忠告善導之方。又如《荆南樂秀才書》，蓋與柳子《答杜温夫書》同意，但措辭微婉，不作一伉直語，較爲可味。然自歐公

死，至今且七百年，評其文者不下數十百家，無一語能窺尋及此，可知文不易讀，而歐公之用意深矣。《史記》及韓歐文，先生各有評本，獨此數條，因批講時藝及之，故附録於此。尚玨識。○以上論讀古書。

學文切勿爲外間浮論所惑，當只去揣摩先輩，學先輩有道，只去細分他層次。分層次之法，虛實淺深四字盡之。只兩句接連，便須看他不重複之故，必然是上虛下實，上淺下深；兩股對看，必然是前虛後實，前淺後深。就中對句，各有線脉相承。必不是出股首句，可接對股次句；對股首句，可接出股次句。再就四股相承而看，必然是兩虛兩實，兩淺兩深。合八股觀之，又是上四股虛而淺，下四股實而深也。若能如此細看，則讀文時竟如看西洋景一般，越看越細，心思自然靈妙無方。若只學得幾句正面老實話，便如大屁股人一樣掇身不轉，但覺其重滯而不靈。若能依我讀文，則心思蟠際處，可以頃刻而周六宇，筆勢縱横，如仙人之乘雲駕鶴，自然脱盡鞅絆，不可控馭矣。何苦埋身泥淖中，一步不能自由乎？此下專論時文。

文字中有一窘處、複處、亂處，便不是佳文，能不窘、不複、不亂，佳矣。又須知其所以能如此者何故，處處虛心體驗，而能得其所以不窘不複不亂之故，則如得了仙人之指觸處，可以點石爲金。譬如他有上句，又會得生出下句，此是不窘。然將下句比較上句，却是兩層意思，此是不複。雖是兩層意思，却又俯仰相顧，而先後恆適，此之謂不亂。從此推求其故，若是接筆，則其中必有虛實淺深遠近親疎之異；若是轉筆，則其中必有正反開合賓主之分。推而至於股法，則有出股，

又有對股是也。推而至於篇法，則有前兩股，又生後兩股，有前半篇，又生出下半篇是也。篇法股法，則於大處分其界限；一節一股，則又於小處逐句分其界限。如此逐處研思，則剖析既積，胸中意理自多，兼能逐處安排先後，其爲文也，自然不窘不複不亂矣。虚實淺深諸法，人人知之，却不能逐處印證，故其知之甚粗。惟將古人文逐句爲之印證，則鑿鑿然知如此之爲虚，如此之爲實，如此之爲淺，如此之爲深，雖以之讀《左傳》、《史記》，皆如面語矣。豈特此也，雖六經之文，皆可以窺之矣。

讀文時，勿專向有字句處齟齬。前聲已歇，後聲未來之時，此中大有文字，大可尋味。於此尋味得出文字來，方可言通。無字句處，如何又有文字？一切虚神照應及語外襯貼之句，皆是也。文無一句無襯貼之語，亦無一句無照應之神，能向此中涵泳，則讀先輩文其取益固深，即讀近墨，亦能知所審别。舍短取長，何往非受益之地。如不得其道也，專去掇拾字句，爲襞積累湊之計，先輩之與墨卷，皆足爲害於人。

諸生問道所由。僕以爲善取法者，求諸己而已。金正希奉王季重小題文爲則，而論者以爲高出山陰數倍。嘉、隆以前，王、李之徒，酷摹《史記》，而震川斥爲一字不通。非《史記》之文，反不如季重，取法有善不善而已矣。

讀文之法，必須虚而與之委蛇。自心中不横梗一意，硬作主張，是之謂虚。文中反覆曲折，

前呼後應，逐處循其自然之節次，一一研味周至，不留半點孔隙，爲我意灌注不到之處，是之謂委蛇。虛是廓然而大公，委蛇是物來而順應；虛是無私，委蛇是當理。譬如官府聽訟，虛是不受囑托，委蛇是曲盡兩造之辭。

讀文大忌作屠門大嚼之態。歐陽詹幼時，從人問章句，一言契心，移日自得，長吟高嘯，不知其止。此方謂之善讀書。善讀者，一句書要讀得出無窮滋味，屢次反覆，不能去口；不善讀者，一口氣便讀得數百千字，其實無一字入其胸中。如食物然，物雖下咽，而其甘酸之味，良久猶留舌本，與我之津唾相浹，屢噍而尚有餘香，如此，方可謂之知味。陸放翁詩：「客去茶香留舌本，睡餘書味在胸中。」試嘗想此意象來。鈍根人擁書在案，只會得過屠門而大嚼，毫無一點書味在胸，如何能吐得出氛氳之氣？

每篇先看他點次出落之法，於此見古人謀篇製局、層理脉絡之妙；其次再看他著意搜剔題義、摹取題神之處。

一切古文，亦須從先後界畫上看起，勿便講求高妙。界畫上看得分明，則行文時自然出落有法。

讀文時，字字要看他消納之處。或向上文消納，或向下文消納，或於實處消納，或於虛處消納，總要有個消納處，方字字還他著落，否即浮漫無歸。

讀前輩文，要字字細分層次，則意多而文不空滑，且義明筆透而辭不粗重。大概文字不能進

益，非空滑，即粗重，只此二病。

讀文章，全要在筋摇脉轉處，看他得力在於何字。不向筋脉上研求，只記得幾句庸濫辭頭，必無進益之處。

程子云：「涵養須用敬，進學則在致知。」讀文不輟，不過是涵養之功，要精心析理，方是致知。能致知，其學方能日進。

讀文則專心致志，揣摩先輩，看他層次出落之法，只此一語會心，受益無窮矣。好文字，無一字無層次也。

讀文時，雖一字之異同必加研析，則臨文措語，自露精鍊之色，與夫切密之味。

讀文有二法：合兩比對看，左右不可移易；就一比直看，上下一線相承。

附示兒帖

尚玨所得手帖頗多，戊辰一帖，久經録入文集。現在行篋所存，唯近歲四五帖，今并録附於此。

世人動言知易而行難，又云不貴言而貴行，吾意不然。不能精究於言，必不能深知其理。不知其理，不特行之多舛，先無自激發其欲行之志，縱使行之偶合於理，亦適成其爲「可使由不可使知」之凡民而已。若聖賢之學，必貴其能知。其能知者，必其能言者也。《中庸》論「誠之」之功，曰：博學、審問、慎思、明辨、篤行。行之功一，而知之功居其四。知之功四，而言之事居其二，問

辨是也。思者，言之不發於口，而心之自爲問辨者也。舍言無以爲思，則思亦言也。故求知之功，先貴於言以求之，言之能順理而成章，則其心之蒙蔽日以祛，事之脉縷日以析，率而行之，歷曲折之途，而皆能如吾意所欲達，不然徒罔罔耳。今試驗之於人，其言之格格不能吐者，必其昏濁之甚者也。昏濁之甚者，其於一己之性情，皆茫然不得所主。喜怒哀樂之發，必不能中節，以之待人接物，必不能處之皆得其當。故孟子曰「博學而詳說之」，此言以求知之明證也。然孔子又曰：「先行其言，而後從之。」何也？孔子之所謂言，皆教人之言也。教人者，本己之所有餘，而推以及人，則必慎之訥之，悉驗諸既行之後。若理有未明，而求以明之，此學者爲己事也，則當審問之，明辨之，詳說之，預求諸未行以前。此孔子、子思、孟子之說，所以並行不悖也。戊辰三月

成書甚復不易。韓子云：「其爲也易，則其傳也不遠。」非好學深思之士，烏能知此言之有味？我每閱舊文，如頮沐。然每閱一次，即須洗去一次泥垢，泥垢蓋累洗不盡也。世人脱稿即刊其文，尚不堪自爲覆閱，烏能使天下後世奉爲準則？《濟寧圖記》，雖耗我一載心血，然幸未發刻，故得累肆攻錯之功，庶幾小臻完粹。《天官書》，抄來又有刊削，蓋愈刊削則愈精。雖舊註，亦須刊削也。因思我作文時，幾欲削膚到骨，然終恨膚多於骨。文豈可易言佳美乎？如語已達，猶恐愚人不明吾意而再言之，此皆道未足之故。道足者，不患人之不知。昔人著書，豈專爲愚下人指示？故曰意達即止，不多一語，乃真天下之至文也。

《大全》、《或問》，已修補成帙，今以付汝。我一生學問根柢，全在十五六歲時。看透了《學庸大全》、《或問》，此後便無不可讀之書。此二書不能讀，休言萬卷縹緗。昔唐荆川讀書山中，看了一月《程朱語録》，慨然歎曰：「今人見此等書，輒視爲腐頭巾語，不知此等書不讀，雖讀破萬卷無益也。」後輩學問鬆，但論時文，亦日流污下，秖緣不曾讀得此等書耳！故今以付汝，汝欲繼我志，須先精誦《大學》、《中庸》，先儒所説，一字不容忽過。再求《朱子遺書》中《伊洛淵源録》、《上蔡語録》及《論孟精義》，石氏《中庸輯略》，再則陳北溪《字義》，皆我學問之底本也。

吾目不觀近代之書。弱歲時，汝穀原伯，得王衡《墓銘舉例》一書，鄭重見付。曰：「子素究心碑版之文，是書不可不閲。」略繙數頁，語之曰：「此以資不學者之談柄，則善矣。吾讀韓集誌銘，其例無所不該。此所舉者，吾正嫌其有漏耳。」《書》云：「惟學遜志。」《孟子》曰：「深造而自得之。」太史公曰：「好學深思，心知其意。」吾用朱子註《四書》、《楚辭》、韓文法讀古人書，無不可以推見至隱，何用依人墻壁。寄來《日知録》，所論「閏三月」及「正月啓蟄」數條，其要義不過數言可盡，而曼衍至如此之多。昔人譏《北魏書》連篇皆州郡官爵名號，吾亦譏明季到今名士著述，連篇皆古人書目，此僅可與吴興書賈鬬富，古人述作之體，似不如此。今將「閏三月」一條，採入《史記・曆書》，「正月啓蟄」一條，採入《漢書・律曆志》。然「閏月」一條，幾三百言，今取七十餘言；「啓蟄」一條，幾四百言，今存百言。汝試觀之，亦可知文章烹煉之方矣。

凡屬第一層人所共説之話，衝口即是者，必須禁止。禁之久，即俗語自然不得干我筆端。元遺山云：「文須字字作，亦須字字讀。」今人讀書，止會囫圇讀去，故其見之於文，亦止會囫圇用來，此謂不化之完穀耳。胸中須自具鑪韛，投之即化。其用之於文也，亦字字從胸中鎔鍊而出，無一字直抄舊人。如此，方能遠俗。韓子云：「從古於辭必己出，降而不能乃剽賊。」今徒以剽賊爲文，故欲求一言之幾乎道，不可得也。胸無卓見，動輒爲古人所綑縛，以至抄襲成語，整行不休，此直謂之動撣不得可耳。右四首，皆乙未歲諭帖。

我本從村教書出身，汝看書有疑，只顧來問。古云：「斅學相長。」凡我所辛苦而僅有之者，皆由與學生講論辨難得來。我與學生講論，雖至愚極陋之子，亦必字字與之剖析一是非之理，使之怡然而有悟。蓋觸處研窮，不稍存吝教之意，亦不作一降格之談，所謂師子搏兔，亦用全力。初不爲拙射變其彀率，所以志趣常向絶頂一層，而見解亦復能日進於高明。汝謂替人改文，却可服人，自己却做不出。只要立定志向，不肯放倒架子，久久自能做得出。做出來，自然不同乎人。我嘗悟得子貢以教不倦爲仁，而《中庸》復以成物爲智，兩處皆屬深切事理之談，庸人所不曉。不倦，是就他立心處言之，非仁心爲質者，不能始終無倦。成物，却就造就人材到有功效處説。憑他智愚賢不肖，人人能因材而造就之，此非智周萬物者不能。此説自謂能抉經之心，其他因汝疑問而著爲論説者，今一一付汝，并可録入講義也。丙申三月

論作法

文章風氣之變，視前所偏重爲轉移。雅淡之文，流爲薄弱，則拓之以滿暢；滿暢之文，流爲平漫，則束之以整齊；整齊之文，病於疑滯，則矯之以英鋭；英鋭之氣，激爲怪奇，則復歸於雅淡。此循環之理，如四時寒暑之相易，不可强者。然此特其體貌耳。要其心精所徹，足以常留於宇宙之間者，初不因體貌而有殊。僕嘗以二言概之：曰清曰深。析理精而不混，則清；命意切而不浮，則深。得其清深，則平奇濃淡，雖累易其體貌以從時，而其骨體迥然自異，又何有乎前所云諸弊哉。〇學文之法，在乎勤作。或觀書有得，或理舊文有觸，即自援筆擬作一首，以達其見。無問早晚，乘間即爲之，切不可畏難而止。又師友辨論之功，斷不可少。當時與前輩能文者相近，其他同列之士，一與會合，即自罄所欲言，與相辨論，理愈辨則愈明。口舌之功，可以抉心障而發天光，毋徒默默已也。乙五四月《與朱甥信書》

嘗論士人讀書著文，求之古者，貴其能解，出之己者，尤貴予人以可解。昔昌黎稱孟東野之詩曰「妥帖」，稱樊宗師之文曰「文從字順」，皇甫持正之稱元次山曰「心語相應」，其稱昌黎曰「章妥句適」。至宋蘇氏父子自言其文，則曰「所向如志」，曰「意之所到，曲折赴之」。從古魁人傑士，能以其言自立於不朽者，不過歸於辭達而止，所謂能與人以可解者也。予人以可解者，必先自求

其解。孟子云「以意逆志」；史公云「好學深思，心知其意」；杜元凱云「優而柔之，厭而飫之」；而昌黎亦云「沉潛乎義訓，反覆乎句讀」，皆古人讀書之法也。今世以莽鹵爲學，不復能虚心究味於古人辭旨之所存，但胸中横梗一意，屈古人以從我，以爲其言如是云云耳。於是以其所不解者而驅之爲文，魚網或鴻麗，射馬乃中獐，金礦錯陳，甲乙倒置，横騖别馳，自以爲風發而泉湧矣，乃使讀之者，茫如羅刹國人之聞華語，莫解其何謂。孫可之有言：「破經碎史，觀者啓齒。」斯不亦今文之通患哉！壬申《蕭又騫壽序》節略

僕嘗論作文須如線索上走，雖極意騰挪，往復盡變，總不離此線索之外，乃爲神搆。又貴觸手生波，孫可之所謂「句句欲活」是也。否則便如朱子所謂弄死蛇。然又貴有消納處，雖波瀾汹湧，却無一句澶漫，大抵要在落墨處一句得力得勢。如《史記·李廣傳》，開端云「廣家世世受射」，後便處處在射上生波。昌黎《孔戣墓誌》，開端云「昭義節度盧從史，有賢佐曰孔君」，後便處處在「賢佐」二字生情。雖其線脉有顯有晦，細按之，無一篇不如是，要在熟讀而精究之耳。讀書之法，第一要字字求解，又貴熟讀不厭。求解，方能得其深處，不至獲貌而遺神；熟讀，則其中神理血脉，自能融洽，不至强探力索，生穿鑿之病，而其所不解處，亦自能曲會而旁通。每一文入手，初讀茫無頭緒，及精心讀之，又見其中有千頭萬緒，至數十百遍之後，則千頭萬緒總只一線穿成，一切波瀾多有消納處，所謂水由地中行，江淮河漢是也。丙子《與蕭聿脩書》

子曰：「君子博學於文，約之以禮。」禮者，所以固人肌膚之會，筋骸之束，故王辰玉論文有一字訣曰：「緊。」然亦有辭緊而義鬆，與夫義雖切至，而其氣不相統攝者。故昌黎《與李翊書》，尤以養氣爲主，「氣盛則言之短長，與聲之高下皆宜。」宜則一一皆中其節，一切膚辭閑語，自不能攙其筆端。○揚子雲曰：「事辭稱謂之經。」皇甫湜稱元次山之文，謂心語適相應。李翺之論，必取「文理義三者兼并」，其稱韓退之文，亦云其辭與其意適。明儒歸熙甫發揮此義尤透，以爲道形而爲文，其言適與道稱，雖累千萬言，皆非所謂出乎形，而多方駢枝於五臟之情者也。自宋子京爲《唐書》列傳，始以事增文省爲奇，已不免後人之訾議。至王介甫最工造語，歐公猶病其刻斲傷氣，諄諄以模擬前人相戒。況今世所模擬者，非復前人矩矱，徒知減聲削字，以就短促，不顧其辭之能達與否，如缺口之兔，斷尾之雞。韓子所謂「體不備，不可以爲成人，辭不備，不可以爲成文」者，殆爲今世之文言之也。其實古無此法，多起於後世語録講章，味者至奉爲作文裁句之法，大乖古雅之風矣。○金人元遺山詩云：「文須字字作，亦須字字讀。」操筆時不能使文從字順，一一皆識其職，由讀文時急求古人旨要所存，而於枝節轉換處，未能逐字咀涵其味故耳。以上丙戌《與鄧驥書》

文字之道，極之千變萬化，而蔽以二言，不過曰接曰轉而已。一意相承曰接，兩意相承曰轉。就其中細分之，則轉法有開合賓主，而接法亦有淺深虚實。何則？文之大病，曰複、曰倒，而尤

忌者複，故必使前後相承，觸手生變，無一語之或同。開合者，轉法之顯然不同者也；賓主者，轉法之似同而實不同者也。淺深者，接法之顯然不同者也；虛實者，接法之似同而實不同者也。於類似相同之中，猶必精求其異，則其心細如髮而其利如刀，雖吹毛可斷矣。如是爲文，必無一語之或同。無一語之或同，則複病既去，序亦行乎其中矣。子曰：「物相雜，故曰文。」如幣帛，首尾一色，則雖玄黄朱緑，皆不可以言文。不特此也，蘇明允曰：「今夫玉非不温然美矣，而不可以言文。」何也？謂其未經雕刻也。若爲文而義不相雜，則前後一義，言者既苦於無味，聽者益厭其繁多耳。故夫開合賓主淺深虛實，此八者，所以使之相雜而爲文也。孟子曰：「君子深造之以道。」又曰：「梓匠輪輿能與人規矩。」學必有所以，教必有所與，古之爲學與教，皆非漫然者。今之世，學者無所以，教者無所與，貿貿然如瞽瞽拍肩，相將入於泥坑而已矣。兹故標此八法，以授初學之士，而總之以曰接曰轉之二言，比諸梓匠輪輿之規矩，操術無多，而足御無窮之變，庶使學者得有據依以加其深造之功。夫學至深造自得之後，居之安，資之深，取之左右逢其原，其樂蓋有不可以喻人者。而原何在？即深造所以之道是也。致功之始，守之不變者曰道；得益之後，取之不竭者曰原，其實一而已矣。苟其漫無所以，而妄云深造，妄希自得，此不可以欺三尺之童。若其欲有以也，則學文之道，慮無出於吾言者矣。癸未曹州重華書院《示學者書》

一身中，五官百骸，無一非實物。然其氣血通行，及骨節轉運處，全在乎虛，否則東鄉所謂官

莫不拔地倚天，骸具、精氣亡矣。孫可之稱韓退之《進學解》、元結《浯溪頌》、楊敬之《華山賦》，「句句欲活」。文字須令「句句欲活」乃奇。此下皆就諸生課卷中評語，先後纂録成帙。

文章妙處，全在乎虚。虚處却仍有往復不窮之致，故曰游刃於虚，又曰虚而與之委蛇，一著實處，便黏滯窒礙，諸病叢生。此須向讀文時留心，須知好文字無一處不向虚處游刃，虚處委蛇也。

文字之妙，只一轉字盡之。韓慕廬云：「筆筆轉，則筆筆靈，筆筆透矣。」大忌堆叠幾句轉運不動之辭在内。譬如使大刀，亦須轉身作勢，如大盤頭開四門，方能動人喝采，若只拿住在手，定定不動，豈得遂爲有力人乎！

文章勝處全在於轉，轉處須以片語抵人千百，勿過爲寬博之勢。

凡轉處須要拍合入題，而筆頭尤取其活跳，勿作跛馬登山之勢。

文以能轉爲工，筆以夭矯爲貴。須著逐句有分析之義，逐層有轉變之方，乃得資人諷詠。若始終只此一義，便所謂弄死蛇。

文要句句靈活。何以能靈活？語語有不盡之意便靈。黏住此義，再無迴眸他顧之勢，便死。其於每股起句，尤爲切戒。

作小題，緊黏本位則苦無轉身處，故其道莫善於用襯；急入正面，則易於犯實，故其道又莫

善於用反。

凡驅用古人成語，必須拆碎用之，顛倒用之，或截半用之，切忌囫圇直用，總期達吾之意而止。其與吾意無關者，概行削去。切忌牽枝帶葉纏繞不清。如此立定主意，不肯全用古人一語，則語皆己出，自然觸處靈通，不爲塵網之所拘縛。

凡運用古典，大忌直抄。總要曲曲想出意義來，令與題旨關會。必須是我去運用古人，勿反爲古人所用。若但搬運故實，而與題義無關，便苦臃腫蹊蟞。

凡經典成語，縱使與題極其精貼，猶須融化出之，若整句抄襲，便不免剽賊之譏。又況不切之語，正以摧陷廓清爲勇，如何反更囫圇堆砌？但取一字可以假借，便不顧首尾語意云何，是何異佃客抄貼田主堂聯，人或譏之，輒自詫爲一字不錯乎！

子曰：「辭達而已矣！」又曰：「博學於文，約之以禮。」千古論文，慮無出於此兩言者。後生爲文，每苦辭不達。意能達矣，又喜縱意所如，不復能約之以禮。此所以全才之難得也。

文貴意多辭少，否亦須辭意相稱。若意少辭多，則觸手皆成複疊，筆亦運掉不靈。

雖反面作翻，亦須有一番近似之理。不宜作無理翻頭，將題句兜頭蠻喝。

一字有一字之解，應用此字，必不可株連他字。其功要在讀文時辨別得清。

作文第二句，必須緊黏第一句說下，第三句，又黏第二句說下，一路銜接不窮，方令意語醒

豁，而轉换無方。又對比，必須要講淺深虚實之法，勿得混混然彼此可以相易。説話總要咬破汁漿，咬不出汁漿，謂之員壳栗子，又謂之依樣葫蘆。

柳子論作文之法：「疎之欲其通，廉之欲其節，激而發之欲其清，固而存之欲其重。」文貴一氣貫注，而其中曲折萬變，讀之又琅然有聲，如是乃足動人。

説話要有次序，又須深入情理。不入情理而語無次第，便再也説不明白。

作文大忌作猜枚射覆之狀，逐處窺探吆呼，此謂俗吻俗派。

讀古大家文，雖難達之辭，一兩言可了。沉迷近墨者，雖易達之辭，千百言不休。一如駿馬注坡，一如蹇驢歷塊，二者宜何法焉？

韓子云：「從古於辭必己出。」從己出者，歷劫常新；規橅舊調，觸眼便生塵氣。杜牧之《答莊充書》云：「文以意爲主。」班、馬、韓、歐復起，必無易乎斯言。

揚子雲曰：「斲木爲棊，梡革爲鞠，梡讀作揎。皆有法焉。」文字首要精嚴，切勿任心疎縱。只須選取先輩佳文一二十篇，熟讀精思，句字研摩，自然漸臻粹密。

文字與書法無殊，必須要講仰覆向背之勢，方使意脉清徹，而文瀾亦有起伏之觀。

文貴一氣貫注，首尾呼應靈通，一切寬空混漫之語，洗削無餘，乃見超然獨勝。又須審於賓主反正輕重之宜。賓位反説處輕且短，主位正説處重且長，則自得其當然之序矣。

作文無他謬巧，只辭色新異而發揮明爽，便佳。最苦是千手雷同，又敷衍至累行而不得其意之所屬耳。

作文之道：或切理饜心，獨有以見乎其大；或絺章繪句，不遺乎一字之微，各有所宗。若率意放肆，按其義則不切，撿其辭則多累，不知其宗法者何在也。

作文勿沾沾向字句上求膠黏貼合之法，要使神理浹洽。

美其文者，必曲推其波瀾意度之所以然。文無波瀾意度，則徒存一空殼而已，曷足動人咨賞？

説話總要抽單來説，勿致滿口都是舌頭。讓左側右，即抽單之法也。切忌一味重複累墜。讓左側右，古人論書之語。先生拈此四字論文，却屬未經人道，然而開發後學不少。尚玨識。

韓子云：「凡爲文辭，宜略識字。」夫豈謂聲韻反切之未知？正謂一字有一字之性情色貌。不能熟察其性情色貌，即所用皆乖，與不識字無異耳。

畫家論畫樹之法，枝枝節節須帶曲勢，不許下一直筆。作文亦爾。須逐處曲折生波，乃有姿致。若依本直説，有何情趣？

大凡説話，要使語外尚足令人咀味乃佳。勿説煞，亦勿説盡。韓慕廬傳授汪武曹文訣云：「筆筆留。」此固前賢不傳之祕訣也。

作文句法，須促之使短，挺之使勁。節拍轉换處，更須鍊之使緊。倘一味疎散冗長，觀者厭矣。

一字一句，都要分析出意義來，然後賓主開合虚實淺深諸法，皆能井然出之而不亂。題字必須從容頓跌出之，不宜突見。説話必稍留餘味，不宜罄盡。轉折處，必須鈎聯貫串，勿令散漫。

作文雖刻意組織，總須動合自然，勿露鑲嵌之迹。行文之法，又須行乎其所不得不行，止乎其所不得不止。其妙總不外乎自然合節。

作文大忌膚辭衍説，不著筋脉。如轅固入圈刺彘，一中其心，彘即應手倒矣。不善刺彘者，頭尾脅肋蹄肘，遇著便刺，雖中至數十百創，終無以制其死命，而所傷則已多矣。今之敷衍成篇者，大抵皆刺其脅肋蹄肘者也。

説話須從頭面上説起，切勿向背後説轉。和尚語禪子云：「公等喫飯，多從背脊上喫下去。」其語深中學人痼疾。每見後生作文，往往從背後説轉，便想起釋家背上喫飯之語。又如題中堆垛散碎字，不先與提明，一口便説到了總要處，後乃紛紛錯出。此等處，我謂之肋下出頭。作文得免背上喫飯，肋下出頭之病，庶幾可云順理成章。

説話須要留對面地步，否即所謂扶一邊倒一邊。

昔人有言：一縷游絲，晴空獨裊。又云：一縷心思，蟠天際地。古人文字，非無辭采動人，而其心思所注，曲折相承，細抽之，衹有一縷，斷無龎雜。近文字句雖多，却無一語爲其意所深屬，則但覺其紛然四軼，望之如敗後殘兵，轍亂旗靡，一無行次。

大凡落筆處，但提起一句作引，則此下即須黏住此意，曲折生波，方能一線到底。如昌黎《送李正字序》，從汴府相聚開端，即通體就汴府生情。《温處士序》，借冀北空羣作引，即通體就空羣發論，直至結處，尚不肯放鬆，故其搆局最緊。今人只信口亂説，一二轉後，便全不知初意之何存。此如藍采和討錢，串根從不打結，故終日無一錢上串也。先輩鄭念棨静常，語家君云：「一線到底之説，向時亦孰聞之。然如《楊少尹序》，起借二疏作引，結處竟不一廻顧，何也？」家君曰：「足下眼光，勿竟爲二疏籠住。韓公借二疏年老去位發端，乃是引起楊君以年滿七十，亦白丞相去歸其鄉，一鄉字耳。結處一段議論，全從鄉字生情，便是他廻應篇首之處。如《温處士序》，結處致私怨於盡取，亦只廻應空羣之意，何嘗又去廻應伯樂？」鄭君悚然起拜曰：「得所未聞。」尚玨識。

吾言「洗削」二字，不但道理當然，即有意欲趨風氣，亦不可以不然。若專事塗附，如坐人於泥淖中，方憂氣悶欲死，何能得動其嗟賞？一切命意遣辭，須如徐夫人匕首，血濡縷，人無不立死者；又如塗毒鼓，聞其音便使人立死。如此，乃見制題手段。

文貴細意熨貼，勿但作約略依比之辭。

文貴有刀刀見血之能，不許説一閑話。

文貴直達其意，一切支辭衍説必須刊削令盡。語必出血，勿作無聊賴語。東萊批古文，動云「説出骨髓」。字必有義，句必有旨，勿爲扯淡無聊之語，説來又必與題意相關，使人人點頭會意，勿爲隔靴撓癢之語。昔人論文，貴深入而顯出。其所以扯淡無聊者，不深入之故也；其所以隔靴撓癢，不能使人點頭會意者，不顯出之故也。

文貴舉重若輕，切勿舉輕若重。

大凡落想雖遠，其眼光必有所注。

作文最忌嫩句。去嫩之法，在於鍊意。勿專向字面上作依比幫貼之態。

用字要知有虚實之法，裁句須知有簡練之法。

用筆宜輕不宜重，宜脱不宜黏，宜簡不宜繁，宜要不宜支。

筆貴超脱不黏，意貴沉切不泛。

辭貴挺括，氣貴緊練。

文貴有佈置，其佈置尤貴因題。

文要篇如股，股如句。後二比之頭，要接得前二比之尾方好。

文氣或托住上文，或領入下句，轉换處，必須令脉絡分明。

文要界畫分明，又要脉絡貫串。散文尤甚。

文要呼唱。不黏題中一字，而題之口氣，已於言下欲出，有不可按捺之勢，乃爲神妙。

文要包蘊。將題義包蘊句中，循之無迹，按之有神。若將題句老實説破，便少餘味。此巧拙之辨，即文章靈滯之所分。

作文首要頭緒分明。昔人評《史記》謂：「事迹錯綜處，《史記》叙得來如大塘上打縴，千船萬船，不相妨碍。」此最爲善於形容。何以能然？則惟頭緒分明故耳。蓋凡縴之上下，視桅竿高下爲準。桅竿高下不一，故下者有時忽變爲上，上者又有時忽變爲下。逐處變换，故能交織往來而不亂。若使有一處舛錯，則兩船相抵，便至爭鬧不休矣。又如工人織錦，所以能織出千般花樣者，固由緯處錯綜，尤賴有提經者，能使之一絲不亂耳。所以文字要有提掇，提掇處昔人謂之掇頭。震川云：「曉得文字掇頭，千緒萬端文字就可做了。」

語云：「多不如少，少不如精。」大凡作文，我所要用字眼，儘用不妨，其所不要用者，何苦壘塊充塞。如花園内，蒼翠之榦，鮮麗之英，儘著排列，至於茅葦荆棘，直須烈火焚之，乃快人意。又如飲食衛生，但取適可而止，必欲貪多務得，盡數充腸，反致停胃傷脾，别生痞悶之疾。又如童幼之年，力足勝十斤之重者，寧使負荷至七八斤止，庶得運旋輕利。妄欲誇强，輒至驟舉百斤之重，百斤則終不能舉，萬一傷其筋骨，致成攣拘跛鱉，爲終身不治之痼疾，此尤不可不慮也。佛經

云：「如來是真語者，是實語者。」昌黎贈友詩亦云：「我言至切君勿嗤。」能知我言爲真實至切之語，力加洗濯，則餐風飲露，乘雲氣，御飛龍，無所不可。否，恐不免爲負塗之豕已也。

作文首在審題。審題之法，先須別其界分。孰爲分内應得之語，孰爲凌節越次之語，或去或從，皆有所辨之矣。

一題入手，必究極其理弊如何。當然者爲理，必溯其理所從生，而推之以至所終極；不當然者則必有弊，亦必究其弊所從生，而推之以至所終極。

一題入手，要注精在緊要關目處，刻意搜研，勿只用寬混語了事。

作文須會全章之旨以立言，乃得有親切動人之句，否則總無是處。

要吻合題神，先須將註語體貼。

作文，不是顧上，便是顧下，乃見眼光四射，骨節俱靈。

昔人謂方百川作文，每一題入手，但將上下文涵泳數過，便自有一篇絶妙佳文。此最是作文秘訣。每苦後生作文，剁頭截脚，似本章中專只有此一句，絶無廻眸旁矚之態，此最是第一等没意智笨漢。

作文首要審題，其次便在修辭。修辭之法，只在貼題，不貼題者，即須吐棄。審題之法，只細讀上下文便知。不顧上下文，説來雖是亦非。

作文要深得立言之旨。前人何以説此一句話，其意必有所爲。得其意之所爲，而題旨題神皆得矣。

作文要就題之無字句處搜索意思，至於題中實字，只須依本直説，不許更换。若多用幫貼字，化簡爲繁，憑他説得宏大博衍，其實仍只此一字耳，徒使閲者心神俱懈，曷足動人？

措語必須有著落處。此句是爲題中某字發義，此句是爲題中某字傳神，指畫分明，一一有消納之所，方無汎濫之憂。

作文在題外添説野話，便是心粗。細心認題者，只本題上下文儘彀取之不盡了。

古人云：「力能制題。」又云：「以我馭題，不爲題縛。」曾子固評蘇明允文云：「大能使之小，微能使之著，遠能使之近。」此數語極善形容，吾謂時文亦爾。題繁，則約之使簡；題窘，則拓之使寬；題義本聯，則截之使斷；題義迥别，則合之使融。人詳我略，人略我詳，總要於恒徑中，别出新蹊。韓子云：「百物朝夕所習見者，人皆不注視也，及覩其異者，則共觀而言之。」今徒以塵羹土飯餉客，何以使之入口如飴？按先生謂「繁者使簡，窘者使寬」，人所共解。獨「題義本聯，截之使斷」，此句頗爲學人所疑。愚謂歸震川「象至不仁」六句題，義本一串，却截作二大比，以「封之有鼻」二句爲不愛，「在他人」二句爲不公，分疏仁字，義精辭湛，的確不移，豈非所謂「聯者斷之」之法乎？尚玨識。

凡設想布辭，切須向題内生根，尤須向虚處領略其神理所在。作文，但將題中一二實字作敷

衍，全不向虚處研求，必無是處。

作文，須平心易氣，看本題主義所重在於何字？然後别作翻騰，即百變而不離其宗矣。切忌將翻騰别義横梗胸中，生出蹺蹊，使本義反臲杌不安。

文忌單薄。逐層分出在物處物二義，便不單薄。尤忌呆直，逐處有一波三折之致，便不呆直。

作文貴審雅俗之分，切題即雅。一切膚庸迂泛之辭，與題之節脉神理無關者，即謂之俗。須專就題中本意發揮，説得精切而透亮，使人人點頭會意乃佳。總貴於自達其意，方能有所發明。文章之妙，不過歸於能達而止。今之爲文者，意中豪無欲白之隱，先有一種派頭習氣，屈我之意以就其範圍。縱不至千篇一律，然如程咬金使板斧，只辦得三十六斧，舍此之外，即伎窮而力竭矣，如何能出奇制勝無窮。

有道理自然之節次，有立言先後之節次。先就道理自然之節次上切實發揮，使人共曉，然後合到立言先後上去，即聽者點頭會意，無不鼓舞稱快。此之謂争上流法。若開端先就立言先後落想，而立言先後終不能空講，於是將自然之道理，逐句倒裝硬砌於其中，即此謂之肋下出頭。嗚呼！知乎此者，其庶幾可與言文。

相題之法，在於能拆能倒，大忌囫圇吞棗，畫一依樣之葫蘆。行文之法，在於本色白描，而復

能散行單走。多尋幫貼字眼，多砌排耦句調，便臃腫笨滯。如水被壅塞，不能滔滔順利，有長江大河之觀。

如靈石爲塵土所埋，必須挑之剔之，然後崖竅呈露，有皺透之觀。若但取其形勢大略，以爲足以自珍，何用更加挑剔，則遂終古成一混沌之容，見者嗤其一竅不通而已。

套語爲千手雷同，固須洗盡。又有不必雷同，必須洗去者，閑話是也。非緊要所關，即謂之閑話。至於語關切要，必不可删，而措辭先後，又須審其次序所宜，一加顛錯，便又不合人意。蓋作文必須在題目上著想，或從實字落想，或從虚字落想，或從上截落想，或從下截落想。從此處落想，又復轉至彼處，此中筆踪墨迹，往來穿插之妙，須令閲者了了可尋。杜詩云「裁縫滅盡針線迹」，雖云滅盡，然有識者精求之，其針線往來，固自一一可尋。若尋之而機緒忽舛，决知其非良工所爲。

題有二義，中間平分、合串、順遞、倒捲、互翻、借襯，胸中先要排定了許多格式，方不至有窘複之患，而且有間見層出之奇。

大凡本句與下句相承之題，先要審别其界限之所由分。分得清界限，不一語混入下文，乃正是動下之妙訣也。

審題之法，先貴審題之本分，不宜分外求奇。如「公輸子之巧」五字題，本分只言作器者必資

乎巧，巧猶未至，則亦不敢以自炫。至於公輸，巧斯極矣，夫寧有不敢自炫者。只用反筆逼下，不宜有意迫趨規矩，便用正筆駁題。如「口之於味」五句，只宜照「性」字，「仁之於父子」五句，只宜照「命」字，不宜急取正意。鄙人論「袗絺綌」題，須激動下文表而出之。「當暑」二字題，只宜激動下文袗字，總取得題本分而止。「公輸子之巧」，只宜引動不以規矩，不宜兼及不能成方員意，所謂照下須顧近脉是也。

須知每下一字，其針鋒必有對值之處。讀文時，須逐字研思，此字正對何處？旁對何處？反對何處？如此而後，出語乃員。

昔人云：「避題之面如寇讐，玩題之神如狎客。」此二句說得最妙。題中正面有何文字，縱使修飾到極工妙處，不過單圈句子。須要通體摹神，不著一句正面，乃佳。

題中公共語，只須首末一點，切忌累見。如金正希「惡紫奪朱」二句，只就所以可惡處著筆，惡字正面，只於結尾見之，是其例也。

論出落

文章出落處，如骨之有骱，肉之有筋，頭面之有眉目，所以使氣血流行，百骸便利，精神炯突者，全在乎此。若專事實處堆疊，則與摶土削木之偶何異？

承上處，大忌囫圇，尤以整行直寫爲戒。只揀要緊處説，乃見手眼。

點題是通身筋脉呈露處。要求文字妙，先要從點題處著意起，切勿率爾。

承上領脉處，必須使題意雖不全出，早已隱約欲動。不得向空處吆呼。

大凡題中實義實字，必須開端揭發，大忌在半中間雜出。

題字爲上文所未見者，不宜突出，必須千呼萬喚出之。

作文須逐層引入，步驟紆徐，見不突之妙。

元人辭曲，開場一齣名曰楔子。凡事皆有一個引端發始之處，若突如其來則觀者駭矣。

乙丑在京，與前輩張鏐完質論文。張云：「元曲將要發唱處，先説一句云『聽我道來』，此最醒人眼目。」此言雖淺近，然可悟作文提頓出落之法。

作文大忌，開口便將題句全吞。吾觀吴伶演《樓會》一齣，于叔夜明明立在左旁，鴇兒開門，偏向右旁一覷。只此便是作文方法。總貴曲爲布置，不宜徑遂直前。如武松打虎，唯其一打不死，再打不死，翻來覆去，做盡身勢，故好看。若一下打死，觀者意索矣。要説東，先説西，此是老生常談，然實作文秘訣。

凡承上文及點題處，但合併直出，便是無手段。

文章筋脉，全於單句出落處見之，切須著意。

作文，首要講出落之法。雖以震川文繼韓、歐，而其與友論文，亦必以此爲重。

領題及點次處，通身眉目所在。此處不合題吻，餘無可言矣。

點題有一定之法，實字宜先，虚字宜後。

論對法

文字要全股中無一句一字合掌。其所以不合掌之法有四：立柱也，開合也，淺深也，廻互也。人知立柱可免合掌，不知開合淺深廻互諸法，尤爲變化無窮，而淺深之法尤妙。若細心人讀文，無一字無淺深次第。識得淺深次第，則逐處脉絡分明，而心思亦靈變無窮矣。

立柱子，須不喊破乃佳。

作文對股，寧可意换字不换。若意不换而辭换，正所謂换湯不换藥也。

時文本屬對偶聲律之學。對偶聲律二者，斷不可以不講。近人極講聲律，然對耦之法却都擱置不講，不知陳大士一生自負異人處，全在乎此。切勿輕視，憑他一根頭髮，亦須分作兩絲，如此方見細心。

隨舉一端，便分得出兩層意義。此法陳大士最精。至論對法之變化無方，則古文中只有昌黎一人，時文中只有金正希一人。此兩家對法，極爲譎幻，讀之竟似散筆單行，絶不見有對耦之

迹。細按之，不過是長短錯綜，其中虛對虛、實對實，及方流員折處，仍自彼此匀停，井然不亂。此尤對法之出神入化者。

論結束

末處收納全篇，須令次序井然不亂。如十個套杯，散列滿筵，依次收納，方得仍歸一套。勿只隨意亂收。

趨下處，須有從容不迫之致。如演戰陣戲，跑馬追赶，雖急欲下場，亦必再打幾個回旋，不是一直徑下。

大忌用「進觀」及「合之」等字落下，總要尋出意思，紐到下文乃佳。

題語不了，結處必須趨入下文，庶得語意完備。俗文輒將題語硬煞。題只半句，如何可戛然竟住？此最爲惡俗不通之套，直須大加懲創乃得。

論下文有宜犯不宜犯

塾師論文，首禁犯下，見有侵及下文字面者，必加大抹。其稍稍解事者，則曰：犯字何妨，忌在犯意耳。吾謂字意皆可犯，惟犯界，則斷斷不可。犯字者，如魯國中殺一姜姓之人，未必是齊

之公族也；犯意，則所殺竟屬齊之公族矣。然使殺所當殺，則魯亦未有大罪。唯是揚旗鼓衆，直達泰山北境，則雖不殺一人，已爲王法所不宥，爲其犯齊之界也。作文亦然。題句各有界分，豈容凌躐？如明代「君子有三畏」節會墨，元作直犯下文「知」字。可知犯字無妨。此謂「唯仁人爲能愛人能惡人」，王文恪文將下兩節意一並揭起，可知犯意亦無妨。蓋「知」字爲「畏」字中必有之意；仁人之見賢必舉，舉必先，而不肯惡人所好，與其見不賢必退，退必遠，而不肯好人所惡，亦能愛能惡中必有之意。既屬題中必有之意，乃欲避忌下文，别求一種影響疑似之語，糊塗搪塞，曷若明目張膽而直言之之爲快乎！嘗見名人選刊先正文，於文恪文旁批曰：「直犯下文，今法宜避。」不覺啞然失笑。果屬法所當避，先輩亦所不宜。先輩既宜，何以獨禁後輩？其語兩無折衷，使學者何自得釋所疑？吾謂三畏節之知其可畏，第就君子言之，於小人不知天命界分，未嘗凌躐也。舉先退遠，第就仁人得好惡之正者言之，於下文君子未仁及不仁之甚者界分，未嘗凌躐也。未嘗凌躐，則下節之義仍可重覆提説。若犯及界分，則下文竟可删却，故不可也。

論虚窘題

九曲珠，至難穿也，而蟻能穿之；黄帝之玄珠，離婁所不能察也，而罔象能得之。桃核至小，精於鏤刻者，能雕九十九猴。繩之廣不能以寸，而娥婺蹴之以走，若坦途焉。今人遇虚窘題，動

云難作。獨恨無制題能事耳，題則安有難作者哉！

凡作虚題，總以肖題神吻爲工，不宜於題後别添議論。近時虚縮題作法之謬，總病於趨下太急。其所以趨下太急者，由於入題太驟，所以落想要在空際，運筆宜在題前。

虚題欲得題神，先須割清題界。割題之界，使下句之義不容混而相入；肖題之神，使下句宛然可接，不至與我相離。

作虚題，要處處令下文可接，又須逐處審其界分。若將别處界分中語，勉爲支綴，便閑淡無味。大概須從下句落想，而又適合本句之題前，乃爲神理不失。

虚題開端處，便須一眼覷定下文。若至收煞處然後照下，則上半必呆，下半必溢。

作虚題，無論正反面，總須縮退一層，在題前落想，方有曲折赴題之勢。若開口便咬住題句，下文豈復有轉身地位乎？

半句題，須逆取下意，繞出題前，用題之本位押住。不宜從本位順説起，致語後無轉身之地。

作文之道，無他謬巧，只一先後順逆間，便可覘人心思眼力，而工拙遂於此分焉，不可以不察也。

虚題截界處，要分寸不踰，摹吻處，要絲毫不隔，此非講之精而習之素，固非旦夕所易幾也。俗手動於反面加翻駁之語，正面作猜度之辭，皆所謂添足而失酒者也。

虚題貴在題頂盤旋，一到正面即住。若向題後作窺探之狀、吆呼之吻者，皆爲俗法，實亦不

免於凌躐矣。

但知題面而不審題意，則呆；然欲急醒題意，反致與題面相反，則又病於取下之過躁。作虚題，總以題前落想爲妙，即取下，亦貴於題前隱約見之。

凡照下之法，須於語内含蘊其義，不宜於語外别生枝節。虚題，最宜如分而止，令下文可以接入則已。縱使有意包含下文，語氣仍自渾然，只還半句乃得。一用轉筆，及窺探吆呼俗狀，謂之直犯下文可耳。

自大乙山房創立不禁二字，爲蹴動雖字之訣，後之爲文者，無不遵而用之。然而巧拙亦各不同。在所以不禁之根源上著想者，必能潛通下脉，吸取正意於未落墨之前，而以不禁二字爲收勒，使口氣不至溜下，斯題界不溢，而題神已於空中盤舞。若但用不禁意爲敷衍之計，則仍是一個空套而已。

凡未經下斷之題，必須順題作案，未經正説之題，必須順題作反。能用反語作案，則自無俯侵旁溢之辭，否則多添閑話，非俯侵，即旁溢。此梓匠輪輿之規矩也。不遵規矩而能巧者，吾未之聞。

作虚題，如跑解者，應走十步，今值地盤淺窄，走至第六步，便已臨邊欲墮，則莫若退行二步，然後再往前行。如此，則步驟不失，而仍無失足傾跌之憂。按：如張榜「微管仲」題，中比説尊周室處，連用「師召陵者誰乎」等句，「微」字意已竭盡無餘，再往前行，即須躐下，復用「以其係王室之有無者」一句作接；吴炳「今不取」題，中

比上半，業已到題，復用「向惟不取而漸積至今」句作接，皆是縮退後，再往前行之法。尚玨識。

大凡取下最忌其迫，總要先就賓位襯説。一入主位，便如題勒住。

韓慕廬評文云：「爲文往往擲一思於十丈以外，而筆從有意無意間曲折取之。」吾謂此法於虚題照下尤宜。一著痕迹，便嫌蠢滯。

凡半句題，未經説破正意者，每苦枯寂無味。善作者，就題點綴，觸處生波。雖或隱含下意，而語氣仍復渾然不加椎鑿，乃爲得理得神。大忌自作疑端，别加申説。

題中虚字，只宜貼合其神理，切忌拈弄其字面。俗手往往拈取題字，頻呼疊唤，最爲惡派。

虚題宜吸動下文，不宜廻繳上句。

虚題易蹈空滑，必須令曲折有意。

論枯寂題

文貴有情韻動人。雖極枯窘題，亦須就立言者意中鑽研一過，於所以作此一語上落想，方有靈機。至於古人姓名，大忌穿鑿。如王思任仲忽題文，從再舉兩丈夫，同胞兩賢士上著想説來，的真是第二乳孿生之次子，便爾的確不移。若王宇春季隨題，係以小子之名，不失丈夫之實。雖借隨字生情，却只説他是季中之伯，故亦不病其沾滯。若認真在「忽」字「隨」字上穿鑿，如所云彼

既突如其來，此復忽焉而至，便墮惡道。

論記述題

記述題，須有天然之波趣，而不露刻鑿之痕及講説中駁難聲口，乃佳。行文之法，須削盡空閑無著之語，而樞紐轉接間，必使前後針鋒相直，乃見靈緊。

論比喻題

作比喻題大病，不是蹈虚，便是跖實。入首處，先説此事豈可借彼相形，旋即翻轉説，此事亦何妨借彼相形。即此便去了兩股文字，此蹈虚之病也。至説到實義處，則雖千層萬層，總要一口吞盡，再不會分出淺深變换顛倒之方。於是就一股看，則壘塊充塞，運掉無方；就對股看，則秖辦得一個合掌之法而已。此種痼疾，縱使如來復生，大垂悲憫，開悟覺迷，其如聽法者之褎如充耳何？只須就本位喻義發揮，其關合正意處，須於語中埋藴，不宜於語外吆呼。

雖虚題，亦須在實義上取勝，但不可凌奪下位耳。如「射有似乎君子」，「似」字之意，通體只須一見。凡屬比喻題皆如此。只空向「似」字著筆，而又數見不休，過者掩鼻矣。須知《四書》中，凡有如字、猶字、類字、譬字等題，何一不可活套耶？

論辨論題

語言固有次第，然總從道理自然處分先後。作文只須就道理上發揮足矣。必云：吾若先說此句，便恐與彼意不合，須先令彼意若何，然後可以吾說進之。此策士刺探之術，非聖賢公正之懷，亦近文惡濫之套，非大方佈置所宜也。

論排句題

做一句題，則發揮一句之理；做兩句三句題，則發揮兩句三句之理。今作排句題，首句動曰不止是此句，兼有下句道理在，但此句之理則可先說耳，究竟下句道理如何，本句道理如何，兩無著落，徒作油滑之腔，此何用也。

排句題，須尋獨切之法，使前後句不得通用，乃佳。此須渾身鑽入題中，實實就此句本義研搜，方不爲他句所奪。若就總統大意上說，但用幾個替身字，硬貼本題，終是公家説話。

論長題

作長題，逐節須得其大意所在。得其意，即反覆說來不錯。

作長題，其實亦只等講書，因恐顧此失彼，及首尾起訖不清，故有左縈右拂，前伏後挽諸法。至於中間節次，及意脉緊要關頭，憑他説得參差變幻，仍自井然不亂，乃能愜人之意。非可以甲脊聯諸乙脇，爾膞綴於我髑也。

題長則著語須一一中其筋節，乃無支蔓之辭，豈宜逐處餖飣？題中字句，勿論多少，竟須一氣鍊就，直如生鐵鑄成，不復能分作幾塊，纔見鎔題手段。若有數語，可作單句題用，或單段題用，便不成文。

題中堆垛字句，汪武曹有反點、借點、補點之法，其論甚精。若循題順説，即安得有變化之能？

冒下處，只消籠取其意，不宜硬填字面。疏發處，只須擇取其要言之，不必逐處照顧，尤貴緊扼兩頭。

長題固貴融鍊，仍不宜有一處抛荒；固貴凌駕，仍不宜有一處倒亂。

論搭題

大凡搭題弔下之法，須在講下承上文後，未入題位之先，於題前空隙處，納取下意於隱然不覺之中，及至轉合處，恰好順落本題上截，乃爲得法。至於中間過渡處，又有兩法。如係不相黏

合之題，必須自出主意，格外造一樞紐，以爲鬬筍接縫之計。然其道不難於黏合成片，而難於界限分明。譬如木工造器，其所以能合兩爲一，泯然無迹可求者，全在分開未合時，兩邊各自斲削精工，及鬬筍時，自然泯合無迹。若專講鬬筍，全無斲削之功，縱使合得上來，終不泯縫。朱子云：「分之有以極其精而不亂，然後合之有以盡其大而無餘。」是説也，看書作文，無一不然，而於搭題尤甚。故自來論搭題之法，上下兩截，患其不合。吾獨患其不分，能分自能作合。此愚獨得之見，亦不易之理。至若題意本自相聯，本無不合，又忌別生枝節。縱使小作波瀾，總貴自然合節。要使題之本然節奏，與吾意委宛相赴，乃佳。又有上下本自相聯，而語句繁簡各異，便須從此一點小異處著力搜求，不得率意混過。如「稱其德也」至「以德報怨」題，人但知以德字作紐，而不知上截德字是得於己者，下截德字是施於人者，分之然後可以作合，此我所謂不患不合而患不分是也。又如「力不足也」至「力不足者」之類，則我所謂本無不合之題也。至於意本相聯而語句繁簡各異，則如「無乃爲佞」至「非敢爲佞」，下截多一敢字是也。至末幅迴輓之法，須從題後逆繳上文。此則人所易明。

搭題弔下之法，貴於影取其意，不在躐取其辭。

搭題，要在題意不失，而題界仍復分明。

論割截題

東坡論寫竹之法，須胸有成竹，一揮而就。大忌枝枝節節而爲之。此法於割截題文尤甚。割截題與單句全節之體，迥乎不同。不許有一句傳註講章之説，横梗吾意，直須破度壞律爲之。蓋製器之法，只有方員。今欲製一欹斜不正之器，則一切方圓律度，自然皆用不著。單句全節題，方員之器也。割截題，欹斜不正之器也。作欹斜不正之器，仍用方員律度，則安得有肖物之能？如《大學》「所謂平天下」至「所惡於右」題，一開手便須在右字上著想，右字安頓得法，即文可一筆揮成。若逐枝逐節裝點，豈復成文？總之製欹斜不正之器，則盡廢尋常規矩，正是他合於規矩之處，蓋此固欹斜之規矩也。此等題，大方家本不屑爲。今不能禁人之無出此題，則亦不可無術以馭之也。

上全下偏題，前路全中取偏，要如燈取影，貴於無意，一著意即滯矣。中間由全入偏，要於前路無意中將偏義預先提破。若不預先提破，只將全義鋪演，説到盡時，然後要講過渡之法，便如方底圓蓋，再合不上矣。

作割截題，貴一線穿成。又語語中題窾要，無一無聊支綴之辭，乃見手法。若一處蹈空，便將衆義拋荒，一處摭實，又苦壘塊充塞，運掉不靈。

凡題中堆垛字，開端即須提出。至於堆垛中，又須差分輕重。用側注歸併之法者，尤須入手

疏明，免致轉落處，手忙脚亂。此法不始時文，自有文字以來，無不如此。《史記·大宛傳》，入首借張騫口中，將所歷諸國，及傳聞諸國一一提明。其中又須差分輕重者，如《西南夷傳》，歷叙諸國，而曰夜郎、滇等最大是也。總要開端入首處，即與著力分疏。若至臨時忙迫之際，别求疊橋布渡之方，便全不見制局能事矣。

搭截題，弔渡挽三處，雖由作文者率意武斷，不拘本旨，然亦須曲赴乎自然之節，讀之但覺一氣卷舒，無復有襞積鬬凑之痕，乃爲佳搆。

凡弔下挽上處，苟係題字，必須令正身到案，切勿株累無辜。其辨，只在意思之親切不親切處分之。

論連章題

大凡兩章並出之題，首要劃分界限。雖至無分别之題，亦須細心爲之分别。其分合處，轉落處，尤須踪跡了然，勿令一語糢糊。大凡讀書窮理，應事接物，皆須如此。朱子所謂「析之極其精而不亂，然後合之盡其大而無餘」。世人好言籠統，皆粗心之過也。如「葉公問孔子」二章，不與細分界限，便做成了一頭兩脚之題，連下章亦多似爲子路、葉公發矣。「葉公問孔子」二章，先生别有論説，已纂入《論語講義》中。尚珏識。

古文一隅評文

〔清〕朱宗洛 撰

《古文一隅評文》二卷

清　朱宗洛　撰

朱宗洛，字紹川，號巽齋，無錫人，乾隆二十五年（一七六〇）進士。曾任山西天鎮縣知縣。又曾設教於虞山（今江蘇常熟縣）。有《易經觀玩篇》。

《古文一隅》爲其教授文章學之課本，選文自周秦迄唐宋共四十四篇。其講解分三部分：一是每篇題下批一字，如「奇、暢、古、秀、峭」等。二是文間遍用夾批，如《諫逐客書》首句旁批云：「總駁一句，振起通篇。」以下批云：「四段歷叙秦先世用客之效用，『昔者』二字總領。」三是每篇文後着總評語，既區别叙述、論斷、書、記、序、傳等不同文體之作法和特點，更注重文章之構思及表達方式，如立意、結構、層次、脉絡、起勢與收束、埋伏與照應、開宕與頓束、整齊與錯落、抑揚擒縱、奇峭與平穩、綿密與寬展、虚實、濃淡、輕重等等。

該書先以抄本流傳，後道光二十九年（一八四九）由虞山龐氏校勘付梓。今據光緒十三年（一八八七）擷華書局本録入，删其選文。

（張海鷗）

古文一隅

叙

錫山朱巽齋先生合古文時文爲一手，其設教吾虞也，嘗選古文數十篇，詳加評隲，名之曰《一隅》，以授錢苑明表叔祖，表叔祖以授鈞巖世父。先府君少時從世父處假歸，倩人録副，藏之篋中。大堃弱冠，先府君授以此書，備述其源流所自，并諭之曰：「此書别擇之精，不減於宋吕東萊先生之《古文關鍵》、謝叠山先生之《文章軌範》、明歸震川先生之《文章指南》，而評語之詳審，殆復過之。且吕、謝、歸諸選僅舉作古文之法，此則兼示作時文之法。學者誠能舉一反三，可悟古文時文殊塗同歸之旨矣。」族叔晴嵐先生尤重此書，常奉爲枕中秘。族侄吉卿、翼卿欲廣其傳，因重加校勘，付諸梓人。予喜此書之得行也，遂爲之識其緣起如此。先生諱宗洛，字紹川，號巽齋，乾隆庚辰進士，山西天鎮縣知縣，著有《易經觀玩篇》。道光庚戌春壬月常熟後學龐大堃叙。

古文一隅目録

卷　上

卷下

古文一隅卷上

清　朱宗洛　撰

晉侯使吕相絶秦

左丘明

此因秦桓背令狐之盟，而叙及前事，處處爲晉出脱，爲秦周内。説得晉無一事不有理，秦無一事不可惡，拗曲作直，變白爲黑，令人讀之不覺髮指。而語意仍極委婉，無迫切之病，辭令之妙，千古第一。行文之妙，全在用筆輕重伸縮之間。如此文於秦直晉曲處，則用輕筆縮筆，於晉直秦曲處，則用重筆伸筆是也。而以直爲曲，以曲爲直，尤在善用轉筆折筆頓筆跌筆激筆提筆，至於章法句法字法，有整齊處、錯綜處。如此文用「是」字爲章法，而「是以」字六，四戰是賓，一會是主，中間又插入一「是以」爲賓中賓，此於整齊中見錯綜也。「是用」字三，在結句者二，在第二句者一，此於錯綜中見整齊也。「我」字爲句法字法，而或在句頭，或在句末，或在句中，或奇或偶，或三疊、四疊、九疊，多至五十二字，而不覺其複沓，何等整齊，何等錯綜。前路入秦罪，半屬虚誣之詞。惟告狄告楚，是秦實在罪案，却從秦人口中説出，又從狄、楚口中説出，又從狄、楚轉

入諸侯，見得是諸侯公憤。而歸到自己，却仍説求好。落句「不能退」三字，直説得無可如何。此行文家以虚爲實，以實爲虚之法。

襄王拒晉文公請隧

左丘明

前半逆跌而下，後半曲折善轉，各極其妙。首段頓跌而入，言天子絶無他異，只此大物與諸侯異。次段言若以大物賞私德，即叔父亦將非之。三段言若能自有天下，即用隧亦宜，不然斷斷不可私與。末段言有地而隧，予亦不能禁。言外見與之自我，則斷不能。其得力尤在前一段抬得高跌得重，故下文得操縱如意也。

諫逐客書

李斯

凡行文，入手處要振得起，如此文首二句是也。頓束處要收得住，如此文「此四君者」云云是也。過接處要便捷，如此文「取人則不然」句是也。結尾處要開宕，又要完足，如此文「地廣者」一段，何等開宕，「物不産於秦」四語，何等完足。至通篇反正相足，順逆相生，長短相間，整散相錯處，尤見筆法之變。

過秦論上 奇

賈誼

題是論秦之過，而秦之過處，只在「仁義不施」四字。所云「攻守勢異」者，亦只是帶言耳。通篇並無一語及秦之過。前半言秦之彊如此，後半言陳涉之微如此，波瀾意議，層見疊出，非如遊騎無歸也。蓋作者先有「仁義不施」四字在胸，此猶射之的也。作者舉弓，一眼覷着此句，未滿不發，既滿亦不即發，則其中的在結處，而審固之妙却在前半也。其言秦之强，見得秦不應速亡也。言陳涉之微，見得陳涉非能亡秦之人也。而秦卒亡於陳涉者，皆由仁義不施。通篇大意不過如此。其通首用字用句亦不肯輕。下寫六國之强，處處見攻者之難，寫秦之强，處處見守者之易。而一時虎狼之心，君臣濟惡，其斷絶仁義之良者，自潛藏於筆墨之間，故波瀾愈闊，而趨勢愈緊。

論巴蜀檄

司馬相如

此篇借賓形主之文。前以不順者之宜征，形出爲善者之宜賞，中以赴義之民受賞，形出逃亡之民受責，俱是借賓形主之法也。結處收束前文，亦一意不漏，作法最周緻謹嚴。凡文章逆轉處易得勢，順轉處難有力，實叙處易拙滯，追進處難自然。如此文前面歷叙順不順兩層，及臣民之過，而於入手處，先着「存撫天下」二句，此補足法也。說順一層，着「道里遼遠」三句，此回護法

也。言臣民罪過處，先云「皆非陛下意」，又云「亦非人臣之節」，此落筆輕重法也。中間叙邊郡之士之赴義，及其生死之槩。而於中間忽用逆跌法，如「彼豈樂死」云云是也；忽用頓挫法，如「樂盡人臣之道」云云是也；忽用緲足法，如「是以賢人君子」云云是也。兼此數法，實叙處那得有拙滯之病。至其前面「不順者已誅」二句，是順接也。然前四段散列，於接處一總，此以轉接而兼收束之法者也。故覺順而有力。至進步處，既要層次清晰，又要融洽無痕。蓋不清晰則意議便混，不融洽則文勢便梗。看此文之「度量相越」二句，作一頓，下緊接「非獨行者之罪」句，隨頂隨卸，則留處有流，流處亦留，而進步處，亦自有融洽之妙。

答蘇武書

李　陵

此篇段落宜明，獨其出落處、頓跌處、結束處，句句精采，字字飛舞。讀者當細玩焉。其得勢處，在善用曲筆；其奔放處，在一意作數層抒寫。

報任少卿書

司馬遷

凡行文要曉斷續之法。不續則神味不貫，不斷則意議不出。此文殆極文章斷續之妙矣。其續處，通篇幾累千餘言，然看來千迴百轉，只是一脉相承。蓋答書大旨只在「推賢進士」四字。作

者就此四字，發出滿腔憤恨。前云「獨抑鬱而誰與語」，此爲通篇伏綫也。中間云「尚何言哉」，又云「且事本末未易明也」，又云「未易爲一二俗人言也」，又云「此可爲智者道，難爲俗人言也」。結處云「要之死日，然後是非乃定」，以見俗人之無知己可與言者。故知此一篇大文，只用幾句作綫，爲通篇關鍵，此其文之所以有續無斷也。或一意也，中間忽插一喻以間之；或方說自己，反借他人以間之；或可接矣，又作開宕之筆，旁襯之語，頓跌之勢。令讀者莫窺其起伏之痕，而意議波瀾，層出疊見，遥情逸致，尋繹不窮。此其文之所以疏蕩而奇也。凡文之疏蕩者，俱於頓挫處見巧。蓋頓處太盡，下便放不開。若頓處無力，下亦難於開放。故語氣頓住而不盡。

前出師表

諸葛亮

此篇首一段作總冒，次段言刑賞不可偏私。「侍中侍郎」句起，至「可計日而待」句，雖分四小段，一言宫中之臣，一言營中之將，一囑以自己所用之人，中一段詠歎以結上起下，其實俱要親信賢臣意，作一大段看。「臣本布衣」句起，至「攸之禕允之任」句，言己之出處本末，及目下出師之意。末段將前意總束，歸重「諮諏善道，察納雅言」以收應「開張聖聽」一句意。中間提先帝處十三，所以警醒其幼主也。用「宜」字「不宜」字、「願」字「必能」字，字字真切懇摯，所以提醒憒憒，正欲聖聽開張，無負臨去所囑也。評者以「刑賞平明」一段，爲進表着意處，似屬不必。

蘭亭序

王羲之

前寫一時時地之可樂，中由可樂説到可痛，作無數頓跌而入，深情非曲筆不能達也。因會聚之衆，歷叙一時樂境，因生人樂境不常，發出無窮感慨。言昔人之興感合於今，又言今日之興懷合於古，此一意交互法也。末後言後人之感同於今，此又推開一層法也。反覆看來，總從「羣賢畢至」二句推出，故爲通篇發論之根。

歸去來兮辭

陶潛

自首句至「今是而昨非」是一總冒，自「舟搖搖以輕颺」句，至「撫孤松而盤桓」，其中雖有小段落，總是由路而家而園，作一段看。中間又將「歸去來兮」句領起，作一束腰，爲上下文過脉。「農人告余以春及」句，應起處「田」字，下接力田説，以「委心任去留」句收束前意。文至此已完。「富貴非吾願」至末，寫出終身本領，歸重「樂天」兩字，是猶八股之有小結也。既將「歸去來」三字作題，則因題立意，當悔未歸以前之悮，與去彼來此之急，及歸來後游賞之趣、田園之樂及家人相聚之歡。四面設色生情於「歸去來」三字，自然寫得周緻。故善用意者，其思路無所不到。

爲徐敬業討武曌檄

駱賓王

通篇應分四段看。先數其罪，次述興師之由，次言兵威之盛，次勵内外諸臣。語雖對偶，却只一氣旋折而下。讀者當於其虚實相生處玩之。凡文章有數行整齊處，又要有數行不整齊處，乃爲錯綜。作對偶體，又何處用不整齊法耶？不知於整齊中或虚實相生、或長短相間、或開合賓主相承，此即於整中寓散法也。行文不可不知其變。

復上宰相書

韓　愈

凡文章用意要穩，設勢要奇。不穩則意與題隔，安能令閲者心肯？不奇則勢涉平弱，一望徒〔令〕〔令〕人心厭耳。此文從自己身上説，想出「望救」一層；從宰相身上説，想出「赴救」一層。前半兩意雙行，就勢上立論。後半側注「赴救」一層，就時上翻駁，用意最爲穩當。但首一段兩意雙行，却仍是引喻，奇矣。而每層中用「不惟」字、「然後」字，將「有」字、「雖」字、「苟」字、「則將」字一路俱作險曲之勢，抑又奇矣。中一段連用三「矣」字作疊，故爲奔放之態，奇矣。下偏用兩「歟」字，故作虚宕之筆，欲下不下，欲語不語，抑又奇矣。忽又特接「有來言於閤下者」句，既續忽斷，仍將喻意作跌，則斷者復續，奇矣。下用「不然」二字捷轉，又用「或謂」二字推開，隨用「愈竊謂」

三字收轉，又用「誠以其」云云作開，隨用「若」字收轉，又連作兩跌以取勢，而以「今布衣雖賤，猶足以方於此」收住。其設勢之妙，真是出奇無窮。學者從此等文參玩，那有平弱之病？

上張僕射書 暢

韓　愈

入手處輕輕着「不敢言」、「不得不言」兩層，通篇便將「言」字作線，從「言」字推出「道」字作綱。蓋言行則道亦不枉也。故於結處將「言不敢盡其誠，道有所屈於己」二語，爲通篇收局。至中一段，於一意中轉出四層，以曲盡其意。後半於一意中翻出兩層，又將兩層意反掉以足之，波瀾滚滚不竭。

答李翊書 峭

韓　愈

道德爲文章之根。通篇總是勉李生進道，而以古人之立言相期。與《送王含秀才》同一意。但彼用虚做法，此用實做法。虚做者正以留不盡爲妙，故須吞吐，間見精神。實做者又以無不盡爲妙，故工夫效驗，終始層次，正須説得詳細清晰。顧層次文，必前有總冒，後有總結，精神方不散涣，局法乃爲精嚴。至實寫易板，又易滞，故又要作曲勢以生動。

送温處士赴河陽軍序奇

韓　愈

行文須知避實擊虚之法。如題是「送温處士」，便當贊美温生。然必實講温生之賢若何，便是呆筆。作者已有送石生文，便從彼聯絡下來，想出「空羣」二字，全用吞吐之筆，令讀者於言外得温生之賢。而烏公能得士意，亦於筆端帶出。此所謂避實擊虚法也。抑又有難者：東都才士，尚不止此兩人，「空羣」二字，説來極難穩妥。文妙在喻意中先作一折，次作一解。曰「苟無良，雖謂無馬，不爲虚語」。此文家補圓語氣之法也。故於正寫處只輕輕着「東都雖信多才士」句，下面文章，遂處處安穩。其出奇處，尤在「愈縻於兹」一段。蓋正頌烏公，反作私怨語。此正深於頌也。其結處亦周匝，亦空靈。

新修滕王閣記

韓　愈

此一篇翻空之文。蓋閣之勝景，前人言之詳矣。後之作者，若何生新出奇？文只就欲見不得見兩意，各分作三層，曲折頓挫，情詞纏綿鬱結。所謂「江山之好，登望之樂」，令讀者自得於語言之外。真是高極横極之文。凡文章收束處，必有悠然不盡之趣，乃稱佳境。此文「雖老矣」云云，從不得見仍説到欲見，臨去秋波，何等神韵。

古文一隅卷下

告鱷魚文

韓　愈

文勢一路追逼而下，末一段如萬弩齊發，一時措手不及光景，真覺異樣奇觀。讀者歎其末段之驚艷，須知其布勢之妙却在前半。作者只要驅逐他去耳，然不實他罪案，安得心肯？「據處食民畜」云云，是其罪案也。却妙在前半先着先王身上下一伏筆，則正寫處便有根。至其一路布勢，由寬而緊，尤當熟玩。先放寬之，是既往不追之意也。次即提出天子，重擡潮州，然後逗出「不可雜處此土」意。下緊接此句，發出所以不可之故，以數其罪。就刺史身上，見得必不肯放他處，此語意又逼緊一層矣。却又爲他區處，寬其徙期，此於緊中放寬之法也。如是而不徙，則已往之罪可恕，目前之惡難寬。然後頓出「殺」字，末又加一「盡」字以愓之，見刺史奉天子命以殺之也。真屬仁至義盡之言。嘗論名家之文，多以趣勝，爲其抑揚曲折，味餘於言故也。大家之文，多以意勝，爲其於題之前後、題之夾縫、題之正位及題之所以然，無一不到故也。至以理勝，則文

之聖也。蓋理足則意趣自寬，樸實堅固，不可移易，其文自不可埋没耳。

桐葉封弟辨

柳宗元

凡文章，必須於接落過脉處見精神。如此文首段叙事，次段翻駁，末段斷案，其段落次序易明。余最愛其中間「王之者德」一段，接上生下，令文勢停蓄而血脉流貫。此最文章有氣度、有力量處。蓋筆不流則滯，不留則味便薄。此機與氣之所以一而二、二而一也。惟留處有流，流處亦留，則神乎技矣。讀此文中段可悟。

捕蛇者説

柳宗元

作者意中先有「苛政猛於虎」句，因借捕蛇立説，想出一「毒」字，爲通篇發論之根。或從捕蛇之毒，形出供賦之尤毒。或極言供賦之毒，見得捕蛇之毒尚不至是。至説到捕蛇雖毒，形以供賦之毒，亦不敢以爲毒，則用意更深更慘。至其抑揚唱歎，曲折低徊，情致正復纏綿也。中間兩段，將供賦捕蛇，或對勘，或互説，顛倒順逆，用筆固極變化，而題意亦透發無餘矣。至其前後伏筆及呼應收束，亦一字不苟。「毒」字爲通篇眼目。起處「則曰」以下，已透出「毒」字意矣，却只將「貌若甚慼者」句，虚虚按住，而於自己口中説出，此其用筆之變也。以下隨作一跌，轉處着「大慼」

字，「汪然出涕」字，此從自己目中看出「毒」字。中二段，又從捕蛇者口中形出「毒」字，此其用筆之又變也。前云「余悲之」，後云「余聞而愈悲」，只增一二字，而前後呼應深淺，令閱者心目了然，此又其用筆之以不變爲變也。其餘佳處，已盡旁批，不贅。

答韋中立論師道書 峭

柳宗元

凡古人行文，必其胸先有主腦，然後下筆，故操縱反覆，雖長至數千百言，總從此主腦處發源。讀人之文者，先尋着主腦處，然後看他用意之緊、用筆之變、用字之有骨、用句之有脉，則我於古人之文不難心領神會而得其解。如此文雖反覆馳騁，曲折頓挫，極文章之勝觀，然總不出結處「取其實而去其名」一句。意蓋前半極言師之取怪，正見當去其名意；後半自言文之足以明道，正見當取其實意。至中間「吾子行厚辭深」一段過脉處，固自泯然無迹也。其入手處提出「師」字「道」字及「爲文章」云云，則已握住通篇之綫，故下文反覆説來，而血脉自然融貫。

送薛存義序

柳宗元

文不論長短，必須有生龍捉不住光景，乃能以我之靈機，鼓動閱者。但從來靈機活潑之文，未有不於用筆間變化入神者。看此文入手處用「追」字、「將」字、「且」字，已字字作勢矣。「告曰」

下(下)，緊下一斷，又用「非以」二字作一激，已將通篇大意提得了了。以下就不能盡職者言，或用推進法，或用借形法，或用頓跌法，或用推原法，或用繳足法，一意旋轉中，用筆句句變化，故爲短篇極奇横之文。細玩通篇，總是一擒一縱，故能伸縮如意，其轉換處，亦變化不測。

鈷鉧潭西小丘記

柳宗元

凡前後呼應之筆，皆文章血脉貫通處。然要周匝，又要流動；要自然，又要變化。此文後一段可法：有兩篇聯絡法，如此文起處是也；有取勢歸源法，如此文先言竹樹及石之奇，而以「籠而有之」句勒住是也；有有意無意默默生根法，如此文中下一「憐」字，爲末段伏感慨之根，下一「喜」字，爲結處「賀」字作張本也。

小石城山記

柳宗元

此篇景實意虚之文。由山出石，由石寫城，由城及旁，由旁及門，由門旁而上，既上而望，因望而異境。其寫景處，所謂以虚作實之法也。至其滿腔鬱結，俱於後半發抒。然脱却本題，空中感慨，又不免有文無題之病。文於寫景處，輕輕着「類智者所施設」一句，連用「疑」字、「以爲」字、「又怪」字、「儻」字、「則其」字。先言有無之難定，次言無者未必不有，次又言有者未必不無，次又

借他人口中言無者畢竟或有，又從自己臆斷，見有無畢竟未可定，以見己之賢不應置於此意。所謂實者翻虛之法也。

種樹郭橐駝傳

柳宗元

嘗謂大家之文，多以意勝，而意又要善達。其所以善達者，非以詞糾纏敷衍之謂也，蓋一意耳。或借粗以明精，如此文「養樹」云云是也；或借彼以證此，如以「他植者」來陪襯是也；或去淺以取深，如「既然已」及「苟有能反是者」與「甚者」云云是也；或反與正相足，如中間「其本欲舒」數句正説，而後又用「非有能」以反繳是也。至一段中，或先用虛提，中用申説，後用實繳；或兩段中一正一反、一逆一順，錯間相生；或一篇中前虛後實，前賓後主，前提後應，變化伸縮，則題意自達，不犯糾纏敷衍之病矣。處處樸老簡峭，在柳集中應推爲第一。

阿房宮賦

杜　牧

通篇關鍵，只在「楚人一炬，可憐焦土」八字。前半極力鋪張，只爲此八字作反跌之筆。後半反覆感慨，亦只爲此八字作唱歎以垂鑑戒耳。故前半文詞極工麗，而其氣仍空。後半筆姿澹宕，而其味自濃郁。故讀古人文字，知其虛實相生、濃淡相間之妙，又知其無虛非實、無濃非淡、無實

非虛、無淡非濃，則思過半矣。行文最妙是相形字法，爲其情事易達也。故或借粗形精，或借賓形主，或借小形大，其法無窮。此文前半借龍形橋，而曰「未雲何龍」；借虹形道，而曰「不霽何虹」，此又以相形而兼翻筆者也。中間如「明星」、「緑雲」、「烟霧」、「雷霆」等，皆借來相形之眼也，而各下句用註釋，此又以相形而兼借影者也。至結處以六國陪秦，此又賓主相形之法，有目所共曉也。

縱囚論 奇

歐陽修

凡論斷文，必要攻擊到盡頭處，方令其人無可置喙。然要剥到盡頭處，須從他稍可藉口處剥入。如此文「施恩德以臨之，可使變而爲君子」是也。又須將題目拆開，反覆看出他弊病。如此文「信義行於君子」句，是從「縱」字看出，而「刑戮施於小人」句，從「囚」字看出是也。但論斷要八面俱到，而一篇主意，只在一二句，或在一二字，方説得有主腦，語意不致錯雜。如此文只把「情」字作骨是也。至其作法之妙，句法之變，亦當一一參玩始得。如起手泛論，中間實就太宗説，後復推開就堯舜三王説。前一段淺淺説，後復重重剥進，此文家由虛而實、由淺取深之法也。前半用筆，一字一鐵案，此步步敲實法也。後兩段忽用曲折頓宕之筆，追取正意，此又句法變换之巧也。至起用偶語，收亦用偶語，遥相對照，俱是老手作文，極奇極横處，讀者不可不領其妙。

宦者傳論 暢

歐陽修

首層言其惑主，二層言其擅權，三層言其固寵，四層言其弱主，五層言其蓄謀種毒。以上俱就禍之未著言。六層禍始著矣，七層禍難去也，八層言人主實受其禍處，九層言禍已决而不可收。起處「其用事也」二句，此言宦者致禍之由，故爲下九層提筆。

上范司諫書

歐陽修

前有總冒，後有總束，中有過脉，是其紀律森嚴處。前借九卿宰相作陪，中借洛之士大夫作反跌，後借陽城立論。將「有待」二字連作翻駁，故一線聯絡，中自具千迴百折之勢。

釋秘演詩集序

歐陽修

通篇總以奇字作骨，而奇者必不合於中，故揚中寓抑，此歐公最善用意處。通首又以「老」字作線，言其自幼至老，無一不奇也，則老字又從奇字生出。至其寫秘演，借曼卿作陪，此借賓形主法。寫二人插入自己，此又於無情處生情之法也。入後寫到山水之奇，此又烘托之法也。

峴山亭記

歐陽修

一路婉轉而入，其鬱然深秀之致，自露行間，令人玩賞不窮。文與題正相稱。通篇以「名」字作骨。入手從峴山之有名，跌起叔子、元凱，隨把兩人功業輕輕安放，緊緊將後人思慕兩人意弔起。「名」字，此行文最緊凑處。其入「名」字，却用翻筆振出其作勢險峭處。下就兩人汲汲於名處分寫，此申說之法，亦敷衍之法也。由山出亭，仍紐合「名」字，遥應「流風餘韻」數句，此收足之法，亦呼應之法也。接入史君，正叙作亭，即插入「襄人安其政而樂從其遊」句，仍借叔子形出史君志行政事之美，以推獎作亭之人，行文極宕逸之妙。後補寫此亭勝概，此又以不補爲補之法也。

豐樂亭記

歐陽修

凡題之小者，須從大處立論，乃爲高手。如此題不過滁州一亭耳，看來似絶無可發論，然亭之作也，必有前後上下之勝，此首一段所由來也。亭名豐樂，必有豐樂之實。如滁民之「樂生送死」，「畎畝衣食」，此其豐樂之實也。「上之功德，休養生息」，此其豐樂之由也。民既豐樂，故在上者樂與民遊，民亦樂與上遊也。反覆推論，只此豐樂二字，便有無窮議論。凡拈一題，而苦其

枯寂，無可生波者，只由心孔不靈，所見不大耳。從滁説到天下，又從天下歸到滁，又從滁推出上之恩德，因以與民同樂意結出所以名亭之故，真有擒縱由我之妙。

秋聲賦

歐陽修

首一段摹寫秋聲，工而切矣，却不放出「秋」字，於空中想像形容，此實中帶虚之法也。次段先就童子口中，摹寫一番，然後接出秋聲，振起全篇，此文家頓挫摇曳之法也。三段實寫「聲」字，却不徑就「聲」字説，先用「其色」、「其容」、「其氣」、「其意」等作陪，此四面旁襯之法也。四段就「秋」字發揮，即帶起下段，此前後相生法也。五段是作賦本旨，末段是用小波點綴，收束前後感慨，尤見情文絶勝。

祭石曼卿文

歐陽修

首段決其名之必傳，所以慰死者。中段寫死後之凄凉，所以悲死者。結處緊承中段，迴環首段，結出自己思念之誠。知其用意固重在中一段也。此文妙處，總在轉换處、頓束處及開宕處見精神，故尺幅中有排宕百折之妙。

辨姦論

蘇洵

辨姦者，辨其姦之未形者也。欺世盜名，陰賊險很，是其微而難見處。然就其不近人情處觀之，則其姦之更甚於王衍、盧杞可知，固不待惠帝、德宗之昏暗而後用也。故不用則其姦猶不至爲天下患，一用則天下必被其禍，不重可悲乎。通篇大意，不過如此。若只借王衍、盧杞之姦，爲安石作陪，用意便平淺，安得緊策。文借兩人之姦，翻進一層，見二子之姦，其所以爲禍於天下者，皆由上無明君之故。然後轉到安石，見彼雖有明主，亦爲所欺，以見其姦之更甚。而見微知著之識，非己莫屬。真字字警心怵目之文。

惟理有固然，故事有必至。起二句意側注理一邊，故中間單應理字。

管仲論奇

蘇洵

凡論斷題，有立案法，此通篇發論之根由也；有翻案法，此推陳出新之秘也；有追逼法，此因委循源之道也；有代爲處置法，此伸我之說，以抑彼之言也；有憑空翻駁法，此就事所未然，以明理所必然也；有請客相形法，此又以彼之是，形此之非，以足其意也；有摇曳頓挫法，是曲揣其意，婉轉其詞，以實其罪過也；有題前虛冒法，此總領一篇之意於前，入後反覆辨論，以申明其意，則虛實相

生之法也。種種作法，靡不具備。至其筆之矯健，尤作者擅長處，熟讀之尤堪增長筆力。

乞校正陸贄奏議上進劄子

蘇軾

此篇步伐最整齊，而文機最活潑。起手先謙言納忠之無具，次段承言人臣之所以納忠者，原不必皆出自己，此題前虛引法也。三段緊接陸贄，先推言學問才識之過人，猶八股原題法也。四段言其所遇之多窮者，總由於君聽之不聽，非以其奏議之未善，以引起今當效法意。五段正言陸贄奏議之可師。六段借聖賢末學相形，以足上一段意。後方説出進呈御覽。并言收效之速，以終一篇之局。此其步法整齊處也。至語皆對偶，最易板實。此文對偶處，或上下相生，或虛實相承，或長短相間，或反正相錯，備極變化，故其文機正自活潑也。凡文家下語不甚穩妥者，當從此文及《歸去來辭》篇參玩尋繹。

范增論

蘇軾

三蘇文集中，論斷題最多，而此篇尤出奇無窮。前以「獨恨其不早」句，虛虛提出主意。後俱用逆推倒摠之法，以申明之。蓋義帝之立，出自范增，卿子冠軍之擢，出自義帝，羽殺卿子冠軍，則必弑義帝，羽弑義帝，則必疑增，此情與勢之必然也。文於前半先着「增之去，當於羽殺卿子冠

軍時」句，是憑空提挈之法。以後先推出「義帝之立，增爲謀主」一層，見得義帝之存亡，即爲增之禍福所由係。隨即接出「羽之殺卿子冠軍，是弑義帝、疑增之兆也。其弑義帝，則疑增之本也」四句，將三層意紐合一處，然後申明殺卿子冠軍，即弑義帝之兆意。次再申明弑義帝即疑增之本意，然後以去之不早意作結，以了前「當於殺卿子冠軍時」句，以束全篇。此爲逆推倒挹之法也。

賈誼論 暢

蘇軾

人俱重責漢文，此獨歸過賈生，此翻案法也。前就孔孟作陪，此相形法也。中間「絳侯親握天子璽」一段，此申明法也。「賈生志大而量小」二句，是總斷而兼繳足之法者也。「古之人」一段，是反覆咏嘆以足前文之意也。入後責備人主，以圓足其意，即斡補法也。其文氣之奔放，真有萬壑歸源之勢。

超然臺記

蘇軾

凡人不能超然者，皆由中有所不樂也。其中有所不樂者，看得物大我小，不能游於物外也。前一段先泛言人之無往不樂，下二段推出所以不樂之故，然後接入自己。先極言所處之境之不樂，以跌出己之無往不樂，俱就登臺時寫景寫情。而「超然」二字，却就他人口中逗出，亦切實，亦

空靈。中二段只「物有以蓋之」一句意耳。看他往來反覆，何等曲折靈快。入後點出「臺」字，幾於無處生波矣。只將「相與登覽，放意肆志」句，輕輕一頓，生出無數感慨。此文家絶處逢生之法也。蓋無前兩段，則所以超然之故不出，無後一段，則超然情景亦不見。虛實相生，情文並茂，讀者當細玩焉。

六國論

蘇　轍

一意旋折而下，起伏轉換，泯然無迹，絶大神力。先將「不知天下之勢」句提出，首段申明其勢，次段證明其勢，三段責韓魏之不知，四段責四國之不知，五段爲四段設策，六段爲二國設策，正前所云「自安之計」也。末段仍歸到「不知」作結。通篇段落極分明，但其起伏轉换處，全以大力盤旋。讀者當於此處參玩，得其屈曲變化之秘。行文有一意中變出數層者，亦有數層意併作一層者，此等俱是力量最大處。又有同是一意，寫來覺强弱不同者，此争在用筆間，不可不知。

上樞密韓太尉書

蘇　轍

凡大家之文，局勢必寬展，而局法却極綿密。看此文上書本旨，只要求見太尉耳。其起處從文推出氣字，隨請孟子、史公作證，以見能文者必善養氣。此即題前虛冒法也。接入自己，隨從

養氣中推出「奇觀」兩字，見善養氣者，必借天下奇觀以自激發其志氣。如中間山水宮闕等，皆奇觀也。如歐公及其門人等，亦天下奇觀也。作無數波瀾，總爲求見太尉作襯托之筆耳，却又不直接欲見太尉，先將未見太尉說入，其文勢何等寬展。然反覆說來，總是一意盤折，一氣呼應，其局法更自綿密也。故求寬展而不求綿密者，文必散渙無律；求綿密而不求寬展者，文必拘苦不舒。二者交譏，何不取此文三覆之。

寄歐陽舍人書 暢

曾　鞏

此篇最善蓄勢之文。前言銘誌之作，係乎（驚）〔警〕勸。此振起必得其人，而後可傳意也。又言今世銘誌之不實，皆由「托之非人，書之非公與是之故」。而下緊接「非蓄道德而能文章者」云云。此兩段一反一正，一虛一實之文也。後又竭力言其人之難，再作一曲，以接入歐公。此文家健翮摩空之勢也。末一段收應「義近於史」意，却將「數美」排列在前，而以「一歸於先生」句勒住。此又文家一筆千鈞之力也。

跋

《古文一隅》二卷，錫山朱巽齋先生手批。自周秦以迄唐宋，僅得四十四篇，皆人人所誦習

也。而一經指出肯綮，覺耳目一新，神智可引。先叔祖晴嵐公最寶貴之，謂不讀是編，無以讀古文，而非多讀古文，亦無由深知是編之妙。蓋先生肆力古文數十年，含英咀華，寒暑靡間，故能抉摘精髓，道盡秘鑰如是。是編也，藏諸篋中久矣。同人以其力於舉業，争相傳鈔。彦欽恐書經三寫，魯魚貽誤，因與翼卿弟校勘付梓，以爲家塾課本云。

道光二十九年歲在己酉孟夏之月海虞後學龐彦欽謹跋